Asuka Lionera

Stone Heart

Geraubte Flamme

IMPRESS

Asuka Lionera wurde 1987 in einer thüringischen Kleinstadt geboren und begann als Jugendliche nicht nur Fan-Fiction zu ihren Lieblingsserien zu schreiben, sondern entwickelte auch kleine RPG-Spiele für den PC. Ihre Leidenschaft machte sie nach ein paar Umwegen zu ihrem Beruf und ist heute eine erfolgreiche Autorin, die mit ihrem Mann und ihren vierbeinigen Kindern in einem kleinen Dorf in Hessen wohnt, das mehr Kühe als Einwohner hat.

Prolog

Ezlain

»Was ist nun?«, frage ich mit verstellter Stimme.

Bei dem Lärm in der Schenke verstehe ich kaum mein eigenes Wort, doch ich wage nicht, lauter zu sprechen. Zu groß ist meine Angst, dass jemandem meine – für einen Mann – zu hohe Stimme auffallen könnte.

Ich gebe mir die größte Mühe, das ängstliche Zittern des Körpers hinter mir auszublenden. Stur recke ich das Kinn vor und verbiete mir, den Blick zu senken. Wenn ich jetzt einen Funken Schwäche zeige, werde ich nicht nur *mein* Schicksal besiegeln.

»Sind wir uns einig?«

Wie auch beim letzten Mal, als ich diese Frage gestellt habe, streicht sich mein Gegenüber über den ungepflegten Bart, wobei sein Blick zu dem ausgebreiteten, verblichenen Stück Papier zwischen uns huscht. Ich sehe deutlich das gierige Glimmen in seinen Augen – ein Ausdruck, den ich oft genug in meinem Leben gesehen habe, um zu wissen, dass ich so gut wie gewonnen habe. Ich werde das bekommen, was ich will. Ich *muss* es bekommen, sonst ist mein Leben verwirkt.

»Ich weiß nicht so recht«, brummt der abgerissene Seemann. »Du scheinst zupacken zu können.« Sein Blick gleitet über meine Schulter hinweg zu meiner besten Freundin.

»Aber der Junge, der sich so verbissen an dich klammert, kommt mir nicht so vor, als könne er etwas beisteuern.«

Ich bin immer noch überrascht darüber, dass unsere Verkleidung funktioniert. Dabei wäre ich jede Wette eingegangen, dass wir sofort durchschaut werden. Doch bisher hat uns niemand auch nur zweifelnde Blicke zugeworfen. Für die Männer, die sich in dieser heruntergekommenen Schenke befinden, sind meine beste Freundin Cressa und ich zwei junge Burschen, die Arbeit auf einem Schiff suchen.

»Das Risiko, zwei junge Männer, die ihren Kriegsdienst noch nicht abgeleistet haben, außer Landes zu bringen, ist ein schwerwiegendes Vergehen in diesem Teil der Welt«, wirft der Seemann ein.

Ein Muskel zuckt unter meinem rechten Auge. Wären die Gesetze unseres Landes Ilgaron nicht derart streng, wären wir vermutlich schon längst weg und müssten uns nicht weiter mit dem Kerl herumschlagen.

Ein fieses Grinsen zupft an seinen Mundwinkeln, als er Cressa von oben bis unten mustert. »Der Kleine würde es im Krieg vermutlich nur in einem Leichensack nach Hause schaffen. Wenn überhaupt.«

Seine Aussage veranlasst Cressa dazu, noch stärker zu zittern. So unauffällig wie möglich trete ich ihr auf den Fuß und verstärke den Druck, bis sie sich zusammenreißt.

Zähneknirschend greife ich in die Hosentasche und fische zwei glänzende Goldmünzen heraus, die ich auf das vergilbte Papier lege.

»Ich bin sicher, dass dich diese Münzen für das Risiko entschädigen«, sage ich. »Ebenso wie die Karte.«

Wieder glimmt unverhohlene Gier in seinem Blick auf, als ich die Karte erwähne. Bis vor ein paar Stunden wusste ich selbst nicht, dass es sich bei dem Stück Papier um eine Karte handelt. Die Schriftzeichen darauf ergaben für mich nie einen Sinn und sind durch den Zahn der Zeit stark verblichen, sodass ich sie nicht entziffern könnte, selbst wenn ich die Sprache beherrschen würde.

Doch mein Gegenüber ist sich sicher, dass es sich dabei nicht bloß um ein Kunstwerk, sondern um eine echte Schatzkarte handelt.

Mir ist es egal. Solange er mich und Cressa mit auf sein Schiff nimmt und außer Landes schafft, kann er die Karte und den angeblichen Schatz behalten. Uns geht es nur darum, zu verschwinden – sofort!

»Du bist ein harter Verhandlungspartner«, raunt der Seemann, während er weiterhin auf die Karte starrt.

Ich lehne mich ein Stück über dem klebrigen Tisch nach vorne und versperre ihm so die Sicht. »Also haben wir eine Abmachung?«

Uns bleibt keine Zeit mehr. Cressa und ich haben bereits den halben Tag damit verschwendet, auf einem der zahlreichen Schiffe anzuheuern, die im Hafen der Hauptstadt Ilgaron, die genauso heißt wie ihr Land, liegen. Ein paar der Kapitäne hätten mich vielleicht genommen, aber ein Blick auf Cressas zierliche Gestalt reichte aus, um sie allesamt die Köpfe schütteln zu lassen. Auch dieser Seemann hätte uns wahrscheinlich abblitzen lassen, wenn er nicht zufällig die Karte entdeckt hätte, die mir aus der Tasche fiel, als ich das spärliche Mittagessen bezahlen wollte. Glücklicherweise ist er nicht nur irgendein dahergelaufener Matrose, sondern der Erste Maat eines Schiffes namens *Meereswind*. Ich habe vergessen, wohin das Schiff segeln wird. Es kümmert mich auch nicht. Je eher ich dieses Land und die Schrecken der letzten Tage hinter mir lasse, desto besser.

Der Seemann steht auf und zupft sich das fleckige Hemd glatt. Dann streckt er mir die Hand entgegen. »Ich bin übrigens Feodor. Wir werden eine Menge Zeit haben, uns näher kennenzulernen. Und ihr zwei seid …?«

Ich ergreife seine Hand. »Ich bin Ez.« Mit einem Kopfnicken deute ich auf Cressa. »Und sein Name ist Cress.«

Feodor kratzt sich am Stoppelbart. »Seltsame Namen. Sind das Abkürzungen für irgendwas?«

Ich lasse seine Hand los. »Ja. Das sind Abkürzungen für ›Das-geht-dich-nichts-an‹. Ich habe dir unsere Namen genannt. Können wir dann los?«

»Ihr zwei habt es ja mächtig eilig.«

Ich zucke betont gelangweilt mit den Schultern. »Wie du schon sagtest: Wir müssten längst in der Armee und damit in einem der zahlreichen Kriege dienen. Ausgeschlossen, dass wir beide lebend zurückkommen würden.

Ich kann Cress nicht seinem Schicksal überlassen. Deshalb müssen wir fliehen.«

Feodor zieht die Augenbrauen zusammen und macht einen Schritt zurück. »Habt ihr zwei etwa was miteinander? Ich meine, mir ist so was egal, aber auf einem Schiff voll anderer Männer ... Das könnte zu einem Problem werden und ...«

»Wir sind kein Paar«, knurre ich schnell. »Wir kennen uns, seit wir Kinder sind, und sind zusammen aufgewachsen. Er ist wie ein Bruder für mich.«

Feodor nickt. »Wie gesagt, das ist nicht mein Problem. Ich habe nur schon von einigen Fällen gehört, in denen ... manche nicht teilen wollten. Die Seeluft kann einem Mann schnell zu Kopf steigen, vor allem, wenn er monatelang keine Frau zu sehen bekommt. Da sind die meisten nicht wählerisch und nehmen statt einer Muschi auch mal einen Hintern.«

Cressa scheint neben mir zu erstarren und auch ich brauche einen Moment, um die derbe Sprache des Seemannes zu verarbeiten. Mein Leben lang habe ich mich in gehobenen Kreisen bewegt und mir mühevoll die dort geläufige Konversation eingebläut.

Ich räuspere mich. »Was die anderen machen, ist mir egal. Aber weder Cress noch ich werden unseren Hintern für irgendwas hinhalten und ich hoffe, dass die anderen uns in Ruhe lassen. Wir wollen nur von hier weg.«

»Ihr werdet Aufgaben haben«, sagt Feodor und schiebt die Hände in die Hosentaschen. »Du kannst an Deck arbeiten und den Kleinen stecke ich am besten in die Kombüse. Vielleicht setzt er ein paar Muskeln an, wenn er jeden Tag große Töpfe und mehrere Zentner Kartoffeln herumschleppen muss. Aber ich warne euch: Wenn ihr eure Aufgaben nicht zur Zufriedenheit der Crew erfüllt, werdet ihr schneller über Bord geworfen, als euch lieb ist.«

»W...Was meinst du mit ›über Bord geworfen‹?«, fragt Cressa zögerlich. Es ist das erste Mal, dass sie den Mund aufmacht, seit ich mit Feodor verhandele.

»Genau das, was ich gesagt habe«, entgegnet er ungerührt. »Wer seinen Beitrag nicht leistet, hat auf der *Meereswind* nichts zu suchen.«

Cressa klammert sich an meine Hand und ich erwidere den Druck.

»Wir werden unsere Aufgaben zur Zufriedenheit aller erfüllen«, sage ich mit mehr Zuversicht, als ich tatsächlich empfinde. »Können wir jetzt aufbrechen?«

Feodor deutet eine spöttische Verbeugung an. »Es ist mir eine Freude, euch beide in der Crew der *Meereswind* begrüßen zu dürfen. Sobald wir abgelegt haben, werde ich dem Kapitän die Karte zum Schatz zeigen, damit wir direkt Kurs darauf nehmen können.«

»Von mir aus«, sage ich.

Mir ist alles recht, solange wir endlich aus dieser verdammten Stadt verschwinden. Es ist nur eine Frage der Zeit, bis wir jemandem über den Weg laufen, der Cressa oder mich erkennt, oder bis unsere Flucht bemerkt wird. Wahrscheinlich sind uns bereits Wachen auf der Spur mit dem ausdrücklichen Befehl, uns zurück zum Anwesen zu bringen. Eher sterbe ich, als wieder einen Fuß in Tante Beatrices Haus zu setzen!

Feodor grinst. »Dann wäre ja alles geklärt. Wenn mir die Herren bitte folgen würden?«

Kapitel 1

Ezlain

Am Abend zuvor …

Ich wippe mit dem Fuß, während ich Cressas Bemühungen, mein zerzaustes Haar zu bändigen, mehr oder weniger geduldig über mich ergehen lasse. Zwischendurch stößt sie einen Fluch aus, über den ich beinahe grinsen muss, doch ich bleibe ernst und nicke hin und wieder, während sie mir eine Standpauke hält.

»Wie oft muss ich dir noch sagen, dass du dich mit deiner hellen Haut nicht in der Mittagssonne draußen herumtreiben sollst, Ezlain?«, schilt sie mich. »Dadurch treten deine Sommersprossen noch mehr hervor und ich weiß so schon kaum, wie ich sie überschminken soll.«

Ich würde ihr gern sagen, dass sie das nicht tun muss. Mich stören sie zwar auch – vor allem die auf dem Nasenrücken –, doch ich käme von selbst nie auf die Idee, sie zu kaschieren. Es ist meine Tante Beatrice, die der Ansicht ist, dass ich mit ihnen wie ein gewöhnliches Bauernmädchen aussehe.

Ein Umstand, der von ihr keineswegs geduldet wird.

In den letzten Jahren hat sie sämtliche Hebel in Bewegung gesetzt, um mich zu einer der begehrtesten jungen Frauen des Landes zu machen. Neben einer grundlegenden Schulbildung habe ich unzählige Stunden Unterricht in

Tanz und Konversation bekommen, um mich auf mein Leben in den höchsten Kreisen Ilgarons vorzubereiten.

Ich hasste jede einzelne davon.

Der bloße Gedanke, dass ich mich heute Abend wieder zu einem Lächeln zwingen muss, während ich mit wildfremden Leuten reden und so tun soll, als bereite es mir Freude, lässt mich beinahe würgen.

Seit ich denken kann, wurde ich von meiner Tante aufgezogen. Nachdem meine Eltern verstorben waren. Ich kann mich nicht einmal mehr an ihre Gesichter erinnern, da ich viel zu klein war. Nicht einen Tag ließ Tante Beatrice bisher Zweifel daran, dass ich eine Belastung für sie bin, die sie von ihrer rebellischen und verhassten Schwester aufs Auge gedrückt bekommen hat. Doch da ihre eigene Ehe kinderlos geblieben ist, bin ich ihre einzige Chance, in der strengen ilgaronischen Hierarchie einige Sprossen nach oben zu klettern. Ihr Mann, Onkel Alexander, ist der Befehlshaber einer kleineren Kriegseinheit und fast das ganze Jahr über in fremden Ländern unterwegs. In dieser Zeit gibt Tante Beatrice einen rauschenden Empfang nach dem nächsten, auf denen ich herumgezeigt werde wie ein seltenes Tier im Käfig.

»Ich war vorsichtig«, sage ich, als Cressa aufhört zu schimpfen. »Ich habe einen Hut getragen. Siehst du?« Ich ziehe mir das Hemd von der Schulter und zeige ihr die vornehm weiße Haut. »Kein Sonnenbrand.«

Im Spiegel sehe ich, dass Cressa die Augen verdreht. »Wenn deine Tante dich dabei erwischt, wie du dich auf dem Feld mit den Sklaven herumtreibst …«

»Ich weiß«, unterbreche ich sie schnell. Allein die Vorstellung, welche Strafe mir dann blüht, bereitet mir eine Gänsehaut.

Ein kleines Lächeln huscht über ihren Mund, während sie mir weiter das rötlich schimmernde Haar bürstet. »Aber wenigstens konnte ich dank deines Ungehorsams Tiro wiedersehen.«

Ich schenke ihr im Spiegel ebenfalls ein Lächeln. Seit einiger Zeit weiß ich, dass sie etwas für den muskulösen, hochgewachsenen Tiro empfindet, der mir hin und wieder zeigt, wie ich mich mit einfachen Waffen verteidigen kann. Natürlich haben wir keine echten Waffen zur Verfügung, sondern nehmen für unsere Übungen alles, was wir finden können: Stöcke, Äste oder die Stiele der Harken und Rechen, mit denen die Sklaven die Feldarbeit verrichten. Es gibt keinen Grund für mich, derlei Dinge zu trainieren, aber die Bewegung tut mir gut. Alles ist besser, als den ganzen Tag im Anwesen zu hocken und Löcher in die Luft zu starren. Ich bin nicht sonderlich gut, trotzdem macht es mir Spaß. Und Spaß ist etwas, was ich viel zu wenig habe. Manchmal glaube ich, dass ich mich nur hinaus aufs Feld schleiche, um gegen die strikten Regeln meiner Tante zu rebellieren. Und um mir zu beweisen, dass ich innerlich noch nicht so abgestumpft bin, wie sie mich gern hätte.

Und wenn ich auf dem Feld bin, muss mir Cressa, als meine persönliche Sklavin, wohl oder übel folgen – und läuft zufällig Tiro über den Weg, den sie sonst gar nicht zu sehen bekäme.

Cressa beißt sich auf die volle Unterlippe, während eine zarte Röte ihre olivfarbenen Wangen noch dunkler werden lässt. »Als ich ... zu euch kam, wart ihr ...« Sie wirft mir einen unsicheren Blick zu.

Ich ziehe eine Augenbraue nach oben und bedeute ihr so, weiterzusprechen.

»Nun ja, er ... Tiro war dir ziemlich nah.«

Beinahe hätte ich laut losgeprustet. Vom Standpunkt eines außenstehenden Betrachters muss es durchaus verdächtig ausgesehen haben, wie Tiro mich mit seinem massigen Körper gegen einen Baumstamm drückte, während ich verbissen versuchte, ihn mit dem Stock in meinen Händen auf Abstand zu bringen. Natürlich hatte ich keine Chance gegen ihn, weshalb ich einige der Tricks anwenden musste, die er mir beigebracht hat. Mit voller Kraft trat ich ihm also auf die Zehen, schubste ihn dann zurück und wollte ihm den Stock gegen die Nase rammen. Nur wenige Zentimeter vor meinem Ziel hielt ich inne, lange genug, um Überraschung in seinem Blick aufblitzen zu sehen. Ihn zu überrumpeln ist ein Kunststück, das mir noch nicht oft gelungen ist.

Cressa sind meine Fortschritte in Selbstverteidigung egal. In ihren Augen ist das sowieso nur Zeitverschwendung, schließlich werde ich als junge Frau aus gehobenem Hause niemals in eine Situation geraten, in der ich auf diese

Art von Wissen zurückgreifen müsste. Was Cressa nicht egal ist, ist, dass Tiro mir nahe war. *Sehr nahe.* Ich konnte die Hitze seines Körpers durch die Kleidung spüren, roch die Mischung aus Schweiß und Erde, die ihm stets anhaftet, und fühlte seinen warmen Atem auf meinem Gesicht, als er mich immer weiter zurückdrängte.

Doch in mir regte sich nichts.

»Bist du etwa eifersüchtig?«, ziehe ich sie auf.

Cressa rümpft die Nase, wie sie es immer tut, wenn sie sich über mich ärgert – was ziemlich oft vorkommt.

»Um eifersüchtig zu werden, müsste ich erst verliebt sein. Hast du davon gehört?«

»Von Liebe? Klar«, erwidere ich. »In etwa so, wie ich von Drachen und Einhörnern und allerlei anderen Gestalten gehört habe, über die die Krieger berichten, wenn sie aus einem fernen Land heimkehren.«

Seufzend schüttelt Cressa den Kopf. »Darüber macht man keine Witze, Ezlain.«

Ich verziehe den Mund, verkneife mir aber den nächsten bissigen Kommentar. »Du weißt, dass ich nichts empfinden kann.«

Während die anderen jungen Frauen aus gutem Hause, mit denen ich mich hin und wieder treffen muss, bereits vor etwa fünf Jahren damit begonnen haben, für die jungen Männer, die Sklaven oder Kämpfer in der Armee sind, zu schwärmen, stand ich nur daneben und runzelte die Stirn. Auch ich bewunderte ihre Stärke und ihr Können, aber da war nie ... *mehr.* Keine Spur des aufgeregten Flatterns im Bauch oder des wild klopfenden Herzens, wovon ich so oft in Büchern las oder die anderen Mädchen mir berichteten.

Bisher rede ich mich damit heraus, dass der Richtige noch nicht dabei war, aber angesichts der Masse an Männern, die mir meine Tante als potenzielle Heiratskandidaten vorsetzt, ist das schier unmöglich. Ich wurde bestimmt schon jedem freien Mann im heiratsfähigen Alter vorgestellt. Ich reagiere einfach nicht auf sie – auch nicht auf Frauen. Daran kann es also auch nicht liegen.

Mein Blick fällt auf ein kleines Kästchen, das rechts von mir auf dem Frisiertisch steht. Ich weiß: Darin liegt ein zerschlissenes Buch über die große Liebe, das einmal meiner Mutter gehörte und in dem sie einige Briefe und ein paar zarte, getrocknete Blumen aufbewahrte, die eine besondere Bedeutung für sie gehabt haben mussten. Außerdem liegen in dem Kästchen eine alte, angelaufene Münze und ein vergilbtes Stück Papier, das entfernt an eine Karte erinnert. Jedoch ist es mir nie gelungen, die Schrift darauf zu entziffern. Das Buch und die Münze sind alles, was ich noch von meiner Mutter habe, deshalb hüte ich beides wie einen Schatz, obwohl es von keinerlei Wert ist.

Als Jugendliche habe ich das Buch so oft gelesen, dass ich es fast auswendig konnte. Ich fieberte mit bei der Geschichte um das reiche Mädchen, das von zu Hause wegläuft, um mit ihrem Geliebten, einem berüchtigten Piratenkapitän, zusammen sein zu können. Doch in der Wirklichkeit suche ich vergebens nach diesen Gefühlen, die mein Herz schneller schlagen lassen würden.

Mit Zeige- und Mittelfinger fahre ich gedankenverloren über die wulstige Narbe, die knapp unter meinem Schlüsselbein verläuft.

»Ich habe ein Herz aus Stein«, erinnere ich Cressa. »Du brauchst dir keine Sorgen zu machen: Tiro ist vor mir genauso sicher wie jeder andere Mann in diesem Land.«

Ich kann mich nicht daran erinnern, wann und wie ich mir die Verletzung zugezogen habe, doch die Größe der Narbe lässt mich darauf schließen, dass es eine schlimme Wunde gewesen sein muss. Vor vielen Jahren habe ich einige Sklaven dabei belauscht, die meinten, eine Hexe hätte mir einst das Herz herausgeschnitten und es durch einen Stein ersetzt. Das sei der Grund, warum ich jeden jungen Mann abwies und – mit Ausnahme meiner besten Freundin Cressa – niemanden an mich heranließe.

Ich schnaube und schüttele auf Cressas fragenden Blick hin den Kopf. Dann habe ich eben ein Herz aus Stein und weiß nicht, was Liebe ist. Na und? Ich komme auch ohne diesen Kram klar!

»Ich wollte dir nicht vorwerfen, dass du und Tiro …« Schnell widmet sich Cressa wieder meinem Haar und steckt es kunstvoll auf. »Es ist nur … Manchmal frage ich mich, warum du dich so sehr gegen dieses Leben sträubst. Die Gesetze des Landes Ilgaron sind streng, das weißt du, Ezlain. Du wirst bis zu deinem 21. Geburtstag einen Mann wählen *müssen*. Dieses Land ist der bedeutendste Kriegsstaat der Welt! Es ist wohlhabend und seine Truppen sind siegreich. An der Seite des richtigen Mannes könntest du ein unbeschwertes Leben führen. Wenn es nicht die fehlende Zuneigung ist, gegen die du aufbegehrst, was ist es dann?«

Ich weiß, worauf sie hinauswill, denn ich habe mir dieselbe Frage bereits unzählige Male gestellt. Alles wäre einfacher, wenn ich mich fügen und einfach einen Mann auswählen würde. Ich könnte aus diesem Haus ausziehen und aus Tante Beatrices Einflussbereich verschwinden. Sie könnte nicht mehr jeden meiner Schritte missbilligend beobachten und mich dadurch ständig daran erinnern, dass ich nichts weiter als ein Ärgernis für sie bin.

Doch die Wahrheit ist, dass ich den Käfig, in dem ich lebe, nur gegen einen anderen eintauschen würde. Selbst wenn ich meinen zukünftigen Ehemann sehr gewissenhaft auswählen und darauf achten würde, dass er mir sämtliche Freiheiten, die ich auch jetzt genieße, zugesteht, heißt das nicht, dass ich keine Gefangene wäre.

»Ich wähle keinen von ihnen, weil ich es hasse, eingesperrt zu sein«, antworte ich auf Cressas Frage. »Es mag sein, dass einige der Anwärter tatsächlich an mir und nicht nur an der Verbindung zu dieser Familie interessiert sind, aber du weißt ebenso gut wie ich, worauf das Heiratsgesetz abzielt. Du hast es vorhin selbst gesagt: Das Land Ilgaron zählt zu den bedeutendsten Kriegsstaaten, die es gibt, und wir leben mittendrin, in der Hauptstadt. Nahezu jedes andere Land wendet sich an uns, um Söldner und Armeen für die unterschiedlichsten Aufgaben anzuheuern. Unsere Krieger sind berüchtigt, denn wir beherrschen nichts so gut wie das Kriegshandwerk.« Ich schaue Cressa fest in die Augen. »Und nun sag mir: Was braucht eine Armee, abgesehen von Waffen?«

Cressa weicht meinem Blick aus. »Männer«, murmelt sie. »Die Armee benötigt ständig neue Rekruten, um die Ausgesandten oder Gefallenen zu ersetzen.«

»Und wie bekommen sie neue Rekruten?«, will ich wissen.

»Indem jede Familie mindestens einen Sohn der Armee überantwortet«, antwortet Cressa leise.

Ich nicke knapp. »Die Regierung ist der Ansicht, dass eine möglichst frühe Ehe viele Nachkommen garantiert, und erließ deshalb schon vor Urzeiten das Heiratsgesetz. Ich hatte eine Zeit lang die Hoffnung, dass mich meine Ansichten über Politik und mein Unvermögen, den Mund zu halten, uninteressant für die Männer machen würden, doch leider scheint das Gegenteil der Fall zu sein.« Ich reibe mir über die Stirn.

Cressa zuckt mit den Schultern. »Du bist anders als die langweiligen und sittsamen Gören, die in diesem Land leben. Ob du es glaubst oder nicht, aber durch deine Art hast du die Herzen der hiesigen Männer im Sturm erobert.«

Ich gebe ein Schnauben von mir. »Der schnellste Weg zum Herzen eines Mannes führt immer noch seitlich zwischen seiner vierten und fünften Rippe hindurch.«

Das hat mir Tiro beigebracht, als wir eines Mittags mit kurzen Stöcken trainierten und so taten, als seien es Dolche. Nicht, dass ich je eine echte Waffe in der Hand gehalten hätte.

Cressa verdreht die Augen und schüttelt dann den Kopf. »Spotte nur, so viel du willst. Fakt ist, dass du Glück hast. Anders als die meisten jungen Frauen aus der Stadt hast du die Wahl zwischen mehreren Männern. Du musst nicht den Erstbesten nehmen, den deine Tante dir vorsetzt.«

Ehe ich es verhindern kann, huscht mein Blick wehmütig zu dem ledernen Halsband, das Cressa trägt und an dem zwei Marken hängen – eine aus Gold, auf der mein Name als ihre Herrin eingeprägt ist, die andere aus billigem Blech, auf der ihr eigener Name steht. Als Sklavin ist Cressa nicht den strengen Heiratsgesetzen Ilgarons unterworfen. Wenn sie sich zu Tiro hingezogen fühlt, kann sie zu ihm gehen, wann immer sie will. Es kommt mir vor, als wäre sie als Sklavin freier als ich. Jeder meiner Schritte wird von goldenen Gitterstäben begrenzt.

Willenlos lasse ich mich von Cressa in ein fließendes, dunkelblaues Kleid stecken, dessen Saum bis zum Boden reicht. Wie eine zweite Haut umspielt der seidene Stoff meinen Körper und schmiegt sich kühl an meine warme Haut. Das Gewand ist hoch geschlossen und reich mit filigranen, goldenen Stickereien verziert. An die unbedeckten Arme legt Cressa mir goldene Reife an, sodass es klimpert, wenn ich die Hand bewege.

Mein hüftlanges, leicht gelocktes Haar, das in Rot- und Kupferschattierungen schimmert und das ich meist zu einem geflochtenen Zopf trage, hat Cressa fertig aufgesteckt, sodass wie zufällig einige Strähnen herausfallen, die mein Gesicht und meinen Nacken umspielen.

Als sie auch jede Sommersprosse mit Schminke überdeckt hat, kann ich mich nicht länger davor drücken, in einigem Abstand begleitet von Cressa in die große Halle im Erdgeschoss zu gehen, wo es bereits vor Gästen wimmelt. Nur kurz lasse ich den Blick über die Anwesenden schweifen, während ich mich am Eingang zum Saal herumdrücke, als könnte ich so das Unvermeidliche bis in alle Ewigkeit hinauszögern. Doch das ist Wunschdenken ... Also bringe ich es lieber hinter mich.

Noch ehe ich die Halle betreten kann, höre ich eine laute, männliche Stimme und das halb unterdrückte Schluchzen einer Frau. Sofort schlage ich die Richtung ein, aus der die Geräusche kommen, und erblicke einen männlichen Gast, der eine Sklavin verprügelt. Den Grund für die Strafe kenne ich nicht und er interessiert mich auch nicht im Geringsten. So schnell ich kann, haste ich zu ihnen. Als der Mann erneut mit der Gerte ausholt, um sie auf die wimmernde Sklavin niedergehen zu lassen, umklammere ich sein Handgelenk und stoppe ihn mitten in der Bewegung. Er wirbelt zu mir herum, öffnet den Mund – zweifellos, um mich anzuschreien –, schließt ihn jedoch sogleich wieder, als er mich erkennt.

»Das genügt«, sage ich kühl.

Nur kurz huscht mein Blick zur Sklavin, die langsam die Arme sinken lässt, auf denen ich rote Striemen und aufgeplatzte Haut erkenne. Die Augen hat sie trotz der Tränen, die darin schwimmen, weit aufgerissen und starrt mich an, als sähe sie einen Geist.

Ich widme mich wieder dem Gast und verstärke den Klammergriff um sein Handgelenk. Ein Muskel zuckt unter seinem Auge – eine stumme Warnung und ein Zeichen unterdrückter Wut, doch ich weiche keinen Schritt zurück.

»Was auch immer der Grund für die Strafe ist«, sage ich, »sie hat es verstanden, Ihr habt Euren Standpunkt klargemacht. Es gibt keine Veranlassung, sie weiter zu züchtigen.«

»Sie hat ein Glas Wein verschüttet!«, begehrt der Gast auf.

Erst jetzt bemerke ich den Rotweinfleck auf seiner ansonsten blütenweißen Tunika.

»Ich bin mir sicher, dass meine Tante Euch etwas zum Wechseln geben kann«, entgegne ich. »Ich werde sogleich einen Sklaven zu Euch schicken, der Euch eine passende Tunika heraussucht. Wartet so lange am Eingang zur großen Halle.«

Erneut will er widersprechen, doch ich bohre meine Finger fester in die kleine Vertiefung seines Handgelenks. Mit einem unwirschen Grunzen steckt er die Gerte zurück in den Gürtel, befreit mit einem Ruck seinen Arm und stolziert davon, ohne die Sklavin noch eines Blickes zu würdigen.

Männer wie er widern mich an. Am liebsten hätte ich ihm die Gerte entrissen und ihn damit verprügelt. Mein Leben lang schon habe ich Sklaven um mich. Wir brauchen sie, um die Aufgaben zu erledigen, die nichts mit dem Kriegshandwerk zu tun haben. Aber das bedeutet nicht, dass wir als ihre Herren mit ihnen tun und lassen können, was wir wollen. Sie sind Menschen und haben Gefühle, wie jedes andere Lebewesen auch. Ich versuche stets, ihnen mit Respekt und Wohlwollen zu begegnen und die Sklaven unseres Haushalts erwidern diese Geste.

»Cressa«, sage ich. Bis eben hat sie sich im Hintergrund gehalten, doch nun ist sie sofort zur Stelle. »Bring die Sklavin in die Küche. Agnes soll sich die Wunden ansehen und ihr etwas zu essen geben.«

Bevor Cressa die fremde, am ganzen Leib zitternde Sklavin davonführt, rutscht diese auf Knien näher, greift mit beiden Händen nach meiner Hand und lehnt ihre Stirn dagegen.

»Habt Dank, Herrin«, haucht sie. »Ich werde Eure Güte nicht vergessen.«

Nach kurzem Zögern lege ich ihr die freie Hand auf den Kopf. »Es gibt nichts, wofür du dich bedanken müsstest. Dein Herr hat überreagiert. Am besten ist es, wenn du dich den restlichen Abend in der Küche aufhältst und ihm erst morgen wieder unter die Augen trittst, wenn er den Vorfall dank reichlich Wein vergessen hat.«

Sanft entwindet Cressa die Hände der Sklavin von meiner, legt ihr einen Arm um die Schulter und murmelt ihr beruhigend zu, während sie sie in die Küche hinabführt.

Ohne Cressa, die sich stets einen Schritt hinter mir hält, spüre ich einen Anflug von Nervosität, die mir für einen Augenblick die Kehle zuschnürt. Am liebsten würde ich auf der Stelle umdrehen und hinauf in mein Zimmer flüchten, bis mir wieder einfällt, was mich erwartet, wenn ich mich nicht füge – eine dunkle Kammer im Keller, bevölkert von Spinnen und allerlei anderem Getier, die in der Finsternis über meinen Körper huschen, während ich mit beiden Händen gegen die verschlossene Tür hämmere ...

Schnell schüttele ich den Kopf, um die aufkeimende Angst und Erinnerung zu vertreiben, und straffe den Rücken.

Auch diesen Abend werde ich irgendwie überstehen, so wie schon unzählige davor.

***

Als ich einen Fuß in die Halle setze, verstummen die Gespräche derer, die sich in der Nähe der geöffneten Tür aufhalten und mich kommen sehen. Automatisch halte ich die Luft an, ziehe den Bauch ein und hebe das Kinn. Tante Beatrice hat viele Jahre und unzählige Trainingsstunden darauf verwendet, mir das würdevolle – und in ihren Augen einzig richtige – Gehen beizubringen. Ich nicke den Anwesenden zu, die mich ebenfalls grüßen, und durchschreite die Halle auf der Suche nach meiner Tante.

Auf Empfängen wie diesem werden wichtige Vereinbarungen getroffen, Allianzen geschmiedet und Ehen arrangiert. Spaß steht dabei nicht im Vordergrund, zumal Ilgaroner nicht dazu neigen, sich besonders viel daraus zu machen. Die Soldaten feiern einen Sieg zwar ausgelassen mit erbeuteten

Sklavinnen und viel Alkohol, aber Musik und Tanz kommen in ihrer Definition von Spaß nicht vor.

Als Tante Beatrice mich entdeckt, winkt sie mich zu sich. Ich neige den Kopf vor dem Mann, der bei ihr steht, obwohl ich ihn nicht persönlich kenne. Doch die zahlreichen Abzeichen an seiner Tunika verraten mir, dass er einen hohen Posten im Militär innehaben muss. Seine Haut ist wettergegerbt und um Augen und Mund haben sich einige Falten gebildet, die ihm trotz seiner hoheitsvollen Miene etwas Verkniffenes verleihen. Ich begegne seinem taxierenden Blick möglichst emotionslos und versuche, mein Gegenüber einzuschätzen. Selbst beim Alter scheitere ich. Er könnte so alt sein wie ich, aber auch zehn Jahre älter, worauf die Ordern schließen lassen. Ein Jungspund hätte sich noch nicht in zahlreichen Schlachten einen Namen gemacht. Sein eiskalter, durchdringender Blick jagt mir einen Schauer nach dem anderen über den Rücken und ich möchte mich lieber schnell anderen Gästen widmen.

Wer immer er ist – er macht mir Angst und ich will nichts mit ihm zu tun haben. Dennoch scheinen meine Füße mit dem Boden verwachsen zu sein.

»Kommandant Marik, Ihr kennt meine Nichte Ezlain, nehme ich an?«, fragt Tante Beatrice mit einer solch falschen, aber süßlichen Stimme, dass sich mir zusätzlich die Härchen im Nacken aufstellen. Sofort weiß ich, um welche Art der Vorstellung es sich handelt und kann mir erst in letzter Sekunde ein Augenrollen verkneifen. Diesen Tonfall schlägt sie immer an, wenn sie mich an den Mann bringen will.

Der Kommandant lässt den Blick auf eine Art an mir entlangwandern, die mir ganz und gar nicht gefällt. Er sieht mich an, als mustere er eine nicht perfekte Waffe, deren Preis er drücken will. Genau der gleiche Blick, den ich von Tante Beatrice jeden Tag ertragen muss. Mehr als diesen Blick brauche ich nicht, um mich klein und unbedeutend und minderwertig zu fühlen. Meine Lippen zucken bereits, weil ich ihn anknurren will, er solle mich nicht derart anstarren, doch ich stelle weiter das unverbindliche Lächeln zur Schau, das ich mir mühevoll antrainiert habe.

»Ich habe bereits von ihr gehört«, sagt Kommandant Marik nickend, als sei ich gar nicht anwesend, »und dank Eurer Einladungen durfte ich ihr schon das ein oder andere Mal begegnen. Doch erst heute Abend werden wir uns offiziell vorgestellt.«

Die Art, wie er mich ansieht und gleichzeitig dabei redet, als sei ich nichts weiter als ein unbedeutender Gegenstand, der nur kurz seine Aufmerksamkeit erregt, lässt das falsche Lächeln auf meinen Lippen mehr und mehr ins Wanken geraten. Ich wurde schon sehr vielen Männern vorgestellt, aber keinem von ihnen brachte ich nach so kurzer Zeit bereits derart viel Abscheu entgegen wie diesem Kommandanten. Dabei weiß ich nichts weiter von ihm als seinen Namen. Doch mehr muss – und will! – ich auch nicht wissen.

»Wie gehen die Arbeiten an Eurer neuesten Errungenschaft voran?«, fragt Tante Beatrice interessiert. »Wie nanntet Ihr es noch?«

»Ein Luftschiff, Lady«, antwortet der Kommandant, während sein Blick unverwandt auf mir ruht.

»Damit gedenkt Ihr, durch die Lüfte zu fliegen, nicht wahr?« Tante Beatrice klatscht in die Hände. Ich zucke bei dem unerwarteten Geräusch zusammen. »Wie aufregend! Wann wird es fertig sein?«

»Schon sehr bald.« Für einen kurzen Moment schaut Kommandant Marik zu meiner Tante. »Wenn Ihr erlaubt, werde ich noch ein paar andere Gäste begrüßen.«

Unaufgefordert greift er nach meiner Hand. Seine Finger sind eiskalt, als sei jedwedes Leben aus ihnen geflohen, was ich ihm nicht verdenken kann, und die Berührung schickt einen Schauer meinen Arm hinauf, der sich in rasender Geschwindigkeit in meinem ganzen Körper ausbreitet. Ich muss stark an mich halten, ihm nicht sofort die Hand zu entziehen, als er sie an seinen Mund führt und einen Kuss auf den Handrücken haucht.

»Ich freue mich darauf, den heutigen Abend mit Euch zu verbringen, Lady Ezlain.«

Ich spüre, wie mir das Lächeln beinahe aus dem Gesicht fällt, doch irgendwie gelingt es mir, dem Kommandanten höflich zuzunicken. Daraufhin lässt er endlich von mir ab, als habe ich seine kostbare Zeit nun lange genug in Anspruch genommen, und ich wische schnell die Hand unauffällig am Kleid ab.

Tante Beatrice packt mich grob am Arm und zieht mich ein Stück zur Seite. »Hättest du nicht freundlicher zu ihm sein können? Kommandant Marik denkt bestimmt, dass du stumm und zurückgeblieben obendrein bist.«

Ich verziehe den Mund. »Es kümmert mich nicht, was er über mich denkt. Wer ist er überhaupt?«

»Er ist der Sohn des jetzigen Oberkommandanten und wird in absehbarer Zeit alle Streitkräfte Ilgarons unter sich haben«, antwortet sie. »Er wird der mächtigste Mann des Landes sein. Er ist ein Schützling meines Mannes, deshalb habe ich die Ehre, ihn zu meinen Gästen zählen zu dürfen.« Sie umfasst mein Kinn. Ihre zu langen Fingernägel bohren sich dabei in meine Wangen. »Und ich erwarte, dass du dich heute Abend nicht gebärdest wie eine widerspenstige Wilde.«

»Das tue ich nie!«, entgegne ich. »Ich kann nichts dafür, dass ich nicht so bin wie ...«

»Ich will deine Ausreden nicht hören, Ezlain!«, unterbricht mich Tante Beatrice barsch. »Jetzt geh und begrüße die restlichen Anwesenden! Denk daran, zu lächeln und vor allem mit den jungen Männern ein wenig mehr zu reden. Aber unterlass es auf jeden Fall, wieder über Politik oder die Rechte von Sklaven zu philosophieren.«

Nun gelingt es mir beim besten Willen nicht mehr, das erlernte Lächeln aufrechtzuerhalten. Wortlos wende ich mich schnell von Tante Beatrice ab, bahne mir einen Weg durch die Gäste hindurch und begrüße wie geheißen die, an deren Namen ich mich vage erinnern kann. Ich zwinge mich dazu, mit ihnen über Belanglosigkeiten zu reden, die mich nicht im Entferntesten interessieren.

So gehe ich von einem zum anderen – wie ein Tier, das seine immer gleichen Runden in einem tristen und viel zu kleinen Käfig dreht, um nicht vor Langeweile zu sterben.

Ich will nicht hier sein, doch es gibt keinen Ausweg für mich. Ich muss das antrainierte Lächeln zur Schau stellen und so tun, als freute ich mich, mit wildfremden Menschen unbedeutende Konversation zu betreiben, während vor allem die jungen, unverheirateten Männer mich ganz genau mustern und überlegen, welchen Preis sie für mich bezahlen würden. Die Mütter an ihrer Seite begutachten meine Hüften und das Becken und beurteilen wahrscheinlich gerade, wie viele Kinder ich in kürzester Zeit gebären kann. Die Väter wiederum kalkulieren, welche Vorteile es ihnen verschafft, ihren Sohn in diese Familie einheiraten zu lassen.

Keiner der Gäste hier im Saal sieht *mich.* Sie alle sind blind für die Person, die sich hinter dem gespielten Lächeln verbirgt.

Kapitel 2

Ezlain

Nach gefühlten Stunden, die wahrscheinlich nur wenige Minuten waren, gelingt es mir, mich zu einem der Tische mit Getränken zu schmuggeln. Endlich kann ich durchatmen und muss mich für einen Moment nicht verstellen. Die Mundwinkel sacken herunter und ich stütze mich an der Tischkante ab, um tief die stickige Luft einzusaugen.

Ich kann gar nicht mehr zählen, wie oft ich heute Abend die gleichen Fragen beantworten musste – eine intimer als die andere. Ob ich mit dem Führen eines großen Haushalts vertraut sei. Ob ich noch Jungfrau sei. Ob meine Blutung regelmäßig sei.

Bei jeder Frage musste ich mich sehr darauf konzentrieren, weiterhin unverbindlich zu lächeln und möglichst präzise zu antworten, während ich eigentlich nichts lieber getan hätte, als die Gäste anzuschreien, dass sie das verdammt noch mal nichts anginge. Aber ich spielte die Rolle des sittsamen, wohlerzogenen Mädchens aus gutem Hause, das auf der Suche nach einem geeigneten Ehemann ist, und biss die Zähne zusammen – so wie auf jedem Empfang. Ich kann gar nicht mehr zählen, an wie vielen ich bereits teilgenommen habe. Auf jeden Fall, seitdem ich sechzehn Jahre alt bin, also mittlerweile seit mehr als vier Jahren, und immer dann, wenn Onkel Alexander nicht zu Hause ist. Ihm sind die ausschweifenden und kostspieligen Feste seiner Frau ein Dorn im Auge. Da er aber die meiste Zeit über auf See ist, besitzt Tante Beatrice eine Vollmacht in seinem Namen – und darf damit schalten und walten, wie sie will.

Ich greife nach einem Glas Punsch und stürze es hinunter. Hoffentlich ist genügend Alkohol darin, damit ich den Abend überstehe ... Normalerweise trinke ich nicht, weil ich den bitteren Geschmack von Alkohol nicht mag, aber heute Abend ist mir alles recht, um ein wenig Erleichterung zu verspüren.

»Ihr scheint sehr gefragt zu sein, Lady Ezlain«, höre ich Kommandant Mariks Stimme hinter mir.

Verdammt! Ich reiße die Augen auf und wirbele zu ihm herum. Wie konnte er sich so leise an mich heranschleichen? Und warum ausgerechnet er? Als er einen Schritt auf mich zumacht, weiche ich unwillkürlich einen zurück und stoße dabei gegen den Tisch. Die Gläser klirren und prompt drehen sich einige andere Gäste zu uns um.

»Ihr müsst Euch vor mir nicht fürchten.« Die Überheblichkeit in seiner Stimme bringt mich wieder ins Hier und Jetzt zurück.

»Ich habe keine Angst«, entgegne ich sofort und mit mehr Überzeugung, als ich eigentlich verspüre. »Wenn Ihr mich entschuldigen würdet ...«

Würdevoll, ohne dass es nach Flucht aussieht, versuche ich, mich an ihm vorbeizudrängen, doch es gelingt mir nicht. Stattdessen macht er einen weiteren Schritt auf mich zu und dringt in meinen persönlichen Raum ein, nimmt ihn mit seiner schieren Existenz in Beschlag – mit einer Selbstverständlichkeit, als würde ich ihm gehören. Seine Nähe lässt mir das Blut in den Adern gefrieren.

Er beugt sich so weit zu mir vor, dass ich ihm mit dem Tisch im Rücken nicht mehr ausweichen kann. Hektisch huscht mein Blick hin und her, während ich mir innerlich einschärfe, dass ich mich auf der Stelle beruhigen muss. Es gibt nichts, wovor ich Angst haben müsste. Was kann er mir hier, inmitten unzähliger anderer Gäste, schon tun? Dennoch krallen sich meine Finger an den Marmortisch, als fände ich so den dringend benötigten Halt, um Kommandant Marik weiterhin die Stirn zu bieten.

Beiläufig, als hätte er jedwedes Recht dazu, packt er mich am Arm. Das Gefühl seiner Haut auf meiner ist so widerlich, dass sich mir der Hals zuschnürt.

»Ich habe etwas mit Euch zu besprechen, Lady. Lasst uns doch irgendwohin gehen, wo es ruhiger ist.«

Alles in mir schreit danach, ihm rundheraus zu sagen, dass er mich loslassen und verschwinden solle, doch ehe ich den Mund öffnen kann, fällt mein Blick über seine Schulter hinweg auf Tante Beatrice. Sie beobachtet uns vom anderen Ende des Saals aus und trotz der Entfernung nehme ich in ihrer Miene deutlich die stumme Warnung wahr, dass ich mich zu fügen habe, wenn ich Konsequenzen vermeiden will.

Tante Beatrice hat schon früh herausgefunden, wie sie das wilde, ungezähmte Kind ihrer verstorbenen Schwester, das sie dummerweise aufs Auge gedrückt bekommen hat, bändigen konnte. Für mich gab es nichts Schlimmeres, als eingesperrt zu sein. Haus- oder gar Stubenarrest brachen meinen Willen innerhalb weniger Stunden. Wenn ich etwas – in ihren Augen besonders Perfides – ausgefressen hatte, sperrte sie mich in den Keller, in dem es kein Fenster und kein Licht, dafür aber eine Menge Spinnen gab, die mich in meinen Albträumen heimsuchten. Oft spürte ich noch Stunden später die winzigen Beinchen, die über mich huschten, bis ich mir am liebsten die Haut vom Leib gekratzt hätte.

Allein die Vorstellung, wieder in den dunklen Keller gesperrt zu werden, lässt meinen Stolz jetzt in sich zusammenfallen.

Ich schlucke den aufkeimenden Widerstand hinunter und straffe den Rücken. »Ein wenig meiner Zeit kann ich für Euch erübrigen, Kommandant Marik. Aber dann muss ich zurück zu den anderen Gästen.«

Sein rechter Mundwinkel zuckt belustigt – eine Geste, die für ihn wohl einem Lächeln gleichkommt –, ehe er mich galant hinaus aus dem Saal und zu einem der abgetrennten Nebenräume führt, die vom Saal aus nicht einsehbar sind und für genügend Privatsphäre bei vertraulichen Unterhaltungen dienen sollen. Als ich sehe, wohin er mich führen will, möchte ich am liebsten beide Füße in den Boden rammen und keinen Schritt mehr tun. Hier, abseits der anderen Gäste … Ich will nicht mit ihm allein sein.

Letztlich setze ich nur einen Fuß vor den anderen, weil ich weiterhin Tante Beatrices Blick im Nacken spüre, zusammen mit ihrer stummen Warnung: *Wenn du den Kommandanten verärgerst, wirst du die Konsequenzen zu spüren bekommen.* Wenn sie etwas hasst, dann empörte Gäste. Und leider ist Kommandant Marik nicht bloß ein neureicher Landadliger.

Ich gebe mir Mühe, mir nichts anmerken zu lassen, dennoch geht meine Atmung abgehackt und viel zu schnell, als ich mich zusammen mit dem Kommandanten an den kleinen, runden Tisch im Raum setze. Ich wähle den Stuhl, der der Tür am nächstem ist. Seine bloße Nähe verursacht mir ein solches Unbehagen, dass ich die Beine in die Hand nehmen und mich in meinem Zimmer verkriechen möchte. Ich gehe jede Wette ein, dass der Kommandant auch bei seinen Truppen gefürchtet ist ... Allein die eiskalte Ausstrahlung, die ihn umgibt, und die präzise und prägnante Art, wie er sich bewegt – nie zu viel, nie ausschweifend – verraten mir, dass er ein durch und durch erbarmungsloser Krieger sein muss, der keine Schwäche duldet; weder bei sich noch bei seinen Untergebenen.

Krampfhaft setze ich ein halbwegs interessiertes Lächeln auf, während ich den Mann mir gegenüber ansehe. Nichts, was ich sehe, weckt auch nur im Geringsten mein Interesse. Weder sein Aussehen noch seine Bewegungen noch die unzähligen Auszeichnungen, die an seiner Uniform funkeln.

Der rationale Teil in mir, der hin und wieder die Oberhand gewinnt, flüstert mir zu, dass er eine gute Partie wäre. Er ist nicht nur einflussreich, sondern mit Sicherheit auch sehr vermögend. Wenn ich ihn heiratete, würde es mir an nichts mangeln.

Der dunkle Teil in mir wirft außerdem ein, dass er ein Soldat ist. Und Soldaten kehren des Öfteren nicht aus Kriegen zurück. Allerdings sieht der Kommandant nicht so aus, als ließe er sich leicht töten ...

»Ihr seid vorhin mit einem meiner Offiziere aneinandergeraten, habe ich gehört«, sagt er nach einer Weile und lässt mich dabei nicht aus den Augen.

Ich runzele die Stirn, weil ich im ersten Moment nicht weiß, worauf er anspielt. Dann kommt mir der Vorfall draußen auf dem Korridor wieder in den Sinn. Sofort bildet sich ein eisiger Knoten in meinem Bauch. Dennoch sage ich so beiläufig wie möglich: »Ich würde es nicht als *›aneinandergeraten‹* bezeichnen.«

Kommandant Marik beugt sich ein Stück über den Tisch zu mir vor. Ich halte den Atem an und verbiete mir, erneut vor ihm zurückzuweichen, obwohl mich ein Zittern erfasst. Ihn noch näher zu wissen, lässt meinen Fluchtinstinkt ohrenbetäubend laut um Beachtung schreien. Doch wenn ich jetzt fliehe ... Abgesehen davon, dass ich mich selbst nicht mehr im Spiegel ansehen könnte, fürchte ich Tante Beatrices Reaktion.

»Als was würdet Ihr es denn bezeichnen?«, fragt er. Als ich den Mund öffne, hebt er die Hand und schneidet mir das Wort ab. »Ihr seid nicht wie andere Frauen. Ihr seid kühl, lasst Euch nicht von einem vorgetäuschten Lächeln blenden – und das schätze ich sehr. Man könnte fast denken, dass Ihr emotionslos seid, vor allem in Bezug auf Männer Eures Alters. Zumindest ist mir nie eine Schwärmerei Eurerseits zugetragen worden, während sich über manch andere junge Frauen schier das Maul zerrissen wird.«

Er verzieht den Mund zu einem Lächeln, das mir fast das Blut in den Adern gefrieren lässt. Wenn ich schon meinte, dass mein antrainiertes Lächeln unecht und aufgesetzt wirkt, so kannte ich Mariks noch nicht. Genau wie mir, dient es ihm als Maske. Wo es bei mir aber Widerwillen kaschiert, verschleiert es bei ihm eine dunkle Bosheit, die für einen Moment in seinen Augen aufglimmt und über die ich nichts Näheres erfahren will. Ich kann mir lebhaft vorstellen, dass allein dieses herablassende und eiskalte Grinsen ausreicht, um so manchen Gegner kapitulieren zu lassen.

»Ich selbst kann mit Gefühlsduselei nichts anfangen. Einer der Hauptgründe, warum ich noch immer ledig bin.«

Ich hoffe, mich verhört zu haben und blinzele ein paar Mal hintereinander. Als es mir auffällt, senke ich schnell den Kopf, um meine Unsicherheit zu überspielen. Jede Schwäche, die ich ihm gegenüber zeige, wird er gnadenlos ausnutzen – so schätze ich ihn zumindest ein.

Als er die Sprache auf den Untergebenen brachte, der seine Sklavin auf dem Korridor verprügelt hatte, dachte ich, er wolle mir für mein Eingreifen Konsequenzen androhen. Aber ... mit dem Verlauf, den die Unterhaltung auf einmal nimmt, bin ich völlig überfordert. Noch nie war ich allein, wenn ein Mann mir den Hof machte. Stets waren entweder Cressa oder eine andere Sklavin oder gar meine Tante zugegen. Doch nun sitze ich mit dem wohl einschüchterndsten Mann, der mir je begegnet ist, abgeschottet in einem Nebenraum und habe keine Ahnung, wie ich mich verhalten soll.

Unvermittelt greift Marik über den Tisch, legt mir zwei Finger unters Kinn und drückt meinen Kopf grob nach oben, sodass ich ihn wieder ansehen muss. Selbst seine Fingerspitzen sind so eisig, dass ich eine Gänsehaut bekomme.

»Aber in Euch, Lady Ezlain, könnte ich eine Vertraute und vielleicht sogar mehr als das gefunden haben. Wäre da nicht Eure zu große Sympathie für Schwächere, wie Ihr vorhin eindrucksvoll unter Beweis gestellt habt. Das müsst Ihr dringend ablegen!«

Mein Mund steht einen Moment offen. Als ich es bemerke, schließe ich ihn schnell wieder. »Wie meinen?«

Er lässt endlich die Hand sinken. Trotzdem spüre ich noch die Kälte auf der Haut, da, wo er mich berührt hat, die sich jetzt in mir ausbreitet.

»Ihr habt einer unwichtigen Sklavin geholfen und Euch gegen einen freien Bürger Ilgarons gestellt. Ein solches Verhalten kann und werde ich nicht dulden.«

»Er hat sie wegen einer Lapalie blutig geschlagen«, halte ich dagegen. »Wäre ich nicht dazwischengegangen, wäre sie …«

»Das ist nicht Euer Problem«, widerspricht Marik und unterbricht mich erneut. »Wenn er der Meinung ist, dass sie, als sein Eigentum, für ihren Fehltritt gezüchtigt werden muss, dann kann er mit ihr verfahren, wie er will. Ihr kennt die Gesetze genauso gut wie ich.«

Ich schüttele den Kopf. »Gesetz hin oder her. Ich kann nicht danebenstehen und nichts tun, wenn sich ein Stärkerer aus Spaß an Schwächeren vergreift. Ich suche mir im Train…« Schnell beiße ich mir auf die Zunge und räuspere mich. »Wenn ich einen Kampf bestreiten müsste, würde ich mir nicht den wehrlosesten Gegner aussuchen, nur damit ich leichtes Spiel habe. Ein solcher Sieg würde bitter schmecken und rein gar nichts bedeuten.«

»Vielleicht solltet Ihr das aber tun«, sagt der Kommandant leichthin. »Schließlich ist ein Sieg ein Sieg. Eure Aufmüpfigkeit und der ständige Drang, Ranghöheren zu widersprechen, ist übrigens der nächste Punkt auf der Liste.«

Liste?, schießt es mir durch den Kopf. Die lähmende Kälte in mir wird augenblicklich von einem dumpfen Zorn abgelöst, der mich sprechen lässt, bevor ich nachdenken kann.

»Ich bezweifele, dass ich den Inhalt Eurer Liste näher vertiefen will«, knurre ich, erhebe mich und wende mich zum Gehen.

Noch ehe ich einen Schritt von ihm wegmachen kann, greift Marik nach meinem Arm und hält mich zurück. Seine Hand umklammert mich wie ein Schraubstock. Und wieder ist da dieser eisige Knoten der Angst, der in meinem Inneren rumort.

»Das solltet Ihr aber, Lady Ezlain. Schließlich betrifft jeder einzelne Punkt auf der Liste nur Euch. Und wir werden sie in voller Länge durchgehen, bevor ich bei Eurer Tante um Eure Hand anhalte.«

Mit einem Ruck zieht er mich näher zu sich. Ich stolpere, verliere beinahe das Gleichgewicht, kann mich aber mit der freien Hand am Tisch abfangen. Allein beim Gedanken, ich wäre gegen ihn gefallen, schüttelt es mich.

»An meiner Seite werdet Ihr zu einer der mächtigsten Frauen des Reiches. Nur die Ehefrauen der Senatsmitglieder stünden im Rang über Euch. Aber wir wissen beide, dass die Streitmacht das Land regiert und nicht irgendwelche Politiker. Und der Befehlshaber der Streitmacht bin ich. Oder werde es in Kürze sein, sobald mein Vater abdankt.«

Noch immer bohrt er die Finger so in meinen Arm, dass es wehtut und ich das Gesicht vor Schmerz verziehe. Doch entweder bemerkt er es nicht oder es ist ihm egal. Langsam steht er auf, überragt mich fast um eine Kopfeslänge und steht mir schon wieder so nah, dass ich nichts lieber täte, als mich in Sicherheit zu bringen.

Ich beiße die Zähne zusammen, schärfe mir ein, dass ich niemals davonlaufen werde, aber dieser Kerl lässt meine Alarmglocken dermaßen laut schrillen, dass mein Körper beinahe ein Eigenleben entwickelt. Ich schnappe viel zu schnell nach Luft, während mir das Herz fast aus der Brust zu springen scheint. *Blickkontakt halten!*, sage ich mir immer wieder. *Zeig ihm nicht, dass du Angst hast. Dann wird es nur noch schlimmer!*

In aller Seelenruhe beugt Marik sich vor und fährt mit der Nase an meiner Wange entlang. Ich zucke nun doch vor der widerlichen Berührung und der unerträglichen Nähe zurück, aber davon lässt er sich gar nicht stören.

»Ihr wärt eine Königin«, flüstert er mir ins Ohr, während mir sein eisiger Atem über Wange und Nacken streicht und einen unangenehmen Schauer nach dem anderen auslöst. »Nicht dem Titel nach, doch niemand würde es wagen, die Stimme gegen Euch zu erheben.«

Ein sorgenfreies Leben an der Spitze der Gesellschaft. Mehr Gold, als ich je würde ausgeben können. Er hat recht: An seiner Seite wäre ich eine Königin, denn niemand wagt es, sich dem Oberkommandanten der Truppen entgegenzustellen. Niemand würde es wagen, mich je wieder zu kritisieren oder an mir herumzunörgeln. Niemand – bis auf einen. Und ich bin mir sicher, dass Tante Beatrice im Gegensatz zu Marik eine Heilige ist.

»Bis auf Euch, meint Ihr«, zische ich und versuche, mich seinem Griff zu entwinden, scheitere jedoch.

Er stößt ein belustigtes Schnauben aus, während er mich nun so fest umklammert, dass ich vor Schmerz ein Keuchen nicht mehr unterdrücken kann.

»Natürlich! Ich dulde keine Fehltritte. Schon seit Langem suche ich nach der perfekten Frau, die sich nicht durch dumme Gefühle leiten lässt. Und mit Euch scheine ich diese Frau gefunden zu haben.«

»*Diese Frau* interessiert sich aber nicht für Euch!«, schnappe ich. »Ich habe nicht vor, zu heiraten. Weder Euch noch sonst wen.«

»Das sieht Eure Tante anders«, gibt er ungerührt zurück. »Ich bin sicher, dass sie sich darüber freuen wird, wenn ich um Eure Hand anhalte. Lady Beatrice weiß, dass Ihr bei mir gut aufgehoben seid und ich Euch nichts durchgehen lassen werde.«

Er streckt die freie Hand nach mir aus, ohne mich aus der Umklammerung freizugeben, und wickelt sich eine lose Haarsträhne von mir um den

Zeigefinger. Dabei streift er mehrmals wie zufällig meine Wange und mein Ohr. Ich zucke jedes Mal zusammen und die Enge im Hals lässt mich beinahe würgen. Meine flache Atmung steigert die aufkommende Panik nur noch weiter. Ich will fliehen – ungeachtet der Konsequenzen –, doch Marik steht mit dem Rücken zur Tür. Selbst wenn es mir gelänge, mich aus seinem Griff zu befreien, käme ich unmöglich an ihm vorbei, ohne dass er mich wieder zu fassen kriegte.

»Wie ich schon sagte …«, raunt er und zieht leicht an der Haarsträhne, sodass mir keine andere Wahl bleibt, als den Kopf noch näher zu ihm zu neigen. »Ich bin gewillt, über kleinere Fehler hinwegzusehen. Ihr hättet ein angenehmes Leben an meiner Seite.«

Ich verziehe den Mund und kann mich erst im letzten Moment davon abhalten, ihm ins Gesicht zu spucken. »Ihr würdet mich einsperren. Wenn ich Euren Ansprüchen nicht genüge oder mich nicht so verhalte, wie Ihr es erwartet, würdet Ihr mich in einer dunklen Kammer einschließen und mich erst wieder herauslassen, wenn ich genauso bin, wie Ihr mich haben wollt.«

Nein, ein Leben als Kommandant Mariks Frau wäre für mich nicht einfacher, als weiterhin unter Tante Beatrices Fuchtel zu stehen. Im Gegenteil. Mit jeder Minute, die ich in Gegenwart dieses Widerlings verbringen muss, wird mir mehr und mehr bewusst, was mich erwartet, wenn ich in diese Hochzeit einwillige. Und der Käfig, in den er mich stecken würde, wäre noch kleiner und trister als der, in dem ich bereits dahinsieche.

Er grinst mich an. »Schön *und* scharfsinnig. Aber leider auch vorlaut. Doch ich bin sicher, dass ich diesen Makel in den Griff bekomme. Schließlich habe ich schon ganz andere Bestien gezähmt. Verglichen damit seid Ihr nichts weiter als eine launische Hauskatze, die sich für eine Löwin hält. Es wird mir eine besondere Freude sein, Euch die Krallen zu stutzen und Euch Euren Platz zu zeigen.«

Marik lässt endlich von der Haarsträhne ab, legt die Hand um meinen Hals und drückt zu. So fest, dass ich Mühe habe, zu atmen. Um mir unmissverständlich klarzumachen, was mir blüht, wenn ich mich nicht so verhalte, wie er es von mir erwartet. Der manische Glanz in seinen Augen, während er wie gebannt auf die Hand starrt, die sich fester und fester um meinen Hals schließt, lässt mich endlich aus der Starre erwachen. Ich kralle beide Händen in sein Handgelenk und kratze ihn so sehr ich kann. Doch das scheint ihn nur weiter anzustacheln. Fester und fester drückt er zu, bis ich nur noch röchelnd nach Luft schnappen kann. *Ich werde ersticken …!* Dunkle Punkte tanzen bereits am Rand meines Sichtfelds und ich verliere zusehends die Kontrolle über meinen Körper.

Erst als ich kurz davor bin, ohnmächtig zu werden, lässt er von mir ab. Während ich meine letzten Kräfte mobilisiere und einen Schritt zurückmache – nur weg von ihm! –, streicht er sich in aller Seelenruhe das Jackett glatt. Würde mein Hals nicht brennen wie Feuer, würde ich mich beim Anblick der Beule in seinem Schritt am liebsten übergeben. Schnell wende ich den Blick ab.

Das Blut rauscht mir in den Ohren, während ich ihm ins Gesicht starre, in der Hoffnung, dort irgendwo einen Funken Reue oder Scham entdecken zu können. Doch das Gegenteil ist der Fall: Er strahlt förmlich, als hätte ihm das, was er mir eben angetan hat, mehr als nur gefallen – es hat ihn auf eine Art angemacht, die ich unter keinen Umständen weiter erforschen will.

»Ich weiß nicht, ob Ihr normalerweise auf diese Weise bei Frauen ankommt, Kommandant«, presse ich mühevoll hervor, »aber bei mir ist das nicht der Fall. Euch wird es niemals gelingen, mein Herz zu erobern. Erst recht nicht mit derartigen Mitteln.«

»Lady Ezlain«, säuselt er.

Er macht einen Schritt auf mich zu, will wieder nach mir greifen, doch ich reagiere instinktiv. Wie Tiro es mir ein paar Mal gezeigt hat, wehre ich seine Hand mit dem Arm ab und fege sie beiseite. Scheinbar überrascht von meiner Gegenwehr versucht Marik nicht erneut, mich zu packen.

»Ihr missversteht«, fährt er stattdessen mit einem kalten Grinsen fort. »Es ist mir völlig gleichgültig, was Ihr für mich empfindet. In Eurer Brust schlägt sowieso nichts weiter als ein verkümmertes Herz aus Stein. Aber selbst wenn dem nicht so wäre, interessierte es mich nicht. Sobald Ihr meine Frau seid, untersteht Ihr *mir.* Ich werde Euch formen, wie es mir beliebt. Ich werde mit

Euch tun und lassen können, was ich will. Es wird keinen Ausweg für Euch geben und Ihr werdet euch fügen – früher oder später. Denn es gibt niemanden, der Euch helfen wird. Niemanden, dem Ihr etwas bedeutet. Eure Tante wird darüber jubeln, Euch endlich los zu sein.«

Für einen kurzen Moment erstarre ich; jeder Muskel in meinem Körper scheint sich bei Mariks Worten zu verkrampfen, während ich nichts weiter tun kann, als ihn anzustarren. Beinahe kann ich mein zukünftiges Leben vor mir sehen: Ich wäre nichts anderes als seine persönliche Sklavin, eingesperrt in Luxus und gekleidet in feine Seide. Wenn er es von mir verlangte, müsste ich auf den Knien vor ihm rutschen und ihm zu Willen sein. Müsste jedwede widerliche Obsession über mich ergehen lassen. Denn wenn ich mich wehrte … Wenn ich gegen ihn aufbegehrte, würde er ganz andere Wege als Tante Beatrice finden, um mich gefügig zu machen. Innerhalb kürzester Zeit wäre ich nichts weiter als ein Schatten meiner selbst.

Ein Blick in seine vor Lust glänzenden Augen lässt mich wissen, dass es ihm in rasender Geschwindigkeit gelänge, mich zu brechen. Und dass es ihm Freude bereiten würde.

Trotz der Panik, die in mir tobt und droht, mich völlig zu übermannen, zwinge ich mich zur Ruhe und suche nach einem anderen Gefühl, das mir in dieser Situation größeren Nutzen bringt.

Im Grunde habe ich zwei Möglichkeiten: mich zu ergeben und ihn dadurch erst gar nicht anzustacheln oder mich gegen Marik aufzulehnen und ihm die Stirn zu bieten.

Tief in mir, beinahe vollständig überlagert von der klirrenden Angst, finde ich das Gefühl, nach dem ich verzweifelt gesucht habe. Ohne weiter zu zögern, zwinge ich die brennende Wut über Mariks unerwünschte Annäherung und Berührungen und die Selbstverständlichkeit, mit der er über mich verfügt, als sei ich nichts weiter als ein Gegenstand, den er nett ausstaffiert herumzeigen kann, sich bis in meine Fingerspitzen auszubreiten.

Ich blecke die Zähne. Ich bin kein Gegenstand. Und ich werde mich nicht von ihm benutzen lassen, wie es ihm beliebt!

Schnell vergewissere ich mich, dass die Tür weiterhin verschlossen ist und wir unter uns sind. Vor ein paar Sekunden hätte mich dieser Umstand noch geängstigt, jetzt begrüße ich ihn. In Gedanken rufe ich die spärlichen Kenntnisse im Nahkampf ab, die ich von Tiro gelernt habe, und als Marik sich erneut zu mir beugt, hebe ich ruckartig das Knie an und ramme es ihm mit voller Wucht zwischen die Beine. Er gibt einen erstickten, in meinen Ohren wundervoll klingenden Laut von sich, ehe er wie ein nasser Sack in sich zusammensinkt. Einen Moment sehe ich mit Genugtuung dabei zu, wie er sich auf dem Boden krümmt und sich mit beiden Händen das schmerzende Gemächt hält, während ich über ihm aufrage.

»Selbst wenn ich Euch tatsächlich heiraten müsste«, presse ich schließlich zwischen zusammengebissenen Zähnen hervor, »habt Ihr unrecht. Es gäbe durchaus einen Ausweg für mich. Als Witwe stünde es mir frei, in einen der zahlreichen Tempel einzutreten. Und glaubt mir, ich würde alles dafür tun, um möglichst schnell zur Witwe zu werden. Wenn Euch also etwas an Eurem erbärmlichen Leben liegt, dann kommt mir nie wieder zu nahe! Nächstes Mal gebe ich mich vielleicht nicht mit einem Tritt zufrieden, sondern werde Euch die Eier abschneiden und sie Euch anschließend ins Maul stopfen, um dann dabei zuzusehen, wie Ihr daran erstickt.«

Seine Augen weiten sich für einen kurzen Moment vor blankem Entsetzen, als er zu mir aufschaut. Ein bisher unbekanntes, aber belebendes Gefühl von Macht durchströmt mich, und wenn ich könnte, würde ich es noch länger auskosten.

Doch der Augenblick währt nur kurz und ich darf nicht länger zögern. Schon bald wird jemand bemerken, dass wir nicht mehr auf dem Empfang sind, und nach uns suchen. Fürs Erste geht von ihm selbst keine Gefahr aus, aber ich sollte so viel Raum wie möglich zwischen mich und Marik bringen, ehe er sich von meinem Angriff erholt hat. Hoffentlich ist es unter seiner Würde, zu erwähnen, was ich mit ihm angestellt und zu ihm gesagt habe ...

Ich wende mich von Marik ab, öffne die Tür, schärfe mir ein, möglichst langsam zu gehen und den Kopf gesenkt zu halten, und durchquere den Saal, ohne dass mich jemand anspricht.

Kapitel 3

Ezlain

Als ich endlich aus dem Saal und nach draußen in den Garten geflohen bin, kehrt die Panik schlagartig zurück.

Verdammt, was habe ich eben getan? Wie konnte ich nur so weit gehen? Warum habe ich nicht einfach um Hilfe gerufen?

Wenn Marik meiner Tante von dem Vorfall erzählt … Ich kralle beide Hände in mein Kleid und zwinge mich, gleichmäßig zu atmen. Ich muss ruhig bleiben! Wenn ich einen Fehler mache und mich selbst verrate, werde ich diesmal garantiert nicht nur eine halbe Stunde in dem Kellerraum zubringen müssen.

Doch welche Wahl habe ich? Als freie Bürgerin Ilgarons bleibt mir gar nichts anderes übrig, als dem Heiratsgesetz Folge zu leisten.

Ich schnappe laut nach Luft und schlage schnell beide Hände vor den Mund, als sich eine komplett absurde Idee in meinem Kopf festsetzt wie ein Geschwür.

Das … ist vollkommener Irrsinn! Schnell schiebe ich die Idee wieder beiseite, aber die ganze Zeit über, die ich mich im Garten verberge und darauf warte, dass die Gäste endlich abreisen, kommt sie mir immer wieder in den Sinn.

Als ich Pferdegetrappel und davonrollende Kutschen höre, wage ich es, das

Anwesen wieder durch den hinteren Sklaveneingang zu betreten. Ich raffe mein Kleid und husche die Treppe zu meinem Zimmer nach oben.

Cressa. Ich muss Cressa davon erzählen. Sie wird die richtigen Worte finden, um mich von diesem wahnsinnigen Vorhaben abzuhalten, so wie sie es immer tut, wenn ich im Begriff bin, über die Stränge zu schlagen. Sie wird mir den Kopf zurechtrücken und mir rundheraus sagen, ich sei nun völlig übergeschnappt. Genau das muss ich jetzt hören. Ein Stück weit erleichtert mich das Wissen, dass meine beste und einzige Freundin mich davon abhalten wird, eine riesengroße Dummheit zu begehen. Auch wenn ich im Moment keinen anderen Ausweg sehe.

Schon als ich am oberen Ende der Treppe ankomme, fällt mir der Lichtstrahl auf, der aus der nur angelehnten Tür meines Zimmers in den ansonsten dunklen Korridor fällt. Ich schlucke angestrengt. Cressa würde nie vergessen, die Tür zu schließen. Nicht, weil ich mir Sorgen machen müsste, dass jemand in meinem Zimmer herumschnüffelt – Tante Beatrice betritt es so gut wie nie –, sondern weil sie weiß, wie sehr ich mich davor fürchte, dass Spinnen oder andere Insekten durch die offene Tür schlüpfen könnten. Nachts lege ich immer eine zusammengerollte Decke vor die Tür, weil ich Angst habe, sie könnten sonst darunter durchkriechen.

Als ich zusätzlich zu der offenen Tür auch ein leises Schluchzen, gefolgt von Tante Beatrices aufgebrachtem Schimpfen höre, befehle ich meinen Beinen, sich endlich wieder zu bewegen. Ich haste auf die Tür zu und stoße sie so schwungvoll auf, dass sie gegen die Wand kracht.

Einen Fuß im Zimmer, den anderen noch auf dem Korridor, bleibe ich wie angewurzelt stehen und brauche nur den Bruchteil einer Sekunde, um die sich mir bietende Szene zu begreifen. Wimmernd kauert Cressa in der Ecke des Zimmers. Ihre Unterlippe ist aufgeplatzt und ihre Wange rot wie Feuer. Ein kleines Blutrinnsal läuft ihr übers Kinn. Als sie mich bemerkt, reißt sie die Augen auf, wagt jedoch nicht, sich zu rühren.

Vor ihr hat sich Tante Beatrice aufgebaut. Das Haar steht ihr wirr vom Kopf ab, während sie Cressa anschreit.

Als Tante Beatrice ausholt, um Cressa erneut zu schlagen, erwache ich aus der Starre. So schnell mich meine Füße tragen, eile ich zu den beiden und fange den Hieb ab, ehe er sein Ziel erreichen kann. Ihr Handgelenk fest umklammert begegne ich dem vernichtenden Blick meiner Tante, ohne zurückzuweichen. Ihr normalerweise ansehnliches Gesicht ist vor Zorn verzerrt, der sich nun gebündelt auf mich richtet.

»Geh mir sofort aus dem Weg!«, keift sie.

»Ich weiß nicht, was hier vor sich geht«, sage ich so ruhig wie möglich, um ihre Wut nicht noch weiter zu schüren, »aber was immer es ist: Cressa hat nichts damit zu tun.«

Sie stößt ein hartes Lachen aus. »Du willst mir also weißmachen, dass du keine Ahnung hast, warum Kommandant Marik sich nicht mehr richtig gerade halten konnte und völlig überstürzt aufgebrochen ist?«, zischt Tante Beatrice. »Über deine kleine Eskapade mit der fremden Sklavin hätte ich hinweggesehen, aber was du dem Kommandanten angetan hast, geht zu weit!«

Ich schlucke krampfhaft. Dass sie sich an Cressa vergreift, um mich zu verletzen, übertrifft alles, was sie mir bisher angetan hat. Und ich fühle mich komplett hilflos. Denn wie ich es auch drehe und wende: Cressa ist rechtlich gesehen Tante Beatrices Sklavin, da ich als unverheiratete Frau keinen eigenen Besitz haben darf und sie mein Vormund ist, und von Gesetzes wegen ist es ihr gestattet, mit ihr zu tun und zu lassen, was sie will. Sie darf sie schlagen, misshandeln – sogar töten, ohne mit Konsequenzen rechnen zu müssen.

Irgendwie muss es mir gelingen, Tante Beatrice von Cressa abzulenken. Schließlich bin ich diejenige, die die beiden – in ihren Augen – Vergehen begangen hat. Vielleicht kann ich ihr klarmachen, dass ich keine andere Möglichkeit hatte, um mich vor Marik zu schützen. Wenn ich ihr die Wahrheit sage …

»Es war nicht meine Absicht, Marik in irgendeiner Weise zu schaden«, entgegne ich, immer noch ruhig, obwohl meine Stimme jetzt zittert. »Er kam mir zu nahe. Ich habe nur …«

»O nein, meine Liebe«, grollt sie und verzieht den Mund. »So leicht kommst du mir diesmal nicht davon. Heute Abend hast du nicht nur einen schwerwiegenden Fehler begangen. Du hast dich einem Offizier entgegengestellt und anschließend nicht nur den Antrag des Kommandanten rundheraus ausgeschlagen, sondern ihn auch angegriffen. Als Kommandant Mariks Frau wärst du eine der einflussreichsten Frauen des Reiches geworden und hättest mir den Großmut, dass ich dich all die Jahre aufgezogen, ausgebildet und durchgefüttert habe, endlich vergelten können. Doch du warst so dumm und lehntest ab. Schlimmer noch, du hast ihn gedemütigt! Ein Mann wie Marik verkraftet es nicht, von einer dahergelaufenen Frau lächerlich gemacht zu werden. Er wird einen Weg suchen, um sich für diese Schmach zu rächen. Und wen nimmt er dabei als Erstes ins Visier? Meine Familie! Er wird uns nie wieder einladen, uns von der Gesellschaft abschneiden. Wir werden unsere Auftraggeber verlieren und dein Onkel wird zu Hause bleiben müssen, weil Kommandant Marik ihn nicht mehr in seiner Einheit haben wollen wird. Alles nur deinetwegen!«

Sie versetzt mir mit der freien Hand einen Stoß gegen die Schulter, doch ich fange mich bereits nach einem Schritt zurück. Dass ich nicht zu Boden gegangen bin, scheint sie nur noch mehr aufzuregen.

»Ich werde mich nicht mehr länger von dir zum Narren halten lassen«, zischt sie. »Du hast die Wahl: Entweder bittest du den Kommandanten auf Knien um Verzeihung und nimmst seinen großzügigen Antrag an oder ich werde mich von dir lossagen.«

Die Tragweite ihrer Drohung raubt mir für einen Moment den Atem. Wenn sie sich von mir lossagt, stehe ich vor dem Nichts. Ohne den Schutz einer Familie, ohne eigenes Vermögen oder auch nur eine Idee, was aus mir werden soll, werde ich ... zugrunde gehen. Vor allem in den Straßen am Hafen und des Handelsviertels wimmelt es von jenen, die es in der Armee nicht geschafft haben – die entweder nicht gut genug waren oder in Ungnade gefallen sind. Ehrlose, Gesetzlose, Schmarotzer. Keine ehrbare Frau wagt sich ohne Begleitung dorthin. Aber wenn Tante Beatrice mich tatsächlich aus dem Haus wirft ... Wohin soll ich gehen? Ich habe nichts; nicht einmal das, was ich gerade am Leib trage, gehört mir.

»Ohne den Schutz einer Familie oder eines Ehemannes«, redet Tante Beatrice weiter, »wirst du da draußen, wo das Recht des Stärkeren gilt, jämmerlich zugrunde gehen, ganz gleich, für wie gewitzt und schlau du dich halten magst. Und ich werde nicht einen Finger rühren, um dich zu retten. Ich habe meine Schuldigkeit getan, als ich dich vor über fünfzehn Jahren in mein Heim ließ, nachdem meine Schwester gestorben war. Ich habe von Anfang an gewusst, dass du nichts als Ärger machen würdest, noch dazu mit dieser nutzlosen Sklavin im Schlepptau.« Ihr Blick huscht zu Cressa hinter mir. Ein eiskaltes Lächeln krümmt ihre Mundwinkel. »Sie wird uns übrigens verlassen. Ich habe sie als Wiedergutmachung dem Offizier geschenkt, mit dem du aneinandergeraten bist.«

»Was?«, entfleucht es mir, während Cressa zeitgleich hinter mir zu schluchzen anfängt. Viel zu laut dröhnt mir mein eigener Herzschlag in den Ohren, während ich verbissen versuche, eine Lösung zu finden. Ich nehme die zitternden Hände von ihr, mein Kopf ist wie leergefegt. »Du kannst sie nicht einfach verschenken. Sie gehört mir!«

Tante Beatrice gibt ein hohes Lachen von sich, ehe sie den Kopf schüttelt. *»Mein Leben gehört mir! Die Sklavin gehört mir!«*, äfft sie mich nach. »Wenn es nach dir ginge, gehört *alles* dir! Aber so läuft das nicht. Du bist ein Nichts! Du lebst nur noch dank meines Großmutes. Ab heute ist das vorbei! Ich behalte dich nur hier, wenn es dir gelingt, den Kommandanten zu überzeugen, dich doch noch zur Frau zu nehmen. Sollte er zustimmen, darfst du bis zur Hochzeit weiterhin hier wohnen, ansonsten ...« Sie zuckt mit den Schultern. »Nun, du weißt, was dir dann blüht. Und nun sieh zu, dass du Sachen für die Sklavin zusammenpackst. Noch vor Sonnenaufgang wird sie abgeholt.«

Ohne mir die Möglichkeit zu geben, auch nur ein Wort zu erwidern, wirbelt Tante Beatrice herum und rauscht mit erhobenem Kopf aus dem Zimmer. Fester als nötig schlägt sie die Tür hinter sich zu und ich zucke unter dem lauten Knall zusammen.

Mein ganzer Körper bebt unkontrolliert. Was ... soll ich jetzt nur tun? Wenn sie mir Cressa wegnimmt, habe ich niemanden mehr. Und wenn sie mich obendrein dazu zwingt, vor Marik zu kriechen und ihn um Verzeihung anzuflehen, werfe ich den kümmerlichen Rest Würde weg, den ich noch in mir trage und den ich mir über die letzten fünfzehn Jahre hinweg bewahrt habe. Ohne Cressa und meiner Würde beraubt werde ich …

Cressa greift nach meiner Hand und wie in Trance drehe ich mich zu ihr um.

»Es tut mir so leid!«, wispert sie, während sie die Stirn gegen meinen Handrücken presst. »Sie hat von dem Zwischenfall erfahren …« Ihre nächsten Worte gehen in Schluchzen unter. »Ich wünschte … ich wäre stärker und könnte … Aber so, wie ich jetzt bin … Ohne jegliche Kraft …« Sie stößt den Atem aus und schüttelt den Kopf. »Und dann …«

Die freie Hand zittert, als ich sie nach ihr ausstrecke und ihr über den Kopf streiche. »Ist schon gut. Es ist nicht deine Schuld.«

»Sie zerrte das Mädchen aus der Küche und brachte es zurück zu ihrem Herrn«, flüstert Cressa. »Und in dem Moment … kam ein Kommandant aus einem der Nebenräume gewankt.«

Ich knie mich vor sie und tupfe vorsichtig mit dem Zipfel meines Gewandes über ihre aufgesprungene Lippe. Tante Beatrice muss sie mehrmals geschlagen haben … Ich will mir gar nicht vorstellen, wie oft sie zuschlagen musste, um Cressa diese Verletzungen zuzufügen, denn Tante Beatrices Arme sind dünn wie Zweige, ihre Hiebe kraftlos.

Mit verquollenen Augen beobachtet Cressa meine Bewegungen. Jedwede Spannung scheint aus ihr gewichen zu sein. Fast so, als hätte sie bereits mit allem abgeschlossen. Sie muss weg, wird wie ein Gegenstand an einen anderen Herrn verschenkt – und ich habe gesehen, wozu dieser Herr fähig ist, wenn es um seine Sklaven geht.

Mir kann Tante Beatrice so viel drohen, wie sie will – ich komme mit ihrem Schreien und ihren Vorhaltungen zurecht. Aber ich werde nicht tatenlos dabei zusehen, wie sie Cressa bedroht, erniedrigt und obendrein verschenkt!

»Uns bleibt nicht viel Zeit«, sage ich, ohne weiter darüber nachzudenken, stehe auf und strecke die Hand nach Cressa aus.

»Was … hast du vor?«, fragt sie krächzend.

»Na, was wohl? Wir verschwinden von hier. Noch heute Nacht.«

Kapitel 4

Ezlain

Nachdem Cressa und ich uns als junge Männer verkleidet und zum Hafen geschlichen hatten, gelangten wir schnell an unsere Grenzen. Ich hatte angenommen, dass sich jeder Kapitän über zusätzliche Arbeitskräfte freuen würde, doch alle, die Cressas zierliche Gestalt erblickten, winkten ab.

Nur der Erste Maat Feodor, dem wir zufällig in einer Schenke begegneten, nachdem uns unsere Beine kaum noch trugen, war gewillt, uns an Bord zu nehmen – im Austausch gegen die Schatzkarte aus dem Kästchen meiner Mutter.

Und da sind wir nun. Eilig folgen wir also dem Maat Feodor durch den Hafen bis zu einem Schiff, das offensichtlich sein Ziel ist. Die *Meereswind* gehört zu den kleineren Zweimastern, die hier vor Anker liegen, doch als wir direkt davorstehen, wirkt sie dennoch beeindruckend. Das dunkle Holz, aus dem das Schiff gefertigt ist, sieht aus, als könnte es allerlei Geschichten von Abenteuern auf See erzählen.

Ungeduldig winkt Feodor uns hinter sich her, sodass uns keine Zeit bleibt, uns weiter umzuschauen. Zunächst führt er uns im Bug unter Deck, wo sich die Unterkünfte der Crew befinden, und teilt uns zwei übereinander angebrachte Hängematten im Schlafraum zu. Ich lege das Bündel mit unseren Habseligkeiten auf die untere der beiden.

Als Nächstes zeigt er uns die Kombüse – ein muffiger Raum unter Deck, der mir viel zu klein erscheint, um darin für all die Männer, die über uns daran arbeiten, dass das Schiff auslaufen kann, zu kochen.

»Hier wirst du dich die meiste Zeit des Tages aufhalten«, sagt Feodor zu Cressa, ehe er sich einem dicken Mann in fleckiger Kochschürze zuwendet, der in einem riesigen Topf rührt. »Das ist dein neuer Helfer. Nimm ihn ordentlich ran! Er scheint mir etwas verweichlicht zu sein.«

Der dicke Mann gibt ein grunzendes Lachen von sich, als er Cressa in Augenschein nimmt. »Worauf du dich verlassen kannst. Er kann gleich damit anfangen, die Vorräte einzuräumen.«

Cressa folgt seinen Blick in den hinteren Bereich der Kombüse, wo sich bis unter die Decke Kisten, Fässer und Säcke stapeln.

»Du packst das!«, wispere ich ihr zu, bevor ich Feodor zurück an Deck folge, wo er mir meine Aufgaben zuteilt.

Wie ich befürchtet habe, reicht er mir Eimer und Wischmopp und weist mich an, das Deck zu schrubben, bis er sich darin spiegeln könne. Ich seufze, spare mir jedoch eine Widerrede. Es würde mir nichts als Ärger einbringen, wenn ich bereits am ersten Tag – und noch dazu bevor wir überhaupt ausgelaufen sind – aufmucken würde.

Ich muss alles daransetzen, so wenig Aufsehen wie möglich zu erregen, beinahe unsichtbar zu sein. Nach all den Risiken, die Cressa und ich in den letzten Stunden eingegangen sind, werde ich nicht zulassen, dass man uns enttarnt, bevor wir dieses verfluchte Land verlassen haben.

Mit den aufgesteckten und unter einer braunen Kappe verborgenen Haaren, dem fest in Bandagen eingeschnürten Oberkörper und der zerschlissenen Kleidung, die Cressa aus den Sklavenhütten neben den Feldern stibitzt hat, erinnert nichts mehr an die junge Frau aus gutem Hause, die ich gestern Abend noch war.

Wir haben nicht viel mitgenommen: ein paar Armreife und Ringe, die wir zu Gold machen können, und etwas Proviant. Die verblichene Karte, die sich – zumindest in Feodors Augen – als Schatzkarte entpuppte, war neben der angelaufenen Münze das einzig Persönliche, das ich mitgenommen habe.

Mutters Buch musste ich schweren Herzens zurücklassen, da ich es nicht unauffällig unter der Kleidung hätte verbergen können.

Auf unserem Weg zum Hafen haben wir einige kleinere Schmuckstücke versetzt, um uns wenigstens ein Frühstück leisten zu können. Als wir im Handwerkerviertel beinahe einem von Tante Beatrices Sklaven in die Arme liefen, stand Cressa kurz davor, in Hysterie zu verfallen und unsere Tarnung so aufs Spiel zu setzen. Doch ich zerrte sie unerbittlich hinter mir her – immer weiter Richtung Hafen.

Wann immer ich mich zu ihr umdrehte, brauchte ich einen Moment, um zu begreifen, warum mir ihr Hals derart nackt vorkam. Noch nie habe ich Cressa ohne das Sklavenhalsband und die beiden Marken gesehen, doch gestern Nacht nahm ich ihr alles ab. Aus einem unbestimmten Gefühl heraus behielt ich aber die blecherne Marke mit ihrem Namen darauf, während Cressa die goldene mit meinem Namen an sich nahm. Wir ließen sie in einer versteckten Tasche unserer Hosen verschwinden.

Es war Zufall, dass Feodor die Karte sah, die ich zufällig mit aus der Tasche zog, als ich unser Mittagessen bezahlen wollte. Vielleicht war es auch Schicksal, denn ohne diesen Zusammenprall hätten wir es nie in so kurzer Zeit auf eines der Schiffe geschafft.

Unschlüssig schaue ich auf den Wischmopp und den Eimer in meinen Händen. Da ich keinerlei Erfahrung mit der Seefahrt habe, ist es nur folgerichtig, dass ich niedere Arbeiten verrichten muss. Allerdings habe ich auch keine Ahnung vom Schrubben von Böden ... Aber so schwer kann das nicht sein!

Obwohl ich körperliche Arbeit nicht gewohnt bin, komme ich gut voran. Morgen werde ich Blasen an den Händen haben, denn das raue Holz des Moppstiels reibt unangenehm an der weichen Haut. Ich beschwere mich jedoch nicht und gehe tapfer meiner Aufgabe nach.

Als ich gerade etwa die Hälfte des Decks geschrubbt habe, umringt mich eine Handvoll Crewmitglieder. Innerlich krümme ich mich aus Angst, sie könnten mich so schnell durchschaut haben; äußerlich gebe ich vor, sie nicht zu bemerken. Doch leider tun sie mir nicht den Gefallen und verschwinden wieder.

»Dich haben wir hier noch nie gesehen«, tönt einer von ihnen und stellt sich breitbeinig vor mich.

Ich richte mich auf und erwidere sein unverhohlenes Starren mit Desinteresse. »Kann ich dir irgendwie helfen?«

Er verzieht die schmalen Lippen zu einem Grinsen. »Meine Jungs und ich wollen nur sichergehen, dass ein Neuling wie du von Anfang an seinen Platz kennt.«

Ohne weitere Vorwarnung prescht er nach vorn und will mich am Hemd packen. Ich reagiere instinktiv. Zwar pressen die Bandagen meine Brüste ab und das weite Hemd umspielt meine Konturen, doch sobald er mich auf Brusthöhe berühren würde, wird er merken, dass etwas nicht stimmt. Das muss ich um jeden Preis verhindern. Ich reiße also den Wischmopp hoch und donnere ihm den Stiel gegen die Wange. Der Seemann taumelt, fängt sich jedoch schnell wieder und spuckt Blut auf das frisch gewienerte Deck. Allein dafür sollte ich ihm ein paar Zähne ausschlagen, schließlich habe ich diese Stelle gerade erst geschrubbt.

»Du mieser kleiner Scheißkerl!«, keift er.

Er geht erneut auf mich los, weicht meinem Hieb diesmal aus. Doch ich wirbele herum, hole wieder mit dem Mopp aus und lasse ihn mit voller Wucht gegen seine ungeschützte Seite prallen. Diesmal verliert mein Gegner das Gleichgewicht und landet mit einem Ächzen auf den harten Planken.

Ich schnappe überrascht nach Luft, verkneife mir aber im letzten Moment ein siegessicheres Grinsen, das bereits in meinen Mundwinkeln lauert. Das Training mit Tiro scheint sich doch mehr bezahlt zu machen, als ich angenommen hatte. Oder diese Matrosen haben nichts weiter als eine große Klappe.

Wie dem auch sei, ich habe es satt, mich herumschubsen zu lassen! Ich bin nicht mehr Lady Ezlain, die ihrer Tante nach dem Mund reden und einem vorgezeichneten Weg folgen muss. Seit gestern Nacht bin ich Ez, ein junger Mann, dem die Welt offensteht.

Ohne Eile schlendere ich zu dem Seemann und halte ihm den Stiel des Mopps wie eine Schwertspitze an den Hals, als er versucht, wieder aufzustehen.

»Es freut mich auch, dich kennenzulernen«, sage ich laut genug, sodass die anderen Crewmitglieder mich hören können. »Ich bin übrigens Ez. Ich kenne meinen Platz und will keinen Ärger, bis wir den nächsten Hafen erreichen. Das nächste Mal, wenn du oder einer deiner schmierigen Gesellen mir oder meinem Kumpel, der für euch Widerlinge in der Kombüse das Essen zaubert, zu nahe tretet, werde ich zu einer anderen Waffe als einem Wischmopp greifen. War das deutlich genug oder muss ich es wiederholen?«

Einer aus der Menge versucht, mich hinterrücks anzugreifen, doch ich reagiere schnell genug und ramme ihm mit voller Wucht die nassen Fransen des Mopps in den Bauch. Würgend sackt er auf die Knie. Ich wende mich den übrigen Männern zu, die mich jetzt aus gebührendem Abstand mustern. Wenn sie auf die Idee kommen, mich gemeinsam anzugreifen, habe ich keine Chance, das weiß ich.

»Ich habe jahrelang Kampftraining genossen«, stelle ich klar. Es schadet nicht, wenn ich mein Können etwas ausschmücke. »Ihr könnt nicht gegen mich gewinnen, also versucht es gar nicht erst. Ich will hier nur in Ruhe meine Aufgaben verrichten. Also geht mir verdammt noch mal aus dem Weg!«

Der Herzschlag donnert mir in den Ohren und erst nach und nach realisiere ich, was ich gerade getan habe. Mein Körper reagierte von ganz allein und spulte die Bewegungen ab, die ich mit Tiro eingeübt habe. Niemals hätte ich es für möglich gehalten, dass ich gewinnen könnte. Gegen Tiro hatte ich nie den Hauch einer Chance, doch die Männer hier an Bord ... Ich runzele die Stirn. Sie sind allesamt hager und unterernährt, wie mir jetzt auffällt. Und wahrscheinlich auch nicht im Kampf bewandert, schließlich ist die *Meereswind* ein Handelsschiff.

Einer der Männer hebt beide Hände, um mir zu signalisieren, dass von ihm keine Gefahr droht, und hilft seinen Kumpanen wieder auf die Füße.

»Glaub ja nicht, dass du mit uns eine angenehme Zeit haben wirst, Ez«, zischt der, den ich zuerst zu Boden geschickt habe und der der Anführer der Meute zu sein scheint. »Wir werden dir den Aufenthalt auf der *Meereswind* zur Hölle machen!«

»Wenn du mit allen Zähnen im Zielhafen ankommen willst, solltest du dir das noch mal überlegen«, schlage ich vor.

Purer Hass flammt in seinem Blick auf und ich umfasse den Griff des Mopps fester, da ich jeden Augenblick mit einem weiteren Angriff rechne. Er konnte mir schon einmal ausweichen. Auch diesmal wird er darauf vorbereitet sein, dass ich mich wehre, und ich werde kein leichtes Spiel mit ihm haben. Solange sich die anderen jedoch nicht einmischen, stehen meine Chancen nicht schlecht. Wenn es mir gelingt, ihren Anführer auszuschalten, wird der Kampfgeist der Übrigen erlöschen – und ich habe hoffentlich meine Ruhe.

Ich fixiere meinen Gegner, bereit, bei der kleinsten Bewegung zuzuschlagen.

»Was ist hier los?«, fragt Feodor hinter mir.

Ich zucke erschrocken zusammen, bin zu überrumpelt von der plötzlichen Unterbrechung, die mich aus der Anspannung des bevorstehenden Kampfes reißt, um antworten zu können.

»Er hat angefangen!«, begehrt der Anführer sofort auf und deutet auf mich.

»Meine Herren«, sagt Feodor gedehnt und kommt auf uns zu, »ich dachte, ich hätte jedem von euch genügend Aufgaben zugeteilt, um euch für den heutigen Tag zu beschäftigen. Da ihr aber anscheinend genug Freizeit habt, um Ärger zu machen, werde ich euer Arbeitspensum aufstocken.«

»Aber …«, setzt der Anführer an, wird jedoch sofort von Feodor unterbrochen.

»Ich will deine Ausreden nicht hören, Kyle. Ich weiß, dass du ein Querulant bist, aber ich habe dich trotzdem in die Crew geholt. Beweise mir, dass meine Intuition richtig war, und hör auf, den Neuling zu ärgern!«

Kyle zischt einen Fluch, den ich lieber nicht genauer verstehen will, und zieht mit seinen Anhängern von dannen, um die Segel zu setzen. Sobald er außer Sichtweite ist, fällt die Anspannung von mir ab und ich lasse den Mopp sinken.

»Danke«, murmele ich Feodor zu, »aber ich wäre auch allein mit ihnen fertig geworden.«

»Ich weiß«, entgegnet er. »Jedoch gehört Kyle zu den Männern, die eine

Niederlage nicht so einfach hinnehmen. Wenn er gegen dich nicht ankommt, wartet er auf eine Gelegenheit, um sich deinen Kumpel zu schnappen. Denn Kyle wird schnell merken, dass Cress deine Schwachstelle ist. Du wirst nicht immer da sein, um den Kleinen zu beschützen. Kyle und seine Kumpane sind nicht einfach, aber sie sind gute Seemänner. Halte dich möglichst von ihnen fern, wenn du keinen Ärger willst.«

»Ich werd's versuchen«, sage ich und stoße den Atem aus.

Feodor nickt. »Wir laufen bald aus. Sieh zu, dass du das Deck bis dahin sauber kriegst und geh dann runter in die Kombüse. Der Koch und dein Freund werden jede helfende Hand brauchen, wenn das Schiff sich in Bewegung setzt. Erst dann können sie die Ladung endgültig sichern.«

Feodor wendet sich von mir ab und zieht weiter zum nächsten Crewmitglied. Ich tauche den Mopp in den Eimer und schrubbe Kyles Blut weg, ehe ich mich dem restlichen Deck widme.

***

Schon wenige Stunden nach dem Auslaufen kauert Cressa an Deck und wirft sich alle paar Minuten mit dem Oberkörper über die Reling, um sich zu übergeben. Mehr als Galle würgt sie nicht mehr hoch, doch ihr Magen beruhigt sich einfach nicht. Wann immer ich es möglich machen kann, stehe ich ihr bei und streiche ihr aufmunternd über den Rücken. Zum Glück ist sie nicht die einzige der Crew, die seekrank wird, wodurch sie nicht zu viel Aufmerksamkeit auf sich zieht. Entlang der Reling hocken im Augenblick sieben weitere Seemänner und speien sich die Seele aus dem Leib.

»Ich werde sterben«, haucht Cressa tonlos, als ich mich neben sie knie. »Wir sind noch nicht mal einen Tag unterwegs, aber ich werde ...«

Weiter kommt sie nicht. Sie schafft es gerade noch, sich an der Reling hochzuziehen und nicht aufs Deck zu speien. Als sie fertig ist, sinkt sie auf den Boden zurück und lehnt sich kraftlos gegen mich.

»Ich wusste gar nicht, dass du seekrank wirst«, murmele ich, während ich den Kopf gegen ihren lehne. »Hast du nicht gesagt, du wärst früher schon auf einem Schiff gewesen?«

Sie nickt. »Aber das war größer und hat nicht so stark … geschaukelt.«

Ihr zierlicher Körper krümmt sich zusammen, als sie eine weitere Übelkeitswelle überrollt.

»Versprich mir, dass du mich nicht einfach ins Meer wirfst, wenn ich draufgehe«, wispert sie. »Ich will nicht für alle Ewigkeit in der Kotze der anderen schwimmen.«

Ich schmunzele. »Wo hast du denn in der kurzen Zeit solch böse Wörter aufgeschnappt?«

Sie wirft mir einen kurzen Blick aus glasigen Augen zu. »Du müsstest den Koch mal hören … Ich bezweifele, dass er einen Satz sagen kann, ohne dabei zu fluchen. Ich gebe mir wirklich Mühe, nicht auf sein Gerede zu achten, aber offenbar klappt das nicht.«

Ich streiche ihr eine dunkle Haarsträhne aus der schweißnassen Stirn. »Du wirst nicht draufgehen, sondern bist nur seekrank. Das gibt sich nach einer Weile.«

Cressa murmelt etwas, was nicht nach Zustimmung klingt. »Warum bist *du* nicht seekrank?«

Ich zucke mit den Schultern. »Keine Ahnung. Ich versuche, mich mit dem Schiff zu bewegen – und nicht dagegen. Dadurch verliere ich zwar hin und wieder das Gleichgewicht, aber mein Magen rebelliert nicht.«

Nachdem sie sich erneut übergeben hat, keucht Cressa: »Ich weiß nicht, wie ich es zurück in die Küche schaffen soll … Allein der Gedanke an Essen verleitet mich dazu, mich gleich jetzt ins Meer zu stürzen. Ich kann da nicht arbeiten!«

»Das musst du aber«, entgegne ich. »Feodor und der Koch haben bestimmt Verständnis dafür, dass du an deinem ersten Tag noch keine großartigen Leistungen erzielst, aber ab morgen musst du dich zusammenreißen!«

»Das sagst du so einfach«, murrt sie. »Wie lange wird es dauern, bis wir von diesem verdammten Schiff wieder runterkommen?«

Erneut glimmt ein Anflug von Belustigung über Cressas Wortwahl in mir auf. »Eine Woche, meinte Feodor. Wenn die Winde uns gewogen sind.«

»Wir sollten auch dem Meeresgott ein Opfer darbringen, damit seine Wellen uns nicht verschlingen«, murmelt Cressa.

Ich stupse sie mit der Schulter an. »So gottesfürchtig kenne ich dich gar nicht.«

Sie seufzt. »Wenn du von einem Tag auf den anderen inmitten des Meeres bist und weit und breit kein Land zu sehen ist, änderst du deine Meinung. Ich zumindest bete lieber zum Gott des Meeres, als mich hinterher in einem nassen Grab wiederzufinden, weil ich ihn erzürnt habe.«

»Ez!«, ruft einer der Seemänner in diesem Augenblick zu uns herüber. »Wo steckst du, Mann?«

»Ich muss wieder los«, flüstere ich Cressa zu und drücke ihre Schulter. »Reiß dich zusammen und mach keine Dummheiten, wenn ich nicht da bin!«

Sie schenkt mir ein schwaches Lächeln, ehe sie erschöpft den Kopf zurück an die Reling lehnt.

***

Die Nächte verbringen Cressa und ich zusammen mit den anderen Crewmitgliedern unter Deck. In der ersten Nacht mache ich kein Auge zu, weil Cressa, die in meine Hängematte geklettert ist und sich fest an mich presst, bei jedem Knarren der Dielen und jeder Welle, die gegen den Rumpf schlägt, zusammenzuckt.

»Wir werden sterben«, wispert sie.

Ich schlinge beide Arme um sie. »Werden wir nicht. Die See ist ruhig und du hast dem Meeresgott die Hälfte deines Abendessens geopfert.« Leise in ihr Ohr flüsternd füge ich hinzu: »Es hungert ihn nicht mehr nach zierlichen Frauen.«

Cressa seufzt und vergräbt das Gesicht an meiner Schulter. »Aber was ist, wenn er eine neue Braut will? Ich eigne mich nicht dazu, die Braut eines Meeresgottes zu werden! Außerdem stinkt es hier unten zum Himmel! Auch ich rieche nach Schweiß und sogar du. Wenn ich's recht bedenke, würde ich sogar der Heirat mit dem Meeresgott zustimmen, wenn er mir im Gegenzug nur ein heißes Bad verspricht …«

»Du musst nur noch ein paar Tage aushalten«, flüstere ich. »Wenn wir den Schatz gefunden und wie alle anderen Crewmitglieder unseren Anteil bekommen haben, kannst du dir ein ganzes Badehaus für dich allein kaufen. Aber bis dahin musst du den Gestank von dir, mir und knapp zwanzig anderen Männern ertragen.«

Sie brummt mir gegen den Hals. »Vielleicht hätte ich mich doch ins Meer stürzen und auf die Gnade des Meeresgottes hoffen sollen – oder dass ich ihm gefalle …«

Ich schüttele über ihre Worte leicht den Kopf. Im Gegensatz zu Cressa habe ich mich – abgesehen von dem Zusammenstoß mit Kyle und seinen Spießgesellen – schnell in die Crew eingefügt und verrichte meine Arbeit zur Zufriedenheit von Feodor. Mir würde es nichts ausmachen, noch eine ganze Weile auf See zu bleiben. Wahrscheinlich sähe es anders aus, wenn ich wie Cressa von Übelkeit geplagt würde. Und ich werde nicht vergessen, weshalb wir hier sind.

Mit der Hand fahre ich über die Brustbandage, in der ich die angelaufene Münze verborgen halte. Sollte sich ein Crewmitglied an unserem Hab und Gut zu schaffen machen, wird er dort rein gar nichts von Wert finden. Cressas Sklavenmarke, die wie eine Münze geformt ist, steckt noch immer in der geheimen Tasche meiner Hose.

Um Cressa von ihren schwermütigen Gedanken abzulenken, frage ich: »Wie war dein Tag? Kommst du mit dem Koch aus?«

»Er ist raubeinig, aber umgänglich«, antwortet sie zögerlich. »Ich glaube, er nimmt Rücksicht auf mich, aber trotzdem schimpft er mich oft aus. Außerdem habe ich mir achtmal in die Finger geschnitten, weil das Schiff schaukelte, als ich Kartoffeln zerteilte. Die salzige Seeluft brennt in den Wunden … Und ich habe mich mehrmals an den heißen Töpfen verbrannt.« Sie seufzt. »Tut mir leid, dass ich nur jammere. Ich hab … einfach Angst, verstehst du? Jedes Mal, wenn ich den Mund aufmache, befürchte ich, dass jemandem meine verstellte Stimme auffällt oder ich irgendwas Dummes sage, was mich enttarnt. Die ganze Situation ist ungewohnt. Wahrscheinlich könnte ich mich besser anpassen, wenn ich nicht darum bangen müsste, dass jeder noch so kleine Fehler meinen Tod bedeuten könnte.«

»Du machst das großartig«, murmele ich und streiche ihr über den Kopf.

Selbst nachts tragen wir die Kappen, die den Großteil unserer Köpfe bedecken und unser Haar gänzlich verbergen. »Mich stört es nicht, wenn du mir gegenüber jammerst, solange du deine Arbeit machst. Bald können wir all das hinter uns lassen und beginnen irgendwo ein neues Leben.«

»Ich weiß«, flüstert sie. »Es klingt traumhaft, egal wie oft du es sagst.«

Kapitel 5

Ezlain

Nach den anfänglichen Schwierigkeiten gliedert sich auch Cressa jeden Tag besser in die Mannschaft ein. Kyle und seine Kumpane machen einen großen Bogen um mich und mit den übrigen Crewmitgliedern komme ich immer besser aus.

Cressa leidet nicht mehr unter Seekrankheit und erzählt mir am Abend des vierten Tages, als wir wieder gemeinsam in einer Hängematte liegen und der Rest der Crew bereits schnarcht, der Koch habe sie heute sogar gelobt. Ihre Augen leuchten selbst in der fast gänzlichen Dunkelheit des Schlafraumes.

Die harte körperliche Arbeit an Deck zehrt stärker an meinen Kräften, als ich es mir hätte vorstellen können. Darum schaffe ich es abends kaum, Cressa länger als fünf Minuten zuzuhören, bevor ich in einen tiefen, traumlosen Schlaf falle und nichts mehr um mich herum wahrnehme. Ich bezweifele sogar, dass ich aufwachen würde, wenn das Schiff unterginge.

In dieser Nacht jedoch werde ich von einem grellen Schrei aus dem Schlaf gerissen und bin sofort hellwach.

»Cress!«, hauche ich tonlos, während ich nach dem schlanken Körper taste, der neben mir liegen müsste. Der Stoff der Hängematte ist zwar noch warm, aber von Cressa fehlt jede Spur.

Mein Blick huscht durch den Raum. Die meisten anderen Crewmitglieder sind hier und reiben sich verschlafen übers Gesicht, ebenfalls geweckt durch den Schrei. Die ersten Lampen werden entzündet. Nur Kyles Hängematte am anderen Ende des Raumes ist leer, genau wie die von ein paar seiner Anhänger.

Hastig springe ich aus der Matte und renne hinaus an Deck, von wo der Schrei kam. Die Nacht ist finster und sternlos; die Wolken sind so dunkel, dass sie sich kaum vom schwarzen Himmel abheben.

Ich erstarre, als ich meinen nackten Fuß auf die eiskalten Planken stelle, und brauche einen Moment, um zu begreifen, was gerade vor sich geht. Kyle und drei weitere Crewmitglieder haben Cressa umringt und sie so weit zurückgedrängt, dass sie sich mit dem Rücken an den Mast pressen muss. Doch am härtesten trifft mich, dass sie ihr die Kappe vom Kopf gerissen haben. Cressas schwarzes Haar ergießt sich über ihren Rücken und die Schultern und glänzt im Schein des Mondes. Das darf nicht wahr sein! Sie ... sie wissen es! Aber wie ...?

Doch die Frage nach dem Grund ist unwichtig. Das Einzige, was jetzt zählt, ist, Cressa zu retten.

Gerade als ich auf sie zurenne, packt Kyle Cressas Hemd und reißt es mit einem Ruck herunter. Cressa schreit auf und schlingt die Arme um den Oberkörper, doch Kyles grabschenden Händen kann sie nicht entkommen.

»Nimm die Finger von ihm!«, brülle ich, obwohl ich noch einige Meter entfernt bin.

Lachend wendet sich Kyle zu mir um. »*Ihm?*«, wiederholt er spottend. »Willst du das noch mal überdenken?«

Er zerrt an der Bandage um Cressas Oberkörper. Ohne zu zögern, stürze ich mich auf ihn, als ich ihn erreicht habe, doch es gelingt ihm durch eine geschickte Drehung, dem Hieb auszuweichen. Wenigstens musste er von Cressa ablassen. Schützend stelle ich mich vor sie, während sie versucht, die Fetzen ihres Hemdes um sich zu schlingen.

»Niemand rührt sie an«, grolle ich.

Kyle gibt ein Schnauben von sich. »Willst sie wohl ganz für dich allein, was?

Aber so läuft das nicht, Kumpel! Eine Frau hat an Bord nichts zu suchen. Das bringt Unglück! Sollte sie dennoch so dumm sein, sich aufs Schiff zu schmuggeln, muss sie eben für die Überfahrt bezahlen.« Seine Lippen verziehen sich zu einem schmierigen Grinsen. »Und da die Kleine so aussieht, als würde sie kein großes Vermögen mit sich führen, wird sie mit ihrem Körper bezahlen müssen.«

Cressa gibt hinter mir ein Wimmern von sich, das sich mir direkt ins Herz schneidet. Ich schlucke gegen die Enge im Hals an, als ich mich weiter vor ihr aufbaue und sie so gut es geht vor Kyles gierigen Blicken verberge.

»Ich sage es noch einmal«, zische ich. »Wagt es ja nicht, sie anzurühren!«

»Keine Angst, Ez! Wir lassen dir was übrig«, sagt Kyle mit einem Glucksen. »Nachdem die Crew fertig ist, darfst du auch ran. Obwohl du sicherlich schon von der Kleinen gekostet hast, nicht wahr?«

Blind vor Zorn gehe ich mit den Fäusten auf ihn los, doch er ist auch diesmal auf den Angriff vorbereitet. Wieder gelingt es ihm, mir auszuweichen. Ehe ich zu einer erneuten Attacke übergehen kann, packen mich zwei der anderen Männer von hinten und verdrehen mir die Arme auf den Rücken, bis ich aufschreie. Ich winde und wehre mich nach Leibeskräften, bäume mich auf, bis ich das Gefühl habe, dass bei der kleinsten weiteren Bewegung meine Schultern zersplittern – gegen die beiden bin ich chancenlos.

»Mach nicht so ein Gesicht, Ez!«, tönt Kyle. »Sie blutet zwar gerade, aber das stört mich nicht. Wenn wir mit ihr fertig sind, hätte sie sowieso geblutet.«

Erst jetzt fällt mir der blutige Stoffstreifen auf, der neben Cressa auf den Planken des Decks liegt, und die leichte Verfärbung vorn an ihrer Hose. Für einen kurzen Moment schließe ich resigniert die Augen. Das hat sie also verraten. Warum hat sie mir nichts gesagt? Ich hätte ihr doch helfen können ... Ich hätte aufgepasst, dass sie niemand beobachtet, doch sie hat sich allein weggeschlichen, um den Stoffstreifen über Bord zu werfen, bevor einer der Seemänner bemerkt, dass ihre Monatsblutung eingesetzt hat. Kyle muss ihr gefolgt sein oder war zufällig zur selben Zeit an Deck. Dass sie ausgerechnet ihm in die Arme laufen musste ...

Mir muss schleunigst etwas einfallen, wie ich uns beide retten und Kyle zum Schweigen bringen kann, doch mein Kopf ist wie leer gefegt. Ich sehe nur Cressas vom Weinen verquollenes Gesicht vor mir, ihren angsterfüllten Blick, der zwischen mir und Kyle hin und her huscht.

Ich darf nicht länger zögern! Fieberhaft krame ich in meinem Kopf nach sämtlichen Lektionen, die ich im Laufe meines Lebens mit Tiro trainiert habe. Nicht eine hätte mich auf das, was mir nun bevorsteht, vorbereiten können.

Ich bäume mich auf und trete dem Mann zu meiner Rechten so fest auf den Fuß, dass er aufheult und sein Griff sich für einen kurzen Moment lockert. Das genügt, um meinen Arm zu entwinden und auf den anderen Mann loszugehen. Meine Waffen sind nur meine Fingernägel, mit denen ich ihm quer übers Gesicht kratze, bis auch er aufschreit und mich loslässt. Seine Qualen sind nur ein entferntes Rauschen, das mich weiter anstachelt.

Durch den von mir verursachten Tumult lässt Kyle wieder von Cressa ab, packt stattdessen mich und rammt mir ohne Vorwarnung das Knie zwischen die Beine. Ich zucke zwar zusammen, aber die durchschlagende Wirkung, mit der er wahrscheinlich gerechnet hat, bleibt aus. Bevor ich merke, dass ich einen Fehler gemacht und nicht genug Schmerz vorgetäuscht habe, um meine Fassade aufrechtzuerhalten, packen mich die anderen beiden Männer wieder von hinten und halten mich fest.

Kyles Miene verdüstert sich, als er sich drohend vor mir aufbaut. Ich wage nicht zu atmen, während mir das Herz viel zu schnell in der Brust donnert. Verdammt! Wieder bäume ich mich auf, erreiche jedoch noch weniger als zuvor. Eine Weile mustert Kyle mich stumm, greift dann nach der Kappe und zieht sie mir grob vom Kopf. Ich beiße mir auf die Zunge, um nicht aufzuschreien. Äußerst geschickt für einen Mann löst er die Spangen, die meine kupferroten Haare bisher gebändigt haben.

»Du also auch?«, fragt er, wobei ein übereifriger Glanz in seine Augen tritt. »Mal sehen, ob du mehr zu bieten hast als deine kleine Freundin.«

Zeig ihm nicht, wie viel Angst zu hast!, schießt es mir durch den Kopf. Auch wenn Kyle die erdrückende Präsenz fehlt, die Kommandant Marik umgibt, scheinen sie vom gleichen Schlag zu sein: Sie lieben es, Schwächere zu quälen und ergötzen sich an ihrer Angst.

Meine Atmung geht nun flach und viel zu gehetzt. Innerhalb weniger Minuten hat er uns beide enttarnt. Und nun sind wir ihm und seinen Spießgesellen schutzlos ausgeliefert. Dennoch schärfe ich mir ein, keine Miene zu verziehen und zucke nicht zusammen, als er auch mir das Hemd zerfetzt. Die kühle Nachtluft streicht über mich, bis ich eine Gänsehaut bekomme.

Verbissen überlege ich, was ich tun kann, kämpfe immer wieder gegen die Umklammerung an und versuche erneut, nach meinen Häschern zu treten, doch sie haben dazugelernt. Aber selbst ein sinnloser Kampf ist besser, als mich vollends der Angst hinzugeben. Eingekeilt zwischen Kyle vor mir und zwei seiner Schergen hinter mir gibt es für mich keinen Ausweg.

Jäh kommen meine Gedanken zum Stillstand, verflüchtigen sich, als wären sie nie da gewesen, als ich Kyles raue Finger an meinem Bauch spüre. Bis eben habe ich versucht, mich zu wehren, doch jetzt ... scheint jeder Muskel in meinem Körper zu Eis zu erstarren und sich meinen Befehlen zu verweigern.

So fest ich kann, beiße ich mir auf die Unterlippe, als sich die fremden Finger einen Weg in meine Hose bahnen.

Ich will das nicht ... Ich will nicht, dass er ...

Ich beiße fester zu, bis ich Blut schmecke. Fester und immer fester, bis ich fast aufschreien muss. Der Schmerz hilft mir, nicht vollends in Panik zu verfallen.

Ich werde nicht um Gnade betteln. Ich werde ihn nicht anflehen, mich zu verschonen. Ich werde das durchstehen. Solange sie sich auf mich konzentrieren, ist Cressa vor ihnen sicher. Ich schaffe das. Ich bin stärker als sie. Ich komme darüber hinweg, denn ich habe ein Herz aus Stein. Ich ...

»Keine Gegenwehr?«, raunt mir Kyle ins Ohr. Sein Atem, der auf die kurze Distanz abgestanden und faulig riecht, verstärkt die Übelkeit, die seine widerlichen Berührungen in mir ausgelöst haben, nur noch weiter. »Ich hatte mich schon darauf gefreut, die kleine Wildkatze zu zähmen. So macht es nur halb so viel Spaß.« Flüsternd fügt er hinzu: »Und es wird bedeutend länger dauern.«

Ich unterdrücke ein Schaudern und blecke stattdessen die Zähne. »Tu, was du nicht lassen kannst, aber halte dich von Cressa fern! Wenn du sie anrührst, bringe ich dich um!«

Kyle gibt ein dreckiges Lachen von sich. »Aber mit dir darf ich machen, was ich will? Diesem Handel bin ich nicht abgeneigt ... Ich werde dich schon noch dazu bringen, um Gnade zu betteln. Das tun sie irgendwann alle.«

»Ezlain, nicht!«, ruft meine Freundin. »Lass dir das nicht antun! Nicht meinetwegen! Bitte ... wehre dich!«

Ich darf ihnen nicht zeigen, wie viel Angst ich habe. Ich muss stark sein.

»Na, willst du nicht auf die Kleine hören?«, fragt Kyle.

Ich zucke zusammen, als er mir mit einem kalten Finger über den Schoß streicht. Angewidert davon fange ich beinahe an zu würgen, während ich gleichzeitig keine Luft mehr bekomme. Jeder Muskel in mir verkrampft sich.

Meine Gegenwehr ist zu einem halbherzigen Aufbäumen geworden, weil ich sowieso weiß, dass es keinen Zweck hat. Es gibt keinen Ausweg für mich. Gegen die Männer komme ich allein nicht an. Selbst wenn es mir gelänge, ein paar von ihnen zu überwältigen, wird der Rest von ihnen Cressa gegen mich einsetzen, bis ich mich ihrem Willen füge. Lieber lasse ich es jetzt über mich ergehen, als es sinnlos in die Länge zu ziehen. Ich beiße die Zähne zusammen, schließe die Augen und befördere mein Abendessen mit heftigem Schlucken wieder dorthin, wo es hingehört, als sich Kyles Finger immer weiter vorwagt und kurz davor ist, in mich einzudringen.

Ich halte das aus. Egal was sie mir antun, ich halte es aus. Mein Herz ist aus Stein. Ich werde ihm befehlen, nichts zu empfinden, wie es Steine normalerweise tun. Ich kann ...

»So, wie du zitterst, hat noch nie ein anderer Kerl deine Muschi berührt, nicht wahr?«, flüstert er mir rau ins Ohr. »Ich wette, du bist so eng, dass ich kaum in dich reinkomme. Aber keine Sorge, das schaffe ich schon! Und ich werde mir alle Zeit der Welt lassen. Danach wirst du jedes Mal an mich denken, wenn du mit einem anderen vögelst.«

Tränen brennen mir in den Augen, doch ich blinzele sie weg. Ich will mir gar nicht vorstellen, was er mir alles antun kann ... Er wird sich nicht damit zufriedengeben, mich nur gegen meinen Willen zu nehmen. Er wird mich auf alle erdenklichen Arten erniedrigen. Ich weiß das. Ich weiß auch, dass ich mich wehren sollte, aber das hat keinen Sinn. Ich muss es über mich ergehen lassen und …

»Was ist hier los?«, donnert eine tiefe Stimme hinter mir.

Kyle zieht sofort die Hand zurück und auch seine Untergebenen lassen von mir ab. Ohne die Umklammerung sacke ich ein Stück nach vorn und kann mich wegen der schlotternden Knie kaum auf den Beinen halten.

Atmen … Ich muss atmen … Ich muss … Schnell presse ich mir eine Hand auf den Mund, um mich nicht sofort zu übergeben.

Cressa kommt auf mich zugestürzt und schmiegt ihr tränenüberströmtes Gesicht an meine Schulter.

»Es tut mir leid«, wispert sie. »Ich konnte dir nicht helfen. Ich wünschte, ich hätte …« Der Satz geht in Schluchzen unter, doch es ist nicht wichtig.

Cressa … Es geht ihr gut. Erleichtert stoße ich die angehaltene Luft aus. Ich lege einen Arm um sie, schiebe sie halb hinter mich und überzeuge mich zunächst davon, dass von Kyles Kumpanen keine Gefahr mehr ausgeht. Erst dann suche ich nach unserem Retter.

In der Nähe des Steuerrads steht ein älterer Mann, den ich bisher noch nicht an Bord zu Gesicht bekommen habe. Ein schneeweißer, penibel gestutzter Bart umrahmt das wettergegerbte Gesicht. Er ist groß und die Weste, die mit allerlei Abzeichen gespickt ist, die im Mondschein glänzen, spannt um seine Brust. Hinter ihm entdecke ich Feodor, der alles andere als erfreut aussieht.

»Ich habe herausgefunden, dass sich zwei Frauen widerrechtlich Zugang an Bord verschafft haben, Kapitän«, sagt Kyle und deutet eine Verbeugung an. »Ich war gerade dabei, sie dafür zu bestrafen.«

»Wie deine ›Bestrafung‹ aussieht, ist mir nicht entgangen«, sagt der Kapitän in eisigem Tonfall. Auf eine würdevolle Art, die nur wenigen Menschen zu eigen ist, schreitet er die Treppe zum Deck hinab. Mit jedem Schritt, den er sich uns nähert, sinkt Kyle weiter in sich zusammen. »Hat dir deine Mutter keinen Respekt vor Frauen beigebracht? Ach, ich vergaß: Du kanntest sie ja gar nicht.«

»Aber, Kapitän, ich …«

Der Kapitän hebt die Hand und schneidet Kyle mit einer knappen Bewegung das Wort ab. »Ich will nichts mehr von dir hören! Du weißt genauso gut wie ich, dass ich ein solches Treiben auf meinem Schiff nicht dulde!« Der Blick aus seinen eisblauen Augen richtet sich unvermittelt auf mich und das Zittern in meinen Knien nimmt zu. »Und nun zu Euch, meine Damen. Bitte nehmt meine aufrichtige Entschuldigung für das Fehlverhalten der Crew an. Ich werde sie dafür bestrafen lassen.«

»Das ... ist nicht nötig, Kapitän«, entgegne ich krächzend und schlüpfe nur mit Mühe wieder in die Rolle des wohlerzogenen Mädchens aus gutem Hause. »Es ist niemandem etwas geschehen. Wenn es nach mir ginge, könnten wir den Vorfall einfach vergessen und ...«

»So leid es mir tut, aber in einem Punkt hat Kyle recht«, unterbricht mich der Kapitän, ohne auf meine Worte einzugehen. »Ihr seid widerrechtlich auf meinem Schiff. Und das kann ich nicht dulden.«

Cressa schnappt hörbar nach Luft und ich tue es ihr gleich. Kein Wort des Widerspruchs kommt uns über die Lippen; beide sind wir zu schockiert über die Entwicklung. Erst rettet er mich vor Kyle und nun will er mich selbst bestrafen?

»Ich bin ein gelehrter Mann, der viele Jahre seines Lebens auf See verbracht und allerlei Wunder mit eigenen Augen gesehen hat«, fährt der Kapitän fort. »Es muss schon mehr als ein Sturm kommen, um mich davon zu überzeugen, dass der Gott des Meeres mein Leben fordert. Aber ...« Er macht einen Schritt zur Seite und deutet auf die restliche Crew, die sich am Eingang zu den Schlafräumen herumdrückt und uns mit einer Mischung aus Abscheu und Neugier beäugt. »... das trifft nicht auf alle Seemänner zu. Frauen haben auf einem Schiff nichts zu suchen.«

»Es bringt Unglück, eine Frau an Bord zu haben«, höre ich einen der Männer murmeln. Schnell stimmen ihm die restlichen zu. »Den Meeresgott giert es stets nach neuen Bräuten, deshalb versenkt er jedes Schiff, auf dem sich eine Frau befindet.«

»Und ... auf unserem sind gleich zwei«, wirft ein weiterer Seemann ein. »Er wird uns in die Tiefe reißen, um an sie heranzukommen.«

»Wir müssen sie ihm opfern!«, begehrt ein dritter auf und erneut schwillt zustimmendes Gemurmel an. »Wenn wir sie über die Planke schicken, wird uns der Meeresgott als Dank eine sichere Überfahrt gewähren.«

Ich taste nach Cressas Hand. Sie ist so kalt, als wäre bereits jedwedes Leben aus ihr gewichen. Dennoch halte ich sie fest, um ihr zu zeigen, dass ich hier bin und sie nicht allein ist. Gleichwohl brauche ich die Berührung, um zu wissen, dass *ich* nicht allein bin. Es war meine Idee, aus Ilgaron zu fliehen. Ich war es, die die fremde Sklavin auf dem Fest verteidigt und den Gast gegen sich aufgebracht hat. Alles, was uns widerfährt, ist ganz allein meine Schuld. Nur meinetwegen ist Cressa nun in dieser Situation ... Und mit jeder Sekunde, die verstreicht, scheint sich unser Los zu verschlechtern.

»Ihr seht«, murmelt der Kapitän uns zu, »dass euer Schicksal bereits besiegelt ist.«

Für einen Moment scheint mir das Blut in den Adern zu gefrieren. Seine volltönende Stimme klingt plötzlich so ... endgültig und wird von einem entfernten Donnergrollen untermalt.

»Hört ihr das?«, murmeln die Männer. »Sie haben einen Sturm heraufbeschworen!«

Es fällt mir schwer, sie nicht anzuschreien, dass sie abergläubische Mistkerle sind, wenn sie einen simplen Sturm mit einer Frau an Bord in Verbindung bringen, doch ich konzentriere mich weiterhin auf den Kapitän.

»Gibt es keinen Weg, wie Ihr uns retten könnt?«, zwinge ich mich zu fragen. »Bis zu unserem Zielort ist es nicht mehr weit. Wenn wir uns ruhig verhalten und nicht mehr blicken lassen, bis wir ankommen, dann ...«

Der Kapitän schüttelt den Kopf. »Ich befürchte, du verstehst nicht, Mädchen«, murmelt er leise. »Ich ließe euch an Bord, bis wir den nächsten Hafen anlaufen, denn ich weiß, dass von euch keine Gefahr ausgeht. Aber meine Crew ist nicht derart weitsichtig. Sie sind abergläubisch und halten an widersinnigen Traditionen fest. Wenn ich mich gegen sie stelle, riskiere ich eine Meuterei und das kann ich mir nicht leisten. Dieses Schiff ist alles, was ich besitze.«

Ich schließe kurz die Augen und stoße den Atem aus. *Das war's*, denke ich.

Die Seemänner gieren nach einem Opfer und sie werden eines bekommen –, auf die eine oder andere Weise. Mir bleiben nur Sekunden, um eine Entscheidung zu treffen, denn das Donnern des aufziehenden Gewitters kommt immer näher.

»Ich verstehe«, murmele ich. »Wäre es Euch möglich, zumindest Cressa Unterschlupf zu gewähren, bis das Schiff den nächsten Hafen erreicht?«

»Ezlain, was hast du vor?«, piepst sie hinter mir.

Ohne den Blick vom Kapitän zu nehmen, sage ich: »Der Meeresgott wird sich auch mit einer Braut besänftigen lassen.«

»Nein!«, japst Cressa. »Das lasse ich nicht zu! Wenn sie tatsächlich eine von uns ins Meer werfen müssen, dann werde ich das sein. Ich bin dir sowieso nur ein Klotz am Bein ... Außerdem kann ich ...«

»Ich werde freiwillig zur Braut des Meeresgottes werden«, sage ich, ohne auf Cressa zu achten.

Noch bevor ich den Satz beendet habe, zuckt über uns ein Blitz über den kohlschwarzen Nachthimmel, gefolgt von einem lauten Donner, der mir bis in die Magengrube fährt und die Planken unter meinen Füßen vibrieren lässt.

Und in diesem Moment weiß ich, dass ich verloren habe. Ein kurzer Blick über die Schulter des Kapitäns genügt, um jede Hoffnung zu zerstören. Wie ein Mann setzt sich die Crew in Bewegung und stürmt auf uns zu, begierig darauf, Cressa und mich ins Meer zu werfen, um damit dem drohenden Sturm zu entkommen. Es hat keinen Sinn, vernünftig mit ihnen zu reden.

Also fasse ich den einzigen Entschluss, der zumindest eine von uns retten kann.

Ich packe Cressa an der Schulter und schiebe sie dem Kapitän in die Arme. »Passt auf sie auf!«, schärfe ich ihm ein, ehe ich meiner Freundin einen letzten Blick zuwerfe. Ihre Augen sind schockgeweitet und ihr Gesicht ist leichenblass. Ich zwinge mich zu einem Lächeln.

Dann wirbele ich herum, schnappe mir den Wischmopp und stelle mich mit dieser primitiven Waffe der Crew entgegen. Da ich ohnehin nicht gegen so viele von ihnen gewinnen kann, brauche ich eigentlich keine Waffe, aber ich fühle mich besser, wenn ich etwas umklammert halten kann, damit niemand meine zitternden Hände sieht.

Als sie nah genug an mich herangekommen sind, gehe ich mit lautem Gebrüll auf sie los und schlage auf die Männer in vorderster Reihe ein. Aus den Augenwinkeln sehe ich, wie der Kapitän die schluchzende Cressa beiseiteschafft, und ich nicke ihm dankbar zu, ehe ich von der Crew überwältigt werde. Sie entreißen mir den Mopp und verdrehen meine Arme nach hinten, bis ich aufschreie.

Mein Überlebenswille zwingt mich dazu, mich wieder und wieder aufzubäumen, obwohl mir eigentlich dafür die Kraft fehlt – und schließlich halten mich drei Männer ruhig. Begleitet von leisem Summen, das meine Angst noch weiterschürt, zerren und tragen sie mich zu der Seite des Schiffes, an der sich die Planke befindet. Wann immer eine hohe Welle gegen den Bug schlägt oder das Schiff stark schaukelt, halten sie kurz inne und lassen das Summen lauter anschwellen, als könnten sie damit den Zorn des Meeresgottes besänftigen. Die Melodie jagt mir einen Schauer nach dem anderen über den Rücken.

»Wir haben sie!«, ruft einer der Männer über die Reling hinaus ins Meer. »Wir haben deine Braut! Verschone unser Leben!«

Ich trete um mich, gerate aber sogleich ins Straucheln, als die drei Männer mich unsanft auf die Planke stoßen. Gerade so gelingt es mir, das Gleichgewicht zurückzuerlangen. Das Stück Holz, das über das Schiff hinausragt, wackelt im aufziehenden Sturm auf und nieder und bietet mir keinerlei Möglichkeit, mich festzuhalten. Unter mir tost die See; das Wasser wirkt nahezu schwarz.

Verdammt!, ist der einzige Gedanke, der ohne Unterlass durch meinen Kopf wirbelt.

Kyle zieht einen Säbel und richtet die Spitze auf mich. »Runter mit dir«, befiehlt er.

Als ich zögere, setzt Kyle einen Fuß auf die Planke und holt mit dem Säbel aus, sodass mir nichts anderes übrig bleibt, als vor ihm zurückzuweichen. Mit dem hinteren Fuß trete ich ins Leere. Ein Kribbeln wütet in meinem

Bauch, als sich mein Gewicht verlagert, ich den Halt verliere und von der Planke stürze.

Cressas Schrei wird von den über mir zusammenbrechenden Wellen übertönt. Ein helles Licht durchdringt für einen kurzen Augenblick die dunklen Fluten – wahrscheinlich ein Blitz.

Das Letzte, was ich bewusst wahrnehme, ist die Kälte des Wassers, die sich wie Tausende Nadelstiche in meine Haut bohrt und mir die Sinne raubt.

Kapitel 6

Ezlain

Ich bin tot. Das ist der einzige Gedanke, zu dem ich fähig bin.

Das Stechen in meiner Brust verleitet mich dazu, nach Luft zu schnappen. *Böser Fehler.* Außerdem muss ich doch nicht mehr atmen, wenn ich …

Die frische Luft sticht wie tausend Nadeln in meinen Lungen und ich befürchte, gleich ohnmächtig zu werden. Japsend stemme ich mich auf die Unterarme, woraufhin meine Schultern protestieren, doch wenigstens kann ich so besser atmen.

Ich weiß, dass ich die Augen geöffnet habe, doch um mich herum ist alles finster. Unter den Fingern spüre ich jedoch … Ist das Sand?

Mir dröhnt der Schädel, als ich mich dazu zwinge, mich an die letzten Minuten auf der *Meereswind* zu erinnern. Ich bin in die Fluten gestürzt. Ein Sturm tobte und die Wellen waren so hoch, dass ich schon nach wenigen Sekunden unterging wie ein Stein. Es war so kalt … Ich hätte innerhalb weniger Minuten ertrinken müssen. Doch meine schmerzenden Muskeln erinnern mich mit Nachdruck daran, dass ich noch ziemlich lebendig bin.

Eine eisige Brise streift über meine noch feuchte Haut und sofort klappere ich mit den Zähnen. Wenn mich nicht alles täuscht, trage ich nichts weiter als die dünne Hose und die Bandagen am Leib – nichts, was mich vor Wind und Wetter schützen könnte.

Ich zwinge mich dazu, den Kopf zu drehen und mich umzusehen. Wo auch immer ich bin, ich brauche einen Unterschlupf, wenn ich nicht erbärmlich erfrieren will!

Plötzlich bleibt mein Blick an einem flackernden Licht hängen – der einzigen Helligkeit inmitten des schwarzen Nichts. Mehr kriechend als gehend schleppe ich mich auf dieses Licht zu, das lockend wie ein warmes Feuer nach mir zu rufen scheint.

Ich stemme mich auf die Füße und strecke die Arme aus, damit ich in der Dunkelheit nicht gegen ein Hindernis laufe.

Als ich näher komme, bemerke ich, dass das Licht aus einer Höhle scheint. Ein Unterschlupf! Vor Erleichterung brennen mir Tränen in den Augen.

Die letzten Meter ziehen sich endlos dahin, bis ich hartes, kühles Gestein unter den Fingern spüre. Ich schlucke jeden Schmerzenslaut hinunter, der mir die Kehle hinaufkriecht, und setze tapfer einen Fuß vor den anderen. Das flackernde Licht sticht in meinen auf Dunkelheit getrimmten Augen, doch selbst auf mehrere Meter Entfernung kann ich die wundervolle Wärme spüren, die das Feuer verströmt. Ich seufze auf.

Auf einmal werde ich grob von hinten gepackt, vom Feuer weggezerrt und gegen die Felswand gedrückt. Sämtliche Luft weicht mir aus den Lungen.

»Sieh mal einer an! Wen haben wir denn da?«

Die Stimme klingt viel zu nah, doch ich kann nur einen Umriss ausmachen, der direkt vor mir aufragt. Ein fester Körper presst sich gegen mich, um mich an Ort und Stelle zu halten. Wie auf der *Meereswind*.

Mit letzter Kraft öffne ich den Mund und schreie, so laut ich kann.

Sofort verschwindet der Körper und ich sacke kraftlos zu Boden.

»Ein ... Mädchen?« Der zweifelnde Klang der Stimme lässt mich den Kopf heben und erneut gegen die Helligkeit anblinzeln. »Wie kommst du hierher?«

»Hil...fe«, krächze ich, ehe alles um mich herum schwarz wird.

***

Ich weiß, dass ich wach bin, aber ich bin viel zu erschöpft, um die Augen zu öffnen. Stattdessen flüchte ich mich weiter in die Schwärze, in der Hoffnung, so noch für ein paar Minuten alles, was die letzten Tage geschehen ist, aus meinem Kopf aussperren zu können.

Anstatt nachzudenken, konzentriere ich mich auf das, was ich fühle. Ich habe keine Ahnung, wo ich bin, aber die unterschwellige Angst, die mich begleitet, seit ich aus Tante Beatrices Anwesen geflohen bin, sucht mich nicht heim. Stattdessen fühle ich mich … *geborgen.* Das muss an der behaglichen Wärme liegen, die mich umgibt und meinen durchfrorenen Körper wieder aufheizt. Meine Füße fühlen sich zwar immer noch so an, als bestünden sie aus Eis, doch abgesehen davon scheine ich nicht mehr kurz vor dem Kältetod zu stehen. Vor mir spüre ich ein prasselndes Feuer, aber die Wärmequelle hinter und auf mir lässt mich vor Wonne aufseufzen. Erschöpft taste ich nach der Decke, von der sie kommen muss, um mich darin einzukuscheln.

Doch anstatt zuerst auf Stoff zu treffen, wie ich angenommen habe, ertasten meine Fingerspitzen warme, fast fiebrig heiße Haut. Mit einem Aufschrei zucke ich ein Stück zurück und rolle mich umständlich herum, nur um mich beinahe Nasenspitze an Nasenspitze mit einem völligen Fremden wiederzufinden. Vor Schreck vergesse ich zu atmen.

»Ich wäre dir sehr verbunden, wenn du nicht schon wieder schreien würdest«, sagt er in beiläufigem Tonfall. Seine Stimme klingt leicht kratzig, als wäre auch er gerade erst aufgewacht.

Und als wäre alles in bester Ordnung.

Doch nichts ist in Ordnung!

Wir atmen dieselbe Luft, was sich völlig irrational anfühlt. Mit Ausnahme von Kyle und seinen Spießgesellen sowie Kommandant Marik ist mir noch nie ein Mann derart nah gekommen, dass ich seinen Atem auf dem Gesicht fühlen und die farbigen Akzente in seinen Iriden sehen konnte. Gebannt starre ich in seine halb geschlossenen Augen, aus denen er mich träge mustert. Eine solche Augenfarbe habe ich noch nie gesehen. Vielleicht liegt es daran, dass sich das prasselnde Feuer in ihnen spiegelt, ansonsten würde ich behaupten, seine Augen hätte die Farbe von flüssigem Gold – eine wilde Mischung aus Gelb und Orange mit bronzefarbenen Einsprengseln.

Als der Fremde provokant eine Augenbraue nach oben zieht, reiße ich endlich den Blick von seinen Augen los und mir wird wieder bewusst, dass er mir viel zu nahe ist. Mir zittert die Unterlippe, während ich mich nicht entscheiden kann, ob ich wieder schreien soll oder besser weiter schweigen. Ich sollte es – spätestens nach dem, was mir auf der *Meereswind* widerfahren ist, sollte ich so laut schreien, bis mir die Stimme versagt. Ich müsste mich vor seiner Nähe fürchten und davor zurückschrecken, denn die jüngste Vergangenheit hat mich gelehrt, dass es nicht gut für mich ausgeht, wenn ich einen Mann – noch dazu einen Fremden! – an mich heranlasse.

Wahrscheinlich ist mein Gehirn noch immer eingefroren, anders kann ich mir nicht erklären, dass ich keinerlei Angst verspüre.

Als ich stumm bleibe, zieht mich der Fremde näher zu sich und hüllt mich erneut in die wundervolle Wärme ein, die ich beim Aufwachen hinter mir gespürt habe und die nur von ihm auszugehen scheint. Eine Decke ist zwar auch bis zu den Hüften über uns ausgebreitet, aber die …

Moment, ist das sein Arm, der da auf meiner Taille liegt? Und auch unsere Beine sind heillos miteinander verschlungen. Ich schnappe nach Luft, woraufhin er schnell von mir abrückt und beide Hände auf die Decke legt.

»Bitte nicht schreien«, wiederholt er. »Mir klingeln noch vom letzten Mal die Ohren. Hätte nicht gedacht, dass ein so kleines Wesen solchen Lärm verursachen kann.«

»Klein?«, krächze ich.

Ich mag vieles sein, aber klein bin ich mit Sicherheit nicht. Immerhin bin ich fast genauso groß wie die meisten Männer, die ich aus Ilgaron kenne. Für eine Frau bin ich viel zu groß und nicht feingliedrig genug, um dem gängigen Schönheitsideal zu entsprechen – wie Tante Beatrice nie müde wurde zu erwähnen, wenn sie wieder Kleider für mich ändern lassen musste.

Der Anflug eines Lächelns huscht über seine Lippen, die gefährlich nahe sind. »Im Gegensatz zu mir bist du klein.«

Ich rücke ein Stück von ihm ab, um wieder klar denken zu können. Als ich es endlich geschafft habe, meine Beine aus seinen zu entwirren und aufstehen will, verheddere ich mich in der Decke und falle um ein Haar der Länge nach hin. Schneller als ich je hätte reagieren können, springt der Fremde auf und packt mich an den Oberarmen. Ich zucke instinktiv zusammen und gebe einen heiseren Schrei von mir.

Ich weiß, dass er mich nur davor bewahren wollte, wieder zu Boden zu gehen, aber auf diese Weise gepackt zu werden ... Ich fühle mich zurückversetzt auf die *Meereswind*, umringt von Männern, die es nicht erwarten können, mir Gewalt anzutun. Für einen Augenblick fühle ich mich wieder hilflos.

Als er mein Zusammenzucken bemerkt, nimmt der Fremde sofort die Hände von mir und hebt sie in einer entschuldigenden Geste hoch. Dennoch trommelt mir das Herz weiterhin schmerzhaft gegen den Brustkorb.

»Wie ... komme ich hierher?«, frage ich, nachdem ich mich unsicher in der Höhle umgesehen habe.

»Ich hatte gehofft, dass *du* mir das beantworten könntest.«

Nicht zufrieden mit dieser patzig klingenden Antwort verdrehe ich die Augen und mustere mein Gegenüber, so gut es bei dem spärlichen Licht möglich ist. Er ist tatsächlich groß; fast einen Kopf größer als ich. Trotz der einfachen Kleidung, die seine Figur lose umspielt, scheint er kräftig zu sein. Doch am auffallendsten sind die eine Spur zu langen Haare, die in den Schattierungen eines lodernden Feuers zu schimmern scheinen. Blond, Kupfer und Rot vermischen sich in heillos unordentlichen Strähnen, die ihm teils bis in die Augen hängen, zu einem undurchsichtigen, aber auch faszinierenden Ganzen. In Ilgaron, wo die meisten Einwohner blondes oder braunes und nahezu alle Sklaven schwarzes Haar wie Cressa haben, steche ich mit meiner kupferroten Mähne heraus. Doch nach diesem Mann hätte sich *jeder* auf der Straße umgedreht, so eindrucksvoll ist allein das Farbenspiel seiner Haare. Und auch der Rest ...

Ich schüttele den Kopf, um die verstörenden Gedanken zu vertreiben. Was ... war das denn? Ich habe noch nie ...

»Bist du fertig?«, fragt er gedehnt, wobei wieder ein halb unterdrücktes Lachen an seinen Mundwinkeln zupft. »Ich bin es nicht mehr gewohnt, so eindringlich gemustert zu werden. Aber ich kann nicht sagen, dass es mir unangenehm ist. Willst du noch mehr sehen? Ich könnte mein Hemd ausziehen.«

Wie vor den Kopf gestoßen halte ich seinem funkelnden Blick mehrere Sekunden lang stand, weil mir keine passende Erwiderung einfällt. Dann zuckt ein Muskel unter meinem rechten Auge, als ich mich kurz darüber ärgere, dass er mein Starren richtig gedeutet hat. Doch noch mehr ärgere ich mich über sein Angebot. Was bildet der Kerl sich eigentlich ein?

»Nein?«, fragt er, als ich nur stumm den Mund öffne und wieder schließe, ohne dass ein Ton der Entrüstung herauskommt. »Wie schade. Sag mir, falls du deine Meinung ändert solltest.«

Das zweideutige Augenzwinkern, das er mir schenkt, beschwört ein seltsames Kribbeln in meinen Wangen herauf.

»Ganz sicher nicht!«, zische ich, nachdem ich endlich meine Stimme wiedergefunden habe.

»Ich hatte schon sehr lange keinen solch liebreizenden Besuch mehr«, sagt er, während er mich aus einiger Entfernung mit schief gelegtem Kopf mustert.

Sein Tonfall ist eine Mischung aus Raunen und Knurren. Befänden wir uns in einer anderen Situation, würde ich ihn vielleicht faszinierend finden. Nun lässt er mich jedoch auf der Hut sein. Vor allem, als sein Blick eine Spur zu lange an meinem spärlich bekleideten Oberkörper hängen bleibt. Schnell schlinge ich beide Arme um mich, im verzweifelten Versuch, mich zu bedecken.

»Eigentlich noch nie, wenn ich ehrlich bin. Zumindest, seit ich mich in dieser Höhle befinde. Was verschafft mir die Ehre, dass du einfach so in mein Heim einbrichst?«

»Ich ... wusste nicht, dass jemand in dieser Höhle *wohnt*«, murmele ich. »Kannst du mir sagen, wo wir hier sind und wie ich von hier wegkomme?«

Diesmal lacht er – voll und tief – und ich werde das Gefühl nicht los, dass er mich auslacht. »Schätzchen, ich habe keine Ahnung, was du ausgefressen hast, um hier zu landen, aber ich kann dir versichern, dass du diese Insel so schnell nicht wieder verlassen wirst.«

›*Schätzchen*‹? Ich knirsche über diesen unfreiwilligen Spitznamen mit den

Zähnen. Und doch beunruhigt mich der Rest von dem, was er sagte, noch viel mehr.

»Was meinst du damit, dass ich die Insel nicht so schnell verlassen werde?«

Sein Blick verdüstert sich. »Genau das, was ich gesagt habe. Wenn du ebenfalls auf diese Insel verbannt wurdest, wirst du für den Rest deines …«

Er verstummt mitten im Satz und seine Augen weiten sich, während er mich anstarrt, als würde er darüber nachdenken, ob er mich zum Abendessen verspeisen soll. Ein Schauer rauscht durch mich hindurch, als ich einen vorsichtigen Schritt zurückmache. Doch je weiter ich zurückweiche, umso näher kommt er mir.

»Ich … Ich werde schreien!«, warne ich ihn.

»Tu das«, raunt er. »Hier ist niemand, der dich hören kann. Bis auf mich, versteht sich.«

Ich schaffe es nicht einmal, genug Luft zu holen, um aus Leibeskräften zu schreien, da kommt er bereits auf mich zugestürmt und drängt mich so weit zurück, dass ich mit dem Rücken gegen die Felswand knalle. Er bewegt sich derart schnell, dass ich ihn kaum mit Blicken verfolgen kann. Viel zu schnell, als dass ich mich gegen ihn wehren könnte. Mich durchflutet eisige Panik, während ich mich mit Händen und Füßen zu verteidigen versuche.

Als ich ihm über die Unterarme kratze, gibt er ein genervtes Knurren von sich, packt meine Handgelenke und pinnt sie mit einer Hand über meinem Kopf fest. Dann drängt er seinen Unterkörper gegen meinen, um auch meine Beine ruhig zu halten. Ich zittere am ganzen Leib.

Habe ich mich freiwillig auf der *Meereswind* geopfert, nur um in dieser Höhle vergewaltigt zu werden?

Hektisch schnappe ich nach Luft, wobei meine Brust bei jedem Atemzug gegen seine stößt.

Ich versuche weiterhin, gegen seinen festen Griff anzukommen, scheitere jedoch kläglich. Stattdessen presst er sich noch fester an mich, bis ich ihn nahezu überall an mir spüre. Am meisten nehme ich die wohlige Hitze wahr, die von ihm ausgeht und die einen krassen Kontrast zur eisigen Kälte der Gesteinswand hinter mir bildet.

Mit der freien Hand greift er unvermittelt nach meiner Brust.

»Nimm die Finger weg!«, zische ich, aber das beeindruckt ihn nicht im Geringsten.

»Wenn du einen Moment aufhören würdest, zu kratzen und zu treten, würde es viel schneller gehen«, grollt er.

»Ja, klar!«, schnappe ich. »Als ob ich mich nicht dagegen wehren würde, wenn du ...«

Unvermittelt zieht er die Hand zurück und lockert den Griff um meine Handgelenke. Mit einem triumphierenden Grinsen hält er mir die angelaufene Münze vor die Nase, die ich in den Bandagen um meine Brust verborgen gehalten habe. Dann macht er einen Schritt zurück und dreht sich um. Beinahe verliere ich das Gleichgewicht ohne seinen Halt.

Völlig perplex starre ich auf seinen Rücken, während die Körperstellen, die er eben noch umklammert hielt, auf seltsame Weise kribbeln. Doch er scheint mich komplett vergessen zu haben. Er wollte nur an die Münze! Doch woher wusste er, dass sie sich dort befindet?

»He!«, krächze ich. »Gib das zurück, du Dieb!«

Während er die Münze zwischen den Fingern reibt, wendet er sich dem Lagerfeuer zu. »Dann erzähl mal. Wer bist du und was verschlägt dich in meine bescheidene Behausung? Und vor allem: Woher hast du die Münze?«

Ich verschränke die Arme vor der Brust und versuche die Kälte zu vertreiben, die mir noch immer in den Gliedern steckt. »Nichts davon geht dich etwas an.«

Er setzt sich im Schneidersitz auf den Boden und schaut grinsend zu mir auf. Im tanzenden Licht des Feuers sehen seine Haare wie züngelnde Flammen aus, während seine Augen zu glühen scheinen. Ich bestaune dieses Schauspiel einen Moment mit leicht geöffnetem Mund und mein Herz macht einen Satz. Ein seltsames Gefühl, dass ich noch nie empfunden habe, wenn ich einen Mann angeschaut habe. Und es ist völlig fehl am Platz!

»Weißt du«, murmelt er gedehnt, »wenn eine so leicht bekleidete Frau in meine Höhle stolpert, denke ich eigentlich, dass der Abend für mich nur gut werden kann. Oder dass die Bewohner des Festlands endlich Vernunft angenommen haben und mir eine Jungfrau opfern, wie ich es schon lange fordere.«

Schnell klappe ich den Mund wieder zu. »Ich bin keine …«

Er zieht eine Augenbraue nach oben und ich verstumme, als ich sein wissendes Grinsen erblicke. »Und ob du das bist!«

Ich schnaube, wende den Blick ab und umklammere die Oberarme fester. »Wie dem auch sei – es geht dich nichts an, wer oder was ich bin. Und wenn es nach mir ginge, wäre ich gar nicht hier. Wo auch immer *hier* ist.« Ich strecke auffordernd die Hand nach ihm aus. »Gib mir die Münze zurück und ich verschwinde auf der Stelle. Ich habe keine Zeit, um sie mit dir zu vergeuden.«

Er seufzt. »Ich dachte eigentlich, dass du meine Gesellschaft genießen würdest … Soll ich dich wieder in den Arm nehmen? Deine Wangen hatten diesen netten Rotton, als du aufgewacht bist.« Seine Mundwinkel heben sich. »Oder ist es dir lieber, wenn ich dich wieder gegen die Wand drücke?«

Ich blecke die Zähne. »Rühr mich bloß nicht noch mal an!«

Er seufzt theatralisch. »Wir drehen uns im Kreis, Schätzchen. Du bist hier und ich bin hier und wenn es nach mir ginge, könnten wir uns die restliche Zeit gern angenehmer gestalten als mit langweiligem Gerede, das zu nichts führt.«

Ich ringe noch einen Moment mit mir. »Ezlain«, knurre ich schließlich und beantworte damit seine Frage von vorhin. »Mein Name ist Ezlain. Und wie genau ich hierhergekommen bin, weiß ich nicht. Ich … bin ins Meer gefallen und irgendwann aufgewacht. Ich habe ein Licht gesehen und bin ihm in diese Höhle gefolgt.«

Der Fremde nickt. »Und anschließend bist du in meinen Armen zusammengebrochen. Du hast mir übrigens noch nicht dafür gedankt, dass ich dich aufgewärmt habe.«

Ich verenge die Augen zu Schlitzen. »Danken? Du bist ein kauziger Einsiedler, der wehrlosen Frauen ihre letzte Habe raubt.«

Mit einer übertriebenen Geste packt er sich an die Brust. »Autsch, das hat wehgetan! Hältst du wirklich so wenig von mir?«

»Die Liste mit den positiven Dingen, die es über dich zu sagen gibt, ist denkbar kurz«, grummele ich, während ich auffordernd mit der Hand wedele. »Und nun gib mir die Münze zurück! Sie ist alles, was ich noch besitze.«

Erneut rollt er die Münze bedächtig zwischen Daumen und Zeigefinger. »Für das alte Ding wirst du nicht einmal ein Hemd bekommen, um dich anständig zu bekleiden. Nicht, dass du eines bräuchtest! Von mir aus kannst du weiter so herumlaufen, gern auch ohne Bandagen.« Wieder zucken seine Mundwinkel, als könnten sie sich nicht entscheiden, ob sie sich zu einem zweifellos süffisanten Grinsen heben sollen oder nicht. »Die sind ganz schön eng geschnürt. Ist das nicht unbequem? Ich habe nichts dagegen, wenn du sie etwas lockern möchtest.«

Ich weiß nicht, ob ich rot anlaufen, ihn anschreien oder ihm lieber gleich den Hals umdrehen soll. Der Drang, die Arme wieder vor der Brust zu verschränken, wird beinahe übermächtig, aber dann hätte er genau das erreicht, was er will – mich verunsichern. Am besten ist es, ihn nicht spüren zu lassen, wie sehr mich seine Sticheleien irritieren.

Auf diese Art hat noch nie ein Mann mit mir geredet, deshalb habe ich keine Ahnung, was ich darauf erwidern soll. Einerseits bin ich froh darüber, dass er nicht zu den Kerlen wie Kyle oder Marik gehört, die sich einfach nehmen, was sie wollen. Andererseits schüren seine Sprüche in mir den Drang, feuerrot anzulaufen.

Schnaubend wende ich mich von ihm ab.

»Ich habe deine Spielchen mitgespielt und dir gesagt, wer ich bin und wie es mich hierher verschlagen hat. Da draußen ist meine beste Freundin, die darauf wartet, dass ich sie finde, denn ohne mich …« Ich breche ab und schüttele den Kopf. Das geht den Kerl doch nichts an! Im schlimmsten Fall hat er Beziehungen nach Ilgaron und ich muss dorthin zurück. »Wie gesagt, ich habe keine Zeit zu verlieren. Gib mir die Münze zurück und hab noch ein schönes Leben in diesem … Loch.«

Sein Blick nimmt wieder raubtierhafte Züge an; der Schalk, der eben noch in seinen Augen aufblitzte, verschwindet völlig.

»Oh, das finde ich interessant! Eine beste Freundin, die auf deine Hilfe wartet! Was hältst du davon, wenn ich dir dabei helfe, von dieser gottverlassenen Insel zu entkommen?«

Ich gebe einen abschätzigen Laut von mir. »Verzeih, aber du haust in einer Höhle und siehst nicht so aus, als würdest du eine Flotte befehligen.«

»Das nicht«, gibt er zu. »Aber ich könnte ein Boot haben und mich nun wieder daran erinnern, dass das Festland nicht weit von hier ist. Jedoch zu weit, um zu schwimmen. Wie es scheint, bist du ohnehin nicht besonders gut darin.«

Ich verziehe den Mund und verkneife mir den nächsten Kommentar. Woher weiß er, dass ich gar nicht schwimmen kann? Jeder noch so gute Schwimmer wäre in einem sturmgepeitschten Meer ertrunken! Und warum drückt er sich so seltsam aus? Entweder er weiß, wo das Festland ist, oder eben nicht!

»Ohne meine Hilfe wirst du für den Rest deines Lebens hier festsitzen«, fährt er fort. »Aber du hast Glück! Einerseits, weil du nicht – wie ich – hierher verbannt wurdest, und andererseits, weil ich interessiert daran bin, Geschäfte mit dir zu machen.«

»Geschäfte?«, wiederhole ich. »Mehrzahl? Sobald ich von dieser Insel weg bin, will ich nichts mehr mit dir zu tun haben!«

Wieder lacht er. »Genau auf diese Antwort habe ich gehofft! Auch ich habe ein paar ... Dinge, um die ich mich kümmern möchte, sobald ich diese verdammte Höhle verlassen kann. Du hast gesagt, dass du jemanden finden willst – deine beste Freundin, war es nicht so? Weißt du denn, wo sie sich befindet?«

Ich knirsche mit den Zähnen. »Nein«, knurre ich.

»Und wie willst du sie finden? Wie lange warst du bewusstlos, bevor du an meinem Strand zu dir kamst? Ein paar Minuten? Stunden? Tage? Du hast übrigens einen ganzen Tag und eine ganze Nacht in meinen Armen geschlafen. Deine Freundin könnte mittlerweile überall sein! Sie aufzuspüren, ist für dich allein nahezu unmöglich.«

Daran habe ich bisher nicht gedacht. Meine Gedanken kreisten nur darum, so schnell wie möglich von dieser Insel zu entkommen. Ich habe keine

Ahnung, wie viel Zeit seit meinem Sturz ins Meer vergangen ist … Und noch schlimmer ist, dass ich einen ganzen Tag und eine ganze Nacht bewusstlos war – und sie in seinen Armen verbracht habe! Bei allen Göttern, hoffentlich erfährt niemals jemand davon …

»Zusammen mit der Münze habe ich eine Karte erhalten, konnte sie jedoch nie entziffern«, murmele ich. »Durch Zufall traf ich jemanden, der es konnte, und der meinte, dass es sich dabei um eine Schatzkarte handele. Leider … habe ich die Karte nicht mehr und kenne auch nicht den Ort, den sie markiert. Aber das Schiff, auf dem sich meine Freundin befindet, wollte dorthin. Im Gegenzug, dass er meine Freundin und mich auf sein Schiff ließ, versprach ich ihm einen Anteil vom Schatz – sofern er existiert. Mir ist es egal. Mich interessiert der angebliche Reichtum nicht im Geringsten. Ich wollte nur weg aus Ilgaron.«

»Ilgaron, hmm?«, raunt der Fremde. »Kein einfaches Pflaster für eine junge Frau.«

Mist! Nun habe ich ihm doch verraten, woher ich stamme. Ich überspiele meinen Fehler mit einer abwertenden Handbewegung. »Wem sagst du das?«, murre ich. »Dennoch … wäre es vielleicht besser gewesen, wenn ich nie von dort weggelaufen wäre.«

Der Mann mustert mich eine Weile, als müsse er sich selbst über etwas klar werden. »Erzähl mir, wie du an die Karte und die Münze gelangt bist.«

Ich runzele die Stirn, verwirrt, aber auch erleichtert über den Themenwechsel. Eigentlich habe ich damit gerechnet, dass er mich entweder aufzieht oder sich über mein leichtsinniges Verhalten lustig macht. »Ich … weiß es nicht. Die beiden Dinge sind alles, was ich noch aus meinem alten Leben habe, an das ich mich nicht erinnern kann. Ich weiß nur, dass sie mir wichtig sind.«

»Keine Angst, du bekommst die Münze zurück«, sagt er, ehe ich noch einmal auffordernd mit der Hand wedeln kann. »Mehr noch: Ich biete dir einen Handel an, Schätzchen.«

Ich seufze. »Hast du mir eben nicht zugehört? Erstens kenne ich dich nicht und werde mich deshalb niemals auf einen Handel mit dir einlassen. Zweitens scheinst du mir nicht in der Position zu sein, um große Versprechungen zu machen. Und drittens habe ich nichts, was ich dir als Bezahlung anbieten könnte.« Mit beiden Händen deute ich auf meinen Aufzug. »Ich habe nur das, was ich am Leib trage.«

Er wackelt mit den Augenbrauen. »Ich bin auch mit einer Bezahlung in Naturalien zufrieden.«

»Vergiss es!«, zische ich.

Schnell hebt er die Hand. »Schon gut, schon gut. Du bist aber auch empfindlich! Der Handel, den ich dir anbieten möchte, gestaltet sich sowieso etwas anders.« Er springt auf die Füße und kommt auf mich zu, bleibt aber in einigem Abstand stehen. »Wenn du mich von dieser Insel mitnimmst, werde ich dir im Gegenzug mein Boot zur Verfügung stellen.«

Ich verschränke die Arme. »Wenn du ein Boot hast ... Warum verschwindest du nicht einfach?« Ich sehe mich in der Höhle um. »Es ist ja nicht so, als seist du hier gefangen. Ich sehe zumindest keine Gitter oder Ketten.«

Wieder verfinstert sich seine Miene. »Das lass mal meine Sorge sein«, erwidert er knurrend. »Das Boot benötigt zwei Leute, um es seetüchtig zu machen. Reicht dir das als Erklärung?«

Nicht im Mindesten!, würde ich am liebsten entgegnen. Ich merke deutlich, dass er lügt und versucht, meine Fragen zu umschiffen. Aber ist das jetzt wichtig? Wenn es ihm nur darum geht, diese Insel zu verlassen, haben wir das gleiche Ziel. Danach kann jeder von uns tun und lassen, was er will. Er ist derjenige mit dem Boot, während ich rein gar nichts habe, was ich in die Waagschale werfen könnte. Die Bitte, ihn mitzunehmen, kommt mir zu einfach vor, um wahr zu sein.

»Wenn du mich weiter so intensiv anstarrst, fange ich wirklich noch an, mich auszuziehen«, stellt er in Ansicht. »Und wir schauen dann einfach, wohin uns der Abend führt.«

Ich verdrehe die Augen, bin aber machtlos gegen das leichte Kribbeln, das sich in meinem Bauch ausbreitet. Seine Überheblichkeit geht mir zunehmend auf die Nerven. »Und was ist das für ein Handel, den du mir vorschlagen willst?«

Der Blick, mit dem er mich bedenkt, scheint sich direkt in meine Haut zu brennen. In mir brodelt auf einmal eine Hitze, die mich im Inneren wärmt und die Kälte einen Moment lang vertreibt. Dabei ist es diesmal nicht seine Nähe, die die Hitze auslöst, sondern nichts weiter als der durchdringende Blick, den er mir schenkt.

Er streckt die Hand aus und lässt die angelaufene Münze in meine Handfläche fallen. »Was würdest du dazu sagen, wenn ich dir verrate, wo sich dieser Schatz, zu dem die Karte führt, befindet?«

Schnell stecke ich die Münze in die Hosentasche, ehe ich mich wieder auf ihn konzentriere. Etwas an der Art, wie er es sagt – voller Überzeugung –, macht mich stutzig. »Diese Münze könnte von überall herstammen. Sie ist so alt und angelaufen, dass man nicht einmal mehr erkennt, was in sie eingeprägt ist. Wie kommst du darauf, dass sie zu dem Schatz gehört?« Ich mache einen Schritt auf ihn zu. Mir entgeht keine der Regungen, die über sein Gesicht huschen. Vorsicht, Aufregung, aber auch ein Funken Hoffnung wirbeln in seinem Blick durcheinander. »Und selbst wenn ich dir glaube, dass die Münze zum Schatz gehört, was dann?«

Da er sich in Schweigen hüllt, beantworte ich mir die Frage selbst. Auch wenn ich erfahre, wo sich der Schatz befindet, habe ich keine Möglichkeit, dort hinzugelangen. Ich besitze nichts mehr: keinen Schmuck, der sich zu Gold machen lassen könnte, keine anderen Reichtümer. Wenn ich wieder auf dem Festland bin, gibt es keinen Weg, zum Schatz zu gelangen. Noch dazu bin ich allein. Ich habe mich schon einmal gegen die Crew gestellt – und ganze zehn Sekunden durchgehalten, wenn ich zu meinen Gunsten aufrunde. Und selbst wenn es mir irgendwie gelänge, an Gold zu kommen, stünde ich noch immer vor dem Problem, dass ich nicht weiß, wohin ich mich wenden soll. Als Frau gelange ich auf kein Schiff und wenn ich mich wieder verkleide und erneut herauskommt, was ich bin, kann ich diesmal nicht wieder auf ein Wunder hoffen.

Ich betrachte den Mann vor mir eindringlich. Durch die leicht animalische Art, wie er sich bewegt, und seine schulterlangen Haare wirkt er wild und furchtlos auf mich. Jemanden wie ihn könnte ich an meiner Seite gebrauchen, zumal er vorgibt, zu wissen, wo sich die Insel mit dem Schatz befindet. Ich vertraue ihm zwar nur so weit, wie ich ihn werfen kann, aber ... er ist meine beste Chance im Angesicht der Ausweglosigkeit.

Also beschließe ich, meine Taktik zu ändern.

»Wenn ich dir geholfen habe, von dieser Insel zu entkommen – welche Unterstützung ich dir auch immer dabei sein kann –, was wirst du dann tun?«, will ich wissen.

Er hebt eine Augenbraue und grinst mich frech an. »Oh, mir fielen da schon ein, zwei Dinge ein, auf die ich verdammt große Lust hätte.«

Ich verdrehe die Augen. War ja klar, dass er auf so etwas anspielen muss. »Das meinte ich nicht. Was willst du ... langfristig mit deinem Leben anfangen?«

Sofort verschwindet der Schalk aus seinem Blick und er presst die Lippen zu einem schmalen Strich zusammen. »Es gibt da ... jemanden, ... den *ich* finden muss.«

Seine Worte sind hart, beinahe knurrend, sodass ich mit Sicherheit weiß, dass es sich bei dieser Person nicht um einen Freund oder eine Freundin handelt. Wer auch immer dieser Jemand ist – ich will nicht in seiner Haut stecken. Vorhin bekam ich eine kurze Kostprobe seiner Schnelligkeit. Wenn es ihm gelingt, darauf auch während eines echten Kampfes zurückzugreifen, würde ich mein Gold – sofern ich denn welches hätte – auf ihn verwetten.

Ein Grund mehr, mir seine Hilfe zu sichern. Ich bin nicht gut darin, Freundschaften zu schließen und mache mir nichts aus der Gesellschaft anderer. Aber dieser Mann könnte mir nützlich sein.

»Wir kreisen schon viel zu lange um das eigentliche Thema herum«, murmelt er, während er den letzten Schritt, der uns noch trennt, überbrückt und mir wieder fast so nah steht wie vorhin, als er mich gegen die Wand gepresst hat. Beinahe meine ich, die Wärme seines Körpers erneut zu spüren. Und ein Teil von mir, von dessen Existenz ich bisher nichts wusste, sehnt sich nach dieser Wärme.

»Wie ich schon sagte ... ich bin deine einzige Chance, von dieser Insel runterzukommen, den Schatz und so aller Wahrscheinlichkeit nach deine Freundin zu finden. Wenn du sie tatsächlich retten willst, wird dir nichts anderes übrig bleiben, als einen Handel mit mir einzugehen.«

Ich schlucke angestrengt, ehe ich sage: »Du könntest mir auch einfach dein Boot überlassen und verraten, wohin ich rudern muss, um den Schatz zu finden.«

Er schnaubt spöttisch. »Abgesehen davon, dass das Boot gerade gut genug ist, um dich und mich die paar Kilometer zum Festland zu befördern, und man zwei Leute braucht, um es seetüchtig zu machen – weißt du überhaupt, wie man auf offener See navigiert?«

Ich recke das Kinn. »Selbstverständlich kann ich die Himmelsrichtung am Stand der Sonne ablesen!«

Sein Grinsen wird breiter und nimmt einen verschlagenen Ausdruck an. »Und was machst du nachts oder wenn es bewölkt ist? Weißt du, welches Sternbild im Norden steht? Außerdem ist der Kahn, den ich als Boot bezeichne, nicht dafür gemacht, um aufs offene Meer hinauszufahren. Die erste hohe Welle würde dich in die Tiefen reißen.«

Ich reibe mir über die Stirn. »Danke, von Meer und Wellen habe ich für die nächste Zeit die Nase voll.« Ich sehe zu ihm auf. »Bei diesem Handel ... Gibt es da irgendwelche Nachteile für mich?«

Wieder grinst er mich an. »Mir gefällt, dass du nicht auf den Mund gefallen bist. Was kannst du noch damit anstellen, außer kluge Fragen zu stellen?«

Ich blecke die Zähne. »Hör gefälligst auf, abzulenken!«

Seufzend fährt er sich mit beiden Händen durchs Haar. »Meine Verführungskünste haben auch schon mal mehr bewirkt ... Aber um auf deine Frage zurückzukommen: Nein. Wenn wir den Handel beschließen, schwört jeder von uns, das, was der jeweils andere von ihm verlangt, zu erfüllen. In deinem Fall, dass du mich aus dieser Höhle befreist, die ich allein nicht verlassen kann. Und ich werde schwören, dich mit meinem Boot zum Festland zu bringen und dir zu verraten, in welche Richtung du dich wenden musst, um zur Schatzinsel zu gelangen. Du siehst, es ist ganz einfach. Sobald wir unseren Schwur erfüllt haben – also sobald wir das Festland erreicht haben –, gehen wir getrennte Wege.«

»Ein Schwur?«, murmele ich und runzele die Stirn. »Wie kann ich sicher sein, dass du deinen Teil der Abmachung einhältst?«

»Schätzchen«, raunt er, wobei er sich so weit nach vorn lehnt, dass sich unsere Nasenspitzen beinahe berühren. »Diesen Schwur kann keiner von uns beiden brechen. Wenn wir es doch versuchen sollten, sind die Konsequenzen ... verheerend. Außerdem werden wir den Schwur mit Blut besiegeln. Es ist kein einfaches Versprechen, sondern ein uralter Brauch, den jeweils anderen an sein Versprechen zu binden.«

Blut?, schießt es mir durch den Kopf. Davon war vorhin aber nicht die Rede!

»Ich will ehrlich zu dir sein«, sagt er, greift plötzlich nach meiner Hand und hält sie fest. Die Hitze seiner Berührung schießt augenblicklich meinen Arm hinauf. »Ich bin deine beste, wenn nicht gar einzige Chance. Ohne meine Hilfe wirst du weiterhin auf dieser Insel festsitzen. Aber das hast du sicherlich mittlerweile selbst begriffen, nicht wahr, Schätzchen?« Er zuckt mit den Schultern. »Du kennst mich nicht und ich kenne dich nicht. Aber wir haben kurzfristig dasselbe Ziel. Um da hinzugelangen, sollten wir uns gegenseitig unterstützen.«

Die Art, wie er mich ansieht und wie seine goldenen Augen im flackernden Feuerschein funkeln ... Beides zusammen wirkt einschüchternd und ... gleichzeitig beflügelnd auf mich. Verwirrt von mir selbst mache ich einen Schritt zurück und blinzele mehrmals hintereinander.

»Hast du Angst vor mir, Schätzchen?«, fragt er lauernd, ohne meine Hand freizugeben.

Ich beiße die Zähne zusammen und ärgere mich darüber, dass er mich so spielend leicht durchschaut hat, während ich ... allein durch seine Blicke aus dem Gleichgewicht gebracht werde. Das ist mir noch nie passiert und ich weiß nicht, wie ich damit umgehen soll. Bisher hat er jede vorgetäuschte Regung von mir durchschaut und mich eiskalt auflaufen lassen. Deshalb flüchte ich mich in die unnahbare Fassade der Tochter aus gutem Hause, die mir zumindest die Illusion von Schutz und Stärke verleiht.

»Sollte ich denn Angst vor dir haben?«, frage ich zurück. »Ich weiß nichts über dich und bin deshalb auf der Hut. Das ist ganz normal. Aber wie du schon sagtest: Du bist meine beste Chance.«

»Und warum bist du so kühl?«, murmelt er, ehe er die andere Hand nach mir ausstreckt und mich sanft am Arm berührt. Scharf ziehe ich die Luft durch die Nase ein. »Du bist ziemlich abweisend zu mir, obwohl ich die ganze Zeit über freundlich bin. Als ich noch aufs Festland konnte, rissen sich die Frauen förmlich um meine Gesellschaft.«

Ich schnaube. »Wenn du meinst … Ich kann mir nur schwer vorstellen, dass du mit dieser plumpen Art ankommst. Doch das ist nicht der einzige Grund.« Ich zögere, zucke dann aber mit den Schultern. Wenn ich mich wirklich mit ihm zusammentue, um Cressa zu retten, sollte ich von vornherein klare Verhältnisse schaffen. »Ich interessiere mich nicht für Männer und auch nicht für Frauen. Die, die mich kennen, sagen, ich könne nicht lieben. Sie sagen … eine Hexe hätte mir mein Herz gestohlen und es durch einen Stein ersetzt. Und deshalb empfinde ich nichts, wenn ich … mit einem Mann zusammen bin.«

»Gar nichts?«, will er wissen. Auf einmal klingt er interessiert – zu interessiert. »Auch nicht, wenn ich … das hier tue?«

Unvermittelt zieht er mich zu sich heran und presst seine Lippen auf meine. Ich spüre die Wärme, die von ihnen ausgeht. Spüre den sanften Druck, als er sie leicht bewegt, und schließlich das leichte Knabbern an meiner Unterlippe. Seine Lippen sind noch heißer als der Rest von ihm und scheinen meine beinahe zu versengen.

Es ist nicht mein erster Kuss. Ich habe viel darüber gelesen, vor allem in Märchen, die in Ilgaron verpönt sind, und in dem abgegriffenen Buch meiner Mutter. In allen war davon die Rede, welch übermächtige Magie einem Kuss innewohnen kann. Ich dachte, mir würde es gelingen, endlich etwas zu fühlen, wenn ich jemanden küsste. Deshalb habe ich es schon öfter versucht. Mit verschiedenen Männern. Einige von ihnen kannte ich flüchtig, andere waren völlig Fremde – so wie dieser ungehobelte Kerl, der gerade mit der Zunge an meiner Oberlippe entlangleckt. Es waren flüchtige Zusammenkünfte, die nichts bedeuteten. Ein Austesten – immer in der Hoffnung, dass ich endlich etwas empfinden würde und mich nicht mehr gegen eine Vermählung sträuben müsste.

Ich wollte … normal sein, eine gute Ziehtochter, die nicht jeden Tag ausgeschimpft werden musste. Eine gute Ehefrau, die an der Seite ihres Mannes etwas bewegen konnte.

Doch es war sinnlos: All die Male zuvor habe ich rein gar nichts gefühlt, abgesehen von der Berührung des fremden Mundes natürlich. Einige Male war es sogar richtig eklig.

Doch jetzt spüre ich nicht nur den sanften und gleichzeitig festen Druck seiner Lippen, sondern auch ein Brennen, das ausgehend von ihm auf mich überzuspringen scheint und sich in mir ausbreitet. Dummerweise habe ich keinerlei Erfahrung, was ich tun muss, deshalb bleibe ich stocksteif stehen und genieße für einen Moment das ungewohnte Brennen und Kribbeln, das mich bis in den kleinen Zeh durchzuckt.

Da ich mich nicht rege, zieht sich der Fremde zurück und mustert mich mit geneigtem Kopf. Ein sachtes Prickeln bleibt auf meinen Lippen bestehen und sofort vermisse ich die Hitze, die von ihm ausging.

»Nun«, nuschelt er eine Spur verlegen, »auch das scheine ich schon mal besser gekonnt zu haben ... Wie es aussieht, sind meine Fähigkeiten das andere Geschlecht betreffend über die Jahre eingerostet.«

Jahre? Will er damit sagen, dass er seit *Jahren* auf dieser Insel ist?

Ich winke möglichst unbeteiligt ab, während ich die seltsamen Gefühle zu verdrängen versuche. Ich kann unmöglich zugeben, dass ... es mir für einen Augenblick gefallen hat! »Das hat nichts mit dir zu tun. Lass es uns einfach vergessen.«

»Autsch«, murmelt er. »Du weißt wirklich, wie man einem Mann den Todesstoß versetzt.«

»Sag mir lieber, wie das mit dem Handel abläuft«, versuche ich vom Thema abzulenken.

Er seufzt und runzelt die Stirn, während er mich betrachtet, als würde er darüber nachdenken, den Kuss zu wiederholen. Ich lasse meine Miene zu einer eisigen Maske erstarren, um jeden weiteren Versuch im Keim zu ersticken. Zunächst muss ich mir selbst darüber klar werden, was das eben war. Sicherlich handelte es ich nur um einen unglücklichen – oder glücklichen? – Zufall.

»Wir tauschen ein paar Tropfen unseres Blutes und besiegeln dadurch den

Handel«, antwortet er, nachdem er sich von dem Debakel eben erholt zu haben scheint. »Keine große Sache also.«

»Keine große Sache? Für mich klingt das … ziemlich barbarisch.«

Er verzieht den Mund. »Sagt die Kleine, die aus dem Kriegsstaat Ilgaron stammt. Wenn dich der Anblick von ein paar Tropfen Blut schon ängstigt, dann …«

Schnell hebe ich die Hand und straffe den Rücken. »Schon gut, ich habe es verstanden. Ein Blutschwur – soll mir recht sein.«

Das kecke Grinsen, das seine Lippen nur leicht umspielt, lässt mich hart schlucken. Kann er bitte damit aufhören, mich derart durchtrieben anzufeixen? Irgendwie stellt er dadurch seltsame Dinge mit meinem Herzschlag an. Mit dem scheint seit dem Vorfall auf der *Meereswind* nichts mehr in Ordnung. Um meine Unsicherheit zu überspielen, recke ich das Kinn vor und begegne seinem Blick unerschrocken.

»Oho, du bist anscheinend härter im Nehmen, als ich dachte«, raunt er. »Das könnte interessant werden. Allein die Art, wie stolz du dastehst und mich ansiehst – du stammst garantiert nicht aus einer Handwerkerfamilie und bist erst recht keine Sklavin.« Er legt den Kopf schief. »Wenn ich wetten müsste, würde ich sagen, du stammst aus gutem Hause. Aber was macht eine Adlige in einem solchen Aufzug mutterseelenallein auf meiner Insel?«

»Wir drehen uns im Kreis«, knurre ich. »Du willst von hier weg und ich will das ebenfalls. Können wir bitte zum wichtigen Teil zurückkommen?«

Er zuckt mit den Schultern. »Wie du meinst. Sobald wir das Festland erreichen, gehen wir ohnehin getrennte Wege. Kein Grund, uns kennenzulernen.«

Ich schenke ihm ein aufgesetztes Lächeln. »Exakt meine Meinung.«

Er zwinkert mir zu, ehe er hinüber zur Bettstatt huscht, einen Dolch zutage fördert und anschließend wieder zu mir zurückkommt. Ohne zu zögern, greift er nach meinem Handgelenk und zieht die Klinge einmal quer über meine Handfläche. Ich zucke zusammen, jedoch entschlüpft mir kein Laut. Der ziehende Schmerz breitet sich über meinen Arm bis zum Ellenbogen aus.

Ein anerkennendes Funkeln blitzt in seinen goldenen Augen auf, während er mich beobachtet.

»Dauert das noch lange?«, frage ich ungehalten, um den Schmerz und meine Nervosität zu überspielen. Mein Blick huscht zum Ausgang der Höhle und ich frage mich, wie lange ich schon hier bin. Mir ist jegliches Zeitgefühl abhandengekommen, doch ich weiß, dass ich mich beeilen muss. »Die Zeit drängt. Wer weiß, was sie meiner Freundin … Was sie Cressa in der Zwischenzeit antun …«

Er geht nicht weiter darauf ein, sondern schneidet sich ebenfalls in die Hand und presst sofort darauf unsere blutenden Handflächen aneinander, wobei er die Augen schließt. Zunächst murmelt er etwas in einer Sprache, die ich nicht verstehen kann, egal wie angestrengt ich auf die Worte achte. Sie klingen hart und abgehackt und irgendwie brutal – völlig fremd in meinen Ohren. In Ilgaron tummeln sich Angehörige verschiedener Völker und ich habe während Tante Beatrices Empfängen die ein oder andere fremdländische Sprache aufgeschnappt, doch diese klingt anders als alles, was ich bisher gehört habe.

Als der Mann mich wieder ansieht, strahlen seine goldenen Iriden in einem unnatürlichen Glanz. Fast so, als würden sie von innen heraus leuchten. Mein Mund ist plötzlich wie ausgedörrt, während mir eine böse Vorahnung im Nacken kribbelt. Das Wissen, dass ich gerade im Begriff bin, einen riesigen Fehler zu begehen, setzt sich in mir fest wie ein Geschwür. Doch um einen Rückzieher zu machen, ist es zu spät. Ich brauche ihn – sein Wissen, seine Kraft, seine Erfahrung. Mein ganzes Leben habe ich nie einen Fuß aus Ilgaron gesetzt. Er hingegen kommt mir vor, als kenne er sich in der Welt aus.

»Du fängst an«, presse ich zwischen zusammengebissenen Zähnen hervor.

»Ich schwöre, dich mit meinem Boot zum Festland zu bringen und dir dort zu sagen, wie du zu der Schatzinsel gelangst«, sagt er schließlich wieder in meiner Sprache, doch auch sie klingt auf einmal seltsam aus seinem Mund. Härter, abgehackter und irgendwie … ursprünglicher.

Vor Aufregung schlägt mir das Herz bis zum Hals. Ganz genau lausche ich auf seine Worte und muss mir ein siegessicheres Grinsen verkneifen. Er hat nicht erwähnt, dass der Handel auf dem Festland endet. Das ist meine Chance.

»Ich schwöre«, beginne ich und umklammere seine Hand so fest ich kann, »dich aus dieser Höhle zu befreien.« Ich spüre, wie er die Hand zurückziehen will, doch ich halte sie unerbittlich fest. »Außerdem ...« Seine goldenen Augen weiten sich vor Schreck. »... schwöre ich, dich als gleichwertigen Partner zu akzeptieren, während du mich auf der Suche nach Cressa unterstützt.«

»Nein!«, zischt er.

Doch es ist zu spät.

Von einem Moment auf den anderen scheint mein Blut zu kochen. Ungewohnt heiß prickelt es in den Adern und der Schmerz lässt mich beinahe aufschreien. Dennoch umklammere ich die Hand des Mannes vor mir weiterhin fest und beiße die Zähne zusammen, bis ich meinen Kiefer knacken höre. *Ich brauche ihn.* Ich bin es Cressa schuldig, sie zu finden und zu retten. Und ich werde nicht erneut versagen.

Stumm ertrage ich die Schmerzen und gebe auch keinen Laut von mir, als sich fremdartige Verzierungen ausgehend von unseren verschlungenen Händen meinen und seinen Unterarm hinaufschlängeln und sich schier in meine Haut brennen. Wie züngelnde Flammen winden sich rote und schwarze Muster bis knapp zum Ellenbogen. Als ich mir sicher bin, das Brennen keine Sekunde länger aushalten zu können, verschwinden sie, als wären sie nie da gewesen.

Unvermittelt lässt der Fremde meine Hand los und ich sinke beinahe auf die Knie. Ich fühle mich, als hätte ich einen ganzen Tag lang mit Tiro trainiert und anschließend noch das Deck geschrubbt und kann mich nur noch mit Mühe auf den Beinen halten.

»Was ... war das?«, lalle ich. »Was ist ... mit mir ...?«

»Du!«, knurrt er. »*Rydch chi'n miil!*«

»W...Was?«, frage ich verwirrt.

»Ich sagte: Du hast mich ... ausgetrickst!«

Ich stehe zwar gerade ziemlich neben mir, aber das hat er garantiert nicht gesagt. Zumindest nicht in einer Sprache, die ich verstehen kann. Es klang ... so fremdartig wie die Worte, die er vor dem Schwur gemurmelt hat.

Nun sacke ich doch auf die Knie, weil sich auf einmal die ganze verdammte Höhle dreht. Zusätzlich zu dem Schwindelgefühl spüre ich bereits das widerliche Brennen von Magensäure im Hals.

»Verdammt noch mal!« Es folgen ein paar weitere Flüche und Verwünschungen, so schnell, dass ich nicht genau sagen kann, in welcher Sprache er sie ausstößt. »Warum hast du das getan?«

»Ich …« Ich kralle die Hände in den Steinboden, doch die Höhle dreht sich unaufhörlich weiter. »Ich … brauche deine Hilfe.« Schnell schlucke ich mehrmals hintereinander und befördere die Magensäure wieder nach unten. »Ich weiß nicht … was ich tun soll.«

Noch nie habe ich mich so schwach und hilflos zugleich gefühlt. Selbst als Tante Beatrice mir das Ultimatum gestellt und Kyle sich beinahe an mir vergangen hat, behielt ich stets den nächsten Schritt, das größere Ziel im Hinterkopf. Mit Cressa fliehen oder Cressa vor Schaden bewahren. Aber nun – ohne sie – stehe ich völlig allein in einer fremden Welt, die mich beim kleinsten Fehltritt verschlingen wird.

Ich vertraue diesem Mann, den ich erst seit Kurzem kenne, kein Stück. Doch er ist der Einzige, den ich als so etwas wie einen Verbündeten bezeichnen kann.

Bei dem Blutschwur handelt es sich nicht um ein einfaches Versprechen, das ist mir klar. Spätestens als ich die Ornamente sah, die sich meinen Arm hinaufschlängelten, wusste ich, dass es eine Art von Magie sein muss, die uns beide an unseren Schwur kettet. Wie genau sie funktioniert, weiß ich nicht und es ist mir auch gleichgültig. Seine wütende Reaktion lässt mich darauf schließen, dass es keinen einfachen Weg gibt, den Schwur zu brechen und er sich nun wohl oder übel mit mir abgeben muss.

Trotzdem … bleibt die Unsicherheit, dass er sich umdrehen und gehen könnte, sobald wir das Festland erreicht haben. Denn dort endet unser *gemeinsames* Ziel – und ich stünde wieder allein da. Es ist nicht die Einsamkeit, vor der ich mich fürchte, sondern die dunkle Hilflosigkeit, die mich daran hindert, die notwendigen Entscheidungen zu treffen.

Er hockt sich vor mich und drückt meinen Kopf ein Stück nach oben, bis ich ihn ansehen muss. »Weiß du, am liebsten würde ich dich packen und so lange schütteln, bis mir ein Weg einfällt, den verdammten Blutschwur rückgängig zu machen.«

Ich schlucke angestrengt, während ich mich dazu zwinge, den Blick nicht von seinen Augen abzuwenden, die blitzen wie mit Frost überzogenes Gold.

»Du hast Schneid, das muss ich dir lassen, und du bist stärker, als ich dachte. Das gefällt mir! Und es sind übrigens die einzigen Gründe dafür, warum ich dir nicht einfach den Hals umdrehen werde, sobald wir das Festland erreicht haben.«

Verdammt, daran habe ich gar nicht gedacht!

Ich muss ihn ansehen wie ein verschrecktes Reh, denn er gibt ein Glucksen von sich. »Dummerweise bedeutet es für mich Nachteile, wenn mein Schwurpartner früher als erwartet das Zeitliche segnet. Nachteile, die so gravierend sind, dass ich sie nicht erneut durchleben will.«

Er steht auf, reicht mir die unversehrte Hand und ich lasse mir von ihm aufhelfen. Ich schwanke und lehne mich kurz gegen seine Brust, bis mich meine Beine wieder tragen.

»Die schnellste Variante, um dich wieder loszuwerden, ist also, auf dich aufzupassen und deine Freundin zu retten.« Er seufzt übertrieben. »Womit hab ich das nur verdient?«

Ich verziehe den Mund. Dieser Kerl! Wie gern würde ich ihm sagen, dass ich diejenige bin, die ihn nun an der Backe hat und ertragen muss. Seine Art ist völlig anders als alles, was ich gewohnt bin, und ich weiß schon jetzt, dass er mir den letzten Nerv rauben wird.

Aber er ist hier und hat – wenn auch zähneknirschend – zugestimmt, mir zu helfen. Ich glaube ihm. Und ich bin ihm unendlich dankbar dafür. Es ist mir gleichgültig, wer er ist – Hauptsache, ich bin nicht allein.

Denn allein würde ich unweigerlich scheitern.

So würdevoll wie möglich straffe ich den Rücken. »Das will ich dir auch geraten haben«, murre ich undeutlich, weil mir meine Zunge nicht so recht gehorchen will. »Können wir dann endlich los?«

Er neigt den Kopf vor mir, doch mir entgeht nicht das spöttelnde Lächeln, das seinen Mund umspielt. »Selbstverständlich. Mein Name ist übrigens Drayce. Nett, dass du gefragt hast.«

Kapitel 7

Ezlain

Drayce zaubert aus dem Sammelsurium, das seine Bettstatt umgibt, ein weißes Hemd hervor, das so aussieht, als wäre es noch nie getragen worden. Ich schnuppere daran und rechne damit, dass es alt und modrig riecht, doch das Gegenteil ist der Fall. Es duftet so frisch wie die Wäsche in Tante Beatrices Landsitz, kurz nachdem die Sklaven sie gewaschen haben. Nach fast einer Woche, in der ich nicht baden oder meine Kleidung wechseln konnte, lässt mich der dieser Geruch beinahe aufseufzen. Allein dadurch, dass ich das Hemd in Händen halte, fühle ich mich sauberer.

»Was ist nun?«, fragt Drayce hinter mir, während ich die Nase in dem Kleidungsstück versenke und tief einatme. »Ich dachte, du wolltest dringend los. Ich für meinen Teil kann es gar nicht erwarten, endlich aus dieser Höhle rauszukommen.«

Ich lasse das Hemd sinken und lockere die Bandagen ein wenig. Da ich nicht mehr vorgeben muss, ein Mann zu sein, müssen sie nicht mehr straff sitzen, aber sie schützen meinen Körper wie ein Korsett, das ich in Ilgaron noch ständig tragen musste und ohne das ich mich fast nackt fühle. Und außerdem vor den Blicken von Drayce. Es tut gut, nach all den Tagen endlich wieder durchatmen zu können.

Verstohlen beobachte ich aus den Augenwinkeln, wie Drayce sein schulterlanges, glattes Flammenhaar mit den Fingern kämmt und es anschließend mit einem schwarzen Band im Nacken zu einem kurzen Zopf zusammenfasst. Ich habe noch nie einen Mann mit längerem Haar gesehen. Die Sklaven sowie auch die Krieger Ilgarons tragen ihr Haar stets kurz, manche sind sogar geschoren. Während ich ihn betrachte, fällt mir auf, dass ich, bis auf ein paar hingeworfene Bruchstücke, rein gar nichts über ihn weiß.

»Warum lebst du in dieser Höhle?«, frage ich also, während ich mir das Hemd über den Kopf ziehe.

Drayce schüttelt den Kopf. »So läuft das nicht. Ich stelle dir doch auch keine Fragen nach deiner Vergangenheit, oder? Wir sind jetzt beide hier und müssen das Beste draus machen. Du musst mir nur etwas über deine Freundin erzählen, die ich finden soll. Je mehr ich über sie weiß, desto besser kann ich mich auf sie einstellen.«

Ich zucke mit den Schultern, obwohl ich wirklich gern mehr über ihn wüsste. Das ist mir noch nie passiert. Mein Leben lang habe ich nur mit anderen Menschen geredet, wenn es sich nicht umgehen ließ, und mied ihre Gesellschaft, bis auf Cressas natürlich. Die Empfänge meiner Tante glichen darum einem Spießrutenlauf und am Ende des Abends schmerzten mir die Wangen von dem aufgesetzten Dauergrinsen, das ich unentwegt zur Schau stellte. Ich kann gar nicht mehr zählen, wie viele Stunden ich gegen meinen Willen Konversation betreiben musste – eine sinnloser als die andere. Nie interessierte ich mich auch nur im Entferntesten für das, was mein Gegenüber zu sagen hatte. Sie alle verblassten und reihten sich aneinander, bis ich am Ende nicht mehr wusste, wer wer war.

Drayces Geschichte hingegen interessiert mich – warum auch immer –, aber ich hüte mich davor, erneut Fragen zu stellen. Er will nicht darüber reden? Fein. Dann soll er sich eben in Schweigen hüllen.

»Ihr Name ist Cressa«, sage ich schließlich. »Sie ist eine ehemalige Sklavin und ich kenne sie schon mein ganzes Leben.«

»Eine entflohene Sklavin?«, hakt Drayce nach.

»Eine *ehemalige* Sklavin«, verbessere ich ihn schärfer als beabsichtigt. »Sie gehörte mir und ich habe ihr die Freiheit geschenkt.«

Jedenfalls so was in der Art, füge ich im Stillen hinzu. Da er nicht über seine Vergangenheit reden will, werde ich auch meine nicht vor ihm ausbreiten.

Drayce verschränkt die Arme vor der Brust. »Also hatte ich recht mit der Vermutung, dass du aus besserem Hause stammst. Wenn du sogar Sklaven dein Eigen nennen konntest ...«

»Sie ist meine beste Freundin!«, widerspreche ich. »Ich habe nie eine Sklavin in ihr gesehen, sondern eine Gefährtin, die mich davor bewahrt hat, völlig den Verstand zu verlieren, weil ich nie das tun durfte, was ich wollte.«

Er zieht überrascht die Augenbrauen nach oben, ist aber klug genug, das Thema nicht zu vertiefen. Ich habe nicht darum gebeten, von meiner Tante aufgezogen zu werden oder in einer besser gestellten Familie aufzuwachsen. Wahrscheinlich wäre mein Leben erfüllter, wenn ich die Tochter eines einfachen Handwerkers wäre, die jeden Tag mit anpacken müsste.

Drayce seufzt, ehe er fragt: »Und du bist der Meinung, dass sie noch auf dem Schiff ist, von dem du ... was? ... gesprungen bist?«

»Ich bin nicht gesprungen«, knurre ich. »Warum sollte ich von einem Schiff, das sich mitten auf See befindet, springen?«

Wieder schnellen seine Augenbrauen in die Höhe, während er mich nachdrücklich mustert. »Also haben sie dich über die Planke gehen lassen.«

Ich schürze die Lippen. Es hat keinen Zweck, es zu leugnen. »Unsere Tarnung ist aufgeflogen, aber ich habe den Kapitän angefleht, wenigstens Cressa zu verschonen. Er versprach mir, sie bis zum nächsten Hafen in seiner Kajüte einzuschließen.«

»Gesetzt den Fall, dass der Kapitän tatsächlich Wort gehalten hat, könnten sie also auch sofort zu einem Hafen gesegelt sein, um deine Freundin von Bord zu lassen«, schlussfolgert Drayce und tippt sich nachdenklich gegen das Kinn. »Weißt du, welchen Hafen das Schiff anlaufen wollte?«

Ich schüttele den Kopf. »Darum haben wir uns keine Gedanken gemacht, als wir in Ilgaron an Bord gegangen sind. Wir ... wollten nur weg. Uns war egal wohin. Irgendwo hätten wir uns niedergelassen und ein neues Leben begonnen.«

Drayce kann seine Überraschung nicht mehr verbergen. »Stellst du dir das nicht etwas zu einfach vor? Wahrscheinlich wärt ihr zwei in der Gosse gelandet oder Schlimmeres.«

»Das Schicksal, das uns in Ilgaron erwartet hätte, wäre schlimmer gewesen, ganz gleich, was in einem fremden Land auf uns gelauert hätte«, erwidere ich. »Cressa sollte an einen brutalen neuen Herrn verschenkt werden, weil ich ungehorsam war. Und ich sollte einen Kommandanten heiraten, der mich tagtäglich grün und blau geschlagen und so lange gewürgt hätte, bis ich nur noch ein Schatten meiner Selbst gewesen wäre.« Ich stoße den Atem aus und unterdrücke ein Schaudern, als ich an den Moment zurückdenke, als Marik seine Hände um meinen Hals gelegt und zugedrückt hat. »Selbst den Tod in einem anderen Land zu erleiden ist besser als dieses Schicksal. Aber ich … habe geschworen, auf Cressa aufzupassen. Ich gehöre nicht zu den Menschen, die einen Schwur auf die leichte Schulter nehmen.«

Drayce schweigt lange, während sich sein Blick verdüstert. Ich wüsste gern, was gerade in seinem Kopf vorgeht. Irgendwie habe ich das Gefühl, dass er mir meine Worte nicht glaubt. Hält er mich für eine Lügnerin? Doch warum sollte ich ihm die Unwahrheit sagen?

»Hättest du keinen anderen Mann finden können?«, will Drayce schließlich wissen. »Einen, der dich gut behandeln würde?«

Ich stoße ein schnaubendes Lachen aus. »Ja, na klar! Diese Männer wachsen schließlich auf Bäumen und warten nur darauf, jemanden wie mich zu heiraten.«

Drayce legt den Kopf leicht schräg. »Was meinst du damit?«

»Ich habe dir vorhin erzählt, dass ich so etwas wie Liebe nicht kenne.« Ich lege mir eine Hand auf die Brust und spüre das monotone Schlagen meines Herzens. »Ich bin angeblich die mit dem Herzen aus Stein, erinnerst du dich? Und wer weiß, vielleicht stimmt es sogar. Vielleicht bin ich einfach unfähig, zu lieben. Abgesehen davon bin ich nicht gerade das, was sich ein Mann wünscht. Ich verfüge über keinerlei Fähigkeiten, die für eine Tochter aus gutem Hause essenziell sind. Meine Tante wurde nie müde, mich als starrsinnig, eigenwillig und obendrein trampelig zu bezeichnen.«

»Und das sind Eigenschaften, die die Männer aus Ilgaron nicht schätzen«, schließt Drayce, während er mich weiter eingehend betrachtet. »Ich bin nie dort gewesen, aber ich weiß wohl, dass Ilgaron ein Kriegerstaat ist. Disziplin, Ehre und Gehorsam gehen den Menschen dort über alles, nicht? Dein potenzieller Ehemann hätte dich diese Eigenschaften gelehrt – auf die eine oder andere Weise ...«

Ich nicke. »Egal wen ich mir ausgesucht hätte – jeder von ihnen hätte versucht, mich zu verbiegen. Als Ehefrau wäre ich jeder noch so kleinen Freiheit, die ich mir bis dahin erarbeitet hatte, beraubt worden. Aber der Auslöser für unsere Flucht war schließlich ein anderer: Meine Tante wollte Cressa und mich trennen. Ich hätte sie wahrscheinlich nie wiedergesehen. Wir ... hatten keine Zeit, uns einen bis in alle Einzelheiten durchdachten Plan zurechtzulegen. Wir mussten fliehen – noch in jener Nacht. Andernfalls wäre es zu spät gewesen.«

Drayce seufzt. »Ein bisschen kann ich dich verstehen. Ich hätte auch Dummheiten angestellt, wenn es für mich einen Weg gegeben hätte, dieser verdammten Höhle zu entkommen. Wahrscheinlich hätte ich ebenfalls kurzsichtige Entscheidungen getroffen. Wie dem auch sei, wir können es nicht mehr ändern, sondern müssen das Beste draus machen.« Er winkt mich zu sich. »Genug getrödelt! Lass uns endlich von hier verschwinden.«

Ich werfe einen Blick auf seine Bettstatt. »Willst du nichts mitnehmen?«

Er tätschelt den Dolch, der in einer Scheide an seinem Gürtel hängt. »Ich habe alles, was ich brauche. Um den Rest kümmere ich mich, wenn wir deine Freundin Cressa und den Schatz gefunden haben.«

***

Als wir die Höhle verlassen, bleibt Drayce vor dem Eingang stehen, legt den Kopf in den Nacken und späht hinauf zum Himmel.

»Ich habe schon fast vergessen, wie wunderschön die Sterne sind«, murmelt er so leise, dass ich ihn fast nicht verstehen kann. »Und wie weit und endlos der Himmel ist.« Er streckt die Hand nach oben. »Es fühlt sich an, als könnte ich ihn berühren, wenn ich mich nur ein wenig strecke.«

»Niemand kann den Himmel berühren«, halte ich dagegen und ziehe eine Augenbraue nach oben. Wie kommt er nur auf solche Ideen?

Er lässt die Hand sinken. »Es gab Zeiten, da fühlte es sich für mich danach an.« Schnell schüttelt er den Kopf und der wehmütige Ausdruck, der bis eben auf seinem Gesicht lag, verschwindet. »Komm jetzt! Das Boot liegt auf der anderen Seite der Insel. Hoffentlich ist sein Zustand gut genug, um die Überfahrt zu wagen.«

»Moment, wie lange warst du in der Höhle?«, frage ich.

»Zu lange«, lautet seine Antwort. »Aber es ist gut möglich, dass das Boot noch intakt ist.«

»Gut möglich?«, echoe ich, schaffe es jedoch nicht, die aufkeimende Panik vollends aus meiner Stimme zu verbannen. »Du meinst, im schlimmsten Fall gibt es für uns keinen Weg, um aufs Festland zu gelangen, und alles war umsonst?«

Drayce zuckt mit den Schultern. »Einen Weg gibt es immer. Wir könnten schwimmen.« Er wirft mir einen kurzen Blick zu. »Was aber ausscheidet, weil du nicht schwimmen kannst. Wir könnten uns ein Floß bauen. Das dauert zwar ein paar Tage, aber es ist möglich.«

»Tage?«, wiederhole ich. Meine Stimme rutscht dabei ein paar Tonlagen höher. »Cressa bleiben vielleicht keine Tage mehr!«

»Dann solltest du hoffen, dass das Boot noch seetauglich und genau da vertäut ist, wo ich es zuletzt gesehen habe«, gibt Drayce scheinbar ungerührt zurück. »Außerdem scheinst du zu vergessen, dass du ohnehin schon mehr als einen Tag hier bist – zusätzlich zu der unbestimmten Zeit, die du bewusstlos am Strand gelegen hast.«

Meine Finger jucken vor Verlangen, ihm den Hals umzudrehen. Ich bin den verdammten Handel mit ihm eingegangen, weil er mir versicherte, er hätte ein Boot! Er hat es geschworen, verdammt noch mal! Und nun erfahre ich, dass das vielleicht gar nicht der Fall ist. Wenn das Boot verrottet ist oder zwischenzeitlich gestohlen wurde, sitzen wir hier fest. Mist, wie konnte ich nur so leichtgläubig sein?

Und wie lange war er in dieser Höhle?

Drayce setzt sich in Bewegung und ich habe keine andere Wahl, als ihm zu folgen. Um nichts in der Welt will ich allein hier zurückbleiben. Eine Weile schlagen wir uns schweigend durch das dichte Unterholz der Insel, während ich mich nah bei ihm halte, damit ich ihn in der Dunkelheit nicht verliere. Als ich zu mir gekommen bin, war es dunkel und ich habe nichts gesehen außer das flackernde Feuer in Drayces Höhle. Nun erhellen uns wenigstens Mond und Sterne den Weg.

»Wenn du nicht schwimmen kannst …«, plötzlich bleibt Drayce unvermittelt stehen und wendet sich zu mir um, »… wie hast du es auf die Insel geschafft?«

Beinahe wäre ich mit der Nase gegen seinen Rücken geprallt. Nach der langen Stille erscheint mir seine Stimme plötzlich unnatürlich laut.

Ich zucke mit den Schultern. Keine Ahnung, ob er die Geste im Dunkeln sehen kann. »Ich weiß es nicht. Als ich über Bord ging, wurde ich fast sofort ohnmächtig, weil das Wasser so eisig kalt war. Und dann bin ich erst am Strand wieder zu mir gekommen. Die Strömung hat mich hergebracht, vermute ich.«

Er gibt ein Schnauben von sich, das sich verdächtig nach *›Wer's glaubt!‹* anhört. Ich kann ihm deswegen keinen Vorwurf machen, ich glaube es ja selbst nicht. Seit Tagen hatten wir auf der *Meereswind* kein Land gesehen. Ich hätte innerhalb von wenigen Minuten ertrinken und auf den Grund des Meeres sinken müssen, anstatt auf dieser Insel zu mir zu kommen …

***

Wenn mich mein Orientierungssinn nicht völlig im Stich gelassen hat, befinden wir uns mittlerweile auf der anderen Seite der Insel, hinter dem Berg, in dem sich die Höhle befindet und der gefühlt den Mittelpunkt der Insel darstellt. Während unserer größtenteils stillen Wanderung habe ich endlich ein wenig Zeit, meine Gedanken zu ordnen, seitdem ich hier gelandet bin. Plötzlich kommt mir etwas merkwürdig vor ... Der Aufbau der Insel erscheint mir nicht natürlich. Auch sind wir bisher keinem anderen Lebewesen begegnet. Kein Vogelschrei, kein Insektenzirpen ist zu hören. Auf einer kleinen Insel wie dieser ist es vielleicht nichts Ungewöhnliches, dass es keine größeren Tiere gibt – aber gar keine? Das kann unmöglich mit rechten Dingen zugehen! Und wenn es hier keine Tiere gibt ... Wie konnte dann Drayce für längere Zeit in der Höhle überleben? Außerdem klang es so, als hätte er die Höhle nicht verlassen können. Aber nirgends habe ich Vorräte darin gesehen, nicht einmal Wasser. Je länger ich darüber nachdenke, desto gruseliger erscheint mir das Ganze. Eine Gänsehaut breitet sich auf meinem Körper aus und ich beeile mich, um schnell wieder zu Drayce aufzuschließen.

Der hat mittlerweile eine kleine Bucht erreicht, in der tatsächlich ein Boot vertäut ist. Wobei ich mir etwas anderes darunter vorgestellt habe. Ungläubig starre ich auf das bewucherte Etwas, das ich auch bei Tageslicht niemals als Boot erkannt hätte.

»Es sieht noch fast so aus wie beim letzten Mal«, murmelt Drayce eine Spur zu erleichtert – als hätte er doch stärkere Zweifel am Zustand des Bootes gehabt, als er mir gegenüber zugeben wollte. Ich weiß nicht, ob ich deswegen wütend auf ihn sein soll oder einfach nur erleichtert.

Geschäftig beseitigt er die Äste und Algen, die sich um das Boot gesammelt haben und ein Fortkommen unmöglich machen. Fast bis zur Brust reicht ihm das Wasser. Allein beim Hinsehen breitet sich ein mulmiges Gefühl in mir aus. Beinahe spüre ich die Kälte des Meeres, obwohl nicht ein Tropfen meine Haut berührt, und ich bin froh, dass er mich nicht bittet, ihm zu helfen.

Das Boot ist winzig; verglichen mit dem Schiff, auf dem wir in Ilgaron angeheuert haben, ist es nicht größer als eine Nussschale.

»Und *darauf* sollen wir zum Festland segeln?«, frage ich, als Drayce sich gerade aus dem Wasser stemmt.

Die Kleidung klebt an ihm und trotz des schlechten Lichts kann ich zum ersten Mal die fein definierten Muskeln ausmachen, die er an Brust, Bauch und Oberarmen hat. Doch im Gegensatz zu den vielen Muskelprotzen, denen ich in Ilgaron begegnet bin, sind seine Muskeln sehnig und nicht massig.

Er knüllt sein Hemd vorn zusammen, wringt es aus und gibt dadurch einen direkten Blick auf seinen Bauch frei. Ich könnte jeden Muskel einzeln zählen ... Ich blinzele mehrmals und konzentriere mich schnell wieder auf die schaukelnde Nussschale, während ich das seltsam schnelle Pochen in meiner Brust zu ignorieren versuche.

Ich habe schon oft Männer mit nacktem Oberkörper gesehen. Während der Arbeit auf dem Feld tragen die meisten Sklaven nicht mehr als eine kurze Hose. Das war für mich geradezu alltäglich und für keinen der Männer habe ich je einen zweiten Blick übrig gehabt oder auch nur ansatzweise Herzflattern bekommen. Wobei das eben garantiert kein Herzflattern war! Es war nur ... eine Folge des langen Fußmarsches.

»Keine Sorge!«, unterbricht Drayce glücklicherweise meine verworrenen Gedankengänge. »Bestimmt kommen wir noch vor Sonnenaufgang auf dem Festland an.« Er wirft einen Blick über die Schulter. »Die See ist ruhig. Wir werden keine Probleme haben.« Der Schalk blitzt in seinen Augen auf, als sein Blick zu mir huscht und ich ihn erwidere, wobei ich peinlich genau darauf achte, damit nicht unterhalb seines Halses zu rutschen. »Auch wenn die meiste Arbeit an mir hängen bleibt, weil du mir keine Hilfe bist.«

Ich müsste zumindest Entrüstung über diese Aussage vortäuschen, doch er hat leider recht. Trotzdem ärgere ich mich über die Selbstverständlichkeit, mit der er es ausspricht.

Er klettert an Bord und hält mir die Hand hin, um mir hineinzuhelfen. Ich werfe einen abschätzenden Blick auf das pechschwarze Wasser und mache schließlich einen großen Schritt. Dabei ignoriere ich seine dargebotene Hand und verliere prompt das Gleichgewicht, als das Boot unter mir zu schaukeln beginnt. Gerade so kann ich einen erschrockenen Aufschrei unterdrücken, pralle jedoch gegen Drayce, der schnell einen Arm um mich schlingt und so verhindert, dass ich unsanft auf dem Holzboden lande.

Ich schlucke angestrengt, als ich seinen festen, heißen Körper an mir spüre. Die Hitze, die von ihm ausgeht, lodert von einer Sekunde auf die andere in mir auf, und das Herz hämmert mir fast schmerzhaft gegen den Brustkorb.

»Alles in Ordnung?«, raunt Drayce leise, während er mich mit sorgenvoll gerunzelter Stirn mustert.

»J…Ja«, krächze ich und blinzele mehrmals, um wieder zu Sinnen zu kommen. Schnell mache ich mich von ihm los und bringe etwas Abstand zwischen uns. »Alles bestens. Ich war nur … Das Schaukeln hat mich kurz aus dem Konzept gebracht.«

Drayce zieht eine Augenbraue nach oben. »Boote schaukeln im Wasser. Weißt du das nicht?«

Ich widerstehe nur knapp dem Drang, ihm die Zunge herauszustrecken. Den selbstgefälligen Tonfall hätte er sich sparen können!

»Was haben sie dich eigentlich auf dem Schiff machen lassen, ehe sie dich über Bord warfen?«, fragt er, während er das kleine, einsame Segel hisst. »Oder haben sie dich deshalb über Bord geworfen, weil du nichts beitragen konntest?«

Ich löse mit schnellen Handgriffen das letzte Tau und ziehe das Segel gerade. Drayce bedenkt mich mit einem überraschten, aber auch anerkennenden Blick, den ich nur mit einem Schulterzucken quittiere. »Ich habe das Deck geschrubbt. Der Erste Maat wusste, dass weder Cressa noch ich über Erfahrung in der Seefahrt verfügen. Da sie kleiner und schmächtiger ist als ich, wurde sie in die Kombüse abkommandiert.«

Drayce gibt ein Brummen von sich. »Wenn ihr euren Beitrag geleistet habt, warum wurden sie auf euch aufmerksam?«

Ich seufze. »Das habe ich dir doch schon erzählt. Cressas Tarnung ist aufgeflogen und ich bin dazwischengegangen, um sie davor zu bewahren, von der ganzen Mannschaft …« Ich schüttele mich bei dem Gedanken. Auszusprechen, was sie ihr antun wollten, schaffe ich nicht. »Jedenfalls kam dabei heraus, dass auch ich eine Frau bin. Und da keine Frauen auf dem Schiff geduldet werden … Wir hatten das Pech, an eine Mannschaft voll abergläubischer Matrosen zu geraten. Den Rest kennst du.«

Die Erinnerungen an das, was Kyle mir antun wollte und teilweise getan hat, schiebe ich schnell beiseite.

»Du gehst wirklich weit für diese Cressa«, murmelt Drayce, während er die

Leinen löst und das Boot gemächlich aufs Meer hinaustreibt. »Sie muss dir viel bedeuten.«

»Sie ist alles, was ich habe«, murmele ich.

»Wir werden sie finden«, verspricht er, den Blick fest auf den Horizont gerichtet.

»Das hoffe ich.« Mehr als ein heiseres Flüstern bekomme ich nicht zustande.

Ich klammere mich an die Hoffnung, dass ihr nichts geschehen ist und sie am nächsten Hafen von Bord gehen und im Gedränge des Hafens verschwinden konnte. Solange sie nicht körperlich anstrengende Arbeiten verrichten muss, kommt Cressa auch in einer fremden Umgebung zurecht; daran habe ich keine Zweifel. Sie kann kochen, nähen, frisieren und allerlei andere Dinge, von denen ich keinen blassen Schimmer habe. Sie wird überleben, bis ich sie finde.

Doch wird sie auf mich warten? Wird sie überhaupt einen Gedanken daran verschwenden, dass ich komme, um sie zu finden? Sie hat gesehen, wie ich ins Meer gestürzt bin. Vielleicht denkt sie, ich sei tot. Was ist, wenn sie nicht im Hafen bleibt, sondern weiter ins Landesinnere geht, um dort eine Anstellung zu finden? Wenn sie vielleicht sogar einen anderen Namen annimmt? Dann wäre es unmöglich für mich, sie aufzuspüren ...

»Wie willst du Cressa finden?«, frage ich Drayce, während ich mich am schaukelnden Boot festhalte.

»Ich finde nicht *sie*«, antwortet er. »Ich finde den Schatz. Du hast gesagt, jemand vom Schiff konnte die Karte lesen und weiß, wo er sich befindet.«

Ich nicke.

»Sie werden ihn holen. Niemand lässt sich einen Schatz entgehen«, raunt Drayce.

»Also gibt es den Schatz wirklich?«

Drayce dreht sich zu mir um. Im Dunkeln kann ich nur seine Umrisse ausmachen. »Es gab einen Schatz, der so riesig war, dass du ihn dir in deinen kühnsten Träumen nicht vorstellen kannst. ›Gewaltig‹ trifft es am ehesten. Zusammengetragen von nur einem einzigen Mann.« Er wendet sich wieder ab und schaut auf den Horizont. »Doch von diesem gewaltigen Schatz ist kaum noch etwas übrig. Die Seeleute werden nur einzelne Stücke finden, die der Mühe kaum wert sind.«

Ich runzele die Stirn. »Woher weißt du das alles?«

Drayce tritt vorsichtig und nah an mich heran und fischt die alte Münze aus meiner Hosentasche. Seine plötzliche Nähe und die Art, wie er beiläufig mit den Fingern über mein Bein streicht, lassen mich nach Luft schnappen. Dennoch schaffe ich es, nicht vor ihm zurückzuweichen, auch wenn mich die Nähe zu ihm völlig durcheinanderbringt.

Drayce hält die Münze hoch, sodass sie schwach im Mondschein glänzt. »Für dich mag diese Münze alt und wertlos sein und höchstens einen ideellen Wert haben, doch das täuscht. Sie ist wichtig, denn sie ist ein Schlüsselschatz.«

»Schlüsselschatz?«, wiederhole ich und lege den Kopf schief. Das Wort habe ich noch nie gehört.

»Ein Schatz ist die Anhäufung mehrerer Wertgegenstände, richtig?«

Ich schürze die Lippen. »So könnte man es umschreiben, ja.«

»Innerhalb dieser Anhäufung gibt es Gegenstände, die einen höheren Wert haben als andere. Die mit Diamanten verzierte Krone eines Herrschers ist auf den ersten Blick wertvoller als eine einfache Goldmünze. Das ist, ausgehend vom Wert des Gegenstandes, auch richtig. Doch hinter bestimmten Teilen eines Schatzes steckt eine Geschichte. Die Münze hier«, er lässt sie zurück in meine Hosentasche gleiten und streift dabei wieder sacht mein Bein, »stellt den Grundstein des Schatzes dar. Sie war das erste Stück, das der Mann, dem der Schatz gehörte, erbeutet hat. Das macht sie zu einem Schlüsselschatz. Dann gibt es noch andere Stücke, beispielsweise den Ring, den er seiner Frau zur Hochzeit angesteckt hat, oder den Kelch, den er auf seinem ersten Raubzug in einem anderen Land erbeutet hat. Und ich habe die Gabe, diese besonderen Stücke aufzuspüren. Deshalb wusste ich sofort, dass sich die Münze in deinem Besitz befindet.«

»Du willst mir ernsthaft weismachen, dass du Schätze aufspüren kannst?«

»Nicht alle«, widerspricht Drayce. »Nur Schlüsselschätze. Und auch die nur von Schätzen, zu denen ich ... eine gewisse Verbindung habe. Du nimmst es nicht wahr, aber ich höre eine Art Schwingung, die von der Münze ausgeht, und die mich zu dem Ort führt, an den sie eigentlich gehört – zurück zum Rest des Schatzes. Diese Schwingung wird uns den Weg weisen, auch ohne die Karte. Und wenn wir den Schatz finden, finden wir Cressa – vorausgesetzt sie ist noch bei der Crew, wenn wir das Schiff eingeholt haben. Ich habe die Hoffnung, dass sie aus Habgier zuerst auf dem Weg zum Schatz sind, ohne vorher einen Hafen angelaufen zu haben, um deine Freundin loszuwerden. Der Kapitän wird versuchen, die Crew zu besänftigen, indem er jedem einen Anteil vom Schatz in Aussicht stellt.«

»Verrätst du mir, wie du es machst?«, frage ich. »Wie gelingt es dir, diese Schlüsselschätze aufzuspüren? Und was meinst du mit ›Schwingung‹?«

Drayce schweigt einen Moment, ehe er sagt: »Du musst nicht wissen, wie es funktioniert. Vertrau einfach darauf, dass ich es kann.«

»Unser Schwur ist erst erfüllt, wenn wir Cressa gefunden haben«, erinnere ich ihn grollend, genervt darüber, dass er mir anscheinend nicht vertraut.

Ich müsste die von uns beiden sein, die *ihm* nicht vertraut, schließlich weiß ich so gut wie nichts über ihn. Und das kümmerliche bisschen, das ich weiß, müsste mich vorsichtig werden lassen. Ich verfluche mich selbst dafür, so schnell den Handel mit ihm abgeschlossen zu haben. Doch welche Wahl hatte ich? Ohne Drayce säße ich auf der Insel fest und hätte nicht einmal die leiseste Hoffnung, Cressa finden zu können.

»Du hast mich ausgetrickst und den Schwur zu deinen Gunsten verändert«, sagt Drayce in die Nacht hinein und der ernste Tonfall lässt mich aufhorchen. Vorsorglich halte ich die Luft an, um kein Wort zu verpassen. »Ich müsste wütend auf dich sein, aber die Wahrheit ist ... Seit sehr langer Zeit bist du die Erste, die mit mir überhaupt einen Handel eingegangen ist, und ich werde ihn zu deiner Zufriedenheit erfüllen. Danach sind wir beide frei und können selbst bestimmen, was wir mit dem Rest unseres Lebens anfangen wollen.«

Ein Kloß bildet sich in meinem Hals und ich schaffe es nicht, etwas auf seine Worte zu erwidern, also brummele ich nur eine Art Zustimmung.

Kapitel 8

Ezlain

Drayce behält recht: Noch vor Sonnenaufgang erreichen wir das Festland. Keine Minute länger hätte ich in dem schaukelnden Ding, das die Bezeichnung ›Boot‹ nicht verdient, ausgehalten. Auch wenn ich auf der *Meereswind* nicht seekrank war, in dieser Nussschale rebelliert mein Magen die ganze Zeit über, obwohl ich seit Ewigkeiten nichts gegessen habe.

Nur am Rande wundere ich mich darüber, dass Drayce das Boot nicht direkt auf den hell erleuchteten Hafen zusteuert, sondern es einige hundert Meter entfernt am Strand vertäut. Hoffentlich meinte er es ernst, als er sagte, er hätte nicht vor, mir den Hals umzudrehen, sobald wir das Festland erreichen …

Als ich ihn mit gerunzelter Stirn ansehe, murrt er nur: »Du vertraust mir wirklich nicht, was?«

»Ich bin nicht sonderlich gut darin, mit anderen zurechtzukommen …«

Er verdreht die Augen. »Und dann bindest du mich durch einen Blutschwur an dich, bis wir deine Freundin gefunden haben?«

»Tut … mir leid.«

Drayce winkt ab. »Schon gut. Wir haben hier angelegt, weil zu viele Fragen gestellt werden, wenn du mit einem so kleinen Boot im Hafen festmachen willst – noch viel mehr als bei einem Schiff mit Crew. Woher du kommst und so weiter. Vorerst will ich herausfinden, ob die *Meereswind* hier angelegt hat. Es könnte schließlich sein, aber bisher haben wir nichts als Vermutungen. Vielleicht ist deine Freundin genauso nervig wie du und die Crew war froh, sie so schnell wie möglich loszuwerden. Falls ja, könnten wir Cressa hier finden, denn dies ist der nächste Hafen im ganzen Gebiet. Möglicherweise hat der Kapitän der *Meereswind* seiner Crew statt eines Teils des womöglich gar nicht vorhandenen Schatzes auch einen amüsanten Landgang versprochen, um die abergläubischen Gemüter nach eurer … Enttarnung wieder zu beruhigen.«

»Ich denke, der Schatz existiert sicher«, halte ich dagegen.

»Der Schatz *hat* existiert«, berichtigt er mich. »Ich war ziemlich lange auf dieser Insel, deshalb kann ich nicht mit Sicherheit sagen, ob der Schatz nicht zwischenzeitlich geplündert worden ist.«

»Wie lange ist ›ziemlich lange‹?«

Er zwinkert mir zu, ehe er mir mit einer Handbewegung zu verstehen gibt, dass ich ihm folgen soll. Endlich wieder festen Boden unter den Füßen! Alles ist besser, als in dieser verdammten Nussschale bleiben zu müssen.

Unvermittelt bleibt Drayce stehen, sodass ich diesmal wirklich in ihn hineinlaufe. Ich grummele ihn an, während ich mir über die schmerzende Nase reibe, folge dann aber seinem Blick zum Himmel empor. Die ersten Sonnenstrahlen sind bereits im Osten zu sehen, dennoch dringen sie nur spärlich durch die dichte, dunkle Wolkendecke. Ein mulmiges Gefühl breitet sich in meiner Magengegend aus. Die Wolken hängen so tief, dass ich beinahe glaube, sie mit den Händen berühren zu können, wenn ich mich nur weit genug strecke.

»Wir sollten uns beeilen«, murmelt er.

»Wieso?«

Drayce gibt ein Schnauben von sich. »Weil ein verdammter Sturm aufzieht. Hoffen wir, dass er sich nicht direkt über uns austobt.«

Ich runzele die Stirn und will gerade den Mund öffnen, um noch etwas zu erwidern, als Drayce sich wieder in Bewegung setzt. Ich folge ihm und schließe schnell zu ihm auf.

»Was glaubst du, wie lange es dauert, bis wir …?«

Drayce wirbelt zu mir herum und pikst mir mit dem Zeigefinger in den Bauch. »Du stellst für meinen Geschmack plötzlich zu viele Fragen. Was ist los mit dir? Bekommst du kalte Füße, weil du einen Handel mit mir eingegangen bist? Oder warum wirkst du so ängstlich?«

Ich mache einen Schritt zur Seite, um seinem Finger auszuweichen, und schlinge die Arme um mich. Mit seiner Feststellung hat er einen wunden Punkt getroffen, über den ich mir seit Stunden schon den Kopf zerbreche. »Ich … habe keine Angst!« Ich zucke mit den Schultern und versuche so, das ungute Gefühl abzuschütteln. »Es grenzt an ein Wunder, dass ich es heil bis zur Insel geschafft habe. Ich bin eher froh, dass wir von dieser Nussschale runter sind.«

»He, nichts Abwertendes über mein Boot!«, begehrt Drayce sofort auf. »Nur ich darf es schlechtmachen. Wir werden nicht drum herumkommen, noch etwas auf See unterwegs zu sein. Kriegst du das hin?«

»Ich denke schon«, murmele ich. Dann atme ich tief ein. »Nein, ich bin mir sicher.«

Doch da ist noch mehr, was mich umtreibt. Mehr Fragen, die mich nicht loslassen. Mehr Ungereimtheiten, die mich dazu verleiten, den Mann vor mir aufmerksam zu beobachten. Ich weiß nur seinen Namen und dass er offenbar in einer Höhle auf einer Insel festsaß. Die wenigen Anspielungen, die er sonst noch zu seinem, Leben und Sein gemacht hat, ergeben für mich keinerlei Sinn.

Das würde mich unter normalen Umständen ja nicht stören – schließlich lege ich keinerlei Wert darauf, ernsthafte Beziehungen mit tiefgreifenden Gesprächen zu knüpfen –, doch irgendwie spüre ich eine Verbindung zwischen uns, die ich nicht in Worte fassen kann. Und immerhin zirkulieren ein paar seiner Blutstropfen in meinen Adern.

In einem plötzlichen Anflug von Selbstsicherheit sage ich: »Ich würde nur gern verstehen, wer … du bist. Immerhin sind wir so was wie Partner.«

Verstohlen reibe ich mit dem Daumen über den frisch verheilten Schnitt in meiner Handfläche. *Habe ich das gerade wirklich laut gesagt?*

»Das sind wir, Schätzchen, aber bevor wir unsere Beziehung vertiefen, würde ich gern Cressa finden.«

Ich verziehe den Mund und beiße mir schnell auf die Unterlippe, ehe mir eine passende Erwiderung entschlüpft. Mir gefällt nicht die Art, wie er *›Beziehung‹* und *›vertiefen‹* betont hat. Da gibt es nichts, was ich vertiefen will! Ich will ihn nur verstehen. Mehr ist da ganz sicher nicht.

»Ich mag es nicht, wenn du mich ›Schätzchen‹ nennst«, grummele ich.

»Ach nein?« Auch ohne ihn anzusehen, höre ich das Grinsen in seiner Stimme. »Das ist schade, weil ich dich ab jetzt immer so nennen werde.«

Ich rolle mit den Augen. »Warum?«

»Weil es ein passender Name für dich ist.«

Ohne dass ich es verhindern kann, huscht mein Blick wieder zu Drayce, während ich an seiner Seite den Strand entlang Richtung Hafen eile. Wenn ich Cressa außen vor lasse, war ich bisher immer allein. Schon gar nicht bin ich Seite an Seite neben einem Mann herumspaziert. Entweder waren sie meine Gegner im Training oder ich musste ihnen unfreiwillig während eines Empfanges schmeicheln.

Ich kann nicht sagen, dass ich es als unangenehm empfinde, mich so nah an Drayce zu halten und seine Körperwärme am Arm zu spüren. Ich kenne ihn nicht und bin auf der Hut, trotzdem fühle ich mich in seiner Gegenwart sicher. Ich weiß, dass ich mich ein Stück weit allein verteidigen kann, wenn es darauf ankommt, doch das Wissen, dass er ebenfalls da ist und eingreifen kann, beruhigt mich.

Und plötzlich kommt mir der Handel, den ich mit ihm geschlossen habe, nicht mehr ganz so naiv vor.

***

Wir erreichen den Hafen einige Zeit später. Die ersten Menschen drängen sich auf den engen Straßen und an den Stegen. Händler preisen lauthals ihre Waren an. Allein beim Gedanken an etwas zu essen, gibt mein Magen ein wütendes Grummeln von sich. Schnell lege ich eine Hand darüber, um das Geräusch zu dämpfen. Mir bleibt keine Zeit, um an Essen zu denken!

Mit jedem Schritt, den ich weiter in das kleine Hafenörtchen setze, nimmt der Lärm um mich zu. Nachdem ich von den letzten Stunden nichts als die Stille der Insel und Drayces und meine recht kurzen Wortwechsel gewohnt bin, dröhnt das Gebrüll der Marktschreier und Seemänner viel zu laut in meinen Ohren und ein hämmernder Kopfschmerz nistet sich hinter den Schläfen ein.

Drayce wirft mir einen schnellen Seitenblick zu, ohne sein Tempo zu verlangsamen. »Du brauchst etwas zu trinken und zu essen, sonst kippst du um«, murmelt er beiläufig. »Darum kümmern wir uns gleich. Zuerst will ich aber nachsehen, ob die *Meereswind* unter den Schiffen im Hafen ist.«

Ich nicke, beiße die Zähne zusammen und halte ich mich stumm an Drayces Seite. Aufmerksam beobachte ich, wie er systematisch bei jedem angelegten Schiff nachfragt, wie es heißt, woher es kommt und ob jemand die *Meereswind* kennt und weiß, wo sie sich befindet. Ich komme nicht umhin, ihn für seinen Tatendrang zu bewundern. Ich hätte mich sicherlich nur im Kreis gedreht, ohne einen Weg vor Augen, dem ich hätte folgen können.

Während ich Drayce also dabei beobachte, wie er gekonnt und knapp den Matrosen und Hafenarbeitern die gewünschten Informationen entlockt, freue ich mich zum ersten Mal darüber, dass mir meine kleine List geglückt und er hier ist und mir hilft. Ich wünschte nur, dass ich eine größere Hilfe wäre. Drayce hatte ganz recht damit, dass das meiste an ihm hängen bliebe. Ich will auch nichts lieber, als Cressa retten, doch mittlerweile kann ich mich vor Erschöpfung kaum noch aufrecht halten. Ich muss das dringend in den Griff kriegen!

Leider haben wir kein Glück: Weder liegt die *Meereswind* vor Anker noch weiß einer der Kapitäne, ob sie vorhat, diesen Hafen anzulaufen.

»Was machen wir jetzt?«, frage ich, als wir beim letzten Schiff angekommen sind, und lehne mich an eine Hausmauer.

Drayce verschränkt die Arme vor der Brust. »Wir könnten noch ein paar Crewmitglieder aushorchen. Die wissen oft mehr als die Kapitäne, aber wenn die *Meereswind* noch keinen Hafen angelaufen hat, ist es unwahrscheinlich, dass sich neue Gerüchte verbreitet haben. Das bedeutet, dass wir versuchen müssen, sie beim Schatz abzupassen oder ihnen so dicht wie möglich auf den Fersen zu bleiben.«

Ein ganz mieser Verdacht keimt in mir auf. »Bitte sag nicht, dass wir mit deiner Nussschale aufs offene Meer hinaussegeln ...«

»Ich sag's dir noch mal: Beleidige nicht mein Eigentum!«, grollt er, doch ich erkenne deutlich das unterdrückte Grinsen, das in seinem rechten Mundwinkel zuckt. »Aber nein, mein Boot ist nicht für die Fahrt in offenen Gewässern gemacht.«

»Das heißt, wir müssen auf ein Schiff, das in die Richtung fährt, in der du den Schatz vermutest«, schließe ich und seufze. »Darf ich dich daran erinnern, dass es das letzte Mal nicht gut für mich ausgegangen ist?«

Er macht eine wegwerfende Handbewegung. »Damals hast du dich als jemand ausgegeben, der du nicht bist. Diesmal wirst du dich nicht verkleiden müssen, denn wir werden für die Passage bezahlen.«

Ich stutze. Sein Plan macht zwar durchaus Sinn, aber er scheint ein wichtiges Detail vergessen zu haben. »Und woher willst du das Gold dafür nehmen?«

»Das werden wir uns heute verdienen. Irgendwie.« Er lehnt sich ein Stück nach vorn und mustert mich durchdringend, wobei seine goldenen Augen zu glühen scheinen. Ich widerstehe nur knapp dem Drang, mich so fest wie möglich gegen die Wand hinter mir zu pressen oder am besten mit ihr zu verschmelzen, um dadurch seinem Starren zu entgehen. »Gibt es etwas, was du besonders gut kannst und uns die ein oder andere Münze einbringen könnte?«

»Ich ...«, bringe ich schwach hervor. Seine Nähe und der Blick, mit dem er mich bedenkt, sind mir unangenehm. Oder nein ... Kommandant Mariks und Kyles Nähe waren mir unangenehm. Bei Drayce werde ich eher nervös – warum auch immer. »Es ... gibt leider nicht viel, was ich besonders gut kann. Ich ... habe hin und wieder mit einem Sklaven mit Stöcken trainiert und ...«

»Stöcken?«, unterbricht er mich mit einem ungläubigen Stirnrunzeln. »Ist das dein Ernst?«

Am liebsten würde ich vor Scham im Boden versinken, während ich auf selbigen starre und meine Wangen zu glühen scheinen. »Ja, wir … haben so getan, als seien es Schwerter und …«

Drayce stößt lang gezogen die Luft aus. »Bei allen Göttern, womit habe ich das verdient?!«

Meine Wangen brennen jetzt wie Feuer und ich knete den Saum des geborgten Hemdes mit beiden Händen. Ich hätte wirklich nichts dagegen, wenn sich unter mir ein Loch auftäte, in dem ich verschwinden könnte.

»Du stammst doch aus gutem Hause …«, sagt er schließlich nachdenklich. Ich ringe mich zu einem Nicken durch. »Die meisten Männer freuen sich sicher, wenn sie eine hübsche Frau wie dich tanzen sehen. Kannst du so was?«

Ich schüttele den Kopf. »Nicht sonderlich gut.«

»Tja, Schätzchen. Wie es aussieht, bleibt uns dann nichts anderes übrig, als das Gold zu stehlen.«

Mein Blick huscht zu den Händlern um uns herum. Keiner von ihnen sieht aus, als besitze er ein großes Vermögen. Doch etwas anderes hält mich zurück: Sie alle sind ehrliche und hart arbeitende Menschen, die selbst irgendwie über die Runden kommen müssen. Ich kann es nicht mit meinem Ehrgefühl vereinbaren, sie zu bestehlen, nur um meine Fehler wiedergutzumachen.

Ich balle die Hände zu Fäusten. Es ist richtig, dass es nicht viel gibt, was ich sonderlich gut kann – bis auf eine Sache. Etwas, was in Ilgaron verpönt ist, weil es in einem Kriegerstaat keinen Platz für die Schönen Künste gibt.

Wenn es auch nur den Hauch einer Chance gibt, dass ich mit diesem Talent Cressas Rettung näher kommen kann, dann werde ich es nutzen.

»Ich kann singen«, sage ich und blicke Drayce direkt an.

Er neigt interessiert den Kopf und mustert mich aus leicht verengten Augen, als hätte er mir das nicht zugetraut. »Wie gut?«

Ich schlucke angestrengt. »Ganz … gut, denke ich.«

»*Ganz gut* reicht nicht. Die Überfahrt für zwei Personen wird nicht billig. Wir müssen eine ganze Menge Gold zusammenbekommen. Wenn wir das auf ehrlichem Weg schaffen wollen, müssen wir etwas Herausragendes bieten.«

Ich schaue zur Seite und kaue auf der Unterlippe herum. Es ist lange her, dass ich gesungen habe. Und ein richtiges Publikum hatte ich nie, sodass ich meine Leistung schlecht einschätzen kann. Aber wenn ich mein Können herunterspiele, wird Drayce andere Maßnahmen ergreifen, um an das benötigte Gold zu kommen. Je schneller wir Cressa finden, desto schneller ist der Schwur erfüllt und er kann gehen, wohin er will. Ich kann ihm keinen Vorwurf machen, dass er mich so bald wie möglich loswerden will ...

Nachdem ich ihm noch keinerlei Hilfe sein konnte, will ich wenigstens jetzt versuchen, von Nutzen zu sein. Ich will ... für ihn keine Last sein und ihm noch mehr Ärger als nötig aufbürden.

»Na schön, ich bin mehr als *ganz gut*«, sage ich daher mit mehr Überzeugung in der Stimme, als ich tatsächlich empfinde. »Solange ich keine Liebeslieder singen muss, wird es ausreichen, um uns die Passage zu finanzieren.«

Drayce schürzt abwägend die Lippen. »Das glaube ich erst, wenn ich es gehört habe. Zuerst wirst du unser Frühstück verdienen. Während du singst, werde ich so viel Gold wie möglich aus deinen Zuhörern herausholen und die Seemänner aushorchen, welches Schiff in welche Richtung segelt und noch Plätze für Passagiere frei hat.« Er legt mir einen Finger unters Kinn und drückt meinen Kopf so weit nach oben, dass ich ihm in die Augen sehen muss. Die Haut, die er berührt, brennt wie Feuer. »Hältst du noch etwas durch?«

Ich blinzele mehrmals hintereinander, versuche das seltsame Gefühl in mir zu bestimmen und zu verstehen, scheitere jedoch kläglich. Schnell drehe ich den Kopf zur Seite und entziehe mich so seiner Berührung. »Es geht mir bestens.«

Drayce greift nach meinen Händen und ich halte die Luft an. Bedächtig streicht er mit dem Daumen über den noch leicht brennenden Schnitt in meiner Handfläche, während er mit den Fingern der anderen Hand meine unversehrte Hand umschließt. »Du zitterst«, raunt er und schafft es allein mit dem tiefen Klang seiner Stimme, mir einen Schauer nach dem anderen den Rücken hinunterzujagen. »Ich weiß, dass du Hunger hast und erschöpft bist. Aber wenn du nicht mehrere Tage durchsingen willst, müssen wir bereits vor dem Mittag so viel Gold wie möglich einnehmen. Die Seemänner, die angelegt haben, sind wegen der Stürme, die gerade auf See toben, länger hier als geplant und langweilen sich zu Tode. Wenn es uns gelingt, ihnen etwas Besonderes zu bieten, abseits von schalem Bier, verrunzelten Kartoffeln und den paar Hafendirnen, werden ihre Münzen locker sitzen.«

»Ich weiß«, krächze ich heiser. »Ich ... schaffe es.«

Er schenkt mir ein Grinsen, das ich nicht einordnen kann, das aber ein sachtes Kribbeln in meinem Inneren heraufbeschwört. »Neben einem ausgiebigen Frühstück und einem Bett, in dem du dich ein paar Stunden ausruhen kannst, bis das Hafenleben richtig beginnt, brauchst du auch etwas anderes zum Anziehen.«

Er macht einen kleinen Schritt zurück und mustert sein Hemd an mir, in dem ich halb versinke, die abgerissene Hose, die auch schon vor meinem unfreiwilligen Bad im Meer ihre besten Tage hinter sich hatte, und meine nackten, völlig verdreckten Füße. Unter Garantie sehen auch meine Haare aus, als hätte ein ganzer Krähenschwarm darin genistet. Nur knapp widerstehe ich dem Drang, mit meiner Hand hindurchzufahren und die widerspenstigsten Strähnen zu zähmen.

Es prangt ein Grinsen auf seinem Gesicht, das mich fast dazu veranlasst, weiter vor ihm zurückzuweichen. »Versprich mir, dass du mir nicht die Augen auskratzt, wenn ich das, was du an Kleidung zur Verfügung hast, unserem Vorhaben etwas anpasse, in Ordnung?«

Ehe ich fragen kann, was er damit meint, lässt er meine Hände los und zieht das Hemd ein Stück nach oben. Wie zufällig streift er dabei mit den Fingern über meinen Bauch und ich zucke unwillkürlich zusammen. Mein Herz setzt einen Schlag aus, um anschließend viel zu schnell zu trommeln. Schmunzelnd beobachtet er aus den Augenwinkeln meine Reaktion, während er den Hemdsaum zu einem Knoten windet, sodass ein Stück meines Bauches zu sehen ist. Ein schmaler Streifen, weniger als eine Handbreit, und doch genug, dass ich mich unter seinem forschenden Blick beinahe nackt fühle. Anschließend öffnet er bedächtig die obersten zwei Hemdsknöpfe.

Ich schlucke angestrengt und bete, dass meine Stimme nicht zittert, wenn ich den Mund aufmache. »Und was genau unterscheidet mich nun noch von den Hafendirnen, von denen wir uns abheben wollten?«, frage ich.

Anstatt von meinem schnippischen Ton, auf den ich unheimlich stolz bin, gekränkt zu sein, grinst Drayce nur weiterhin. »Oh, mir würden da durchaus ein paar Unterschiede einfallen. Diese lächerliche Brustbandage, zum Beispiel. Du musst dich nicht mehr als Mann ausgeben, aber solange sie dich beim Singen nicht behindert, ist es mir egal, ob du sie trägst oder nicht.« Er streicht mir eine Haarsträhne hinters Ohr. »Du vergisst, dass wir hier Fremde sind. Die alteingesessenen Einwohner begegnen uns von vornherein mit Skepsis. Wir brauchen zunächst ihre Aufmerksamkeit. Sobald die ersten Passanten stehen bleiben, um dir zuzuhören, werden sich ihnen weitere anschließen. Um diese ersten Passanten jedoch zum Stehenbleiben zu bewegen, müssen wir ihnen schon etwas bieten, *bevor* du den Mund öffnest. Hier leben einfache Menschen, die – sofern sie nichts am Hafen zu erledigen haben – immer wieder dieselben Gesichter sehen. Jemand wie du wird ihre Aufmerksamkeit fesseln. Sobald du sie mit deinem Gesang beeindruckt hast – der hoffentlich wirklich beeindruckend *ist* –, wird sich alles finden und wir müssen nicht mehr auf derartige Tricks zurückgreifen.« Er mustert mich forschend. »Oder fühlst du dich unwohl?«

Ich denke einen Moment über die Frage nach, ehe ich den Kopf schüttele. Die Kleider, die ich während der Empfänge trug, hatten oft gewagte Rückenausschnitte oder waren an der Seite geschlitzt. In ihnen habe ich sehr viel mehr Haut gezeigt als jetzt. Warum verspüre ich dann den Drang, den Arm um meinen entblößten Bauch zu schlingen?

Drayce greift wieder nach meiner Hand und verschränkt unsere Finger miteinander. »Dann komm! Zum Marktplatz geht es dort entlang.«

Kapitel 9

Ezlain

Auf dem Marktplatz des kleinen Küstenortes herrscht kaum Betrieb, aber das wundert mich nicht. Die meisten Stände befinden sich direkt am Hafen, um die direkt Seemänner abzufangen. Hier auf dem Marktplatz inmitten des Städtchens scheinen nur die Einheimischen ihre Einkäufe zu erledigen. Am Rande habe ich Augen für die schmucklosen, einfachen Häuser, die sich aneinanderreihen und von außen unbewohnt wirken. Sie sind nicht hoch gebaut, sondern bestehen meist aus höchstens zwei Stockwerken. Aber sie scheinen auf mich zuzurücken, wann immer ich mich auf sie konzentriere.

Ich kneife für einen Moment die Augen zu und zwinge meine wirren Gedanken zur Ruhe. Ich bin völlig erledigt. Übermüdet, hungrig und durstig stolpere ich durch einen fremden Ort und sehe Dinge, die nicht wahr sind. Das ist mir noch nie passiert. Und diese Kopfschmerzen bringen mich noch um! In meinem Kopf hämmert es ohne Unterlass.

Als Drayce und ich den mit bunten Steinen gepflasterten Platz erreichen, haben die meisten Händler bereits ihre Stände aufgebaut. Der allgegenwärtige Geruch nach Fisch und Algen so nah am Meer vermischt sich mit dem süßlichen Duft von Äpfeln und anderen Früchten, die ich noch nie zuvor gesehen habe. Diese Geruchsmischung ist jedoch derart stechend, dass sie mir noch schlimmere Kopfschmerzen verursacht.

Drayce führt mich in die Mitte des Platzes. »Bist du bereit?«

Ich rümpfe die Nase. Da ich für lange Töne tief einatmen müsste, werde ich mich aufgrund des widerlichen Geruchs auf einfache Lieder konzentrieren müssen. »Es wird schon gehen.«

Er nickt. »Nur ein paar Lieder für den Anfang, sodass wir ein paar Münzen für Essen und Kleidung für dich zusammenbekommen. Danach kannst du dich etwas ausruhen. Nachmittags, wenn die Einwohner ihr Tagewerk erledigt haben, ist der Hafen bestimmt viel voller als jetzt. Das ist der Zeitpunkt, an dem wir das Gold für die Überfahrt einnehmen werden. Jetzt gibst du den Menschen hier nur eine kleine Kostprobe deines Talents, damit es sich herumspricht, dass eine Sängerin in der Stadt ist.«

Sein Plan klingt logisch, doch mein Gehirn hat sich in dem Moment verabschiedet, als er Essen und Ruhe erwähnt hat. Ich kann mich nicht daran erinnern, wann ich mich zuletzt so hungrig und ausgezehrt gefühlt habe. Die Rationen auf der *Meereswind* waren kleiner als die, die ich vom Herrenhaus meiner Tante kenne, aber sie reichten trotz der harten körperlichen Arbeit aus. Nun bin ich kurz davor, für einen kleinen Happen und die bloße Aussicht auf ein Bett meine Seele einzutauschen.

Doch das lasse ich mir nach außen hin nicht anmerken, sondern straffe den Rücken, sodass ein möglichst breiter Streifen Haut am Bauch zu sehen ist, und atme trotz des beißenden Geruchs um mich herum einmal tief ein.

Als Drayce meine Hand loslässt und einen Schritt zur Seite macht, damit die Anwesenden einen freien Blick auf mich haben, formen meine Lippen den ersten Ton eines Liedes über einen jungen Mann, der auszieht, um in der Fremde Ruhm zu erlangen. Aufgrund der Schwäche und Müdigkeit, die mich kaum gerade stehen lassen, fällt es mir heute schwer, die richtigen Töne zu treffen und ausreichend Gefühle in die Melodie zu legen.

Meine Darbietung ist mittelmäßig – im besten Fall. Ich kann nur hoffen, dass es ausreicht, um die recht einfachen Leute, die in diesem Städtchen wohnen, genug zu beeindrucken, auf dass sie ein paar Münzen aus ihren Geldbeuteln fischen.

Mit jedem Ton, den ich von mir gebe, fühle ich mich schwächer, und ich singe viel schneller, als es in meinem Zustand gut für mich wäre. Ständig schweift mein Blick zu Drayce, der sich in meiner Nähe hält und weitere Passanten heranwinkt. Ich flehe ihn mit Blicken an, mir endlich zu bedeuten, dass es genug ist ... Dass es vorerst ausreicht und ich mich endlich ausruhen kann. Doch er beachtet mich kaum. Also stimme ich ein neues Lied an. Und noch eines. Und ein weiteres.

Als ich mich einen Moment auf ihn konzentriere, fällt mir der Glanz in seinen Augen auf, wann immer ein Zuhörer eine Münze in seine Hand fallen lässt. Er scheint überrascht darüber, dass ich tatsächlich gut singen kann – aber da ist noch etwas anderes. Vielleicht ist es meiner Schwäche geschuldet, dass ich seine Mimik nicht richtig lesen kann, doch der erste Gedanke, der mir in den Sinn kommt, ist: Gier.

Ich muss mich irren. Seine funkelnden Augen haben sicherlich eine andere Bedeutung, die ich begreife, sobald mir mein Körper und meine Sinne wieder so gehorchen, wie ich es gewohnt bin.

***

Als ich mit dem fünften Lied ende und den Applaus nutze, um wieder zu Atem zu kommen und zu überlegen, welches ich als Nächstes singen könnte, wird mir plötzlich schwarz vor Augen. Ich stolpere nach vorn. Meine nackten Füße, die so eisig sind, dass ich sie kaum noch spüre, schmerzen bei jedem Schritt, als würde ich über Scherben laufen, doch ich zwinge mich, stehen zu bleiben.

Wo ist Drayce? Als ich das letzte Mal nach ihm gesehen habe, stand er bei einem Mann und unterhielt sich mit ihm. Erst jetzt nehme ich bewusst die Menge wahr, die sich um mich gebildet hat. So viele Menschen waren vorhin nicht auf dem Platz. Wurden sie alle durch meinen Gesang angelockt? Ohne die Ablenkung des Singens spüre ich das nagende Hungergefühl, das sich durch meinen Bauch frisst, wieder überdeutlich. Doch zwischen all diesen fremden Gesichtern kann ich das eine, nach dem ich suche, nicht entdecken.

Ich verlagere das Gewicht von einem Bein auf das andere, die durch die plötzliche Bewegung kribbeln, als würden Abertausende Ameisen darüberlaufen. Immer mehr schwarze Punkte tanzen vor meinen Augen. Ich kralle beide Hände in die Hose, suche verzweifelt nach irgendetwas, woran ich mich festhalten kann und was mir genug Halt gibt, um in der Wirklichkeit zu bleiben.

Erst Drayce, der mich kurz am Arm berührt, gelingt es, den Nebel, der sich bereits über mein Bewusstsein senkte, zu durchbrechen. Mein Kopf schnellt zu ihm herum und ich mustere seinen besorgten Gesichtsausdruck. Zwischen seinen Augenbrauen hat sich eine tiefe Falte gebildet und das Funkeln, das mich vorhin noch beunruhigt hat, ist aus seinen Augen verschwunden.

»Ist alles in Ordnung?«, fragt er leise.

Ich ringe mich zu einem schwachen Nicken durch, das die Welt um mich herum jedoch nur dazu veranlasst, sich noch schneller zu drehen.

»Komm!«, sagt Drayce, als er mich sanft am Arm packt und mich durch die Menschen vom Platz führt. »Dank deines Gesangs haben wir fürs Erste mehr als genug beisammen. Du wirst jetzt etwas essen und anschließend schlafen. Ich kaufe in der Zwischenzeit etwas Neues zum Anziehen und Schuhe für dich.«

Benommen lasse ich mich vom Platz führen, stolpere eher, als dass ich gehe, und bin dankbar für Drayces festen Griff, der mich hält. Ich konzentriere mich auf die Wärme seiner Berührung, die auf mich überzuspringen scheint und zumindest einen Teil der Kälte in mir vertreibt.

»Tut mir leid«, murmelt er. »Ich hätte dich früher dort wegholen sollen. Aber du ... Du warst großartig! Die Leute hätten dich am liebsten mit Münzen überhäuft. Wenn du dich gestärkt und ausgeruht hast und heute Nachmittag noch einmal singst, werden wir auf jeden Fall genug Gold zusammen haben, um in Richtung des Schatzes segeln zu können. Mit ein paar Extramünzen können wir den Kapitän bestechen, auf uns zu warten und uns wieder mitzunehmen, wenn wir alles erledigt haben.«

Ich nicke und seufze erleichtert auf. Es war nicht umsonst! Jetzt müssen wir nur noch vor der Crew der *Meereswind* beim Schatz ankommen – und nicht erst, wenn sie schon weitergesegelt sind.

»Cressa ...«, flüstere ich. »Ich hoffe, es geht ihr gut.«

»Wir geben alles, um ihr zu helfen «, sagt Drayce. »Wir können nicht mehr tun, als versuchen, sie zu finden. Aber noch ist nichts zu spät.«

Ich nicke abwesend. Obwohl ich weiß, dass uns die Hände gebunden sind, solange wir die Verfolgung noch nicht aufnehmen können, nagt an mir das schlechte Gewissen, nicht genug zu tun.

***

Vor einem der höher gebauten Häuser bleiben wir stehen. Im Gehen habe ich mehrere belegte Brote verschlungen und konnte so das klaffende Hungerloch in meinem Magen besänftigen. Wenigstens habe ich nun nicht mehr das Gefühl, als verdaute ich mich bald selbst.

»Ich bin vorhin mit dem Betreiber dieses Gasthauses ins Gespräch gekommen und konnte zwei Zimmer günstiger als normalerweise ergattern«, sagt Drayce, als er mit einer Hand die Tür öffnet und mich mit dem anderen Arm aufrecht hält. »Als Gegenleistung musste ich ihm versprechen, dass du heute Abend in einem Laden von ihm singen wirst. Gleich kannst du schlafen, Schätzchen.«

Schlafen ... Allein der Klang dieses Wortes hat etwas Magisches an sich, was mir zuvor noch nie aufgefallen ist. Keine schaukelnde Hängematte mehr! Kein geteiltes Zimmer, in dem zig fremde Männer um die Wette schnarchen und furzen und noch andere Laute von sich geben. Wenn das nicht die beste Nachricht des Tages ist ...

Ich stolpere durch die Tür, weil ich in Gedanken bereits in einem duftenden und weichen Bett liege, auf das ich seit einer gefühlten Ewigkeit verzichten musste. Sogleich packt mich Drayce am Arm, ehe ich das Gleichgewicht verliere.

»Warte, ich helfe dir«, murmelt er so nah an meinem Ohr, dass ein seltsames Kribbeln in meinem Bauch aufblitzt.

Doch zu mehr bin ich nicht fähig – nicht einmal dazu, ihm zu sagen, dass ich verdammt gut allein laufen kann. Willenlos lasse ich zu, dass er sich meinen rechten Arm um den Hals legt. Seufzend lehne ich den Kopf an Drayces Schulter und lasse mich von ihm durch das Gasthaus führen. Er ist so herrlich warm, dass ich mich am liebsten enger an ihn kuscheln würde.

Ich sollte ihm nicht so nah sein – nicht so nah sein *wollen!* Nach allem, was mir in der letzten Zeit widerfahren ist, sollte ich allgemein um Männer einen großen Bogen machen ... Keine Ahnung, ob es an der Schwäche liegt, die jeden Winkel meines Körpers eingenommen hat und mir das Denken erschwert, doch die Stimme, die mir sagt, ich solle schnellstens vor ihm zurückweichen, wird leiser und leiser, bis sie schließlich ganz verstummt.

Ich komme erst wieder halbwegs zu Sinnen, als er eine quietschende Tür aufstößt und mich in ein zu hartes und muffig riechendes Bett legt. Verwirrt blinzelnd drehe ich den Kopf, suche nach der wundervollen Wärmequelle, die sich jedoch von mir entfernt. Meine Finger kribbeln vor Verlangen, sich nach ihm auszustrecken und ihn wieder zu mir zu ziehen. Hier im Zimmer ist es plötzlich so kalt, dass ich am ganzen Leib Gänsehaut bekomme.

»Du ruhst dich jetzt aus«, murmelt er, als er die raue und ebenfalls muffige Decke über mir ausbreitet. »Wenn du aufwachst, besprechen wir, wie wir weiter vorgehen.«

Mein Blick ist verschwommen, während ich ihm dabei zusehe, wie er sich aus dem Zimmer schleicht. Die Dielen knarzen unter seinem Gewicht. Nachdem er die Tür hinter sich geschlossen hat, atme ich seufzend aus und ziehe die Decke fester um mich, um wenigstens einen Hauch der Wärme, die ich eben verspürt habe, zu bewahren. Am liebsten hätte ich ihn gebeten, zu bleiben – nicht nur wegen der Kälte, die hier im Zimmer herrscht. Ich kann mich nicht daran erinnern, jemals allein geschlafen zu haben. Cressa lag stets auf einer Pritsche neben mir.

Zwar bin ich völlig erledigt, finde jedoch trotzdem keine Ruhe. Ich vermisse Cressas ruhigen, gleichmäßigen Atem, den ich immer hörte, wenn ich nachts aufwachte. Ich vermisse sogar das Schnarchen der Crew. Hier drin ... ist es völlig still und zum ersten Mal wird mir richtig bewusst, dass ich vollkommen allein bin – nicht nur im Schlaf. Zwar hat Drayce zähneknirschend zugestimmt, mir zu helfen, aber ganz sicher kann ich doch nicht sein, dass er nicht verschwunden ist, wenn ich aufwache.

Im Versuch, eine möglichst komfortable Schlafposition in dem kleinen Bett zu finden, drehe ich mich von einer Seite auf die andere und öffne dabei für einen kurzen Moment die Augen, weil mir irgendetwas seltsam vorkommt.

Ich erstarre. Und bin sofort wieder hellwach.

Ich reiße den Mund auf und schreie so laut, dass mir selbst die Ohren klingeln. Eilig rutsche ich rückwärts aus dem Bett, wobei sich meine Füße in der Decke verfangen und ich der Länge nach hinfalle. So schnell ich kann, rappele ich mich wieder auf und flüchte zur gegenüberliegenden Seite des Zimmers, wo ich den Rücken fest an die Wand presse und hastig nach Luft schnappe.

Im nächsten Augenblick wird die Tür aufgerissen.

»Was ist passiert?«, will Drayce mit panischem Unterton wissen, als er mit großen Schritten auf mich zukommt. »Ich war schon fast aus dem Haus, als ich dich habe schreien hören.«

Ich gebe nicht mehr als ein Wimmern von mir, während ich mit zitternder Hand auf die Wand deute, an der das Bett steht. »D…Da … ist …«

Drayce folgt meinem Fingerzeig – und stößt dann seufzend und eine Spur genervt die Luft aus. »*Deswegen* hast du so geschrien? Es hat sich angehört, als würde dir jemand jeden Fingernagel einzeln herausreißen. Dabei geht es nur um eine kleine Spinne.«

»Klein?« Unabsichtlich rutscht meine Stimme ein paar Tonlagen höher. »Das Vieh ist mindestens so groß wie meine Handfläche! Und es hat Haare an den Beinen. *Haare,* verdammt noch mal! Ich konnte sie *sehen!* So nah war sie …« Ich presse mir beide Hände auf den Brustkorb, um mein wild schlagendes Herz zu beruhigen. »Bei allen Göttern, ich darf nicht einmal daran denken!«

Ich starre auf Drayce, um das Monstrum nicht noch einmal ansehen zu müssen.

Dieser schüttelt lachend den Kopf. »Du rennst aus deinem Heimatland weg, wirst von einem Schiff ins Meer geworfen, ohne dass du schwimmen kannst, drängst einem völlig Fremden einen Blutschwur auf – und hast Angst vor *Spinnen?*«

Ich werfe ihm einen bitterbösen Blick zu und plustere die Wangen auf. »Na und? Ich finde sie widerlich!«

Drayce zieht eine Augenbraue nach oben. »Ich dachte eigentlich, dass du recht behütet aufgewachsen bist. Wie kamst du mit Spinnen in Berührung?«

Ich schlucke angestrengt, als mich die Erinnerungen zu übermannen drohen, zwinge mich dann aber dazu, es ihm zu erzählen. »In dem dunklen Kellerraum, in den meine Tante mich sperrte, wenn ich mich ihr widersetzte, wimmelte es von den Viechern.« Allein beim Gedanken daran schüttelt es mich. »Sie sind mir über die Hände und Füße gekrabbelt ...«

Schnell ziehe ich die Knie eng an den Körper und schlinge beide Arme darum, um das immer stärker werdende Zittern vor ihm zu verbergen.

»Ich habe dich bisher für eine furchtlose kleine Kriegerin gehalten«, spottet er, als er aufsteht, den Stiefel auszieht und sich dem Ungetüm an der gegenüberliegenden Wand nähert. Ich halte die Luft an, während ich das Biest fixiere. Wenn es jetzt abhaut ... Schnell huscht mein Blick zur Tür und ich überschlage im Kopf, ob ich rechtzeitig den rettenden Ausgang erreichen kann, bevor das Monster bei mir ist. »Da habe ich mich wohl getäuscht. Gibt es noch etwas, wovor du Angst hast? Schlangen, zum Beispiel?«

»Nein«, presse ich hervor und konzentriere mich wieder auf ihn. »Die mag ich eigentlich ganz gern. Ich finde es schön, wie ihre Schuppen im Sonnenlicht schimmern.«

Entgeistert starrt mich Drayce einen Moment lang an, während ich schnell über das nachdenke, was ich gerade gesagt habe. Dann schüttelt er abrupt den Kopf und wendet sich wieder der Spinne zu. Er zielt kurz und lässt schließlich den Stiefel niedersausen. Ich meine, das Knacken des Spinnenkörpers bis zu mir hören zu können. Gänsehaut breitet sich überall auf mir aus. Als ich es wieder wage, die Augen zu öffnen, bleibt an der weißen Kalkwand ein dunkler Fleck zurück; auch eines der langen Beine klebt noch dort. Ich unterdrücke ein Würgen.

»Ich kann hier unmöglich schlafen«, wimmere ich.

Ich will mir gar nicht vorstellen, welche Viecher sich noch unter dem Bett und der kleinen Kommode tummeln … Allein die Vorstellung, dass sie über mich krabbeln könnten, während ich schlafe … Nein! Ausgeschlossen, dass ich hier ein Auge zumache – Müdigkeit hin oder her!

Seufzend fährt sich Drayce mit einer Hand durchs Haar, ehe er mir die andere hinstreckt, um mir aufzuhelfen. »Dann tauschen wir eben die Zimmer. Du schläfst nebenan in meinem und ich lege mich hierhin, sobald ich wieder zurück bin. Mir machen ein paar Krabbelviecher, die sich hier vielleicht noch verstecken, nicht so viel aus wie der furchtlosen Kriegerin, die zitternd vor mir auf dem Boden kauert.«

Für die letzte Bemerkung strecke ich ihm die Zunge heraus, was ihn zu erheitern scheint. Nichtsdestoweniger klingt sein Angebot nach einem guten Kompromiss. Ich murmele eine Zustimmung, nachdem ich wieder auf den Füßen bin und ihm die paar Meter in das anliegende Zimmer folge. Meine Knie schlottern bei jedem Schritt und ich muss mich an der Wand abstützen. Bleierne Müdigkeit und Todesangst sind keine gute Kombination und sie rauben mir den letzten Rest Kraft, den ich noch in mir hatte. Dennoch inspiziere ich penibel die Wände und Ecken des anderen Zimmers.

»Wohin willst du jetzt noch?«, frage ich Drayce, der in der Tür lehnt, nachdem ich einen kurzen Blick aus dem Fenster geworfen habe.

Es ist bereits dunkel geworden. Sollte er sich nicht lieber auch ausruhen? Diese Frage wird jedoch von anderen, drängenderen gleich wieder verdrängt. War es nicht Tagesanbruch, als ich gesungen habe? Warum ist es plötzlich fast pechschwarz draußen?

Noch ehe Drayce den Mund öffnen kann, bekomme ich die Antwort auf meine ungestellten Fragen. Ein greller Blitz erhellt für den Bruchteil einer Sekunde den Raum und wirft schaurige Schatten herein, bevor nur einen Augenblick später ein Donnergrollen die Möbel und mich selbst erzittern lässt.

Kreischend mache ich einen Satz nach hinten, wirbele herum und presse mich fest gegen Drayces Brust, damit ich den nächsten Blitz, der unweigerlich folgen wird, nicht sehen muss.

Bei allen Göttern, das ist fast wie ... auf dem Schiff. Beinahe meine ich, das schaurige Summen der Seeleute zu hören, bevor sie mich packten und über die Planke gehen ließen. Ich meine, ihre Hände wieder überall an mir zu spüren. Und schließlich die Kälte und Schwärze des Wassers, das mich verschlingt.

»Was ist denn ...?« Ein genervtes Stöhnen lässt Drayces Brust an meinem Gesicht vibrieren. »Jetzt sag mir bitte nicht, dass du auch Angst vor Gewittern hast!«

»Ich ... Eigentlich nicht, aber ...« Ich kneife die Augen zusammen, als ein weiterer Donner das gesamte Haus erbeben lässt, und befürchte, dass jede Sekunde die Decke über uns zusammenstürzen wird. Mir klappern die Zähne, als ich erneut den Mund öffne. »Auf dem ... Auf dem Schiff ... Da gab es a... auch ein Gewitter und ... die Männer ... Sie warfen mich deshalb über Bord.«

»Wegen eines Gewitters?«, hakt Drayce mit unüberhörbarem Unglauben nach.

Es ist völlig absurd. Ich habe mich nie vor Gewittern gefürchtet. Die wenigen, die über Ilgaron hinwegzogen, habe ich sogar fasziniert am Fenster sitzend betrachtet. Doch jetzt ist alles anders. Jeder zuckende Blitz, jeder tösende Donner lässt mich erneut die schlimmsten Minuten meines Lebens durchleben. Die Minuten, in denen ich felsenfest davon überzeugt war, ich müsse sterben, in denen ich bereits mit allem abgeschlossen hatte.

»Nicht wegen des Gewitters an sich«, krächze ich. »Die Männer dachten, Cressas und meine Anwesenheit ... würde die Götter erzürnen.«

»Abergläubisches Pack«, grollt Drayce.

Ich gebe nur ein Wimmern von mir, während ich die Finger in Drayces Hemd kralle, bis sie sich so sehr verkrampfen, dass ich sie unmöglich wieder lösen könnte, sollte er es verlangen. Aber er ist der Einzige, an dem ich mich gerade festhalten kann ... Wenn ich weiter derart mit den Zähnen klappere, beiße ich mir noch die Zunge ab ... Dennoch: Ich kann nicht aufhören.

Erst diese Monsterspinne und nun das Gewitter! Hat sich denn die ganze Welt gegen mich verschworen? Ist das ein Zeichen der Götter, dass mein Vorhaben, Cressa zu finden und zu retten, von vornherein zum Scheitern verurteilt ist?

Drayce gibt ein Brummen von sich. Dann legt er mir plötzlich eine Hand auf den Rücken, die andere in die Kniekehlen und hebt mich hoch. Im letzten Moment unterdrücke ich ein erschrockenes Aufkreischen. Ich schlottere jedoch so sehr, dass ich mich nicht wehren kann, selbst wenn ich wollte, und klammere mich stattdessen an seinem Hals fest.

»Du musst schlafen, Ez«, murmelt er, während er mich zu seinem Bett trägt und sich vorsichtig mit mir darauf niederlässt. »Deine Augen sind schon feuerrot.«

Im ersten Moment bin ich verwirrt über die Anrede, beschließe aber irgendwo zwischen Panik und Müdigkeit, dass dieser Spitzname allemal besser ist als ›Schätzchen‹.

»Ich kann … nicht …«

Das nächste Wort geht in einem erneuten Donnergrollen unter. Schnell presse ich das Gesicht an seine Schulter und ersticke jeden ängstlichen Laut im Keim. Ich stehe völlig neben mir und schäme mich dafür, wie panisch und bemitleidenswert ich reagiere. Drayce muss sich gerade wünschen, dass er mich doch am Strand getötet und damit den Blutschwur beendet hätte. Nun hat er mich am Hals – im wahrsten Sinne des Wortes. Und ich gebe eine äußerst jammervolle Figur ab.

»Wenn du völlig entkräftet umkippst, hilfst du keinem«, hält Drayce dagegen. »Cressa am allerwenigsten.«

Verwirrt blinzelnd lehne ich den Kopf zurück und schaue ihm ins Gesicht. So sehr ich auch danach suche, finde ich in seiner Miene doch keine Anzeichen für Wut und Widerwillen. Er scheint ein wenig genervt zu sein – bestimmt, weil ich die Pläne, die er für den Rest des Tages hatte, über den Haufen werfe –, aber sonst sieht er eher besorgt aus. Warum sollte er meinetwegen …?

Sitzend lehnt er sich mit dem Rücken gegen die Wand, während ich mit angezogenen Beinen auf seinem Schoß hocke. Einen Arm fest um mich geschlungen angelt er mit der anderen Hand nach der Decke und breitet sie über mir aus, sodass ich nur einen schmalen Streifen sehen, aber noch frei atmen kann. Ich rieche jedoch nicht die muffige und wahrscheinlich seit Wochen nicht gewaschene Decke, sondern … Drayce. Ich rieche … Wärme und glimmende Glut und gebe ein leises Seufzen von mir, weil mich dieser Duft an längst vergangene Zeiten erinnert.

»Es ist in Ordnung«, flüstert er. »Du brauchst keine Angst vor mir zu haben. Letzte Nacht hast du auch schon in meinen Armen geschlafen. Schließ die Augen! Ich bleibe bei dir, bis das Gewitter aufgehört hat.«

Als er mir eine Hand über der Decke auf die Stelle legt, unter der sich mein Ohr befindet, sodass ich das Donnern nur noch gedämpft wahrnehme, beruhigt sich mein Herzschlag fast sofort. Begleitet vom steten Wummern seines Herzens im anderen Ohr und der wohligen Wärme, die mich umgibt, ergebe ich mich der bleiernen Müdigkeit.

Ein einziges Gefühl erfüllt mich, ehe ich vollends abdrifte.

Das Gefühl, endlich *vollständig* zu sein.

Kapitel 10

Ezlain

Als ich aufwache, bin ich allein. Sofort erinnere ich mich daran, was vorhin geschehen ist, und augenblicklich schäme ich mich dafür. Ich habe mich aufgeführt wie ein verängstigtes Kind! Wenn ich Pech habe, wird Drayce bald die Nase voll von mir haben und ich stehe wieder allein da – Schwur hin oder her.

Ich darf mich auf keinen Fall wieder derart gehen lassen! Und ich darf auch nicht zulassen, dass er alles allein regelt. Ja, ich bin ihm dankbar dafür, dass er die Monsterspinne erlegt hat und bei mir geblieben ist, während das Gewitter über uns tobte, aber …

Verschlafen fahre ich mit beiden Händen durch meine heillos verknoteten Haare und wünschte, Cressa wäre hier. Nicht nur um mir zur Hand zu gehen, sondern … um mir zu sagen, was ich tun soll. Mit jeder verstreichenden Stunde wird es unwahrscheinlicher, dass wir sie finden und … dass sie noch am Leben ist. Ich weiß das, verdränge dieses Wissen aber so gut es geht und blicke nach vorn. Ich treibe mich selbst an, bis ich beinahe vor Erschöpfung zusammenbreche. Doch jetzt – allein in dieser fremden Kammer, ausgeruht und ohne Gewissheit, ob unser Plan überhaupt funktioniert – kommen die Zweifel zurück.

Und mit ihnen eine Angst, die mich schier um den Verstand bringt.

Nicht nur das: Neben der Angst vor der Zukunft ist da dieser fremde Mann, den ich durch einen Blutschwur und eine List an mich gebunden habe. Ich bereue nicht, es getan zu haben, aber … seitdem er in meiner Nähe ist, weiß ich nicht mehr, wo mir der Kopf steht. Neben der ständigen Angst, Cressa für immer verloren zu haben, sind da eine Vielzahl anderer Gefühle, die ich nicht zuordnen kann und die mich verwirren.

Meine Gedanken kommen zum Stillstand, als sich die Tür öffnet und Drayce hereinrauscht.

»Du hast wieder etwas Farbe im Gesicht«, sagt er, als er geschäftig durchs Zimmer geht und einen Stapel Kleidung neben mir aufs Bett legt. »Ich musste deine Größe schätzen, aber ich bin sicher, dass dir das ein oder andere Stück passen wird. Den Rest bringe ich zurück.«

»Wie viel?«, hauche ich, ohne die Kleider und Schuhe eines zweiten Blickes zu würdigen.

»Hmm?« Drayce hört auf, den Kleiderberg zu durchwühlen, und schaut mich an.

»Wie viel fehlt uns, damit wir endlich Cressa suchen können?«

Ein nervöses Kribbeln wütet in meinem Magen, als ich ihn hart schlucken sehe. War ich … doch schlechter, als Drayce mich glauben machen wollte?

»Nun«, beginnt Drayce unsicher und am liebsten würde ich ihn packen und so lange schütteln, bis er mit der Sprache herausrückt. »Du warst fantastisch heute Morgen, das habe ich dir bereits gesagt, und …«

»Wie viel, Drayce?«, frage ich knurrend.

Er stößt geräuschvoll die Luft aus. »Wir … haben nicht einmal die Hälfte zusammen. Der Preis, den der Kapitän des einzigen Schiffes, das halbwegs in die richtige Richtung fährt, verlangt, ist völlig überteuert, aber vielleicht kann ich ihn noch etwas runterhandeln.«

Weniger als die Hälfte.

Ich kralle beide Hände in das raue Laken, während sich meine Gedanken überschlagen. Wenn wir das Gold nicht rechtzeitig zusammenhaben, bis das Schiff ausläuft, müssen wir auf das nächste warten, das uns in die richtige

Richtung bringt – aber wann wird das sein? Das kann morgen sein – oder nächste Woche. Oder aber nächsten Monat. Dieser Hafen scheint nur ein kleiner Umschlagplatz zu sein, denn die Schiffe, die vor Anker lagen, als wir ankamen, waren kleine Handelsschiffe, die nur kurze Strecken zu benachbarten Inseln oder einem nicht weit entfernten Festland unternehmen. Wenn wir diese Chance also verstreichen lassen, ist es gut möglich, dass wir so schnell nicht von hier wegkommen.

»Wenn ich heute Abend in einer dieser Schenken singe, meinst du, dass wir dann mehr einnehmen?«

»Ich ...« Drayce bricht ab und seufzt. »Wahrscheinlich. Gerade, wenn Alkohol fließt, sitzt das Geld der Seemänner locker. Aber ...« Er schüttelt den Kopf. »Frauen verkehren nicht in solchen Etablissements – es sei denn, sie arbeiten dort.«

Welche Arbeit das ist, kann ich mir durchaus vorstellen. Sie wird sich nicht nur auf das Servieren von Bier beschränken.

»Dann musst du eben auf mich aufpassen«, sage ich und strecke meine Hand mit der Handfläche nach oben aus. Der rote Striemen leuchtet noch immer auf der hellen Haut. »Wir haben einen Handel. Du hilfst mir, Cressa zu finden, das war die Abmachung. Und wenn ich in zehn verdammten Schenken singen muss, um unsere Überfahrt zu bezahlen! Du wirst mir dabei helfen.«

Er mustert mich eine Weile stumm, dann stößt er ein Knurren aus. »Na schön! Aber du wirst tun, was ich dir sage und mir nicht von der Seite weichen, verstanden? Und du musst dich etwas damenhafter geben. Die Männer sind oft wochen- oder monatelang mit ihresgleichen auf See und wollen dann keine Frau um sich, die sich gibt wie einer der Ihren.«

»Verstanden«, murmele ich, während ich im Kopf bereits sämtliche Benimmregeln abspule, die Tante Beatrice mir eingetrichtert hat. Es wird mir schwerfallen, mich wieder in die Rolle der feinen Dame einzufinden, aber mir leuchtet Drayces Argument ein. Wobei ich seine Meinung, dass ich mich wie ein Mann gebärde, natürlich nicht teile. Irgendwie versetzt mir die Tatsache, dass er offenbar keine Frau in mir sieht, einen Stich. Unauffällig reibe ich mir über den Brustkorb, um den seltsamen Schmerz zu dämpfen.

»Wir werden dich außerdem dem Anlass entsprechend herrichten«, fährt er fort. »Zum Glück habe ich verschiedene Kleidungsstücke mitgebracht. Das bedeutet für dich: keine zu weiten Sachen und die Haare bleiben offen. Du sollst nicht aussehen wie eine der Dirnen, aber wir werden deine Vorzüge betonen.«

Ich habe Vorzüge?, hätte ich am liebsten gefragt, beiße mir aber schnell auf die Zunge.

»Davon … habe ich keine Ahnung«, gebe ich zu. »Um derlei Dinge hat sich Cressa immer gekümmert.«

»Keine Angst, ich werde das übernehmen. Hier!« Er reicht mir eine enge, aus dunkelbraunem Leder gefertigte Hose. »Dazu wirst du ein weißes Hemd tragen. Den Saum stecken wir in die Hose. Zieh dir das an. Oh, und dort drüben steht eine Schüssel mit Wasser, damit du dich waschen kannst. Ich warte draußen, bis du fertig bist, und mache dir anschließend die Haare.«

Bevor ich etwas erwidern kann, verlässt er das Zimmer. Nicht, dass ich widersprechen wollte. Sein Plan klingt besser als jeder, den ich geschmiedet hätte. Und solange ich überhaupt etwas am Leib trage, soll mir alles recht sein. Also ziehe ich das vom Schlafen zerknitterte und viel zu weite Hemd aus und löse die Brustbandage ein wenig, ehe ich oberflächlich den Schmutz der letzten Tage abwasche und danach in die Lederhose steige, die sich wie eine zweite Haut an mich schmiegt und jede Rundung betont. Da ich keine Korsage unter der Kleidung finde, entscheide ich mich dagegen, die Bandage abzunehmen. Anschließend krame ich aus dem Kleiderhaufen ein blütenweißes, einfaches Hemd hervor. Die Ärmel krempele ich fast bis zu den Ellenbogen hoch und lasse den Schnürverschluss knapp unter dem Schlüsselbein offen. Immerhin ist der Ausschnitt nicht tief genug, um die wulstige Narbe sehen zu können.

Ich krame die alte Münze und Cressas Sklavenmarke aus der alten Kleidung und stecke mir beide in die Hosentaschen.

Nachdem ich mich von allen Seiten im kleinen Spiegel in der Ecke der

Kammer betrachtet habe, rufe ich Drayce wieder herein. Er mustert mich einen Moment schweigend und nickt dann.

»Ohne Dreck im Gesicht siehst du noch ansehnlicher aus.«

Da ist wieder dieses kecke Grinsen, das seltsame Dinge mit meinem Herzschlag anstellt. Schnell wende ich den Blick ab und nehme das Kompliment stumm an.

»Eine Frau in Hosen ist für die meisten Männer ein exotischer Anblick. Das sollte uns zumindest etwas Aufmerksamkeit sichern, allein schon wegen deines Hinterns. Der ist echt nicht zu verachten!«

Ich werfe ihm einen bitterbösen Blick zu, den er jedoch nur mit einem erneuten Grinsen erwidert, das diesmal meine Wangen brennen lässt. Er ... mag meinen Po? In Gedanken überschlage ich, wann er Gelegenheit hatte, sich meine Kehrseite genauer anzusehen. Oder sagt er das nur, um mich zu provozieren?

»Und sobald wir ihre Aufmerksamkeit haben, wirst du sie mit deinem Gesang verzaubern. Heute Morgen hast du Lieder zum Besten gegeben, die bei den Einwohnern gut ankamen, aber bei den Seemännern müssen sie von etwas anderem handeln. Sing von verflossener Liebe oder der Geliebten, die im Heimathafen auf sie wartet. Dann werden sie dir aus der Hand fressen und ich entlocke ihnen ihre Münzen.«

Sofort sind die Gedanken an meinen Po vergessen. Ich starre ihn an. »Das ... das kann ich nicht.«

Drayce runzelt die Stirn. »Warum nicht? Kennst du keine Liebeslieder?«

»Nein, das ist es nicht«, murmele ich, während ich am liebsten laut aufgeseufzt hätte. »Erinnerst du dich daran, dass ich ein Herz aus Stein habe?« Ich lege die Hand auf die Narbe, die unter dem Hemd verborgen ist. »Das bedeutet auch, dass ich keinerlei Gefühl in Liebeslieder legen kann. Sobald ich ein solches Lied singe, werden meine Zuhörer sofort merken, dass ich nur die Töne aneinanderreihe und die richtigen Worte sage. Aber mehr ist da nicht. Ich ... kann es einfach nicht.«

Ich habe noch nie vor vielen Zuhörern gesungen. Meistens nur für Cressa, manchmal, wenn ich die Sklaven auf dem Feld besuchte und Tiro keine Zeit für unser Training hatte. Aber sie alle waren sich einig: Von Liebesliedern sollte ich besser die Finger lassen, etwas Fröhliches passe besser zu mir.

Mein Blick huscht zurück zu Drayce, der mich beharrlich anschweigt und mich derart eindringlich mustert, dass ich unruhig von einem Fuß auf den anderen trete. Ein Kribbeln breitet sich in meinem Nacken aus und rauscht mir anschließend den Rücken hinunter.

»Kannst du … bitte aufhören, mich so anzusehen?«, krächze ich.

Das sage ich zwar, aber eigentlich … gefällt es mir, von ihm angesehen zu werden, obgleich es mich so sehr verunsichert, dass ich nicht weiß, wie ich mich verhalten soll. Und auf solch widersprüchliche Gefühle kann ich mich im Moment beim besten Willen nicht konzentrieren!

Drayce blinzelt mehrmals hintereinander. »Ist es in Ordnung, wenn ich etwas ausprobiere? Bitte ohne dass du mir dafür den Hals umdrehst.«

Sofort bin ich auf der Hut. »Was hast du vor?«

Anstatt auf meine Frage zu antworten, sagt er: »Sing für mich.«

Ich glaube, mich verhört zu haben. »Hier? Jetzt?«

Drayce zuckt mit den Schultern. »Wann denn sonst? Sing ein Liebeslied für mich! Irgendeines, das dir gerade einfällt.«

»Ich sagte doch, dass ich …«

»Ich bin nicht hier, um deinen Gesang zu beurteilen«, unterbricht er mich. »Ich möchte nur etwas ausprobieren. Also?«

»Was …?«

Er seufzt. »Es wäre bedeutend einfacher, wenn du aufhören würdest, so viele Fragen zu stellen, Schätzchen. Sing jetzt ein Liebeslied und höre nicht auf zu singen, bis ich es dir sage. Mach dabei am besten die Augen zu und denke immer daran, dass ich nur etwas ausprobiere. Es hat nichts zu bedeuten, sondern dient nur dazu, eine Theorie zu überprüfen.«

Ich schlucke angestrengt, schließe aber wie geheißen die Augen und krame fieberhaft in meinem Gedächtnis nach einem Liebeslied. Schließlich erinnere ich mich an eines über eine Frau, die jeden Tag bei Sonnenaufgang zum Hafen geht, um dort auf ihre verflossene Liebe zu warten, einen Seemann.

Schon nach den ersten paar Takten merke ich wie erwartet, dass mein Gesang nichts weiter als eine stupide Aneinanderreihung von Tönen ist, denen keinerlei Seele innewohnt. Ich bin drauf und dran, abzubrechen, weil ich mich für die minderwertige Darbietung schäme. Da spüre ich plötzlich Drayces warmen Körper direkt neben mir.

»Sing einfach weiter«, flüstert er viel zu nah an meinem Ohr. »Lass dich von mir nicht stören.«

Ach du heilige …! Das raue Kratzen in seiner Stimme lässt mein Herz ein paar Extraschläge zulegen. Meine Töne geraten gefährlich ins Wanken, als Drayce mir eine Hand auf die Taille legt. Nur ganz leicht, als hätte er Angst, mich direkt zu berühren, doch die Hitze seiner Handfläche brennt sich schier durch den dünnen Hemdstoff und verschmilzt mit meiner darunterliegenden Haut. Die andere Hand legt er auf meinen unteren Rücken und lässt sie bei jedem vollendeten Takt ein Stück tiefer wandern. Knapp über meinem Po hält er inne.

Worauf habe ich mich da nur eingelassen?!

»Ja, das hört sich schon besser an«, raunt er mir ins Ohr, wobei mir sein warmer Atem übers Gesicht streicht. »Aber ich glaube, dass wir noch mehr herausholen können.«

Krampfhaft versuche ich mich an den richtigen Text zu erinnern, als Drayce mir federleicht mit der Nasenspitze über meine erhitzten Wangen streicht. Ich bin mir sicher, dass er meinen außer Kontrolle geratenen Herzschlag hören muss, denn er hämmert mir jetzt bis in den Kopf und pumpt das Blut viel zu schnell durch mich hindurch. Ich fühle mich, als würde ich schweben, während gleichzeitig die Stellen, die Drayce direkt berührt, kribbeln.

Im Lied erzählt die Frau davon, dass ihr Geliebter sie des nachts in ihren Träumen besuchen kommt und es sich für sie so anfühlt, als wären sie real. Diese sehr emotionale und so wichtige Stelle des Liedes habe ich nie transportieren können an meine Zuhörer, denn es ist mir unbegreiflich, wie sich ein Traum echt anfühlen soll, wenn man doch genau weiß, dass der Mann fortgegangen ist. Fast bin ich mir sicher, dass ich die Stelle auch heute unzureichend wiedergeben werde, als ich plötzlich Drayces Mund an meinem Hals spüre. Die Töne wackeln, die Worte verkommen zu einem heiseren Krächzen. Noch während ich nicht weiß, wie ich darauf reagieren soll, merke ich, wie wundervoll sich die Stelle im Lied auf einmal anhört. Obwohl ich die Töne nicht exakt treffe, verkörpert ihr leichter Missklang perfekt die Stimmung, die ich bis heute noch nie habe ausdrücken können.

Das Kribbeln in meinem Bauch nimmt besorgniserregende Ausmaße an. Einerseits muss ich mich auf das Lied konzentrieren. Andererseits täte ich nichts lieber, als Drayces Berührungen mehr Aufmerksamkeit zu schenken.

Obwohl das völlig irrsinnig ist. Nach allem, was mir in letzter Zeit widerfahren ist, müsste ich vor ihnen zurückschrecken. Die letzten Männer, auf die ich getroffen bin, taten mir weh und fassten mich gegen meinen Willen an. Drayce tut Letzteres zwar auch – zumindest habe ich ihm nicht wissentlich die Erlaubnis erteilt –, aber seine Berührungen sind ... anders. Ungewohnt, aber auch vorsichtig und gleichzeitig schützend. Besonders vorhin, als ich wegen der Spinne und des Gewitters nicht schlafen konnte ... Bei ihm habe ich nicht das Gefühl, zu einem Gegenstand, den man nach Lust und Laune missbrauchen kann, degradiert zu werden. Stattdessen fühle ich mich geborgen und ... *begehrt.* Zumindest glaube ich das, denn dieses Gefühl in meiner Brust ist so völlig neu und ungewohnt für mich, dass ich es nicht recht einordnen kann.

Dieser Kerl verwirrt mich so sehr, dass ich mich selbst nicht mehr erkenne.

Als ich zum letzten Takt ansetze, spüre ich seine Lippen hauchzart an meinem Mundwinkel und schnappe nach Luft, doch seltsamerweise schadet auch das dem Lied nicht, denn es geschieht an genau der richtigen Stelle – als die Frau nach zahllosen Rückschlägen endlich ihren Geliebten wiedersieht. Meine Wangen glühen so sehr, dass ich nicht wage, die Augen zu öffnen. Selbst nachdem ich den letzten Ton habe ausklingen lassen, gelingt es mir nicht.

»Na, siehst du?«, wispert Drayce. Der Klang seiner Stimme jagt mir einen wohligen Schauer über den Rücken. »Das war doch gar nicht so schlecht.«

»W...Was hast du ... da gerade gemacht?«, krächze ich heiser.

Er gibt ein halb unterdrücktes Lachen von sich. »Wonach hat es sich denn angefühlt?«

»Ich … weiß nicht.«

Und das ist die Wahrheit. Mir kommt es vor, als würde sich alles um mich herum drehen, obwohl ich mit beiden Füßen fest auf dem Boden stehe. Zugegeben, meine Knie sind etwas weich, aber das kann nicht der Grund sein. Zögerlich öffne ich die Augen. Drayces Iriden strahlen in einem warmen, beinahe honigfarbenen Goldton, während er mich mit einem versonnenen Lächeln mustert.

»Du hast sehr gut gesungen«, sagt er schließlich, während ich den Eindruck mache, als hätte ich meine eigene Zunge verschluckt. »Wenn du das nachher genauso wiederholst, werden wir nach wenigen Minuten in Goldmünzen schwimmen.«

Das ist der Moment, in dem mein Verstand wieder die Oberhand gewinnt. Das eben … Das war ein Test. Nichts weiter. Er sagte selbst, dass es nichts zu bedeuten hätte. Wahrscheinlich habe ich genauso reagiert, wie es von ihm beabsichtigt war.

Drayce macht einen Schritt zurück. Ohne die beständige Wärme, die er ausstrahlt, friere ich sofort wieder. »Du musst dich nachher nur an das erinnern, was ich eben getan habe. Brenne dir das Gefühl ins Gedächtnis, dann wirst du es später wieder abrufen können.« Mit einer Kinnbewegung deutet er auf einen Stuhl am anderen Ende des Zimmers. »Und jetzt sollten wir dich fertig machen.«

Ich nicke stumm, während er mich in die Richtung schiebt, auf den Stuhl drückt und beginnt, mein Haar mit den Fingern zu kämmen und die Knoten darin zu entwirren. Die ganze Zeit denke ich darüber nach, ob ich wütend auf ihn sein oder ihm danken soll. Er hat mich nicht direkt benutzt, aber das, was er mit mir gemacht hat, diente einem Zweck. Allerdings wäre es mir ohne seine Hilfe nie gelungen, das Lied derart perfekt zu singen, obwohl meine Leistung vollkommen unperfekt war. Am liebsten würde ich mir die Haare raufen! Meine Gedanken ergeben nicht mal für mich selbst einen Sinn. Ungeduldig warte ich darauf, dass sich mein Herzschlag endlich normalisiert und ich wieder klar denken kann.

Drayces Finger, die die ganze Zeit während ihrer Arbeit über meinen

Nacken und die Ohren streichen, tragen nicht dazu bei, dass ich mich beruhige. Vielmehr lassen diese kurzen Berührungen die Erinnerung daran aufblitzen, was er vor ein paar Minuten mit mir angestellt hat.

»Du hast wirklich eine ganz außergewöhnliche Haarfarbe«, murmelt er, während er mir weiter mit den Fingern durchs Haar fährt. »Ist sie typisch für das Land, aus dem du stammst?«

»Nein«, antworte ich. »Die meisten Einwohner Ilgarons haben braunes, blondes oder schwarzes Haar.«

»Dann … hast du es von deinen Eltern geerbt?«

Ich zucke mit den Schultern. »Keine Ahnung. Ich kann mich nicht an sie erinnern. Sie starben, als ich noch klein war. Ich wurde von meiner Tante aufgezogen.«

Drayce schweigt, während er systematisch den Knoten zu Leibe rückt.

Als ich die bleierne Stille zwischen uns nicht mehr aushalte, sage ich: »Du hast ebenfalls eine seltene Haarfarbe. Sogar noch viel eindrucksvoller als meine. Meine Haare sind einfach nur kupferrot, aber deine sehen aus, als bestünden sie aus züngelnden Flammen.«

Er gibt ein Brummen von sich. »Im Gegensatz zu dir weiß ich, dass ich die Haarfarbe von meinem Vater geerbt habe. Ich bin ihm nie direkt begegnet, aber … mir wurde es erzählt.«

»Das … tut mir leid«, murmele ich.

»Muss es nicht«, erwidert er. »Ich habe meine Eltern genauso wenig gekannt wie du deine. Wir sitzen also im selben Boot.«

Ich verdrehe die Augen. »Solange das Boot nicht deine zu klein geratene Nussschale ist …«

»Du kannst es nicht lassen, mein Boot zu beleidigen, was?«, grollt er, doch ich höre das Schmunzeln, das in seiner Stimme mitschwingt.

Ich spüre, dass sich auch auf meinen Lippen ein Lächeln ausbreitet. Keine Ahnung, wie ihm das gelungen ist, aber Drayce schafft es, dass ich das, was vor uns liegt, für wenige Augenblicke vergessen kann. Mit selig geschlossenen Augen genieße ich die Fürsorge, die er mir entgegenbringt, und die kleinen Berührungen, die meine Haut für den Bruchteil einer Sekunde zum Glühen bringen.

»So, ich bin fertig«, verkündet er nach einer Weile, reicht mir die Hand und hilft mir auf. Das anerkennende Grinsen, mit dem er mich bedenkt, lässt mich nach einem Moment der Unsicherheit ebenfalls lächeln.

»Du wirst sie so was von umhauen! Wenn wir heute Nacht nicht das benötigte Gold zusammenkriegen, fress ich einen Besen!« Er zieht mich näher zu sich, bis ich den Kopf ein Stück in den Nacken legen muss, um zu ihm aufsehen zu können. »Aber versprich mir, dass du in meiner Nähe bleibst. Auch wenn dieser Hafen vergleichsweise klein ist, treiben sich vielleicht trotzdem zwielichtige Gestalten hier herum.« Sanft streicht er mir eine Haarsträhne hinters Ohr. »Ich werde auf dich aufpassen, doch mach es mir nicht schwerer als nötig. Versprochen?«

Die Stelle, die er eben wie zufällig an meiner Wange gestreift hat, kribbelt. »Versprochen.«

»Ach, und, Ezlain?«

»Hmm?«

Sein Blick wird mit einem Mal so weich, dass ich Mühe habe, gleichmäßig zu atmen. »Ganz egal was die Menschen dir früher gesagt haben: Du hast kein Herz aus Stein.« Federleicht streicht er mit dem Finger über die Stelle, unter der mein Herz noch immer nicht zu seinem gewohnten Takt zurückgefunden hat. »Ein Herz aus Stein könnte niemals so schnell und fest schlagen, wie es deines die ganze Zeit über tut.«

Kapitel 11

Ezlain

Kurz bevor ich einen Fuß in das größte Wirtshaus des Ortes setze, das direkt am Hafen liegt, verspüre ich eine gewisse Aufregung, die mir bisher fremd ist. Bis auf heute Morgen habe ich noch nie vor so viel und vor allem ganz fremdem Publikum gesungen – und nun soll ich auch noch Liebeslieder zum Besten geben! Das kann nur in einer Katastrophe enden …

Drayce wirft mir einen besorgten Blick zu, als ich die Hand ausstrecke und sie über dem Türknauf schweben lasse. Ich schlucke angestrengt, während ich mich selbst davon zu überzeugen versuche, dass alles gut gehen wird.

Als ich mich nicht rühre, legt Drayce eine Hand über meine und drückt die Eingangstür auf. Die plötzliche Berührung seiner großen, warmen Hand holt mich wieder in die Realität zurück. Obwohl die Tür nur einen Spaltbreit geöffnet ist, schlägt mir der Geruch von Bier, ungewaschenen Leibern und undefinierbarem Essen entgegen. Stumm danke ich Drayce dafür, dass er uns nicht in diesem Wirtshaus einquartiert hat.

»Bist du so weit?«, fragt er leise, während er mir eine Hand an den unteren Rücken legt. Ich ziehe scharf die Luft ein, bringe jedoch ein Nicken zustande. »Dann zeig ihnen, was du draufhast! Ich sage nur schnell dem Wirt Bescheid, dass wir da sind.«

Sanft, aber bestimmt schiebt er mich ins hell mit Kerzen erleuchtete Innere der Schenke. Ich atme durch den Mund, während ich mir mit Drayces Hilfe einen Weg durch die Gäste bahne. Nicht ein freier Tisch ist zu sehen; die, die keinen ergattern konnten, stehen herum und machen es mir nahezu unmöglich, vorwärtszukommen. Die Hitze, der Gestank und die Lautstärke sind beinahe unerträglich. Doch ich vergesse nicht, warum ich hier bin. Durch meinen Gesang wird es uns möglich sein, Cressa zu retten. Da werde ich mich hüten, rumzujammern!

Drayce nickt mir aufmunternd zu, ehe er im Gedränge verschwindet. Ich setze meinen Weg zur Mitte des Raumes allein fort.

Im Vorbeigehen greift einer der herumstehenden Männer nach meinem Arm und zerrt mich ruckartig zu sich. Ich gerate ins Taumeln und rempele unfreiwillig ein paar Männer an. Die Aufmerksamkeit aller Umstehenden ist mir dadurch sicher.

»Du gefällst mir«, raunt der Mann, der mich noch immer gepackt hält.

Ich verziehe den Mund, als mir sein nach Alkohol und Fisch stinkender Atem ins Gesicht schlägt. Sein unnachgiebiger Griff versetzt mich zurück zum Empfang, als Kommandant Marik mir sein zweifelhaftes Angebot unterbreitete. Im nächsten Moment schweifen meine Gedanken zur *Meereswind,* zu Kyle und dessen Kumpanen, die mich ebenfalls gepackt hielten. Ich erinnere mich daran, was sie mir angetan haben und wie weit sie eigentlich gehen wollten. Sämtliche Muskeln in meinem Körper spannen sich an und ich habe Mühe, richtig zu atmen.

»Wie wär's mit uns beiden heute Nacht?«

Ohne weiter zu zögern, balle ich die freie Hand zur Faust, hole aus und ramme sie ihm gegen die Nase. Sofort lässt der Kerl mich los, geht zu Boden und jault auf. Tränen steigen ihm in die Augen.

»Ich arbeite nicht hier«, presse ich zwischen zusammengebissenen Zähnen hervor, während ich beobachte, wie mehr und mehr Blut zwischen seinen Fingern hindurchrinnt und auf den Boden tropft. Der Drang, mit der Hand über die Stelle zu wischen, die er angefasst hat, ist beinahe übermächtig. »Du wirst dir also eine andere Begleitung für den Abend suchen müssen.

Wenn du mich noch einmal anrührst, werde ich dir mehr brechen als nur die Nase.«

Ich werfe den Umstehenden einen Blick zu, der sie dazu veranlasst, einen Schritt zurückzumachen – soweit es im Gedränge möglich ist. Ihre Nähe ist mir beinahe so unerträglich wie die der Crew der *Meereswind*. Wenn ich nicht aufpasse, können sie mich jederzeit packen und ... Wer weiß, was *die* mit mir anstellen würden ...

Da kommt der Kerl wieder auf die Füße. »Du Miststück!«

Mit lautem Gebrüll stürmt er auf mich zu. Ich ducke mich unter seinem stümperhaften Angriff weg, wodurch er ins Straucheln gerät. Einer der anderen Gäste fängt ihn auf, bevor er mit der angeknacksten Nase wieder im Dreck landet. Als ich mich umdrehe, entdecke ich Drayce, der sich unter die Menge geschmuggelt hat und mich mit einer Mischung aus perfider Neugierde und Erstaunen beobachtet. Will er nicht eingreifen?

»Lass es einfach gut sein, Mann«, murmelt einer der Zuschauer, als sich der Kerl erneut aufrappelt.

»Ich verliere doch nicht gegen ein Weibsbild!«, begehrt er auf und stürmt erneut auf mich zu.

Diesmal lasse ich mir noch mehr Zeit, bis er ganz nah an mich herangekommen ist. Seine Bewegungen sind plump und kein Vergleich zu Tiros. Dann tauche ich unter dem schlecht gezielten Fausthieb weg und ramme ihm das Knie zwischen die Beine. Wie ein gefällter Baum klappt er zusammen, die Augen so weit nach hinten verdreht, dass nur noch das Weiße in ihnen zu sehen ist.

In der Schenke ist es auf einmal derart mucksmäuschenstill, dass man eine Stecknadel fallen hören könnte. Alle Blicke sind auf mich gerichtet. Drayce Ausdruck wirkt jetzt besorgt, als mir der geballte Argwohn der Gäste entgegenschlägt. Zum Glück erholt er sich schneller aus der Starre als ich und tritt neben mich.

»Welch eine beeindruckende Vorstellung!«, sagt er laut genug, damit auch die weiter hinten im Gasthaus ihn hören können. »Aber wir sind nicht hier, um die Kampfkünste meiner Begleiterin zum Besten zu geben.«

Ich ziehe den Kopf zwischen die Schultern, als mich sein vernichtender Blick trifft. Ich habe es vermasselt … Wir sind hergekommen, damit ich die Anwesenden mit meinem Gesang verzaubere. Das kann ich jetzt vergessen. Alle im Raum sehen mich an, als warteten sie nur darauf, dass mir zwei Extraköpfe wachsen. Ganz gleich, wie gut ich nachher singe, sie werden in mir nichts anderes mehr sehen als eine Wilde. Dabei hat sich Drayce so viel Mühe gegeben, um mich so fein herzurichten … Und dank seiner Hilfe konnte ich vorhin sogar ein Liebeslied singen. Das war alles umsonst … Nur weil ich mich nicht beherrschen konnte. Ich wusste doch, dass es sich bei dem Kerl weder um Marik noch Kyle handelte. Warum musste ich derart überreagieren?

Nur mit halbem Ohr höre ich hin, wie Drayce versucht, die aufgebrachte Menge zu beschwichtigen. Am liebsten würde ich mich in Luft auflösen, um dem Argwohn zu entgehen, der mir ungehemmt entgegenschlägt. Die meisten der Anwesenden sind dafür, mich sofort rauszuwerfen, wenn nicht gar Schlimmeres. Aber wenn ich heute Abend nicht singen kann, werden wir kein Gold einnehmen. Auf den Straßen war nichts mehr los und die anderen Schenken sind längst nicht so gut gefüllt wie diese hier. Uns fehlt doch noch die Hälfte des veranschlagten Preises für die Überfahrt …

Das Blut rauscht mir in den Ohren, als ich fieberhaft nach einer Lösung suche. Ich könnte mich entschuldigen, aber ich bezweifele, dass das den gewünschten Erfolg brächte.

Ich schaue zu Drayce, der noch immer vergeblich versucht, Ruhe in den Raum zu bringen. Es würde an ein Wunder grenzen, wenn ich hier heute Abend noch singen darf. Und ein noch größeres Wunder wäre, wenn einer der Anwesenden auch nur eine lausige Münze zücken würde. Egal wie gut ich bin und wie sehr ich mich anstrengen würde – es brächte also nichts. Ich habe einen von ihnen vorgeführt und verletzt. Die Gründe dafür interessieren die anwesenden Männer nicht. Jetzt bin ich für sie nicht nur eine Fremde, sondern dazu noch jemand, der Schwierigkeiten macht.

Und nicht zuletzt bin ich eine Frau. Ich gehe jede Wette ein, dass es keinen solchen Aufruhr gegeben hätte, wäre ich ein Mann.

Ich beiße die Zähne zusammen und zwinge meine Gedanken zur Ruhe. Sie bringen mich nicht weiter. Dann mache ich einen Schritt nach vorn, öffne einfach den Mund und singe das Liebeslied, das ich zuvor mit Drayce »geübt« habe. Augenblicklich wird es still um mich herum, doch ich konzentriere mich nur auf meinen Gesang. Ich beschwöre die verwirrenden Gefühle und das Kribbeln herauf, die ich gespürt habe, als Drayce mich berührte, und genau an der richtigen Stelle des Liedes zittert meine Stimme.

Kurz tausche ich einen Blick mit Drayce, auf dessen Lippen ein anerkennendes Lächeln schwebt, ehe er durch die Menge huscht und eine im Kerzenschein glänzende Münze nach der anderen entgegennimmt. Die Mienen meiner Zuschauer wirken entrückt, als stünden sie unter einer Art Zauber. Keiner von ihnen scheint mehr daran zu denken, mich für die Prügelei zur Rechenschaft ziehen zu wollen. Mit meinem Gesang gelingt es mir tatsächlich, sie für mich einzunehmen und sie das, was vor ein paar Minuten war, vergessen zu lassen. Ich weiß nicht, wie genau das passiert, aber es ist mir auch egal. Solange wir die Summe, die wir für die Fahrt zu Cressas Rettung brauchen, einnehmen, ist mir alles recht.

Als im Lied die Liebenden wieder zueinandergefunden haben und der letzte hohe Ton verklungen ist, erwachen die Gäste blinzelnd aus der Verzückung, die ich mit meiner Stimme heraufbeschworen habe.

Sofort ist Drayce neben mir und legt mir eine Hand an den Rücken. »Lauf!«, raunt er mir eindringlich ins Ohr und schiebt mich ohne Rücksicht auf Verluste Richtung Tür.

Ich stelle keine Fragen, sondern dränge mich so schnell ich kann durch die Gäste.

***

Ich hetze hinter Drayce durch die nur spärlich beleuchteten und verwinkelten Gassen des kleinen Hafenstädtchens. Ohne den vollen Mond würde ich an manchen Stellen die Hand vor Augen nicht sehen, da die Laternen derart weit auseinanderstehen, dass man sie sich auch gleich hätten sparen können.

Als wir an der Herberge ankommen, in der der Kapitän mitsamt seiner

Crew untergekommen ist, japse ich nach Luft und beuge mich mit auf den Beinen abgestützten Händen nach vorn. Barsch weist Drayce den Wirt an, den Kapitän für uns zu wecken.

Als der Wirt verschwunden ist, wendet sich Drayce zu mir um und sein wütender Blick scheint Blitze zu schießen. Er macht auf mich den Eindruck, als könne er sich nicht entscheiden, ob er mich zuerst anschreien und dann erwürgen soll oder umgekehrt. Ich starre auf meine Schuhspitzen, versuche mich so klein wie möglich zu machen – bis mir wieder einfällt, dass es nichts gibt, wofür ich mich schämen müsste. Also begegne ich seinem Blick und gebe mir Mühe, ihn nicht zu nah an mich heranzulassen.

»Was ist?«, grolle ich.

Drayce verzieht den Mund. »Ich hab dir gesagt, dass du keine Dummheiten machen sollst. Du hast es mir sogar versprochen! Ich hab dich gewarnt, dass du vorsichtig sein musst. Kaum lasse ich dich für eine Minute aus den Augen, hast du nichts Besseres zu tun, als eine Schlägerei anzuzetteln.« Er stößt ein unwirsches Knurren aus. »Das hätte alles zunichtemachen können!«

»Was hätte ich denn tun sollen?«, begehre ich auf. »Der Kerl hat mich angepackt! Er hat ...«

Drayce hebt die Hand und schneidet mir das Wort ab. »Hast du wenigstens versucht, die Auseinandersetzung ohne Gewalt zu lösen? Oder hast du ihm gleich die Nase eingedonnert?«

»Du weißt gar nichts!«, knurre ich. »Du hast keine Ahnung, was sie mir auf dem Schiff antun wollten ... und angetan haben! Ich kann es nicht ertragen, wenn mir ein Mann zu nahe kommt.«

Drayce stutzt einen Moment, ehe er einen Schritt auf mich zumacht. »Was meinst du damit?«, hakt er nach und runzelt die Stirn.

Ich recke das Kinn. »Das geht dich nichts an.«

»Ach, tatsächlich nicht?«, grollt er gefährlich gefasst. »Die Sache ist die, Schätzchen: Wir beide haben einen Handel und wir werden eine Menge Zeit miteinander auf der – vielleicht sogar sinnlosen – Suche nach deiner Freundin verbringen. Also ...«

Ich blecke die Zähne. »Was willst du von mir hören?«, schreie ich ihn an und frage mich gleich darauf, was ich da eigentlich tue. »Soll ich dir dafür danken, dass du hier bist?« *Nein, bitte ...*, warnt mich eine innere Stimme, doch ich ignoriere sie und rede mich regelrecht in Rage. »Danke, dass du mich nicht umgebracht hast, nachdem ich dich ausgetrickst habe?« *Verdammt, Ez, halt den Mund!* »Toll, dass du trotz der miesen Aussichten noch nicht das Weite gesucht hast?«

Seine Miene verhärtet sich zusehends, doch ich kann nicht aufhören, mir mein eigenes Grab zu schaufeln.

»Ich sag dir was«, knurre ich. »Das wird nicht passieren! Ich habe es bis hierher geschafft, trotz der ... Dinge, die ich bereits erdulden musste, und ich werde mir von dir keine Vorhaltungen machen lassen, weil ich mich verteidigt habe.«

Bei allen Göttern, hör auf, ihn von dir zu stoßen!

Als ich krampfhaft nach Luft schnappe, fühle ich mich mit jeder Sekunde schlechter. Warum habe ich das gesagt? Wieso musste ich den angestauten Frust gerade an dem Mann auslassen, der als Einziger zu mir hält und mich unterstützt? Ich bin so dumm! Ich habe ihm nie im Detail erzählt, was mir auf der *Meereswind* widerfahren ist, nur dass mich die Crew dem Meeresgott opfern wollte, als herauskam, dass ich eine Frau bin.

Wenn sich Drayce von mir abwendet, bleibt mir nichts.

»Verdammt, ich will mich nicht mit dir streiten«, murmele ich darum, nachdem ich ein paarmal tief durchgeatmet habe. »Es gibt so viel Wichtigeres, worum wir uns kümmern müssen. Wir haben das nötige Gold aufgetrieben. Lass uns lieber besprechen, wie wir weiter vorgehen wollen.«

Zwischen seinen Augenbrauen hat sich eine steile Falte gebildet und aus einem mir unbekannten Grund hebe ich auf einmal die Hand, um mit dem Daumen darüber zu streichen. Überrascht reißt Drayce die Augen auf, weicht jedoch nicht vor mir zurück. Seufzend reibe ich über die Falte, während ich mein Bestes gebe, mich selbst zu beruhigen und auf das zu konzentrieren, was wirklich zählt. Wenn ich jetzt darüber nachdenke, nachdem ich Dampf für wer weiß was alles abgelassen habe, kommt mir mein eigenes Verhalten dumm vor. Deshalb verstehe ich Drayces Vorwürfe auch größtenteils.

»Cressa meint, dass die Falten bleiben, wenn man zu oft die Stirn runzelt«, flüstere ich, um die angespannte Stille zwischen uns zu überspielen.

Ich will nicht, dass er wütend auf mich ist.

Als ich die Hand sinken lasse, ist die Falte zwischen Drayces Augenbrauen verschwunden; sein überrumpelter Gesichtsausdruck jedoch bleibt.

»Manchmal glaube ich, dass Cressa die Einzige ist, die mich versteht«, hauche ich schließlich. »Dieser Gedanken hat mich bisher nie geängstigt, doch seit dem Tag, seitdem sie nicht bei mir ist, fühle ich mich einsam. Ich vergesse sie langsam. Kleinigkeiten, wie den Klang ihres Lachens oder die Art, wie sie sich mit zwei Fingern eine widerspenstige Haarsträhne hinters Ohr streicht. Die Art, wie sie die Nase krauszieht, wenn sie mit mir schimpft.« Gegen meinen Willen muss ich lächeln. »Und das tut sie quasi ständig.« Da fühle ich, wie das Lächeln beinahe augenblicklich auf meinen Lippen erstirbt. »Was ist, wenn ich sie nicht finde? Werde ich noch mehr vergessen? Werde ich mich irgendwann überhaupt noch an sie erinnern?«

Drayce berührt mich an der Hand und verschränkt dann unsere Finger miteinander. Die Wärme seiner Haut an meiner beruhigt mich ein wenig und es gelingt mir, die Tränen zurückzuhalten.

»Ich bin jetzt bei dir«, flüstert er. »Du bist nicht allein. Ich kann dir nicht versprechen, dass alles gut werden wird, aber ich kann dir versprechen, dass du dich deinen Problemen nicht allein stellen musst. Ich werde dir dabei helfen, Cressa zurückzuholen. Und ich werde nicht versagen. *Wir* werden nicht versagen.«

Das warme Gefühl, das sich ausgehend von unseren verschränkten Händen in mir ausbreitet, besänftigt meine aufgewühlten Gedanken. Ich nicke und lehne den Kopf gegen Drayces Schulter. »Ich weiß.«

***

Wenige Minuten später kommt der Kapitän die Treppe heruntergewankt. Er kann kaum die Augen offen halten und stinkt nach billigem Bier und zu süßem Parfüm. Drayce beeilt sich, um mit ihm über die Passage zu verhandeln und herauszufinden, wann wir morgen früh ablegen. Es gelingt ihm sogar, den Preis noch weiter zu drücken, sodass nicht ganz die Hälfte des Goldes in die Hände des Kapitäns wandert. Trotzdem verspricht der Kapitän, uns direkt bei der Insel abzusetzen. Offenbar kommt uns zugute, dass er nicht mehr ganz nüchtern ist. Im Gegenzug überreicht der uns zwei fleckige Dokumente, die unsere Überfahrt sicherstellen sollen. Ich habe daran meine Zweifel, nehme sie dennoch entgegen.

»Wir sollten in der Nähe des Schiffes bleiben«, sage ich, nachdem wir die Schänke wieder verlassen haben. »Wenn wir es verpassen ...«

»Werden wir nicht«, unterbricht mich Drayce und greift wieder nach meiner Hand. »Mir ist nicht wohl dabei, unter freiem Himmel zu schlafen.«

»Dann lass uns versuchen, schon jetzt an Bord zu gelangen«, schlage ich vor. »Ich kann mir nicht vorstellen, dass die ganze Crew in diesem winzigen Gasthaus untergekommen ist. Bestimmt sind einige auf dem Schiff geblieben. Wir zeigen ihnen unsere Überfahrtsdokumente und vielleicht lassen sie uns dann an Bord. Dann könnten wir uns umsehen und ...«

Er zieht mich sanft zu sich. Ich spüre seine Körperwärme durch das dünne Hemd und erschaudere wohlig. Wie kühl es doch des nachts außerhalb von Ilgaron ist ... Im Vergleich zu den heißen Temperaturen am Tag kühlt es zwar auch bei uns in der Nacht ab, doch hier friere ich regelrecht. Zusätzlich weht vom Meer her ein scharfer Wind, der mir unangenehm unter die spärliche Kleidung kriecht.

Da ist mir Drayces Wärme ein willkommenes Geschenk und ich schmiege mich an seine Seite. Beinahe sofort ebbt das Zittern ab, das mich bis eben geschüttelt hat.

Zum ersten Mal nehme ich bewusst – und nicht benebelt aus Angst vor Spinnen und Gewitter – seinen Duft wahr. Nachdem ich tagelang auf einem Schiff mit nach Schweiß und anderen Ausdünstungen stinkenden Männern verbracht und ich auch zuvor meistens nur verschwitzte Sklaven gerochen habe, rechnete ich damit, Drayce würde ähnlich riechen. Das Gegenteil ist der Fall. Er riecht ... Ich nehme einen tiefen Atemzug. Neben dem sauberen

Duft, den er oberflächlich verströmt, rieche ich etwas Herbes, Männliches, was mich jedoch nicht abschreckt. Und da ist noch eine weitere Note. Sie erinnert mich an die Zeit, als Cressa und ich bis spät in die Nacht am glimmenden Herdfeuer in der Küche gesessen und übrig gebliebenen Brotteig über der Glut geröstet haben. Drayce riecht genauso – nach Feuer, Holz und Glut ... heimelig.

»Du brauchst Schlaf, Ez«, murmelt er und reißt mich damit aus meinen Erinnerungen. »Die paar Stunden, die du vorhin geschlafen hast, waren nicht genug, um dich zu erholen. Morgen früh stechen wir in See, da musst du fit sein. Gut möglich, dass wir bald der Crew der *Meereswind* begegnen und Cressa mit Gewalt befreien müssen. Nachdem ich vorhin mit eigenen Augen gesehen habe, wie gut du dich zu verteidigen weißt, möchte ich ungern auf deine Hilfe verzichten.«

Seine goldenen Augen funkeln im spärlichen Licht wie zwei Sterne, als er schmunzelnd auf mich hinabblickt. Ich blinzele überrascht. Hat er ... mich gerade gelobt? Mehrmals öffne und schließe ich den Mund, ohne dass ein Ton herauskommt, so überrumpelt bin ich von dem plötzlichen Kompliment. Zweifelsohne muss ich aussehen wie ein Fisch an Land, denn Drayces Schmunzeln verwandelt sich in ein spitzbübisches Grinsen, was mich schlagartig wieder zurück auf den Boden der Tatsachen holt.

»Ich bin ausgeruht«, widerspreche ich schnell und hoffe, dass meine Wangen nicht so rot sind, wie sie sich gerade anfühlen.

Die Wahrheit ist, dass ich fast im Stehen einschlafe, nachdem die Anspannung der letzten Stunde von mir abgefallen ist. Die Müdigkeit ist nicht derart bleiern wie heute Mittag, aber doch stark genug, dass mir die Lider schwerer und schwerer werden. Sollte ich mich jetzt – warum auch immer – verteidigen oder gar gegen Mitglieder der Crew der *Meereswind* um Cressa kämpfen müssen, würde ich nicht eine Kupfermünze auf mich setzen. Trotzdem will ich vor Drayce keine Schwäche zeigen – erst recht nicht, nachdem er mich gerade gelobt hat.

Drayce lehnt sich vor und haucht mir einen Kuss auf die Stirn. Ich halte die Luft an und mein Herz setzt für einen Schlag aus. Das geschah so schnell, dass ich nicht die Möglichkeit habe, darauf zu reagieren. Die Stelle, die er so leicht mit den Lippen berührt hat, dass ich es fast für Einbildung halte, brennt plötzlich wie Feuer und schickt einen warmen, wohligen Schauer nach dem anderen durch mich hindurch. Nur mit Mühe kann ich mich davon abhalten, die Stelle mit den Fingerspitzen zu berühren.

Vorhin … habe ich bereits kurz seine Lippen an Hals und Mundwinkel gespürt. Da hatte es aber nichts zu bedeuten. Und jetzt wahrscheinlich auch nicht. Ich habe Cressa schließlich auch hin und wieder freundschaftlich auf die Stirn geküsst und mit ihr gemeinsam in einem Bett geschlafen. Dabei hat aber mein Herz nie so wild geklopft.

»Komm, lass uns sehen, ob wir in der Nähe des Ankerplatzes ein freies Zimmer finden. Und ehe du dich aufregst: Ich schlafe auf dem Boden. Daran bin ich aus meiner Zeit in der Höhle bereits gewöhnt, es stört mich nicht.« Wieder erscheint das freche Grinsen auf seinen Lippen und ich weiß, dass ich mit Sicherheit gleich die nächste Spitze von ihm zu hören bekomme. »Du siehst mir nicht so aus, als hättest du ein Leben voller Entbehrungen hinter dir. Eher kommst du mir verweichlicht vor, wenn es um *gewisse* Dinge geht.«

Sämtliche warmen Gefühle von eben lösen sich in Luft auf und ich boxe ihm gegen die Schulter. »Von wegen verweichlicht! Du hast mich heute schon einmal unterschätzt. Mach diesen Fehler lieber nicht noch mal.«

Sein Schmunzeln wird breiter. »Keine Angst, das werde ich definitiv nicht.«

Und augenblicklich ist das Kribbeln in meinem Bauch zurück.

***

Leider ist uns das Glück diesmal nicht hold: Sämtliche Herbergen, die sich in Sichtweite des Hafens befinden, sind bis auf den letzten Platz belegt. Der Wirt einer kleineren Schenke direkt an den Docks bietet uns jedoch an, im Schankraum zu schlafen, wo sich bereits gut zwanzig andere Gäste eingefunden haben und um die Wette schnarchen. Ich verziehe den Mund, als ich widerwillig eine Kupfermünze in seine begierig ausgestreckte Hand fallen lasse.

»Wenigstens sind wir hier vor Wind und Wetter geschützt«, sagt Drayce, als er meinen angewiderten Gesichtsausdruck sieht. »Und vielleicht bekommen wir noch ein Frühstück, bevor wir an Bord gehen.«

Ein Jammer, dass wir das Zimmer in unserem Gasthaus nur für ein paar Stunden mieten konnten. Und diese Herberge liegt näher am Hafen ...

Mein Blick huscht über die ausnahmslos männlichen Gäste. Sie scheinen allesamt Seemänner zu sein. Ich hatte inständig gehofft, nach meiner Zeit auf der *Meereswind* niemals wieder mit im Schlaf grunzenden und furzenden Männern in einem viel zu engen Raum eingesperrt zu sein ... Die Aussicht, diesen Wildfremden nahezu schutzlos ausgeliefert zu sein, lässt mich fast die Flucht ergreifen. Nur Drayces fester Griff, mit dem er meine Hand umklammert, hält mich ab.

»Ich werde hier kein Auge zumachen«, murmele ich. »Abgesehen von der wenig erbaulichen Gesellschaft habe ich ... noch nie auf dem Boden schlafen müssen.«

»Dann machen wir es wie heute Mittag«, sagt Drayce daraufhin. »Und als du zu mir in die Höhle kamst.«

Unbeirrt zieht er mich in eine Ecke des verwinkelten Raumes, setzt sich auf die knarzenden Dielen und lehnt sich mit dem Rücken gegen die Wand. Dann sieht er mit hochgezogener Augenbraue erwartungsvoll zu mir empor. Seufzend lasse ich mich nach kurzem Zögern ebenfalls nieder und protestiere nicht, als er mich zwischen seine Beine zieht, sodass ich mit dem Rücken gegen seine Brust lehne. Anschließend schlingt er beide Arme um mich. Seine wundervolle Wärme, die ich dankend in mich aufnehme, beruhigt meine angespannten Nerven, bis ich schließlich den Kopf zur Seite drehe und, begleitet von Drayces gleichmäßigem Herzschlag im Ohr und eingehüllt von seinem heimeligen Körpergeruch, einschlafe.

Kapitel 12

Ezlain

Am nächsten Morgen sind meine Glieder derart steif, dass mir Drayce hochhelfen muss. Ich verlagere das Gewicht von einem Bein aufs andere, um das Kribbeln darin zu vertreiben. Es fühlt sich an, als würden ganze Ameisenvölker anstatt Blut durch meine Adern krabbeln.

Nach einem kargen Frühstück, das wenigstens unseren gröbsten Hunger stillt, gelangen wir problemlos an Bord der *Windsbraut*. Das Schiff ist klein, aber gut in Schuss und rangiert von der Größe her irgendwo zwischen Drayces Nussschale und der *Meereswind*. Neben dem Kapitän, Drayce und mir sind nur neun Seemänner an Deck – die mich ausnahmslos misstrauisch beäugen.

»Es wäre vielleicht doch besser gewesen, mich als Mann auszugeben«, murmele ich Drayce zu, als der Kapitän uns unsere Kajüten unter Deck zeigt.

Drayce zieht eine Augenbraue nach oben. »Damit sie dich wieder über Bord werfen, sobald sie die Wahrheit erfahren? Nein, es ist sicherer, dich von Anfang an als Frau auszugeben. Und da ich angegeben habe, dass du meine *Ehefrau* bist, werden dich die Männer in Ruhe lassen.« Er grinst selbstgefällig. »Ich bezweifele, dass sich irgendeiner von denen mit mir anlegen will. Die meisten von ihnen reichen mir nur bis zum Kinn. Wichte wie die ramme ich ungespitzt in den Boden.«

Ich verdrehe die Augen über so viel Größenwahn, erspare mir aber einen Kommentar. Vielmehr bin ich damit beschäftigt, mich an das Schaukeln des Schiffs zu gewöhnen. Es gelingt mir einfach nicht, in die Gewohnheit auf der *Meereswind* zurückzufinden, wo mir das nichts ausgemacht hat. Bei jedem Schaukeln, jeder Welle, die gegen den Bug schlägt, widerstehe ich nur knapp dem Drang, mich irgendwo festzuklammern. Vielleicht liegt es daran, dass dieses Schiff viel kleiner und leichter ist und ich dadurch den Seegang viel stärker wahrnehme. Als wir mit Drayces Nussschale unterwegs waren, war das Wasser nahezu ruhig, doch nach dem gestrigen Sturm peitschen die Wellen jetzt gegen den Bug.

Obwohl wir noch nicht mal den Anker gelichtet haben, schreit alles in mir danach, sofort von diesem Schiff zu verschwinden. Zu gut erinnere ich mich an den Schmerz des eisigen Wassers, der sich durch meine Haut zu fressen schien. An das Brennen in der Brust, als ich nach Atem rang, aber nichts als klirrend kaltes Wasser meinen Rachen hinabfloss und in meinen Lungen zu explodieren schien. An das Gefühl, gleichzeitig ersticken und ertrinken zu müssen. Ich weiß, dass diese Angst erst vergehen wird, wenn ich wieder festen Boden unter den Füßen habe, aber das wird noch eine Weile dauern. Bis dahin muss ich die Zähne zusammenbeißen und ich weiß nicht, ob mir das ohne Ablenkung gelingt.

»Alles in Ordnung?«, flüstert Drayce, als wir allein sind.

Ich bringe nur ein halbherziges Nicken zustande. »Warum ... hast du mich als deine Frau ausgegeben?«, will ich leise wissen.

»Als was hätte ich dich denn sonst ausgeben sollen?«

»Deine Schwester?«, schlage ich vor.

Drayce gibt ein halb unterdrücktes Lachen von sich. »Ja, natürlich. Damit jeder aus der Crew mich seltsam ansieht, wenn ich deine Hand halte.«

Er hat kam fertig gesprochen, als er auch schon die Finger mit meinen verschränkt. Der Halt, den er mir dadurch gibt, hilft mir, das Gleichgewicht auf dem wankenden Schiff wiederzufinden.

»Außerdem«, murmelt er mir ins Ohr und löst ein wohliges Kribbeln in meinem Bauch aus, »wird es keiner dieser Hänflinge wagen, sich meiner Frau auf ungebührliche Weise zu nähern. Hätte ich dich als meine Schwester ausgegeben, könnte der ein oder andere vielleicht doch auf dumme Gedanken kommen und versuchen, bei dir zu landen.«

Ich verziehe den Mund. Von Seemännern, die auf dumme Gedanken kommen, habe ich für den Rest meines Lebens die Nase gestrichen voll!

»Danke«, sage ich leise.

Drayce zieht mit einem belustigten Schnauben eine Augenbraue nach oben. »Bedanke dich nicht zu früh! Vielleicht bin auch ich nichts weiter als ein selbstsüchtiger Idiot.«

Ich werfe ihm einen Seitenblick zu. »Wie kommst du darauf?«

Er schüttelt den Kopf. »War nur so ein Gedanke.«

***

Als die Nacht hereinbricht und wir mit dem Kapitän zu Abend gegessen haben, gehen Drayce und ich zu unseren Kajüten, die aneinandergrenzen. Ich bin froh darüber, endlich etwas Privatsphäre zu haben und nicht wie auf der *Meereswind* mit der gesamten Crew in einem Raum schlafen zu müssen. Und mich umziehen und waschen zu können, ohne die ständige Angst im Nacken, überrascht zu werden.

»Gute Nacht«, murmele ich zu Drayce, als ich an der Tür zu meiner Kajüte stehen bleibe.

»Schlaf gut, Schätzchen«, antwortet er und streckt sich.

Nachdem ich eingetreten bin, verriegele ich hinter mir die Tür. Obwohl ich heute keinerlei harte, körperliche Arbeit verrichtet habe, fühle ich mich fix und fertig. Ich brauche dringend etwas Schlaf. Ich kann mich nicht mehr daran erinnern, wann ich das letzte Mal tief und fest geschlummert habe. Auch auf der *Meereswind* horchte ich immer mit einem Ohr auf die anderen Seemänner.

Die Kajüte ist einfach eingerichtet: eine Hängematte, ein Eimer mit Wasser und ein leerer für die Notdurft und eine kleine Kommode. In dem engen

Raum kommt mir das Schaukeln des Schiffes noch heftiger und das Knarzen der Bretter viel lauter vor. Schnell schlinge ich beide Arme um mich, als könnte ich so das ungewollte Gefühl der Angst in mir einschließen.

Sofort schelte ich mich eine Närrin. Es herrscht kein Sturm wie in jener Nacht oder gestern. Es gibt also keinen Grund, mich zu fürchten. Dennoch zittern meine Finger, als ich mich umständlich aus der Lederhose schäle und anschließend in die Hängematte klettere. Zwar habe ich ein Kissen und eine Decke, aber Letztere wärmt mich kaum. Ich weiß, dass ich nicht so erbärmlich frieren würde, wenn Drayce hier wäre. Er ist immer so herrlich warm ...

Mit dem Daumen streiche ich über die verblassende Wunde auf meiner Handfläche, die von unserem Blutschwur stammt. In Drayces Nähe fühle ich mich viel zu wohl und mit jedem Tag, der verstreicht, vergesse ich mehr und mehr, warum er eigentlich hier bei mir ist. Nämlich nicht, weil er es will, sondern weil ich ihm keine Wahl gelassen habe. Ich bin ihm zutiefst dankbar dafür, dass er mich nicht spüren lässt, wie sehr ihm unser Zwangsabkommen zuwider sein muss. Der Gedanke, dass ich ihn zu meinen Gunsten ausnutze, kommt mir nicht zum ersten Mal, doch gerade gelingt es mir nicht mehr, ihn beiseitezuschieben. Ich kann nur hoffen, dass wir Cressa schnell finden und dadurch den Blutschwur erfüllen. Dann kann Drayce ... das tun, was er von Anfang an tun wollte.

Ich komme in seiner Planung nicht vor.

Eine schier endlose Zeit lang rolle ich mich von einer Seite auf die andere, heimgesucht von immer wirreren Gedanken, und versuche zu schlafen. Als es mir endlich gelingt, meinen Kopf zum Schweigen zu bringen, höre ich wieder überdeutlich das Tosen des Meeres. Entweder friere ich oder zucke bei jeder größeren Welle zusammen. An Schlaf ist beim besten Willen nicht zu denken, dabei bin ich hundemüde.

Bevor ich bewusst den Entschluss dazu gefasst habe, schnappe ich mir schon das Kissen, öffne die Tür und tapse barfuß und nur mit einem Hemd bekleidet, das mir bis zu den Oberschenkeln reicht, zur angrenzenden Kajüte. Schnell klopfe ich an Drayces Tür, ehe ich es mir anders überlegen kann. Das Kissen wie einen Schutzschild an mich gedrückt, warte ich darauf, seine

Schritte auf der anderen Seite zu hören. Darüber nachzudenken, was ich verdammt noch mal hier eigentlich tue, verbiete ich mir.

Als sich die Tür öffnet, hole ich tief Luft. »Entschuldige, dass ich …«

Jedes weitere Wort erstirbt auf meinen Lippen. Ich weiß nicht einmal mehr, was ich eigentlich sagen wollte.

Mit offenem Mund starre ich auf Drayce, der, nur vom Kerzenlicht angestrahlt, vor mir aufragt und nichts weiter als eine lange Hose trägt, die ihm tief auf den Hüften sitzt. Langsam gleitet mein Blick von seinem Bauch hinauf über seine Brust. Ich schlucke angestrengt und presse das Kissen fester an mich, in der Hoffnung, meinen aufgeregten Herzschlag dadurch dämpfen zu können. Im Schein der Kerze glänzt seine Haut wie dunkles Gold und die leichten Erhebungen seiner sehnigen Muskeln treten deutlich hervor – viel deutlicher, als ich sie vermutet hätte. Hielte ich das Kissen nicht so fest umklammert, bin ich mir sicher, meine Hände würden sich wie von allein nach ihm ausstrecken, um die einzelnen Muskeln nachzuzeichnen.

»Hast du etwas entdeckt, was dir gefällt?«, raunt Drayce und ich höre deutlich die Belustigung in seiner Stimme.

»Ähm …«, krächze ich, weil ich den Sinn seiner Frage nicht verstehe.

Als ich mich nicht rühre, legt mir Drayce einen Finger unters Kinn und drückt meinen Kopf ein Stück nach oben. Ertappt löst sich mein Blick von seiner Brust und huscht zu seinem Gesicht. Das offene Haar fällt Drayce bis auf die Schultern und seine goldenen Augen scheinen im spärlichen Licht zu glühen.

Ich erkenne so vieles in diesem Glühen: die ständige Belustigung, mit der er mich meistens bedenkt, gepaart mit der Prise Spott, die mir auch nicht fremd ist. Doch dahinter verbergen sich unausgesprochene Fragen, auf die ich keine Antwort weiß.

Zwischen uns breitet sich ein Knistern aus, das ich deutlich auf der Haut spüren kann. Auf einmal kommt mir die Idee, mitten in der Nacht an seine Tür zu klopfen, nicht mehr besonders gut vor.

Warum bin ich eigentlich noch mal hier?

Drayces Blick gleitet so langsam, dass ich mich beinahe darunter winde, an mir hinab und bleibt an meinen unbekleideten Beinen hängen. Mit einem leisen Lächeln zieht er eine Augenbraue nach oben. »Was kann ich für dich tun?«

»Ich …« Schnell räuspere ich mich in der Hoffnung, dass meine Stimme dadurch nicht mehr so hoch klingt. »Ich konnte nicht einschlafen und wollte fragen, ob … es für dich in Ordnung wäre, wenn ich … bei dir … schlafe?«

Hoffentlich klingt es nicht so blöd, wie ich befürchte.

Es vergeht eine kleine Ewigkeit, während der mich Drayce einfach nur ansieht, ehe er die Tür zu seiner Kajüte weiter aufdrückt. Dankbar husche ich hinein, wobei ich peinlich darauf achte, ihn nicht zu berühren. Was völlig idiotisch ist. Schließlich werden wir gleich gemeinsam in einer schmalen Hängematte schlafen, weil ich mich dummerweise an seine Wärme und Nähe gewöhnt habe und ohne sie kein Auge mehr zubekomme. Erst recht nicht, wenn ich jede Sekunde befürchten muss, mich in den eiskalten Fluten des Meeres wiederzufinden.

Zum Glück streift sich Drayce schnell ein Hemd über, was meine angekratzten Nerven ein wenig beruhigt. Keine Ahnung, warum ich so seltsam auf seinen Anblick reagiert habe.

Ich zucke zusammen, als Drayce mir eine Hand auf die Schulter legt.

»Du hast Angst«, murmelt er. »Ich hoffe doch, nicht vor mir.«

»Nein«, hauche ich. »Nicht vor dir.«

Ich reagiere sonderbar auf ihn – vor allem, wenn er leicht bekleidet ist –, aber ich verspüre nicht einen Hauch von Furcht in seiner Gegenwart. Auch das ergibt keinen Sinn, je länger ich darüber nachdenke. So kräftig, wie er ist, wäre es für ihn ein Leichtes, mich zu überwältigen. Doch so aufmerksam ich auch in mich hineinhorche, ich höre keine Stimme, die mir zuruft, dass ich verschwinden und mich von ihm fernhalten solle. Ganz im Gegenteil: Wenn er fort ist, sehnt sich alles in mir danach, wieder bei ihm zu sein.

»Ich weiß mittlerweile, dass du vor einigen Dingen Angst hast«, murmelt er. »Spinnen. Gewitter. Doch nichts davon trifft gerade zu – ansonsten würde mir aufgrund deiner Schreie bereits das Trommelfell platzen. Also, willst du mir sagen, wovor du dich fürchtest?«

Ich zögere einen Moment, schüttele dann aber den Kopf und presse das Gesicht ins Kissen. Ich bringe es nicht über mich, ihm zu erzählen, was genau in der Nacht auf der *Meereswind* geschehen ist. Wie wehrlos, klein und verletzlich ich mich gefühlt habe. Wie knapp ich einem noch schlimmeren Schicksal entronnen bin.

»Es ist normal, Angst zu haben«, sagt Drayce leise, nachdem ich mich zu ihm umgedreht habe. »Du musst dich deswegen nicht schämen oder dich dazu zwingen, sie vor mir zu verbergen. Selbst wenn du sie nach außen hin nicht zeigst, kann ich sie spüren.«

Schnell wende ich den Blick ab. »Ich ... weiß nicht, was ich dagegen tun soll.«

»Lass es zu«, murmelt er, während er die Hand langsam meinen Arm hinabgleiten lässt. Ich spüre seine Wärme durch das Hemd und seufze. »Wenn du dich gegen die Angst wehrst, kommt sie nur umso stärker zurück. Vor mir brauchst du dich nicht zu verstellen. Wir sind Partner, schon vergessen?«

Erleichtert stoße ich den Atem aus. »Nein, hab ich nicht.«

Auf Tante Beatrices Empfängen trug ich stets eine Maske und spielte krampfhaft das brave Mädchen aus gutem Hause, um den Abend überstehen zu können. Doch bei Drayce scheine ich mich nicht verstellen zu müssen; ich muss weder die wohlerzogene, junge Frau auf der Suche nach einem geeigneten Ehemann noch die unnahbare Erbin einer reichen Familie sein. Welche Ezlain ich aber stattdessen sein soll, weiß ich nicht. Ich kenne nur die beiden Varianten, die ich jahrelang gelebt habe, und habe darüber vergessen, wer ich wirklich bin. Nur bei Cressa konnte ich einfach ich selbst sein, doch ich bin weit davon entfernt, mich auch in Drayces Gegenwart so gelöst geben zu können.

»Lass uns schlafen«, sagt Drayce nach einer Weile sanft und zieht die Hand, die bis eben noch auf meinem Oberarm lag, zurück. »Wenn wir in ein paar Tagen auf der Insel ankommen, auf der sich der Schatz befindet, müssen wir ausgeruht sein.«

Als ich mich nicht rühre, entwindet mir Drayce das Kissen, greift nach meiner Hand und führt mich zur Hängematte. Ich konzentriere mich auf die

Berührung unserer Hände und den sanften Druck, den seine Finger ausüben, und vergesse die Fragen, die unablässig durch meinen Kopf wirbeln. Auf keine von ihnen muss ich heute Nacht eine Antwort finden.

Drayce klettert kurz nach mir in die Hängematte. Ich spüre ihn überall an mir. Seinen warmen Atem auf meinem Gesicht. Die Wärme, die er unablässig verströmt und die mir unters Hemd kriecht und die zitternden Glieder besänftigt. Das ruhige und gleichmäßige Heben und Senken seiner Brust. Der glimmende Duft nach einer Zeit, in der ich noch wusste, welche Ezlain ich wirklich bin. Alles an ihm strahlt eine solche Ruhe aus, dass der Stress und die Ängste der letzten Tage nach und nach von mir abfallen und mich auch die Wellen, die gegen den Bug schlagen, nicht mehr stören.

Nun gelingt es mir nicht mehr, die Augen offen zu halten und schneller als sonst drifte ich ins Reich der Träume ab.

»Es ist in Ordnung«, flüstert Drayce. Seine tiefe Stimme durchdringt für einen Moment die Müdigkeit, die mich fast völlig in ihren Klauen hat. »Schlaf jetzt. Solange ich hier bin, brauchst du keine Angst zu haben. Dir wird nichts geschehen.«

Ich merke nur noch, dass er mich näher zu sich zieht und wie von selbst schmiege ich mich an seine herrlich warme Brust.

Kapitel 13

Ezlain

Ich erwache mit einem wohligen Schnurren auf den Lippen, ausgelöst durch ein wundervoll sanftes Kraulen im Nacken. Mein Gehirn ist noch zu benebelt, um mich mit der Frage, warum mich jemand krault, zu behelligen.

»Ez«, murmelt eine mir bekannte Stimme direkt neben meinem Ohr. »Es tut mir leid, aber ich muss dich jetzt wecken.«

Ich murmele etwas Undeutliches und schmiege mich noch dichter an das herrlich warme Kissen unter mir.

»Ez, bitte«, höre ich die Stimme erneut. »Ich muss wirklich ...«

Verschlafen blinzelnd öffne ich die Augen. Erst mit einigen Sekunden Verspätung begreife ich, wo ich bin. Ich liege zum größten Teil auf Drayce. Ein Bein habe ich um seine Hüfte geschlungen, das andere ist zwischen seinen eingeklemmt. Seine Arme liegen um mich, hüllen mich in eine sanfte Wärme ein und pressen mich zeitgleich so dicht an ihn, dass ich mich kaum rühren kann.

»E...Entschuldige«, stammele ich und versuche – zweifelsohne mit hochrotem Kopf – meine Gliedmaßen aus seinen zu entwinden und aus der Hängematte zu klettern.

Leider mit mäßigem Erfolg.

Ich verfange mich mit dem Fuß in der Hängematte und lande unsanft wieder auf Drayce. Er gibt ein Ächzen von sich, weshalb ich mich beeile, mich wieder hochzudrücken.

Bei allen Göttern, warum bin ich nur solch ein Trampel?

»Es tut mir leid«, murmele ich, als ich rittlings auf ihm sitze und mich mit den Händen an seiner Brust abstütze. »Ich wollte nicht …«

Ich mache den Fehler und schaue ihm ins Gesicht. Seine Augen sind vor Überraschung weit aufgerissen; zumindest hoffe ich, dass es Überraschung ist, die da in seinem Blick tanzt.

»Du …«, raunt er, wobei ein verruchtes Lächeln in seinen Mundwinkeln lauert, »… solltest dich für einen Moment nicht bewegen.«

»Was?« Ich blinzele mehrmals. »Warum?«

Das Lächeln wird breiter und er schüttelt den Kopf. »Nur … so eine Ahnung.«

Er hebt den Oberkörper ein Stück an, während er mich von oben bis unten betrachtet. Schnell versuche ich, von ihm herunterzuklettern, doch er legt beide Hände über meine und drückt sie an seine Brust.

»Was haben wir übers Bewegen gesagt?«, murmelt er mit rauer Stimme.

»Ich dachte, du müsstest dringend …«, entgegne ich.

»Das … geht im Moment nicht.«

Ich runzele die Stirn. »Wieso?«

Meine Frage scheint ihn zu erheitern, denn er beißt sich auf die Unterlippe, um nicht laut loszulachen. »Irgendwann erkläre ich dir das vielleicht.«

Was soll das denn heißen?, will ich am liebsten fragen, doch ich klappe den Mund schnell wieder zu, als ich Drayces sanftes Streicheln an meinem Knie und Oberschenkel spüre. Ohne meinen Blick freizugeben, tastet er sich langsam weiter vor. Jede sachte Berührung seiner Fingerspitzen beschwört ein wohliges Kribbeln in meinem Bauch herauf und hinterlässt eine heiße Spur auf meiner Haut. Mein Atem geht schneller, ebenso wie mein Herzschlag. In mir wächst der Drang, meine Hüften vor und zurück zu wiegen, doch ich rühre keinen Muskel.

Erst als Drayce mit dem Daumen fester über eine Stelle an meinem Oberschenkel streicht, zucke ich zusammen.

»Was hast du da?«, fragt er.

Ich folge seinem Blick und entdecke einen fast schon verblassten blauen Fleck.

»Auf der anderen Seite hast du ähnliche Flecken«, sagt er. »Und an den Armen ebenfalls. Die Flecken hier …«, sanft streichelt er mit der Hand über die an meinem rechten Oberschenkel, »… sehen so aus, als hätte dich jemand …« Er bricht ab und runzelt die Stirn, während er die Stelle ganz genau betrachtet. »Nein. Es sieht aus, als wärst du von *mehreren* gepackt worden. Diese Abdrücke stammen von mehreren festen Fingern.«

Ich ziehe scharf die Luft ein und zucke zurück. Drayce verstärkt jedoch den Druck an meinen Schenkeln, sodass ich mich nicht bewegen kann.

»Was genau ist auf dem Schiff passiert, bevor du ins Meer gestürzt bist?«, will er wissen.

Ich drehe den Kopf weg. »N…Nichts.«

»Diese Male sehen mir nicht nach *nichts* aus.« Er hebt die Hand, umschließt mein Kinn mit den Fingern und dreht meinen Kopf so, dass ich ihn wieder ansehen muss. »Es bringt nichts, wenn du alles in dich hineinfrisst. Du bist nicht mehr allein, schon vergessen? Du musst nicht auf eigene Faust mit allem fertig werden. Rede mit mir!«

»Es …« Ich schlucke angestrengt. »Es ist nichts geschehen. Beinahe, aber … der Kapitän ging dazwischen, bevor …«

Ich kralle mich mit den Fingern in sein Hemd, als mich die Erinnerungen zu übermannen drohen. Drayce beobachtet mich aufmerksam, drängt mich jedoch nicht dazu, weiterzusprechen, bevor ich so weit bin. Wahrscheinlich sollen mich die sanften Streicheleinheiten an der empfindlichen Innenseite meines Schenkels beruhigen, doch sie bewirken das genaue Gegenteil. Ich kann mich kaum noch daran erinnern, worüber wir eben gesprochen haben, weil sich jeder Gedanke, jede Empfindung auf Drayces Finger ausrichtet. Schnell schüttele ich den Kopf, um wieder zu Sinnen zu kommen.

»Sie hatten Cressa. Sie fiel ihnen als Erste in die Hände. Und ich war bereit, jeden Handel einzugehen, um sie vor Schaden zu bewahren. Schließlich war es meine Schuld, dass sie auf dem verdammten Schiff war. Alles war von Anfang an meine Schuld. Ich war für sie verantwortlich, also ...«

»Also hast du angeboten, ihren Platz einzunehmen«, grollt Drayce und beendet meinen Satz, als ich nicht weitersprechen kann. »Verdammt, Ez ...«

Ich zwinge mich zu einem Nicken. »Ich weiß noch, dass ich panische Angst hatte und mir jede ihrer Berührungen vor Ekel die Kehle zuschnürte. Abgesehen davon ... habe ich versucht, nicht allzu viel darüber nachzudenken.«

»Deshalb hast du so abweisend auf mich reagiert«, murmelt er, »und bist sofort blind auf den Kerl in der Schenke losgegangen, weil er dir zu nahe kam.« Drayce stößt geräuschvoll den Atem aus und lässt den Kopf nach hinten ins Kissen sinken. Gleichzeitig rutschen auch seine Hände von meinen Beinen. Sofort fühlt sich die Haut, die er eben noch berührt hat, kalt an. »Und ich war deswegen auch noch wütend auf dich und bin dir noch weiter auf die Pelle gerückt. Entschuldige, ich hab mich absolut idiotisch verhalten.«

»Nein, es ...« Ich beiße mir kurz auf die Unterlippe. »Es gibt nichts, was dir leidtun müsste. Es war die Crew der *Meereswind*, die mich entweder vergewaltigen oder zur Besänftigung des Meeresgottes über Bord werfen wollte. Letzteres haben sie getan. Nichts davon ist deine Schuld.«

Ich stoße die Luft aus und lasse den Kopf hängen. Selbst in meinen eigenen Ohren klingen diese Worte dumm und leer. Doch ich will nicht, dass sich Drayce irgendwelche Vorwürfe macht. Abgesehen von dem unfreiwilligen Kuss in der Höhle hatte ich bei ihm nie das Gefühl, er würde sich mir in irgendeiner Weise aufdrängen. Seine saloppen Sprüche stießen mich hin und wieder vor den Kopf, weil ich bisher nie jemandem begegnet bin, der sein Herz auf der Zunge trägt wie er. Aber er ging nie weiter, als ich es wollte.

Ich beiße mir auf die Unterlippe, als ich Drayces Hand wieder an meinem Bein spüre. Stück für Stück arbeitet er sich vom Knie weiter nach oben – vorsichtig, als rechne er jede Sekunde damit, dass ich ihn deswegen anschreien würde. Mit geschlossenen Augen genieße ich die Wärme, die durch meinen Körper schießt.

Bedächtig streicht er schließlich mit dem Daumen wieder über den Fleck am Oberschenkel. »Hast du dich gewehrt?«, fragt er, ohne mir dabei ins Gesicht zu sehen.

»Als sie Cressa nicht mehr gegen mich verwendet haben, ja«, antworte ich und öffne die Augen. »Aber gegen die ganze Crew hatte ich nicht den Hauch einer Chance.«

Drayce nickt. »Trotzdem solltest du die Grundlagen beherrschen – sowohl mit als auch ohne Waffen – und dich nicht nur mit Stöcken verteidigen können.«

»Das habe ich auch meiner Tante einzureden versucht«, gebe ich achselzuckend zurück. »Leider ist sie – wie alle anderen – der Meinung, dass sich eine junge Frau anderen Aktivitäten widmen sollte. Stricken und der Führung eines Haushalts, zum Beispiel. Bis auf ein paar Sklaven, die ich so lange beschwatzt habe, dass sie mir zumindest ein paar Kniffe gezeigt haben, gab es niemanden, der mir etwas beibringen wollte.«

»Ich glaube selbst nicht, dass ich das sage …«, murmelt er kaum hörbar, ehe er lauter fortfährt, »… aber du solltest jetzt in deine Kajüte gehen und dir etwas anziehen, worin du dich gut bewegen kannst. Wir haben noch ein paar Tage auf See vor uns, da dachte ich, ich zeige den Grünschnäbeln hier an Bord, wie man sich verteidigt. Du kannst mitmachen, wenn du willst.«

Ich runzele die Stirn. »Du kennst die Männer doch gar nicht. Warum solltest du ihnen so was beibringen wollen?«

Drayce zuckt mit den Schultern. »Weil ich sonst auf dumme Ideen komme. Mir geht es nur darum, die Zeit totzuschlagen.«

***

Drayces Angebot lasse ich mir nicht entgehen. Auch wenn ich keine Ahnung habe, welche dummen Ideen er meint. Was soll er denn hier draußen mitten auf dem Meer schon anstellen können?

Nachdem es mir endlich gelungen ist, von ihm runter und aus der Hängematte zu klettern, husche ich nach nebenan. Das Wasser aus dem Eimer ist eiskalt und wirkt wahre Wunder in meinem erhitzten Gesicht. Wann immer meine Gedanken kurz zur letzten Nacht und dem heutigen Morgen abdriften, fängt meine Haut wieder an zu glühen, auch ohne dass Drayce mich berührt. Ich begreife diese körperliche Reaktion beim besten Willen nicht. Unzählige Male schon habe ich Männer mit freiem Oberkörper gesehen und nichts dabei empfunden, aber gestern Abend konnte ich den Blick nicht von ihm abwenden. Schlimmer noch: Ich wollte die Hand nach ihm ausstrecken. Ich wollte ihn anfassen, um herauszufinden, ob er sich überall so herrlich warm anfühlt.

Nachdem ich mich gewaschen und mir das Haar neu geflochten habe, schlüpfe ich wieder in die Lederhose und ziehe ein frisches Hemd über, das ich in die Hose stecke und dessen Ärmel ich wieder bis über die Ellenbogen hochkrempele. Es tut gut, mich frei und ungezwungen kleiden zu können – ohne weite Röcke, die meine Bewegungen behindern.

Als ich die Kajütentür öffne, lehnt Drayce mit verschränkten Armen gegenüber an der Wand. Betont langsam gleitet sein golden glühender Blick an mir hinab und ich wage keinen Muskel zu rühren. Nur knapp widerstehe ich dem Drang, den Rücken ein bisschen weiter durchzudrücken. Nachdem er die Begutachtung abgeschlossen hat, kehrt sein Blick zu meinem Gesicht zurück und verweilt dort einen Moment. Wie gern wüsste ich, was gerade in seinem Kopf vorgeht! Doch es ist mir unmöglich, in seiner Mimik zu lesen.

Mit einem resignierten Seufzen, das ich nicht einordnen kann, stößt er sich von der Wand ab.

»Was?«, frage ich eine Spur verunsichert.

Sehe ich vielleicht albern aus? Aber ich sehe doch fast genauso aus wie gestern, als wir an Bord gegangen sind.

»Nichts«, murrt Drayce, als er vor mir durch den engen Gang geht, der an Deck führt. »Ich ärgere mich gerade nur über mich selbst.«

»Warum?«

Er grummelt vor sich hin. »Deine endlosen Fragen machen es nicht besser. Lass mich einfach eine Weile schmollen.«

Ich verstehe kein Wort, verkneife mir aber die nächste Frage und folge ihm stumm.

***

In Windeseile spricht sich herum, dass Drayce ein Training veranstaltet. Jeder Seemann, der nicht unbedingt gebraucht wird, um die *Windsbraut* auf Kurs zu halten, eilt an Deck und umringt meinen Partner, um keines seiner Worte zu verpassen.

Drayce beginnt mit einigen theoretischen Grundlagen, denen auch ich aufmerksam lausche. Besonders interessant finde ich die Unterweisung, auf welche Stellen man am besten zielen sollte, um sein Gegenüber so schnell wie möglich unschädlich zu machen, ob man nun eine Waffe hat oder nicht.

Als ich eine Trockenübung ohne Gegner zu einem gut platzierten Hieb in die Magengrube nachmache, höre ich einige Seemänner hinter mir feixen. Sofort lasse ich die Hände sinken. Habe ich mich so ungeschickt angestellt, dass sie mich auslachen? Gerade, als ich mich zu ihnen umdrehen will, um sie danach zu fragen, verstummen sie. Noch bevor ich mich darüber wundern kann, spüre ich ein aufgeregtes Kribbeln im Nacken, gefolgt von einem tiefen Knurren. Fast überschlagen sich die Seemänner, die sich eben noch über mich lustig gemacht haben, dabei, krampfhaft in eine andere Richtung zu schauen.

»Was sollte das?«, murmele ich, nachdem ich mich halb zu Drayce umgedreht habe.

»Was sollte *was?*«, brummt er.

»Das Knurren.«

»Ich schaffe nur klare Verhältnisse.«

Ohne eine weitere Erklärung lässt er mich stehen und widmet sich den nächsten Übungen.

Anschließend beginnt das praktische Training mit einem Scheingegner. Jeder Teilnehmer bekommt einen Gegenstand in die Hand gedrückt, der zumindest entfernt an eine Waffe erinnert.

Jeder – bis auf ich.

Verwundert sehe ich mich um und suche nach dem jungen Seemann, der eben ein paar Kochlöffel aus der Kombüse an die letzten Teilnehmer verteilt hat. Als ich ihn gefunden habe, tippe ich ihm auf die Schulter.

»Ich habe noch keine Trainingswaffe«, sage ich ohne Vorwurf in der Stimme.

Der junge Mann, der vielleicht gerade einmal siebzehn Jahre alt ist, hebt überrascht die Augenbrauen. »Aber Ihr seid … eine Frau.«

»Und?«, hake ich nach.

Er öffnet den Mund, um mir zu antworten, klappt ihn jedoch schnell wieder zu. Jedwede Farbe weicht ihm innerhalb eines Sekundenbruchteils aus dem Gesicht. Neben mir schießt ein Arm nach vorn und packt den Seemann am Hemd. Ich muss mich nicht umdrehen, um zu wissen, zu wem der Arm gehört. Allein die Wärme, die von ihm ausgeht und sanft über die Seite meines Gesichts streicht, lässt keinen Zweifel darüber zu, wer hinter mir steht.

»Die Lady bekommt selbstverständlich eine Übungswaffe«, grollt Drayce.

Der raue, beinahe animalische Klang seiner Stimme fast genau neben meinem Ohr lässt einen wohligen Schauer meinen Rücken hinunterrauschen. Ich spüre nicht einen Hauch der Angst, die gerade in dem eifrig nickenden Seemann vor mir wüten muss.

Als Drayce von ihm ablässt und er außer Hörweite geeilt ist, sage ich: »Das hätte ich auch allein regeln können.«

»Davon gehe ich aus«, entgegnet Drayce. »Aber so ging es schneller.«

Ich knirsche mit den Zähnen und wirbele zu ihm herum. »Hör auf, anders mit mir umzugehen, nur weil ich dir heute Morgen erzählt habe, was mit mir passiert ist!«, zische ich gedämpft, sodass die anderen mich nicht verstehen können. »Ich will nicht wie ein rohes Ei behandelt und bevormundet werden. Das ist das Schlimmste, was du mir antun kannst!«

Drayce zieht die Augenbrauen zusammen und mustert mich einen Moment schweigend, als müsse er sich erst darüber klar werden, ob ich das, was ich gesagt habe, auch ernst meine. »Na schön«, grummelt er. »Keine Sonderbehandlung für dich. Dann beschwere dich heute Abend aber nicht, wenn du keinen Muskel mehr rühren kannst.«

Ich recke das Kinn vor. »Beschwerden wirst du von mir garantiert nicht hören.«

Ein herausforderndes Glimmen blitzt in seinen goldenen Augen auf. »Das werden wir noch sehen.«

***

Schon wenige Stunden später wünschte ich, ich könnte meine Worte zurücknehmen.

Drayce ist ein schonungsloser Lehrmeister, der uns alle an unsere Grenzen und darüber hinausbringt. Einige der Seemänner haben bereits kapituliert und ihre Pflichten an Deck vorgeschoben, um dem gnadenlosen Training zu entkommen.

Nur mein verdammter Stolz hält mich davon ab, es ihnen gleichzutun.

Ohne Unterlass brennt die Sonne auf uns herab. Ich schwitze so stark, dass mir die Kleidung am Leib klebt, und die Haut an meinen Armen ist so stark gerötet, dass ich morgen garantiert einen deftigen Sonnenbrand haben werde. Doch hier, mitten auf See, gibt es keine Tante, die mich deswegen ausschimpfen könnte.

In Zweiergruppen üben wir gerade das Abblocken von Angriffen. Mir wurde der junge Seemann zugeteilt, der mir keine Waffe hatte geben wollen. Ich weiß, was Drayce damit bezwecken will, und ein Stück weit bin ich ihm dankbar. So kann ich wenigstens während des Trainings meine Wut über die Herabwürdigung an dem fremden Mann auslassen.

Doch auch er schont mich nicht. Mittlerweile habe ich das Gefühl, dass er mich um jeden Preis dazu bringen will, aufzugeben. Diese Genugtuung werde ich ihm nicht geben! Verbissen wehre ich seine Angriffe ab, bis ich plötzlich ins Straucheln gerate und beinahe auf dem Boden lande. Stattdessen pralle ich gegen eine harte Brust.

»Darf ich dir einen Tipp geben?«, murmelt mir Drayce ins Ohr. »Oder ist das auch verboten?«

Ich verdrehe die Augen, auch wenn er es nicht sehen kann. »Ich habe dir nichts *verboten* …«

Er legt mir eine Hand auf den Bauch und zieht mich ein Stück weiter zurück, bis ich mich mit dem ganzen Rücken an ihn presse. Ich vergesse zu atmen, obwohl meine Lungen nach Luft schreien.

»Zu nah?«, wispert er. Sein Atem streicht herrlich kühl über meinen verschwitzten Nacken und ich wünschte, er würde mehr als nur diese zwei Worte sagen.

Zögernd drehe ich den Kopf ein Stück zur Seite und berühre beinahe seine Nasenspitze mit meiner. Gleichzeitig legt mein Herzschlag noch einen Zahn zu, doch ich versuche, mir das nicht anmerken zu lassen.

»Nein«, flüstere ich wahrheitsgemäß.

Etwas erschreckt stelle ich fest: Für mich gibt es kein ›zu nah‹ mehr, was ihn betrifft. Ein Grinsen lauert in seinen Mundwinkeln und für einen Moment verstärkt sich sein Griff an meinem Bauch, ehe er einen Fuß zwischen meine drängt und mit sanftem Druck meine Beine weiter auseinanderschiebt.

»Du brauchst einen breiteren Stand«, sagt er. »Dann bringt dich so schnell nichts aus dem Gleichgewicht. Außerdem kannst du dadurch besser Schwung holen für einen Gegenangriff. Wenn du das Gefühl hast, dass dich dein Gegenüber zurücktreibt, weiche lieber zur Seite aus als nach hinten, sofern das möglich ist.«

Mit einiger Verspätung sickern seine Worte in mein Bewusstsein, weil ich mich zu sehr auf seine Hand konzentriere, die auf meinem Bauchnabel liegt. Ich ringe mich zu einem Nicken durch. »Verstanden.«

Drayce wendet den Blick meinem Gegner zu, der uns unsicher beobachtet. »Du bist schneller und wendiger als er«, murmelt er mir zu. »Das musst du ausnutzen. Mit Kraft allein kannst du ihn nicht besiegen. Und frontal ebenso wenig.«

Ich mustere ihn aus den Augenwinkeln. »Rätst du mir gerade durch die Blume, dass ich auf schmutzige Tricks zurückgreifen soll, um zu gewinnen?«

»Nenne es, wie du willst. Am Ende eines Kampfes ist derjenige der Sieger, der keine Klinge im Leib stecken hat und den nächsten Tag erlebt. Ganz gleich, mit welchen Mitteln er das geschafft hat.«

Ich muss zugeben, dass er recht hat. Mein Leben lang musste ich keine schweren Arbeiten verrichten. Eine echte Waffe könnte ich keinesfalls über einen längeren Zeitraum führen, schon allein des Gewichtes wegen. Mir brennen jetzt schon die Muskeln in den Armen, dabei kämpfe ich nur mit einem einen Meter langen Holzlöffel aus der Kombüse. Eine Waffe aus Stahl oder Eisen wäre mir schon längst aus den Fingern geglitten. Mir muss es also gelingen, meinen Gegner möglichst schnell niederzustrecken.

Drayce lehnt sich wieder vor und flüstert mir ins Ohr: »Ziele auf seine linke Seite. Die lässt er die ganze Zeit über ungedeckt.«

Bei jeder Silbe streicht er mit den Lippen federleicht über meine Wange. *Linke Seite ... Links ... Wo war noch mal links?*

Unvermittelt lässt Drayce mich los und widmet sich der nächsten Zweiergruppe. Verwirrt schaue ich ihm nach und versuche mich krampfhaft an das zu erinnern, was er zuletzt gesagt hat. Irgendwie fühle ich mich wie benebelt und bin nicht mehr bei der Sache.

Statt mich auf meinen Gegner zu konzentrieren und die Tipps umzusetzen, starre ich auf Drayces breiten Rücken und lausche seiner Stimme, die den anderen Teilnehmern barsch Befehle zubellt. Wahrscheinlich weiß nur ich, wie anders seine Stimme klingen kann. Wenn er mit mir spricht. Oder wenn er gerade aufgewacht ist. Sie klingt dann sanfter, aber in gewisser Weise auch kratziger – wie ein raues Schnurren.

Ich nehme eine Bewegung in den Augenwinkeln wahr und reiße im letzten Moment meine improvisierte Waffe hoch, um den Angriff meines Trainingspartners abzublocken. Bis in die Schultern hinauf spüre ich die Vibration, als die beiden Kochlöffel aufeinanderprallen, doch dank Drayces Hinweis, dass ich die Füße etwas weiter auseinanderstellen solle, verliere ich nicht den Halt, sondern kann mich behaupten. Ich mobilisiere meine letzten Kraftreserven und stoße ihn zurück. Leider bleibt er auf den Beinen, stolpert jedoch zwei Meter nach hinten. Diese wichtigen Sekunden nutze ich aus, wie Drayce es mir geraten hat.

Es geht nicht darum, fair zu kämpfen, sondern darum, zu überleben. Ich kann nur weiter nach Cressa suchen, wenn ich den morgigen Tag erlebe. Dies hier ist zwar nur ein Trainingskampf, aber ich werde es auf meiner Suche sicher nicht immer mit gestellten Kämpfen zu tun haben. Meine einzige Chance, etwas zu lernen, besteht darin, so zu tun, als sei es echt.

Ziele auf seine linke Seite.

Als ich einen Satz nach vorn mache, rufe ich mir Drayces Rat wieder ins Gedächtnis. Mein Trainingspartner rudert wild mit den Armen, immer noch darum bemüht, auf den Füßen zu bleiben und ins Gleichgewicht zurückzufinden, sodass er nun erst recht nicht daran denkt, seine linke Seite zu schützen. Ich hole mit dem Löffel aus und ramme ihm die Waffe direkt zwischen die Rippen. Er stößt ein Zischen aus und will sich wieder auf mich stürzen, doch Drayces Hand, die ihn hinten am Kragen packt, hält ihn zurück.

»Du bist tot«, grollt er. »Die Lady hat dir gerade den Wanst aufgeschlitzt und deine Innereien verteilen sich in diesem Moment auf Deck. Ein Gegenangriff ist nicht mehr möglich.«

»Sie … Sie hat mich nur gestreift!«, widerspricht der Seemann.

»Ach ja?« Mit der anderen Hand drückt Drayce auf die Stelle, die ich eben mit dem Löffel getroffen habe. Mein Trainingspartner verzieht schmerzerfüllt das Gesicht. »Das wird morgen noch mehr wehtun. So, wie sie ausgeholt und dich getroffen hat, wird sich dort ein Bluterguss bilden. Wenn es eine scharfe Klinge gewesen wäre, hättest du keine Minute überlebt.« Er verstärkt den Griff und zieht den Mann näher zu sich. »Sie hat dich besiegt. Also erweise ihr den gebührenden Respekt!«

Er lässt ihn los, nicht ohne ihm noch einen kalten Blick zuzuwerfen und verschränkt anschließend die Arme vor der Brust. Umständlich zupft sich der Seemann das Hemd zurecht, ehe er sich knapp vor mir verbeugt und mir für das Training dankt. Anschließend murmelt er irgendetwas von Pflichten, um die er sich dringend kümmern müsse, und trollt sich.

Ich verziehe den Mund und sehe ihm nach. Ich habe ihn besiegt und sollte mich deswegen gut fühlen. Doch die Art, wie er anschließend mit mir umgegangen ist, hinterlässt einen faden Nachgeschmack.

»Sieh es ihm nach«, murmelt Drayce, der neben mich getreten ist. »Es kratzt an seiner Ehre, dass er von einer Frau und noch dazu einer Anfängerin besiegt worden ist. Der kriegt sich schon wieder ein.«

»Was ist mit dir?«, frage ich, ohne weiter darüber nachzudenken. Drayce wirft mir einen verwirrten Blick zu. »Würdest du dich wieder einkriegen, wenn ich dich besiegen würde?«

Er gibt ein tiefes Lachen von sich. »Schätzchen, du kannst mich nicht besiegen.«

»Warum? Weil ich eine Frau bin?«

Drayce macht einen Schritt auf mich zu und steht mir nun so nah, dass ich den Drang, vor ihm zurückzuweichen, mit aller Kraft unterdrücken muss. Ich mag seine Nähe, doch jetzt geht von ihm eine solch erdrückende Präsenz aus, dass ich mich ihr entziehen will. Rohe, ungefilterte Kraft und das Wissen, dass er jederzeit auf sein volles Potenzial zurückgreifen kann, schlagen mir entgegen. Ich zittere, als ich das Kinn vorschiebe und den Rücken durchdrücke.

»Ich habe dir ziemlich viele Jahre Training voraus«, raunt er mit dieser herrlich kratzigen Stimme, die seltsame Dinge mit mir anstellt. »Im Gegensatz zu dir habe ich bereits in echten Schlachten gekämpft und begnüge mich nicht mit Kochlöffeln. Ich weiß, wie sich ein richtiges Schwert in den Händen anfühlt und welchen Schaden es anrichten kann.« Er hebt den rechten Mundwinkel zu einem schiefen Grinsen, das meinen Herzschlag endgültig aus dem Takt geraten lässt. »Doch ich bin so gut, dass ich auf keinerlei Waffen angewiesen bin, wenn es hart auf hart kommt.«

Ich runzele die Stirn. »Wie kämpfst du dann?«

Er lehnt sich ein Stück zurück – weit genug, dass ich wieder atmen kann, ohne seinen Duft in der Nase zu haben. »Das wüsstest du wohl gern.« Mit einem kecken Lächeln legt er den Kopf schief. »Aber ich werde es dir nicht verraten. Vielleicht zeige ich es dir irgendwann, wenn du lang genug lebst.«

»Nein«, sage ich und greife nach seinem Hemdsärmel. »Zeig es mir jetzt! Oder kämpfe gegen mich.«

»Schätzchen«, murmelt er, während er mich von oben bis unten mustert. »Du bist so verschwitzt, dass dein Hemd beinahe durchsichtig ist und ich jeden Striemen deiner Bandagen einzeln zählen kann. Du musst dich waschen und etwas essen.« Damit dreht er sich von mir weg und geht ein paar Schritte.

Ich knirsche mit den Zähnen. Alles, was er sagt, ist richtig. Vermutlich habe ich einen Sonnenstich, anders kann ich mir den plötzlichen Drang nach Selbstzerstörung nicht erklären.

Je länger ich darüber nachdenke, desto sicherer bin ich mir, dass ich gegen Drayce nicht den Hauch einer Chance hätte. Aufmerksam sehe ich ihm zu, wie er die wenigen übrig gebliebenen Seemänner aus dem heutigen Training entlässt. Allein die Art, wie er sich bewegt – kraftvoll und gleichzeitig geschmeidig – lässt mich erahnen, wie gewandt er sich während eines Kampfes bewegen muss. Im Vergleich zu ihm muss ich wirken wie ein Bauerntrampel. Seufzend lasse ich den Kopf hängen und stecke den Kochlöffel in den Gürtel.

Drayce kommt zu mir zurück, legt mir eine Hand an den unteren Rücken und dirigiert mich unter Deck in Richtung der Kajüten. Nun, da ich nicht mehr unter der Anspannung des Trainings stehe, spüre ich überdeutlich, wie erschöpft ich bin. Selbst einen Fuß vor den anderen zu setzen bereitet mir Schwierigkeiten. Ich will mich nur noch waschen, etwas essen und schlafen. Heute Nacht wird mich garantiert keine Welle stören.

»Ich mache dir einen Vorschlag«, sagt Drayce, während er mich durch die bereits von Kerzen erleuchteten Gänge führt. »Wir haben noch ein paar Tage vor uns und ich werde auch morgen und übermorgen ein Training mit denen, die noch aufrecht stehen können, abhalten. Wenn du deinen Trainingspartner auch morgen und den Tag darauf besiegst, lasse ich mich vielleicht zu einem Zweikampf mit dir hinreißen.«

Ich murmele eine halbherzige Zustimmung.

Drayce bleibt stehen und ich tue es ihm gleich. Als er die Hand hebt, um mir vorsichtig eine wirre Haarsträhne zurückzustreichen, halte ich die Luft an.

»Du siehst müde aus«, murmelt er. »Tut mir leid. Das Training war zu anstrengend für dich. Morgen werde ich ...«

Schnell lege ich ihm eine Hand an die Brust und er verstummt. »Schon vergessen? Keine Sonderbehandlung für mich.«

Er greift nach meiner Hand und dreht sie um. Mit einem unwirschen Brummen fährt er mit dem Daumen über die Blasen und Schwielen, die sich während des heutigen Trainings auf meiner Handfläche gebildet haben.

»Warum erlaubst du mir nicht, die Regeln für dich etwas zu lockern?«, will er wissen. »Nach allem, was ich über dich weiß, musstest du dich nie verteidigen oder harte Arbeit verrichten – den Vorfall auf der *Meereswind* ausgenommen. Du musst … behütet aufgewachsen sein. Deine Haut ist so weich und hell, weil du nie länger in der Sonne warst. Ich könnte …« Ich zucke zusammen, als er mit dem Daumen über eine aufgeplatzte Blase streicht. »… dich anders unterrichten als die üblichen Teilnehmer.«

»Nein«, sage ich schnell. »Ich will nicht, dass du mich anders behandelst.«

Er stößt geräuschvoll den Atem aus. »Ich verstehe dich nicht …«

Für eine Weile mustere ich seine verzweifelt wirkende Miene, während er wiederum versucht, aus mir schlau zu werden. Bisher ist mir nie in den Sinn gekommen, dass es für jemanden, der mich ansieht, schwer sein könnte, mich einzuschätzen. Cressa wurde nicht müde zu erwähnen, man könne mir jede einzelne Regung im Gesicht ablesen.

»Ich genieße jede Freiheit, die ich jetzt habe«, murmele ich. »Einfache Dinge, wie an Deck zu gehen und die Wärme der Sonne auf der Haut zu spüren. Eine Hose anstatt eines ausladenden Rockes zu tragen. Ungezwungen mit anderen Menschen zu reden, ohne darüber nachdenken zu müssen, was sie über mich denken könnten. Eine Waffe in Händen zu halten, auch wenn es nur eine provisorische ist.« Kurz hebe ich den Blick, schaue einen Moment in seine hell glänzenden Augen, aus denen er mich eindringlich mustert, und sehe schnell wieder zur Seite. »Mit … Mit dir in einem Bett zu schlafen. Jede einzelne dieser Freiheiten hätte mich früher mein Ansehen und meine Zukunft gekostet.« Ein Schmunzeln zupft an meinen Lippen. »Für Letztere hätte ich mich gleich aus dem Fenster stürzen können. Kein Mann in ganz Ilgaron hätte mich noch zur Frau genommen, wenn herausgekommen wäre, dass ich das Bett mit einem anderen geteilt habe – und sei es nur zum Schlafen.«

»Du stammst wirklich aus einer adeligen Familie«, schließt Drayce leise nickend, während ich weiterhin seinen Blick auf mir spüre, der sich mir schier in die Haut brennt.

Auch ich nicke. »Ich habe mein bisheriges Leben in einem goldenen Käfig verbracht und weiß so gut wie nichts über diese Welt. Jeden einzelnen Tag wurde mir gesagt, was ich anziehen und mit wem ich mich treffen soll. Wem ich schmeicheln muss. Wer vielleicht um meine Hand anhalten würde und was das für Vorteile hätte. Nicht *einmal* durfte ich eine eigene Entscheidung treffen. Deshalb …« Hilflos zucke ich mit den Schultern. »… bin ich so, wie ich bin. Unwissend und trampelig. Ich treffe dumme und vorschnelle Entscheidungen und …«

Jedes weitere Wort erstirbt in meinem Mund, als mir Drayce zwei Finger an die Lippen legt, und meine Hand rutscht von seiner Brust. »Du bist nicht dumm, Ez. Vorschnell und tollpatschig vielleicht, aber nicht dumm.« Sanft streicht er mir über die Unterlippe, ehe er die Hand sinken lässt. Meine empfindliche Haut prickelt nach dem ungewohnten Kontakt und verlangt nach mehr. »Wenn du dumm wärst, wäre es dir nicht gelungen, mich während des Blutschwurs zu überrumpeln und mich an dich zu binden. Ich bin hier, um das, was du nicht weißt oder kennst, auszugleichen. Bis der Blutschwur erfüllt ist, werde ich an deiner Seite sein.«

Bis der Blutschwur erfüllt ist. Diese Worte gleichen einem Hieb in meine Magengrube. Eine Partnerschaft auf Zeit – das war es von Anfang an.

Ich weiß nicht, wann ich begonnen habe, mich in seiner Gegenwart wohlzufühlen. Vielleicht auch mehr als wohl. Nun daran zu denken, dass er sich umdrehen und gehen wird, sobald wir Cressa gefunden haben, versetzt mir einen Stich, der mich kaum atmen lässt. Einen solchen Schmerz kenne ich nicht. Er ist nicht vergleichbar mit der körperlichen Schwäche oder den Verletzungen, die ich bereits erlitten habe. Er … geht tiefer und ich finde keinen Weg, ihn zu behandeln.

Nachdem er ebenfalls eine Weile geschwiegen hat, greift Drayce nach meiner Hand und drückt sie sanft. »Schläfst du … heute Nacht wieder bei mir?«

Seine Frage klingt vorsichtig, als fürchte er sich vor der Antwort. Beinahe muss ich darüber schmunzeln. Ich sehe zu ihm auf und nicke.

Er schenkt mir ein ehrliches Lächeln. »Tu mir aber bitte den Gefallen und zieh dir mehr an!«

Ich ziehe eine Augenbraue nach oben. »Du meinst, ich sollte diesmal auch Unterwäsche anziehen?«

Sein gesamter Körper versteift sich und er schnappt geräuschvoll nach Luft. Mich würde es nicht wundern, wenn ihm jeden Moment die Augen aus den Höhlen fielen, so weit reißt er sie auf. Ohne zu zögern, ziehe ich den Löffel aus dem Gürtel und tippe ihm damit gegen die Brust.

»Ich hab dich besiegt«, verkünde ich. »Du bist tot.«

Drayce blinzelt verwirrt, schaut an sich hinab zum Löffel, ehe sein Blick wieder zu meinem Gesicht zurückkehrt. »Was meinst du damit, dass du dir auch Unterwäsche anziehen sollst?«, fragt er, wobei seine Stimme auf einmal viel höher klingt als sonst. »Hattest du gestern etwa keine an?«

»Du bist tot«, erinnere ich ihn. »Tote können keine Fragen stellen.«

»Ez!«, knurrt er warnend.

Ich verkneife mir ein Kichern und lasse den Löffel sinken, ehe ich mich umdrehe. »Natürlich hatte ich welche an. Ich setze nur die Hinweise um, die du mir heute gegeben hast. Schmutzige Tricks, schon vergessen?«

»Mach das nie wieder!«, grollt er.

Vor meiner Kajütentür wende ich mich zu ihm um. »Wieso?«

»Weil meine Zurückhaltung auch nicht unendlich ist.«

Kapitel 14

Ezlain

Jede Nacht verbringe ich mit Drayce. Mein Kissen habe ich von der ersten an dort gelassen. Wir schlafen jeden Tag zusammen ein und wachen gemeinsam auf – meistens heillos ineinander verschlungen. Mal liege ich auf ihm, mal er auf mir, doch seltsamerweise ist uns das nicht peinlich. Mit jedem anderen wäre es mir das, da bin ich mir sicher. Doch wir stehen auf und beginnen unseren Tag, ohne ein Wort darüber zu verlieren.

Als Drayce am Morgen des vierten Tages mit dem Kopf auf meiner Brust liegt, kann ich dem Drang, die Finger durch sein flammenfarbenes Haar gleiten zu lassen, nicht widerstehen. Es ist genauso weich, wie ich es mir vorgestellt habe. Während des Trainings trägt er es meist mit einem schwarzen Band im Nacken zurückgebunden, doch jetzt ergießt es sich wie eine züngelnde Flamme bis auf seine Schultern.

Als er sich regt, ziehe ich schnell die Hand zurück.

»Wer hat was von aufhören gesagt?«, murmelt er undeutlich, weil er das Gesicht an mich drückt.

Zögerlich strecke ich wieder die Hand aus und fahre erneut mit den Fingern durch sein Haar, wofür ich ein zufriedenes Brummen ernte.

Drayce verlagert das Gewicht etwas und schlingt einen Arm um mich, um mich noch näher zu sich zu ziehen. Dabei schiebt er die Hand wie zufällig ein

Stück unter mein Hemd. Mit wild klopfendem Herzen schaue ich zu ihm hinab und begegne seinem halb verschlafenen, halb verschleierten Blick. Federleicht streichelt er mit brennend heißen Fingerspitzen über die Haut knapp über dem Bund der dünnen Leinenhose, die ich zum Schlafen trage, ohne mich dabei eine Sekunde aus den Augen zu lassen. Erst als er sich sicher ist, in meiner Mimik keine Spur von Widerwillen oder Zurückweisung zu finden, legt er den Kopf zurück auf meine Brust und döst wieder ein. Seine Hand bleibt auf meiner Haut liegen.

Wir berühren uns ständig, aber abgesehen von den Händen liegt stets eine sichere Schicht Stoff dazwischen. Die einzige Ausnahme war am Morgen des zweiten Tages, als ihm die Male auf meinen Beinen aufgefallen waren. Seine Finger nun auf meinem Bauch zu spüren, lässt meine Empfindungen verrücktspielen. Ich habe keine Ahnung, wie er schlafen kann, wenn er unablässig meinen trommelnden Herzschlag im Ohr hat.

»Wir … sollten aufstehen«, krächze ich nach einer Weile und möchte mir dafür, dass sich meine Stimme so zittrig anhört, auf die Zunge beißen.

Drayce hebt den Kopf ein Stück, späht aus weniger als halb geöffneten Augen zur Tür und lässt sich mit einem Brummen wieder in der Kuhle zwischen meiner Schulter und meiner Brust nieder. »Die Kerzen im Gang brennen noch«, raunt er. »Das heißt, dass die Sonne noch nicht aufgegangen ist.«

»Sind … Sind wir noch auf dem richtigen Weg?«, frage ich, um mich von den wirren Empfindungen abzulenken, die in mir toben.

Drayce gibt ein Seufzen von sich. »Sind wir.«

»Wie kannst du dir da so sicher sein?«

Ich wette, dass er gerade die Augen verdreht, auch wenn ich es nicht sehen kann. »Weil ich es spüre. Die Insel, zu der wir unterwegs sind, kann nur von jemandem gefunden werden, der die Karte hat – oder wie ich Schlüsselschätze spüren kann.«

Feodor hat die Karte. Sie werden die Insel also finden. Ich kann mich nur auf Drayces Fähigkeiten verlassen, von denen ich keinen Schimmer habe, wie – und ob! – sie funktionieren.

»Wie …?«

»Nein«, fällt er mir ins Wort. »Es ist vor Sonnenaufgang. Ich werde dir jetzt nicht erklären, wie ich es vollbringe, Schlüsselschätze aufzuspüren. Mach die Augen zu und schlaf weiter, Schätzchen.«

Ich gehorche, allerdings finde ich keine Ruhe, da Drayces Finger im Schlaf zucken und mich jedes Mal ein heißer Schauer überläuft, wenn sie über meine Haut tanzen.

Erst einige Zeit später stehen wir auf. Ich husche hinüber in meine Kajüte, um mich fertig zu machen, während Drayce im Gang auf mich wartet. Wir sind den ganzen Tag über zusammen, auch wenn wir nicht viel miteinander reden. Drayce koordiniert das Training und ich habe alle Hände voll damit zu tun, mich auf meinen neuen Scheingegner einzustellen. Doch ich habe das Gefühl, dass mir das von Tag zu Tag besser gelingt. Drayce ist der Meinung, es wäre wichtig, mit möglichst vielen verschiedenen Gegnern zu trainieren, um deren Bewegungen und Angriffe studieren zu können.

Nach dem Training verschwinde ich nur schnell in meiner Kajüte, um mich zu waschen, mir das Haar zu kämmen und mir etwas Frisches anzuziehen, ehe ich wieder an Drayces Tür klopfe. Wenn ich zu ihm komme, ist er bereits fertig umgezogen und hat aus der Kombüse das Abendessen für uns beide geholt. Meistens ist es die erste richtige Mahlzeit für mich, da ich mich während des Trainings so sehr verausgabe, dass ich zum Mittag nur ein paar Bissen herunterbekomme.

Drayce entgeht das nicht, weshalb er abends darauf achtet, dass ich genug esse. Erst wenn mein Teller leer ist, erlaubt er mir, mich hinzulegen. Bevor er ebenfalls in die Hängematte steigt, kniet er sich vor mich, inspiziert meine Hände und trägt eine in der Nase beißende und höllisch auf der Haut brennende Tinktur auf die offenen Stellen auf.

»Du bist schlimmer als eine Glucke«, murre ich am Abend des sechsten Tages auf See.

Drayce sieht nicht auf, sondern tupft weiter die fiese Tinktur auf meine Handfläche. »Wenn ich mich nicht um dich kümmere, verhungerst du oder holst dir eine Blutvergiftung, weil du der Meinung bist, du müsstest allen da draußen etwas beweisen.«

Ich plustere die Wangen auf. »Das stimmt nicht!«

»Ach nein?«, murmelt er beiläufig. »Dann bist du nicht die Einzige, die von den ursprünglichen Trainingsinteressenten übrig ist und jeden Tag auf der Matte steht? Alle anderen haben sich mindestens einen Tag freigenommen oder sich nach dem ersten Trainingstag überhaupt nicht mehr blicken lassen. Nur du ziehst es verbissen durch.« Nun schaut er mir direkt ins Gesicht. »Weil du etwas beweisen willst.«

»Was sollte ich denn beweisen wollen?«

Er widmet sich wieder den Wunden an meiner Hand. »Dass du mehr bist als nur ein hübsches Gesicht. Dass du zu mehr fähig bist, als es den Anschein hat. Dass du etwas aus eigenem Antrieb heraus erreichen kannst. Dass du auf dich selbst aufpassen kannst.« Er zuckt mit den Schultern. »Such dir was aus.«

Ich schlucke angestrengt. »Woher …?«

Seufzend packt er die Tinktur weg und steht auf. »Woher ich das weiß? Weil ich dich beobachte. Den ganzen verdammten Tag über. Ich sehe dir dabei zu, wie du strauchelst, und muss mich davon abhalten, zu dir zu rennen und dich aufzufangen, weil ich weiß, dass du mich dann wieder mit wütenden Blicken durchbohren und den Rest des Tages nicht mit mir sprechen wirst. Ich sehe zu, wie du Fehler machst und deswegen besiegt wirst, und muss mich dazu zwingen, deinem Trainingspartner nicht den Kopf abzureißen, wenn er viel zu hart mit dir umspringt. Doch ich sehe auch, dass du aus jedem begangenen Fehler lernst und dich verbesserst und ihn nie wiederholst, im Gegensatz zu jedem anderen Teilnehmer. Dann werfe ich mir vor, dass ich dir Trainingspartner zuteile, die du unmöglich besiegen kannst und die viel zu fortgeschritten für dich sind, und schwöre mir, dass ich es am nächsten Tag anders machen werde – bis mir wieder einfällt, dass du mich deswegen anschreien würdest, solltest du herausfinden, dass ich dich schone.«

Gut möglich, dass ich gleich an Herzversagen sterbe. Es kann nicht gut für meine Gesundheit sein, wenn mein Herz so schnell schlägt wie jetzt.

Ich kann nicht sagen, was mich am meisten überrascht. Dass er mich beobachtet? Dass er mich besser einschätzen kann als ich mich selbst? Oder dass er meine Wünsche über alles andere stellt?

Drayce runzelt die Stirn, als er mich besorgt ansieht. »Tut dir etwas weh?«

»Nein«, piepse ich. »Es ... ist nichts.«

»Dann rutsch rüber. Wir sollten schlafen.«

***

Als die Sonne am siebten Tag im Zenit steht, erreichen wir die Insel, zu der uns Drayces Fähigkeit, Schlüsselschätze aufzuspüren, geführt hat. Ich gebe zu, ich bin etwas überrascht darüber, dass es tatsächlich funktioniert hat.

Keiner der Seemänner traut sich, auch nur einen Fuß vom Schiff zu setzen und ich kann es ihnen nicht verdenken. Anders als die Insel, auf der ich Drayce zum ersten Mal begegnet bin, besteht diese nur aus grauem zerklüfteten und scharfkantigen Gestein. Nicht einen Grashalm kann ich entdecken; nur ein paar Kletterpflanzen winden sich am Gestein empor und verdecken es teilweise. Doch auch sie sind von grauem Staub bedeckt und wirken tot, wie der Rest der Insel.

Hätte ich die Wahl, ich würde es den Seemännern gleichtun und auf der *Windsbraut* bleiben.

Von der Crew erhalten Drayce und ich je ein Schwert samt Scheide und eine Feldflasche mit Wasser. Die Klingen der Waffen sind stumpf und schartig, doch es ist allemal besser als nichts. Wenigstens habe ich eine *Waffe* und muss mich nicht mit Stöcken oder Kochlöffeln behelfen. Zwar scheint die Insel auf den ersten Blick völlig unbewohnt zu sein und ich kann mir beim besten Willen nicht vorstellen, wie ein Lebewesen in dieser kargen Gegend überleben sollte, aber wir werden kein Risiko eingehen.

Nicht so kurz vor dem Ziel. Nicht, wenn ich Cressa endlich befreien kann.

»Weißt du, wie man damit umgeht?«, fragt Drayce und wirft einen zweifelnden Blick auf das Schwert an meiner Seite. »Es ist immerhin kein Löffel.«

»Das spitze Ende muss in den Gegner, nicht wahr?«, gebe ich zurück und ziehe provokant eine Augenbraue nach oben.

Er schürzt die Lippen. »Ja, so in etwa. Am besten überlässt du mir das

Kämpfen. Du hast noch nie mit einem echten Schwert gekämpft und ich befürchte, dass die Waffe zu schwer für dich sein könnte. Hier, nimm den hier.«

Drayce reicht mir seinen Dolch, den ich nach kurzem Zögern entgegennehme und an meinem Gürtel befestige.

»Muss davon auch das spitze Ende in den Gegner?«, frage ich mit spottendem Unterton.

»Das wäre von Vorteil«, gibt es grinsend zurück und fügt dann ernsthaft hinzu: »Ein Dolch ist für einen ungeübten Kämpfer einfacher zu führen als ein Schwert.«

Ich weiß, dass er sich um mich sorgt, dennoch finde ich, dass er übertreibt. Er selbst hat mich trainiert! Mir ist klar, dass ich innerhalb weniger Tage längst nicht so weit bin, es mit einem Gegner aufzunehmen, der seit mehreren Jahren eine Waffe schwingt, aber ich fühle mich auch nicht gänzlich unvorbereitet.

»Wir warten höchstens bis zum morgigen Sonnenaufgang«, ruft uns der Kapitän nach, als wir von Bord gehen. »Danach legen wir ab, mit oder ohne euch.«

Drayce verzieht den Mund, ehe er nickt. Wahrscheinlich empfindet er die Zeit als zu knapp bemessen, aber wir sind nicht in der Position, um Forderungen zu stellen. »Wir sollten uns lieber beeilen«, murmelt er mir zu, während er mir eine Hand an den Rücken legt und mich die ausgelegte Planke hinunterschiebt.

Ich zittere am ganzen Körper, als ich über das wankende Stück Holz stakse. Jeden Moment rechne ich damit, das Gleichgewicht zu verlieren und ins Wasser zu stürzen. Auch Drayce scheint aufzufallen, dass sich gefühlt jeder Muskel in meinem Körper verspannt hat.

»Nicht nach unten sehen«, flüstert er hinter mir. Sein warmer Atem streicht mir dabei über den Nacken. »Schau einfach geradeaus auf das Gestein. Es sind nur noch wenige Schritte.«

Als ich endlich festen Boden unter den Füßen habe, muss ich mich davon abhalten, auf die Knie zu gehen und das karge Gestein zu küssen. Es dauert einen Moment, bis auch der Rest meines Körpers begriffen hat, dass er keinem ständigen Seegang mehr ausgesetzt ist. Die ersten Schritte stolpere ich ungelenk, da ich mich unbewusst gegen den Seegang stemmen will, weshalb Drayce mich am Arm packt.

»Geht es?«, fragt er leise.

Ich nicke und lege meine Hand auf seine. »Wir müssen uns beeilen. Wie weit ist es bis zum Schatz?«, frage ich im Gehen.

Wir zwängen uns in eine schmale Schlucht, die zum Glück nach ein paar Metern so breit wird, dass wir nebeneinander gehen können. Die Gesteinswände ragen so hoch auf, dass sie die Sonne fast gänzlich von uns abschirmen. Ich weiß nicht, ob es an dem fehlenden Licht liegt, dass ich plötzlich fröstele, oder an den glatten, kargen Steinwänden, die den Eindruck erwecken, als kämen sie immer näher auf mich zu.

Drayce hält inne, reckt den Kopf, schließt kurz die Augen. »Nicht weit«, sagt er dann, während er sich wieder neben mir hält. »Die Insel ist nicht groß und es gibt hier nur eine Höhle, in dem sich der Schatz befindet. Wir müssen nur der Schlucht folgen. Dennoch sollten wir vorsichtig sein. Die *Meereswind* kann auf der anderen Inselseite festgemacht haben. Wenn wir in einen Hinterhalt geraten ...«

»... dann werden wir uns verteidigen«, sage ich, teils aus Überzeugung, teils, um mich von der nagenden Nervosität in mir abzulenken.

Drayce gibt ein glucksendes Lachen von sich. »Du hast bisher nur mit Stöcken und Löffeln gekämpft! Und das waren nicht einmal richtige Kämpfe.«

Ich werfe ihm einen giftigen Seitenblick zu. »Nerv mich nicht mit Details! Ich schaffe das. Du wirst schon sehen!«

Halb rechne ich damit, dass Drayce mich für meine Überheblichkeit auslachen wird, doch stattdessen grinst er mich an. »Denk ja nicht, dass ich dir den ganzen Spaß allein überlasse! Ich habe auch noch ein paar Tricks auf Lager und nach der ganzen Zeit, die ich mich auf meiner Insel gelangweilt habe, brauche ich dringend ein bisschen Bewegung. Das Training auf der *Windsbraut* hat mich nicht mal ansatzweise gefordert.«

Ich mache eine wegwerfende Handbewegung und grinse verschmitzt:

»Wetten, ich werde mehr Crewmitglieder der *Meereswind* unschädlich machen, wenn wir auf sie treffen. Warte es nur ab!«

Ich zweifele nicht daran, dass Drayce stark ist. Allein das Wissen, das er uns in den letzten Tagen vermittelt hat, zeugt von seinem schier unendlichen Erfahrungsschatz. Aber ich werde mich auch nicht hinter seinem breiten Rücken verstecken und ihn die ganze Arbeit machen lassen. Es ist meine Schuld, in welcher Situation Cressa steckt und ich will diejenige sein, die sie befreit. Wenn ich auf Feodor oder gar Kyle treffe, werde ich mich nicht zurückhalten! Und wenn ich herausfinde, dass sie Cressa etwas angetan haben, werde ich …

Ein helles Feuer glimmt in Drayces Blick auf, als er den Kopf zu mir neigt. »Willst du mich herausfordern, Schätzchen?«

»Warum nicht?«, antworte ich und bin froh über die Ablenkung für meine Gedanken, die schon dabei waren, sich Schreckensszenarien auszumalen. »Ich werde es dir nicht leicht machen. Sofern wir tatsächlich auf Feinde treffen. Ansonsten verschieben wir die Wette einfach auf später.«

Drayce schnaubt. »Ja, bei deinem Temperament, das hin und wieder durchblitzt, ist es nur eine Frage der Zeit, bis du wieder irgendwo Streit anzettelst und ich ihn ausbaden darf. Aber sei's drum, ich nehme die Herausforderung an.« Erneut blitzen seine goldenen Augen wie frisch polierte Münzen auf. »Was bekomme ich, wenn ich gewinne?«

Ich beobachte ihn aus den Augenwinkeln. »Was willst du denn haben? Du weißt doch, dass ich nichts besitze. Selbst die Kleidung, die ich trage, hast du mir gekauft.« *Weil ich noch nicht einmal das selbst kann – Kleidung für mich kaufen*, füge ich deprimiert im Stillen hinzu.

Er gibt einen Laut von sich, der eine Mischung aus Knurren, Brummen und Schnauben ist. »Ja, und ich verfluche mich nicht zum ersten Mal dafür, dass ich dir diese Hose gekauft habe.«

»Was hast du dagegen?« Verwirrt schaue ich an mir herunter.

Drayce schüttelt den Kopf. »Nicht so wichtig. Lass uns lieber zu unserer Wette zurückkommen.« Seine Mundwinkel zucken. »Es gibt da etwas, was ich gern wiedergutmachen würde, denn es kratzt verdammt noch mal an meinem Ego.« Ein Prickeln breitet sich in meinem Nacken aus, weil eine ungute Vorahnung in mir aufkeimt, dennoch hänge ich an seinen Lippen. »Wenn ich gewinne, will ich einen Kuss von dir.«

Ich ramme beide Füße in den Boden und bleibe so abrupt stehen, dass ich beinahe das Gleichgewicht verliere. »Wie bitte?«

Habe ich mich da gerade verhört? Wir befinden uns auf einer fremden Insel mit unbekannten Gefahren und wahrscheinlich einer feindlichen Crew, und er ... *feilscht um einen Kuss?*

Drayce bleibt ebenfalls stehen und steckt die Hände in die Hosentaschen, während er mich verschmitzt anlächelt. Ein Kribbeln flackert bei diesem Anblick in meinem Bauch auf und Hitze kriecht mir in die Wangen. Schnell reibe ich mir mit beiden Händen darüber, um das Brennen zu vertreiben, scheitere jedoch kläglich. Drayces durchdringender Blick, der jede noch so kleine Bewegung von mir registriert, trägt nicht dazu bei, dass ich mich beruhige.

»Warum?«, frage ich, als ich meiner Stimme halbwegs trauen kann.

»Ich möchte nur etwas überprüfen. Einen Kuss, mehr verlange ich nicht.« Er legt den Kopf leicht schief und zieht eine Braue hoch. »Oder war ich beim letzten Mal so schlecht, dass du absolut gegen eine Wiederholung bist?«

Ich verdrehe die Augen. Er überrumpelt mich mit dieser Erinnerung an unsere erste Begegnung, ohne dass ich es verhindern kann.

Mein Blick huscht zu seinen Lippen, die immer noch zu einem Grinsen verzogen sind, und ich schaue eilig wieder weg. Ich erinnere mich noch genau daran, wie sie sich angefühlt haben, obwohl es mir vorkommt, als sei es schon Jahre her. »Und was bekomme ich, wenn ich gewinne?«

»Was hättest du denn gern?«, raunt er in einem Tonfall, der mir einen wohligen Schauer über den Rücken schickt und der für den Bruchteil einer Sekunde seltsame Bilder in meinem Kopf aufblitzen lässt, in denen nur Drayce und ich vorkommen. Schnell schüttele ich den Kopf, um sie zu vertreiben. »Ich bin zu allen Schandtaten bereit. Du musst es nur sagen und ich ...«

»Ich will wissen, warum und wie lange du auf der Insel warst«, antworte ich, ehe er sein Angebot konkretisieren kann – und ich es womöglich annehme. »Und ich will wissen, was es mit dem Blutschwur auf sich hat, den wir geschlossen haben.«

Drayce blinzelt mehrmals, während sein Mund offen steht. »Was?«, knurrt er schließlich.

»Ein paarmal hast du dich verplappert und gesagt, dass du für eine sehr lange Zeit auf der Insel warst und nicht von dort entkommen konntest. Nachdem wir aber den Blutschwur geschlossen haben, konntest du die Insel mir nichts, dir nichts verlassen. Das ist schon seltsam.« Ich schaue auf meinen rechten Unterarm. »Und als wir den Blutschwur schlossen, waren da ... Ornamente auf meiner Haut, die dann plötzlich wieder verschwunden waren. So etwas habe ich noch nie gesehen.«

Drayce stößt mit einem genervten Seufzen den Atem aus. »Über solche Dinge zerbrichst du dir dein hübsches Köpfchen?«

»Hin und wieder«, gebe ich zurück und verschränke die Arme vor der Brust. »Was dachtest du denn, was ich will?«

»Na ja ...« Er reibt sich mit der Hand über den Nacken. »So was wie die letzten Nächte, nur mit sehr viel weniger Kleidung und ...«

Nun bin ich es, die ein Schnauben ausstößt. »Da die Wetteinsätze geklärt sind, können wir ja weiter.«

Dass meine Gedanken tatsächlich für einen kurzen Moment in diese Richtung abgedriftet sind, verschweige ich lieber. Je weniger er davon weiß, desto besser, sonst wird er mich bis in alle Ewigkeit damit aufziehen. Und ich werde keine Nacht mehr schlafen können.

Der eine Morgen, als er mich am Bauch berührt hat, war schon ... nun ja, nicht *schlimm,* aber so verwirrend, dass ich mehrere Stunden brauchte, um mich wieder auf das Training konzentrieren zu können. Selbst Drayce muss aufgefallen sein, dass ich ausnahmsweise dumme und wiederholte Fehler beging, denn ich bin mir sicher, hin und wieder ein selbstgefälliges Grinsen auf seinen Lippen gesehen zu haben, für das ich ihm am liebsten vors Schienbein getreten hätte.

»He!«, tönt es hinter mir. »Ich habe nicht zugestimmt!«

Ich werfe ihm einen Blick über die Schulter zu, ohne dabei stehen zu bleiben. »Ach, dann kneifst du also?«

Obwohl ich mich schon ein paar Meter von ihm entfernt habe, kann ich sein Zähneknirschen bis zu mir hören und ich spüre, dass meine Mundwinkel belustigt zucken.

Als er nach kurzem Schmollen wieder mit mir Schritt hält, knurrt er: »Ich nehme an. Aber glaub ja nicht, dass du eine Chance gegen mich hast!«

Diesmal kann ich das immer breiter werdende Lächeln nicht zurückhalten. »Das werden wir ja sehen!«

***

Die Insel ist ein Wirrwarr aus ineinander verschlungenen Schluchten, sodass ich keinerlei Anhaltspunkt habe, wo wir uns gerade befinden. Ich schätze, dass wir bereits mehrere Stunden unterwegs sind, kann aber nicht sagen, ob wir uns im Zentrum oder am Rand der Insel befinden. Hoffentlich ist es nicht mehr weit ... Vor einer halben Ewigkeit habe ich Seitenstechen bekommen und kann mich kaum noch gerade halten.

Ich entziehe Drayce meine Hand und lehne mich gegen den kühlen Stein. Seufzend presse ich das erhitzte Gesicht dagegen. Meine Füße brennen und pulsieren in den Stiefeln, die nicht so gut passen wie die, die von Tante Beatrice extra für mich angefertigt wurden, und jeder weitere Schritt kostet mich eine ungeheure Überwindung. Ich bin es einfach nicht gewohnt, weite Strecken zu Fuß zurückzulegen.

»Bist du sicher, dass wir auf dem richtigen Weg sind?«, frage ich zum gefühlt hundertsten Mal.

Drayce nickt nachsichtig. »Ich kenne mich auf der Insel aus. Vereinfacht gesagt müssen wir immer den Weg nehmen, der nach oben führt, denn die Höhle mit dem Schatz liegt auf einem Berg am höchsten Punkt der Insel.«

Was soll das heißen, er kennt sich auf der Insel aus?

Ich werfe einen Blick in die Richtung, aus der wir kommen. »Wie sind all diese Schluchten entstanden? Ich habe noch nie von etwas Vergleichbarem gehört oder gelesen.«

Drayce streckt wieder die Hand nach mir aus und ich lege meine in seine. Mit einem Ruck zieht er mich zu sich – weg von dem herrlich kühlen Gestein. »Man sagt, die Insel soll durch einen Zauber erschaffen worden sein«, erzählt er, während er mich weiter durch die Schluchten führt, sich aber meinem langsameren Tempo anpasst. »Der Legende nach suchte der erste Eroberer nach einem Ort, wo er seine Schätze horten konnte und niemand außer ihm an sie herankäme. Einen solchen Ort gab es jedoch nirgends. Also ging er einen Handel mit einer Hexe ein, die als ihren Teil der Abmachung diese Insel inmitten des Meeres schuf. Hier gibt es weder Wasser noch Nahrung. Wer sich in den Schluchten verirrt, wird ohne Zweifel sterben. Aber keine Angst! Dir wird dieses Schicksal nicht blühen.«

Ich verziehe den Mund. »Wie kann man derart besessen von einem Schatz sein, um dafür eine Insel erschaffen zu lassen?«

Drayce stößt mich mit dem Ellenbogen an. »Du bist doch auch besessen von einem Schatz.«

Ich runzele die Stirn. »Bin ich nicht! Ich besitze doch gar nichts.«

»Nicht jeder Schatz besteht aus Silber, Gold oder Juwelen. Auch du bist einen Handel eingegangen, um deinen Schatz zu retten und ihn anschließend in Sicherheit zu wähnen. Und wenn du die Möglichkeit dazu hättest, würdest du auch für Cressa einen Ort erschaffen, wo sie für immer in Sicherheit ist und ihr nichts zustoßen kann, nicht wahr?«

»Ich ...« Ich brauche einen Moment, um über seine Worte nachzudenken, die ausnahmslos ins Schwarze treffen. »Ich würde sie niemals einsperren!«

»Ich weiß«, erwidert Drayce sanft. »Das glaube ich dir. Du kannst keinen Menschen in einen Käfig sperren und dann erwarten, dass er dich dafür liebt.«

Erschrocken reiße ich die Augen auf und starre ihn an. Fast mein ganzes Leben lang hatte ich das Gefühl, in einem goldenen Käfig eingesperrt zu sein. Jeder – sogar Cressa! – war der Meinung, ich hätte es nicht so schlecht getroffen. Drayce hingegen ... Was er eben gesagt hat, trifft genau den Kern dessen, was ich immer gedacht und empfunden habe, doch ich schaffe es nicht, das zuzugeben.

Als hätte er nichts von meinem inneren Zwist bemerkt, fährt Drayce fort:

»Auf Gegenstände lässt sich jedoch leichter auf diese Art und Weise aufpassen, weil sie sich nicht bewegen oder sich darüber beschweren können, zum Beispiel auf eine Insel verbannt zu sein.«

»Du klingst, als wüsstest du, wovon du sprichst«, werfe ich so beiläufig wie möglich ein, doch Drayce versteht sofort, dass ich versuche, ihm Informationen zu entlocken.

»Komm, du lahme Ente!« Er beschleunigt das Tempo und ich stolpere hinter ihm her. »Wenn wir uns nicht beeilen, schaffen wir es nicht mehr rechtzeitig zurück zum Schiff, bevor sie uns hier zurücklassen.«

***

Als ich sicher bin, dass jeder weitere Schritt mich umbringen wird, erreichen wir am höchsten Gipfel der Insel eine Höhle, die sich quer durch das gesamte Gestein vor uns zu erstrecken scheint und noch weiter nach oben führt. Ich sinke auf die Knie, da meine Waden durch den Aufstieg brennen, als würden sie gleich in Flammen aufgehen. Der Stoff meines Hemdes klebt mir wie eine zweite Haut am Rücken.

Drayce schaut mit einem süffisanten Grinsen auf mich herab. »Wenn wir hier fertig sind, werde ich dich ein Ausdauertraining durchlaufen lassen, das sich gewaschen hat.«

Überrascht huscht mein Blick zu ihm. Widersprüchliche Gefühle toben in mir, während ich mich nicht entscheiden kann, ob ich lächeln oder seinen Spruch mit einem Schulterzucken abtun soll. Wenn wir Cressa gefunden haben, endet der Schwur und er kann das tun, was er schon die ganze Zeit vorhatte – irgendwo hingehen und irgendwen finden. Er wird gehen, das angedrohte Ausdauertraining wird es nicht geben.

Wieder sucht mich dieser schmerzhafte Stich in der Brust heim, der immer dann auftritt, wenn ich über die Zukunft nachdenke.

Verstohlen reibe ich über die Stelle, die am meisten wehtut, verdrehe aber die Augen, um das Gesagte zu überspielen. »Wenn wir hier fertig sind, werde ich nie wieder so weit am Stück laufen, sondern mich mit Cressa irgendwo niederlassen und ein neues Leben beginnen.«

»Vergiss nicht, dass ich ab jetzt auch mit von der Partie bin«, wirft er leicht gekränkt ein. »Vielleicht bleibe ich noch eine Weile bei euch, bis ich sicher bin, dass es euch gut geht.«

Sofort beschleunigt sich mein Herzschlag und das stechende Gefühl verfliegt, als wäre es nie da gewesen. Stattdessen ist da nun ein neues, ganz warmes Gefühl, das sich vorsichtig in meiner Brust ausbreitet. Will er wirklich bleiben oder ist das nur so dahergesagt? Ihn direkt zu fragen, wage ich nicht, weil ich Angst vor der Antwort habe.

Ich wedele mit der Hand, als könne ich das sorgenvolle Runzeln auf seiner Stirn dadurch vertreiben. »Wenn du bleiben willst, kannst du unser Wachhund sein.«

»Wachhund?«, echot er mit einem knurrenden Unterton. Es ist erstaunlich, wie schnell seine Emotionen umschlagen können. »Wie kommst du auf die Idee, dass ich euer *Haustier* sein will?«

Ich lege den Kopf schief. »Du bist nicht mit einer von uns verwandt oder verheiratet.«

»Das macht mich aber noch lange nicht zu eurem verdammten Haustier!«

Ein blubberndes Lachen steigt aufgrund der Art, wie vehement er sich dagegen wehrt, zum Haustier degradiert zu werden, in mir auf. Dabei wollte ich ihn nur ärgern und von meiner eigenen Unsicherheit ablenken und bin insgeheim zufrieden damit, wie gut es geklappt hat. Schnell halte ich die Hand vor den Mund, ehe mir das Lachen entschlüpfen kann. Drayce scheint es dennoch bemerkt zu haben, denn ein breites Grinsen kehrt auf seine Lippen zurück.

»Los, hoch mit dir!« Er streckt mir die Hand entgegen. Widerwillig ergreife ich sie und lasse mich von ihm auf die Füße ziehen. »Wir sind gleich da. Ich kann den Schatz ganz deutlich spüren. Das bedeutet, dass er noch nicht gänzlich gestohlen wurde.«

»Oder die Crew der *Meereswind* nie vorgehabt hat, herzukommen und wir umsonst hier hochgekraxelt sind«, murre ich, ehe ich mir auf die Lippe beiße.

Ich bin machtlos gegen die negativen Gedanken, die sich mehr und mehr in mir festsetzen. Anstatt mich darüber zu freuen, dass es uns gelungen ist, die Schatzinsel zu erreichen und zumindest den Hauch einer Chance zu haben, dass wir Cressa retten können, suche ich lieber nach Begründungen, weshalb dieser Plan nur in einem Desaster enden kann.

»He«, murmelt Drayce und stößt mich leicht mit der Schulter an. »Du hast mir mal gesagt, dass du Cressa finden wirst, ganz egal wo sie sich befindet.«

Ich schließe für einen Moment die Augen und nicke. »Daran hat sich nichts geändert.«

»Dann mach nicht so ein Gesicht, als wäre alles vergebens. Solange du nach ihr suchst, kannst du sie auch finden. Du hast sie erst verloren, wenn du aufgibst.«

Zweifelsohne entgeistert starre ich ihn an. »Seit wann gibst du denn solch kluge Bemerkungen von dir?«

Kränkung flackert in seinem Blick auf, ehe er ihn abwendet. »Das tue ich immer. Du hörst mir nur nicht gut genug zu.«

Aus einem plötzlichen Impuls heraus, den ich nicht erklären kann, hebe ich die Hand und lege sie ihm an die Wange. Seine Haut ist warm, beinahe heiß, aber nicht auf eine unangenehme Art. Eher habe ich das Gefühl, als reiche die Wärme, die sich ausgehend von ihm auch in mir ausbreitet, allein aus, um meine negativen Gedanken zum Schweigen zu bringen. Drayces Zuversicht und Willensstärke lässt mich weitermachen. Vielleicht hätte ich ohne ihn bereits aufgegeben, doch er zieht mich immer wieder hoch und treibt mich an.

»Danke«, flüstere ich, als er mich wieder ansieht. »Dafür, dass du hier bist und mir hilfst.«

Ich hätte den letzten Fetzen Kleidung am Leib darauf verwettet, dass er meinen plötzlichen Gefühlsausbruch mit einem lässigen oder bissigen Spruch abtun würde, wie es typisch für ihn ist. Ein solcher Spruch hätte die merkwürdige Stimmung zwischen uns wieder gelöst und ich hätte mich so unbeschwert wie die restliche Zeit über in seiner Gegenwart fühlen können.

Stattdessen aber legt er eine Hand auf meine, um sie an Ort und Stelle zu halten, und betrachtet mich mit einem solch brennenden Blick, dass ich vergesse, zu atmen. Ich bin außerstande, woanders hinzusehen, bin gefangen von dem funkelnden Gold, das seine Augen zum Leuchten bringt.

»Du hast mich befreit«, raunt er, während er mir fast so nah ist wie jede Nacht.

Nachts empfinde ich sowohl seine Wärme als auch Nähe als beruhigend. Beides besänftigt dann meine angekratzten Nerven und ich finde dadurch eine Ruhe, die ich noch nie verspürt habe. Aber tagsüber kamen wir uns bisher nur unter Vorwänden näher: mein Stand, den er während des Trainings korrigierte, eine beiläufige Berührung an der Hand, wenn ich ihm etwas zu essen reichte. Sobald wir die Kajüte verließen, standen wir unter Beobachtung und verhielten uns nicht so gelöst wie hinter verschlossenen Türen.

Obwohl wir jetzt allein und unbeobachtet sind, fühlt sich seine Nähe anders an. Irgendwie ... intimer.

»D...Du bist ...«

Die Luft um mich herum scheint zu flirren und sich weiter aufzuheizen, je länger ich ihn ansehe. Warum fällt mir auf einmal das Sprechen so schwer? Ich räuspere mich, schaffe es jedoch immer noch nicht, den Blick abzuwenden. Vielleicht gelänge es mir, mich wieder normal zu verhalten, wenn er mich nicht derart eindringlich anschauen würde, als könne er in meiner Mimik lesen wie in einem offenen Buch.

Ich fürchte mich davor, dass er zu viel sehen könnte. Dinge, die ich selbst noch nicht weiß. Gefühle, von deren Existenz ich bisher nichts geahnt habe und die ich nicht einordnen kann.

»Du bist also nur hier, weil du denkst, dass du mir etwas schuldest?«, versuche ich es erneut und diesmal gelingt es mir, einen halbwegs klaren Satz herauszubringen.

»Nein«, entgegnet er sofort und drückt meine Hand fester.

Ich schlucke angestrengt, während mein Herz seltsame Kapriolen vollführt. Es schlägt nicht wie gewöhnlich. Zu schnell. Zu fest. Zu ... Es gelingt mir nicht, das andere Gefühl, das sich – zart wie eine Blume nach einem harten Winter – durch den dichten, grauen Nebel in meinem Inneren kämpft, zu benennen. Es ist neu und so anders als alles, was ich bisher gelernt habe.

Nur eines weiß ich: So fühlt sich kein Herz aus Stein an.

Sehnsüchtig und gleichzeitig ängstlich warte ich darauf, dass Drayce noch etwas sagt – mehr als dieses eine simple Wort, das keine der Fragen, die mir im Kopf herumwirbeln, beantwortet –, doch er sieht mich nur weiterhin an, als könne er in meinem Gesicht all die Antworten finden, nach denen er sucht.

»Dann … wegen des Blutschwurs, bei dem ich dich ausgetrickst habe?«, hake ich nach, als ich die Spannung, die sich zwischen uns ausgebreitet hat und beinahe mit den Händen greifbar ist, nicht mehr aushalte.

Keine Ahnung, warum ich plötzlich von ihm wissen will, warum er hier ist, aber ein Teil in mir, von dem ich bisher keine Notiz genommen habe, verlangt nach dieser Kenntnis – auf der Stelle. Wenn er mich noch eine Sekunde länger im Ungewissen lässt, werde ich den Verstand verlieren.

Ein vorsichtiges Lächeln umspielt Drayces Mundwinkel. »Ich befürchte, dass ich dir auch gefolgt wäre, wenn du den Schwur verweigert hättest. Sofern ich den Zauber hätte brechen und aus der Höhle hätte verschwinden können, versteht sich.«

Zauber? Ich runzele die Stirn, während seine Worte in mein Bewusstsein sickern, und mir fällt auf, dass er meine Frage nicht beantwortet, sondern in mir nur den Wunsch verstärkt hat, endlich das Warum zu erfahren. Geschickt umschifft er die Antworten, nach denen ich mich sehne, und gibt mir stattdessen weitere Rätsel auf.

»Du hast …« Er runzelt die Stirn und räuspert sich, als müsse er genau über seine nächsten Worte nachdenken. »Als du in die Höhle kamst – halb nackt, bis auf die Knochen durchnässt und fast erfroren –, hattest du vom ersten Moment etwas an dir, das meine Aufmerksamkeit gefesselt hat. Ich weiß nicht, ob es deine Selbstlosigkeit war, die mich beeindruckte. Dir ging es nur darum, deine Freundin zu retten. Mit keinem Wort erwähntest du deine eigene Sicherheit.«

Drayce umschließt die Hand, die ich an seine Wange gelegt habe, fester und führt sie mit behutsamem Druck zwischen uns. Nahezu willenlos lasse ich es geschehen, während ich mich davon abhalten muss, vor Anspannung zu zittern.

»Das erste Wort, das du zu mir gesagt hast, war ›Hilfe‹. Anfangs dachte ich, dass du Angst vor mir hättest oder es darum ging, dich von der Insel zu bringen. Doch es drehte sich nie um dich. Du wolltest Hilfe für Cressa.«

Als er sanft mit dem Daumen über den verblassenden roten Striemen in der Mitte meiner Handfläche fährt, zucke ich zusammen, denke jedoch nicht daran, sie ihm zu entziehen. Ein leichtes Kribbeln breitet sich in mir aus und lässt meinen Herzschlag vollends aus dem Takt geraten.

»Vom ersten Moment an hast du dich mir gegenüber anders verhalten als alle Frauen, denen ich bisher begegnet bin.« Eine tiefe Falte bildet sich zwischen seinen Augenbrauen. »Du warst … neugierig und vorlaut, doch ohne mich völlig aufgeschmissen.«

Ich öffne den Mund, um ihm zu widersprechen, doch Drayce fällt mir sogleich ins Wort.

»Ich redete mir ein, dass ich dich am nächsten Hafen, in der nächsten Herberge oder auf dem nächsten Schiff einfach zurücklassen und meiner Wege gehen könnte, ungeachtet der Konsequenzen, die ein vorsätzlich gebrochener Blutschwur für mich bedeuten würden.« Sacht streichelt er wieder mit dem Daumen über die Narbe. »Aber irgendwie ist mir das nicht gelungen. Und nun stehen wir hier.«

Er legt den Kopf leicht schief, während seine goldenen Augen zu glühen scheinen. Ich schlucke angestrengt. Die sanften Berührungen seiner Finger und der feurige Blick, mit dem er mich bedenkt, lassen mich alles andere um mich herum vergessen. Für diese kurzen Augenblicke gibt es nur uns beide – keine Schatzinsel, keine beste Freundin, die auf Rettung wartet, keine Crew der *Meereswind,* die bereits einmal versucht hat, mich zu töten. All das verkommt zu Nebensächlichkeiten, wenn ich Drayce so nahe bin wie jetzt.

Mein Herz, das also wirklich unmöglich aus Stein sein kann, klopft so wild und aufgeregt, dass es beinahe wehtut.

Als könnte er meine Gedanken lesen, legt er mir die andere Hand an die Wange und lässt sie langsam tiefer wandern, bis er mit den Fingerspitzen über die Stelle streicht, unter der mein Herz versucht, sich einen Weg aus meiner Brust zu bahnen. Ein vorsichtiges Lächeln umspielt seine Lippen, als er mit dem Blick dem Weg seiner Hand folgt und über die wulstige Narbe meiner mir unbekannten Verletzung streicht. Dann verschmilzt sein Blick wieder mit meinem.

»Ich wollte einfach wissen, ob es wahr ist, dass du ein Herz aus Stein hast«, murmelt er, während er sich leicht zu mir vorbeugt. Als ich seinen Duft nach Feuer und Wärme wahrnehme, habe ich Mühe, gleichmäßig zu atmen. »Ich hab es dir zwar schon am Anfang unseres Kennenlernens gesagt, aber sicher war ich mir nicht. Es waren nur ... flüchtige Momente, in denen du dich anders verhieltst. Jedes Mal schienst du davon verwirrt zu sein – und das verwirrte mich. Mit jedem Tag, den ich dich um mich hatte, rückte so eine andere Frage mehr und mehr in den Vordergrund.«

Ich weiß genau, dass meine Stimme zittern wird, wenn ich jetzt den Mund öffne, und tue es trotzdem. »Und ... welche Frage ist das?«

Er lehnt sich noch weiter zu mir. Nun spüre ich die Hitze, die von ihm ausgeht, nicht nur an den Stellen, die er berührt, sondern überall an mir. Am liebsten würde ich aufseufzen.

»Alles, was ich wissen will«, raunt er, ohne den intensiven Blickkontakt zu mir zu verlieren, »ist, ob du jetzt etwas empfinden kannst, wenn du mich siehst.«

Mein Hals ist wie zugeschnürt. Selbst wenn mein Leben davon abhinge, könnte ich ihm darauf nicht antworten – weil ich die Antwort nicht kenne. Weil ich mich bisher nicht getraut habe, mir diese Frage selbst zu stellen, geschweige denn zu beantworten.

Ich fürchte mich vor dem, was es für mich bedeuten könnte.

Als sich das Schweigen zwischen uns in die Länge zieht, lässt Drayce die Hand, die bis eben noch auf meinem wild klopfenden Herzen ruhte, sinken. Der kurze Ausdruck von Schmerz und Zurückweisung, der über sein Gesicht huscht, versetzt mir einen Stich, doch er fängt sich schneller wieder als ich.

»Ich bereue es nicht, den Blutschwur mit dir eingegangen zu sein«, murmelt er, während er mit gesenktem Kopf auf meine Hand mit der Narbe schaut, die er weiterhin festhält. Sofort vermisse ich den elektrisierenden

Blick aus seinen goldenen Augen. »Aber ich wünschte, es hätte einen anderen Weg gegeben.«

Ich lege den Kopf schief. »Was meinst du damit?«

Mit den Fingern streicht er von meiner Handinnenfläche zum Handgelenk. Ein wohliges Prickeln lässt mich erschaudern und ich muss mir auf die Unterlippe beißen, damit mir das heisere Seufzen, das sich in meinem Hals zusammenbraut, nicht entschlüpft. Drayce senkt den Kopf weiter, bis ich sein Gesicht nicht mehr sehen kann, sondern nur auf seinen flammend roten Haarschopf starre. Trotzdem vernehme ich, dass er die Luft ausstößt – was sich fast so anhören muss wie das Seufzen, das ich mit aller Macht zurückhalte.

Eine Antwort bleibt er mir jedoch ebenso schuldig wie ich zuvor ihm. Also beschließe ich, meine Taktik zu ändern.

»Warum bist du eigentlich so heiß?«

Sein Kopf ruckt zurück nach oben und nach einem kurzen Moment der Überraschung breitet sich ein schiefes Grinsen auf seinen Lippen aus. Erst da wird mir klar, was ich gerade von mir gegeben habe.

»Warm! Ich meinte *warm*. Ich ... Warum bist du so ... warm?«

Das letzte Wort geht beinahe völlig in meinem Gestammel unter. *Verdammt, geht es noch erbärmlicher?* Wann lerne ich endlich, erst nachzudenken und dann zu reden?

In Drayces goldene Augen stiehlt sich ein Funkeln und sein Grinsen wird eine Spur selbstgefälliger. »Du findest mich also heiß?«

Meine Wangen glühen immer stärker und ich widerstehe nur knapp dem Drang, mit den Händen darüberzureiben, um das Gefühl zu vertreiben. »Du weißt genau, dass ich das so nicht gemeint habe!«

Ich bin sicher, dass Drayce gleich zu einer weiteren Stichelei ausholen wird, als wir plötzlich ein lautes Krachen, gefolgt von aufgeregtem Stimmengewirr hören. Zeitgleich drehen Drayce und ich die Köpfe in die Richtung, aus der der Lärm kommt.

»Wie es aussieht«, raunt Drayce, »erfahren wir schneller als gedacht, wer von uns beiden die Wette gewinnt.«

Sämtliche verwirrenden Gefühle von eben sind vergessen, als ich auf den Eingang der Höhle starre, in der sich der Schatz befinden soll. Sie sind hier – die Männer der *Meereswind.* Stumm bete ich zu jedem Gott, der mir einfällt, dass auch Cressa bei ihnen ist.

Mein Blick begegnet Drayces. Der sonst warme Goldton, der mich an flüssigen Honig erinnert, ist starr und kalt geworden. Die Hand, die meine eben noch so sanft berührte, dass mir die Knie weich wurden, liegt nun lässig auf dem Schwertgriff. Zwar weiß ich noch immer nicht, welche Geheimnisse Drayce umgeben, aber die Aura von Stärke und Entschlossenheit, die ihn plötzlich umgibt, lässt mich nicht daran zweifeln, dass ich mir um ihn keine Sorgen machen muss.

Die kribbelnde Aufregung, die ich verspürte, wenn ich einen Trainingskampf bestritt, peitscht durch mich hindurch, als ich Drayces Grinsen erwidere.

Ohne ein weiteres Wort und Seite an Seite betreten wir die Höhle.

Kapitel 15

Ezlain

Die Höhle besteht aus einem einzigen Raum, der so riesig ist, dass man in ihm bequem drei große Handelsschiffe verbergen könnte. Zwar gehen mehrere schmale Gänge vom Hauptraum ab, doch die Sonnenstrahlen, die durch sie hier hereinfallen und für etwas Licht sorgen, lassen mich darauf schließen, dass sie zurück nach draußen führen – ins Steinlabyrinth, wie ich es nenne. Vielleicht sogar ins Nichts, sodass der Weg ein jäher und schmerzhafter nach unten wäre. Es wurden auch mehrere Fackeln entzündet, die den Raum ausleuchten.

Wir sind also nicht allein.

Doch viel, was Tageslicht und Fackeln ausleuchten könnten, gibt es hier nicht. Bis auf wenige Goldmünzen und kleinere Schmuckstücke, die verstreut auf dem Boden liegen, als wären sie in aller Eile zurückgelassen worden, ist das riesige Gewölbe vollkommen leer.

Ich runzele die Stirn. Wo ist der Schatz, von dem Drayce und Feodor gesprochen haben? In meiner Vorstellung sah die Insel, die einen sagenumwobenen Schatz beherbergen soll, ganz anders aus. Ich träumte davon, das Gold sei in einer gut bewachten Höhle bis unter die Decke gestapelt und ich bräuchte eine ganze Flotte, um allein meinen Anteil wegzuschaffen. Doch für die paar Münzen genügen meine Hosentaschen …

Gerade als ich Drayce fragen will, ob wir hier tatsächlich richtig sind oder es noch eine andere Höhle gibt, höre ich aus dem hinteren Teil der Kammer erneut das Stimmengewirr. Eine Stimme darunter kommt mir bekannt vor und das Blut gefriert mir in den Adern, als mir die letzte Begegnung mit ihrem Besitzer in den Sinn kommt.

»Ich hab von Anfang an gewusst, dass es eine blöde Idee ist, zu dieser verfluchten Insel zu segeln«, murrt Kyle.

Allein der verschlagene Klang seiner Stimme versetzt mich zurück in die Nacht, in der er mich angefasst und ins eiskalte Meer getrieben hat. Ich spüre fast wieder seinen festen Griff und höre die geflüsterten Drohungen, was sie mit Cressa anstellen, wenn ich mich weiterhin wehre. Ich spüre die kühle Nachtluft, die über meinen entblößten Körper streicht. Ich …

Nur Drayces kurze Berührung am Arm hindert mich daran, vor Schreck gänzlich zu erstarren. Ich atme mehrmals tief durch und deute ein Kopfschütteln an, als ein besorgter Ausdruck auf seinem Gesicht erscheint. Ich will nicht, dass er sich Sorgen macht. *Es geht mir gut. Ich bin hier. Ich habe es überstanden.* Und ich werde nicht zulassen, dass sich so etwas wiederholt.

Im Höhlenraum befinden sich mehrere Felsen. Kyle und die anderen Männer bücken sich in der Mitte des Raumes über die Reste des Schatzes und stoßen immer wieder Verwünschungen aus. Sie haben uns den Rücken zugewandt. Mit einer Kinnbewegung deutet Drayce auf die Felsen in der Nähe der Wand, hinter denen wir uns verbergen und näher anschleichen können. Zögerlich folge ich ihm, während ich mir immer wieder sage, dass es nichts gibt, wovor ich mich fürchten müsste. Es ist nicht wie in der Nacht auf dem Schiff. Ich bin nicht allein, habe eine Waffe und muss nicht um Cressas Unversehrtheit feilschen. Es gibt keinen Grund, dass ich vor Kyles bloßer Anwesenheit schlottere.

Dennoch zittern mir die Finger und ich balle die Hände schnell zu Fäusten, damit es Drayce nicht auffällt.

»Wir haben unser Leben aufs Spiel gesetzt – für nichts und wieder nichts! Die paar wertlosen Münzen kann man wohl nicht als Schatz bezeichnen! Wenn wir die gerecht aufteilen, bekommt keiner von uns mehr als drei. Und dafür waren wir tagelang unterwegs und haben die Häfen links liegen lassen …? Lieber hätte ich meine kümmerlichen Ersparnisse einer Hafendirne in den Rachen geworfen, als tagelang mit nichts als Kerlen auf der *Meereswind* festzusitzen.«

Sofort halte ich inne und schnappe nach Luft. Drayce, der sich vor mir befindet, wirft mir wieder einen sorgenvollen Blick zu. Wenn Kyle sagt, dass nur Kerle mit ihm auf dem Schiff waren, was … ist dann mit Cressa geschehen?

Das Blut rauscht mir in den Ohren, während sich eine eisige Kälte in mir ausbreitet. Ich habe mich schon einmal in meinem Leben derart hilflos gefühlt – kurz bevor ich ins Meer stürzte. Und ich habe so gehofft, dass mich dieses Gefühl nie wieder heimsuchen würde. Doch gemeinsam mit der Angst brennt auch eine Wut in mir, die mich keinen klaren Gedanken mehr fassen lässt und die nach wenigen Augenblicken alle anderen Gefühle überlagert hat. Wenn Cressa etwas geschehen ist … Wenn dieser Mistkerl ihr etwas angetan hat …

Ohne auf Drayce oder irgendetwas anderes zu achten, ziehe ich das Schwert aus der Scheide, verlasse den Schutz der Felsen und sprinte auf Kyle und zwei weiteren Seemänner zu. Ich sehe nur noch sie, bin blind für alles, was um mich herum geschieht. Alles, was ich will, ist, aus seinem Mund zu hören, dass es Cressa gut geht. Und dass er weiß, wo sie sich befindet.

»Ez!«, höre ich Drayce hinter mir zischen, gefolgt von einem ungehaltenen Fluchen, als er ebenfalls unser Versteck verlässt und mir hinterhereilt.

Die Seemänner brauchen zu lange, um meinen Angriff zu bemerken. Sie haben sicherlich auch nicht damit gerechnet, hier auf andere Menschen zu treffen.

Und schon gar nicht auf mich.

Aus ihren Gesichtern weicht jegliche Farbe, als sie ein Stück vor mir zurückweichen.

»Ein Geist«, haucht einer von Kyles Kumpanen, für die ich kaum einen zweiten Blick übrig habe. »Die Braut des Meeresgottes sucht uns aus Rache als Geist heim!«

»Schwachsinn!«, schnauzt Kyle ihn an, während er meinem Schwerthieb in letzter Sekunde ausweicht. Aber mir entgeht nicht, dass auch seine Stimme wankt.

Ohne Vorwarnung gehe ich auf Kyle los. Immer wieder hole ich mit dem Schwert aus – viel zu weit und schwungvoll und anders, als ich es in den letzten Tagen gelernt habe –, treibe ihn in Richtung der Höhlenwand, bis er mit dem Rücken dagegenprallt und ich ihm die Schwertspitze an den Hals halte. Mein Atem geht keuchend und meine Schulter protestiert bereits wegen der ungewohnten, mühevollen Bewegungen. Aus den Augenwinkeln nehme ich wahr, dass Drayce die beiden anderen Seemänner unter Kontrolle gebracht und ihnen die Waffen abgenommen hat. Ich fixiere meine Aufmerksam wieder auf den Mann vor mir.

»Wo ist sie?«, grolle ich. Kyles Augen sind vor Schreck weit aufgerissen. Offenbar ist er sich selbst nicht darüber im Klaren, ob ich nicht doch ein Geist bin. Für einen Moment labe ich mich an dem Gefühl, die Überlegene zu sein. »Wo ist Cressa?«

»Ich … Ich weiß nicht …«, bringt er stockend hervor, wobei er die Stirn runzelt, als höre er Cressas Namen zum ersten Mal.

Allein dafür möchte ich ihm die Klinge in den Leib rammen. Ich stoße ein Knurren aus, woraufhin er die Augen noch weiter aufreißt. Seine Pupillen sind nichts weiter als winzige Punkte. Zu meinem Bedauern fängt er sich schnell wieder, als er feststellt, dass ich ihn offenbar doch nicht sofort aufspießen werde. Ich hätte ihn sonst längst getötet, wenn es mir darum ginge. Aber ich brauche Antworten von ihm. Ohne ihn habe ich keinerlei Anhaltspunkt über Cressas Verbleib.

»Ah, du sprichst von der kleinen Schwarzhaarigen, die sich mit dir als blinde Passagierin aufs Schiff geschlichen hat? Jetzt erinnere ich mich wieder. Was ist nur mit ihr passiert?«

Er tippt sich mit dem Zeigefinger gegen das Kinn. Ich fletsche die Zähne bei dieser gespielt beiläufigen, ja geradezu gelangweilten Geste. Leider scheint ihn das nicht zu beeindrucken, sondern sogar zu erheitern.

»Vielleicht haben wir sie ebenfalls ins Meer geworfen, nachdem wir mit ihr fertig waren?«, schlägt er schließlich mit einem verschlagenen Grinsen vor, das in mir den Wunsch weckt, seinen Kopf so lange gegen das Gestein hinter ihm zu donnern, bis er nie wieder jemanden angrinsen kann. »Wobei ich sagen muss, dass sich ihr Körper nicht im Entferntesten so gut angefühlt hat wie deiner. Die Kleine war so spindeldürr und flach. Du hingegen ...« Nun ohne das leiseste Aufflackern von Angst, sondern voller Gier lässt er den Blick an mir entlangwandern, verweilt zu lange an meinen Beinen, dann Brüsten, bis ich mich nackt fühle, obwohl ich vollständig bekleidet bin.

»Du hast dich ganz anders angefühlt«, raunt er schließlich. »Denkst du manchmal daran, was ich mit dir gemacht habe?«

Ich zucke zusammen. Meine Wut auf Kyle droht von den panischen Erinnerungen an diese Nacht überlagert zu werden.

An die Umklammerung, mit der er mich festgehalten hat. An seine Hand, die er mir langsam in die Hose schob. An seine Erektion, die er mir gegen den Po presste. An seinen stinkenden Atem, der mir ins Gesicht schlug. An die völlige Hilflosigkeit, die ich in dem Moment verspürte, als er mich betatschte.

Verbissen versuche ich, den Ekel zu unterdrücken, der in mir hochkriecht, doch es gelingt mir nicht. Die bloßen Erinnerungen scheinen mich erneut von innen heraus zu beschmutzen und suchen mich heim wie eine Seuche, setzen sich in mir fest und beschwören wieder und wieder diese Augenblicke herauf, die mich vor Angst, Ekel und Hilflosigkeit nicht mehr klar denken ließen. Die Hand, die das Schwert hält, zittert bereits, weil ich beide Arme um mich schlingen und mich vor Kyles Blicken verbergen will. Ich fühle mich, als stünde ich nackt und schutzlos vor ihm.

Auch Kyle hat dies bemerkt, wie mir das breiter werdende Grinsen beweist, das mir zusätzliche Schauer den Rücken hinunterschickt.

»Ich weiß noch, wie dein Körper gebebt hat, als ich dich an Stellen berührt habe, die noch kein Mann ...«

Weiter kommt er nicht. Wie aus dem Nichts taucht Drayce neben mir auf, fegt mit dem Handrücken das Schwert beiseite, das ich kaum noch halten kann, und packt Kyle vorn am fleckigen Hemd. Ehe einer von uns reagieren kann, holt Drayce mit der Faust aus und donnert sie gegen Kyles Wange, sodass dieser zur Seite geschleudert wird und mit einem – in meinen Ohren äußerst befriedigenden – »Uffz!« hart auf dem Steinboden aufkommt.

Lässig schlendert Drayce auf ihn zu, während er seine Hand ausschüttelt.

»Das war dafür, dass du sie angefasst hast«, grollt er in einem Tonfall, der mir eine wohlige Gänsehaut beschert und die negativen Gefühle nahezu mit einem Mal auslöscht. Seine Stimme hat einen leicht kratzigen, etwas animalischen Unterton angenommen, der direkt in meinen Bauch fährt. Ein Teil von mir wünscht sich, er würde sich immer so anhören.

Direkt neben Kyle bleibt er stehen, holt aus – diesmal mit dem Fuß – und tritt ihm in den Bauch. Der Seemann reißt in einem atemlosen Schrei den Mund auf und krümmt sich zusammen.

Augenscheinlich ungerührt bleibt Drayce vor ihm stehen. »Und das war dafür, dass es gegen ihren Willen geschah.«

Selbst wenn mein Leben davon abhinge, ich könnte keinen Muskel rühren. Völlig gebannt starre ich auf Drayce und Kyle. Während Letzterer Ekel in mir auslöst, ich aber nun, da er würgend und nach Luft ringend am Boden liegt, auch Genugtuung empfinde, toben eine solche Vielzahl an Gefühlen in mir, sobald mein Blick zu Drayce huscht, dass ich sie nicht in Worte fassen kann.

Zu viele. Zu widersprüchliche. Zu unbekannte, als dass ich sie benennen könnte – geschweige denn wollte.

Einen Moment lang sieht Drayce Kyles Röcheln mit geneigtem Kopf zu, als denke er über etwas nach. Dann beugt er sich nach unten und zerrt ihn zurück auf die Füße. Ohne Hilfe kann Kyle jedoch nicht stehen. Blut rinnt ihm aus dem Mund, läuft über sein Kinn und tropft schließlich auf den kalten Stein.

»Und das …« Mit voller Wucht rammt Drayce dem Seemann das Knie zwischen die Beine. Kyle verdreht die Augen so weit nach hinten, dass nur noch das Weiße zu sehen ist, ehe er wie eine Marionette, der man die Fäden durchtrennt hat, zusammensackt. Unsanft stößt Drayce ihn zu Boden, wo er liegen bleibt, ohne noch einen Muskel zu rühren. »… war dafür, dass du nie vergisst, was ich mit dir machen werde, solltest du sie jemals wieder anrühren.«

Fassungslos huscht mein Blick zwischen Drayce, der mir nun den Rücken zugewandt hat, und dem am Boden liegenden Kyle hin und her, während ich krampfhaft versuche, das, was eben geschehen ist, zu begreifen.

Dann reiße ich den Blick von Kyle los und schaue zu Drayce. Zu dem Mann, der mich verteidigt hat, als ich es selbst nicht vermochte. Der sich für mich einsetzte, als ich keinen Muskel mehr rühren konnte. Ich halte die Luft an, als er sich zu mir umdreht und ich seinem flammenden Blick begegne, der ausreicht, um auch in mir ein Feuer zu entfachen, das mich bis in die Fingerspitzen und Zehen heiß durchströmt. Die Kälte der Angst muss der Hitze, die mich belebt und das Dunkel verschwinden lässt, weichen.

Ohne bewusstes Zutun heben sich meine Mundwinkel zu einem Lächeln. Drayce blinzelt ein paarmal hintereinander, als könne er nicht glauben, was er da sieht, ehe er mir ebenfalls ein Lächeln schenkt. Das Feuer wandelt sich zu einer glimmenden Wärme, die sich dort einnistet, wo mein Herz schneller als gewöhnlich schlägt.

Als ich überlege, was ich zu ihm sagen soll – ein simples »Danke« erscheint mir viel zu wenig –, erwachen die beiden anderen Seemänner aus ihrer Starre, schnappen sich die Schwerter, die Drayce außer Reichweite deponiert hat, und gehen auf uns los. Widerwillig reiße ich den Blick von Drayce los und umfasse den Griff meiner Waffe fester.

Wir lassen sie weit genug an uns herankommen, um ihnen dann auszuweichen und zum Gegenschlag auszuholen. Drayce und ich kommunizieren nur durch kurze Blicke, einigen uns so darauf, wer welchen Gegner übernimmt, und vertrauen dem anderen blind. Diesmal werde ich von keinen verstörenden Erinnerungen abgelenkt und kann die Lektionen der letzten Tage abrufen. Ich pariere den Angriff meines Kontrahenten und genieße die Aufregung, die mich neben dem warmen Gefühl von eben durchströmt. Neben dem Kampf an sich berauscht es mich, an der Seite eines anderen zu kämpfen, der hinter mir steht, wenn ich ihn brauche, und sich für mich einsetzt, wenn ich es nicht kann.

Nach all den Jahren, in denen ich allein war und nur vor mich hingelebt habe, hätte ich nie für möglich gehalten, wie wunderschön es sein könnte, *nicht* allein zu sein.

Aus den Augenwinkeln sehe ich, dass Drayce seinen Gegner bereits zu Boden geschickt hat und mich mit verschränkten Armen und einem schelmischen Grinsen beobachtet. Das Wissen, dass er mir zusieht, beschleunigt meinen Herzschlag, bis ich befürchte, das Herz könnte mir beim nächsten Schlag aus der Brust springen.

Ich donnere dem Seemann, der bereits merklich aus der Puste geraten ist, den Schwertgriff gegen die Nase. Jaulend presst er beide Hände dagegen, Blut fließt zwischen seinen Fingern hindurch. Anschließend wirbele ich herum und trete ihm die Beine weg, sodass er der Länge nach hinschlägt.

»Nicht schlecht«, raunt Drayce, als er langsam auf mich zukommt.

Ich gebe mir die größte Mühe, mir die seltsame Anspannung, die seine Nähe plötzlich in mir auslöst, nicht anmerken zu lassen.

Schnell wedele ich mit der Hand, als könnte ich sein Lob dadurch wegwischen. »Das war noch gar nichts.«

Mist, warum hab ich das gesagt?

Drayce zieht eine Augenbraue nach oben.

»Ich … Ich meine, das vorhin war …« Krampfhaft suche ich nach einer Erklärung, die mich nicht als völlige Idiotin dastehen lässt. »Es war ein Ausrutscher. Ich stand etwas neben mir. Wird nicht wieder vorkommen.«

»Es tut mir leid, dass ich eingegriffen habe«, murmelt Drayce jetzt und runzelt dabei die Stirn. »Ich weiß, dass du es nicht magst, wenn ich dich bevormunde. Es ging mich nichts an und ich wollte, dass du es allein regelst, aber …« Er zuckt hilflos mit den Schultern. »Plötzlich handelte und redete ich, ohne darüber nachdenken zu können. Dieser Kerl …« Drayce bleckt die Zähne. »Am liebsten hätte ich ihm jeden Knochen einzeln gebrochen und anschließend die Hände abgehackt dafür, dass er …« Er bricht ab und verzieht den Mund.

»Danke«, flüstere ich.

Die Wut auf Kyle, die bis eben in Drayces Blick lag, verschwindet und macht der gewohnten Wärme Platz, die das Gold seiner Augen leuchten lässt. »Gern geschehen.«

Ich merke, dass ich etwas dümmlich lächele und schaue schnell zur Seite, weil ich mir plötzlich blöd vorkomme. Um mich abzulenken, schnappe ich mir den Seemann, der immer noch aus der Nase blutet, und ziehe ihn ein Stück zu mir hoch.

»Wo ist die junge Frau, die auf der *Meereswind* war?«, will ich wissen.

Er bleckt nur die Zähne, während weiterhin Blut aus seiner Nase sprudelt.

Ich verstärke den Griff und zerre ihn so nah zu mir, dass ich ihn beinahe berühre. »Es wird mir ein besonderes Vergnügen sein, die Antwort aus dir herauszuprügeln, wenn du mir nicht augenblicklich antwortest!«

Doch statt seiner antwortet eine Stimme hinter uns.

»Sie befindet sich nicht mehr in unserer Gesellschaft«, verkündet Feodor, der Erste Maat der *Meereswind,* der Cressa und mich damals in Ilgaron an Bord genommen hat.

Ich lasse von dem Seemann ab und wirbele zu Feodor herum. Hinter ihm hat die restliche Crew Aufstellung genommen. Die Männer füllen den Eingang aus – und versperren uns somit den Fluchtweg. Mit gezogenen Waffen schauen sie uns grimmig entgegen. Einige setzen Kisten ab, die sie bis hierhergeschleppt haben – wohl, um den Schatz darin wegzuschaffen.

»Noch mehr Freunde von dir?«, fragt mich Drayce leise.

Ich seufze. »Ich befürchte, ja.«

»Du suchst das andere Mädchen, nicht wahr?«, will Feodor wissen, der an der Spitze der Männer steht. »Wie ich schon sagte, sie befindet sich nicht mehr in unserer Gesellschaft.«

Das kann nicht sein! Der Kapitän hat mir sein Wort gegeben, auf sie aufzupassen, bis sie den nächsten Hafen erreichen. Nur weil er mir Cressas Unversehrtheit zugesichert hat, habe ich mich von der Mannschaft ins Meer werfen lassen. Möglichst unauffällig lasse ich den Blick auf der Suche nach dem Kapitän über die Menge huschen, doch Feodor bemerkt es sofort.

»Der Kapitän befindet sich ebenfalls nicht mehr in unserer Gesellschaft«, sagt er leichthin, worauf die Menge hinter ihm zu lachen beginnt.

Ein ungutes Gefühl breitet sich in meiner Magengegend aus und die kleinen Härchen im Nacken stellen sich auf, doch ich zwinge mich dazu, mich zu konzentrieren. Wenn ich wieder in Panik verfalle, haben wir erst recht keine

Chance gegen diese Übermacht. Schätzungsweise stehen Drayce und ich gut zwanzig bewaffneten Seemännern gegenüber. Und keiner von ihnen scheint uns gewogen zu sein.

»Wo ist Cressa?«, will ich erneut wissen.

Feodor grinst mich an. »Wir haben sie verkauft. Hat uns ein nettes Sümmchen eingebracht, die Kleine.« Er tippt sich mit dem Zeigefinger ans Kinn. »Wobei du einiges mehr wert gewesen wärst als eine einfache Sklavin.«

Ver...Verkauft?, schreit es in mir, doch ich bin unfähig, den Mund zu öffnen. Wie erstarrt stehe ich da, während dieses eine Wort wieder und wieder wie ein Wirbelsturm durch meinen Kopf rauscht und ich zu keinem anderen Gedanken mehr fähig bin.

Drayce stellt sich halb vor mich und fragt drohend: »An wen habt ihr sie verkauft?«

Feodor neigt den Kopf. »Wer bist du denn? Ich kann mich nicht erinnern, dass wir uns kennen.«

»Das tut nichts zu Sache«, entgegnet Drayce nach außen hin seelenruhig, doch mir entgehen nicht die zuckenden Muskeln seiner Arme. »Wir wollen keinen weiteren Ärger mit euch.« Er breitet die Arme aus und verdeckt mich beinahe vollständig. »Nehmt, was ihr finden könnt. Uns verlangt es nicht nach Schätzen oder Streitigkeiten. Wir sind nur auf der Suche nach dem Mädchen.«

Feodor streicht sich über das Kinn, als würde er über Drayces Worte nachdenken, dann scheint er sich entschieden zu haben. »Wir haben die kleine Kratzbürste an einen fahrenden Sklavenhändler verkauft. Keine Ahnung, wo sie jetzt ist. Sie könnte überall sein. Ist mir auch egal. Seit wir sie in unserer Gewalt hatten, schienen wir ... vom Pech verfolgt zu sein. Jeder von uns war froh, als sie endlich weg war.«

Zitternd lehne ich mich gegen Drayces breiten Rücken, weil ich mir sicher bin, dass mich meine Beine keine Sekunde länger tragen. Mir war von Anfang an klar gewesen, dass es nahezu aussichtslos sein würde, Cressa unversehrt zu retten. Doch nun zu hören, dass wirklich alles umsonst gewesen ist ... Dass sie wieder eine Sklavin ist und allein die Götter wissen, wo sie sich befindet ...

Eine junge, hübsche Sklavin mit einem neuen, vielleicht ungestümen, unberechenbaren Dienstherrn ... Ich will mir nicht ausmalen, welches Leben sie nun führen muss.

»Ez«, flüstert Drayce eindringlich, aber leise genug, dass nur ich ihn hören kann, und dreht den Kopf ein Stück nach hinten. »Wir müssen hier verschwinden.«

Seine Worte dringen nicht vollständig zu mir durch, sondern werden sofort abgeblockt. *Ich darf nicht fliehen.* Ich habe es bis hierhergeschafft, bin mehr als einmal dem sicheren Tod von der Schippe gesprungen. Das Ziel meines Weges war mir stets klar, doch nun bin ich mir nicht mehr sicher, ob es noch ein Ziel gibt. Es gibt keinen Ort, an den ich gehen, kein Leben, das ich führen kann. Ich habe alles hinter mir gelassen und selbst wenn ich die eingestürzten Brücken wiederaufbauen könnte, würde ich gar nicht in mein altes Leben zurückwollen.

Es ist meine Schuld, dass Cressa dieses Schicksal erleiden muss. Ich trage an allem, was ihr widerfahren ist, die Schuld.

Ich mache einen Schritt zurück – weg von Drayce – und ziehe wieder das Schwert. Meine Finger verkrampfen sich um den Griff und ich stelle die Beine ein Stück auseinander, wie er es mir gezeigt hat.

»Ez, bitte!« Drayce klingt alarmiert. »Tu nichts Unüberlegtes! Wir sind ihnen zahlenmäßig gnadenlos unterlegen.«

Ich schaue zu ihm auf und zwinge mich zu einem Lächeln, das aber garantiert kläglich ausfällt. »Geh«, wispere ich. »Ich will nicht, dass du hierbleibst. Ich möchte nicht auch noch für deinen Tod verantwortlich sein.«

Ehe er antworten kann, tönt Feodor: »Ich habe mir den Schatz größer vorgestellt. Damit werde ich als neuer Kapitän meine Mannschaft nicht zufriedenstellen können.« Er hebt das Schwert und deutet mit der Spitze in unsere Richtung. »Aber für sie dürfte ich ein kleines Vermögen bekommen. Für Frauen mit roten Haaren bezahlen Sklavenhändler eine beträchtliche Summe. Und auch sonst ist sie ein Hingucker. Du wirst uns reich machen, Kleine! Wie es aussieht, stellt es sich doch noch als Glücksgriff heraus, dass ich dich in Ilgaron mit an Bord genommen habe.«

Jeder Muskel in Drayces Körper scheint sich anzuspannen, als er wieder nach vorn zu Feodor schaut. »Wenn ihr sie wollt, müsst ihr erst an mir vorbei.«

Die Crew beginnt zu lachen, doch Drayce lässt sich davon nicht beirren. Wie ein unverrückbarer Fels steht er vor mir, ohne unsere Gegner aus den Augen zu lassen.

Mein Mund ist mit einem Mal staubtrocken. Warum macht Drayce das? Er soll verdammt noch mal die Beine in die Hand nehmen und von hier verschwinden! Das ist nicht sein Kampf, sondern meiner. Er musste sich schon um Kyle kümmern, als ich dazu nicht in der Lage war. Noch mal werde ich nicht versagen!

»Verschwinde endlich!«, zische ich ihm zu.

Natürlich weiß ich, dass ich unmöglich alle Seemänner besiegen kann, aber ich werde so viele wie möglich mitnehmen. Niemals werde ich zulassen, dass sie mich zu einer Sklavin machen. Eher sterbe ich. Und wenn es sowieso keine Möglichkeit gibt, Cressa zu finden, ist es vielleicht besser so ... Dann muss ich nicht mit meiner Schuld weiterleben.

»Willst du nicht auf die Kleine hören, Bürschchen?«, fragt Feodor und hebt begütigend eine Hand. »Was hast du denn mit dem Mädchen zu schaffen? Wenn du brav zur Seite gehst, werden wir dich verschonen und du darfst dich meiner Crew anschließen. Einen kräftigen Kerl wie dich kann ich immer gebrauchen. Aus dir machen wir schon einen ordentlichen Piraten!«

Drayce stößt ein Knurren aus, das sogar mich zusammenzucken lässt, und Feodor lässt die Hand sinken.

»Schön«, grollt der einstige Erste Maat. »Ganz wie du willst. Holt sie euch! Aber seht zu, dass ihr der Kleinen so wenige Verletzungen wie möglich zufügt. Blaue Flecken, Schnittwunden oder gar fehlende Gliedmaßen schmälern den Preis.«

Da setzt sich die Crew in Bewegung und stürmt auf uns zu. Der Höhlenboden erbebt unter meinen Füßen. Ich schließe die Augen und atme tief durch. Nur noch wenige Sekunden, bis die Crew uns erreicht, doch die Männer werden nicht sofort angreifen. Sie werden uns umringen und auf den besten

Zeitpunkt warten, um mich zu überwältigen, damit sie mich so wenig wie möglich verletzen.

Aber so sehr ich auch in mir danach suche, ich empfinde keine Angst. Nur um Drayce … Um ihn mache ich mir Sorgen. Ich will nicht, dass er meinetwegen versklavt wird oder stirbt! Das könnte ich mir nie verzeihen …

Ich reiße die Augen auf, als Drayce nach meiner Hand greift und sie festhält.

»Erinnerst du dich noch an unsere Wette?«, fragt er, während er die Crew, die uns nun umkreist, fest im Blick behält. Ich nicke, verwirrt darüber, warum er das plötzlich zur Sprache bringt. »Denk dran, was ich bekomme, wenn ich gewinne.«

»Wir werden hier draufgehen!«, zische ich und entziehe ihm mit einem Ruck die Hand. »Keiner von uns wird gewinnen.«

Er schüttelt den Kopf. »Wir werden es schaffen. Und ich werde meine Belohnung einfordern.«

Ich gebe ein Schnauben von mir. »Von mir aus! Aber zuerst musst du mehr dieser widerlichen Kerle niederstrecken als ich!«

»Ich bin dir schon Einen voraus, vergiss das nicht!«

Ich beiße mir auf die Unterlippe, um das Lachen zu unterdrücken, das sich in mir zusammenbraut. Mir ist völlig unbegreiflich, wie ich in dieser Situation überhaupt daran denken kann zu lachen. Es ist einfach die Zuversicht und gespielte Sorglosigkeit, die Drayce trotz der Übermacht, der wir gegenüberstehen, ausstrahlt, sie scheint auf mich überzuspringen. Wir positionieren uns Rücken an Rücken und ich halte das Schwert vor mich.

»Dann zeig mal, was du draufhast!«, raune ich ihm zu.

Hinter mir vernehme ich ein glucksendes Lachen. »Wenn du so scharf drauf bist, mich zu küssen, hättest du nur was sagen müssen!«

»Das meinte ich nicht, Idiot!«, murre ich.

Eigentlich wollte ich ihn bitten, auf sich aufzupassen, doch das kann er jetzt vergessen!

Der erste Seemann stürmt auf mich zu, aber es gelingt mir, ihm auszuweichen. Mit dem Schwertknauf schlage ich ihm in den Nacken, sodass er bewusstlos zu Boden sackt.

»Plus Einen für mich«, lasse ich Drayce wissen. »Gleichstand.«

Als ich einen kurzen Blick über die Schulter werfe, sehe ich ihn zum ersten Mal mit einem Schwert kämpfen. Ich vergesse zu atmen, so gebannt bin ich von seinen präzisen Bewegungen und der unbändigen Kraft, die er ausstrahlt, während er Angriffe pariert und selbst welche ausführt. Noch nie habe ich einen Kämpfer gesehen, der sich derart effizient bewegt. Jeder Hieb der Gegner geht ins Leere, weil Drayce sich im letzten Sekundenbruchteil aus ihrer Reichweite manövriert. Dabei sieht es jedoch nicht so aus, als seien seine Schritte willkürlich, sondern als folgten sie einer festen Schrittfolge wie bei einem Tanz, die nur er kennt.

Ich bin so gebannt von diesem Schauspiel, dass es einem der Seemänner gelingt, die Arme von hinten um mich zu schlingen.

»Sei ein braves Mädchen und komm mit mir, ohne dich zu wehren«, raunt er mir ins Ohr.

Ich weiß nicht, was schlimmer stinkt: sein Atem oder sein wahrscheinlich seit Wochen ungewaschener Körper. Allein dadurch, dass ich erschrocken nach Luft schnappe, als er mich umklammert, dreht sich mir beinahe der Magen um. Zusätzlich dazu verursacht die Art, wie er seinen Körper an mir reibt, mir Übelkeit. Ohne weiter zu zögern, senke ich den Kopf ein Stück und lasse ihn dann nach hinten – direkt gegen seine Nase – schnellen. Das Knirschen ist Musik in meinen Ohren, ebenso das Aufjaulen des Seemanns. Nahezu augenblicklich lässt er mich los. Schnell wirbele ich herum, hole mit dem Schwert aus. Dummerweise ist die Klinge nicht scharf genug, um ihm mit einem sauberen Streich den Kopf von den Schultern zu trennen, doch es genügt, um ihm eine tiefe Verletzung am Hals zuzufügen. Schreiend presst er beide Hände auf die blutsprudelnde Verletzung und kriecht auf allen vieren zwischen seinen Kumpanen hindurch, außerhalb meiner Reichweite.

Als ich mich wieder zu Drayce umwende, umspielt ein anerkennendes Lächeln seine Lippen. Der Ekel und der Rausch des Kampfes werden von einem warmen Kribbeln in meinem Inneren abgelöst, das sich in Windeseile in mir ausbreitet und meinen Herzschlag zum Stolpern bringt.

Anerkennung ist etwas, was mir noch nie für meine Kampfkünste entgegengebracht wurde. Die Sklaven, die ich hin und wieder dazu überredete, mit mir zu trainieren, taten es, um mir die freundliche Art, mit der ich ihnen begegnete, zu vergelten. Sie sahen in mir kein Talent, sondern ein widerspenstiges Mädchen, das sich mit allen Mitteln gegen den Käfig sträubte, in den man es gesteckt hatte.

Doch in dem kurzen Blick, den ich mit Drayce tausche, und dem Lächeln, das er mir schenkt, liegt etwas, wonach ich mich mein Leben lang gesehnt habe, obwohl ich bis vor ein paar Sekunden nichts von dieser Sehnsucht wusste.

»Hört endlich auf, sie einzeln anzugreifen!«, bellt Feodor von der anderen Seite der Höhle seinen Männern zu. »Und bringt mir verdammt noch mal das Mädchen!«

Etwa zehn Männer hinter mir stürzen auf mich zu. Zwar wirbele ich zu ihnen herum und halte das Schwert angriffsbereit vor mich, doch ich weiß, dass ich gegen zehn auf einmal keine Chance habe. Aber ich werde mich mit Sicherheit nicht kampflos ergeben!

»Runter!«, brüllt Drayce hinter mir und ich gehorche, ohne zu zögern.

Ich werfe mich auf den Boden, mache mich so klein wie möglich und schütze den Kopf mit den Armen. Plötzlich rauscht eine Hitze über mich hinweg, die mir schier die Haut vom Leib brennt, und panische Schreie gellen mir in den Ohren. Vorsichtig öffne ich die Augen einen Spaltbreit und stutze. Die Männer, die eben noch auf mich losgehen wollten, stehen lichterloh in Flammen und rennen verängstigt und schreiend durch die Höhle. Das Feuer greift nach ihren Haaren, der Kleidung, der Haut, und nach wenigen Sekunden, die mir jedoch wie eine kleine Ewigkeit vorkommen, brechen sie reglos zusammen.

Der Gestank von verschmorter Haut und verbrannten Haaren sticht mir in der Nase und macht jeden Atemzug zur Qual. Ich huste und würge und will mir die Hand vor Mund und Nase halten, stoppe die Bewegung jedoch abrupt. Ein gleißender Schmerz schießt ausgehend von meiner Hand den Arm hinauf und lässt mich beinahe aufschreien. Es fühlt sich an, als berührte ich eine glühende Eisenstange; beinahe meine ich sogar, das Zischen der eigenen

Haut zu hören. Ganz deutlich spüre ich den Verlauf der Ornamente, die sich um meinen Unterarm winden und die zum ersten Mal erschienen, als ich den Blutschwur einging. Doch als ich hinsehe, ist da nichts – nur der rote Striemen der Schnittwunde auf meiner Handfläche, das Zeichen meines Schwurs mit Drayce. Ich beiße die Zähne zusammen und kämpfe gegen die bleierne Erschöpfung an, die auf einmal zusätzlich zu den Schmerzen von mir Besitz ergreift.

Um mich herum ist es totenstill. Fieberhaft versuche ich das, was eben geschehen ist, zu begreifen und eine Erklärung für die plötzliche Feuersbrunst zu finden. Hat Drayce eine Fackel nach den Männern geworfen? Nein, das kann nicht sein. Selbst wenn die Fackel direkt einen der Männer getroffen und das Feuer seine Kleidung entzündet hätte, wären die Flammen nie so schnell auf die anderen übergesprungen. Und schließlich habe ich eine enorme Hitze am Rücken gespürt, die unmöglich von einer einzelnen Fackel herrühren könnte.

Meine Arme zittern, als ich mich in eine kniende Position stemme und mich nach Drayce umdrehe. Er steht nur ein paar Meter von mir entfernt und hat mir den Rücken zugedreht. Die übrig gebliebenen von Feodors Männern sind allesamt vor ihm zurückgewichen und starren ihn angsterfüllt an.

»Ich sage es noch einmal«, grollt Drayce in Feodors Richtung. »Niemand rührt sie an!«

Mir stockt der Atem, während mein Blick zwischen Drayces Rücken und einem schockiert dreinblickenden Feodor hin und her huscht.

»Reiß dich zusammen!«, zischt mir Drayce zu, ohne die feindliche Crew aus den Augen zu lassen. »Cressa lebt noch und wir werden sie finden. Du hast gesagt, dass du niemals aufgeben wirst. Also lass jetzt bloß nicht den Kopf hängen!«

Mein Atem geht flach, während ich mich wieder fange. Drayce hat recht! Noch besteht die Chance, dass wir Cressa retten können. Erst wenn ich aufgebe, ist sie verloren. Aber um sie zu finden, müssen wir hier weg.

Das Feuer – woher auch immer es kam – hat eine Menge Seemänner unschädlich gemacht. Der Rest beäugt uns mit einer Mischung aus Unglauben und Todesangst. Dies ist unsere Möglichkeit zur Flucht! So, dass nur ich es sehen kann, deutet Drayce auf den Höhlenausgang zu unserer Linken.

Es ist Feodor, der sich zuerst fängt und mit flinken Fingern einen Beutel von seinem Gürtel löst. Das Klimpern, das die ansonsten stille Höhle erfüllt, verrät mir, dass der Beutel prall gefüllt mit Münzen ist. Noch während ich mich frage, ob er sich damit freikaufen will, wirft er ihn Drayce vor die Füße, sodass einige Goldmünzen herausrollen und im Schein der Fackeln funkeln. Augenblicklich scheint Drayce zu erstarren. Ich sehe nicht einmal, ob er noch atmet.

Feodor gibt ein tiefes Lachen von sich. »Hab ich's mir doch gedacht ...«

Noch immer bewegt sich Drayce nicht. Ich wünschte, ich könnte sein Gesicht sehen und so vielleicht begreifen, was gerade vor sich geht. Er steht einfach nur da und starrt auf die Münzen aus Gold, die zu seinen Füßen liegen.

»Tötet ihn«, befiehlt Feodor seelenruhig. Seine Männer werfen ihm zweifelnde Blicke zu, folgen dann aber dem Befehl und stürmen auf Drayce zu.

Ich warte darauf, dass er sein Schwert hebt oder sich anderweitig verteidigt, aber er steht nur da, den Kopf gesenkt.

»Drayce!«, schreie ich, während ich mich hochkämpfe und es gerade so schaffe, den ersten Angriff abzuwehren. Meine Bewegungen sind auf einmal viel langsamer und träger als zuvor und es kostet mich unglaubliche Anstrengung, das Schwert zu führen. »Komm wieder zu dir, verdammt noch mal! Ich brauche dich!«

Zeitgleich greifen mich drei Seemänner an, doch ihre Attacken sind zurückhaltend. *Sie wollen mich nicht verletzen,* geht es mir auf. Doch Drayce würden sie töten, wenn sie an ihn herankämen. Immer wieder schreie ich ihm zu, dass er endlich wieder zu Sinnen kommen solle, doch er reagiert nicht.

Als einer der Männer mich grob neben Drayce zu Boden stößt, brauche ich zu lange, um wieder aufzustehen. Ein weiterer hebt sein Schwert und will es auf Drayce niedergehen lassen. Ich kreische auf; ein Laut, der sich völlig falsch und ungewohnt aus meinem Mund anhört. Ich mobilisiere meine letzten Kräfte und kämpfe mich wieder nach oben. Im allerletzten Moment kann ich Drayce zur Seite stoßen.

Der Angriff des Seemannes trifft nun jedoch mich. Ich spüre, wie der nicht sehr scharfe Säbel seitlich an meinem Oberarm entlangstreift. Der Schnitt ist nicht tief oder bedrohlich; im schlimmsten Fall hat er mir ein paar Zentimeter Haut abgetrennt. Dennoch brennt es wie Feuer und eine klebrige Nässe läuft mir den Arm hinab.

Schnell wirbele ich herum, hole weit mit dem Schwert aus und kann so die Angreifer ein Stück zurückdrängen, während ich mich schützend vor meinen Partner stelle.

»Drayce!«, schreie ich über die Schulter. »Verdammt, hör auf mit dem Blödsinn!«

Dann fällt mein Blick auf den Beutel mit Münzen, den Drayce weiterhin wie hypnotisiert anstarrt. Mit dem Fuß kicke ich ihn ans andere Ende der Höhle. Sofort beginnt Drayce zu blinzeln, als erwache er aus einem Traum.

»Was …?«, murmelt er.

Erleichtert stoße ich den Atem aus, ehe ich mich wieder auf unsere Angreifer konzentriere. Die drängenden Fragen in einem Kopf, was es mit dem Beutel auf sich hat und warum Feodor ihn gezielt gegen Drayce eingesetzt hat, verschiebe ich auf später.

»Du blutest.« Das unterschwellige, aber gefährliche Grollen schickt trotz der wahnwitzigen Situation, in der wir uns befinden, einen wohligen Schauer über meinen Rücken.

Ohne meine Gegner aus den Augen zu lassen, schüttele ich den Kopf. »Ist nur ein Kratzer. Lass uns lieber von hier verschwinden.«

Wir brauchen dringend einen Plan, wie wir mehr über Cressas Verbleib erfahren können. Keiner von unseren Gegnern scheint geübt mit Schwertern und Säbeln zu sein, sonst wären wir bereits erledigt. Sie sind ein wahllos zusammengewürfelter Haufen Männer, die versuchen, auf See ihr Glück zu finden. Dennoch werden sie uns früher oder später durch ihre schiere Überzahl überwältigen.

Drayce scheint zur gleichen Schlussfolgerung gelangt zu sein. »Lauf los! Ich halte uns den Rücken frei und bin gleich hinter dir.«

Ich sehe ihm deutlich an, dass er noch etwas sagen will, doch er presst fest die Lippen zusammen, ehe ein weiteres Wort seinen Mund verlassen kann. Schließlich ringe ich mich zu einem Nicken durch und bitte ihn stumm, auf sich aufzupassen. Ohne zurückzublicken, renne ich los in die Richtung, die er mir gewiesen hat.

Da spüre ich plötzlich im Rücken wieder diese lodernde Hitze, als sei ein Feuer ausgebrochen, und vernehme die grellen Schreie der Seemänner.

Gleißender Schmerz schießt ausgehend von meiner Handfläche wieder durch den Rest meines Körpers und ich umklammere sie mit der anderen Hand. Scheppernd fällt das Schwert zu Boden. Ich schaffe es nicht, es wieder aufzuheben. Erneut winden sich die Ornamente um meinen Unterarm, aber ich kann keine Ursache für die Schmerzen erkennen, die mich fast auf die Knie zwingen. Ich beiße die Zähne zusammen, dennoch entweicht mir ein Keuchen. Verdammt, es wird immer schlimmer! Zusätzlich zu den Schmerzen erfasst mich eine bleierne Schwere, die jede noch so kleine Bewegung zur Qual macht. Ich beginne zu taumeln und sacke beinahe zusammen, während dunkle Punkte vor meinen Augen tanzen. Mir gelingt es, mich noch ein paar Meter weiterzuschleppen, ehe sich mein Sichtfeld für einen Moment gänzlich schwarz färbt und ich auf alle viere sinke.

Drayce taucht neben mir auf; ich sehe ihn nicht, aber jede Zelle in meinem Körper weiß, dass er da ist. Erleichtert stoße ich den Atem aus. *Es geht ihm gut*, das ist alles, was mir durch den Kopf geht. Für einen Moment hatte ich Angst, dass er ebenfalls Opfer dieses plötzlichen Feuers geworden sein könnte. Er greift nach meinem Arm und legt ihn sich um die Schultern. Als er mich wieder nach oben zieht, gebe ich ein Wimmern von mir. Jeder Muskel in mir protestiert pulsierend gegen jede noch so kleine Bewegung. Was ist nur los mit mir?

»Es tut mir leid«, flüstert Drayce. »Aber du musst noch ein bisschen durchhalten, Schätzchen.«

Er zerrt mich weiter. Dank seiner Kraft muss ich nur einen Fuß vor den anderen setzen und irgendwie gelingt mir wenigstens das. Ich stolpere eher, als dass ich gehe, und bin unendlich dankbar für Drayces Stärke, die uns beide vorwärtstreibt. Nur am Rande nehme ich wahr, dass er mich aus der Höhle schafft.

Die plötzliche Helligkeit der Mittagssonne sticht mir in den Augen, die sofort anfangen zu tränen, und ich kneife sie kurz zusammen.

Als das Brennen abebbt, nehme ich blinzelnd meine Umgebung in Augenschein, die noch immer verschwommen ist. Wir haben die Höhle verlassen und befinden uns auf einer Art Plateau, das direkt mit der Höhle verbunden ist und nur wenige Meter misst. Ein heftiger Wind zerrt an meinem Haar, das sich fast vollständig aus dem Zopf gelöst hat. Es riecht nach Salzwasser und kaltem Gestein. Unter uns erstreckt sich ein schier endloses Labyrinth aus Gestein, durch das wir hergekommen sind. Derart verwinkelt kam es mir gar nicht vor, als Drayce mich hindurchgeführt hat ... Ich gehe jede Wette ein, dass schon viele Schatzsucher ihr Leben darin gelassen haben.

Doch hier sitzen wir nicht nur in der Falle – wir befinden uns quasi direkt auf dem Präsentierteller. Wenn Feodors Männer uns verfolgen – was sie garantiert tun werden –, werden wir uns nicht verteidigen können. Der Platz auf dem Plateau reicht für einen Kampf nicht aus und bei jedem Schritt müssten wir befürchten, in die Tiefe zu stürzen.

Die Enge im Hals lässt mich kaum Luft holen, als ich einen vorsichtigen Blick über die Kante in die Tiefe wage. Dort geht es verdammt weit runter ... Und unten erwartet uns nichts weiter als unnachgiebiger Stein.

Wir werden hier sterben.

Unwillkürlich klammere ich mich fester an Drayce, der den Druck meiner Hände erwidert und mich so eng wie möglich an seine Seite zieht. Trotz seiner wundervollen Wärme zittere ich am ganzen Körper. Wir sind so weit gekommen – viel weiter, als ich es allein jemals vermocht hätte. Doch hier endet unsere Suche nach Cressa. Es gibt keinen Weg, wie wir lebend aus der Sache herauskommen. Die Angst, die sich in mir ausbreitet, ist der, die ich auf der *Meereswind* verspürte, kurz bevor ich ins Meer stürzte, sehr ähnlich. Doch diesmal ist es nicht nur mein Leben, um das ich bange.

Drayce ... Ich wünschte, mir würde etwas einfallen, wie ich wenigstens ihn retten könnte. Er soll nicht sinnlos wegen meiner getriebenen Suche sein Leben lassen müssen.

Ich möchte ihn fragen, ob es einen Weg gibt, ihn von dem Blutschwur zu entbinden. Vielleicht würde es ihm gelingen, mit Feodor zu verhandeln und irgendwie zu entkommen. Doch mein Hals ist wie zugeschnürt. Ein sehr egoistischer Teil von mir ist froh darüber, dass er bei mir ist und mich festhält. Nicht allein in den Tod gehen zu müssen, ist irgendwie beruhigend.

»Ez!«, raunt Drayce eindringlich, als er sich in mein Sichtfeld schiebt und mein Gesicht mit beiden Händen umfasst. Ich blinzele mehrmals. Tränen schwimmen in meinen Augen, ohne dass ich sie bemerkt habe, doch als ich Drayces goldenem Blick begegne, erkenne ich nicht den Hauch einer Angst, die *mir* beinahe den Atem raubt. »Du musst mir jetzt ganz genau zuhören.«

Hinter uns vernehme ich Schritte und gebellte Befehle. Ich will mich zum Höhleneingang umdrehen, aus dem gleich Feodor und seine Männer gestürmt kommen müssen, doch Drayces warme Hände an meinen Wangen halten mich davon ab.

»Du wirst dich jetzt so gut wie möglich an mir festhalten«, sagt er, während er mich mit seinem Blick gefangen hält. Ich schlucke angestrengt. »Du wirst die Arme um meinen Hals schlingen und darfst nicht loslassen, egal was passiert. Und du wirst die Augen fest zusammenkneifen. Hast du verstanden?«

»Was ... hast ... du vor?«, wispere ich abgehackt.

»Du musst mir vertrauen«, antwortet er. »Das tust du doch, oder? Und du musst tun, was ich dir eben gesagt habe. Schaffst du das?« Mit dem Daumen streicht er mir über die Wange. Die Haut, die er auf diese Art sanft berührt, kribbelt.

Ich versuche zu nicken, obwohl alles in mir schreit, es nicht zu tun. Nicht, weil ich ihm nicht vertraue – dass ich das tue, steht außer Frage. Sondern weil ich weiß, dass es nur einen Weg gibt, um von hier zu verschwinden, wenn wir uns nicht Feodors Männern stellen wollen – und der führt nach unten. Ausgeschlossen, dass wir das überleben. Jeder unserer Knochen wird zersplittern, wenn wir aufschlagen. Ich beginne am ganzen Körper zu beben. Die Aussicht, im Schwertkampf zu fallen, erfüllt mich mit weit weniger Angst als die, gleich von dieser Klippe zu springen.

»Ich habe es vorhin schon gesagt«, murmelt Drayce, als sein weicher Blick über mein Gesicht gleitet, »aber ich sage es gern noch mal. Ich passe auf dich auf. Wenn sie an dich heranwollen, müssen sie erst an mir vorbei. Ich bin dein Schild und stehe zwischen dir und ihnen.«

Als ich wieder nicke, entschlüpfen mir einzelne Tränen, doch ich wehre mich nicht dagegen. Drayce zieht mich so fest wie möglich an sich und legt meine Arme um seinen Hals. Ich spüre ihn überall an mir, spüre jede Bewegung seiner Muskeln an Brust, Bauch und Schultern mit nichts weiter als zwei Schichten Kleidung zwischen uns. Ich konzentriere mich auf diese Wärme und seinen für ihn typischen Geruch, der mich irgendwie tröstlich wieder an glimmendes Holz erinnert.

»Schließ die Augen«, murmelt er mir ins Ohr, übertönt damit das näher kommende Gebrüll von Feodors Männern und schickt einen wohligen Schauer über meinen Rücken.

Ich gehorche und kneife die Augen so fest zusammen, dass ich bunte Sterne vor den geschlossenen Lidern tanzen sehe. Das Herz hämmert mir so fest gegen die Brust, dass Drayce es ebenfalls spüren muss. Sein Herzschlag hingegen ist völlig ruhig. Entweder hat er tatsächlich einen Plan, wie er uns lebend von diesem Plateau bringen kann, oder er hat weit weniger Angst vor dem Tod als ich.

Plötzlich verändert sich etwas. Drayces Körper, der sich an meinen presst, fühlt sich auf einmal anders an als noch vor ein paar Sekunden. Noch heißer. Noch fester. Ich höre das Reißen von Kleidung und einen halb unterdrückten Schmerzenslaut von ihm.

»Augen geschlossen lassen!«, raunt er mir erneut eindringlich ins Ohr.

Da ist er wieder – der animalisch kratzige Unterton in seiner Stimme, der eine so seltsame Anziehungskraft auf mich auswirkt. Ich kann gar nicht anders, als seinen Anweisungen Folge zu leisten.

Einen Arm unnachgiebig um meine Mitte geschlungen, hebt Drayce mich hoch, sodass meine Füße nutzlos über dem Boden baumeln. Wie kann er …?

Nur wenige Augenblicke später habe ich das Gefühl zu fallen.

Kapitel 16

Ezlain

Ein Schrei bleibt mir im Hals stecken und ich bin mir sicher, dass mein Herz mir jeden Moment den Dienst versagen wird. Wir fallen – schnell und unaufhaltsam. Mit ganzer Kraft klammere ich mich an Drayce fest, während alles, was ich spüre, das Kribbeln des Sturzes in den gähnenden Abgrund ist. Der Wind pfeift mir um die Ohren, zerrt an meinen Haaren und der Kleidung und lässt mich kein anderes Geräusch vernehmen.

Wir werden sterben. Das ist alles, was ich denke. Drayces Plan kann unmöglich sein, dass wir von der Klippe springen. Was hat er sich nur dabei gedacht? Es kommt mir wie eine Ewigkeit vor, durch die Luft zu fallen und immer schneller und schneller auf den Boden zuzurasen, und ich wünsche mir, dass es endlich vorbei ist. Ich will, dass das Kribbeln im Bauch aufhört.

Als ich mir sicher bin, dass wir jeden Augenblick auf dem Erboden zerschellen werden, ertönt plötzlich ein Geräusch, als würde jemand Papier zerreißen. Das Gefühl des Fallens verschwindet und auch der Wind pfeift mir nicht mehr um die Ohren. Nun habe ich das Gefühl als … würde ich schweben. Aber das ist unmöglich!

Ich will mich über Drayces Anweisung hinwegsetzen und die Augen öffnen, doch da gibt er ein drohendes Keuchen von sich. Wir sacken ein Stück ab, wie in einem Luftloch, und diesmal schreie ich wirklich.

»Festhalten!«, grollt Drayce.

Zumindest glaube ich, dass es das ist, was er sagen will. Das ausgestoßene Wort klingt alles andere als menschlich. Rau und hart und irgendwie ... noch animalischer als zuvor. Wenigstens befiehlt er mir, mich weiterhin festzuhalten; das bedeutet, dass er noch nicht jede Hoffnung aufgegeben hat.

Ich presse das Gesicht gegen seinen Hals und beiße mir auf die Unterlippe, damit mir kein weiterer Laut entfleuchen kann. Die Muskeln in meinen Armen verkrampfen sich, so verbissen halte ich mich an ihm fest.

Kurz darauf werde ich herumgewirbelt. Mir bleibt keine Zeit, mich darüber zu wundern, denn nur einen Sekundenbruchteil später schlagen wir so hart auf dem Boden auf, dass ich den Aufprall in jedem einzelnen Knochen spüre. Dabei berühre ich nirgends das unnachgiebige Gestein, denn es ist Drayce, der meinen Sturz abfängt und die volle Wucht zu spüren bekommt.

Sein Schrei geht mir durch Mark und Bein. Wahrscheinlich schreie ich auch, ich bin mir nicht sicher.

Die Geschwindigkeit des Sturzes war so hoch und der erste Aufprall so heftig, dass wir ein Stück weiter geschleudert werden. Unter mir spüre ich Drayces Körper erzittern, als er über den Stein schlittert, während ich – abgesehen von der brachialen Wucht – nichts merke.

Es vergehen weitere Sekunden, die sich wie ganze Zeitalter anfühlen, bis wir schließlich Seite an Seite liegen bleiben. Drayces Griff, der mir bis eben das Luftholen erschwert hat, wird plötzlich schlaff. Das Gesicht immer noch gegen seinen Hals gepresst ringe ich die Panik des Sturzes nieder, bis ich in der Lage bin, die Augen zu öffnen und mich ein Stück aufzurichten. Steinchen rollen klackernd herum und ich muss wegen des aufgewirbelten Staubs husten.

Drayce.

Ihm gelten all meine Gedanken. Er muss schlimm verletzt sein, wenn er nicht sogar ... Ich beiße mir auf die Zunge und verbiete mir, den Satz zu beenden. Ich brauche einen Moment, um mich zu orientieren. Ein paarmal war ich anwesend, als Sklaven versorgt wurden, die sich bei der Arbeit auf dem Feld verletzt hatten. Ich kann nur hoffen, dass ich dieses Wissen anwenden kann und nicht jede Hilfe zu spät … – nein! Er muss noch am Leben sein! Er *muss* einfach!

»Dracye!«, hauche ich krächzend, während ich gegen den aufgewirbelten Staub anblinzele, der mir in den Augen kratzt. »Bitte, sag was!«

Warum ist es um mich herum plötzlich so düster? Es ist, als würde die Sonne, die sowieso kaum einen Weg durch das Steinlabyrinth findet, zusätzlich von irgendetwas abgeschirmt werden. Als Drayce sich noch immer nicht regt und auch nicht auf meine Stimme reagiert, winde ich mich unter seinem Arm hervor.

Ich weiß nicht, was ich zuerst wahrnehme – das Wesen, das vor mir liegt und das entfernt Ähnlichkeit mit Drayce hat, oder die dünne Membran, gegen die ich stoße, als ich mich in eine sitzende Position begeben will.

Meine Finger zittern, als ich die Hand ausstrecke, um vorsichtig die halb durchsichtige Membran, die mich wie ein schützender Kokon einhüllt, zu berühren. Sofort zuckt die Stelle, über die ich mit den Fingerspitzen streiche, und ich ziehe augenblicklich die Hand zurück.

Und plötzlich weiß ich, warum ich während des Sturzes auf einmal das Gefühl hatte zu schweben.

Flügel.

Zwei gewaltige Flügel sind zum größten Teil um mich geschlungen. Ich kann die spärlichen Sonnenstrahlen hindurchscheinen sehen, ebenso, wie ich die winzigen Äderchen erkenne, die sich durch die gespannte Haut erstrecken. Fassungslos starre ich auf die Schwingen, verfolge mit dem Blick ihren Verlauf und als ich an seinem Rücken angelangt bin, halte ich die Luft an, während ich den Mann vor mir genauer betrachte. Ich bin mir ganz sicher, dass das Wesen vor mir Drayce sein muss. Aber …

Nicht nur die Flügel sind neu – noch mehr hat sich an ihm verändert. Ein Großteil seines Körpers ist von Schuppen bedeckt, die – ähnlich wie sein Haar – in allen erdenklichen Rot- und Orangetönen schimmern. Seine Arme und Beine, die gesamte Statur, ist breiter und er scheint mindestens zwei Köpfe größer geworden zu sein.

Ich beuge mich hinab, bis ich ihm ein Ohr an den Mund halten kann. Ein Glück, er atmet noch! Erleichtert stoße ich die Luft aus, die ich bis eben angehalten habe.

Abgesehen von den ausladenden, fledermausähnlichen Schwingen, die aus seinem Rücken ragen, hat sich aber Drayces Gesicht am meisten verändert. Der Kiefer ist breiter, die Nase flacher und die Stirn ein Stück weiter nach außen gewölbt. Auch hier ersetzen Schuppen stellenweise die Haut, jedoch nicht um Augen und Mund. Mein Blick bleibt schließlich an seinen Ohren hängen, die jetzt spitz zulaufen.

Wenn ich mir die Schwingen und Schuppen sowie die Veränderungen in Gesicht und Körperbau wegdenke, erkenne ich dennoch so viel von ihm wieder. Ich *weiß*, dass er es ist.

»Was … bist du?«, krächze ich.

Doch Drayce rührt sich nicht. Hoffentlich ist er nur durch den Aufprall bewusstlos geworden und hat er sich keine lebensbedrohlichen Verletzungen zugezogen – vor allem gegen innere Blutungen oder komplizierte Brüche wäre ich machtlos.

Vorsichtig strecke ich erneut die Hand aus und fahre mit den Fingerspitzen über die dünne Haut der Schwingen, woraufhin sie wieder zucken. Diesmal lasse ich mich jedoch nicht davon abschrecken, sondern fahre den Verlauf der Schwingen nach, bis ich schließlich am Rücken angelange, wo sie zwischen den Schulterblättern hervorkommen. Ich lasse die Hand weiter hinabwandern und berühre die rötlich schimmernden Schuppen, die sich ganz anders anfühlen, als ich es vermutet habe. Sie sind kühl und glatt; ein krasser Kontrast zu seiner Haut, die doch immer so viel Wärme ausstrahlt.

Als die Nachwirkungen des Sturzes abgeklungen sind und ich wieder halbwegs klar denken kann, bin ich für einen Moment überrascht darüber, dass der Schock ausbleibt. Zwar kommen in nahezu jeder Geschichte, die ich als Kind gehört habe, und jedem Lied, das ich singe, magische Wesen vor, weil sie so fest mit unserer Kultur verankert sind, dass ich es immer schon für ausgeschlossen hielt, dass sie nichts weiter als bloße Sagengestalten sein sollten. Aber leibhaftig ein solches Wesen vor mir zu sehen und es berühren zu können, übersteigt meine kühnsten Erwartungen. Trotz der immensen Stärke und der unterschwelligen Brutalität, die seiner veränderten Statur selbst im bewusstlosen Zustand innewohnen, kann ich den Blick nicht von Drayce abwenden.

Ich zwinge mich dennoch, mich wieder auf das Wesentliche zu konzentrieren und ihn nach Verletzungen abzusuchen. Die Schuppen scheinen Drayce auch vor den schlimmsten Folgen des Sturzes bewahrt zu haben. An den Stellen, an denen menschliche Haut hindurchschimmert, erkenne ich ein paar Schrammen, die ich mir genauer ansehe, jedoch für nicht gefährlich halte. Trotzdem nehme ich mir vor, sie zu säubern, sobald ich Wasser finde. Was hier draußen schwierig werden dürfte … Hoffentlich kommt er bald …

Plötzlich bäumt Drayce sich auf und dreht sich auf den Bauch. Ich plumpse nach hinten, krieche ein Stück von ihm weg. Der sichere Kokon aus Schwingen um mich herum verschwindet, als er sie weit ausstreckt und sie sich dann Stück für Stück in seinen Rücken zurückziehen. Dabei reißt Drayce den Mund zu einem stummen Schrei auf, als hätte er Schmerzen, während sich jeder Muskel in seinem Körper zu verkrampfen scheint. Jedoch kommt ihm kein Laut über die Lippen. Doch sein Gesicht … Es ist so verzerrt, als leide er Qualen, während ich nur danebensitzen und zusehen kann. Auch die Schuppen verschwinden, schieben sich eine nach der anderen unter seine Haut zurück und nur wenige Augenblicke später kommt es mir vor, als seien sie nie da und nur eine Ausgeburt meiner Fantasie gewesen.

Als er den Rücken krümmt und die Finger, die in spitzen Krallen enden, in den Steinboden schlägt, um Halt zu finden, und dort tiefe Furchen hinterlässt, kann ich nicht mehr stillsitzen. Auf Knien krieche ich zurück zu Drayce, umschließe sein Gesicht, das sich ebenfalls nach und nach zurückverwandelt, mit beiden Händen und halte ihn, so gut es geht, fest, während ein Ruck nach dem anderen durch seinen Körper jagt. Die Verwandlung sieht so qualvoll aus, dass es mir vom bloßen Zusehen schier das Herz zerreißt, und schon bald kämpfe ich mit den Tränen – aus Wut und Verzweiflung darüber, dass ich ihm nicht helfen, ihm die Schmerzen nicht erträglicher machen kann.

Ich höre es krachen, als würden Knochen brechen. Wahrscheinlich tun sie das auch ... Immer tiefer graben sich Drayces Krallen in den blanken Stein. Nun gelingt es ihm nicht mehr, kurze, gequälte Laute zurückzuhalten. Ich ziehe ihn zu mir, schlinge beide Arme um ihn und murmele ihm beruhigende Worte zu, die keinerlei Sinn ergeben, während sein Körper wieder und wieder erschauert und ich bei jedem Krachen seiner Knochen und jedem schmerzerfüllten Stöhnen, das er von sich gibt, zusammenzucke. Die ganze Zeit über befürchte ich, dass es zu viel sein könnte. Dass er ... doch noch sterben könnte. Er scheint von solch starken Qualen heimgesucht zu werden, dass ich es nicht wage, mir vorzustellen, was gerade mit ihm geschieht.

Nur ein Gedanke wirbelt mir durch den Kopf: *Bitte, lass mich nicht allein!*

Ich schlucke angestrengt gegen die Enge im Hals an. »Du ... du musst durchhalten, hörst du?«, murmele ich. »Du hast einen Schwur geleistet. Ich werde dich nicht so einfach aus unserem Handel entlassen, hast du verstanden?«

Es ist mir egal, ob ich mich egoistisch anhöre oder lächerlich – mehr als das kann ich nicht sagen. Ich bin unfähig, andere, passendere Worte auszusprechen, um das, was ich empfinde, auszudrücken. Dass er leben soll. Dass er bei mir bleiben soll – auch über die Dauer des Blutschwurs hinaus. Doch selbst jetzt, da er mich wahrscheinlich gar nicht hört, kann ich es nicht sagen, sondern halte ihn nur fest, während ich mir nichts sehnlicher wünsche, als dass er zumindest meine Nähe spürt.

Ich weiß nicht, wie viel Zeit vergangen ist, bis er endlich verschwitzt und entkräftet in meinen Armen zusammenbricht und keinen Muskel mehr rührt. Schnell überzeuge ich mich davon, dass er gleichmäßig atmet und sein Herz schlägt, ehe ich seinen Kopf vorsichtig auf meinen Schoß bette und ihm die schweißnassen Haare aus der Stirn streiche. Bäuchlings und nackt bleibt er liegen, ohne sich zu regen. Ich erinnere mich daran, dass ich vorhin auf dem Plateau das Reißen von Kleidung gehört habe. Hemd und Hose dürften der Verwandlung in den bulligeren Schuppenkörper nicht standgehalten haben. Zuvor ist es mir nicht aufgefallen.

Mein Blick huscht über ihn hinweg und bleibt an einer wulstigen Narbe an seinem Rücken, direkt zwischen den Schulterblättern, hängen, die aussieht, als hätte dort ein wildes Tier mit Krallen versucht, ihm die Haut vom Leib zu reißen. Wenn ich mich recht erinnere, ist das die Stelle, an der die Schwingen verschwunden sind. Als ich leicht über die schlecht verheilte Narbe streiche, gibt Drayce ein Seufzen von sich.

»Es ist alles gut«, flüstere ich. »Wir haben es geschafft. Irgendwie.«

Ich erschaudere, als ein heftiger Wind durch die enge Schlucht weht, in der wir gelandet sind. Ich ziehe Drayce enger an mich. Dann lege ich ihm die Hand auf den Rücken, doch seine Haut fühlt sich genauso warm an wie gewöhnlich. Bei dem frischen Wind, der durch das Labyrinth pfeift, und ohne direkte Sonneneinstrahlung ist es jedoch nur eine Frage der Zeit, bis er ohne Kleidung und Bewegung auskühlt.

Da ich nicht weiß, wann er wieder zu sich kommt, muss ich damit rechnen, die Nacht hier zu verbringen. Allein schaffe ich es nie und nimmer, seinen auch in menschlicher Gestalt muskulösen Körper zum Schiff zu schleifen. Und auf eigene Faust durch dieses Gesteinslabyrinth zurück zum Schiff zu finden und vielleicht Hilfe zu holen, wage ich ohnehin nicht. Ich würde mich nur verlaufen. Allerdings besteht die Gefahr, dass Feodor und seine Männer hier auftauchen, weil sie uns entweder verfolgen oder ebenfalls einen Weg aus dem Labyrinth und zurück zur *Meereswind* suchen.

Aber wie ich es auch drehe und wende, wir können hier nicht bleiben. Hier kann ich uns im Ernstfall nicht verteidigen und Drayce ist schutzlos Wind und Wetter ausgesetzt. Was soll ich tun?

Da fällt mein Blick auf eine dichte Kletterpflanze, die sich an den glatten Felswänden emporwindet. Wenn ich Drayce für eine Weile dahinter verstecke, kann ich zumindest die nähere Umgebung erkunden. Ich werde nicht weit weggehen und mir die Biegungen, die ich nehme, markieren, damit ich auf jeden Fall zurückfinde.

So vorsichtig wie möglich schleife ich Drayce hinüber zu der heckenartigen Pflanze und verberge ihn dahinter.

»Ich bin gleich wieder da«, verspreche ich leise. »Rühr dich nicht vom Fleck, in Ordnung?«

Anschließend suche ich auf dem Boden nach einem Stein, mit dem ich meinen zurückgelegten Weg markieren kann.

***

Nach der zweiten Biegung, die ich nehme, stoße ich auf zwei Skelette. Erschrocken weiche ich zurück und will schnell eine andere Richtung einschlagen, als sich meine Aufmerksamkeit auf ihre Kleidung richtet, die – anders als die Körper – noch nicht fast zu Staub zerfallen ist. Ein Hemd und eine an den Beinen ausgefranste Hose, die Drayce wahrscheinlich nur bis knapp über die Knie reichen wird, aber besser als nichts. Ein ungutes Gefühl breitet sich in meinem Magen aus, als ich die fast grauen Knochen um ihre letzte Habe erleichtere, aber ich lasse mich davon nicht einschüchtern. Hinter dem zweiten Skelett finde ich außerdem einen dunkelgrauen Umhang aus dichter Wolle, in den ich die restliche Kleidung einwickele und zu einem handlichen Bündel verschnüre. Kurz darauf fallen die Skelette mit einem schaurigen Klappern in sich zusammen. Das Geräusch beschert mir eine Gänsehaut und ich beeile mich, wieder zurück zu Drayce zu kommen.

Hier draußen Nahrung oder Wasser zu finden, halte ich für ausgeschlossen. An meinem Gürtel hängt zwar noch eine Wasserflasche, aber sie ist so gut wie leer. Wir werden das Wasser gut einteilen müssen. Hoffentlich kommt Drayce bald wieder zu sich und kann gehen. Unser Schiff wird nur noch bis zum morgigen Sonnenaufgang warten und ohne uns in See stechen, wenn wir nicht rechtzeitig zurück sind. Doch ich werde Drayce unter keinen Umständen hier zurücklassen, nur um meine eigene Haut zu retten.

Mühelos finde ich die Markierungen, die ich an den Steinwänden hinterlassen habe, und gelange zügig zurück zu Drayce. Er liegt noch immer verborgen hinter der Kletterpflanze und scheint während meiner Abwesenheit nicht zu sich gekommen sein. Ich krieche zu ihm in den kleinen Spalt zwischen Wand und Gestrüpp und lege ihm eine Hand auf die Stirn. Zum Glück hat er kein Fieber. Doch seine Wangen fühlen sich – für seine Verhältnisse – kühl an. Nun, da er wieder seine menschliche Gestalt angenommen hat, müsste er viel wärmer sein.

»Gleich geht es dir besser«, murmele ich mehr zu mir selbst.

Umständlich mühe ich mich ab, ihm die mitgebrachte Kleidung anzuziehen.

Drei Dinge stehen mir dabei im Weg: der spärliche Platz im Gebüsch, Drayces massiger, aber schlaffer Körper und mein Blick, der ständig zu Regionen huscht, die ihn beim besten Willen nichts angehen.

Meine Wangen brennen wie Feuer, als ich ihm schließlich – und zu allerletzt – die Hose über die Hüften ziehe. Meine zitternden und schweißnassen Finger brauchen eine halbe Ewigkeit, um die vier Knöpfe am Schritt zu schließen.

Verdammt, reiß dich zusammen!, schimpfe ich mit mir selbst. *Es hat nichts zu bedeuten. Es geht nur darum, dass er nicht friert.*

Dennoch wird mein Blick magisch von den fein definierten Muskeln seines Bauches angezogen, der sich nur wenige Zentimeter vor meiner Nase befindet. Besonders die, die nun unter dem Hosenbund verschwinden, fesseln meine Aufmerksamkeit. Dabei weiß ich doch, was sich darunter befindet; ich habe es eben gesehen, auch wenn ich nur ganz flüchtig hingeschaut habe. *Wirklich nur ganz, ganz kurz!* Außerdem habe ich ihn schon ohne Hemd gesehen – allerdings war meine Reaktion auf ihn da schon ähnlich wie jetzt.

Seufzend ziehe ich das Hemd nach unten und krieche nach oben. Dort angekommen hebe ich Drayces Kopf ein Stück an und flöße ihm etwas Wasser ein. Obwohl sich auch mein Mund trocken und die Lippen rissig anfühlen, trinke ich nichts. Wir haben nur noch ein paar Schlucke, die ich für Drayce aufsparen will.

Anschließend bette ich seinen Kopf wieder auf meinem Schoß und breite den Umhang über uns aus. Erst jetzt, in der ersten ruhigen Minute, die ich nach dem Sturz habe, spüre ich, wie erschöpft und am Ende ich bin. Dennoch bin ich weit davon entfernt, ein Auge zumachen zu können. Die Kälte des

Gesteins kriecht durch meine Beine, die auf dem Stein ruhen, und den Rücken, mit dem ich an der Wand lehne. Außerdem weiß ich nicht, was des nachts im Labyrinth lauert. Keine Ahnung, ob es hier – abgesehen von Feodor und seinen Leuten – andere Lebewesen gibt, aber ich bin auf alles vorbereitet. Der Dolch, den Drayce mir gegeben hat, liegt griffbereit neben mir.

Drayce hat sein Leben riskiert, um uns zu retten. Ohne ihn wäre ich entweder versklavt worden oder gestorben, als ich in die Tiefe fiel. Er hat meinen Sturz abgefangen. Ich werde nie den Schrei vergessen, den er ausgestoßen hat, als wir auf dem Boden aufprallten, oder seinen verzerrten Gesichtsausdruck, als er sich zurückverwandelte.

Er musste höllische Schmerzen durchleiden – meinetwegen.

Da ist das Mindeste, was ich ihm zurückgeben kann, dass ich mich jetzt um ihn kümmere und ihn mit allem, was ich habe, beschütze.

Kapitel 17

Ezlain

Ich muss eingedöst sein, denn ich schrecke hoch, als ich ein Geräusch vernehme. Angestrengt blinzele ich, versuche mich in der allumfassenden Dunkelheit zu orientieren. Meine Beine sind taub und eiskalt, ebenso wie die Hände, dennoch greife ich nach dem Dolch und umklammere den Griff, so fest ich kann. Ich halte den Atem an, während ich in die Nacht lausche. Um uns herum ist es totenstill; kein Käuzchen, das ruft, keine zirpenden Grillen – kein einziger Laut, der für die Nacht typisch ist. Doch etwas hat mich geweckt – ein Geräusch, das nicht hierhergehört.

Mit der freien Hand taste ich nach Drayce, der noch immer mit dem Kopf auf meinem Schoß liegt. Seine Brust hebt und senkt sich gleichmäßig und seine Stirn ist kühl, aber nicht auf eine Art, die mir Sorgen bereiten müsste. Kein Fieber, aber er scheint auch nicht weiter auszukühlen.

Als ich wieder zwischen dem Grün der Kletterpflanze hindurchsehe, entdecke ich den Schein einer Fackel hinter der Biegung rechts von uns. Das Herz stolpert in meiner Brust, als ich ganz in der Nähe Stimmen höre.

»Sie müssen da drüben runtergekommen sein«, sagt eine männliche Stimme, die ich noch nie zuvor gehört habe. »Sieht nach einer ziemlich harten Landung aus.«

»Und wenn schon«, murrt eine andere Stimme. »Das können sie unmöglich überlebt haben.«

»Aber du hast ihn doch auch gesehen, oder?«, fragt die erste Stimme, diesmal eine Spur ängstlich. »Wie er sich verwandelt hat. Er wurde größer und hatte ... Da waren *Flügel*.«

Der andere gibt ein Schnauben von sich. »Mir war schon klar, dass der Kerl nicht normal ist, als er Feuer spuckte.«

Die Stimmen kommen näher und mein Herzschlag beschleunigt sich. Wenn sie uns entdecken, werde ich uns nicht ausreichend verteidigen können. Sie sind zu zweit und ich spüre meine Beine immer noch nicht. Ausgeschlossen, dass ich mich so gewandt wie normalerweise bewegen könnte. Noch dazu habe ich nichts weiter als einen Dolch – und einen echten Dolch habe ich noch nie während eines Kampfes benutzt ...

Als die Männer in die Schlucht einbiegen, in der wir uns verbergen, und die nähere Umgebung mit der Fackel ausleuchten, fällt mein Blick auf Drayces flammend rotes Haar, das das Licht des Feuers strahlend reflektiert.

»Mist!«, fluche ich gedämpft.

Sein Haar leuchtet inmitten von Grau und dunklem Grün wie ein Signalfeuer. Meines ist eine Spur dunkler und nach hinten zu einem Zopf gebunden, doch wenn das Licht der Fackel ungünstig zwischen der Kletterpflanze hindurchscheint, werden sie es ebenfalls sehen.

Umständlich und darauf bedacht, keine unnötigen Geräusche zu verursachen, winde ich mich unter Drayce hervor und werfe mich über ihn, ehe ich den dunklen Umhang gänzlich über uns beiden ausbreite. Rittlings sitze ich auf ihm, während ich den Oberkörper so dicht wie möglich gegen seine Brust presse. Ich ignoriere das Kribbeln in den Beinen, als würden Abertausende Ameisen darüber krabbeln, und zwinge auch meine Atmung zur Ruhe. Schon nach wenigen Augenblicken habe ich unter dem Umhang das Gefühl zu ersticken und würde ihn am liebsten wieder von mir werfen.

»Feodor hat ihn gleich durchschaut«, sagt einer der Männer viel zu nah.

Ich spitze unter dem Umhang hervor und beiße mir schnell auf die Unterlippe, damit mir kein ängstlicher Laut entweicht. Nur knapp zwei Meter entfernt, direkt auf der anderen Seite der dichten Pflanze, sehe ich zwei Paar Stiefel. Ich schlucke angestrengt, während mir das Herz bis zum Hals schlägt und ich den Dolchgriff fester umklammere.

»Ja, die Sache mit dem Gold war eindrucksvoll«, stimmt der zweite Mann zu. »Zu schade, dass sie uns doch entkommen sind. Die Kleine hätte uns reich gemacht und ihn hätten wir in die Crew aufgenommen. Er hätte sämtliche feindlichen Schiffe von Weitem einäschern können.«

»Mag sein«, brummt der andere. »Aber du hast doch gesehen, dass sie abgestürzt sind. Irgendwas stimmte nicht mit ihm. Er ist in die Tiefe getrudelt wie eine angeschossene Ente. Ausgeschlossen, dass sie den Sturz überlebt haben.«

»Schade drum. Aber vermutlich hast du recht.«

Plötzlich regt sich Drayce unter mir. Erschrocken schnappe ich nach Luft, während ich dem schockierten Blick aus seinen weit aufgerissenen Augen begegne. Kurz schaut er zur Seite und erblickt den Dolch. Dann beginnt er sich aufzubäumen. Verdammt, warum gerade jetzt? Beinahe gelingt es ihm sogar, mich abzuwerfen. Schnell lege ich ihm eine Hand über den Mund und schüttele den Kopf, während ich ihn mit flehenden Blicken dazu zu bringen versuche, sich weiterhin ruhig zu verhalten.

»Lass uns zurückgehen«, sagt der eine der Männer. »Sie sind garantiert tot und von irgendwas verschleppt und gefressen worden. Ein Schicksal, das ich ungern teilen würde.«

Drayces Kopf ruckt herum in die Richtung, aus der die Stimme kam, und er runzelt die Stirn. Erst jetzt scheint er die Männer zu bemerken. Vorsichtig nehme ich die Hand von seinem Mund und führe den ausgestreckten Zeigefinger an die Lippen. Drayce nickt, aber ich spüre, dass er sich unter mir versteift, als wappne er sich für einen Angriff.

»Wir sollten von dieser Insel verschwinden«, stimmt der andere Mann zu. »Hierherzukommen war eine verdammte Zeitverschwendung! Von wegen unermesslicher Reichtum ... Nun haben wir nur noch das Gold, das uns der Verkauf der Kleinen eingebracht hat. Viel war sie nicht wert.«

»Leider nicht«, brummt der Erste. »Sie war zu gewöhnlich, wie die meisten Sklaven, und konnte nichts besonders gut, außer uns ein Unglück nach dem anderen an den Hals zu wünschen. Als den einen Tag dieser Hai an Deck sprang, dachte ich echt, wir wären geliefert. Ich war froh, als das Mädchen endlich weg war. Mir egal, wer sich jetzt mit ihr herumschlagen muss.«

»Vielleicht sehen wir sie ja demnächst wieder«, feixt der andere. »Gewöhnliche Mädchen wie sie landen früher oder später in einem billigen Bordell, das sich sogar einfache Seemänner wie wir leisten können.«

Ich fletsche die Zähne und bin drauf und dran, aus dem Versteck zu stürmen und den Kerl für seine Aussage büßen zu lassen. Doch Drayce schlingt einen Arm um mich und drückt mich fest an sich. Unwillkürlich legt mein Herz ein paar Extraschläge ein, als ich noch enger an seinen Körper gepresst werde und nahezu jeden festen Muskel von ihm spüren kann.

Die Schritte der Männer entfernen sich, zusammen mit dem Lichtkegel der Fackel. Das Rauschen in meinen Ohren nimmt ab und wir bleiben wieder in nahezu völliger Dunkelheit zurück. Nur der Mond und die Sterne spitzen zwischen den Felsspalten hindurch und spenden etwas Licht. Ich werde ruhiger, als ich nichts weiter als Drayces und meinen Atem höre, ganz gleich, wie angestrengt ich in die Nacht lausche.

Und ich werde mir mit jeder verstreichenden Sekunde mehr und mehr der Nähe zu Drayce bewusst. Und der Hitze, die er jetzt wieder verströmt. Oder bin ich es, deren Blut sich heißer anfühlt als gewöhnlich?

Ich spüre seinen warmen Atem auf dem Gesicht, das nur wenige Zentimeter von seinem entfernt ist. Ich müsste mich nur ein winziges Stück strecken und könnte seine Nasenspitze mit meiner berühren. Nicht, dass ich das will! Es kommt … mir nur gerade in den Sinn, als ich in das warme Gold seiner Augen schaue, die selbst in fast völliger Dunkelheit einladend aus sich heraus zu leuchten scheinen.

Ich spüre seinen festen und muskulösen Körper zwischen den Beinen und an Brust und Bauch, spüre ihn überall an mir und manche Stellen beginnen zu prickeln, ohne dass ich etwas dagegen tun kann.

Ich genieße die Schwere seines Armes auf meinem Rücken, während ich mich in der Umklammerung sicher und geborgen fühle. Das war bisher noch nie der Fall. Wann immer ein Mann mich in der Vergangenheit umklammerte, geschah das gegen meinen Willen und ich musste mich auf das Schlimmste gefasst machen. Bei Drayce ist es ganz anders. Wann immer ich in seinen Armen bin, fühle ich mich beschützt und so behütet, als müsste ich mich vor keiner Gefahr dieser Welt fürchten.

Dabei wollte ich diejenige sein, die Drayce das Gefühl von Sicherheit gibt, solange er sich nicht selbst verteidigen kann.

Je länger ich aber Drayces Hitze ausgesetzt bin, die auf mich überzuspringen und mich von innen heraus zu verbrennen scheint, desto unsicherer werde ich. Die eisige Ruhe und das steinerne Herz, für die ich früher berüchtigt war, wann immer ich mit dem anderen Geschlecht zu tun hatte, verschwinden mit jedem Tag, den ich in Drayces Gegenwart verbringe, ein Stückchen mehr – und ich weiß nicht, was ich dagegen tun soll – oder ob ich überhaupt etwas dagegen tun *will.*

Ebenso wenig, wie ich weiß, wie ich auf die Vielzahl an Gefühlen reagieren soll, die mir mein bisheriges Leben verwehrt geblieben sind. Oder warum ich ausgerechnet auf Drayce anders reagiere als auf jeden anderen Mann. Ob es etwas mit dem Blutschwur zu tun hat? Aber schon davor regte sich etwas in mir, von dessen Existenz ich bis dahin nichts wusste.

Als er mich berührte.

Als er mich küsste.

Allein bei der Erinnerung daran, meine ich, den sanften Druck seiner Lippen wieder auf meinen spüren zu können. Nur ganz kurz, als stelle er mir mit diesem ersten Kuss eine Frage, die ich damals nicht beantworten konnte. Und auf die ich auch heute noch keine Antwort weiß.

»I…Ich …« Ich räuspere mich, weil sich meine Stimme rau anhört. »Ich glaube, sie sind weg.«

Keine Ahnung, was ich mit dieser Aussage bewirken will. Dass er mich loslässt? Nein, das ist es nicht. Vielleicht, dass er mich nicht mehr derart durchdringend und mit zusammengezogenen Augenbrauen ansieht. Für einen winzigen Moment huscht sein Blick ein Stück tiefer zu meinem Mund, kehrt aber sogleich wieder zu meinen Augen zurück. Dennoch reicht dieser Bruchteil einer Sekunde aus, um meine Lippen kribbeln zu lassen. *Ich will ihn spüren.* Schnell beiße ich mir auf die Unterlippe, um das Gefühl zu vertreiben, doch vergebens. Diese Hitze macht mich noch wahnsinnig! Ich beiße fester zu, konzentriere mich auf den Schmerz, um wieder zu Sinnen zu kommen. Wie kann ich nur jetzt ...?

Ich zucke zusammen, als Drayce mir die freie Hand an die Wange legt und mit dem Daumen an meiner Unterlippe entlangfährt, bis ich sie zögerlich wieder freigebe.

Das Herz stolpert mir in der Brust, als ich das kleine Lächeln sehe, das daraufhin an seinen Mundwinkeln zupft. Ich sollte lieber nicht auf seinen Mund starren ... Irgendwie werde ich dadurch nur noch nervöser. Ich konzentriere mich wieder auf meine Atmung, um nicht an die anderen Gefühle denken zu müssen, die mich zu übermannen drohen. Oder die Hitze, die mein Blut schier kochen lässt. Das Prickeln an den Stellen, die sich gegen Drayces Körper pressen. Die wohlige Wärme, die von der Berührung seiner Hand ausgeht und mich beinahe aufseufzen lässt.

Ein – zugegeben sehr kleiner und leise gewordener – Teil von mir verflucht die Reaktionen meines Körpers, denn etwas anderes ist es doch nicht. Eine körperliche Anziehung, die für mich fremd, doch gleichzeitig ungemein interessant ist und der ich nachgeben will. Ich will erfahren, wie es sich anfühlt, von einem Mann berührt zu werden, dessen bloße Nähe keinen Ekel bei mir auslöst. Eine Berührung, die über die an meiner Hand oder Wange hinausgeht. Ich will diese aufgestaute Hitze in mir loswerden, um endlich wieder klar denken zu können, denn ich glaube, dass sie nichts weiter als Schall und Rauch ist. Sobald sie abgekühlt ist, werde ich endlich wieder die Ezlain, die ich früher war.

Eine mit einem Herz aus Stein.

Eine, die sich nicht mit Piraten und Schatzjägern und geflügelten Wesen herumschlagen muss, sondern einfach nur ...

Ach du je! Das hätte ich ja beinahe vergessen – Drayces andere Gestalt! Die schillernden Schuppen, die beinahe seinen ganzen Körper bedeckten. Und nicht zuletzt die beiden riesigen Schwingen, die aus seinem Rücken herausragten und die mich während des Sturzes umfingen wie ein schützender Kokon.

Abrupt setze ich mich auf, woraufhin mich Drayce verwirrt anschaut. Der Umhang rutscht mir den Rücken hinunter. Seine Hand, die eben noch an meinem Rücken lag, ruht nun auf meinem Oberschenkel. Irgendwie verunsichert mich das noch mehr, doch ich zwinge mich dazu, mich auf die Frage zu konzentrieren, die ich ihm unbedingt stellen muss.

»Was ... bist du?«, will ich wissen.

Drayce verdreht die Augen und gibt ein Schnauben von sich, zieht die Hand jedoch nicht zurück. Stattdessen habe ich das Gefühl, dass sich sein Griff noch verstärkt. »Das fragst du mich *jetzt?*«

Ich ziehe eine Augenbraue nach oben. »Wann denn sonst?«

»Oh, ich weiß nicht«, sinniert er, wobei seine Stimme angefressen klingt. »Vielleicht, nachdem wir fertig sind.«

Ich runzele die Stirn, weil ich keine Ahnung habe, wovon er redet. »Fertig womit?«

Er schließt seufzend die Augen und schüttelt den Kopf. »Vergiss es ... Könntest du von mir runtergehen, wenn du die Sache nicht weiterverfolgen willst? Du wirst langsam schwer.«

Ich plustere die Wangen auf, übergehe aber die Anspielung auf mein Gewicht. »Welche Sache?«

Warum kann er nicht einfach auf meine Frage antworten? Und was faselt er da die ganze Zeit?

Ein belustigter und gleichzeitig verdrießlicher Ausdruck erscheint auf seinem Gesicht. »Ich bin mir nicht sicher, ob ich dich niedlich oder nervtötend finden soll. Aber im Zweifelsfall entscheide ich mich für Letzteres. Außerdem gehen mir deine endlosen Fragen auf den Geist. Also was ist nun? Gehst du von mir runter oder ...?«

Er legt die andere Hand an meine Hüfte und drückt mich nach unten. Ich schnappe überrascht nach Luft und weiß plötzlich, was er meint. Die Hitze scheint nun mein Gehirn erreicht und es in Windeseile in einen geschmolzenen Klumpen verwandelt zu haben, denn ich kann keinen klaren Gedanken mehr fassen.

Ich sollte sofort von ihm runterklettern, ihn anschreien, wie er es wagen kann, mich in diese Situation zu bringen – und es allem Anschein nach noch zu genießen! Mein Körper – dieser miese Verräter! – wehrt sich jedoch nicht gegen den Druck, den Drayce auf mich ausübt, und ich schaffe es nur im letzten Moment, die Hüften nicht leicht vor und zurück zu wiegen, um dieses herrlich feste Gefühl an genau den richtigen Stellen intensiver auszukosten.

Erstaunt schaut Drayce zu mir auf. »Hast du deine Meinung geändert, Schätzchen?«

Ich blinzele mehrmals hintereinander. Dank seines selbstgefälligen Tonfalls gelingt es mir, die angestaute Hitze wieder tief in mir einzuschließen. Mühsam kratze ich den Rest Würde, über den ich noch verfüge, zusammen und steige von ihm herunter. Meine Schritte sind unsicher, mein Stand wackelig, doch ich straffe den Rücken und stakse ein paar Meter weg, wo ich tief durchatme. Mein Körper scheint zu glühen und als die kalte Nachtluft auf mich trifft, erschaudere ich.

»Was habe ich da eigentlich an?«, fragt Drayce einen Moment später hinter mir, nachdem er ebenfalls aufgestanden ist.

Als ich mir sicher bin, dass ich meiner eigenen Stimme trauen kann, wende ich mich zu ihm um. »Bei deiner Verwandlung ist wohl deine Kleidung zerfetzt worden. Als die Nacht hereinbrach, wurde es ziemlich kalt, aber ich habe in der Nähe ein paar Skelette gefunden. Von denen habe ich die Sachen, die du trägst, und den Umhang.«

Drayce verzieht das Gesicht. »Du meinst, ich trage gerade etwas, was du einem Skelett ausgezogen hast?«

Ich nicke und zucke gleichzeitig mit den Schultern. »Ich konnte dich doch nicht erfrieren lassen!«

»So schnell erfriere ich nicht«, sagt er wieder in diesem überheblichen Tonfall von vorhin. »Hast du mich etwa auch angezogen?«

»Es war ja sonst keiner da, der das hätte machen können«, entgegne ich und balle die Hände zu Fäusten. »Hätte ich dich etwa nackt auf dem eiskalten Steinboden liegen lassen sollen?«

Drayce verschränkt die Arme. Das Hemd des Skeletts spannt um seine Brust und den Bizeps und für einen Moment befürchte ich, es könnte gleich in Fetzen reißen. Das schelmische Grinsen, mit dem er mich bedenkt, lässt mich gleichermaßen fasziniert und auf der Hut sein.

Mit nur einem großen Schritt überbrückt er die Kluft zwischen uns. Wie von selbst weiche ich vor ihm zurück und pralle mit dem Rücken gegen eine Steinwand. Langsam beugt sich Drayce zu mir herunter, bis sich unsere Nasenspitzen beinahe berühren. Wieder lechzt mein Körper nach der köstlichen Wärme, die der Mann vor mir abstrahlt und die sich so viel angenehmer anfühlt als die eisige Nachtluft. Als würde er magisch davon angezogen, hängt mein Blick an seinen Lippen fest, die sich zu einem süffisanten Grinsen heben.

»Hat dir gefallen, was du gesehen hast?«, raunt er schließlich.

Ich schnappe nach Luft und schlucke gleichzeitig krampfhaft. *Dumme Idee.* Sofort verschlucke ich mich und beginne zu röcheln.

»Na, na«, sagt Drayce mit einem Glucksen, während er mir auf den Rücken klopft, bis ich wieder normal atme. »Kein Grund, dich nur bei der Erinnerung daran an deiner eigenen Spucke zu verschlucken.«

»Das war … garantiert nicht der Grund!«, werfe ich abgehackt ein und mache schnell einen Schritt von ihm weg. »Du bist ein Idiot, Drayce!«

Er deutet eine spöttische Verbeugung an. »Tut mir leid, dass ich den Anforderungen des Fräuleins nicht genüge.«

Ich fletsche die Zähne. »Lass den Blödsinn! Wir haben dafür keine Zeit.«

»Ach nein?« Er lehnt sich mit der Schulter gegen die Steinwand. »Haben wir etwa was Besseres zu tun? Die Typen haben deine Freundin verkauft. Sie könnte quasi überall sein. Wir wissen noch nicht mal, wann sie sie verkauft haben und wie viel Vorsprung der Sklavenhändler bereits hat.« Er schüttelt den Kopf. »Ich sag es wirklich nicht gern, aber ich sehe keine Möglichkeit, Cressa noch zu finden.«

Ich recke das Kinn. »Mag sein. Es hat uns nichts gebracht, auf diese Insel zu kommen. Deine Fähigkeit, Schlüsselschätze aufzuspüren, hat sich als nutzlos herausgestellt.«

Sofort verengt Drayce die Augen zu Schlitzen. »Nutzlos, sagst du? Meine Fähigkeit hat uns erst hierhergeführt, weil du deine Karte einem dahergelaufenen Piraten anvertraut hast, ohne dir vorher den Weg zu merken.« Mit ausgestrecktem Arm deutet er auf den Berggipfel in der Mitte der Insel. »Ich habe in dieser Höhle für dich mein Leben riskiert, obwohl ich von Anfang an wusste, dass das Unterfangen aussichtslos ist. Dennoch habe ich dir gern geholfen, obwohl du mich durch den falschen Schwur gezwungen hast, dich zu begleiten. Aber diesmal haben wir keinen einzigen Anhaltspunkt. Gib's auf, Schätzchen! Deine Freundin ist für dich verloren oder gar tot oder wünscht sich mittlerweile, dass sie es wäre.«

Ich beiße so fest die Zähne zusammen, dass Drayce das Knirschen bis zu sich hören muss. Seine Worte verletzen mich. Ich weiß selbst, wie schlecht unsere Chancen stehen, auch ohne dass er es mir unter die Nase reibt.

»Sie können Cressa höchstens vor gut eineinhalb Wochen verkauft haben«, entgegne ich aber so ruhig wie möglich. »Kein sehr großer Vorsprung.«

Drayce schnaubt. »Mit einem ordentlichen Schiff könnten sie schon fast das andere Ende der Welt erreicht haben.«

»Das ist mir egal«, sage ich mit weit mehr Zuversicht, als ich tatsächlich verspüre. »Ich gebe nicht auf, niemals! Ich zwinge dich nicht, mitzukommen. Wenn du es wünschst, entlasse ich dich aus unserem Schwur und suche allein weiter. Ich werde erst ruhen, wenn ich sie gefunden habe oder mit Sicherheit weiß, dass sie nicht mehr lebt.« Ich bohre die Fingernägel in meine Handflächen. Der Schmerz bewahrt mich davor, zu sehr über das zuletzt Gesagte nachzudenken. »Ich komme auch ohne dich zurecht.«

Drayce seufzt und reibt sich über die Stirn. »Nein, tust du nicht. Das ist das Problem. Du gerätst zu schnell in Schwierigkeiten, weil du nicht weißt, wann du am besten den Mund halten solltest. Und als Frau allein kommst du außerdem auf kein Schiff.«

Ich umklammere die Oberarme mit den Händen, weil ich plötzlich friere. Er hat recht. Ohne seine Hilfe säße ich noch immer auf der Insel fest. Ich wäre nie auf die Idee gekommen, mithilfe meines Gesangs genug Gold zu verdienen, um damit eine Überfahrt zu erkaufen. Es ist eine Lüge, dass ich ohne Drayce zurechtkomme. Aber ich ... kann ihn doch nicht weiter dazu zwingen, mir zu folgen. Das wäre nicht fair. Diesmal sind wir mit knapper Not entkommen; beim nächsten Mal haben wir vielleicht nicht so viel Glück. Dennoch ... kann ich jetzt nicht einfach aufgeben!

»Was soll ich denn sonst tun?«, wispere ich verzweifelt. »Ich *muss* sie suchen! Cressa wartet darauf, dass ich sie rette. Sie ...«

»Cressa glaubt, du seist tot!«, unterbricht mich Drayce barsch. »Und eigentlich müsstest du auch tot sein. Sie hat gesehen, wie du ins Meer gestürzt bist. Niemand hätte das überlebt.«

»Ich habe es überlebt!«, zische ich. »Ich stehe hier, verdammt lebendig.«

Wieder schnaubt Drayce, kommt auf mich zu und lässt die Faust nur knapp neben meinem Kopf gegen die Steinwand krachen. Ich zucke zusammen und finde erst nach einigen dröhnenden Herzschlägen den Mut, ihn wieder anzusehen und seinem wütenden und durchdringenden Blick standzuhalten.

»Glaubst du, es war Zufall, dass du überlebt hast?«, grollt er gefährlich ruhig. »Nein, das war es nicht. Die Insel, auf der sie mich eingesperrt haben, ist mit einem Zauber belegt. Kein Sterblicher kann sie finden. Für vorbeifahrende Schiffe ist sie unsichtbar. Sie sollte auf ewig mein Gefängnis sein für das, was ich getan habe. Und du wurdest auch nicht von der Strömung an den Strand gespült.«

Ich runzele die Stirn, während ich krampfhaft versuche, das, was er sagt, zu verstehen. Er wurde durch einen Zauber auf die Insel verbannt? Was kann er getan haben, um eine solche Strafe zu verdienen? Wie ist das überhaupt möglich? Und warum bin ich dort gelandet? Er hat recht ... Allein die Kälte des Wassers hätte mich innerhalb kürzester Zeit töten müssen. Und wahrscheinlich wäre ich nach wenigen Minuten ertrunken.

Doch ist das jetzt wichtig? Ich bin hier. Und ich bin Cressas einzige Chance. Um alles andere kann ich mich kümmern, wenn ich sie gefunden habe.

»Ich werde nach ihr suchen«, sage ich mit fester Stimme.

»Ich kann nicht zulassen, dass du das Leben, was dir erneut geschenkt wurde, einfach wegwirfst«, widerspricht Drayce.

Ich recke das Kinn. »Was interessiert es dich? Geht es dir nur um den Schwur? Ich habe dir doch gesagt, dass ich …«

Plötzlich liegt seine große Hand über meinem Mund und erstickt jedes weitere Wort. Drayce stößt geräuschvoll die Luft aus und lehnt die Stirn gegen meine. Ich erstarre zwischen der Kälte des Gesteins hinter mir und der Hitze des Mannes vor mir.

»Durch dich«, murmelt er so leise, dass ich ihn fast nicht verstehe, »konnte ich die Insel endlich verlassen. Es stimmt, du hast mich übervorteilt, aber … ich kann nicht sagen, dass ich deswegen wütend auf dich bin. Nicht mehr zumindest. Außerdem kannst du mich nicht einfach so aus dem Handel entlassen. Er endet erst, wenn ich meinen Teil erfüllt habe oder einer von uns beiden stirbt. Du siehst, ich muss nicht nur Cressa finden, wie du es während des Schwurs gefordert hast, sondern auch aufpassen, dass du keine Dummheiten machst.«

Ich versuche, etwas darauf zu antworten, doch Drayces Hand, die er immer noch gegen meinen Mund presst, hält mich davon ab.

»Mir bleibt also gar nichts anderes übrig, als dich zu begleiten und darauf aufzupassen, dass dir nichts geschieht, wenn ich je heil aus diesem verdammten Schwur entlassen werden will«, sagt er schließlich, während ein vorsichtiges Lächeln seine Lippen umspielt.

Die zutiefst dankbare Wärme, die in meiner Brust explodiert, treibt mir für einen Moment die Tränen in die Augen.

Kapitel 18

Drayce

Langsam lasse ich die Hand, die bis eben über Ezlains Mund lag, sinken und beobachte sie dabei ganz genau. Ihre Lippen zuckten unter meiner Handfläche, jetzt unter meinen Fingern, als ich sanft darüberstreiche.

Jedes Mal, wenn mein Blick auf ihren Mund fällt, muss ich mich davon abhalten, sie zu küssen, und mit jedem verstreichenden Tag, jeder Nacht, die sie in meinen Armen verbringt, fällt es mir schwerer, diesem Drängen nicht nachzugeben.

Zwar höre ich ihr gern zu, denn ihre Stimme ist einzigartig und es liegt etwas Magisches in ihr, aber ich konnte nicht zulassen, dass sie noch mehr Blödsinn von sich gibt. Allein weiter nach Cressa suchen ... pah! Sie hat doch keine Ahnung, worauf sie sich da einlässt ... Cressa könnte mittlerweile überall sein – wenn sie überhaupt noch lebt. Doch diesen Gedanken lässt Ezlain nicht zu.

Dieser Kerl, Kyle, hat etwas gesagt, was mich einfach nicht loslässt. Dass Cressa nur ein gewöhnliches Sklavenmädchen ohne besondere Vorzüge und Fähigkeiten sei. Wenn ich davon ausgehe, dass sie noch lebt, wird der Sklavenhändler sie nicht an ein hochwertiges Freudenhaus verkauft haben ... Dort werden nur Mädchen und junge Frauen mit besonderem Äußeren oder außergewöhnlichen Fähigkeiten genommen – so wie Ezlain. Ich habe Cressa noch nie gesehen, aber ich bezweifele, dass sie gegen Ezlain ankommt. Allein, wie sie sich bewegt … Bei jedem Schritt, jeder Neigung ihres Kopfes, jeder genauen Beobachtung, die demjenigen, den sie betrachtet, durch und durch geht, verströmt sie Selbstsicherheit und eine Kraft, die ich noch nie zuvor bei einer Frau gesehen habe. Nicht nur einmal dachte ich, dass sie auch eine Kriegerin oder Königin sein könnte.

Doch hinter der Fassade der Selbstsicherheit verbirgt sich eine junge Frau, die unsicher und ängstlich sein kann und viel zu leicht in Schwierigkeiten gerät …

Hin und wieder, wenn sie mich nicht gerade mit unzähligen Fragen löchert oder anschreit, erhasche ich einen Blick auf eine Ezlain, die den meisten, die ihr bisher begegnet sind, verborgen geblieben sein wird. Eine, die mit sorgenvoll gerunzelter Stirn auf den Horizont starrt. Eine, die nachts im Schlaf zittert. Eine, die nicht weiß, wie ihr nächster Schritt aussehen soll. Äußerlich gibt sie sich unnahbar, doch innerlich wird sie von Schuldgefühlen wegen Cressa zerfressen.

Ich wusste, dass sie nichts als Ärger bedeutet, als sie in die Höhle gestolpert kam. Und dennoch habe ich es nicht geschafft, sie ihrer Wege gehen zu lassen. Ich hätte mich ihr nicht zeigen sollen. Sie wäre von ganz allein wieder verschwunden. Es hätte gereicht, wenn ich sie näher ans Feuer gelegt hätte, anstatt sie selbst zu wärmen. Ich hätte ihr sagen können, wo das Boot liegt. Vielleicht säße ich dann weiterhin in der Höhle fest, aber ich müsste mich nicht mit ihr herumschlagen.

Interessanterweise genieße ich jedoch ihre Nähe mittlerweile. Vielleicht sogar ein bisschen zu sehr.

Den ersten Tag ging es mir auf die Nerven, dass sie mich auf Schritt und Tritt verfolgte und scheinbar keine Talente außer einer spitzen Zunge hatte. Ich musste das Boot ohne Hilfe seetüchtig machen und zum Festland segeln. Auch die Suche nach einem Schiff blieb allein an mir hängen. Ich verfluchte mich dafür, derart leichtfertig einen Handel mit ihr eingegangen zu sein, bei dem sie mich auch noch hinters Licht geführt hatte. Das ist mir noch nie passiert … Niemand hat es je gewagt, mir zu widersprechen. Noch dazu war es eine Frau, die diesen Frevel begangen hat!

»Also«, sagt Ezlain in einem herrischen Tonfall, der mich schmunzeln lässt. Dabei reckt sie ihre niedliche und mit Sommersprossen besprenkelte Nase in die Luft, um größer zu erscheinen. Ich habe von Anfang an bemerkt, wie es sie verunsichert, wenn jemand auf sie herabblicken kann. »Wie lautet der Plan?«

Schon wieder eine Frage. Eine von unzählig vielen. Anfangs war ich davon genervt. Wenn sie nur den Mund öffnete, wusste ich, dass gleich eine Frage herauskommen musste. Einige sind klug, zugegeben, andere weniger. Nach und nach ging mir auf, dass sie die vermeintlich dummen Fragen stellt, weil sie es nicht besser weiß. Ezlain muss ein behütetes Leben geführt haben; noch dazu hat sie Ilgaron nie verlassen, bevor sie Hals über Kopf mit Cressa floh.

Ohne darüber nachzudenken – so etwas passiert mir viel zu häufig in den letzten Tagen –, lehne ich mich ein Stück nach vorn, woraufhin sich Ezlain ein Stück nach hinten lehnt und prompt mit dem Rücken gegen die Steinwand stößt. Ich nehme mir ein paar Sekunden und studiere den Ausdruck in ihrem Blick, doch so sehr ich auch danach suche, ich entdecke keine Angst oder Panik. Vielmehr ist es Überraschung, die sie dazu veranlasst, ihre schönen grünen Augen weit aufzureißen. Auch sie beobachtet mich genau und versucht, mich zu analysieren, doch ich lasse meine Mimik zu einer gleichgültigen Maske erstarren. Das scheint sie noch mehr zu verunsichern – und das genieße ich mit diebischer Freude.

»Ich habe keine Ahnung«, raune ich auf ihre Frage hin.

Sie blinzelt ein paarmal. »Was?«

Einen Moment ergötze ich mich an ihrem überrumpelten Gesichtsausdruck und muss ein Schmunzeln unterdrücken. »Wir haben keinen Anhaltspunkt. Und ich bezweifele, dass der Kapitän unseres Schiffes einwilligt, uns kreuz und quer durchs Land zu fahren.«

Ich weiß, dass die Suche nach Cressa mit den momentanen Hinweisen aussichtslos ist, aber ich habe keine Ahnung, wie ich Ezlain das begreiflich machen kann. Sie wird auf keinen meiner Einwände hören und notfalls auf eigene Faust losziehen. Dass sie dabei draufgeht, steht für mich außer Frage.

Auf einmal zieht Ezlain scharf die Luft ein und ich kann genau den Moment benennen, in dem ihr eine Idee durch den Kopf schießt. Leider weiß ich aus Erfahrung, dass ihre Ideen meist zu kurzsichtig sind. Ich mache ihr deswegen keinen Vorwurf; sie weiß es nicht besser. Bisher hat ihre Stellung – oder besser: die Stellung ihrer Familie – Ezlain nahezu jede Tür geöffnet und jeden Wunsch erfüllt.

»Du könntest uns fliegen!«, sagt sie, während sie sich wieder ein Stück nach vorn lehnt und mir jetzt ganz nah ist. So nah, dass mir bei jedem Atemzug ihr frischer Duft nach Minze in der Nase kitzelt. In ihren Augen funkelt es aufgeregt, als sie zu mir aufschaut – ein Ausdruck, den ich bisher viel zu selten bei ihr gesehen habe. Ich wünschte, sie würde ihn öfter zeigen, denn ich werde mich nie an ihm sattsehen können.

Erst nach und nach sickern ihre Worte in mein Bewusstsein. Im ersten Moment bin ich wie vor den Kopf gestoßen. Woher weiß sie ...? Dann fällt mir wieder ein, dass ich keine andere Wahl hatte, als mich zu wandeln. Und sie hat es gesehen – meine *andere* Gestalt, auf die ich alles andere als stolz bin. Die ich verabscheue und am liebsten vergessen würde.

Ich mache einen Schritt zurück und wende den Blick ab. Die Aufregung, die sich in ihrem Gesicht widerspiegelt, ist mir gerade zu viel.

»Das geht nicht«, sage ich schlicht und hoffentlich in einem Tonfall, der sie nicht zu einer Widerrede veranlasst.

Doch natürlich tut sie mir den Gefallen nicht.

»Warum nicht?«

Und noch eine Frage ... Doch auf diese will ich ihr keine Antwort geben, also hülle ich mich in eisiges Schweigen.

Sie stellt sich wieder direkt vor mich, sodass mir keine andere Wahl bleibt, als sie anzusehen. »Du hattest ... Flügel und könntest ...«

»Nein«, grolle ich und beiße schnell die Zähne zusammen, ehe mir noch ein weiteres Wort entschlüpfen kann.

Ich wünschte, sie hätte meine andere Gestalt nie gesehen. Aber ich hatte keine Wahl. Wenn ich mich nicht verwandelt hätte, wären wir niemals lebend aus der Sache herausgekommen. Und bereits zuvor musste ich auf meine unliebsamen Kräfte zurückgreifen. Diese Crew war zahlreicher, als ich dachte … Im Umgang mit ihren Säbeln waren sie nicht sonderlich geschickt, doch ihre bloße Übermacht zwang auch mich in die Knie. Ich habe sie unterschätzt; das wird mir nicht noch mal passieren. Noch dazu schaffte es ihr Anführer, mich innerhalb kurzer Zeit zu durchschauen. Er wusste, was ich bin und wie er meine Aufmerksamkeit ablenken konnte. Beinahe wäre Ezlain deswegen …

»Aber du bist doch …«, versucht sie es erneut, bricht jedoch mitten im Satz ab und runzelt die Stirn. »Was genau bist du eigentlich?«

Ich gebe ein Schnauben von mir. »So läuft das nicht, Schätzchen. Ich habe mehr Seemänner besiegt als du und damit unsere kleine Wette gewonnen. Also muss ich dir nicht beantworten, was ich bin.«

Ich lege ihr eine Hand an die Wange. Ihre Haut fühlt sich wie immer kühl an im Gegensatz zu meiner. Es ist wundervoll und am liebsten würde ich sie ununterbrochen berühren.

»Stattdessen könnte ich jetzt meinen Wettlohn einfordern.«

Ich erwarte, dass sie gleich vor mir zurückzuckt und wieder etwas Abstand zwischen uns bringt, wie die letzten Male. Außer wenn sie müde ist und schlafen will, kommt sie mir nie nah genug, dass ich ihren Duft wahrnehmen oder die Kühle ihrer Haut spüren kann, die mein ständig loderndes inneres Feuer besänftigt.

Nur vorhin war sie mir – abgesehen von den gemeinsamen Nächten – so nah … Sie saß allerdings auf mir und hatte einen Dolch in der Hand. In dem Augenblick, als ich zu mir kam, sah ich bloß die Waffe und mir schoss nur ein Gedanke durch den Kopf: *Sie will mich töten.* Wie so viele andere vor ihr. Sie hatte meine andere Gestalt gesehen, Angst bekommen und wollte den Umstand meiner Bewusstlosigkeit nutzen, um mir die Kehle durchzuschneiden.

Anders konnte es nicht sein.

Ich sammelte also meine letzten Kräfte und versuchte, sie abzuwerfen. Mit einem schockierten Ausdruck im Gesicht, den ich nicht vergessen kann, legte sie mir eine Hand über den Mund. Ich war drauf und dran, hineinzubeißen, als ich plötzlich die Stimmen zweier Männer hörte. Sie waren nah – viel zu nah. Und da verstand ich ... Ezlains Körper spannte sich an, während sie die Waffe fester umklammerte und nur auf die passende Gelegenheit zu warten schien, um auf die Männer loszugehen. Schnell schlang ich den Arm um sie und presste sie so fest wie möglich an mich, um sie von dieser Dummheit abzuhalten. Ihr flacher Atem vermischte sich mit meinem, während wir auf jedes noch so kleine Geräusch lauschten.

Sie hatte nie vorgehabt, mich zu töten.

»Warum?«, murmele ich so leise, dass selbst ich es kaum hören kann.

Fragend legt sie den Kopf schief – und schmiegt sich dadurch in meine Handfläche. Mit dem Daumen streichele ich ihr über die Wange und rechne jede Sekunde damit, dass sie sich der Berührung entzieht. Doch das tut sie nicht. Ich wage kaum zu atmen, während sich ihr aufmerksamer Blick in mich bohrt.

»Warum hast du mich vor ihnen versteckt und wolltest mich verteidigen?«

Ezlain zieht die Augenbrauen zusammen, als müsse sie über die Frage nachdenken. »Du hast mit mir gekämpft«, sagt sie schließlich. »Du hast mich gerettet und den Sturz abgefangen.«

Ihr Blick huscht zur Seite und eine niedliche Röte zeichnet sich auf ihren Wangen ab, während sie sich auf die Unterlippe beißt. Ihre Zähne hinterlassen kleine Spuren im weichen Fleisch und ich würde nichts lieber tun, als es erneut zwischen ihnen hervorzuziehen.

»Als wir den Schwur leisteten, habe ich getrickst und das tut mir leid. Aber ich bereue nicht, es getan zu haben.« Ezlains Blick findet meinen wieder. »Du bist bei mir geblieben, als ich völlig allein war, und hast mir geholfen, als ich nicht mehr weiterwusste. Hast mich weitergezerrt, als ich am liebsten aufgegeben hätte.«

Ich hänge förmlich an ihren Lippen, während ich meine Atmung auf ein Minimum reduziere, um kein Wort, das ihren Mund verlässt, zu verpassen.

»Du hast so viel für mich getan, was ich dir niemals vergelten kann«, sagt sie nach einer kurzen Pause. »Es wäre ehrlos gewesen, dich einfach deinem Schicksal zu überlassen. Getrickst oder nicht, wir sind Partner.«

Seufzend schließe ich die Augen. Das … war nicht das, was ich hören wollte, aber ich hätte es mir denken können. Ezlains Reaktion auf mich war von Anfang an anders, als ich es von Frauen gewohnt bin. Sie runzelte über meine saloppen Sprüche nur die Stirn und wandte sich seufzend ab, wenn ich ihr zu nahe kam. Es dauerte eine Weile, bis sie sich mir öffnete und zumindest ansatzweise so reagierte, wie ich es kenne.

Und nun stehe ich hier – ohne Plan, wie es weitergehen soll – und meine Gedanken kreisen einzig und allein darum, dass ich nicht weiß, woran ich bin. Ich habe keine Ahnung, ob sie etwas für mich empfindet – empfinden *kann* oder jemals wird. Nur eines weiß ich mit Sicherheit: Dass ich mir ein Leben ohne sie nicht mehr vorstellen kann. Und das hat nichts mit dem verdammten Blutschwur zu tun.

Ich konzentriere mich wieder auf die junge Frau vor mir. »Also, *Partnerin*«, das letzte Wort betone ich besonders, »lass uns auf die Wette zurückkommen, da wir sowieso nichts Besseres zu tun haben.«

Ich überbrücke mit einem kleinen Schritt die kaum wahrnehmbare Distanz zwischen uns und stehe ihr nun so nah, dass ich ihre Körperwärme – die im Gegensatz zu meiner immer noch herrlich kühl ist – durch meine Kleidung hindurch spüren kann. Wenn ich mich nur ein winziges Stück vorlehne, könnte ich sie direkt berühren, und nichts täte ich gerade lieber. Aber ich weiß, dass Ezlains Reaktionen oft unberechenbar sind. Deshalb dränge ich mich nicht auf. Wie ich es bisher, abgesehen vom Anfang, nie getan habe. Ich habe gelernt, die wenigen Momente, in denen sie sich freiwillig an mich schmiegt, in vollen Zügen zu genießen.

Mehrmals schon dachte ich nachts, wenn sie eingerollt in meinen Armen schlief, dass ihr Körper viel zu perfekt an meinen passt.

Dass er genau dort hingehört.

Außerdem weicht sie vor meiner Größe und der Präsenz, die ich ausstrahle, nicht zurück. Ezlain steht einfach nur da und schaut zu mir auf, ohne einen Muskel zu rühren. Abwartend, aber dennoch furchtlos wie die Kriegerin, die versteckt in ihrem Inneren schlummert und nur darauf wartet, hervorkommen zu dürfen.

Fast so, als spüre sie die Hitze nicht, die von mir ausgeht. Oder als störe sie sich nicht daran.

Wenn ich ehrlich bin, gefällt mir am meisten an ihr, dass in ihrem unnachgiebigen Blick keine Spur von Angst flackert. Die wenigen Male, in denen ich anderen Menschen meine andere Gestalt gezeigt habe, waren … verstörend. Allesamt wichen sie furchtsam vor mir zurück oder rannten sogar schreiend davon. Sie fürchteten mich – fürchteten die Bestie, zu der ich werden kann und die in mir wohnt. Und über die ich nicht immer die Kontrolle habe.

Ich kann mich nicht daran erinnern, dass mich je irgendwer furchtlos angesehen hat, nachdem er wusste, was ich bin. Selbst wenn sie mich in meiner menschlichen Gestalt sahen, zogen sich die Menschen vor mir zurück, zerrten ihre Kinder und Töchter hinter sich oder verbargen sich schnell in Seitengassen und hofften, dass ich sie nicht bemerken würde.

Deshalb durchstreifte ich die ganze Welt – ständig auf der Suche nach einem Ort, an den ich gehörte. Einen Ort, den ich mein Zuhause nennen konnte. Doch ich fand keinen solchen Ort. Manchmal blieb ich mehrere Jahre in ein und derselben Stadt, manchmal nur wenige Tage. Je nachdem, wie lange es dauerte, bis jemand dahinterkam, was ich bin.

Aber Ezlain ist anders. Interessant. Ungewohnt. Und derart anziehend, dass ich ihr nicht widerstehen kann. Mittlerweile bereue ich es, dass ich sie bereits in der Höhle geküsst habe … Es war eine spontane Handlung, über die ich nicht lange nachgedacht habe – aus alter Gewohnheit heraus. Normalerweise bin ich stets damit durchgekommen; die Frauen mochten meine forsche Art sogar. Doch bei Ezlain biss ich damit auf Granit. Und genau das fachte mein Interesse an ihr nur noch mehr an.

So sanft, dass ich sie nur mit den Fingerspitzen berühre, streiche ich Ezlain eine Strähne ihres kupferroten Haares hinters Ohr. Kurz huscht ihr Blick zu meiner Hand, ehe er wieder zu meinem Gesicht zurückkehrt. Auch jetzt erkenne ich in ihm keinerlei Angst oder Unbehagen.

»Ich habe gewonnen«, erinnere ich sie erneut, während ich ihr mit den Fingern über die Wange streichele.

Sie zieht eine Augenbraue nach oben und ich muss mir ein Grinsen verkneifen. Noch bevor sie den Mund aufmacht, weiß ich, dass gleich eine spitze Bemerkung von ihr folgen wird – und ich freue mich regelrecht darauf, fiebere ihren Erwiderungen entgegen. Ich genieße jeden noch so kleinen Schlagabtausch, den wir uns regelmäßig bieten.

»Ach ja?«, fragt sie, während sie die grünen Augen zu Schlitzen verengt. »Es stimmt, du hast Kyle zu Boden geschickt.«

Ich beiße die Zähne zusammen. Am liebsten hätte ich dem Kerl die Wirbelsäule durch den Rachen entfernt, aber es gelang mir, mich zu zügeln. Sollte er sich Ezlain jedoch erneut in einer Weise nähern, die ich nicht gutheiße, werde ich nicht so nachsichtig sein. Er kann froh sein, dass Ezlain mir nie die Einzelheiten von dem, was auf dem Schiff geschehen ist, erzählt hat – sonst wäre er in der Höhle garantiert nicht mit dem Leben davongekommen.

»Aber danach warst du außer Gefecht gesetzt«, fährt Ezlain fort. »Alles blieb an mir hängen. Und das nur wegen ein paar Münzen!«

Ich weiche ihrem stechenden Blick aus. »Ich war nicht außer Gefecht gesetzt«, murre ich undeutlich. »Nur … kurz abgelenkt.«

»Du wärst fast draufgegangen!«

Ich rolle mit den Augen. »So schlimm war es nun auch nicht. Außerdem habe ich anschließend die Hälfte von ihnen in Brand gesetzt. Und ja, das zählt!«

Ezlain verschränkt die Arme und streift dabei meine Brust. »Wie hast du das übrigens gemacht? Hast du eine Fackel nach ihnen geworfen?«

Ich stoße ein Schnauben aus. »Eine Fackel? Ernsthaft?«

Sie reckt das Kinn vor. »Wie sonst?«

Es ist putzig, wie sie versucht, größer zu erscheinen, ohne sich dabei auf die Zehenspitzen stellen zu müssen.

Ich beuge mich das restliche Stück zu ihr hinunter, bis unsere Nasenspitzen nur wenige Zentimeter voneinander entfernt sind. »Wenn ich sage, dass ich sie in Brand gesteckt habe«, raune ich, »dann meine ich das durchaus wörtlich.«

Ezlain zieht die Augenbrauen zusammen. »Wörtlich? Aber wie …?«

»So läuft das nicht, Schätzchen«, murmele ich. »Ich bin derjenige, der gewonnen hat. Du hast die Chance auf Antworten verspielt. Also hör auf, Fragen zu stellen und löse deine Wettschuld ein.«

Den Zeigefinger unter ihr Kinn gelegt drücke ich ihren Kopf sanft ein Stück weiter nach oben. Jede Sekunde rechne ich damit, dass sie einen Schritt zur Seite und einen Rückzieher machen wird. Diesen Freiraum gebe ich ihr. Nachdem ich sie mit dem ersten Kuss mehr als überrumpelt habe, will ich das garantiert nicht wiederholen. Zwar ist auch die Wette eher ein Vorwand, ihr einen weiteren Kuss zu stehlen, aber irgendwo muss ich schließlich anfangen und ich schäme mich nicht für diese kleine List.

Nur einen Hauch von meinen Lippen entfernt flüstert sie: »Keine Antwort, kein Kuss.«

»Wie bitte?«, murre ich leise, ohne dabei zurückzuweichen.

»Du hast mich schon verstanden«, erwidert sie und ich meine, ein siegessicheres Lächeln um ihre Mundwinkel zucken zu sehen.

Seufzend macht sie sich von mir los und zuckt mit den Schultern. Völlig perplex starre ich sie an.

»Zu schade«, murmelt sie. »Da du mir nicht antworten willst …«

Ohne mich weiter zu beachten, dreht sie sich um und geht davon – natürlich in die völlig falsche Richtung, in der sie das Schiff, das uns herbrachte, niemals finden wird.

Ich seufze. »Demi-Draco«, presse ich zwischen zusammengebissenen Zähnen hervor.

Sofort bleibt sie stehen und wendet sich wieder mir zu. »Was?«

»Du wolltest wissen, was ich bin, und ich habe es dir gesagt«, entgegne ich.

Jede Sekunde rechne ich damit, dass sie sich umdrehen und schleunigst das Weite suchen wird. Wie jeder andere vor ihr. Wie jeder, der sich zumindest nicht meiner Kraft bedienen wollte. Sie fürchten mich. Sie verabscheuen mich. Sie sehen in mir nichts anderes als einen Unglücksbringer. Die wenigen, die sich mit mir eingelassen haben, taten es, weil der Nutzen, den ich ihnen brachte, größer war als ihre Furcht vor mir.

Doch Ezlain macht einen Schritt auf mich zu. »Was bedeutet das? Demi …?«

Ich schlucke angestrengt, lasse sie jedoch keine Sekunde aus den Augen. »Demi-Draco«, helfe ich ihr aus.

Warum ist sie noch hier? Wieso erkenne ich in ihrem Blick auch jetzt keine Spur von Angst?

»Erklärst du's mir?«, fragt sie, als sie wieder genau da steht, wo sie eben stand – weniger als einen Hauch von mir entfernt.

Ich knirsche mit den Zähnen, erwäge einen Moment, auf ihre Bitte nicht zu antworten. Doch es hat keinen Sinn, sie zu ignorieren. Lieber antworte ich ihr jetzt und treibe sie damit in die Flucht, als es noch weiter hinauszuzögern. Denn dass sie vor mir zurückweichen wird, sobald sie begreift, was ich bin, steht außer Frage.

»Ich bin … ein Halbdrache«, sage ich stockend und lasse sie dabei keine Sekunde aus den Augen. Jederzeit rechne ich damit, doch noch die mir so vertraute Angst in ihrem Blick zu entdecken – so wie bei allen, die erfuhren, was ich bin.

»Ein Halbdrache …«, murmelt sie mehrmals vor sich hin, als müsse sie sich das Wort auf der Zunge zergehen lassen. »Das ist … Ich meine, ich kenne Drachen aus Erzählungen und Liedern, aber in Ilgaron sind die Legenden um sie nicht so sehr verbreitet. Es sind riesige, echsenartige Wesen, nicht wahr?«

Ich nicke zögerlich, überrumpelt davon, dass sie noch immer vor mir steht und nicht bereits schreiend davongerannt ist.

»Aber wie ist das möglich? Du siehst …«, sie legt den Kopf schief und mustert mich von oben bis unten, »*sahst* nicht aus wie eine Echse. Zwar warst du etwas größer, wirktest auf mich aber immer noch wie ein Mensch. Abgesehen von den Schuppen und Flügeln und Krallen natürlich.«

Ihr Blick geht mir durch und durch. Am liebsten würde ich mich wohlig darunter winden und ich wünschte, sie würde mich immer auf diese Weise ansehen. Forschend, neugierig und derart durchdringend, als wolle sie sich jede Kontur von mir in ihr Gedächtnis einbrennen. Erst nach einer

Weile fällt mir auf, dass sie mir eine Frage gestellt hat – schon wieder –, und ich muss mich daran erinnern, wie man die Lippen bewegt, um zu sprechen.

»Meine Mutter war ein Mensch, mein Vater ein Drache. Frag mich nicht nach Einzelheiten. Ich habe beide nicht gekannt. Jedenfalls ist das der Grund, weshalb ich zwischen den Gestalten wechseln kann. Aber es ist … nicht einfach und ziemlich schmerzhaft.«

Ezlain nickt mit ernstem Gesichtsausdruck. »Ja, schmerzhaft sah es allerdings aus, als du dich zurückverwandelt hast. Ich habe … dich festgehalten, als …« Sie bricht ab und schüttelt den Kopf, während sich eine zarte Röte auf ihren Wangen ausbreitet. »Es hörte sich so an, als würden deine Knochen brechen.«

Sie hat … was? Warum habe ich das nicht gemerkt? Ach ja, weil mein Körper auseinandergerissen wurde, wie bei jeder Rückverwandlung. Es fällt mir vergleichsweise leicht, in die Halbdrachengestalt zu schlüpfen, aber wieder mein bevorzugtes menschliches Äußeres anzunehmen ist … einfach grauenvoll. Ich spüre, wie sich jede einzelne Schuppe zurück unter die Haut schiebt. Spüre jeden Knochen und Muskel, der sich wieder der kleineren, menschlichen Hülle anpassen muss.

»Hast du …?« Ich runzele die Stirn. »Fürchtest du dich denn nicht vor mir?«

Ezlain zieht verwirrt die Augenbrauen zusammen. »Sollte ich das denn?«

Ihre Gegenfrage stößt mich vor den Kopf und ich brauche einen Moment, bis ich imstande bin, ihr zu antworten. »Ja … Ich meine, alle anderen haben sich bisher vor mir gefürchtet, wenn sie erfahren haben, was ich bin.«

»Ich habe *gesehen,* was du bist«, erinnert sie mich mit einem so sanften Unterton in der Stimme, den ich selten bei ihr höre, und allein der Klang schickt einen wohligen Schauer durch mich hindurch. »Ich habe *dich* gesehen – die Schwingen und Schuppen und deinen Körper, der anders aussah als jetzt. Wenn ich mich davor nicht gefürchtet habe …« Sie hebt die Hand und legt sie mir auf die Brust, direkt über mein Herz, das unstet vor sich hinstolpert. Ich halte den Atem an. »Warum sollte ich vor der bloßen Bezeichnung Angst haben?«

Ich starre sie mit offenem Mund an. Selbst wenn mein Leben davon abhinge, könnte ich jetzt keinen Muskel rühren. Wie kann sie …?

Sanft legt Ezlain mir einen Finger unters Kinn, drückt es nach oben und schließt so meinen Mund wieder. Dann runzelt sie die Stirn. »Hab ich was Falsches gesagt?«

»Nein«, krächze ich heiser. Kraftlos lasse ich den Kopf nach vorn sinken und lehne die Stirn gegen ihre. »Nein, das hast du nicht.«

Glückseligkeit ist ein Gefühl, das ich sehr lange nicht gespürt habe. Doch nun breitet es sich bis in meine Fingerspitzen aus, schnürt mir die Kehle zu und vertreibt die Angst vor einer erneuten Zurückweisung.

Schatzsucher, Eroberer und Herrscher verlangten nach meinen Diensten und wetteiferten darum, einen Handel mit mir eingehen zu dürfen. Doch so sehr es sie nach meinen Diensten gierte, so sehr fürchteten sie sich vor mir. Durch den Blutschwur sicherten sie sich meine Kraft oder ließen mich ihre angehäuften Schätze bewachen, während sie mir im Gegenzug das gaben, wonach ich verlangte. Von manchen wollte ich einen Teil ihres Lebens, das mich wiederum länger leben lässt. Von anderen ein besonderes Schmuckstück ihres Schatzes, denn das Drachenblut in mir giert nach Gold und Reichtümern.

Von Ezlain allerdings verlangte ich nur, dass sie mich Kraft des Blutschwurs aus der Höhle befreite, in die ich verbannt worden war. Weiter reichte unsere Verbindung nicht – jedenfalls glaubte ich das, bis ich während des Kampfes in der Höhle auf ihre Kraft zurückgreifen musste …

Etwas Vergleichbares habe ich noch nie zuvor gespürt. Und ich kann es mir beim besten Willen nicht erklären.

Die paar Tropfen ihres Blutes in mir sind …

Plötzlich runzele ich die Stirn und schnuppere. *Blut!* Das bloße Wort hat meine Sinne wieder für die Gegenwart geschärft und ich rieche es nun ganz deutlich: Ezlain muss während des Kampfes verwundet worden sein, als ich vom Glanz des Goldes abgelenkt war. Ich greife nach ihrem Handgelenk und drehe den verletzten Arm ein Stück, sodass ich mir die Wunde ansehen kann. Das Hemd ist an der Stelle zerfetzt, das Blut allerdings bereits getrocknet.

»Es ist nicht schlimm«, sagt sie.

Ich gebe ein Knurren von mir. »Schlimm oder nicht – du wurdest verletzt, weil *ich* nicht bei der Sache war.«

»Wirklich, es ist nicht …«

Mit einem Ruck trenne ich den Ärmel vom Rest des Hemdes. Ezlain schnappt hörbar nach Luft, hält jedoch still, als ich mir den Schnitt genauer ansehe. Wie es scheint, hat einer der Männer sie mit der Waffe nur gestreift; die Verletzung ist oberflächlich und nicht tief. Dennoch falte ich den abgerissenen Ärmel in der Mitte zusammen und verbinde damit die Wunde. Jedes Mal, wenn ich dabei mit den Fingern direkt über ihre zarte Haut streiche, zuckt sie leicht zusammen.

Als ich fertig bin, hält sie mir den anderen Arm hin.

Auf meinen fragenden Blick hin, sagt sie schulterzuckend: »Trenn diesen Ärmel auch noch ab, damit es gleichmäßig aussieht.«

Ich spüre, wie sich ein breites Grinsen auf meinen Lippen ausbreitet. »Du weißt, ich habe keinerlei Probleme damit, dir die Kleidung zu zerfetzen.« Auch dieser Ärmel reißt mühelos an der Schulternaht. »Soll ich weitermachen?« Neckend hake ich den Finger in den Kragen des Hemdes und ziehe leicht daran.

Ezlain verdreht die Augen. »Lass den Blödsinn! Sag mir lieber, ob du uns nun herumfliegen kannst, bis wir einen Hinweis auf Cressas Verbleib finden!«

Ich stoße ein freudloses Schnauben aus und ziehe die Hand zurück. »Ich kann nicht fliegen«, murmele ich.

Sogleich runzelt Ezlain die Stirn. »Aber vorhin bist du doch … Ich meine, du hast *Flügel!*«

»Ich kann nicht fliegen«, wiederhole ich, »nur gleiten. Und auch das eher schlecht als recht.«

»Warum?«

Widerwillig mache ich nun doch einen Schritt zurück und lege die Hand auf meine linke Schulter. »Wenn du meine Schwingen gesehen hast, muss es dir aufgefallen sein.«

»Ich habe sie nur kurz gesehen«, wirft sie ein. »Während unseres Sturzes hast du … sie um mich geschlungen, um mich zu schützen. Und als ich zu mir kam, hast du dich kurz darauf schon wieder zurückverwandelt.« Ihr Blick fällt auf meine Hand, die noch immer die Schulter umklammert. »Auf deinem Rücken ist eine Narbe.«

Ich lasse die Hand sinken. »Sie hat damit zu tun. Als Halbdrache kann ich nicht fliegen, weil die Muskeln in meinem teils menschlichen Rücken bei Weitem nicht stark genug sind, um die Schwingen zu bewegen. Aber ich war stolz darauf, wenigstens durch die Lüfte gleiten zu können, und tat nichts lieber als das. Doch diese Gabe wurde mir genommen.«

»Wie das?«

Mit einem wohl traurigen Schmunzeln sehe ich sie an. »Bist du sicher, dass du die ganze Geschichte hören willst? Sie ist nicht besonders schön.«

Ezlain nickt.

Ich seufze tief und beginne also zu erzählen: »Vor vielen Jahren wurde ich von einer Hexe auf die Insel verbannt, auf der du mich zum ersten Mal getroffen hast.«

»Warum?«, fragt sie, kaum dass ich das letzte Wort ausgesprochen habe.

»Weil ich … die Kontrolle verloren und eine Stadt dem Erdboden gleichgemacht hätte, wenn die Hexe mir nicht Einhalt geboten hätte«, sage ich und weiche dabei ihrem Blick aus. »Ich erinnere mich nicht gern daran.«

Sie greift nach meiner Hand und hält sie fest. Schnell verschränke ich die Finger mit ihren und erfreue mich einen Moment an dem Rückhalt, den diese simple Berührung mir gibt. Kurz lehne ich die Stirn wieder an ihre, genieße die Kühle ihrer Haut und die Möglichkeit, ihren wundervollen Duft tief einatmen zu können. Dann ziehe ich mich wieder zurück.

»Es war … kurz nachdem das, was ich für meinen damaligen Schwurpartner bewachen sollte, gestohlen worden war«, murmele ich. »Nicht nur das: Mein Partner wurde sogar getötet. Der dadurch gebrochene Blutschwur ließ meine schlimmste Seite zum Vorschein kommen. Wenn das geschieht, kann … ich nichts dagegen tun. Ich hatte doppelt versagt und war … außer mir. Es gelang mir nicht, meine Wut zu unterdrücken. Alles, was ich wollte, war, den

Schuldigen zu töten. Als Drache verfolgte ich ihn bis in die Stadt, verlor dann aber seine Spur. Also … brannte ich alles nieder.«

»Moment«, unterbricht mich Ezlain. »Was meinst du mit ›du branntest alles nieder‹?«

Ich schmunzele über ihre Begriffsstutzigkeit. »Genau das, was ich gerade gesagt habe. Ich kann Feuer speien. So habe ich auch unsere Wette gewonnen.«

Ihre grünen Augen sind weit aufgerissen, als es ihr dämmert. »Du hast mir gesagt, ich solle mich ducken und da war plötzlich diese Hitze …« Sie hebt die freie Hand und schaut nachdenklich auf die beinahe verblasste Narbe in der Mitte ihrer Handfläche. »Kannst du das immer? Feuer speien, meine ich, und dich verwandeln?«

Ebenfalls den Blick auf die feine Narbe in ihrer Handfläche gerichtet murmele ich: »Verwandeln ja, denn der Drache ist immer zur Hälfte ein Teil von mir. Feuer speien …kostet mich hingegen unglaublich viel Kraft. Normalerweise bin ich am stärksten, wenn mir mein Partner während des Schwurs zusichert, dass ich mich an seiner Kraft bedienen kann, um meine Aufgabe zu erfüllen. Du hast das jedoch nicht getan. Das war nicht Teil unseres Schwurs, weil es dir nie darum ging, durch mich Macht zu erlangen. Deshalb … war ich umso überraschter darüber, dass ich in deiner Gegenwart sogar zweimal hintereinander Feuer speien und mich anschließend noch verwandeln konnte. In diesem enormen Ausmaß ist mir das eigentlich nur möglich, wenn … die *andere Seite* in mir die Oberhand gewinnt. Und das endet nie gut.«

Ich warte darauf, dass sie mich anschreien wird, wie ich so auf gut Glück handeln und unser beider Leben aufs Spiel setzen konnte. Stattdessen richtet sich ihr eindringlicher Blick auf mich.

»Als du in der Höhle Feuer gespien hast, brannte meine Narbe, als hätte ich eine glühende Metallstange berührt«, sagt sie. »Danach hatte ich Schmerzen, obwohl ich mir sicher war, dass du mich nicht erwischt hast.«

»Ich sah keinen anderen Ausweg«, murmele ich. »Die Crew war kurz davor, uns zu überwältigen, also habe ich nach jedem Strohhalm gegriffen. Ich habe nicht daran geglaubt, dass es überhaupt funktionieren könnte, schließlich ist unser Blutschwur ... anders als die, die ich bisher geschlossen habe. Ich hätte mir nichts von deiner Kraft nehmen dürfen, um meine Defizite auszugleichen, weil du mir während des Schwurs nicht die Erlaubnis dazu gegeben hast, aber ... es hat geklappt.« Mit dem Daumen fahre ich sacht die Narbe auf ihrer Handfläche nach. »Das war es, was du gespürt hast. Aber es hat dir wehgetan. Das wollte ich nicht ... darum blieb ich nach dem Sturz eine Zeit lang bewusstlos, anstatt schon wieder Kraft von dir zu borgen und dir erneut wehzutun.«

Ezlain runzelt ärgerlich die Stirn. »Das hättest du nicht tun müssen. Ich hatte Angst um dich.«

Ich zögere kurz, führe dann ihre Hand zu meinem Mund und hauche einen vorsichtigen Kuss auf die Narbe. Mir entgeht nicht das leichte Zittern, das daraufhin durch sie hindurchfährt. Jeden Augenblick rechne ich damit, dass sie mir die Hand entziehen wird, doch sie bleibt ganz still stehen – nur wenige Zentimeter von mir entfernt – und beobachtet jede noch so kleine Bewegung von mir mit großen Augen.

»Es tut mir leid, dass ich dir vorhin wehgetan habe«, flüstere ich erneut gegen ihre Handfläche. »Ich wusste keinen anderen Ausweg, um gegen die Crew zu bestehen.«

Sie bewegt leicht die Finger und streicht mir damit über die Wange. Die Stellen, die sie berührt, beginnen sofort zu kribbeln und ich schließe mit einem wohligen Brummen die Augen.

Sie lässt die Hand sinken. »Was ist damals genau geschehen? Hast du die Kontrolle verloren, weil dein Partner getötet wurde?«

Ich schüttele den Kopf. »Es ist nicht unüblich, dass ein Schwur mit dem Tod endet. Doch zuvor wurde ein großer Teil des Schatzes, den ich geschworen hatte zu bewachen, gestohlen. Ich hatte also durch meine Nachlässigkeit den Schwur gebrochen und musste die Konsequenzen tragen. Ich wurde zu einer Bestie, die nur daran dachte, denjenigen, der für mein Versagen verantwortlich war, dafür büßen zu lassen. Also verfolgte ich den Dieb und lebte nur noch dafür, mich an ihm zu rächen.«

»Du bist keine Bestie!«, begehrt Ezlain sofort auf.

»Ach nein? Ich wollte die ganze Stadt niederbrennen lassen in der Hoffnung, den Dieb zu erwischen. Mir war egal, dass dabei auch Unschuldige den Tod fanden. Ich nahm das billigend in Kauf. Die *Bestie* nahm es billigend in Kauf. Ich hatte zu der Zeit nahezu keine Kontrolle über meine Handlungen, doch das ist keine Entschuldigung.« Die Lippen fest zusammengepresst gebe ich mir alle Mühe, die Bilder, die in meinem Kopf aufsteigen, nicht zu nah an mich heranzulassen. »Sie weigerten sich, mir den Dieb auszuliefern, und der Drache in mir war es irgendwann leid, leere Drohungen auszusprechen. Also zündete er die Stadt an. Die Erinnerungen daran sind verschwommen, aber eines weiß ich noch genau: Den Stadtbewohnern gelang es irgendwie, mich zu überwältigen. Sie pressten mich zu Boden und fixierten meinen Kopf, sodass ich kein Feuer mehr speien konnte. Anschließend ... brachen sie mir den linken Flügel und zerfetzten dabei die empfindliche Haut. Er ist nie wieder richtig zusammengewachsen. *Deshalb* kann ich nicht mal mehr gleiten.«

»Das klingt furchtbar!«, murmelt Ezlain. »Hat es sehr wehgetan?«

Einen Moment starre ich sie entgeistert an. Ich erzähle ihr gerade, dass ich beinahe eine ganze Stadt zu Asche verbrannt hätte und garantiert eine Menge Unschuldiger getötet habe – und sie fragt, ob ich Schmerzen gehabt hatte? Doch so sehr ich auch danach suche, ich sehe in ihrer Miene keinerlei Anzeichen für Sarkasmus. Nur ernsthaftes Interesse mit einem Hauch Mitleid – und noch etwas, sorgsam verborgen hinter den vordergründigen Empfindungen, was ich nicht in Worte fassen kann.

Ich nicke auf ihre Frage hin. »Solche Schmerzen habe ich noch nie zuvor verspürt. Damit wir Drachen möglichst lange in der Luft bleiben können, ist die Haut unserer Flügel extrem empfindlich. Dadurch können wir selbst die kleinste Luftveränderung spüren, jeden Wirbel ausnutzen, um länger zu gleiten. Die Haut und die Schwingen an sich sind in etwa so feinfühlig wie ...« Ich greife nach ihrer Hand und hebe sie ein Stück an. Anschließend lehne ich meine Handfläche an ihre. Ezlains Hand ist im Vergleich zu meinen Pranken geradezu winzig, dennoch scheinen unsere Hände perfekt zusammenzupassen wie zwei Teile eines Ganzen. »... eine Fingerspitze. Und das überall. Jeder Zentimeter meiner Schwingen ist mit derart vielen Nervenenden durchzogen, dass selbst eine winzige Verletzung unvorstellbare Qualen verursacht und Schaden anrichtet.«

Sie schaut auf unsere Hände, ehe ihr Blick zu mir zurückkehrt. »Hast du dich wenigstens dafür gerächt?«

Ich verkneife mir ein ungläubiges Schmunzeln. »O ja, das habe ich. Die Menschen dachten, dass ich ihnen ohne mein Feuer und mit einem gebrochenen Flügel nicht mehr gefährlich werden könne, also trauten sie sich näher an mich heran. Dabei vergaßen sie aber etwas Wichtiges.«

»Und was?«

Ich verschränke meine Finger mit ihren. »Dass ich Krallen habe«, raune ich. »Ich ließ sie nah genug an mich herankommen und sie dann für das, was sie mir angetan haben, büßen.«

Für einen kurzen Moment scheint ein loderndes Feuer in ihren Augen aufzublitzen, das schnell von grimmiger Genugtuung ersetzt wird. »Geschieht ihnen ganz recht!«, verkündet sie und reckt dabei die Nase nach oben. »Wer kommt denn auf die hirnrissige Idee, einen *Drachen* zu überwältigen? Ist doch klar, dass man dabei unweigerlich den Kürzeren zieht.«

Nun schaffe ich es nicht mehr, ein ungläubiges Lachen zu unterdrücken, das sich sogar in meinen Ohren verrückt anhört. Und das ist die ganze Sache auch: völlig verrückt! Ezlains Fragen, ihre Reaktion auf meine Antworten, der Umstand, dass sie immer noch hier ist – nichts davon will mir in den Kopf. Das kann unmöglich wahr sein! Und gleichzeitig wünsche ich mir nichts sehnlicher, als dass es real ist ...

»Beantwortest du mir noch eine Frage?«, will sie wissen, nachdem sie eine Weile unsere verschränkten Hände betrachtet hat.

Ich nicke. Nichts, was sie jetzt noch fragen kann, könnte schlimmer sein als das, was ich ihr bereits erzählt habe. Und wenn sie das nicht abschrecken konnte ...

»Wie bist du in der Höhle auf der Insel gelandet?«

»Das war das Werk der Hexe, einer mächtigen Frau, die selbst einem

Wesen wie mir überlegen ist«, murre ich grimmig. »Ich weiß bis heute nicht, warum sie damals dort gewesen ist und sich eingemischt hat, ihre Magie dafür opferte, mich zu verbannen. Als sie eintraf, war ich drauf und dran, mich von den Fesseln der Stadtbewohner zu befreien, doch sie reagierte schneller als die Idioten, mit denen ich es bis dahin zu tun hatte. Sie richtete ein Schwert auf meinen rechten, noch unverletzten Flügel und stellte mich vor die Wahl. Wenn ich aufhören würde, die Stadt in Schutt und Asche zu legen und mich ihrer Strafe beugen würde, würde sie meinen zweiten Flügel verschonen.«

Ezlain zieht die Augenbrauen zusammen. »Du hast zugestimmt«, murmelt sie.

Ich nicke. »Egal was sie mir stattdessen antun würde – nichts könnte schlimmer sein als die Schmerzen, die ich bereits hinter mir hatte. Um nichts in der Welt wollte ich diese höllischen Schmerzen erneut verspüren müssen.« Ich senke den Kopf und stoße den Atem aus. »Also ja, ich stimmte zu. Daraufhin erschuf die Hexe die für alle Augen unsichtbare Insel, auf der du gestrandet bist, und verbannte mich in die Höhle, aus der ich nicht aus eigener Kraft entfliehen konnte.« Ich schaue wieder auf und zucke mit den Schultern. »Der Zauber besagte, ich sollte sie erst verlassen können, wenn es mir gelänge, wieder einen Handel mit einem Menschen einzugehen. Der ja aber aller Wahrscheinlichkeit niemals auf einer unsichtbaren Insel gelandet wäre. Den Rest kennst du.«

»Das klingt furchtbar«, murrt Ezlain und zieht dabei die Nase kraus. Beinahe sieht es aus, als würden ihre unzähligen Sommersprossen über ihre Haut tanzen. »Was ging all das diese Hexe überhaupt an? Warum musste sie dich so fürchterlich bestrafen? Und wie solltest du je von der Insel kommen können, wenn sie niemand finden konnte? Das ergibt doch keinen Sinn!«

»Glaub mir, ich habe sehr viele Jahre damit zugebracht, mir genau die gleichen Fragen zu stellen«, murmele ich. »Aber bis heute ist es mir nicht gelungen, Antworten darauf zu finden. Was ich mit Sicherheit weiß, ist, dass ich der Hexe gegenüber keine Gnade walten lasse, wenn ich sie je in die Finger kriegen sollte.«

Ezlain nickt nachdenklich. »Sie ist es, nach der du suchen musst, nicht wahr?«

Ich nicke. »Hexen und Zauberer altern nicht wie Menschen. Solange sie noch über einen Funken Magie verfügen, können sie quasi ewig leben. Es ist also gut möglich, dass sie noch irgendwo da draußen ist. Und früher oder später werde ich sie finden.«

Sie hebt eine Hand und legt sie für einen Moment auf die Brust, unter der mein Herz schlägt. Als würde sie sich selbst darüber wundern, dass sie es getan hat, lässt sie aber die Hand schnell wieder sinken. »Wenn wir Cressa gefunden haben und du noch nicht die Nase voll von mir hast, würde ich mich gern für deine Hilfe revanchieren. Ich weiß, dass ich dir nicht von großem Nutzen sein kann, aber …«

Ich lege ihr zwei Finger auf die Lippen. Verwundert schaut sie zu mir auf. »Ich würde mich freuen.«

Ihre Mundwinkel zucken, als versuche sie krampfhaft, ein Lächeln zu unterdrücken. Allein, dass sie mir dieses Angebot macht, ist mehr, als ich mir je zu wünschen gewagt habe. Ich hätte sogar auf meine Rache an der Hexe verzichtet, wenn es bedeutet hätte, dass ich länger mit Ezlain zusammen sein könnte – auch ohne Blutschwur. Den brauche ich nicht, um eine Bindung zu ihr zu spüren, die weit über das getauschte Blut hinausgeht. Tief in mir hoffe ich, dass sie ähnlich empfindet und diese beiderseitige Bindung der Grund ist, warum ich mich in Notsituationen überhaupt an ihrer Kraft bedienen kann. Nie würde ich dieses Geschenk, mit dem ich nicht gerechnet habe, leichtfertig nutzen. Aber wenn es um Ezlains Sicherheit geht, werde ich nicht zögern.

Sie runzelt wieder die Stirn, als denke sie bereits über die nächste Frage nach. Und dass sie mir eine weitere Frage stellen wird, steht natürlich fest. Ich freue mich darauf, sie zu hören.

»Wie war dein Leben davor?«, will sie wissen. »Bevor dein Schwur gebrochen wurde, meine ich. Hast du weit entfernt von hier gelebt?«

Ich schüttele den Kopf, verschränke unsere Finger fester miteinander und konzentriere mich auf die erholsame Kühle, die von ihrer Hand auf mich übergeht. »Ich sollte einen großen Schatz bewachen.« Ich deute hinauf zum Berg, von dem wir vor nicht allzu langer Zeit in die Tiefe gesprungen sind. »Er befand sich da drin. Als er noch vollständig war, war er übrigens sehr beeindruckend.«

»Du ... hast *hier* gelebt?« Mit gerunzelter Stirn sieht sich Ezlain im kargen Steinlabyrinth um. »Deshalb kennst du dich auch so gut aus ... Aber wie konntest du hier überleben? Ohne Wasser und Nahrung, nur umgeben von kargem Stein?«

Ich greife nach ihrer anderen Hand und fahre mit dem Daumen über die Narbe in der Mitte. »Natürlich muss ich essen und trinken, sonst würde ich sterben. Allerdings brauche ich nicht so viel wie ein richtiger Mensch und kann mehrere Wochen ohne Nahrung auskommen, wenn es sein muss. Dann bin ich zwar nicht ganz so gut in Form, aber es ist möglich. Abgesehen davon versorgte mich mein Schwurpartner regelmäßig mit Essen und Wasser. Es mangelte mir an nichts.«

Sie zieht spöttisch eine Augenbraue hoch. »Da ich nun deine Partnerin bin, kommt diese Aufgabe mir zu, schätze ich. Ein kleiner Preis für deine Hilfe. Habe ich dir eigentlich schon dafür gedankt, dass du mir geholfen hast? Nicht nur gegen die Crew, sondern auch ...« Sofort verändert sich der Ausdruck in ihrem Gesicht. Sie schluckt angestrengt und ihre Fingerspitzen fühlen sich plötzlich noch kühler, beinahe eisig an. »Auch gegen Kyle. Ich hätte ... Wenn ich ehrlich bin, hätte ich gegen ihn verloren, so ungern ich das zugebe. Und was dann mit mir geschehen wäre, daran will ich nicht einmal denken.«

»Wenn wir diesem Kyle noch einmal begegnen«, wispere ich, »werde ich ihn töten für das, was er dir angetan hat.«

»Vielleicht bin ich dir bis dahin zuvorgekommen«, gibt sie mit einem schwachen Lächeln zurück. »Cressa und ich sind bestimmt nicht die ersten Frauen, an denen er sich vergehen wollte – und wir werden garantiert nicht die letzten sein.« Ihr Lächeln wird eine Spur breiter. »Leider geht nicht jede Frau einen Blutschwur mit einem Halbdrachen ein, der Kerle wie Kyle ohne Weiteres in ein Häufchen Asche verwandeln kann. Ich finde das durchaus praktisch.«

Das ehrliche Lächeln, das sie mir schenkt, veranlasst mich beinahe dazu, etwas Dummes zu tun. Ihr etwas zu sagen, was ich nicht in Worte zu fassen wage, zum Beispiel, obwohl ich seit Tagen nichts lieber täte. Verdammt! Wenn das nicht die Gefühle sind, die ich vermeiden wollte, seitdem ich ihr das erste Mal begegnet bin ... Ich hatte nie etwas dafür übrig, mich auf *eine* Frau an meiner Seite zu beschränken und war dabei nicht wählerisch. Das durfte ich auch nicht sein, denn jede von ihnen hat schreiend das Weite gesucht, sobald sie erfahren hat, was ich bin. Am Ende war ich immer allein und irgendwann war es mir egal. Zumindest redete ich mir das ein. Bis jetzt.

Doch allein die Tatsache, dass Ezlain mich – eine Bestie, die sie eigentlich fürchten sollte – auf diese Weise anlächelt, lässt mich nach sehr langer Zeit wieder Hoffnung schöpfen.

Ein Schmunzeln zupft an meinen Mundwinkeln. »Praktisch findest du mich also, *fy rwy'nary?*«

Ich rechne mit einer spitzen, schlagfertigen Antwort, doch die bleibt sie mir diesmal schuldig. Stattdessen erscheint ein erstauntes Funkeln in ihren großen Augen. Erst jetzt fällt mir auf, dass ich unbewusst die letzten Worte in der Drachensprache ausgesprochen habe. Verdammt! Ich darf sie nicht auf diese Weise anreden, denn das ist sie nicht ... Sie ist nicht *meine Geliebte,* wie ich sie eben genannt habe, sondern meine Partnerin. Nicht mehr. Aber zum Glück auch nicht weniger.

Das hält mich jedoch nicht davon ab, den Lohn des Siegers einzufordern, der mir von Rechts wegen zusteht.

»Weißt du, was *ich* praktisch finde?«, raune ich und streife nun mit den Lippen über die Narbe in ihrer Handfläche. Ich höre, wie ihre Atmung sich beschleunigt, und das wiederum bringt mein Herz dazu, schneller zu schlagen. »Du hast gegen die Regeln verstoßen.«

»D...Das findest du praktisch?«, bringt sie hervor. »Inwiefern?«

Ich knabbere sanft an ihrem Handballen. Sie schmeckt genauso süß, wie sie riecht, und ich könnte den ganzen Tag damit zubringen, von ihr zu kosten. Augenblicklich scheinen sich die paar Tropfen ihres Blutes, die durch meine

Adern zirkulieren, in flüssiges Feuer zu verwandeln. Ganz genau kann ich spüren, wo sie entlangfließen, und sie stecken mein eigenes Blut, das sowieso viel heißer ist als ihres, zusätzlich in Brand.

Ich muss mich dazu zwingen, nicht unbewusst wieder in die Sprache zu wechseln, mit der ich aufgewachsen bin. »Du hast mich dazu gebracht, dir zu sagen, was ich bin, obwohl *du* bei unserer Wette verloren hast.«

Als ich ihr Handgelenk küsse, hämmert mir ihr Puls gegen die Lippen. Einen Augenblick länger als zuvor presse ich den Mund gegen ihre Haut, um mich an diesem Gefühl weiter zu laben.

»Das bedeutet, dass du nun erst recht keine andere Wahl hast, als deinen Teil der Wette ebenfalls zu erfüllen.«

Ich verstärke den Druck der anderen Hand und ziehe sie die lächerlichen Zentimeter, die uns noch trennen, zu mir, nachdem ich mich wieder zu voller Größe aufgerichtet habe. Ihr wunderbar kühler und weicher Körper schmiegt sich viel zu perfekt an meinen. Zu perfekt, um wahr sein zu können. Mit großen Augen schaut sie zu mir auf und ich bin drauf und dran, sie sofort gegen die Steinwand hinter ihr zu pressen, um sie noch fester an mir zu spüren. Nur mit Mühe kann ich mich davon abhalten. Stattdessen lehne ich mich nur ein Stück nach vorn.

»Ich habe gewonnen«, wispere ich nur eine Handbreit von ihrem wundervollen Mund entfernt. »Ich habe mehr Feinde unschädlich gemacht als du. Hilf mir doch kurz auf die Sprünge! Was hast du mir noch mal als Siegeslohn versprochen?«

»E…Einen Kuss«, haucht sie zögerlich. Das letzte Wort ist so leise, dass ich es kaum verstehen kann. »Aber wir … müssen uns beeilen. Das Schiff …«

Ich löse den Blick von ihren vollen, einladenden Lippen und bringe sie allein mit meinen Augen zum Schweigen. »Die Sonne ist noch nicht vollends aufgegangen und das Schiff ist nur einen Steinwurf entfernt. Also …« Ohne den Blickkontakt zu unterbrechen, beuge ich mich so weit hinunter, dass ich beinahe beim Sprechen ihren Mund berühre. »Gibt es noch weitere Einwände, die du vorbringen willst, oder wirst du jetzt – wie es sich gehört – deine Schuld begleichen?«

Ihr ungleichmäßiger Atem streicht mir übers Gesicht. Ich löse eine Hand und lege sie an ihren unteren Rücken, um sie so nah wie möglich bei mir zu behalten. Die Hitze ihres Blutes in mir und das leichte Zittern, das sie hin und wieder heimsucht, zeigen mir, dass ich mit keinem weiteren Widerstand rechnen muss.

Langsam überbrücke ich den letzten Zentimeter und presse meine Lippen auf ihre.

Kapitel 19

Ezlain

Drayces Mund brennt wie flüssiges Feuer auf meinem, doch anstatt davor zurückzuzucken, braut sich in meiner Kehle ein heiseres Stöhnen zusammen. Ein Laut, der mir völlig fremd ist und der unmöglich von mir stammen kann. Deshalb nutze ich das letzte bisschen Verstand, das mir im Moment noch bleibt, und hindere ihn mit aller Kraft daran, meinen Mund zu verlassen.

Doch der Rest von mir reagiert und handelt nun, ohne dass ich es bewusst steuern kann.

Als ich ihn das erste Mal traf, war Drayce für mich nichts weiter als ein selbstverliebter Idiot, der sich nahm, was er wollte, ohne nachzufragen. Der mich stets mit einem Stirnrunzeln betrachtete, wann immer ich etwas nicht verstand und nachfragte. Und ich bin mir sicher, dass er in mir nichts anderes als eine Belastung sah; eine, die er doch lieber hätte töten sollen, nachdem ich ihn während des Schwurs hereingelegt hatte.

Jetzt wummert mein Herz derart aufgeregt in der Brust, dass ich Sorge habe, es könnte jede Sekunde herausspringen. Es fühlt sich an, als dehne es sich aus, bis es nicht mehr genug Platz in mir findet und daher schmerzhaft gegen meinen Brustkorb drückt. Mir ist so heiß, dass ich befürchte, ich könnte jederzeit von innen heraus verglühen. Ein Prickeln nach dem anderen rauscht durch mich hindurch, ausgelöst durch den sanften Druck von Drayces Lippen, die sich immer nur für die Dauer eines Sekundenbruchteils von meinen lösen.

Die Sanftheit, mit der er mich berührt, hätte ich ihm nicht zugetraut; sie steht im krassen Kontrast zu der Art, wie er sich sonst gibt – kühn und dreist und stark. Doch nun sind seine Berührungen derart vorsichtig, dass ich sie fast für eine Einbildung halte, wäre da nicht das sehnsüchtige Prickeln, das überall dort entsteht, wo ich ihn spüre.

Eine Hand legt er mir an den Hinterkopf, fährt mir mit den Fingern durchs Haar und neigt meinen Kopf, um besseren Zugang zu meinem Mund zu finden. Und er weiß genau, wie er das tun muss ...

Für einen winzigen Augenblick gelingt es meinem Verstand, sich durch das Feuer, das in mir lodert, hindurchzukämpfen und mir die Frage, warum ich das hier tue, einzuflüstern. Ich bringe die Stimme jedoch rigoros zum Schweigen, denn die Antwort ist denkbar einfach: weil ich es will. Weil ich für diese kurze Zeit vergessen kann, wer ich bin, warum ich hier bin und was noch vor mir liegt. Weil ich die Zweifel darüber ausblenden kann, wie mein nächstes Ziel lautet, wo doch alles verloren scheint. Weil ich die Angst vergessen kann, die ansonsten jeden meiner Schritte bestimmt und mich des Nachts nur noch schlafen lässt, wenn ich in Drayces Nähe bin.

Unvermittelt drängt mich Drayce weiter nach hinten, bis ich mit dem Rücken gegen die Steinwand stoße. Die Hand, die bis eben noch knapp über meinem Po lag, gleitet nun sanft über meine Hüfte bis zur Taille. Endlich spüre ich ihn fester an mir und lehne mich ihm noch weiter entgegen.

»Mach den Mund auf!«, raunt er kehlig, ohne sich dabei von mir zu lösen.

Bei jedem Wort streifen seine Lippen über meine. Seine Stimme klingt fast wieder so wie vorhin, als er in dieser seltsamen Sprache mit mir redete – rau und wild und ursprünglich. Allein bei diesem Klang entweicht mir beinahe ein Wimmern. Was würde ich dafür geben, wenn er immer so mit mir sprechen würde?

Dennoch zögere ich. Ich schlucke angestrengt, befehle den seltsamen Lauten, dort zu bleiben, wo sie sind, und öffne dann doch wie geheißen den Mund ein Stück weit.

Sofort streicht Drayce mit der Zunge auf meiner Unterlippe entlang und im nächsten Moment entschlüpft mir schon ein Stöhnen, das ich bisher verbissen zurückgehalten habe. Ich zucke zurück, beschämt über diesen absonderlichen Laut, den ich mir nicht erklären kann, und will den Kuss unterbrechen, um wieder Herrin meiner Sinne zu werden. Drayce hält meinen Kopf zwar an Ort und Stelle, weicht aber gerade in diesem Moment ein Stück zurück, sodass er mich ansehen kann. Gefangen zwischen ihm vor und dem Gestein hinter mir gibt es keinen Ausweg. Erschrocken schaue ich zu ihm auf.

Der Blick, mit dem er mich bedenkt, ist dunkel und verschleiert und dennoch derart verheißungsvoll, dass mein Mund staubtrocken wird. In seinen Iriden, die ich gerade so hinter den halb geschlossenen Augen ausmachen kann, glänzt es wie zähflüssiger Honig in der Sonne.

»Wenn du willst, dass ich aufhöre«, raunt er mit herrlich dunkler Stimme, »musst du es nur sagen. Ansonsten …«

Er schiebt ein Bein zwischen meine, sodass ich nur noch auf Zehenspitzen stehe, schlingt anschließend einen Arm um mich und hebt mich ein Stück hoch, bis mir keine Wahl bleibt, als die Beine um seine Hüfte zu schlingen. Mit einer Hand klammere ich mich an seiner Schulter fest, die andere habe ich in seinem Haar vergraben.

»… werde ich da weitermachen, wo wir eben aufgehört haben, und jeden Laut genießen, der aus deinem Mund kommt.«

Drayce wartet einen Moment – genau zwei donnernde Herzschläge lang –, gibt mir Zeit zu sagen, dass ich das hier nicht will und er aufhören soll. Aber das sage ich nicht; ich denke nicht einmal daran. Wie durch Magie wird mein Blick von seinen feucht glänzenden und leicht geröteten Lippen angezogen. Ich will sie wieder spüren – seine Lippen auf meinen –, will das Gefühl, als sei ich komplett in Watte gepackt, zurück. Ein Zustand, in dem ich mir um nichts und niemanden Gedanken machen muss, außer um mich und den Mann, der mich gerade um den Verstand bringt.

Drayce braucht nicht mehr als diesen einen Blick, den ich seinen Lippen zuwerfe, um zu wissen, wie es um mich bestellt ist. Er drängt sich gegen mich, sodass ich größtenteils durch die Wand hinter mir gehalten werde und mich nicht mehr verzweifelt an ihm festklammern muss. Ich stöhne auf, als er mit der Hüfte zwischen meinen gespreizten Beinen einen Punkt trifft, der mich kurz Sterne sehen lässt. Ein ungeahntes Gefühl rauscht in atemberaubender Geschwindigkeit durch meinen gesamten Körper, versetzt sämtliche Nerven in Schwingung, bis ich glaube, Drayce und alles, was er mit mir anstellt, noch deutlicher zu spüren.

Ich kann nicht atmen – und will es auch nicht. Ich will, dass die Hitze verschwindet – und gleichzeitig wünsche ich mir, dass sie noch viel heißer brennt. Genauso heiß wie Drayces Körper, der sich an meinen presst.

Wieder streicht er mit der Zunge über meine Lippen und diesmal öffne ich den Mund bereitwillig. Das sanfte Stöhnen, das mir dabei entweicht, kümmert mich nicht mehr. Er stupst mit der Zungenspitze gegen meine und auch ich beginne, sie zu bewegen. Vorsichtig zunächst – aus Angst, ich könnte etwas falsch machen –, dann, nachdem Drayce jede noch so kleine Bewegung mit einem kehligen Raunen belohnt, mutiger.

Langsam lässt er die Hand, die bis eben an meinem Hinterkopf lag, nach unten gleiten, streift dabei sanft über meinen Hals und die Rundung meiner Brust. Allein diese federleichte Berührung durch den Stoff hindurch reicht aus, dass ich erneut aufstöhne. Beinahe schmerzhaft pressen sich meine aufgerichteten Brustwarzen gegen die locker angelegte, aber raue Bandage. Ich drücke den Rücken durch, dränge mich ihm noch weiter entgegen und bettele ihn stumm an, mich noch einmal dort zu berühren, doch Drayces Hand ist bereits auf dem Weg weiter nach unten, fährt über meine Taille bis hin zur Wölbung meiner Hüfte, um sich schließlich um meinen Po zu legen. Die andere Hand folgt beinahe gleichzeitig auf der anderen Seite nach. Überdeutlich spüre ich seine Finger, die sich in mein Fleisch graben und mich noch fester gegen seine Hüfte drücken, durch den dünnen Lederstoff der Hose.

Diesmal fällt mein Stöhnen wesentlich lauter aus und ich kralle beide Hände in seinen Nacken und sein Haar, in der Hoffnung, irgendwo Halt zu finden. Die brennende Hitze, die bis eben durch meinen Körper wütete, scheint sich nun in meinem Schoß zu sammeln, wird heißer und drängender, bis ich kaum noch etwas anderes spüre als seine Härte zwischen meinen Beinen. Behutsam bewegt er die Hände, hebt und senkt dadurch meine Hüfte und reibt mich in genau dem richtigen Druck weiter an ihm.

Die Muskeln in meinen Beinen beginnen zu zittern, doch ich klammere mich weiter an ihm fest. Wenn ich jetzt loslasse und hinunterrutsche, verliere ich das prickelnde Gefühl, das meine ganze Aufmerksamkeit fordert und mich Sterne vor den geschlossenen Lidern tanzen sehen lässt.

Mein abgehacktes Stöhnen vermischt sich mit Drayces, das rauer und drängender klingt als meines. Ich liebe diesen Klang fast so sehr wie die Worte, die er in der fremden Sprache gesprochen hat.

Immer mehr Hitze staut sich zwischen meinen Beinen, bis ich das Gefühl habe, jeden Moment verglühen zu müssen.

»Bitte«, hauche ich gegen Drayces Lippen, die sich nicht eine Sekunde lang von mir lösen.

Als wäre er mit meinem verschmolzen, liegt Drayces Mund auf meinem. Hin und wieder wagt sich seine Zunge vor, manchmal knabbert er sanft mit den Zähnen an meiner Unterlippe, doch er lässt zum Glück nie gänzlich von mir ab.

»Bitte *was?*«, entgegnet er flüsternd. Mir entgeht jedoch nicht der neckende Tonfall. Würde ich die Augen öffnen, ich sähe garantiert den Schalk in seinem Blick aufblitzen. Er nimmt für einen Moment den Druck von meinen Lippen, zieht sich jedoch nicht zurück. Ich spüre die Bewegung seiner Lippen bei jeder Silbe. »Worum bittest du mich, Schätzchen? Sprich es aus, sonst weiß ich nicht, was ich tun soll.«

Mein Hals ist plötzlich wie zugeschnürt. Krampfhaft versuche ich, die richtigen Worte für das zu finden, was ich will, scheitere jedoch kläglich. Selbst das Wort »Bitte« stellte mich eben schon vor eine ungeahnte Herausforderung, denn im Moment ist mir nach vielem – aber nicht nach Reden.

Drayce scheint meine Zerrissenheit zu bemerken, denn er löst sich von meinen Lippen, stupst mit der Nasenspitze gegen meine und wispert: »Ist schon gut. Du musst nichts sagen, wenn du nicht willst. Lass mich nur wissen, wenn ich etwas tue, was dir nicht gefällt, in Ordnung?«

Ich zwinge meinen Blick dazu, sich auf seine Augen zu fokussieren, und bringe ein schwaches Nicken zustande.

»I…Ich weiß nicht, was ich …«, stammele ich, als er mit dem Mund eine heiße Spur über meine Wange hin zum Ohr zieht. »Ich hab noch nie …«

Die letzten Worte gehen in meinem erneuten Stöhnen unter, als er mir sanft ins Ohr beißt und anschließend mit der Zunge über die Stelle leckt.

»Ich weiß«, murmelt er, als er sich langsam zu meinem Hals vorarbeitet.

Meine Lippen sind von den innigen Küssen geschwollen und brennen, wünschen sich seine heißen Lippen jedoch sofort wieder zurück.

Mit einer Hand streichelt er über die Wölbung meines Oberschenkels; erst hin zum Knie und dann ganz langsam wieder zurück. Bei jedem Rückweg arbeiten sich seine Finger weiter zur empfindlichen Innenseite meines Beines vor. Als ich mir sicher bin, dass er mich gleich dort berühren wird, wo ich es am dringendsten benötige, hält seine Hand abrupt inne und er löst sich von meinem Hals.

»Was ist das?«, fragt er mit gerunzelter Stirn, als er etwas Hartes an der Seite meiner Hose ertastet.

Ich blinzele mehrmals hintereinander und gebe garantiert einen mitleiderregenden Anblick ab; herausgerissen aus der Hitze und dem Sehnen bin ich außerstande, mich auf seine Frage zu konzentrieren. Stimmt etwas nicht mit meinem Bein? Oder meint er die Hosentasche? Was soll denn da …? Und dann fällt es mir ein.

»Cressas … Sklavenmarke«, murmele ich. »Ich trage sie bei mir, seit wir geflohen sind, aber sie ist … wertlos.«

Unvermittelt greift Drayce hinter sich und löst meine Beine von sich. Ich sacke unsanft zurück auf den Boden und habe Mühe, ohne Hilfe stehen zu bleiben.

Was … passiert hier gerade?

Mir zittern die Knie und mein Atem geht unregelmäßig, doch ich schaffe es nicht, mich zu beruhigen. Ganz im Gegenteil, ich werde noch verwirrter, je länger ich schutzlos und ohne seine Stütze dastehe. Überall da, wo er mich berührt hat, kann ich Drayce noch spüren, als hätte er sich mir in die Haut eingebrannt, doch die allumfassende Hitze kühlt merklich und schnell ab – fast von einer Sekunde auf die andere –, als ich seinem ernsten Gesichtsausdruck begegne.

Er streckt die Hand aus. »Gib mir die Marke!«

»Was?« Meine Stimme ist nicht mehr als ein Krächzen. »Aber warum?«

Ich bin völlig vor den Kopf gestoßen und auch wütend über die plötzliche und denkbar ungünstige Unterbrechung. Nur noch etwas länger und ich wäre …

»Weil ich mit der Marke vielleicht Cressa aufspüren kann«, antwortet Drayce eine Spur ungehalten.

Völlig entgeistert starre ich ihn an und verstehe kein einziges Wort.

Er seufzt und fährt sich mit einer Hand durchs Haar, das ich eben ziemlich durcheinandergebracht habe. Das Band, mit dem er immer seine schulterlangen Feuerhaare im Nacken zusammenhält, scheint sich dabei gelöst zu haben. Nun rahmen sie sein markantes Gesicht ein.

»Du weißt doch noch, dass ich Schlüsselschätze aufspüren kann, oder?«, hakt er nach.

Ich nicke zögerlich, weil ich keine Ahnung habe, worauf er hinauswill. Meine Gabe zum logischen Denken scheint der Hitze zum Opfer gefallen zu sein.

»*Das* könnte die Verbindung sein, die wir so dringend benötigen, um Cressa doch noch zu finden«, hilft Drayce mir auf die Sprünge und weist auf meine Hose.

Er wedelt auffordernd mit der Hand, doch ich rühre mich noch immer nicht.

»Es ist …«, setze ich unsicher an, »… nur eine billige Blechmarke mit ihrem Namen drauf. Sie ist garantiert kein Schlüsselschatz. Cressa trägt hingegen … hoffentlich … noch die Marke aus Gold mit meinem Namen darauf.«

Ein breites Lächeln erscheint auf Drayces Lippen. »Umso besser! Der Wert des Gegenstandes ist bei einem Schlüsselschatz völlig egal. Es zählt nur der

Wert, den der Gegenstand für den Besitzer hat. Und dir bedeutet diese Marke etwas, oder?«

»Ja«, hauche ich. »Aber ...«

»Dann kann ich damit vielleicht etwas anfangen«, fällt er mir ins Wort. »Es ist besser als nichts. Cressa ist zwar ein Mensch, aber für dich ist sie ein Schatz, den du mit allen Mitteln beschützen willst. Gegenstände wie diese Marke, die du stark mit ihr verbindest, können uns dabei helfen, sie zu finden, denn zwischen den beiden besteht eine Verbindung. Cressa wird die Marke lange getragen haben, nicht wahr?«

»Fast ihr ganzes Leben«, antworte ich.

»Dann ist das eine Chance, die wir auf jeden Fall ergreifen sollten. Bitte gib mir jetzt die Marke!«

Ich habe endlich verstanden. Ohne weiter zu zaudern, lasse ich die Hand in die Hosentasche gleiten, ziehe die Blechmarke heraus und lasse sie in Drayces ausgestreckte Hand fallen. Sofort schließt er die Finger darum.

»Du bekommst sie wieder, versprochen«, murmelt er, während er mit der anderen Hand nach meiner greift. »Aber zunächst müssen wir uns beeilen und zum Schiff zurück. Dann brauche ich am besten eine Landkarte. Wenn ich mich konzentriere, kann ich die Schwingungen des Schatzes spüren und sagen, aus welcher Richtung sie kommen. Und wenn wir eine ungefähre Richtung haben ...«

»... gleichen wir mit der Karte ab, welche Inseln oder Gebiete sich dort befinden«, beende ich seinen Satz und werde mit einem funkelnden Blick belohnt.

Der Druck um meine Hand verstärkt sich. »Es ist die einzige Chance, die wir haben. Wenn es funktioniert, werde ich Cressa finden. Das verspreche ich dir.«

Ich lasse den Kopf nach vorn sinken, lehne die Stirn an Drayces Schulter und stoße den Atem aus. »Ich weiß.«

Kapitel 20

Ezlain

Wir schaffen es rechtzeitig zurück zum Schiff, bevor die Sonne vollends aufgegangen ist. Die Matrosen sind gerade dabei, die Segel zu hissen, als Drayce und ich über die noch ausgelegte Planke an Bord hasten.

Den ganzen Weg über lässt Drayce meine Hand nicht los, doch keiner von uns spricht das, was vorhin geschehen ist, an. Meine Lippen brennen noch immer von seinen Küssen und dem Knabbern seiner Zähne und das Pochen zwischen den Beinen ist auch noch nicht ganz verschwunden. Ihn zu berühren – und sei es nur, indem er meine Hand hält –, fühlt sich jetzt völlig anders an als gestern noch.

Ich weiß nicht, ob ich weiterhin mit ihm in einer Hängematte schlafen kann, ohne an das zu denken, was er vorhin mit mir angestellt hat. Ohne mir zu wünschen, er würde weitergehen und das beenden, was seine Berührungen mir versprochen haben.

Ich zwinge meine Gedanken, sich wieder auf Cressa und ihre Rettung zu konzentrieren, doch wann immer mein Blick zu Drayce schweift, meine ich, wieder die Hitze, die unentwegt von ihm ausgeht, auf der Haut zu spüren. Was mir natürlich kein bisschen dabei hilft, mich zu konzentrieren. Es ist, als sehne sich mein stets kühles Inneres nach dem Feuer, das ihm zu Eigen und der komplette Gegensatz zu mir ist.

»Ich habe Euch doch bereits gesagt, dass ich Euch nicht auf gut Glück durch die Weltgeschichte segele«, grollt der Kapitän, als wir ihm unser Anliegen unterbreiten. »Und erst recht nicht in die Richtung, die Ihr mir gewiesen habt. Dort gibt es nur eine Insel und ich werde mich, mein Schiff und meine Crew so weit wie möglich von dort fernhalten.«

»Und ich habe Euch gesagt, dass ich Euch reich dafür entlohnen werde«, hält Drayce ebenso grollend dagegen und baut sich mit vor der Brust verschränkten Armen vor seinem Gegenüber auf, der ihm nur bis zur Nasenspitze reicht.

Andere Männer wären allein schon deswegen eingeknickt, weil er sie niederstarrt; Drayce ist wahrlich eine imposante Erscheinung! Immer wieder ertappe ich mich dabei, wie mein Blick beinahe liebevoll über seine Schultern und Arme und den Rücken gleitet, vor allem, wenn er so dasteht wie jetzt. Die Kraft, die er allein durch seine Haltung ausstrahlt, weckt etwas in mir auf, wovon ich bis vor einigen Tagen nie Notiz genommen habe. Etwas, was ich stets vermisst habe, wenn gleichaltrige Mädchen von jungen Männern schwärmten. Etwas, was ich für einen Mythos hielt, und ich war sogar dankbar dafür, dieses Gefühl nicht spüren zu müssen.

Jetzt will ich es nie wieder missen – dieses warme Flattern in der Brust, wann immer ich zu ihm schaue, das sich jedoch sofort entzündet, wenn sich unsere Blicke kreuzen.

Seit dem Kuss im Steinlabyrinth liegt ein verheißungsvolles Funkeln in seinen goldenen Augen, das mich nur zu gut daran erinnert, wie er mir den Verstand geraubt hat. Gäbe es nicht Cressa, würde ich nichts lieber tun, als den Kapitän und die Crew zum Teufel zu schicken und Drayce hinunter in unsere Kabine zu zerren, wo ich sofort die Tür hinter uns verriegeln und ihn da weitermachen lassen würde, wo er vorhin aufgehört hat.

Meine Gedanken schweifen ab, als ich darüber nachgrübele, was es war, was dieses Umdenken in Bezug auf Drayce bei mir bewirkt hat. Vielleicht, dass er mir echte Anerkennung entgegenbrachte, sowohl für meinen Gesang als auch dafür, dass ich mich zu verteidigen weiß. Vielleicht sein Umgang mit mir – als würden wir uns schon unser ganzes Leben lang kennen. Er liebt es, mich zu ärgern und zu necken, überschreitet dabei jedoch nie eine Grenze. Und wenn ich ihn brauche, ist er da, ohne sich zu beschweren. Er erlegt Monsterspinnen und hält mir die Ohren zu, wenn über uns ein Gewitter tobt. Er schert sich nicht um die Meinung anderer, sondern zögert keine Sekunde, mich als Frau ebenfalls zu trainieren. Er hält mich fest, wenn ich Angst habe, dass die Wellen mich jeden Moment verschlingen könnten.

Und gestern … Ohne Drayce wäre ich gestern gestorben.

Auch jetzt steht er mir zur Seite, obwohl wir nicht wissen, wohin uns diese Reise führt. Gut möglich, dass das, was wir bereits erlebt haben, nur ein Vorgeschmack dessen war, was am Ende auf uns wartet.

Ich fürchte mich vor dem Unbekannten, das vor uns liegt. Dass es da draußen etwas gibt, dem selbst ein Halbdrache wie er nicht gewachsen ist. Und dass ich auch ihn verlieren könnte.

Was wäre geschehen, wenn ich den Blutschwur nicht abgeändert hätte? Wäre er gegangen, sobald wir das Festland erreicht hätten? Oder hat er – im Gegensatz zu mir – schon damals gespürt, dass *mehr* zwischen uns ist als ein mit Blut besiegeltes Versprechen? Ich traue mich nicht, ihn all das zu fragen, weil ich nicht weiß, wie ich das, was ich empfinde und von ihm wissen will, in Worte fassen soll.

Aber der größere und sehr viel lautere Teil von mir will Drayce unbedingt in meiner Nähe haben – ungeachtet dessen, was vor uns liegt. So nah, wie es nur irgendwie geht. So nah, dass ich seine Hitze überall an mir spüren kann – jederzeit und ohne Zurückhaltung.

Ein gänzlich unbekanntes Gefühl der Sehnsucht und des Verlangens und der Wunsch, dass er mich mit seinen starken Arme erneut hochheben und festhalten soll, durchströmen mich bis in den letzten Winkel meines Körpers, und ich muss mich dazu zwingen, mich nicht gleich hier und jetzt an Deck – vor den Augen der gesamten Crew! – an ihn zu schmiegen.

Ich schüttele schnell den Kopf, um diese wenig hilfreichen Gedanken zu vertreiben und schaue wieder auf die ausgebreitete Seekarte vor mir. Von hier aus ist es vielleicht eine Reise von zwei Tagen zu der Insel, die in genau der Richtung liegt, in die Drayces Gabe uns weist. Er spürt deutlich die Schwingungen des Schlüsselschatzes.

Mit den Fingern fahre ich über den Namen, der auf der Karte unter der Insel steht. *Makio.* Ich verstehe nicht, warum allein der doch wohlklingende Name eine solche Panik beim Kapitän und der Crew auslöst. Für mich sieht die Insel aus wie jede andere der kleineren Nebeninseln. Wäre es nicht Cressas möglicher Aufenthaltsort, ich würde vermutlich an ihr vorbeisegeln.

Doch der Kapitän weigert sich hartnäckig, auch nur in Erwägung zu ziehen, die Segel in diese Richtung zu setzen. Dabei ist er ein Narr, wenn er das Gold, das Drayce ihm anbietet, nicht annimmt. Es würde ihn und seine gesamte Crew für fünf Tage, wenn nicht gar eine ganze Woche, entlohnen. Deshalb begreife ich nicht, warum er sich derart vehement dagegen sträubt. Wir bieten ihm nahezu alles, was wir noch von meinem Gesangsauftritt im Hafenörtchen besitzen. Kurz streiche ich mit der Hand über das prall gefüllte Goldsäckchen, das an meinem Gürtel hängt.

»Lady Ezlain«, murmelt einer der Matrosen neben mir.

Lady. Mir kommt es wie eine Ewigkeit vor, dass mich jemand auf diese Weise angesprochen hat, ohne es spöttisch zu meinen.

Ich wende mich dem schlaksigen Jungen, den ich auf höchstens 16 schätze, zu und ziehe fragend eine Augenbraue nach oben. Bisher hat die Crew mich entweder misstrauisch beäugt oder so getan, als wäre ich Luft. Direkt angesprochen hat mich noch keiner der Männer, auch nicht während des Trainings. Deshalb bin ich überrascht darüber und sehe den Jungen aufmerksam an, der mit gesenktem Blick knapp einen Meter von mir entfernt steht und nervös die Mütze in den Händen knetet.

»Würde … Würde es Euch etwas ausmachen, Euren Ehemann zu zügeln?«, bringt er schließlich hervor. »Ich befürchte, dass er unserem geschätzten Kapitän sonst früher oder später den Schädel einschlagen wird, wenn er sich weiterhin weigert, der Bitte, nach Makio zu segeln, nachzukommen.«

Ich werfe Drayce, den der Junge als meinen *Ehemann* bezeichnet hat, einen abwägenden Blick zu. Ja, um seine Geduld scheint es nicht besonders gut zu stehen, wie mir seine sichtlich pochende Halsschlagader verrät. Im Gegensatz zu dem Jungen fände ich es allerdings durchaus interessant, herauszufinden, wie lange es noch dauert, bis meinem unfreiwilligen Ehemann der Geduldsfaden reißt.

»Warum machst du das nicht selbst?«, frage ich den jungen Matrosen zurück und kann mir gerade so ein Schmunzeln verkneifen.

Augenblicklich weicht jedwede Farbe aus seinem Gesicht. »Weil ...« Er schluckt angestrengt. »Weil ich Angst vor Eurem Mann habe.« Kurz schaut er mir ins Gesicht, ehe er wieder zu Boden starrt. »Die anderen sagen, dass er auf niemanden außer Euch hört. Keiner traut sich in seine Nähe. Er ...« Der Junge zuckt mit den Schultern. »Ich weiß auch nicht. Er hat etwas an sich, dass uns vor Angst erstarren lässt. Deshalb mache ich mir Sorgen um den Kapitän.«

»Und vor mir habt ihr keine Angst?«, frage ich und schaffe es gerade so, die Kränkung nicht in meiner Stimme mitschwingen zu lassen.

»Doch, Mylady«, murmelt der Junge. »Ihr ... seid nicht wie andere Frauen. Weder zierlich noch zart noch ...« Als ihm mein zweifelsohne warnender Blick auffällt, unterbricht er sich schnell und zieht scharf die Luft ein. »Bitte verzeiht! Ich wollte Euch nicht beleidigen. Es ist nur ...« Er deutet mit einer Kinnbewegung auf Drayce. »... vor ihm haben wir viel mehr Angst als vor Euch.«

Ich seufze. »Schon gut. Ich rede mit ihm.«

Der junge Matrose verbeugt sich vor mir. »Habt Dank, Mylady!«

Ehe ich noch etwas erwidern kann, huscht er davon. Ich sehe ihm mit einem Kopfschütteln nach. Ich verliere also auch in dieser Hinsicht gegen Drayce. Ich kann den Jungen ja verstehen. Wenn Drayce sich so wie jetzt richtig ins Zeug legt, wirkt er furchteinflößender als Kyle und Marik zusammen.

Nicht, dass ich mich vor ihm fürchte. Ich bin mir sicher, dass er mir nie etwas antun würde.

Aber für den Kapitän würde ich nicht die Hand ins Feuer legen, wenn er sich weiterhin weigert, uns nach Makio zu bringen.

Ich schlendere hinüber zu den beiden Männern. Zwar höre ich nur Gesprächsfetzen, die von der starken Meeresbrise zu mir getragen werden, aber die Lautstärke, mit der sie sich mittlerweile gegenseitig anbrüllen, lässt mich nicht daran zweifeln, dass Drayce jeden Moment aus der Haut fahren wird. Weder er noch der Kapitän bemerken mich, als ich zu ihnen trete. Erst als ich Drayce von hinten eine Hand auf den Arm lege, verstummt er mitten im Satz, dreht den Kopf zu mir und schaut mich blinzelnd an.

Ein bisschen bin ich selbst davon überrascht, welche Wirkung ich auf ihn habe. Innerlich habe ich mich schon darauf gefasst gemacht, lauter als die beiden schreien zu müssen, um zu ihnen durchdringen zu können. Doch eine simple Berührung reichte aus, damit sich Drayce sofort auf mich konzentrierte. Ich schenke ihm ein dankbares Lächeln, das er zögerlich erwidert.

Dann wende ich mich an den Kapitän, der weiterschimpft, als wäre ich überhaupt nicht zugegen, und dabei ein Vokabular benutzt, bei dem mir die Ohren klingeln, obwohl ich von der *Meereswind* einiges gewöhnt bin. Erst als Drayce ein tiefes Knurren ausstößt, verstummt er. Ein wohliger Schauer durchfährt mich bei diesem Laut.

»Ihr solltet Eure Wortwahl in Gegenwart meiner Frau besser überdenken, wenn ich Euch nicht sofort den Hals umdrehen soll«, grollt Drayce und ich widerstehe nur knapp dem Drang, mich an ihn zu schmiegen. *Meine Frau.*

Er weiß ganz genau, dass ich mich grundsätzlich nicht an derber Sprache störe und auch gut für mich selbst sprechen kann. Wahrscheinlich gefällt es ihm nur, gleich klare Verhältnisse zu schaffen. Respektlosigkeiten mir gegenüber wird er niemandem durchgehen lassen. Und ich genieße das. Gut möglich, dass ich es allein deswegen genießen würde, weil ich ihn viel zu gerne beobachte, wenn er sich bewegt.

Sanft streichele ich ihm über den Arm, ehe ich mich wieder unserem Gegenüber widme. »Kapitän«, sage ich mit betont süßer Stimme, »ich befürchte, wir drehen uns im Kreis. Mir ist bewusst, dass es nicht günstig für Euren Zeitplan ist, wenn Ihr uns nach Makio bringt.« Ich lege den Kopf schief. »Aber wir sind durchaus bereit, Euch dafür entsprechend zu entlohnen.«

Der Kapitän wedelt mit der Hand, als wolle er meinen Einwand wegwischen. »Das weiß ich bereits von Eurem Mann. Fakt ist jedoch, dass es für mich viel zu riskant ist. Niemand segelt um diese Jahreszeit auch nur in die Nähe der Insel. Wenn ich Glück habe, fordern die Piraten, von denen es in

Makio nur so wimmelt, nur mein Schiff und die Ladung. Wenn ich Pech habe, werden sie mich umbringen und meine Männer versklaven. Ich trage für jeden von ihnen die Verantwortung.«

Wie Drayce verschränke ich nun die Arme vor der Brust. »Und wenn wir Euch Euer Schiff und die Ladung abkaufen?«

»Was?«, entgegnen der Kapitän und Drayce gleichzeitig perplex.

Ich lasse mich davon nicht beirren. »Wir lassen Euch und Eure Crew auf einer anderen Insel vom Schiff. Ich habe die Karte studiert. Ein Stück von Makio entfernt gibt es eine Menge bewohnter Inseln. Wir würden vielleicht einen halben Tag verlieren, wenn wir Euch und Eure Crew auf einer dieser Inseln vom Schiff ließen. Lasst mich ehrlich sein: Euer Schiff ist mickrig.« Ich deute mit einem Kopfnicken auf Drayce. »Mein Mann und ich können es allein segeln, vor allem, wenn wir uns ohnehin in der Nähe unseres Zielortes befinden.«

»Eine Frau will ein Schiff segeln können?« Der Kapitän beginnt lauthals zu lachen. »So einen Blödsinn habe ich noch nie gehört!«

Wieder knurrt Drayce und ist drauf und dran, auf den Kapitän loszugehen, doch ich hebe schnell die Hand, um ihn daran zu hindern. Trotzdem schnürt sich mir bei der gehässigen Art, wie der Kapitän mich auslacht, die Kehle zu. Mein Leben lang wurde ich geringgeschätzt und niemand hat mir je etwas zugetraut. Ich balle die Hände zu Fäusten. Was muss ich denn noch tun, um meinen Wert unter Beweis zu stellen? Oder werde ich in den Augen anderer niemals etwas wert sein?

»Im Gegensatz zu ihm«, der Kapitän deutet mit einer abfälligen Handbewegung auf Drayce, »seht Ihr mir nicht so aus, als wüsstet Ihr, was körperliche Arbeit ist. Was mischt Ihr Euch überhaupt ein?« Sein Blick legt sich auf Drayce. »Bringt Euer Weib unter Kontrolle!«

Gerade stehe ich noch neben Drayce, im nächsten Moment gehe ich auf den Kapitän los. Ich reagiere, ohne darüber nachzudenken. Es ist mir gleichgültig, wie meine Chancen gegen ihn stehen, ich verschwende keinen Gedanken daran. Alles, worauf ich mich konzentrieren kann, ist die alte, brodelnde Wut in mir, die durch die Worte des Kapitäns mehr und mehr Nahrung bekommen hat. Genau wie alle anderen hält er mich für eine verwöhnte Göre, die froh darüber sein sollte, wenn irgendein Mann ihr seine Aufwartung macht und sich dazu herablässt, sie zu ehelichen.

Als wäre das der einzige Sinn meiner Existenz.

Aber wenn ich eines auf dieser Reise gelernt habe, dann, dass ich mir nie wieder von einem Mann sagen lasse, was ich kann und was ich nicht kann. Nie wieder will ich eine Zielscheibe sein und brav den Blick senken müssen, während ich alles stumm über mich ergehen lassen muss.

Ich werde niemals wieder zulassen, dass irgendein Mann mich herabwürdigt – in welcher Weise auch immer.

Der erste Hieb geht in seinen Bauch, knapp unterhalb des Rippenbogens – genau wie Tiro es mir einmal gezeigt hat. Röchelnd lehnt sich der Kapitän nach vorn, während ich erneut aushole. Diesmal ziele ich auf sein Kinn. Das habe ich von Drayce gelernt. Ein Knirschen ertönt und der Kopf meines Gegners wird nach hinten geschleudert. Ich wirbele herum, hole mit dem Bein aus und ramme es seitlich gegen das Knie des Kapitäns. Augenblicklich geht er zu Boden.

Mein Atem geht schwer vor Aufregung und der plötzlichen Anstrengung. Und vor Überraschung über mich selbst. Kurz starre ich auf den Mann am Boden, der krampfhaft versucht, wieder auf die Füße zu kommen, und stoße ein Schnauben aus.

»Ihr bringt uns nach Makio!«, stelle ich in einem Tonfall klar, der keinen Widerspruch duldet. »Oder Ihr verkauft uns das Schiff. In jedem Fall ist das hier Euer Lohn.«

Nachdem ich ein paar Münzen aus dem Säckchen herausgeholt und in meine Hosentasche gesteckt habe, werfe ich ihm den Rest vor die Füße. Einige Münzen fallen heraus und rollen über die Planken. Abwartend tippe ich mit der Fußspitze auf den Boden.

»Wir ... Wir bringen Euch«, presst der Kapitän hervor. Seine Aussprache ist undeutlich. Gut möglich, dass ich ihm den Kiefer gebrochen habe.

»Sehr gut«, entgegne ich. »Warum nicht gleich so? Oh, und noch eine kleine Warnung. Solltet Ihr uns in irgendeiner Art und Weise übers Ohr hauen, wird es das nächste Mal mein Mann sein, der Euch jeden Knochen einzeln bricht und anschließend dieses mickrige Schiff in Brand steckt. Habe ich mich klar ausgedrückt?«

Ich befürchte, dass dem Kapitän jede Sekunde die Augen aus dem Kopf fallen, so ängstlich starrt er uns an. Schließlich nickt er – so langsam, dass ich die Bewegung kaum wahrnehme.

In mir tobt ein solches Hochgefühl, dass ich meine, es gerade mit der gesamten Welt aufnehmen zu können. Ich wende mich erhobenen Hauptes von ihm ab, während ich mich davon abhalten muss, zu kichern wie ein kleines Kind.

Jetzt befürchte ich nur, dass Drayce wieder vom Anblick des Goldes gefangen ist, das noch immer an Deck in der Sonne schimmert. Ich überlege bereits fieberhaft, wie ich seinen Blick davon lösen soll, als ich ihm in die Augen schaue. Entgegen meiner Erwartung schaut er nicht das Gold an – sondern ganz allein mich. Stolz und Verlangen funkeln in seinen goldenen Iriden um die Wette und beschwören wieder das aufgeregte Flattern in meinem Bauch herauf. Ganz automatisch drücke ich den Rücken durch und straffe die Schultern, während ich ihm entgegengehe.

»Das war«, raunt er leise, als ich neben ihm stehe, »so was von *heiß*. Kannst du das bitte noch mal machen?«

Ich beiße mir auf die Unterlippe, kann mir aber ein Schmunzeln nicht verkneifen. Sofort werde ich mit einem Grinsen seinerseits belohnt. »Eine Wiederholung wird so schnell nicht möglich sein«, wispere ich, während wir Seite an Seite über das Deck laufen. Die Matrosen beäugen uns mit einer Mischung aus Angst und Ehrfurcht – wobei jedoch die Angst eindeutig überwiegt – und weichen vor *uns* zurück. »Ich fürchte, ich habe mir den Daumen gebrochen.«

Drayce gibt ein Brummen von sich. »Du darfst den Daumen nicht zwischen die Finger stecken, wenn du jemandem einen Kinnhaken verpasst. Hab ich dir das nicht beigebracht? Ich kümmere mich gleich darum und gebe dir noch ein paar Tipps, wo du beim nächsten Mal hinzielen kannst. Lass uns in die Kajüte gehen.«

Ich nicke. Auf unserem Weg kommen wir an dem jungen Matrosen vorbei, der mich vorhin um Hilfe gebeten hat.

»Na?«, frage ich. »Habt ihr jetzt immer noch mehr Angst vor meinem Mann?«

Sofort starrt er zu Boden. »N…Nein, Mylady. Verzeiht, Mylady, wenn ich …«

»Schon gut«, falle ich ihm schnell ins Wort, bevor er noch an Herzversagen stirbt. »Vielleicht denkst du das nächste Mal daran, dass der äußere Schein trügen kann.«

»J…Ja, Mylady.«

Ich nicke ihm zu. Wenigstens scheint der Kleine verstanden zu haben, dass nicht alle Frauen wehrlos sind.

***

»Ich weiß, ich wiederhole mich«, sagt Drayce, nachdem er die Tür seiner Kajüte hinter uns geschlossen hat. »Aber das war …« Er blinzelt mehrmals hintereinander, als suche er nach den richtigen Worten. »Ich glaube, etwas Erregenderes habe ich noch nie gesehen.«

Ich stoße ein Schnauben aus. »Du stehst also auf gewalttätige Frauen?«

»Das nicht.« Er bedenkt mich mit einem Lächeln, bei dem mir die Knie weich werden. »Ich stehe auf Frauen, die wissen, was sie wollen, und die sich nicht dafür zu schade sind, alles in ihrer Macht Stehende zu tun, um es zu erreichen.« Drayce macht einen Schritt auf mich zu. Ich schlucke trocken, während ich den Kopf ein Stück in den Nacken legen muss, um den Blickkontakt zu ihm nicht zu verlieren. »Du hättest nur ein bisschen abwarten müssen. Ich war sowieso kurz davor, ihm für seine Starrköpfigkeit den Hals umzudrehen.«

Ich zucke mit einer Schulter. »Vielleicht war ich es leid, euch beiden dabei zuzusehen, wie ihr nur redet und nichts erreicht.«

»Und genau das meine ich«, sagt er grinsend. »Du bist nicht eins von den sittsamen Mädchen, die die Hände in den Schoß legen, abwarten und auf das Beste hoffen oder darauf, dass ein Mann die Verantwortung für ihr Leben übernimmt. Du nimmst dein Schicksal selbst in die Hand. Na gut, manchmal reagierst du etwas zu impulsiv … Aber wie ich schon sagte …« Er macht einen weiteren Schritt auf mich zu und steht nun nur noch eine Handbreit von mir entfernt. »Ich finde das verdammt heiß.«

Bei seinen Worten macht mein Herz vor Aufregung einen Satz. Er ist der erste Mann, der diese Seite an mir zu schätzen weiß. Und wahrscheinlich auch der einzige. Aber was kümmert mich noch die Meinung anderer? Nur seine ist mir wichtig.

»Drayce?«, piepse ich, nachdem ich all meinen Mut zusammengekratzt habe. Das Hochgefühl von eben ist verschwunden. »Darf ich dich etwas fragen?«

Mit einem spöttelnden Lächeln zieht er eine Augenbraue hoch. »Tust du das nicht ständig?«

Ich verdrehe die Augen, konzentriere mich jedoch wieder auf das, was ich wissen will. »Im … Im Labyrinth. Warum hast du mich geküsst?«

Das Lächeln auf seinen Lippen verschwindet. »Wieso willst du das wissen?«

»Ich … Es interessiert mich. War es wegen der Wette? Oder weil du … mich attraktiv findest?«

Drayce greift nach meiner rechten Hand und hält sie behutsam in seiner, während er sie von allen Seiten betrachtet. Beinahe rechne ich damit, dass er mir nicht antworten wird.

»Es ist ein großer Unterschied, ob du jemanden küsst, weil du eine Wette gewonnen hast oder weil du ihn attraktiv findest«, murmelt er, ohne mich dabei anzusehen.

»Welcher … der beiden Gründe war es?«, will ich wissen.

Nur für einen flüchtigen Moment schaut er mir in die Augen, ehe er sich wieder auf meine Hand konzentriert. »Keiner von beiden.«

Ich schlucke angestrengt und versuche, mir nichts von der dummen Enttäuschung anmerken zu lassen, die sich in mir breitmacht. Ich bin so blöd! Warum musste ich ihn danach fragen? Wieso konnte ich es nicht einfach gut sein lassen und mir das nehmen, was er zu geben bereit war? Mit der unverletzten Hand reibe ich mir über die Brust. Verdammt, warum tut mir die Antwort, die ich gleichzeitig wollte und nicht wollte, so weh?

»Manchmal ...« Drayce legt mir einen Finger unters Kinn und drückt meinen Kopf ein Stück nach oben, sodass ich ihn ansehen muss. »... küsst du jemanden, weil es nicht mehr anders geht. Weil ab einem gewissen Zeitpunkt Worte allein nicht mehr ausreichen, um das auszudrücken, was du fühlst. Oder weil du einfach noch nie gut mit Worten warst. Oder weil alles andere zu wenig ist, um dir noch zu genügen.«

Mein Mund ist wie ausgedörrt, während ich ihn einfach nur anstarre. In Gedanken wiederhole ich seine Worte. Was ... will er mir damit sagen? Hat er überhaupt von sich gesprochen oder war es eine allgemeine Antwort? Ich würde es so gern wissen, traue mich aber nicht, erneut nachzufragen. Ich weiß so schon nicht mehr, wo mir der Kopf steht.

Angefeuert durch mein vor Aufregung hüpfendes Herz, spüre ich das schmerzhafte Pochen im Daumen immer stärker. Ich beiße die Zähne zusammen, als Drayce ihn vorsichtig mit zwei Fingern befühlt.

»Tut mir leid«, murmelt er auf mein scharfes Lufteinziehen hin. »Aber wie es scheint, hast du Glück gehabt. Ich glaube, er ist nur verstaucht und nicht gebrochen. Gib mir mal einen Streifen deiner Brustbandage, dann schiene ich ihn dir. In ein paar Tagen wirst du ihn wieder wie gewohnt bewegen können.«

»Bist du sicher?«, frage ich mit zusammengebissenen Zähnen. »Er fühlt sich nämlich verdammt gebrochen an.«

Drayce schaut mir mit einem Schmunzeln ins Gesicht. »Wie oft hast du dir denn schon was gebrochen, Schätzchen?«

Ich schürze die Lippen. »Noch nie.«

»Hab ich mir fast gedacht.« Er lässt meine Hand los. »Eine Verstauchung schmerzt oft mehr als ein sauberer Bruch. Vielleicht schwillt der Finger etwas an und du musst ihn für eine Weile schonen, aber er wird von allein wieder.« Sein Blick gleitet ein Stück an mir hinab. »Und jetzt gib mir einen Streifen Stoff.«

Ich verdrehe die Augen und überspiele dadurch hoffentlich die Unsicherheit, die in mir tobt. »Du willst doch wieder nur, dass ich mich ausziehe.«

Sein Grinsen reicht beinahe von einem Ohr zum anderen. »Wie hast du mich so leicht durchschaut?«

Ich seufze und schüttele gleichzeitig den Kopf, ehe ich mich umwende. »Könntest du wenigstens aus dem Zimmer gehen?«

»Schätzchen, erstens ist das meine Kabine. Zweitens: Erinnerst du dich daran, wie wir uns zum ersten Mal begegnet sind? Da warst du halb nackt. Außerdem ist es nur ausgleichende Gerechtigkeit, wenn ich dich nackt sehe. Immerhin hast du mich schon ganz ohne Kleidung gesehen.«

Ausgleichende Gerechtigkeit? Ich murmele etwas, was nicht einmal für mich einen Sinn ergibt, ehe ich umständlich mit der unverletzten Hand am Hemdverschluss nestele. Ja, ich habe ihn nackt gesehen, aber das war … unabsichtlich? Nicht meine Schuld? Mehr als eindrucksvoll?

Schnell schüttele ich den Kopf, um den letzten Gedanken zu verdrängen. Da Drayce sich weigert, aus dem Zimmer zu gehen, drehe ich ihm zumindest den Rücken zu und ziehe das Hemd aus, ehe ich beginne, den oberen Streifen der Bandage zu lösen.

»Ist das Ding nicht unbequem?«, will Drayce wissen.

»Keine Ahnung«, gebe ich zu. »Ich kann mich schon gar nicht mehr daran erinnern, wie es ohne ist.«

Ich zucke zusammen, als ich seine warmen Finger auf meinem Rücken spüre. Seine Fingerspitzen sind so heiß, dass sich die Berührung in meine Haut zu brennen scheint.

»Dann solltest du es ausprobieren«, murmelt er so nah, dass er mir bei jedem Wort über den Nacken haucht. Sofort bekomme ich eine wohlige Gänsehaut. »Das heißt, wenn du willst.«

Mit dem Finger streicht er hinten über den Rand des oberen Stoffstreifens und hinterlässt dabei eine heiß prickelnde Spur. Schnell presse ich fest die Lippen zusammen, um keinen Ton von mir zu geben, während mein Herz schmerzhaft gegen den Brustkorb pocht.

»Deine Haut ist schon ganz wund«, wispert er, als spräche er zu sich selbst. »Außerdem ist der Stoff an einigen Stellen verschmutzt.«

Dass die Haut gereizt ist, habe ich schon bemerkt. Bei fast jeder Bewegung scheuert der Stoff an mir, besonders wenn ich schwitze. Angenehm ist es auf keinen Fall. Mein ganzes Leben musste ich schon Korsetts tragen, nur wenn ich badete, war ich nicht eingeschnürt. Es kommt mir ganz unnatürlich vor, nichts unter dem Hemd zu tragen. Die Bandagen dienten mal dazu, meine wahre Identität zu verbergen, doch das scheint mir schon so lange her zu sein. Aus lauter Gewohnheit habe ich sie bisher nicht abgenommen. Vielleicht auch aus einer Art Schutz heraus.

Ich ringe noch einen Moment mit mir, doch löse dann tatsächlich mit der gesunden Hand einen Streifen nach dem anderen und lasse ihn zu Boden fallen. Gut möglich, dass Drayce hinter mir erstarrt ist, denn er gibt keinen Ton mehr von sich. Würde ich nicht hin und wieder weiterhin seinen warmen Atem spüren, ich ginge jede Wette ein, er hätte sich aus der Kajüte geschlichen.

»Ich …« Seine Stimme klingt dermaßen rau, dass sich sofort ein Kribbeln in meinem Bauch breitmacht. »Ich hatte nicht angenommen, dass du tatsächlich …«

Keine Ahnung, woher ich plötzlich den Mut dazu nehme, mich vor ihm auszuziehen. Seine Aufforderung vorhin diente bestimmt nur dazu, mich zu necken. Doch ich bin es leid, mich im Kreis zu drehen.

Als ich beim letzten Streifen ankomme, werfe ich ihm einen Blick über die Schulter zu. »Hilf mir mal. An das letzte Ende komme ich nicht heran.«

Wenn ich es nicht besser wüsste, würde ich sagen, dass ihm die Finger zittern, als er die letzte Bandage löst.

Sofort hole ich so tief wie möglich Luft und stoße sie langsam wieder aus. Welch ein herrliches Gefühl! Nun spüre ich allerdings überdeutlich die zwickenden und juckenden Stellen, wo sich die Bandagen in die Haut eingeschnitten haben.

Ich lege den Arm über die Brüste, um mich zu bedecken, wende mich halb zu Drayce um und strecke ihm die verletzte Hand entgegen. Seine Augenbrauen schießen in die Höhe und sein Mund steht offen, als sein Blick auf meine unbandagierte Brust fällt. Beinahe muss ich über diesen Anblick schmunzeln. Mehrmals scheint er etwas sagen zu wollen, überlegt es sich jedoch wieder anders. Den letzten Stoffstreifen hält er fest umklammert, während sein flammender Blick sich durch meine Haut zu fressen scheint und ein Feuer in mir entzündet, das mich in Sekundenbruchteilen bis in die Fingerspitzen durchströmt.

Ich muss mich erst wieder daran erinnern, weshalb wir eigentlich hier sind. »Du … wolltest meinen Daumen bandagieren«, sage ich, als es mir wieder eingefallen ist.

»*Stad'him rwy'n draaf*«, raunt er.

»Was?«, frage ich verwirrt.

Wieder diese andere Sprache! Aber andere Worte als die im Labyrinth. Nichtsdestoweniger klang es mindestens genauso eindrucksvoll und … *heiß*.

»Ähm …« Drayce schluckt angestrengt. »Könntest du dir bitte erst das Hemd wieder überziehen? Ich fürchte, dass ich mich sonst nicht konzentrieren kann. Sie … sind doch sehr viel größer, als ich dachte. Und … äh … ich kann nicht anders, als sie die ganze Zeit anzustarren. Das ist selbst mir peinlich.«

Das Verlangen in seinem Blick und sein ehrliches Geständnis reichen aus, um meine Atmung noch weiter zu beschleunigen. Ich kann nicht leugnen, dass es mir gefällt, auf diese Weise von ihm angesehen zu werden. Bei jedem anderen Mann wäre es mir unangenehm oder würde mich gar anwidern – aber nicht bei Drayce. Dieser neu erwachte Teil von mir wünscht sich, dass er mehr tut, als mich nur anzuschauen. Allein beim Gedanken, seine großen, warmen Hände auf mir zu spüren, richten sich meine Brustwarzen auf.

Drayce ballt die Hände, die den Stoffstreifen wie eine Rettungsleine umklammern, zu Fäusten und kneift die Augen zu. »Bitte … zieh das Hemd an.«

Ich bin durch seine Reaktion wie vor den Kopf gestoßen. Bis eben dachte ich, dass … Ja, was dachte ich eigentlich? Einen Moment stehe ich nur da und habe Mühe, die bittere Kränkung über die Zurückweisung hinunterzuschlucken.

»Du kannst die Augen wieder aufmachen«, grummele ich eine Spur schärfer als beabsichtigt, nachdem ich das Hemd übergezogen habe. Ich möchte mich für diesen dämlichen Tonfall am liebsten selbst ohrfeigen.

Drayce öffnet die Augen und greift ohne Umschweife nach meiner verletzten Hand, wobei er meinem Blick ausweicht. Und das schmerzt noch mehr als der verstauchte Finger. Geschickt wickelt er die Bandage erst um das Handgelenk und anschließend mehrmals um den Daumen, um ihn zu fixieren.

»Das sollte eine Weile halten«, sagt er. »Versuch mal, ihn zu bewegen.«

Wie geheißen, versuche ich, den Daumen zu bewegen, scheitere jedoch.

»Sehr gut. Wir werden etwa zwei Tage bis Makio brauchen. Vielleicht ist er bis dahin schon wieder so weit verheilt, dass du die Hand wie gewohnt benutzen kannst.« Er macht einen Schritt zurück. »Ich werde mal nachsehen, wie es dem Kapitän geht, und sicherstellen, dass wir in die richtige Richtung segeln.«

Ehe ich noch einen Ton sagen kann, ist er aus der Kajüte gestürmt.

Ich starre eine Weile auf die zugeworfene Tür und verfluche Drayce in Gedanken auf alle möglichen Arten.

Danach ziehe ich mich in meine eigene Kajüte zurück und wasche die restlichen Bandagen sorgfältig aus, ehe ich sie zum Trocknen aufhänge.

Für den Rest des Tages verlasse ich die Kajüte nicht mehr und klopfe auch nicht an Drayces Tür, als es Nacht wird.

Kapitel 21

Ezlain

Ich schlafe kaum in dieser Nacht. Sobald ich kurz eingenickt bin, werde ich durch ein zu lautes Wellenrauschen oder das Knarzen der Dielen geweckt und beginne wieder zu zittern.

Ich weiß, was ich tun müsste, um wie ein Baby zu schlafen, aber mein verdammter Stolz hält mich davon ab, aufzustehen und hinüber zur anliegenden Kajüte zu gehen und an die Tür zu klopfen.

In Gedanken spiele ich immer wieder durch, was gestern Mittag geschehen ist. Ich war drauf und dran, Drayce zu bitten, mich zu berühren, doch er stieß mich von sich. Na schön! Dann will er mich eben nicht, soll mir recht sein. Es ist ja nicht so, dass es mir etwas ausmachen würde. Oder dass er der einzige Mann da draußen ist.

Das sage ich mir in den stärkeren Stunden.

In den schwächeren muss ich mich davon abhalten, ihn aufzusuchen und mich ihm auf eine Weise aufzudrängen, die mich vor ein paar Wochen noch selbst angewidert hätte.

Ohne ihn in meiner Nähe scheine ich innerlich wieder zu erstarren. Ich sehne mich nach seiner Wärme und der Art, wie er mich nachts in den Armen hält, damit ich ruhig schlafen kann.

Als wieder eine Welle gegen das Schiff schlägt, zucke ich zusammen. Ohne meinen Befehl schwinge ich die Beine aus der Hängematte, um fluchtartig die Kajüte zu verlassen. Im letzten Moment kralle ich mich jedoch an dem rauen Stoff fest.

»Wage es ja nicht, Ez!«, zische ich mir selbst zu. »Du wirst ihm nicht nachlaufen! Und du wirst den Kuss nicht als etwas interpretieren, was er nicht war.«

Wenn Drayce mir wenigstens auf meine Frage geantwortet hätte ...

***

Erst am Tag, als wir Makio erreichen sollen, taucht Drayce wieder in meiner Nähe auf. Es genügt, ihm einen finsteren Blick zuzuwerfen, um ihm klarzumachen, dass ich nicht mit ihm reden will. Seufzend lehnt er sich einige Meter entfernt gegen die Reling und starrt wie ich aufs Meer hinaus.

Am gestrigen Tag habe ich ihn zwar während des Trainings gesehen, aber er hielt sich bewusst von mir fern – was den Schmerz in meiner Brust nur verschlimmerte. Ich war unkonzentriert und machte Fehler, für die ich über mich selbst den Kopf schüttelte, doch Drayce verlor kein Wort darüber. Er sprach nämlich überhaupt nicht mit mir.

Seit dem Zusammenstoß mit dem Kapitän meidet mich auch die Crew, sodass ich das Training allein absolvieren musste. Wenigstens hielt es mich davon ab, zu viel nachzudenken, und ich hoffte, dass die Bewegung dazu beitrüge, Schlaf zu finden.

Leider war das ein Irrtum.

Nach zwei Nächten, in denen ich kaum geschlafen habe, bin ich nervlich am Ende. Das Wetter passt perfekt zu meiner Stimmung. Die Sonne ist den ganzen Morgen über noch nicht durchgekommen und ein diesiger Nebel liegt auf dem Wasser. Schätzungsweise kann ich nicht weiter als zehn Meter sehen. Wenn wir jetzt einem der angeblich unzähligen Piratenschiffe begegnen oder auf ein Riff laufen ... Wir würden es erst bemerken, wenn es bereits zu spät ist.

»Keine Sorge«, sagt Drayce, den Blick weiterhin auf das neblige Meer gerichtet. »Wir werden sicher ankommen.«

Ich betrachte ihn aus den Augenwinkeln und frage mich insgeheim, ob er meine Gedanken gelesen hat oder mittlerweile viel zu gut darin geworden ist, in meiner Mimik zu lesen. »Woher willst du das wissen?«

Er deutet nach oben. Ich folge seinem Finger und im nächsten Moment bleibt mir die Luft weg. Am höchsten Mast weht eine Flagge, die vorher definitiv nicht da war. Ein weißer, schaurig dreinblickender Totenkopf auf schwarzem Grund.

»Das … Das hier ist ein Piratenschiff?«, presse ich hervor.

Drayce schüttelt den Kopf. »Der Kapitän ist nur auf alle Eventualitäten vorbereitet mit einem Sammelsurium an verschiedenen Flaggen. Sämtliche Länder, kleinere Gebiete, Embleme verschiedener Kriegseinheiten und eben auch eine Piratenflagge. Wir geben vor, einer von ihnen zu sein und gelangen so hoffentlich problemlos nach Makio.« Er wendet sich halb zu mir. »Was dort jedoch mit dem Schiff geschieht, weiß ich nicht. Ich bezweifele, dass der Kapitän geduldig genug ist und brav darauf wartet, bis wir Cressa gefunden haben.«

Ich seufze. »Nein, wahrscheinlich nicht. Das heißt, sobald wir sie haben, brauchen wir ein anderes Transportmittel.«

Das liegt jedoch noch in weiter Ferne. Viel wichtiger ist jetzt erst einmal, Cressa zu finden. Erst wenn uns das gelungen ist, werde ich über unsere nächsten Schritte nachdenken.

»Du siehst furchtbar aus«, murmelt er, den Kopf in die Hand gestützt, deren Arm auf der Reling ruht.

Ich verdrehe die Augen. »Sehr schmeichelhaft, vielen Dank.«

»Hast du die letzten Nächte überhaupt geschlafen?«

»Was interessiert es dich?«, zische ich.

Keine Ahnung, warum ich derart zickig reagiere. Drayce trifft einen Nerv bei mir – im positiven wie im negativen Sinne. Im Moment kitzelt er zielsicher die ganze angestaute Wut und den Frust der letzten zwei Tage und durchgemachten Nächte aus mir heraus. Ob bewusst oder unbewusst, vermag ich nicht zu sagen. Ich wünschte nur, er würde den Mund halten und jemand anderes nerven.

Drayce kommt zu mir geschlendert und gibt vor, die giften Blicke, die ich ihm zuwerfe, nicht zu bemerken. Ich erwäge ernsthaft, mich mit einem vorgetäuschten Grund in meine Kajüte zu verziehen, doch das würde einer Flucht gleichkommen. Und Drayce würde es sofort durchschauen.

Neben mir angekommen streckt er die Hand aus. »Gib mir bitte zwei der Goldmünzen, die du noch in deiner Hosentasche hast.«

»Warum?«

»Weil ich etwas zu erledigen habe, sobald wir an Land gehen.«

Ich verziehe den Mund. »Wir brauchen das Gold, das wir noch haben. Wer weiß, welche ...«

»Wir hätten mehr, wenn du dem Kapitän nicht das Dreifache dessen gezahlt hättest, was ich ihm geben wollte«, unterbricht mich Drayce unerbittlich.

Grummelnd greife ich in die Hosentasche, fische zwei Münzen hervor und lasse sie in seine ausgestreckte Hand fallen.

»Wehe, du wirfst sie der ersten Hafendirne in den Rachen, die dir über den Weg läuft.«

Am liebsten hätte ich mir auf die Zunge gebissen, denn selbst in meinen eigenen Ohren klinge ich schnippisch. Schnell wende ich den Blick ab. Hoffentlich bemerkt er nicht meine zweifelsohne feuerroten Wangen. Allein mir vorzustellen, dass er mit einer Dirne verschwindet, sobald wir einen Fuß an Land gesetzt haben, verschlimmert den Schmerz, der in mir wütet und mich Dinge sagen lässt, die ich eigentlich nicht so meine. Aber nachdem er mich so zurückgewiesen hat ...

»Das hatte ich eigentlich nicht vor«, raunt er mürrisch. »Aber jetzt, wo du mich auf diese durchaus spannende Idee gebracht hast, denke ich vielleicht darüber nach.« Er wirft eine der Münzen in die Luft, fängt sie wieder auf und lässt beide in seiner Hosentasche verschwinden.

Ich möchte ihm den Hals umdrehen für sein loses Mundwerk. Schnell kralle ich mich mit beiden Händen an der Reling fest, um dieses Vorhaben nicht in die Tat umzusetzen.

Drayce seufzt. »Hast du dazu nichts zu sagen?«

»Was soll ich denn dazu sagen?«, murre ich. »Du kannst tun und lassen, was du willst. Das geht mich doch nichts an.«

»Tatsächlich?«

Ich nicke, den Blick starr aufs Meer gerichtet, während sich sämtliche anderen Sinne nach Drayce auszustrecken scheinen. Beinahe glaube ich, zwischen dem rauen Seewind seine wohlige Wärme auf der Haut spüren zu können und muss mich davon abhalten, mich ein Stück näher zu ihm zu lehnen – und ich hasse mich dafür.

»Dir würde es nichts ausmachen, wenn ich mir eine andere suchen würde?«

»Wie ich schon sagte«, presse ich zwischen zusammengebissenen Zähnen hervor, »es geht mich nichts an.«

»Aha.« Mittlerweile klingt er derart angefressen, dass ich einen Seitenblick riskiere. »Mir würde es nämlich verflucht viel ausmachen, wenn du etwas mit einem anderen Kerl anfangen würdest.«

»Warum?«

»Ist die Frage ernst gemeint?«, grollt er.

»Ja, allerdings!« Ich wirbele zu ihm herum und verschränke die Arme vor der Brust. »Ich meine das verdammt ernst!«

Er beugt sich zu mir herunter, sodass unsere Nasenspitzen nur noch wenige Zentimeter voneinander entfernt sind. »Das tue ich auch«, raunt er, ohne meinen Blick freizugeben. Ich versinke förmlich in dem flüssigen Gold, das in seinen Iriden tanzt. »Ich meine es auch *verdammt ernst.*«

Ich schlucke hektisch. Irgendwie nimmt diese Unterhaltung eine Wendung, die ich nicht habe kommen sehen.

Eine Weile starren wir uns an, unfähig, den Blick vom anderen abzuwenden, während mir so viele Fragen durch den Kopf schießen, dass ich mich nicht entscheiden kann, welche ich zuerst stellen soll. Und *ob* ich eine von ihnen überhaupt stellen soll.

Langsam, beinahe zögerlich, streckt Drayce eine Hand aus und legt sie mir an die Wange. Ich beiße mir auf die Zunge, um nicht vor Erleichterung laut aufzuseufzen.

»Du siehst aus, als hättest du die letzten Nächte kaum geschlafen«, murmelt er mit gerunzelter Stirn, während er sanft mit dem Daumen die Haut unter meinem rechten Auge streichelt.

»Ich habe *gar* nicht geschlafen«, gebe ich zu. »Wenn überhaupt, bin ich höchstens ein paarmal kurz eingenickt, ehe ich wieder hochgeschreckt bin.«

Drayce stößt den Atem aus. »Wieso bist du nicht zu mir gekommen, wenn du nicht schlafen konntest?«

Ich suche und finde seinen Blick. »Du weißt warum.«

Er schließt die Augen. »Ich wollte nicht, dass es so seltsam zwischen uns wird. Deshalb bin ich gegangen, bevor ... ich mich nicht mehr unter Kontrolle gehabt hätte.«

»Ich hätte nichts dagegen gehabt«, wispere ich so leise, dass ich die Worte selbst kaum höre.

»Ich weiß«, murmelt er. »Ich gebe mir die größte Mühe, mich auf das zu konzentrieren, was wichtig ist, aber es fällt mir von Tag zu Tag und mit jeder Nacht, die du in meinen Armen liegst, schwerer.« Er legt die linke Hand ebenfalls an meine Wange. »Im Steinlabyrinth habe ich die Kontrolle verloren. Ich wollte wirklich nicht mehr als einen Kuss von dir. Stattdessen habe ich ...« Er seufzt. »Ich war viel zu lange in dieser Höhle eingesperrt. Wie es aussieht, habe ich in der Zeit verlernt, wie man mit Frauen umgehen sollte.«

»Habe ich mich denn beschwert?«, unterbreche ich ihn.

Der Anflug eines Lächelns erscheint in seinem Gesicht. »Nein. Aber ich habe es aufgegeben, dich einschätzen zu wollen. Jede andere hätte sich gewehrt, wenn ich sie gegen den scharfkantigen Stein gedrückt hätte.«

Tatsächlich?, will ich fragen. Und im nächsten Moment: *Der Stein war scharfkantig? Ist mir gar nicht aufgefallen. Ich war viel zu sehr mit anderen Dingen beschäftigt, als solche Nebensächlichkeiten zu bemerken.* Doch diesmal gelingt es mir, den Mund zu halten.

»Und ... was machen wir jetzt?«, frage ich unsicher.

Drayce lässt die Hände sinken, wodurch ich die kalte Seeluft noch stechender auf der Haut wahrnehme als zuvor. »Sobald wir von Bord gegangen sind, suchen wir uns eine Herberge, wo wir das weitere Vorgehen besprechen und wo du auf mich wartest, bis ich wieder zurück bin.«

Für einen Moment verschlägt mir das, was er eben gesagt hat, den Atem. »Du ... willst mich allein zurücklassen?«

Allein die Vorstellung, weiter als eine Kajütenwand von ihm entfernt zu sein, lässt mir kalten Schweiß ausbrechen. Noch dazu in einer völlig fremden Stadt! Das kann er unmöglich ernst meinen!

»Nicht für lange«, verspricht er. »Höchstens ein paar Stunden. Am ersten Tag werden wir sowieso nicht viel ausrichten können und müssen erst mal Informationen sammeln, die wir anschließend besprechen.«

Ich nicke, habe aber Mühe, mein ängstlich klopfendes Herz zu beruhigen. »Ist Cressa noch in Makio?«

»Wir werden sehen«, murmelt Drayce. »Der Schlüsselschatz führt mich zumindest in diese Richtung.« Sein Blick huscht zu mir und ich muss bei dem besorgten Ausdruck in seiner Miene angestrengt schlucken. »Selbst wenn wir sie finden, wissen wir nicht, was ihr bis dahin widerfahren ist. Die Cressa, die du kanntest, könnte ... verschwunden sein.«

»Ich weiß«, wispere ich.

Ich verbiete mir seit Tagen, darüber nachzudenken, was Cressa in der Zwischenzeit alles zugestoßen sein könnte. Sie war schon immer zarter und furchtsamer als ich. Während ich mich durchbiss und irgendwie weitermachte, strauchelte Cressa auf unserer Reise und nach der Flucht immer wieder und wäre ohne meine Hilfe sicher gefallen. Schon nach wenigen Minuten, nachdem wir Tante Beatrices Anwesen verlassen hatten, merkte ich, dass sie die Welt jenseits der prunkvollen Mauern nicht kannte und sich davor fürchtete. Wahrscheinlich ließ ich dank meiner Gefühlskälte nicht so viel an mich heran wie sie, wodurch ich vor vielem gefeit war, allem voran einem gebrochenen Herzen.

Vorsichtig lege ich die Fingerspitzen an die Narbe auf meinem Brustbein. Ich glaube nicht mehr daran, dass eine Hexe mir mein Herz geraubt und es durch einen Stein ersetzt hat. Aber dass ich anders bin, ist sogar Drayce aufgefallen. Irgendetwas stimmt nicht mit mir. Obwohl ich nicht mehr an ein

Herz aus Stein in meiner Brust glaube, verhalte ich mich nicht so wie andere junge Frauen in meinem Alter. Doch das Schlimmste ist, dass ich mich dazu zwingen muss, mich auf Cressas Rettung zu konzentrieren. Insbesondere nach dem Kuss im Steinlabyrinth drehen sich meine Gedanken fast ausschließlich um Drayce. Ich erkenne mich selbst kaum wieder und bin verwirrt von dem Gefühlschaos, das in mir herrscht und ich vorher nie gekannt habe.

Ich spüre Drayces wohlige Wärme neben mir und lehne mich an ihn. Sofort schlingt er einen Arm um mich, damit er mich noch fester an sich ziehen kann. Ich stoße den Atem aus, ehe ich tief seinen vertrauten Duft inhaliere, und schließe für einen Moment die Augen. Das ist genau das, was ich gerade brauche. Ich hätte nie gedacht, dass es derart angenehm ist, jemanden zu haben, an den man sich anlehnen kann, wenn einem selbst das Stehen Schwierigkeiten bereitet. Wahrscheinlich war ich für Cressa dieser Jemand. Was wird ihr ohne mich geschehen sein? Wie wird sie sich verändert haben?

»Wenn sie Cressa gebrochen haben … Wenn sie nicht mehr die ist, die ich kannte, und es nie wieder sein wird«, flüstere ich, ehe ich zu Drayce aufsehe, »hilfst du mir dann, die ganze verdammte Insel Makio niederzubrennen?«

Ein Funkeln stiehlt sich in seine Augen, ehe er mich anlächelt. »Stein brennt nicht so leicht, erst recht kein Stein, der von der Nähe zum Meer feucht ist … Aber ich werde mein Bestes geben.«

Ich nicke und schmiege mich an seine Brust. »Danke.«

***

Auch Stunden später hat es die Sonne nicht geschafft, die Wolken und den Nebel zu durchdringen, deshalb habe ich keine Ahnung, wie spät es ist, als wir schließlich in Makio anlegen. Mein knurrender Magen lässt mich darauf schließen, dass es bereits nach Mittag sein muss.

Nachdem wir festgemacht haben, muss ich mich überwinden, einen Fuß vom Schiff zu setzen. Die gesamte Stadt stinkt zum Himmel! Schnell halte ich mir eine Hand vor Mund und Nase und reduziere meine Atmung auf ein Minimum.

»Was um alles in der Welt …«, stoße ich hervor.

Drayce legt mir den Umhang über die Schultern und zieht mir die Kapuze tief ins Gesicht. »Hier kümmert sich niemand um die Beseitigung des Unrats«, murmelt er dabei. »Pass immer auf, wo du hintrittst!«

Ich unterdrücke ein Würgen, als ich schon beim dritten Schritt beinahe in Exkremente trete.

Da ich ständig den Blick zu Boden gerichtet habe und auf Drayce vertraue, der meine Hand hält und mich durch das Gedränge am Hafen lotst, bekomme ich von der Stadt nur am Rande etwas mit. Hohe, steinerne Häuser säumen die engen, ausgetretenen Straßen, jedes Gebäude ist windschief und sieht aus, als wäre nach und nach ein weiteres Stockwerk einfach draufgesetzt worden. Keines der Häuser scheint in einem Zug fertiggestellt worden zu sein. Nichts strahlt auch nur den Funken Anmut aus wie die schicken Herrenhäuser in Ilgaron. Dunkle Gassen erstrecken sich zwischen den Gebäuden wie ein unwegsames, düsteres Labyrinth.

Drayce fädelt uns gekonnt in den nicht enden wollenden Strom aus Menschen ein – einer sieht heruntergekommener als der andere aus. Ganz gleich, in wie viele fremde Gesichter ich schaue, nicht eines davon ist sauber. Viele sind von beinahe schwarzen, eitrigen Pusteln gezeichnet. Abgesehen von dem allgegenwärtigen Schmutz und Gestank gibt es jedoch kaum Gemeinsamkeiten zwischen denen, die unseren Weg kreuzen. Sämtliche Hautfarben und Größen sind hier vertreten.

»Warum trage ich den Umhang?«, flüstere ich Drayce zu. »Wegen meiner Haarfarbe?«

Inmitten dieses Pulks aus grauem Dunst und schwarzem Schmutz stechen Drayce und ich heraus wie Farbkleckse.

»Nicht nur«, murmelt er, ehe er mir einen Seitenblick zuwirft. »Schau dich um! Siehst du hier eine andere Frau, bei der man nicht auf den ersten Blick erkennt, welchem Gewerbe sie nachgeht?«

Jetzt, wo er es anspricht … Bis auf ein paar abgerissen wirkende Frauen, die sich in der Nähe der Herbergen am Hafen herumdrücken, sehe ich kein weibliches Wesen.

»Ich habe versucht, dem Kapitän so viele Informationen wie möglich zu entlocken, als er nach deinem Kinnhaken endlich wieder sprechen konnte«, murmelt Drayce, während er weiter wachsam die Umgebung im Auge behält. »Makio ist kein Stadtstaat wie Ilgaron. Wenn du dich dort schon unterdrückt fühltest, wirst du hier innerhalb kürzester Zeit zugrunde gehen. Makio ist ein Umschlagplatz für die, die nirgendwo sonst eine Bleibe finden – Piraten, Diebe, Halsabschneider, Mörder, geflohene Sklaven und allerlei mehr. Wirklich alteingesessene Bewohner gibt es hier nicht. Es herrscht ein ständiges Kommen und Gehen. Die meisten Frauen, die du triffst, arbeiten hier, um die Männer nach einem harten Tag auf See glücklich zu machen.«

Er dreht den Kopf ein Stück zur Seite und mustert eine der schmutzigen Dirnen.

»Wobei ich mir nicht vorstellen kann, wie man dabei glücklich werden soll.« Ein Schauer schüttelt ihn. »Ich will lieber nicht wissen, mit wie vielen Krankheiten die Frauen am Hafen einen Mann anstecken, der sich nur in ihrer Nähe aufhält. Da halte ich mich doch lieber an meine rechte Hand. Die ist wenigstens sauber.«

»Drayce!«, zische ich, weil mir allein die Vorstellung die Schamesröte in die Wangen treibt. Schnell versichere ich mich, dass er mit der linken Hand meine umklammert hält.

»Was denn?«, gibt er zurück. »Es ist die Wahrheit!«

Ohne dass ich es verhindern kann, steigen Bilder in meinem Kopf auf, die meine Wangen noch heißer brennen lassen, bis ich befürchte, mir könnte jede Sekunde die Haut schmelzen.

Drayces Hand krampft sich um meine. »Könntest du bitte aufhören, daran zu denken?«

Verdutzt schaue ich zu ihm auf. »Woher weißt du …?«

Sein schiefes Grinsen beschleunigt meinen Herzschlag. »Abgesehen von deinem hochroten Kopf, meinst du?« Er bleibt kurz stehen und streicht mir sanft mit dem Daumen über den Handrücken. »Ich spüre es in deinen Blutstropfen, die in meinen Adern zirkulieren.«

Ich bleibe wie angewurzelt stehen. »Wie bitte?«

Drayce zieht mich aus dem Menschenpulk und in eine schlecht einsehbare Gasse. »Du erinnerst dich, dass wir während des Schwurs Blut getauscht haben?«

Er hält seine rechte Hand hoch, auf deren Fläche noch ganz schwach ein Streifen hellere Haut zu sehen ist, da, wo er sich mit dem Dolch geschnitten hat. Ich nicke.

»Ich kann dein Blut in mir spüren«, murmelt er, ohne mich eine Sekunde aus den Augen zu lassen. »Nicht immer, aber in bestimmten Situationen kann ich dir ganz genau sagen, wo sich die Tropfen gerade befinden.«

»In … welchen Situationen?«

Drayce wiegt den Kopf hin und her. »Wenn du Angst hast, wird dein Blut eiskalt und fließt langsamer. Man könnte also sagen, ich spüre deine Angst.«

Mit dem Daumen fährt er federleicht direkt unter meiner Unterlippe entlang und verfolgt die Bewegung mit dem Blick. Ich wage nicht mehr zu atmen.

»Und wenn du … an solche Dinge denkst wie eben …« Sein Blick findet den meinen. Das Gold seiner Augen glüht im schummrigen Tageslicht. »… dann wird es heißer. Es brennt förmlich und steckt mein eigenes Blut ebenfalls in Brand.«

Meine Unterlippe zittert und ich kann im letzten Moment ein Wimmern unterdrücken.

»Das sind die Momente«, raunt er, »in denen ich mich krampfhaft davon überzeugen muss, die Kontrolle nicht zu verlieren. So wie vor zwei Tagen, als du die Bandagen abgelegt hast. Oder im Labyrinth. Und es fällt mir mit jedem Mal schwerer. Es ist, als würde die Hitze in deinem Blut nach mir rufen und mich zu dir ziehen.«

Nun entweicht mir doch ein heiserer Laut, für den ich mich in einer ruhigen Minute schämen werde. Bis auf die Stelle direkt unter meiner Lippe berührt mich Drayce nirgends, doch ich spüre ihn überall an mir, seine Wärme, seine Kraft, und ich spüre auch seine Zurückhaltung, die nur an einem seidenen Faden hängt.

»Warum … hältst du dich zurück?«, krächze ich.

Drayce lässt die Hand sinken und am liebsten hätte ich frustriert aufgeseufzt.

»Weil du bereits eine Menge erlebt hast«, murmelt er, nachdem er mich eine Weile mit unbewegter Miene gemustert hat. »Dinge, die keine Frau erleben sollte. Weil ich nicht sein will wie die Kerle, die dir Gewalt antun wollten. Weil ich Angst habe, dass du dich an diese Nacht erinnern könntest, in der du fast gestorben wärst. Weil wir uns gerade auf andere Dinge konzentrieren müssen und ich befürchte, dass es alles zwischen uns ändern könnte. Und weil ich … es richtig machen will.«

»Das sind … eine Menge Gründe.«

Mit einem Grinsen zieht er eine Augenbraue nach oben. »Allerdings. Ich hatte auch eine Menge Zeit, darüber nachzudenken, vor allem in den letzten zwei Tagen. Nicht nur einmal war ich drauf und dran, in deine Kajüte zu marschieren und mit dir da weiterzumachen, wo wir im Labyrinth aufgehört haben.«

Ich versuche, das kribbelnde Brennen zu unterdrücken, das sich in mir ausbreitet, scheitere jedoch. Die Bilder, die seine Worte in meinem Kopf heraufbeschworen haben, gepaart mit der rauen Art seiner Aussprache, lassen mein Blut kochen. Und Drayce bemerkt es ebenfalls, wie mir das leichte Zucken unter seinem rechten Auge und sein breiter werdendes Grinsen beweisen.

»Was … hat dich davon abgehalten?«, will ich wissen.

»Abgesehen von den eben genannten Gründen?« Er neigt den Kopf. »Die Crew. Die Männer haben sich jede vergangene Nacht die Ohren an meiner Kajütentür plattgedrückt. Sie kennen dich nicht und wissen nicht, was passiert ist. Am nächsten Tag hättest du mit einigen anzüglichen Bemerkungen rechnen müssen. Das wollte ich dir ersparen.«

Ich blinzele mehrmals. »Sie haben …«

»… gelauscht«, beendet Drayce meinen Satz. »Jede Nacht. Wir gaben ihnen nur nichts zu hören. Bis auf die kurzen Gespräche vor dem Einschlafen und dein anschließendes Schnarchen gab es nichts, was sie hätten hören können.«

Ich plustere die Wangen auf. »Ich schnarche nicht!«

»Red dir das nur weiter ein«, sagt er und schenkt mir ein Lächeln. »Ich weiß es besser.«

Als er wieder auf die Hauptstraße treten will, halte ich ihn am Hemdsärmel fest und ziehe ihn wieder zu mir in die Gasse.

»Wann hast du …? Ich meine, abgesehen von den letzten zwei Tagen waren wir fast ständig zusammen.« Ich starre auf meine Schuhspitzen, weil ich nicht weiß, wie ich diese Frage formulieren soll. »Wann hast du die Zeit gefunden, um …?«

»Um was, Schätzchen?«, raunt er, während er mir einen Finger unters Kinn legt und meinen Kopf nach oben drückt, bis ich ihn wieder ansehen muss. »Sprich aus, was du wissen willst. Sonst kann ich dir nicht antworten.«

»Du bist grausam«, murre ich.

Ein wissendes und gleichzeitig neckisches Funkeln glimmt in seinen Augen auf. »Vielleicht gefällt mir auch einfach nur der zarte Rotton, den deine Wangen annehmen, wenn ich dich ärgere.«

Ich ringe einen Moment mit mir, gefangen zwischen Neugier und Scham. »Wann konntest … du dich … selbst berühren?«

Für einen Augenblick erstarrt das glimmende Gold in seinen Iriden, wird dunkler und hungriger. »Nach dem Training, während du dich umgezogen hast.«

Ich runzele die Stirn. »Aber das … waren höchstens ein paar Minuten! Zehn, wenn es hoch kommt. Ich habe mich jedes Mal beeilt.«

»Ich habe auch nie lange gebraucht«, gibt er mit einem tiefen Raunen zurück. »Die bloße Vorstellung, dass du dich auf der anderen Seite dieser lächerlich dünnen Wand gerade umgezogen und gewaschen hast, hat mir sehr geholfen. Es war mein Geheimnis und du hättest niemals davon erfahren sollen. Aber du kannst es ja nicht lassen, zu fragen.«

»Oh.« Schnell klappe ich den Mund zu, ehe ich noch mehr unbedachte Fragen stellen kann.

Scheinbar ungerührt zupft Drayce meine Kapuze zurecht. »Da das nun geklärt ist, lass uns zusehen, dass wir eine Herberge finden. Pass auf, dass die Kapuze nicht verrutscht, wenn wir wieder auf der Hauptstraße sind.« Mit den Fingerknöcheln streichelt er mir über die Wange. »Dieses wundervolle Rot will nur ich sehen.«

Ich greife nach seiner Hand. »Danke«, murmele ich.

***

Nachdem wir uns einen Weg durch die Menschenmassen gebahnt haben und schier endlos durch verwinkelte Gassen gelaufen sind, finden wir beinahe im Zentrum der Stadt eine Herberge mit einem freien Zimmer. Ich kann nicht sagen, dass es besser geworden ist, nachdem wir den Hafen hinter uns gelassen haben. Der Geräuschpegel hat zwar abgenommen, ebenso wie der Gestank nach vergammeltem Fisch und schleimigen Algen, aber stinken tut es trotzdem noch. Die Häuser ragen noch weiter in die Höhe, so hoch, dass ich die Dächer im dichten Nebel nicht sehen kann. Alles wirkt düster und bedrückend auf mich und selbst in der Herberge habe ich Angst, dass mir gleich die Decke auf den Kopf fällt.

Drayce verhandelt eine ganze Weile mit dem Wirt über den Preis des Zimmers, während ich nur unruhig das Gewicht von einem Bein aufs andere verlagere und vorgebe, die mehr als neugierigen Blicke der anderen Gäste nicht zu bemerken.

»Fremde lassen sich außerhalb des Hafens nicht oft blicken«, brummt einer der Männer in seinen Humpen, während er meine verhüllte Gestalt von oben bis unten mustert.

Ich starre auf den Boden, damit er mir nicht ins Gesicht sehen kann.

»Habt ihr hier Geschäfte zu erledigen?«, hakt er nach, als ich nicht reagiere.

Drayce gibt ein unwirsches Knurren von sich. »Das geht keinen von euch etwas an!«

Der Mann gibt ein glucksendes Lachen von sich und verschüttet dabei etwas von seinem Bier. »Musst nicht gleich frech werden, Junge. Wie es aussieht, wollt ihr zwei Männer für euch sein. Dabei habe ich angenommen, dass zumindest du«, er deutet mit einer Kopfbewegung auf Drayce, »Teil der Zeremonie bist. Die lassen sich doch jedes Jahr was Neues anfallen. Ein kräftiger, gut aussehender Kerl wie du würde sich dabei gut machen.«

»Zeremonie?«, hakt Drayce nach, schaut dabei aber den rundlichen Wirt an.

Dieser nickt. »Das Fest zu Ehren unseres Schutzpatrons. Es findet jedes Jahr statt und beginnt morgen. Neben den allgemeinen Festivitäten gibt es auch immer ein kleines Programm.«

»Und wie sieht dieses Programm aus?«, will Drayce wissen.

Der Wirt zuckt mit den Achseln. »Was weiß ich? Es gibt eine Darbietung von verschiedenen Teilnehmern. Dazu wird einfacher Pöbel wie wir nicht eingeladen. Deshalb feiern wir unser eigenes Fest. Tanz, Gesang und sehr viel Alkohol. Für zwei Tage herrscht Ausnahmezustand in Makio. Am letzten Tag findet die Opferung im Turm der Wellen statt. Sie ist der eigentliche Höhepunkt. Aber auch der dürfen wir nicht beiwohnen. Ich kenne aber einen Wachmann, der mir immer davon erzählt. Ist eine ziemlich große Sache.«

»Opferung?«, hauche ich undeutlich und mit verstellter Stimme.

Der Wirt greift nach der Münze, die Drayce ihm hinhält, und wendet sich halb um. »Unser Schutzpatron verlangt einmal im Jahr nach einer Opferung, damit er weiterhin die Insel in den dichten Nebel hüllt, der uns vor Eroberern und allen Rechtschaffenden bewahrt. Ihm zu Ehren opfern wir jedes Jahr drei Jungfrauen.«

Ich schlucke hörbar und Drayce wirft mir sofort einen mahnenden Blick zu.

Es ist der Gast am Tisch, der weiterspricht. »Könnt ihr euch vorstellen, wie verdammt schwer es ist, in einem Loch wie diesem jedes Jahr aufs Neue drei Jungfrauen zu finden? Unsere Männer segeln oft Monate im Voraus hinaus und überfallen Schiffe und Küstenstädte, um drei hoffentlich unberührte Mädchen zu finden.« Er stellt den Krug geräuschvoll auf den Tisch. »Dummerweise gelingt es ihnen meistens nicht, die Finger während der Rückfahrt von der wertvollen Fracht zu lassen. Oder die Mädchen werfen sich aus freien Stücken ins Meer.«

Ich balle die Hände zu Fäusten. *Ruhig bleiben, Ez!*, mahne ich mich. *Wenn du dich jetzt aufregst, wissen sie, dass du eine Frau bist. Dann war die ganze Tarnung umsonst.*

»Das Schwierige ist, herauszufinden, ob sie wirklich unberührt sind«, wirft ein anderer Gast ein. »Erinnert ihr euch noch an das eine Jahr, als herauskam, dass zwei der drei Opfer keine Jungfrauen mehr waren? Mann, ich war sicher, das wars mit unserer schönen Stadt! Das Beben, das der Schutzpatron ausgelöst hat, war bis an den Stadtrand zu spüren.«

»Kein Wunder, dass es in eurer Stadt kaum Frauen gibt«, wirft Drayce ein. »Oder Kinder.«

»Makio ist kein Ort, an dem du eine Familie großziehen kannst«, sagt der Wirt. »Du kannst hier so leben, wie es dir beliebt, aber ... auch hier gibt es Traditionen, an die sich jeder halten muss.« Er senkt die Stimme. »Es heißt, ganz zu Beginn haben sie tatsächlich die Töchter der Einwohner für die Opferung genommen. Es dauerte nur wenige Jahre, bis alle Frauen ihre Kinder geschnappt und Hals über Kopf die Insel verlassen hatten.«

»Ich kann es ihnen nicht verdenken«, murmelt Drayce. Dann fährt er in ungeduldigem Tonfall fort: »Was ist nun mit unserem Zimmer?«

Der Wirt reicht Drayce einen Schlüssel.

»Danke.« Er legt mir eine Hand an den Rücken und bugsiert mich in Richtung der Treppe. Dann dreht er sich noch einmal um. »Eine Frage noch. Für diese Opferung ... Stehen die Kandidatinnen schon fest?«

»Dieses Jahr waren unsere Männer sehr erfolgreich«, sagt der Wirt. »Sie konnten außerdem ein paar Sklavinnen für wenig Gold erstehen. Jetzt muss nur noch geprüft werden, ob es sich bei ihnen tatsächlich um Jungfrauen handelt. Bei Sklavinnen weiß man ja nie, nicht wahr? Aber wie es heißt, haben wir dieses Jahr eine Auswahl. Dennoch wird nichts dem Zufall überlassen und es werden nur die Mädchen als Opfer bestimmt, bei denen man sich ganz sicher ist.«

»Gekaufte Sklavinnen«, flüstere ich Drayce so leise wie möglich zu. »Cressa!«

Er nickt kaum merklich, ehe er sagt: »Vielen Dank, meine Herren. Ihr habt uns sehr geholfen. Welch ein Glück, dass wir gerade jetzt in Makio sind. Dieses Spektakel lassen wir uns mit Sicherheit nicht entgehen.«

Der Druck an meinem Rücken verstärkt sich und ich stolpere die ersten Treppenstufen hinauf.

***

Im Zimmer angekommen verriegelt Drayce die Tür hinter uns und späht aus dem kleinen, schmutzigen Fenster hinunter auf die Straße.

»Die Luft ist rein«, murmelt er.

Sofort schlage ich die Kapuze zurück. Im stickigen Gastraum konnte ich unter dem dicken Stoff kaum atmen. Schweiß rinnt mir den Nacken hinab und ich reibe mir mit einer Hand darüber.

Das Zimmer, das uns zugeteilt wurde, ist so klein, dass ich es mit zwei Schritten ausmessen kann. Ein Bett, das so schmal ist, dass es nicht einmal für Drayce allein reichen würde, steht direkt an der Wand. Neben einem kleinen Tisch und dem dazu passenden Schemel ist es das einzige Möbelstück im Raum. Wenigstens entdecke ich keine Spinnweben samt Bewohner.

»Was machen wir jetzt?«, frage ich in die beklemmende Stille hinein.

Drayce starrt weiterhin aus dem Fenster und seufzt. »Wenn ich das wüsste …«

Ich schüttele den Kopf. »Allein die Vorstellung, dass jedes Jahr drei Frauen geopfert werden …«

Drayce dreht den Kopf zu mir und zieht eine Augenbraue nach oben. »Bringt ihr in Ilgaron euren Göttern keine Opfergaben dar?«

»Doch«, gebe ich zu. »Aber keine Menschen. Der Kriegsgöttin Shirvalla wird einmal im Jahr der größte und schönste Stier geopfert.«

»Hier herrschen andere Sitten«, murmelt er. »Für den schützenden Nebel um ihre Insel scheint den Einwohnern Makios jedes Mittel recht zu sein. Ich frage mich nur …« Er verstummt und starrt wieder gedankenverloren aus dem Fenster.

»Was?«

»Welcher Gott ist mächtig genug, um durchgehend einen Nebel erschaffen und eine ganze Insel abschirmen zu können? Ich habe noch nie von einem gehört, der so etwas kann. Nicht über so lange Zeit hinweg. Die Gunst der Götter ist flüchtig.«

Ich tippe mir mit dem Zeigefinger gegen das Kinn. »Wenn ich's recht bedenke … Der Mann vorhin hat nicht von einem Gott gesprochen, sondern von einem Schutzpatron.«

Drayce verzieht den Mund. »Wenn es kein Gott ist …« Unvermittelt schüttelt er den Kopf. »Im Grunde kann es uns egal sein, welches Wesen für den Nebel verantwortlich ist. Wir sind nur hier, um Cressa zu retten. Sobald wir sie haben, verschwinden wir auf Nimmerwiedersehen.«

Ich ziehe die Augenbrauen zusammen. »Du meinst, du könntest dich einfach umdrehen und deiner Wege gehen, obwohl du weißt, dass im nächsten Jahr wieder drei junge Frauen den Tod finden werden?«

Mit einem großen Schritt ist er bei mir und legt mir eine Hand auf die Schulter. »Ja, das kann ich.« Seine Stimme klingt seltsam eindringlich. »Und du kannst es auch. Wir sind nicht hier, um die Welt zu verändern. Was können wir beide schon ausrichten? Das Einzige, was wir hoffentlich schaffen können, ist, Cressa zu befreien, wenn sie tatsächlich hier ist. Meine Gabe hat uns hierhergeführt. Es ist nicht unsere Aufgabe, die wahrscheinlich Jahrhunderte alten Traditionen eines Landes umzukrempeln.«

Ich schließe einen Moment die Augen. »Du hast recht«, gebe ich schweren Herzens zu.

Natürlich gefällt es mir nicht, dass Jahr für Jahr weitere Frauen geopfert werden. Aber was kann ich schon daran ändern? Dass ich hier überhaupt stehe und noch nicht draufgegangen bin auf meiner gefährlichen Reise, grenzt an ein Wunder. Ich sollte mein Glück nicht überstrapazieren …

Drayce legt mir eine Hand an die Wange. »Du wartest hier. Ich habe noch etwas zu erledigen und versuche unterdessen, herauszufinden, wo die Mädchen sind, aus denen sie die Opfer auswählen.«

»Muss ich … wirklich hierbleiben?« Ich schlucke angestrengt, während mein Blick wild im Zimmer umherhuscht. »Ich … könnte wieder den Umhang tragen und … Ich mache dir auch keine Probleme, versprochen!«

Die Aussicht, ganz allein an einem völlig fremden Ort, noch dazu irgendwie gefangen, zurückzubleiben, versetzt mich so sehr in Panik, dass ich kaum noch atmen kann. Die letzte Zeit war Drayce immer bei mir und ich fühlte mich nie einsam. Ich musste mich nur umdrehen, um ihn hinter mir zu sehen. Brauchte nur die Augen zu schließen, um unterschwellig seine Stärke in mir zu spüren.

Drayce lehnt sich vor und haucht mir einen Kuss auf die Stirn. »Ich bleibe nicht lange weg. Du verriegelst die Tür, sobald ich fort bin, und öffnest sie niemandem außer mir. Außerdem wirst du dich vom Fenster fernhalten. Versuch, ein wenig Schlaf nachzuholen.«

Ich presse die Lippen zu einem schmalen Strich zusammen, um die Worte, die sich in mir zusammenbrauen, daran zu hindern, aus meinem Mund zu schlüpfen. Dass ich die letzten Tage auf dem Schiff kaum geschlafen habe, weil er nicht bei mir war. Dass ich auch jetzt keinen Schlaf finden werde, wenn ich weiß, dass er durch eine fremde Stadt voller Halsabschneider und Diebe läuft. Ich weiß, dass ich ihm keine Hilfe wäre, wenn ich ihn begleite. Aber ich will auch nicht wie nutzloser Ballast zurückgelassen werden!

Ich kralle beide Hände in sein Hemd und kann mich nur mit Mühe davon abhalten, zu betteln. Stattdessen zwinge ich mich zu einem Lächeln. »Pass auf dich auf!«

So sanft, dass ich es beinahe für Einbildung halte, streift er mit den Lippen über meine. »Ich bin bald wieder da.«

Kapitel 22

Ezlain

Nachdem Drayce das Zimmer verlassen hat, verriegele ich wie geheißen die Tür, hülle mich in den Umhang und setze mich mit angewinkelten Beinen aufs Bett. Gedankenversunken starre ich die gegenüberliegende Wand an. Ich vertraue darauf, dass Drayce herausfindet, wo sie die Mädchen bis zur Opferung gefangen halten. Wenn es dieses Jahr tatsächlich mehrere sind, aus denen sie wählen können, muss es eine Art Auswahlprozess geben. Doch wie genau sieht der aus? Da die Mädchen geopfert werden sollen, wird es wohl kaum auf ihre Kochkünste ankommen.

Ich seufze. Wir wissen so wenig über diesen Ort. Uns fehlen zu viele Informationen, um einen Plan ausarbeiten zu können. Und je länger ich hier sitze, umso unruhiger werde ich. Am liebsten würde ich aus der Herberge stürmen und mich auf eigene Faust durch die fremde Stadt schlagen – ungeachtet der Konsequenzen, denn ich weiß, dass Cressa hier ist. Ich spüre es. Nichts zu unternehmen, während Cressa gerade vielleicht Abscheuliches erdulden muss, kommt für mich einem Frevel gleich, für den es keine Sühne gibt. Mit jeder verstreichenden Sekunde werden die Vorstellungen, was sie gerade durchmachen muss, immer furchtbarer, bis ich nicht mehr wage, die Augen zu schließen, um ihren geschundenen Körper nicht vor mir sehen zu müssen.

Ich habe keine Ahnung, wie lange ich bereits allein im Zimmer hocke. Ohne die Sonne, die ich seit einer gefühlten Ewigkeit nicht mehr gesehen habe, weiß ich nicht einmal, ob es schon später Nachmittag ist. Es kümmert mich auch nicht. Ich weiß nur, dass jede Sekunde, die ich hier herumsitze, vergeudet ist.

Ich zucke zusammen, als es an der Tür klopft. Wie von selbst greife ich nach dem Dolch, den ich am Gürtel trage, und halte die Luft an. Das Blut rauscht unnatürlich laut in meinen Ohren.

»Ez«, kommt es gedämpft von draußen. »Ich bin's.«

Schnell husche ich zur Tür, schiebe den Riegel zurück und lasse Drayce eintreten. Dann verriegele ich die Tür wieder.

»Hast du etwas herausgefunden?«, frage ich atemlos. »Ist Cressa unter den Mädchen? Wann gehen wir zu ihr? Wie weit ist es zu diesem Turm der Wellen?«

Drayce seufzt. »Jetzt lass mich doch erst mal Luft holen, ehe du mit Fragen auf mich einstürmst.«

Unruhig knete ich die Hände, während ich kaum stillstehen kann. Betont langsam schlurft Drayce zum Bett und lässt sich auf die Kante sinken. Er sieht müde und abgekämpft aus und sofort suche ich nach Anzeichen von Verletzungen. Ist er in einen Hinterhalt geraten? Doch ich kann keine äußeren Blessuren entdecken.

»Ich weiß, wo die Mädchen sind«, sagt er schließlich. »Aber niemand konnte mir sagen, wer sie sind. Die grobe Beschreibung, die ich von dir über Cressa habe, trifft ohnehin auf jede zweite Frau zu. Ich bin dort hingegangen, wo sie untergebracht sind, aber ...« Er lässt den Kopf hängen. »Das ist eine Festung. Dort kommt niemand ungesehen hinein. Der Turm der Wellen, wie die Einwohner ihn nennen, steht auf einer Klippe, die auf der einen Seite steil zum Meer hin abfällt. Die andere Seite wird schwer bewacht. Unmöglich, dass wir uns dort hineinschleichen können, ohne entdeckt zu werden.«

Das habe ich befürchtet, doch ich habe es bisher nicht wahrhaben wollen. Natürlich werden die Mädchen bewacht. Wenn es sich bei der Opferung um ein solch wichtiges Ritual handelt, werden die Einwohner Makios nichts dem Zufall überlassen.

Wenn es keinen Weg gibt, uns hineinzuschleichen ...

»Dann müssen wir einen Weg finden, auf normalem Wege hineinzugelangen.«

Drayce schaut zu mir auf und ich erkenne sofort, dass er die richtigen Schlüsse zieht. Er scheint damit gerechnet zu haben, denn ohne zu überlegen, sagt er sehr schroff: »Nein.«

»Aber wenn ich mich freiwillig melde ...«

»Ez, nein!« Er springt auf, packt mich an den Schultern und schüttelt mich. »Wir wissen nicht, was dort drinnen vor sich geht. Was die Mädchen erdulden müssen. Wie sie ausgewählt werden. Und ich könnte dir nicht helfen.«

»Du hast es selbst gesagt«, murmele ich sanft. »Es gibt keinen anderen Weg hinein. Wenn ich eines von den möglichen Opfern bin, kann ich mich unter den anderen Mädchen bewegen und herausfinden, wo Cressa ist.«

»Wenn sie überhaupt dort ist«, wirft Drayce ein. »Das wissen wir nicht mit Sicherheit. Du hast doch die Männer vorhin gehört! Viele der geraubten oder gekauften Mädchen stürzen sich freiwillig ins Meer, nachdem sich die Crew an ihnen vergangen hat oder sie erfahren haben, was ihnen bevorsteht. Cressa könnte das auch getan haben. Wir wissen nicht, ob sie überhaupt im Turm der Wellen angekommen ist. Der Sklavenhändler kann sie außerdem auch in ein anderes Land verschifft haben, wo man mehr für sie bezahlt hat. Oder er hat sie selbst behalten.«

Ich schüttele den Kopf. »Was ist mit deinem unverrückbaren Vertrauen in deine Gabe geschehen? Der Schlüsselschatz hat uns *hierher* geführt. Cressa *muss* hier sein. Irgendwo. Und ich werde sie finden.«

Drayces goldene Augen sind schockgeweitet, als ich ihm eine Hand an die Wange lege und ihn entschuldigend anlächele.

»Ich lasse das nicht zu!«, grollt er, wobei sich der Druck seiner Hände um meine Schultern verstärkt.

»Ich schaffe das«, versichere ich ihm. »Dank deiner Hilfe bin ich so weit gekommen ... Jetzt bin ich vielleicht endlich am selben Ort wie Cressa, kurz davor, sie zu finden. Da darf ich nicht aufgeben! Diesmal kann ich etwas beitragen und muss mich nicht ausschließlich auf dich verlassen.« Ich stoße den Atem aus. »Ich muss mich nicht mehr fühlen, als wäre ich für dich nur ein Klotz am Bein.«

»Was?«, presst er zwischen zusammengebissenen Zähnen hervor. »Wie kommst du …?«

»Es ist die Wahrheit«, unterbreche ich ihn schärfer als beabsichtigt. »Und das weißt du genauso gut wie ich.« Ich schaffe es nicht, ein gequältes Auflachen zu unterdrücken, für das ich mich jedoch sofort schäme. »Ich meine, du kannst Feuer speien und dich in einen Halbdrachen verwandeln. Du kannst kämpfen und bist stark, weißt aber auch, wann es besser ist, sich zurückzuhalten. Aber ich … habe keinerlei Fähigkeiten. Ich weiß nicht einmal, wann ich besser den Mund halten sollte. Ich denke nicht nach, bevor ich handele, weil ich nie nachdenken musste. Hals über Kopf, unvorbereitet und völlig naiv bin ich aus dem einzigen Leben, das ich kannte, geflohen und habe Cressa mit ins Verderben gestürzt.«

Als Cressa und ich davongelaufen sind, habe ich angenommen, die ganze Welt stünde uns offen. Ich dachte, alles sei besser als das, was mir im Haus meiner Tante bevorstehen würde. Damals kam mir nicht eine Sekunde in den Sinn, dass es da draußen etwas Schrecklicheres geben könnte als die Zwangsehe mit Kommandant Marik und Cressas Dienst bei einem anderen Herrn. Aber das war ein Irrtum, wie ich Tag für Tag erfahren musste.

Ich kann nichts und bringe jedem, dem es gelingt, mein Herz aus Stein zu erweichen, nur Unglück.

»Ich werde dich nicht gehen lassen!«, grollt Drayce, sodass ich mich wieder auf ihn konzentrieren und meine Überlegungen auf später verschieben muss. »Das ist Wahnsinn! Was wirst du tun, wenn Cressa nicht unter den Mädchen ist? Und selbst wenn: Dieser Turm ist eine Festung! Die jungen Frauen, die als Opfer dienen sollen, werden strenger bewacht als jeder Gefangene. Wie wollt ihr zwei von dort entkommen?«

Ich straffe die Schultern und schüttele seine Hände ab. »Ich finde schon einen Weg hinaus. Irgendwie. So weit bin ich noch nicht in meiner Planung. Das *Hinaus* kommt erst nach dem *Hinein*, deshalb …«

Drayce bleckt die Zähne und drängt mich unvermittelt nach hinten gegen die Wand. Ich schnappe überrascht nach Luft, als ich seine Hand an der Hüfte spüre.

»Warum bist du nur so stur?«, knurrt er. »Ich kann dich nicht beschützen, wenn du in den Turm der Wellen gehst. Aber …«

Er lässt die Hand ein Stück tiefer zu meinem Oberschenkel gleiten und fährt die Rundung mit den Fingerspitzen nach, ehe er sich weiter zur Mitte vorarbeitet. Ich schlucke angestrengt, als er über die empfindliche Innenseite, nur wenige Zentimeter von meinem Schoß entfernt, streichelt. Krampfhaft zwinge ich mich dazu, mich weiterhin auf das zu konzentrieren, was jetzt zählt. Aber es fällt mir verdammt schwer. Die Hitze seiner Berührungen scheint jedes Fünkchen Verstand in mir zu verbrennen.

»… ich könnte dafür sorgen, dass du nicht mehr als Opfer taugst.«

Sein Blick ist so dunkel, wie ich es noch nicht zuvor bei ihm gesehen habe. Normalerweise müsste ich davor zurückschrecken, doch stattdessen flattert mein Herz aufgeregt und schnell. Ich wünschte, ich könnte hier und jetzt einfach dem kribbelnden Gefühl, das seine Berührungen durch mich hindurchschicken, nachgeben und damit all das Schlechte um uns herum verdrängen.

Ich umschließe sein Gesicht mit den Händen und ziehe seinen Kopf zu mir herunter.

»Es tut mir leid«, flüstere ich. »Ich weiß, dass du mir nur helfen willst. Aber diesmal musst du mich gehen lassen. Wenn Cressa nicht dort ist oder etwas geschieht, was den Plan gefährdet, werde ich schon einen Weg zur Flucht finden.«

»*Plan?*«, raunt er nur einen Hauch von meinen Lippen entfernt. »Es gibt keinen verdammten *Plan.* Das, was du vorhast, ist Selbstmord! Ganz gleich, was die Auswahlkriterien sind – sie werden dich wählen.«

Ich lehne den Kopf ein Stück zurück, um ihm wieder in die Augen sehen zu können. »Was macht dich da so sicher? Wir wissen nicht, wie die Opfer ausgewählt werden. Es gibt nichts, womit ich besonders heraussteche. Wenn es Prüfungen gibt, werde ich mit Sicherheit durchfallen.«

Mit einem resignierten Seufzen streicht mir Drayce eine Haarsträhne hinters Ohr. »Nein, das würdest du nicht. Jedes der anderen Mädchen wird neben dir verblassen. Egal ob du bei den Prüfungen versagst oder nicht.«

Ich lege den Kopf schief. »Woher willst du das wissen?«

Noch bevor ich die Frage ausgesprochen habe, weicht er meinem Blick aus. Es ist mir gleich, ich lasse mich nicht davon abbringen, zum Turm der Wellen zu gehen. Ich muss es tun! Es ist der einzige Weg, wie ich etwas beitragen kann. Wenn ich es nicht tue, werde ich es mir ewig vorwerfen. Ich werde wissen, dass ich allein die Schuld an Cressas Tod trage, sollte sie unter den Mädchen im Turm sein. Und dieses Wissen würde mich über kurz oder lang zerstören.

»Zu'u rwy'n dy«, murmelt Drayce, ohne mich dabei anzusehen und reißt mich damit aus meinen Gedanken.

Ich blinzele. »Was hast du gesagt?«

Die Worte klingen hart und rau und lösen etwas in mir aus, was ich mir nicht erklären kann. Ich wünschte, er würde es noch einmal sagen.

Doch Drayce schüttelt den Kopf. »Du wirst sowieso nicht auf mich hören, egal wie gut meine Argumente sind. Im schlimmsten Fall ziehst du auf eigene Faust los, wenn ich es dir verbiete.« Er legt eine Hand auf meine Taille. »Manchmal möchte ich dich am liebsten so lange einsperren, bis du wieder zur Vernunft kommst.«

Ich ziehe scharf die Luft ein und weiche so weit wie möglich vor ihm zurück. Mich einzusperren – und sei es aus noch so nachvollziehbaren Gründen – wäre das Schlimmste, was er mir antun könnte. Weil ich nicht in einem goldenen Käfig verrotten wollte, bin ich doch überhaupt erst weggelaufen.

»Keine Angst«, wispert Drayce und zieht mich wieder zu sich heran. »Ich sagte, dass ich es gern täte – und glaub mir, manchmal ist dieser Drang beinahe übermächtig. Aber ich werde es nicht tun. Stattdessen werde ich dir helfen, in den Turm der Wellen zu gelangen.« Ein Lächeln zupft an seinen

Mundwinkeln. »Nun schau mich nicht mit solch großen Augen an! Dachtest du etwa, ich lasse dich allein losziehen?«

»Aber wie willst du …?«

»Das lass mal meine Sorge sein«, unterbricht er mich. »Am besten ist es, wenn ich dich als meine Sklavin ausgebe. Vielleicht gelange ich dadurch mit dir in den Turm, wenn ich darauf bestehe, sichergehen zu wollen, dass alles mit rechten Dingen zugeht. Sobald wir wissen, ob sich Cressa dort aufhält, werden wir sofort einen Weg suchen, um von dort zu entkommen. Hoffentlich sind wir bereits verschwunden, ehe die eigentliche Zeremonie beginnt. Wer auch immer der Schutzpatron dieser verdammten Stadt ist – ich bin nicht scharf darauf, ihn kennenzulernen.«

»Geht mir ebenso«, murmele ich.

Ich bin froh, überhaupt ein Wort sagen zu können. Zu überwältigt bin ich davon, dass Drayce mich nicht allein wegschickt. Es wird gefährlich werden – auch für ihn, wenn herauskommt, dass er gelogen hat, um sich Zutritt zum Turm zu verschaffen. Sofern es ihm überhaupt gelingt.

»Hier«, sagt Drayce sanft und streicht mit einer Hand meine Haare nach vorn über die Schulter. »Ich habe noch etwas für dich.«

Er beugt sich so nah zu mir, dass seine Wange an meiner lehnt, als er etwas in meinem Nacken befestigt. Dabei streichen seine herrlich warmen Finger wie zufällig über meine Haut. Als ich leicht zusammenzucke, meine ich, sein Lächeln an der Wange spüren zu können.

»Seit wann bist du so empfindlich?«, flüstert er mir ins Ohr.

»B…Bin ich nicht«, halte ich dagegen.

Als Antwort erhalte ich nur ein halb unterdrücktes Lachen, ehe er sich wieder zurücklehnt. Abwartend schaut er mich an. Ich blicke an mir herunter. Eine goldene Kette liegt um meinen Hals und dort, knapp unter der Mulde zwischen dem Schlüsselbein …

»Das ist«, hauche ich und fahre mit der Fingerspitze über das tropfenförmige Schmuckstück, das in allen erdenklichen Rot-, Gelb- und Orangetönen schillert und etwa halb so groß wie mein Daumen ist, »eine deiner Schuppen.«

Vorsichtig, als könnte sie bei der kleinsten Berührung zerspringen, hebe ich sie ein wenig an, um sie besser betrachten zu können.

»Weißt du noch, was du zu mir gesagt hast, als ich dich fragte, ob du dich abgesehen von Spinnen auch vor Schlangen fürchtest?«, fragt Drayce leise.

Mein Blick verweilt auf dem Anhänger. »Ich sagte dir, dass ich keine Angst vor Schlangen habe, weil ich das Schillern ihrer Schuppen so sehr mag.«

»Ich bin noch nie einer Frau begegnet, die so etwas zu mir gesagt hat«, murmelt er sanft. »Mir war zwar klar, dass du nicht meine Drachenschuppen meinen konntest, denn du wusstest damals noch nichts davon, aber irgendwie …« Er stößt geräuschvoll den Atem aus. »Es hat sich für mich trotzdem so angefühlt, als hättest du mit deiner Antwort direkt mich gemeint.«

Ich habe keine Ahnung, was ich darauf erwidern soll. Wahrscheinlich ist es besser, dass ich den Mund halte und weiterhin versuche, meinen viel zu schnellen Herzschlag unter Kontrolle zu bekommen.

»Du kannst Cressas Sklavenmarke mit an die Kette hängen, wenn du möchtest«, sagt Drayce.

Ich schaue zu ihm auf und lege schützend eine Hand über den schimmernden Anhänger. »Nein«, sage ich schnell. »Es … ist gut so, wie es ist. Die … Die Sklavenmarke ist schon die ganze Zeit über in meiner Hosentasche und …« Ziellos huscht mein Blick durchs Zimmer. »Dort wird sie bleiben, bis ich eine eigene Kette für sie habe.«

Noch immer weiß ich nicht, wie ich reagieren soll. Ich muss irgendwas sagen, doch ein simples Danke kommt mir falsch und zu wenig vor. Bei meiner Tante hat es mir nie an etwas gemangelt, vor allem nicht an Schmuck, und auch die Männer, die um meine Hand anhielten, machten mir hin und wieder Geschenke, aber die hatten eines gemeinsam: Sie waren protzig und zielten nur darauf ab, mich entweder durch ihren Wert zu beeindrucken oder mich beeindruckender aussehen zu lassen.

Ich nehme all meinen Mut zusammen und schaue wieder zu Drayce auf. »Warum hast du mir eine deiner Schuppen gegeben?«

»Wer weiß?«, raunt er, als er sich zu mir vorbeugt und mit der Nasenspitze gegen meine stupst. »Vielleicht, weil du sagtest, dass sie dir gefallen haben.

Du bist die Erste, die das je zu mir gesagt hat.« So federleicht, dass ich wohlig erschaudere, streicht er mit den Lippen über meinen Mund. »Vielleicht auch, weil der Gedanke, dass du immer einen Teil von mir bei dir trägst, durchaus seinen Reiz hat.« Eine Hand an meinen unteren Rücken gelegt zieht er mich so nah zu sich, dass kein Lufthauch mehr zwischen uns passt. »Oder vielleicht, weil ich hoffe, dass dir dieses Schmuckstück wichtig genug sein könnte, um für mich als Schlüsselschatz zu dienen. Für den Fall, dass wir bei deinem nicht vorhandenen Fluchtplan getrennt werden sollten.«

Ich habe keine Ahnung, was ich darauf erwidern soll, und kann nichts anderes tun, als ihn einfach nur anzustarren. All das hat er bedacht? Und warum verdammt noch mal klopft mein Herz bei seinen Worten wie verrückt?

»Was ist nun, Schätzchen?«, will er mit einem verruchten Lächeln wissen. »Machen wir uns auf zum Turm der Wellen?« Die Hand, die bis eben an meinem Rücken lag, gleitet tiefer, umfasst die Rundung meines Pos und drückt zu. Ich schnappe überrascht nach Luft. »Oder hast du deine Meinung bezüglich meines Angebots geändert? Willst du das Recht, als ein sinnloses Opfer zu dienen, verlieren?«

Ich lege ihm eine Hand an die Brust und schiebe ihn ein Stück zurück. »Wir sollten gehen.«

Sein Lächeln wird eine Spur breiter. »Das war kein Nein.« Doch statt mich weiter zu bedrängen, haucht er mir einen Kuss auf die Stirn und lässt mich los. »Ich werde bestimmt darauf zurückkommen, wenn wir Cressa gerettet haben und nicht dabei draufgegangen sind. Schnapp dir den Umhang und lass uns endlich aufbrechen, ehe ich es mir anders überlege!«

Kapitel 23

Ezlain

Zum Turm der Wellen zu gelangen, gestaltet sich einfacher, als ich befürchtet habe. Jede der verwinkelten Straßen scheint dort hinzuführen. Wir müssen nur einen Fuß vor den anderen setzen und dem lauter werdenden Meeresrauschen folgen. Doch mit jedem Schritt verdichtet sich der feste Klumpen in meinem Bauch, bis ich mich regelrecht dazu zwingen muss, den Fuß erneut zu heben.

Schon kurz nachdem wir die Herberge verlassen haben, höre ich auf, mir einzureden, dass alles gut werden wird. Ich bin keine Träumerin und mit jedem Tag, den ich außerhalb des Herrenhauses meiner Tante verbracht und etwas von der Welt gesehen habe, gelang es mir auch, meine Naivität abzulegen. Hier draußen, außerhalb des Schutzes meiner Familie, mussten Cressa und ich noch mehr um unser Überleben kämpfen als zuvor. Es gab kein Land, dass darauf wartete, dass wir es betreten und uns dort niederlassen würden. Schlimmer noch: Wir haben es nicht einmal gemeinsam in ein anderes Land geschafft, sondern wurden schon auf dem Weg getrennt.

Ich weiß, dass nicht alles gut werden wird. Es wird Opfer geben. Ich bin dazu bereit, diese zu erbringen.

Flüchtig streife ich im Laufen immer wieder Drayces Hand und genieße den kurzen Moment, in dem er die Geste erwidert. Wahrscheinlich spürt er, wie nervös ich bin, doch ich bin ihm dankbar, dass er mich nicht darauf anspricht. Er fragt mich nicht, ob ich mir wirklich sicher bin oder womöglich meine Meinung geändert habe, stellt meine Entscheidung auch nicht mehr infrage.

Schweigend setzen wir unseren Weg fort. Je näher wir dem Turm der Wellen auf der anderen Seite der riesigen Stadt kommen, desto weniger Menschen begegnen uns. Es scheint fast, als würden die Bewohner diesen Teil Makios meiden. Die Häuser stehen nicht dicht an dicht und wir laufen nicht mehr Gefahr, bei jedem Schritt in Unrat zu treten. Zwar stinkt es auch hier – ähnlich wie am Hafen – nach vergammeltem Fisch und abgestandenem Brackwasser, aber immerhin fühle ich mich nicht mehr ständig von den Massen beobachtet.

Als wir den Turm direkt vor uns haben, verbergen wir uns hinter einer nahen Hauswand, um zunächst geschützt die vor uns liegende Umgebung in Augenschein nehmen zu können. Ich kann die Spitze des Turmes nicht sehen, da er in die unablässige Nebeldecke hinaufragt. Als einziger Rundbau, der mir in ganz Makio aufgefallen ist, sticht der Turm aus all den windschiefen Gebäuden heraus. Außerdem scheint er älter zu sein, seine Steine sind dunkel und verwittert, sodass er beinahe schwarz wirkt. Auf der Vorderseite kann ich kein Fenster in der Mauer erkennen.

Direkt an der steilen Klippe gelegen gibt es für uns nur den Weg durch das große, gusseiserne Tor direkt vor uns, das von zwei mit Speeren bewaffneten Wachen flankiert wird.

»Ganz egal was gleich passiert«, flüstert Drayce, während er stur geradeaus starrt, »nichts davon ist wahr und ich entschuldige mich jetzt schon dafür.«

Ich nicke unter der Kapuze kaum merklich. »Es ist in Ordnung«, wispere ich. »Tu, was du tun musst, um uns beide in den Turm zu bringen.«

Er atmet tief durch, ehe er mich grob am Arm packt und auf die Straße zerrt. Ich stolpere hinter ihm her und gehe fast zu Boden, doch sein fester Griff hält mich oben. Unbarmherzig zieht er mich zum Tor.

»Was willst du?«, grunzt eine der Wachen.

Die Stimme des Mannes klingt barsch und gelangweilt, als wären wir heute nicht die Ersten, die ihn belästigen. Ein Helm bedeckt den Großteil seines Kopfes, aber anhand seiner Statur schließe ich, dass er mindestens genauso kräftig gebaut ist wie Drayce.

»Ich hab gehört, dass ihr einen Batzen Gold bezahlt, wenn man euch eine Jungfrau bringt«, entgegnet Drayce in geschäftigem Tonfall.

Der Wachmann wirft einen abschätzenden Blick auf mich und ist drauf und dran, uns wieder wegzuschicken, als Drayce die Kapuze packt und sie mir vom Kopf zerrt. Einige Haarsträhnen fallen mir ins Gesicht. Schnell puste ich sie weg und setze eine trotzige Miene auf.

Ein begehrliches Funkeln erscheint in den Augen des Wachmanns, als er mit langen Schritten auf mich zukommt und mit einer Handbewegung den Umhang beiseiteschiebt. Bei dem gierigen Blick, den er anschließend über mich gleiten lässt, kommt mir beinahe das karge Essen von vorhin wieder hoch und auch Drayce neben mir versteift sich. Hastig schaue ich zu ihm und deute ein Kopfschütteln an. Wenn er sich jetzt einmischt, haben wir unsere einzige Chance, in den Turm zu gelangen, verspielt.

»Diese kleine Schönheit soll eine Jungfrau sein?«, dröhnt der Wachmann. »Dass ich nicht lache!«

»Und ob sie das ist!«, entgegnet Drayce. »Seit ihrer Geburt war sie die Sklavin meiner Mutter und nach ihrem kürzlichen Tod ging sie in meinen Besitz über. Als sie älter wurde, fiel es mir immer schwerer, die Finger von ihr zu lassen – meine Mutter war, was das angeht, ziemlich rückständig –, aber ich habe es geschafft. Zum Glück, wie sich nun herausstellt.«

»Wieso das?«, kommt es von dem Wachmann.

»Weil mir das Gold sehr viel mehr nützt, als wenn ich meinen Schwanz kurz in ein unwissendes Sklavenmädchen stecke«, entgegnet Drayce scheinbar ungerührt, während ich bei seinen Worten schlucken muss. »Da bezahle ich lieber eine Hure. Die weiß wenigstens, was sie zu tun hat. Tränen und Gezeter zählen für mich im Bett nicht zu den Dingen, die mir Spaß bereiten.«

»Ach nein?«, brummt der Mann vor uns. »Ich mag es ganz gern, wenn sie schreien und sich ein wenig wehren.«

Meine Hände ballen sich zu Fäusten. Die Art, wie sie über mich reden, als sei ich gar nicht anwesend, lässt mich beinahe etwas Dummes tun. Ich fühle mich zurückversetzt in die Nacht auf der *Meereswind,* als Kyle und seine Kumpane sich an mir vergehen wollten. Ihre Blicke und Worte waren jedoch noch schlimmer als die, die ich jetzt ertragen muss. Ich zwinge mich dazu, dem lüsternen Starren des Wachmanns mit festem Blick zu begegnen. Am liebsten würde ich mich hinter Drayces breitem Rücken verstecken, doch ich sage mir, dass es meine eigene Idee war, hierherzukommen. Ich muss da jetzt durch. Und diesmal werde ich es schaffen.

»Was bekomme ich für sie?«, fragt Drayce.

»Drei Goldstücke«, antwortet der Wachmann, ohne den brennenden Blick von mir zu nehmen.

Drayce fängt schallend an zu lachen. »Nein, dafür gebe ich sie garantiert nicht her. Für lausige drei Goldstücke nehme ich mir ihre Jungfräulichkeit dann doch lieber selbst und habe ein paar Stunden meinen Spaß mit ihr.«

Der Wachmann grunzt verstimmt. »Na schön. Vier Goldstücke.«

Drayce verschränkt die Arme vor der Brust. »Du weißt genauso gut wie ich, dass jede schmutzige und verlauste Hafendirne bereits zwei Goldstücke verlangt. Im Gegensatz zu denen ist meine Sklavin sauber und garantiert frei von unwillkommenen Mitbewohnern. Und ein Hingucker ist sie obendrein.«

»Nur ob sie noch Jungfrau ist, daran habe ich noch immer meine Zweifel«, tönt der Wachmann. »Außerdem haben wir bereits fünf Mädchen, aus denen wir wählen können. Warum sollte ich noch für ein sechstes bezahlen?«

Eine Weile verhandeln sie noch weiter. Die anzüglichen Bemerkungen über mich überhöre ich aber, denn es ist etwas anderes, was mehr und mehr in meinen Fokus rückt und sich in mir festsetzt wie ein Geschwür.

Ich zwinge meine Atmung zur Ruhe, obwohl mir der Angstschweiß bereits den Nacken hinunterrinnt. Zu Drayce zu schauen, wage ich nicht. Schon die ganze Zeit über stelle ich mir die Frage, warum er den Preis für mich in die

Höhe treiben will. Geht es ihm doch nur um das Gold? Alles, was glänzt, scheint sein Schwachpunkt zu sein.

Eine fiese Stimme, die ich einfach nicht zum Schweigen bringen kann, flüstert mir unablässig zu, dass er sich nur so ins Zeug legt, weil er mich tatsächlich verkaufen will. Dass er mich zurücklassen und verschwinden wird, sobald er einen guten Preis für mich ausgehandelt hat. Warum sollte er sonst feilschen? Es wäre doch ein Leichtes gewesen, beim ersten Angebot der Wache einzuschlagen.

Wieder und wieder versuche ich, die Stimme und ihre Einflüsterungen zu ignorieren, aber mit jedem neuen Gebot für mich ist sie wieder da und bettelt um meine Aufmerksamkeit.

Die Möglichkeit, dass es Drayce tatsächlich nur darum gehen könnte, den besten Preis für mich zu erzielen, lässt mich in ein schier bodenloses schwarzes Loch fallen. Wie erstarrt stehe ich einfach da und bekomme nur am Rande mit, wie die Männer weiter um mich feilschen wie um ein Stück Obst auf dem Markt.

Es widert mich an, dass ich dabei den Mund halten muss. Der Drang, der Wache die Augen auszukratzen, damit der Mann mich nicht mehr auf solch wollüstige Art und Weise anstarren kann, wird beinahe übermächtig. Und Drayce ... Ihm würde ich am liebsten den Hals umdrehen, nachdem ich ihm die verdammte Kette vor die Füße geknallt hätte!

»Dein Schutzpatron wird erfreut über jedes weitere Mädchen sein und es dir danken«, wirft Drayce in schmeichelndem Tonfall ein. »Denn mit jeder potenziellen Kandidatin wird nicht nur der Auswahlprozess zu einem Spektakel, sondern ihr reduziert auch das Risiko einer Katastrophe, sollte die eine oder andere unter ihnen doch keine Jungfrau mehr sein. Wie war das noch vor ein paar Jahren? Soll es da nicht einen Vorfall gegeben haben, bei dem eurem Schutzpatron nicht drei reine Opfer präsentiert wurden?«

Sofort versteift sich der Wachmann. »Nun ... Es gab tatsächlich schon mehrere solcher Vorfälle ... Aber das bedeutet nicht ...«

Drayce wischt seinen Einwand mit einer Handbewegung beiseite. »Wie wäre es, wenn du mich zu jemandem bringst, der hier etwas zu sagen hat, damit er selbst entscheidet, ob er meine Sklavin haben will. Wahrscheinlich ist er eher gewillt, mir einen anständigen Preis für die Kleine zu zahlen.«

Der Wachmann wirft seinem Kumpan am Tor einen Hilfe suchenden Blick zu. Der andere Mann zuckt jedoch nur mit den Schultern.

»Von mir aus!«, knurrt die Wache vor uns. »Du kannst mit denen sprechen, die die Mädchen aussuchen. Glaub aber ja nicht, dass du leichter mit ihnen verhandeln kannst als mit mir. Die Kleine wird unterdessen geprüft.«

»Geprüft?«, hakt Drayce scheinbar beiläufig nach.

Die Wache nickt. »Ob sie auch tatsächlich so unberührt ist, wie du behauptest.«

***

Das Herz hämmert mir dumpf und viel zu fest gegen den Brustkorb, als wir dem Wachmann ins Innere des Turmes folgen. Nur flüchtig huscht mein Blick über all den Prunk, der sich vor mir erstreckt. Weiche, tiefrote Teppiche dämpfen jeden meiner Schritte. Säulen aus dunklem Marmor ragen neben uns auf und Kerzen an goldenen Lüstern erhellen unseren Weg.

In meinem Kopf wirbelt die ganze Zeit nur ein Gedanke herum: dass sie mich prüfen wollen. Ich schlinge beide Arme um mich, weil ich plötzlich am ganzen Körper zittere. Drayces sorgenvollen Blick gebe ich vor, nicht zu bemerken. Im Moment könnte ich es nicht ertragen, wenn er mich berührt. Deshalb halte ich so viel Abstand wie möglich von ihm, ohne dass es dem Wachmann merkwürdig vorkommt.

Er will mich verkaufen … Es geht ihm nur um das Gold, das er für mich erhält … Nur um den Preis für mich weiter in die Höhe zu treiben, ist er noch hier … Sobald er hat, was er will, wird er sich umdrehen und gehen … Ich werde allein zurückbleiben und ihn nie mehr wiedersehen … Ich muss mich allein all dem stellen, was noch vor mir liegt … Den Prüfungen. Der Suche nach Cressa. Dem Hoffen und Bangen, ob sie tatsächlich hier ist.

Für eine Weile hat es sich gut angefühlt, jemanden an meiner Seite zu haben, mit dem ich meine Ängste und Sorgen teilen und auf den ich mich verlassen konnte. Ich musste nicht jede einzelne Sekunde stark sein. Und es gab jemanden, der mich davon abhielt, nach der erstbesten Möglichkeit zu greifen, die sich mir für Cressas Rettung bot.

Der Wachmann weist uns an, vor einer Treppe aus weißem Marmor zu warten, ehe er durch eine Tür verschwindet. Nach dem, was sich eben am Tor abgespielt hat, fühlt es sich seltsam an, mit Drayce allein zu sein. Demonstrativ schaue ich in eine andere Richtung, während ich weiterhin beide Arme um mich geschlungen halte, damit ich nicht auseinanderbreche.

»Ist alles in Ordnung?«, murmelt er nach einiger Zeit leise.

Sein sorgenvoller Tonfall facht die Wut und Enttäuschung in mir nur noch weiter an. Wem will er etwas vormachen? Ich habe ihn längst durchschaut!

»Alles, was ich vorhin sagen musste, tut mir leid«, sagt er betreten. »Ich wollte nicht …«

Ich wirbele zu ihm herum. »Warum bist du noch hier?«, grolle ich und gebe mir wirklich große Mühe, die Lautstärke meiner Stimme zu dämpfen. Leider bleibt es bei einem Versuch. »Wie viel müssen sie dir denn für mich bezahlen, damit du zufrieden bist und deiner Wege gehst?«

Drayce zieht die Augenbrauen zusammen. »Wie bitte?«

»Du hast mich schon verstanden!«, schnappe ich. »Denk ja nicht, ich wüsste nicht, warum du nicht längst verschwunden bist. Du bist nur auf das Gold aus – je mehr, desto besser. Deshalb hast du am Tor versucht, den Preis für mich weiter nach oben zu treiben. Ich habe mich gefühlt wie eine feilgebotene Ware.«

Mit zwei großen Schritten ist er bei mir und ragt derart bedrohlich direkt vor mir auf, dass ich am liebsten vor ihm zurückweichen würde. Nur der kümmerliche Rest Stolz, den ich noch in mir habe, hält mich davon ab. Ich bleibe, wo ich bin, lege den Kopf in den Nacken und begegne seinem durchdringenden Starren auf mindestens genauso zerstörerische Weise.

»Du hast recht«, grollt er gefährlich ruhig. »Ich mache mir sehr viel aus Gold und Schätzen. Das liegt an dem Drachenblut, das durch meine Adern fließt. Um Gold zu erhalten und es zu horten, würde ich nahezu alles tun.«

Ich schlucke angestrengt, während sich sein brennender Blick in mich zu bohren scheint. Ich hatte also recht … Es fühlt sich an, als würde sein Verrat etwas in mir zerbrechen. Beinahe kann ich das Knacken hören. Ein unbekannter Schmerz flammt in meiner Brust auf.

Drayce lehnt sich ein Stück weiter nach vorn. Sein Duft nach Feuer und Wärme umfängt mich. Schnell gehe ich dazu über, durch den Mund zu atmen.

»Ein Teil meines Blutes verlangt nach Gold und Reichtümern«, raunt er, während seine Nase nur wenige Zentimeter von meiner entfernt ist. »Aber das ist nicht der Grund, warum ich den Preis für dich nach oben getrieben habe.«

Ich stutze. »Sondern?«

Meine Stimme ist nichts weiter als ein heiseres Krächzen. Eigentlich will ich die Antwort darauf nicht hören. Ich bin schon am Boden. Weiter zuzuhören, warum er mich verrät und an den Meistbietenden verschachert, wird mir den Todesstoß versetzen. Ich frage dennoch und wappne mich für die Antwort, die gleich folgen und mich unweigerlich zerstören wird.

»Weißt du, wie viel es in einem Bordell kostet, eine Jungfrau zu bekommen?«, fragt er schließlich. Ich blinzele mehrmals hintereinander und frage mich, ob er jetzt völlig den Verstand verloren hat. »Nein, wahrscheinlich weißt du es nicht. Und ehe du fragst: Ich weiß es auch nur, weil ich mich heute umgehört habe. Ich wusste gleich, dass du auf die lebensmüde Idee kommen würdest, dich selbst als Opfer anzubieten, also brauchte ich eine ungefähre Vorstellung davon, was ich für dich verlangen muss, damit wir glaubwürdig sind. Das, was der Wachmann für dich geboten hat, war lachhaft. Zwei Goldstücke verlangen die verbrauchten Huren am Hafen – und ein Goldstück übrigens für Informationen.«

Als ich merke, dass mein Mund offen steht, klappe ich ihn schnell wieder zu.

»Wenn ich auf das Angebot des Wachmannes eingegangen wäre, hätte er sofort bemerkt, dass mit dir etwas nicht stimmt«, fährt Drayce fort. »Niemand bei klarem Verstand gibt sich mit so wenig Gold für eine angebliche Jungfrau zufrieden. Er hätte gewartet, bis ich das Gold genommen hätte und verschwunden wäre.« Seine goldenen Augen scheinen zu glühen und vor Wut Funken zu sprühen. »Und dann hätten sie gleich unten am Tor getestet, ob du tatsächlich noch eine Jungfrau bist. Kannst du dir vorstellen, wie das vonstattengegangen wäre, oder muss ich weiter ins Detail gehen?«

Mein Hals ist wie zugeschnürt. Mehr als ein schwaches Kopfschütteln bekomme ich nicht zustande.

Drayce lehnt sich wieder zurück; sein Blick ist jedoch immer noch mörderisch. »Mir blieb also keine andere Wahl, als um dich zu feilschen. Ein zu niedriger Preis hätte unseren Plan zunichtegemacht.« Er kneift die Augen zusammen. »Ein hoher aber scheint mich zu verdächtigen, Profit aus dir schlagen zu wollen.«

»Nein, das …« Meine Stimme versagt.

Ich lasse den Kopf hängen und beiße mir auf die Unterlippe. Meine Augen brennen wie Feuer. Ich hasse dieses Gefühl. Ich komme mir so dermaßen blöd vor … Drayce hat mir nie einen Grund gegeben, an seiner Loyalität zu zweifeln. Warum bin ich gleich vom Schlimmsten ausgegangen? Und warum hat mich sein vermeintlicher Verrat so sehr verletzt? Selbst jetzt, nachdem ich die Wahrheit kenne, will der Schmerz in der Brust einfach nicht verschwinden …

»Es … tut mir leid.« Ich halte den Blick gesenkt und kralle die Hände in den Umhang, um ihr Zittern zu verbergen.

»Das sollte es auch«, grollt Drayce. »Wie kommst du auf die hirnrissige Idee, dass ich dich tatsächlich verkaufen wollte? Zählt das, was im Labyrinth und heute geschehen ist, gar nicht für dich?«

Mit keinem Wort verliert seine Stimme an Schärfe und jedes einzelne verstärkt den Schmerz in meiner Brust nur noch mehr.

Ich brauche eine Weile, bis ich genügend Kraft gesammelt habe, um ihm antworten zu können. »Als du draußen mit der Wache verhandelt hast, habe ich mich gefühlt wie in der Höhle, als Feodor dir den Beutel voll Gold vor die Füße geworfen hat. Ich musste mit ansehen, wie du wegen ein paar Münzen alles um dich herum vergessen hast – den Kampf, die Gegner und …«

Ich breche ab und beiße mir auf die Unterlippe, bis es wehtut.

Drayce legt mir einen Finger unters Kinn und drückt meinen Kopf erbarmungslos wieder nach oben, sodass ich ihn ansehen muss.

»Was habe ich *noch* vergessen?«, verlangt er zu wissen.

Ich schlucke angestrengt. »Mich«, hauche ich. »Als du das Gold gesehen hast, hast du *mich* vergessen. Und vorhin hat es sich wieder genauso angefühlt.«

Eine einzelne Träne stiehlt sich aus meinem rechten Augenwinkel und hinterlässt eine brennend heiße Spur auf meiner Wange. Ohne auch nur die kleinste Regung in der Miene zu zeigen, beobachtet Drayce den Weg der Träne ganz genau. Ich könnte beim besten Willen nicht sagen, was gerade in ihm vorgeht. Er erscheint mir kalt und gefühllos, während ich mich für meine Dummheit schäme. Ich habe den einzigen Freund und Verbündeten, den ich habe, vorschnell verurteilt, ohne ihm die Möglichkeit zu geben, mir seine Sichtweise zu erklären. Eine weitere Träne entschlüpft meinem linken Auge.

Ohne Hast beugt Drayce sich vor, küsst erst die Träne auf der rechten Wange weg, die schon beinahe das Kinn erreicht hat, und dann die auf der linken Wange. Bei jeder der beiden sanften Berührungen zucke ich zusammen, will mich ihnen entziehen – nicht, weil ich mich nicht danach sehne, sondern weil ich das Gefühl habe, sie nicht zu verdienen. Doch Drayce umfasst mein Kinn unerbittlich.

»Ich würde gern sagen, dass du aufhören sollst zu weinen«, murmelt er, »aber ich befürchte, dass uns ein paar Tränen eher nützen als schaden.« Er küsst mich auf die Nasenspitze. »Wie habe ich reagiert, als du dem Kapitän auf der *Windsbraut* die Münzen zugeworfen hast?«

»Du …« Ich räuspere mich und runzele dann die Stirn. »Du hast anders reagiert. Das funkelnde Gold schien dir nichts auszumachen.«

»Richtig.« Drayce lässt mein Kinn los. Seine Hand gleitet ein Stück tiefer, streichelt über meinen Hals, bis er schließlich mit den Fingerspitzen über die Schuppe an der Kette streift. »Weil ich einen anderen Schatz gefunden habe, den ich beschützen will. Aber dieser Schatz macht es mir gerade verdammt schwer, ihm nicht den Hals umdrehen zu wollen.«

»Es tut mir leid«, wispere ich erneut.

Drayce zieht mich zu sich und ich presse das Gesicht gegen seine Brust, während ich schluchze. Dabei streicht er mir über den Rücken, bis ich mich wieder beruhigt habe.

»Ich werde so lange wie möglich hier im Turm bleiben und diesen Jemand, mit dem ich verhandeln soll, mit meinen Forderungen hinhalten«, murmelt Drayce und lenkt dadurch meine Gedanken wieder in eine andere Richtung. »Hoffentlich hast du bis dahin herausgefunden, ob Cressa unter den Mädchen ist. Du wirst deine Tarnung als Sklavin aufrechterhalten, solange du hier bist. Keine Widerworte, keine Rangeleien mit Wachen und kein aufmüpfiges Verhalten. Ist das klar?«

Ich schniefe und nicke zögerlich.

»Du sollst dich verteidigen, wenn du dich in Gefahr wähnst, aber ansonsten hältst du den Kopf unten und tust, was sie verlangen.«

Ich runzele die Stirn. »Alles, was sie verlangen?«

Er verzieht den Mund und schnipst mir gegen die Stirn. »Dummkopf! Natürlich nicht! Nur das, was für unseren Plan wichtig und richtig ist. Sobald dich einer von den Kerlen anrührt, kannst du gern von dem Dolch, der hinten an deinem Gürtel hängt, Gebrauch machen. Und anschließend werde ich ihn in der Luft zerfetzen.«

Bevor ich antworten kann, öffnet sich die Tür und der Wachmann von vorhin kommt hinaus zu uns auf den Korridor. Möglichst unauffällig macht Drayce einen Schritt zurück und ich senke den Kopf. Aus den Augenwinkeln sehe ich eine alte, gebückt laufende Frau mit schneeweißen Haaren, die der Wache folgt.

»Der Hauptmann empfängt dich jetzt«, sagt die Wache barsch zu Drayce. »Das Mädchen wird mit der Alten gehen. Erst wenn die Prüfung abgeschlossen ist, wird der Hauptmann mit dir über den Preis verhandeln.«

Drayce nickt. »Geh voraus«, weist er die Wache an. Als er dem Mann folgt, streift er im Vorbeigehen meine Hand mit den Fingern.

Ich bleibe allein mit der Alten zurück. Ihr Gesicht ist so faltig und eingefallen, dass ich ihre Augen kaum ausmachen kann, doch um ihren schmalen Mund bildet sich ein Lächeln.

»Komm, mein Kind«, krächzt sie und lockt mich mit gekrümmtem Finger näher.

Tausend Mal lieber würde ich Drayce hinterherlaufen, doch ich schlucke meine Angst hinunter und folge der alten Frau. Ich bin ganz kurz davor, Cressa zu finden. Ich darf auf keinen Fall einen Rückzieher machen.

***

Die Frau führt mich in einen anderen Teil des Turmes. Wahrscheinlich leben hier die Sklaven und Diener, denn der Prunk, der im Eingangsbereich allgegenwärtig war, nimmt spürbar ab. Anstatt spiegelnden Marmors knarren alte Holzdielen unter meinen Füßen.

»Du brauchst dich nicht zu fürchten«, sagt die Frau in einem krächzenden Tonfall. »Wir werden dir kein Leid zufügen.«

»Wohin bringt Ihr mich?«, frage ich.

»Wir werden dich waschen, prüfen und anschließend einkleiden. Danach bringe ich dich in deine Unterkunft für heute Nacht.«

Ich weiß, dass ich die Antwort lieber nicht wissen will, dennoch frage ich: »Was geschieht mit mir, wenn ich bei der Prüfung versage?«

Die Alte bleibt unvermittelt stehen, sodass ich beinahe in sie hineinlaufe. Langsam dreht sie sich zu mir um und mustert mich von oben bis unten. »Dann wirst du leben. Ein hübsches Ding wie du erregt mit Sicherheit die Aufmerksamkeit eines der Wachmänner. Wenn der Richtige von ihnen ein Auge auf dich wirft, könntest du ein angenehmes Leben führen.«

Fast augenblicklich verziehe ich bei ihren Worten den Mund, da sie mich an die Unterhaltung mit Kommandant Marik erinnern.

»Wenn du die Prüfung bestehst ...« Die Alte wendet sich wieder um und setzt ihren Weg fort. »... wirst du höchstwahrscheinlich eines der Opfer sein. Die Auswahlkriterien sind denkbar einfach. Unser Schutzpatron legt bei den Mädchen keinen Wert auf deren Fähigkeiten im Stricken oder Sockenstopfen. Es sind Reinheit und Schönheit, die ihn interessieren. Ich werde dich nicht anlügen. Von den mit dir sechs Mädchen, die hier sind, bist du mit Abstand das hübscheste. Vier der anderen sind unscheinbare, blasse Dinger. Die fünfte ist zwar auch nicht von herausragender Schönheit, aber sie strahlt ein Feuer aus, das auch unseren Schutzpatron beeindrucken wird.«

Das muss Cressa sein ... Es *muss* einfach!

»Haben die Mädchen Euch gesagt, wie sie heißen?«, will ich wissen und wage vor Anspannung kaum zu atmen, damit ich kein Wort der Alten verpasse.

»Nein«, bekomme ich zur Antwort. »Namen haben hier keinerlei Bedeutung mehr, ebenso wenig, wer ihr einmal wart oder woher ihr stammt.«

Das darf doch wohl nicht wahr sein!

»Wann werde ich die anderen Mädchen treffen?«

Die Alte bleibt vor einer Tür stehen und öffnet sie. »Gar nicht. Wenn du auserwählt wirst, wirst du mit den anderen beiden Opfern nur kurz vor der Zeremonie zusammentreffen. Begegnungen unter den potenziellen Opfern sind aber untersagt. In der Vergangenheit haben die Mädchen, wenn sie zusammen waren, immer mal wieder Fluchtpläne geschmiedet. Das ersticken wir im Keim, indem wir sie voneinander fernhalten. Jede bekommt ein eigenes Zimmer für die letzte Nacht und zudem sind sie in unterschiedlichen Bereichen des Turms untergebracht.«

Ich unterdrücke im letzten Moment ein genervtes Aufstöhnen. Na toll, und was jetzt? Wenn ich keine Möglichkeit habe, herauszufinden, wer die anderen fünf Mädchen sind, wie soll ich dann erfahren, ob Cressa unter ihnen ist?

Die einzige Möglichkeit ist, mich weiter an den Glauben zu klammern, dass Cressa das Mädchen ist, von dem die Alte vorhin gesprochen hat. Drayces Gabe hat uns nach Makio geführt. Cressa muss hier sein. Und ich muss es unter die drei Opfer schaffen, um ihr zumindest für eine kurze Zeit zu begegnen.

In der Kammer erwartet mich eine Wanne, die fast randvoll mit dampfend heißem Wasser gefüllt ist. Sofort beginnt meine Haut vor Vorfreude zu kribbeln. Wann habe ich das letzte Mal gebadet? Seitdem ich aus Ilgaron geflohen bin, habe ich mich zwar so oft es ging gewaschen, aber stets mit kaltem Wasser.

»Rein mit dir!«, sagt die Alte, als sie hinter uns die Tür schließt. »Wenn du gesäubert bist, gehen wir zum zweiten Teil über.«

***

Teil zwei gefällt mir deutlich weniger als Teil eins.

Nachdem ich ausgiebig gebadet und mich anschließend abgetrocknet habe, kommen zwei weitere ältere Frauen zu uns ins Zimmer. Eine trägt einen Stapel Kleidung, die andere mehrere Töpfchen mit etwas, was aussieht wie Farbe und einige Pinsel. Nur mit einem Handtuch um mich geschlungen weist mich die Alte an, mich auf einen Holzstuhl zu setzen, während sie die Hand in eine schleimig anmutende Flüssigkeit taucht. Zögerlich komme ich der Aufforderung nach und spähe unauffällig zu meiner Kleidung, die neben der Wanne liegt und zwischen der ich den Dolch verborgen habe. Er ist zwar außerhalb meiner direkten Reichweite, aber gegen die drei alten Frauen, die nicht einmal gerade stehen können, werde ich auch ohne Waffe ankommen, wenn es sein muss. Nur Drayces Halskette habe ich auch während des Badens nicht abgenommen.

»Versuch, dich zu entspannen«, murmelt die Alte, als sie neben mich tritt und mit der einen Hand meine Beine auseinanderzwängt.

»W…Was wird das?«

Doch ich bekomme keine Antwort. Stattdessen tritt eine der anderen Frauen hinter mich und hält meine Arme hinter der Stuhllehne fest. Vor mir kniend lässt die Alte einen Finger der Hand, die sie vorhin in die seltsame Flüssigkeit getaucht hat, in mich hineingleiten. Ich schnappe nach Luft und bäume mich auf.

»Shhht«, macht sie. »Es ist gleich vorbei. Wenn du dich wehrst, dauert es nur länger.«

Tatsächlich zieht sie schon wenige Sekunden später den Finger wieder aus mir heraus. Schnell presse ich die Beine so fest wie möglich zusammen. Mein Herz rast. Es ging so schnell, ich konnte gar nicht … Ich schlucke angestrengt.

»Sie ist ohne Zweifel unberührt«, sagt die Alte zu den anderen Frauen. »Ich hätte es nicht geglaubt. Macht sie zurecht.«

Ohne auf meine Proteste zu reagieren, stecken mich die beiden anderen in Gewänder, in denen ich mich garantiert nicht nach draußen wage. Das Oberteil ist schneeweiß und hochgeschlossen, endet aber in einem breiten Band knapp unter der Brust und lässt sowohl Bauch als auch Rücken unbedeckt. Der dazugehörige Rock ist ebenfalls weiß und reicht zwar fast bis zum Boden, ist aber an den Seiten bis hoch zur Hüfte geschlitzt.

Weiterhin legen sie mir allerlei Schmuck an. Ketten und Armreife in unterschiedlichen Längen und Größen sowie einen breiten Gürtel. Alles aus glänzendem Gold. Drayces Kette ignorieren sie.

Als sie fertig sind, holt die eine die Töpfchen und Pinsel. Zu zweit beginnen sie, meine blanken Oberarme, den freien Bauch und die nackten Oberschenkel mit dunklen Ranken zu bemalen, während die Dritte alles genau beobachtet und Anweisungen gibt.

»Was ist das?«, will ich wissen.

»Eine besondere Tinte, die du selbst nicht abwaschen kannst. Auch heute Nacht, wenn du schläfst, werden die Zeichen nicht verschmieren oder verblassen. Kleidung kann ihr ebenso wenig etwas anhaben. Nur die Körperwärme eines anderen Menschen bringt die Tinte zum Zerfließen – nicht aber deine eigene«, bekomme ich von einer der drei Frauen als rätselhafte Antwort.

Die andere seufzt. »Die Zeichen schützen dich vor den Annäherungen der Männer«, erklärt sie. »Die eine Nacht, die dir noch bleibt, wirst du den Schutz hoffentlich gar nicht brauchen, aber für den Fall der Fälle … Wenn die Zeichen verschmiert sind, wissen wir, dass dich jemand berührt hat. Und derjenige, der dir zu nah gekommen ist, bekommt die Farbe nicht so schnell abgewaschen. Den Übeltäter hätten wir also schnell gefunden.«

Versuchsweise reibe ich mit der Hand über die gerade erst getrockneten Tinten-Ranken, die sich um meinen Oberarm winden. Doch so sehr ich auch aufdrücke und rubbele, die Tinte bleibt, wo sie ist. Kein Verschmieren, kein Verblassen – genau, wie die alte Frau sagte.

Als sie zu meinem Brustbein kommt, hält die Alte kurz inne. »Was ist mit der Narbe? Soll ich sie auch …?«

Die dritte Alte schüttelt den Kopf. »Eine Magie sollten wir besser nicht mit einer anderen überschreiben. Lass den Teil aus und konzentriere dich auf die Arme und Beine.«

Magie? Ich runzele verwirrt die Stirn und will gerade zu einer neuen Frage ansetzen, doch bevor ich einen Ton herausbringen kann, sagt die Frau, die den Pinsel führt: »Du bist nun ein ausgewähltes Opfer. Kein Mann hat mehr das Recht, dich zu berühren. Du gehörst einzig und allein unserem Schutzpatron.«

»Wer ... ist dieser Schutzpatron?«, frage ich.

Eine Weile schweigen die Frauen und konzentrieren sich weiter auf ihre Arbeit. Die Pinsel kitzeln auf meiner Haut, besonders an den empfindlichen Stellen wie der Innenseite meiner Oberschenkel. Wenigstens scheinen nur die Körperstellen bemalt zu werden, an denen ich nicht schon Kleidung oder Schmuck trage, sodass ich mich nicht erneut vor ihnen ausziehen muss. Auch meine Unterarme bleiben tintenfrei.

»Er ist überaus mächtig«, murmelt schließlich die Frau, die mich in diesen Raum geleitet hat. »Er besitzt die Macht über den Nebel, der unsere Insel vor den Augen anderer verbirgt.«

»Was ... macht er mit uns Opfern?«

Die Frau zu meiner Rechten zuckt mit den Schultern. »Zunächst lässt er sie für sich tanzen. Also solltest du heute Nacht noch etwas üben. Wenn du schlecht tanzt, kann es passieren, dass er dich auf der Stelle tötet. Ich nehme an, dass er keine trampeligen Bauernmädchen mag.«

Das hat mir gerade noch gefehlt ... Tante Beatrice hat mir zwar einige Standardtänze eingebläut, aber ich kann mich nicht mal mehr daran erinnern, wann ich die Schritte das letzte Mal ausgeführt habe. Das ist sicher schon Jahre her! Außerdem weiß ich, dass ich ein Trampel bin. Da hilft auch keine ganze Nacht des Übens.

»Wenn ihm aber gefällt, wie du deinen Körper bewegst«, wirft die andere Frau ein, »nimmt er dich mit in sein Reich.«

»Und dann?«, will ich wissen.

Wieder ein Schulterzucken, diesmal zu meiner linken Seite. »Das weiß niemand, weil nie ein Opfer je von dort zurückgekommen ist.«

Kapitel 24

Ezlain

Nachdem sie endlich fertig sind, bringen mich die Frauen in ein Zimmer einen Korridor weiter, wo ich die Nacht verbringen soll. Selbst wenn ich es darauf anlegen würde, zu fliehen, würde ich in diesem Wirrwarr aus Gängen, Etagen und verwinkelten Fluren niemals den Weg nach draußen finden …

Erst als ich die Tür hinter mir geschlossen habe, gestatte ich mir, tief durchzuatmen. Nun bin ich also offiziell ein Opfer … Ich gebe einen knurrenden Laut von mir. Nie hätte ich gedacht, dass ich es einmal darauf anlegen würde, irgendeinem Schutzpatron geopfert zu werden … Und die Zeremonie ist schon morgen! Das heißt, mir bleibt nur eine Nacht, um einen Plan zu schmieden, wie ich aus dem Schlamassel wieder herauskomme. Möglichst gemeinsam mit Cressa. Und möglichst, ohne dabei draufzugehen.

»Ich dachte schon, du willst mich die ganze Nacht warten lassen«, kommt es plötzlich vom anderen Ende des Zimmers.

Ich zucke zusammen, entspanne mich aber sofort wieder, als ich Drayces Stimme erkenne. Nur Sekunden später entzündet er neben sich eine Kerze, die den kleinen Raum fast vollständig erhellt. Viel zu sehen gibt es nicht, dennoch nehme ich blitzschnell meine Umgebung in Augenschein. Ein schmales

Bett, eine schäbige Kommode mit zwei Schubfächern, auf der eine gefüllte Waschschüssel steht, ein niedriger Tisch, auf dem nun eine Kerze brennt, daneben ein Stuhl, den Drayce ausfüllt.

Beide Augenbrauen hochgezogen betrachtet er mich von oben bis unten. Sein Blick ist derart durchdringend, dass mir ein heißes Prickeln den Rücken hinunterrinnt.

»Na gut«, raunt er, als er schließlich wieder bei meinem Gesicht angekommen ist. »Ich schätze, dieser Anblick entschädigt mich für die etwas längere Wartezeit.«

Ich verdrehe die Augen und übergehe seinen Kommentar. »Hast du etwas herausgefunden?«

»Hmm?« Sein Blick gleitet schon wieder tiefer.

»Ob du etwas herausgefunden hast?«, wiederhole ich schärfer.

»Nicht wirklich«, murmelt er sichtlich abgelenkt. »Die Wachen wissen so gut wie nichts und führen nur Anweisungen aus. Keiner von ihnen hat je den Schutzpatron gesehen. Aber ich habe mich mit ein paar von den Wachen angefreundet. Deshalb darf ich noch hierbleiben und morgen ein weiteres Jahr im Nebel mit ihnen feiern.« Seine Stimme wird mit jedem Wort dunkler und schwerer und ich spüre, wie mir seine Aufmerksamkeit entgleitet.

»Meine Augen sind übrigens hier oben.«

»Ja ... Augen ... sehr wichtig«, murmelt er undeutlich.

»Drayce, konzentriere dich! Du hast mich schon mit weniger am Leib gesehen.«

Sein Blick huscht zurück zu meinem Gesicht und ein spitzbübisches Grinsen lauert in seinen Mundwinkeln. »Du mich auch. Das bedeutet aber nicht, dass ich den Anblick nicht genieße. Ausgleichende Gerechtigkeit, erinnerst du dich?« Er lehnt sich ein Stück zurück. »Wie ich sehe, hast du die Prüfung bestanden und wirst morgen in der Zeremonie geopfert werden. Gibt es noch etwas, worauf du dich vorbereiten willst? Oder spazierst du gänzlich unvorbereitet, dafür aber leicht bekleidet in dein Verderben?«

Ich widerstehe nur knapp dem Drang, ihm die Zunge herauszustrecken. »Eine der Frauen sagte, dass ich morgen tanzen müsse. Aber darum mache ich mir keine großen Sorgen. Ich musste bei meiner Tante ein paar Tänze lernen. Irgendwie kriege ich das schon hin. Viel wichtiger ist …«

»Und du glaubst, dass diese Tänze, die du während eines stinklangweiligen Empfangs zum Besten geben musstest, ausreichen, um einen mächtigen Schutzpatron zu beeindrucken?« Drayce macht eine auffordernde Handbewegung. »Dann lass mich mal sehen, was du kannst!«

Ich kaue auf der Unterlippe herum, während ich abwäge, ob ich tatsächlich vor ihm tanzen oder es lieber bleiben lassen soll. Letztendlich sage ich mir jedoch, dass ein wenig Vorbereitung nicht schaden kann, und beginne mit einem schnelleren Tanz, den man eigentlich als Paar aufführt.

Schon nach wenigen Augenblicken gibt Drayce Schnarchgeräusche von sich. Am liebsten würde ich ihm irgendetwas gegen den Kopf werfen. Vorzugsweise etwas Spitzes.

»Schätzchen, damit beeindruckst du ja noch nicht einmal mich«, grummelt er. »Und meine Gedanken sind immerhin schon auf Abwegen, seitdem du mit so wenig Kleidung am Leib das Zimmer betreten hast. Aber das eben …« Er schüttelt den Kopf. »Das geht so nicht.«

Ich seufze. »Es ist ein Tanz für zwei Personen. Vielleicht sieht es deshalb seltsam aus, wenn ich …«

»Daran liegt es nicht«, unterbricht er mich. »Sondern daran, dass du diesen wunderschönen Körper nicht ansprechend genug bewegst.«

Ich kralle die Hände in den Rock. »Und was soll ich stattdessen tun? Ich musste noch nie …« Ich stoße den Atem aus und versuche, mir meine Verzweiflung nicht anmerken zu lassen. »Wenn ich nicht gut genug bin … Die Frauen meinten, dass der Schutzpatron mich dann …«

»Keine Angst, du hast ja mich!« Als ich wieder zu ihm sehe, krümmt Drayce den Zeigefinger und lockt mich näher zu sich.

Ich verziehe den Mund, mache aber trotzdem einen Schritt auf ihn zu. Nur einen kleinen. Vorsichtig, als näherte ich mich einer lauernden Bestie. Dann noch einen, während ich ganz genau das breiter werdende Grinsen beobachte, das er mir schenkt und das ausreicht, um es wild in meinem Bauch kribbeln zu lassen.

»Du willst nur in die Nähe des Schmucks kommen«, murre ich. »Bei dem ganzen Gold, was ich am Leib trage, muss es dir schon in den Finger jucken.«

»Mich juckt es durchaus in den Finger«, raunt er. »Aber nicht wegen des Schmucks. Der ist übrigens nicht echt, ganz gleich, wie sorgsam er poliert worden ist.«

»Nicht echt?«, echoe ich.

Drayce nickt. »Natürlich nicht. Immerhin wird der ganze Firlefanz in wenigen Stunden geopfert. Das wäre ja ein ganz schön teures Unterfangen. Es geht nur um den schönen Schein. Aber um auf deine Anschuldigung zurückzukommen: Nein, ich werde diesmal nicht von glänzendem Gold abgelenkt.«

Direkt vor ihm bleibe ich stehen. Vollkommen gegensätzliche Gefühle kämpfen in mir um die Vorherrschaft. Mein Verstand warnt mich, dass es eine irrsinnige Idee ist, Drayce so nahe zu kommen, wenn er diesen fiebrigen Glanz in den Augen hat. Mein dummes Herz jedoch frohlockt bei der Art, wie er mich förmlich mit Blicken verschlingt. Dieser erst vor Kurzem erwachte Teil in mir genießt es regelrecht, von ihm betrachtet und begehrt zu werden. Und was ich auch versuche, ich schaffe es nicht, diesen Teil zum Schweigen zu bringen. Im Gegenteil: Er scheint den Rest meines Körpers zu infizieren.

Drayce rutscht auf dem Stuhl ein Stück nach vorn, sodass ich nun zwischen seinen Beinen stehe, und grinst von einem Ohr zum anderen. Er berührt mich nicht, aber ich spüre ihn überall – vor allem die Hitze, die von ihm ausgeht, und die mein Inneres nur noch mehr anzufachen scheint.

»O ja, so gefällt mir das«, murmelt er zu meinen Brüsten, die genau auf Höhe seines Gesichts sind.

Ich stoße genervt den Atem aus. »Bleib bitte bei der Sache!«

Er gibt ein raunendes Knurren von sich, das ein seltsames Kribbeln in mir auslöst. »Bin ich doch immer, Schätzchen. Die Wachen haben mir bereits von dem Geschmiere auf deiner Haut berichtet – und davon, wie schrecklich ungerecht sie es finden, dass jedes potenzielle Opfer damit bemalt wird –, deshalb wirst du brav das tun, was ich dir sage, da ich dich nur indirekt korrigieren kann. Zuerst drückst du etwas mehr den Rücken durch … Noch ein bisschen mehr.«

»Drayce!«, knurre ich warnend, als er sich nicht zurückzieht und ich ihm bald die Brüste ins Gesicht drücke, wenn ich noch weiter ins Hohlkreuz gehen soll.

Ohne sich zu bewegen, schaut er mit einem unschuldigen Augenaufschlag zu mir auf. »Was denn? Ich will dir doch nur helfen. Ein wenig Spaß wirst du mir dabei doch gönnen. Ich muss meine Hände sowieso bei mir lassen. Nun hältst du den Oberkörper genau so und lässt nur die Hüfte kreisen.«

Ich tue, wie geheißen, ernte für meine Bemühungen aber nur ein Seufzen.

»So kommen wir nicht weiter«, grummelt er. »Du bewegst dich viel zu abrupt und abgehackt. Fast so, als seist du aus Holz.«

Er hebt die Hände und legt sie mir an die Hüften, direkt auf den breiten Gürtel. Dennoch meine ich, die Wärme seiner Berührung direkt auf mir zu spüren.

»Rücken weiterhin durchdrücken!«, mahnt er, als ich mich ein Stück entspanne.

»Das ist albern«, murre ich, um mich selbst von den widersprüchlichen Empfindungen abzulenken, die in mir toben.

Drayces Nähe und seine Berührungen hatten von Anfang an eine merkwürdige Wirkung auf mich. Durch sie vergesse ich alles um mich herum und konzentriere mich einzig und allein auf ihn. Selbst das, was mir morgen bevorsteht, und die Sorge um Cressa rücken in den Hintergrund. Stumm verfluche ich die vermaledeite Kritzelei auf meiner Haut und wünsche mir, er könnte mich direkt berühren. So wie im Labyrinth, als er mich einfach hochgehoben und …

»Ez«, raunt er und schaut zu mir auf. Sein Blick ist dunkel, dennoch scheinen seine Augen vor Verlangen zu leuchten. »Könntest du dich bitte wieder darauf konzentrieren, was wir hier tun? Ich habe schon alle Hände voll damit zu tun, mich zurückzuhalten. Wenn dein Blut in meinen Adern jedoch weiter so kocht, garantiere ich für nichts mehr.«

»Tut … mir leid.«

»Das muss es nicht«, sagt er schnell. »Ich würde jetzt auch lieber andere Dinge mit dir machen, als dir beizubringen, wie du vor einem fremden Kerl möglichst aufreizend tanzt. Aber da müssen wir beide durch.«

Die Frage, was genau er mit mir anstellen würde, liegt mir auf der Zunge. Doch ich weiß, dass es kein Zurück mehr für uns gibt, wenn ich sie stelle.

Ich bin kurz davor, all das, wofür ich die letzten Tage und Wochen gekämpft habe, über den Haufen zu werfen. Spätestens das heutige Gespräch mit Drayce in der Gasse hat mir gezeigt, dass er mindestens genauso frustriert ist über das, was zwischen uns ist und gleichzeitig nicht ist, wie ich.

Ich habe es satt, stark sein zu müssen. Ich habe es satt, nach vorne sehen und jeden Schritt abwägen zu müssen. Ich habe es satt, mich Piraten und schmierigen Seemännern entgegenzustellen und ominösen Schutzpatronen geopfert zu werden. Nur einmal – nur ein einziges Mal – will ich schwach sein. Will dem nachgeben, wonach ich mich sehne.

Und das könnte ich heute Nacht haben.

Ich sehe es in seinem Blick, in dem glimmenden Gold, das eine Spur dunkler ist als sonst. Zwar sagte er, er hielte sich meinetwegen zurück, doch hier sind wir – und wissen beide genau, was im jeweils anderen vorgeht. Nur ein Funke ist nötig, um uns vollends zu entzünden.

Wenn ich scheitere … Wenn heute Nacht tatsächlich meine letzte Nacht ist, dann will ich sie auf jeden Fall mit Drayce verbringen. Ich bin froh, dass er hier ist. Dass er das Risiko eingegangen ist, enttarnt zu werden und sich gemeinsam mit mir in den Turm geschmuggelt hat. Mir ist klar, dass er meinem Plan nicht viel abgewinnen kann, trotzdem ist er hier.

Und das bedeutet mir mehr als alles andere.

Mit sanftem Druck bringt mich Drayce dazu, meine Hüfte erst nach links, dann nach rechts zu schwingen. Langsam, beinahe gemächlich – nicht so schnell und ruckartig, wie ich es vorhin getan habe. Nachdem er mich noch ein paarmal sanft in die richtige Richtung geschubst hat, bewege ich mich von ganz allein. Ich hebe die Arme, lasse beide Hände durch mein offenes und herrlich frisch duftendes Haar gleiten, während ich die Hüften vor und zurück, hin und her wiege. Ein Blick in Drayces Gesicht reicht aus, um mich wissen zu lassen, dass ich mich besser anstelle als noch vor ein paar Minuten.

»Dy zey bo naar'iv«, raunt er, während er mich beinahe mit Blicken verschlingt.

Ich halte inne und lasse die Arme sinken, sodass meine Hände auf seinen Schultern zu liegen kommen. Überrascht sieht er zu mir auf, der Blick noch immer glasig, als wäre er gerade aus einem Traum erwacht.

»Was bedeutet das?«, frage ich.

Er zieht die Augenbrauen zusammen. Mir kommt es vor, als müsse er erst darüber nachdenken, was ich mit meiner Frage meine.

»Entschuldige«, murmelt er schließlich und weicht meinem Blick aus. »Manchmal wechsele ich, ohne es zu merken, in die Sprache, mit der ich groß geworden bin. Ich ... befürchte, dass mir das in letzter Zeit häufiger passiert ist.«

Ich lege ihm eine Hand an die Wange und drehe seinen Kopf wieder zu mir. »Und was hast du eben zu mir gesagt? *Dy zey...*«

Selbst diese beiden Worte klingen völlig falsch, wenn ich sie ausspreche.

»Dy zey bo naar'iv«, hilft er mir aus.

Aus seinem Mund klingt es sehr viel besser als aus meinem. Härter und ursprünglicher und auf gewisse Art genau richtig. Solange es Drayce ist, der sie ausspricht, könnte ich den Worten dieser fremden Sprache ewig lauschen.

Mit einem kleinen Lächeln schüttelt er den Kopf. »Nicht so wichtig. Wir sollten uns lieber darauf konzentrieren, dass ...«

»Ich will es wissen!«, falle ich ihm ins Wort.

Er hebt eine Augenbraue, als er zu mir aufsieht. »Vielleicht verrate ich es dir, wenn du noch einmal für mich tanzt.«

»Nur ein Vielleicht ist ein schlechter Handel für meine Mühen«, murre ich leise.

Ich verschweige ihm, dass ich es in den letzten Minuten durchaus genossen habe, für ihn zu tanzen. Das sehnsüchtige Funkeln in seinen goldenen Augen entschädigte mich mehr als genug für den leichten Spott, den ich zuvor von ihm ertragen musste.

»Folgender Vorschlag«, sagt Drayce und lehnt sich ein Stück zurück. »Du übst noch ein wenig weiter und erzählst mir dabei, was das für eine Prüfung war, der sie dich vorhin unterzogen haben. Und dann verrate ich dir, was ich eben gesagt habe.«

Ich verziehe den Mund, mache aber ein paar Schritte von ihm weg, um mehr Platz zu haben. Dann drücke ich gehorsam wieder den Rücken durch und beginne, mich zu bewegen.

»Die alte Frau, der ich vorhin folgen musste, hat ...« Allein beim Gedanken daran schüttelt es mich. »Sie hat einen Finger in mich ...« Seufzend halte ich inne und starre an die Wand über Drayce. »Es war widerlich. Nicht zu vergleichen wie auf dem Schiff mit Kyle, aber ... Ich fühlte mich entwürdigt. Und ich ...« Ich schlinge beide Arme um mich. »Jedes Mal, wenn mich jemand dort berührt, fühle ich mich angeekelt. Ich will dann immer, dass es aufhört.« Ich drehe Drayce den Rücken zu. »Ich kann mir nicht vorstellen, dass es sich ... *gut* anfühlen kann.«

Hinter mir höre ich, wie Drayce ein kehliges Knurren ausstößt. »Ich wusste, dass ich diesen Kyle hätte töten sollen. Und die Alte ist die Nächste.« Er seufzt. »Aber davon einmal abgesehen kann ich dir versichern, dass es sich gut anfühlt – wenn man es richtig macht. Bisher geschah es gegen deinen Willen und das ist etwas ganz Furchtbares. Aber wenn es irgendwann nicht gegen deinen Willen ist ... wenn du es von dir aus willst ...«

Ich schlucke angestrengt. Unwillkürlich verstärke ich den Griff um meine Arme. »Was wäre dann?«

Sein rechter Mundwinkel hebt sich zu einem schiefen Grinsen, während ein lockendes Versprechen in seinem Blick lauert. »Dann wird es sich mehr als nur gut anfühlen.«

Mein Herzschlag beschleunigt sich. Mehrere Augenblicke lang starre ich ihn nur an, verliere mich in der Art, wie er mich ansieht. »W...Was verstehst du unter ›mehr als nur gut‹?«

»Schätzchen, ich denke nicht, dass wir diese Unterhaltung jetzt führen sollten«, murmelt er. »Ich mag zur Hälfte ein Mensch sein, aber die andere Hälfte ist ein Drache. Meine Selbstbeherrschung – auch die menschliche –

kennt Grenzen, vor allem, wenn du derart leicht bekleidet bist und dich auf solch aufreizende Weise bewegst.« Er neigt den Kopf, während er mich betrachtet. »Und wenn du das Haar offen trägst. Das tust du sonst nie. Ich bin mir noch nicht ganz sicher, welche Haarfarbe du hast. Wenn es dunkel ist, wirken sie eher rot. Wenn die Sonne aber direkt draufscheint, glänzen sie golden.«

Ich wickele mir eine Haarsträhne um den Zeigefinger. »Soll ich ... aufhören zu tanzen?«

»Das habe ich nicht gesagt.« Er seufzt. »Du musst dich nicht vor mir fürchten. Ich habe mich im Griff! Ich würde nie etwas tun, was du nicht willst.«

Ich presse einen Moment die Lippen zusammen und wende den Blick ab. »Und was ... wenn ich durch das, was mir widerfahren ist, nie ... mehr wollen würde?«

»Dann würde ich das verstehen und mich mit meinen Fantasien begnügen.« Das verruchte Grinsen, das auf seinen Lippen erscheint, lässt mich wissen, in welche Richtung seine Gedanken wieder abdriften. »Dank deines kleinen Tanzes habe ich eine Menge Stoff für kommende einsame Stunden.«

Ich müsste entrüstet über seine Aussage sein, doch mehr als ein Augenrollen bekomme ich nicht zustande. Mittlerweile habe ich mich an seine Direktheit gewöhnt. Und genieße sie sogar.

»Verrate mir nur eines«, raunt er und sichert sich mit dieser Tonlage wieder meine volle Aufmerksamkeit. »Sind sie dunkelrosa oder eher braun? Ich denke schon die ganze Zeit darüber nach und es macht mich wahnsinnig.« Er lehnt sich ein Stück zurück und mustert mich aus leicht zusammengekniffenen Augen. »Von deiner Hautfarbe her würde ich auf dunkelrosa tippen.«

»Wovon redest du?«, frage ich völlig verwirrt. »Wie kommst du darauf, dass meine Haare dunkelrosa seien?«

So schlecht ist das Licht hier drin nun auch wieder nicht ...

Ich muss wohl etwas ganz Dummes gesagt haben, denn Drayce kann ein Lachen nicht unterdrücken.

»Entschuldige«, japst er zwischen einem zweiten Auflachen, »aber du bist einfach zu niedlich.«

Ich verziehe den Mund. Irgendwie klingt das, als hätte er mich gerade beleidigt, und ich habe absolut keine Ahnung warum. Nachdem ich mich wieder gefangen habe, beschließe ich, auf das Thema zurückzukommen, über das wir gesprochen haben, bevor Drayce meine Haarfarbe als dunkelrosa bezeichnet hat.

»Angenommen, die Sache mit Kyle hätte mich nicht gänzlich gebrochen ...«, setze ich an.

»Das hat sie nicht«, fällt Drayce mir ins Wort und ist sofort wieder ernst.

»Woher willst du das wissen?«

»Du stehst hier«, antwortet er. »Dieser Mistkerl hat dir Dinge angetan, vor denen ich dich gern bewahrt hätte, aber trotz allem stehst du hier. Du hast weitergemacht und dich nicht zusammengerollt in dein Schneckenhaus und die ganze Welt verdammt. Du, Ez, bist viel stärker, als du es dir eingestehen willst.«

Mein Herz schwillt so sehr an, dass ich befürchte, es könnte im nächsten Moment keinen Platz mehr in meiner Brust haben. Für einen Augenblick sehen wir einander nur an und ich vergesse, worauf ich hinauswollte.

»N...Nehmen wir kurz an, ich würde herausfinden wollen, ob es sich ... wirklich ... angenehm anfühlen kann, wenn ... du weißt schon.«

Wieder hat er Mühe, ein Lachen zu unterdrücken. »Nein, tut mir leid, ich kann dir nicht folgen.«

Ich ziehe die Nase kraus und funkele ihn an. »Du genießt das, oder? Wie ich mir hier winde.«

»Jede einzelne Sekunde«, raunt er gedehnt. »Ich liebe die Farbe, die deine Wangen annehmen, wenn du über solche Dinge sprichst. Ich liebe die Art, wie dein Blick umherhuscht, während du krampfhaft nach den richtigen Worten suchst. Aber weißt du, was ich am meisten liebe?«

Ich schüttele den Kopf. Gut möglich, dass mein Mund bei seinen Worten offen steht, aber das stört mich jetzt nicht. Ich hänge förmlich an seinen Lippen und will das, was er als Nächstes sagen wird, auf keinen Fall verpassen. Sein Blick ist derart glühend und intensiv, dass er sich mir schier in die Haut brennt.

Und wie er koste ich jeden Moment davon aus.

»Am meisten liebe ich es, dass ich in deinem Blick keine Spur von Abscheu oder Ekel finden kann, wenn wir zusammen sind.« Seine Stimme ist nicht viel mehr als ein heiseres Flüstern, doch sie geht mir durch und durch. »Ich habe miterlebt, wie du Kyle angesehen und auf den Kapitän herabgeblickt hast, nachdem du ihm einen Kinnhaken verpasst hattest. Und ich war heilfroh, dass du mich niemals auf diese Art angeschaut hast – weder angsterfüllt noch eiskalt. Du bist oft wütend auf mich, weil ich es genieße, dich zu triezen, aber du hast mich nie so angesehen. Nicht mal, nachdem du wusstest, was ich bin. Dafür bin ich dankbar. Und wenn dieser Blick frei von Abscheu und Angst alles ist, was ich je von dir bekommen kann, dann bin ich trotzdem glücklich.«

Meine Unterlippe zittert und mir brennen die Augen so sehr, dass ich kaum noch klar sehen kann. Mit einem schmerzhaft langsamen Takt erinnert mich mein Herz daran, dass ich noch nie etwas Vergleichbares gehört und mich danach ... vollständig gefühlt habe.

»Was ist ...«, bringe ich undeutlich hervor, »... wenn es mir nicht reicht? Wenn es für mich nicht genug ist, dir nur diesen Blick zu schenken? Wenn ich ... mehr will als das?«

Drayces Pupillen weiten sich, bis sie das glimmende Gold beinahe gänzlich verschlucken. Sein gesamter Körper wirkt auf einmal angespannt, als warte er genauso dringend wie ich vorhin auf die nächsten Worte, die ich sagen werde.

»Wenn ich ... dich bitten würde, mir zu zeigen, dass ich mich gut fühlen kann, wenn mich ein Mann berührt ... Würdest du es tun?«

Er schluckt angestrengt und fährt sich anschließend mit der Zunge über die Lippen. Mehrmals öffnet er den Mund, doch es kommt kein einziger Laut heraus. Mit jeder verstreichenden Sekunde fühle ich mich unsicherer. Rastlos verlagere ich das Gewicht von einem Bein aufs andere und senke den Blick.

»Schon gut«, murmele ich, als ich sein Schweigen nicht mehr ertrage. »Ich ... hab verstanden. Ich dachte nur ... Wenn morgen alles schiefgeht und sich mein Plan als Fehler herausstellt ...«

»Plan?«, echoet er. »Wie ich schon in der Herberge anmerkte, haben wir nichts, was man auch nur ansatzweise als Plan bezeichnen könnte.«

Ah, jetzt hat er seine Stimme also wiedergefunden ... Ich schlucke die bittere Kränkung darüber, dass er mir auf meine Frage nicht geantwortet hat, hinunter.

»Wir sind hier, um Cressa zu retten«, halte ich dagegen.

»Nein, Schätzchen«, murrt er. »Wir sind hier, weil du dir in den Kopf gesetzt hast, dass sie sich in diesem Turm befindet, ohne dass wir – abgesehen von meiner Gabe – konkrete Hinweise darauf haben. Du willst dich opfern lassen – vielleicht wegen nichts. Gut möglich, dass du den morgigen Tag nicht überlebst, weil dieser Schutzpatron eine Nummer zu groß für dich und mich ist.« Er gibt einen abschätzigen Laut von sich. »Und mir wirfst du vor, dass ich den Kopf verliere, wenn Gold im Spiel ist.«

Ich stoße den Atem aus. »Du hast ja recht. Aber wenn morgen die Opferung stattfindet und Cressa unter den jungen Frauen ist, tötet sie der Schutzpatron entweder oder nimmt sie mit in sein Reich, von wo noch nie jemand zurückgekommen ist.« Ich halte seinem Blick stand. »Morgen ist unsere einzige Chance, Cressa zu retten. Wie könnte ich da nichts unternehmen?«

Drayce schweigt eine Weile, ehe er erneut seufzt. »Ich verstehe dich. Wahrscheinlich würde ich auch Hals über Kopf denjenigen retten, an dem mir etwas liegt, wenn ich nur eine Chance dazu hätte. Selbst ohne einen Plan.«

Ich schlinge beide Arme um mich. »Ich ... habe Angst vor morgen. Davor, was mich erwarten wird. Und auch davor, dass alles umsonst gewesen und Cressa gar nicht hier ist. Aber wenn ich mich von meiner Angst übermannen lasse, endet es wie in der Höhle auf der Schatzinsel, als ich Kyle gegenüberstand. Ich würde erstarren und keinen Muskel mehr rühren können. Und das würde ich mir bis an mein Lebensende vorwerfen.« Ich stoße die Luft durch die Nase aus und füge sarkastisch hinzu: »Was wahrscheinlich schon morgen ist.«

»Ich bin auch noch da, vergiss das nicht«, raunt Drayce. »Ich pass auf dich auf.«

Ich spüre ein Lächeln an meinen Mundwinkeln zupfen. »Ich weiß.«

»Also«, sagt er gedehnt. »Nachdem wir das geklärt hätten: Können wir auf deine Frage von vorhin zurückkommen?«

»Du meinst die, auf die du mir nicht geantwortet hast?«

»Genau die.« Drayce bedenkt mich mit einem schelmischen Grinsen. »Wenn wir morgen beide draufgehen, will ich mir nicht vorwerfen, etwas verpasst zu haben.«

Ich verdrehe die Augen. »Du bist sicherlich nicht derjenige, der etwas verpasst haben wird.« Ich deute auf meinen bemalten Körper. »Davon abgesehen bin ich zwar, was das Thema angeht, ziemlich unwissend, aber was ich weiß, ist, dass du nicht viel ausrichten wirst, weil du mich der Tinte wegen nicht berühren kannst.«

Drayce legt den Kopf schief. »Du hast recht, ich kann dich nicht berühren. Aber …«

Ich stutze. »Aber?«

»Aber ich könnte dir beschreiben, was ich tun würde, wenn ich es könnte«, raunt er. Allein der kehlige Klang seiner Stimme schickt eine Vielzahl prickelnder Impulse durch mich hindurch. »Angenommen, du hättest mir die Erlaubnis gegeben, dich dort zu berühren, wo es sich bisher für dich nie gut angefühlt hat.«

Ich atme zittrig ein und aus. »Wie … Wie würdest du … mich dort berühren?«

Für den Bruchteil einer Sekunde wird sein Grinsen breiter. »Gar nicht.«

»Was?«, entfleucht es mir. »Aber ich dachte …«

»Nein, *fy rwy'nary*, so einfach ist das nicht.«

Wieder diese fremde, so wohlklingende Sprache.

»Wenn ich einfach mit der Hand zwischen deine Beine packen würde, wäre ich keinen Deut besser als dieser Kyle«, sagt Drayce unerwartet sanft. »Um nichts in der Welt will ich mit solch einem Widerling auf eine Stufe gestellt werden. Ich würde woanders beginnen.«

Wieder lockt er mich mit gekrümmtem Zeigefinger näher und diesmal zaudere ich nicht. Mit wenigen großen Schritten stehe ich wieder direkt vor ihm – zitternd und danach lechzend, was als Nächstes geschieht. Doch dass ich vor ihm stehe, scheint ihm nicht zu genügen. Er wickelt sich eine Strähne meines Haares um den Finger und zieht mich sanft zu sich herunter.

»Zunächst«, raunt er nur einen Hauch von meinem Mund entfernt, »würde ich dich so lange küssen, bis deine Lippen herrlich wund und geschwollen und noch empfindlicher als sonst sind.«

Er legt mir die freie Hand an den Hinterkopf und zieht mich das letzte Stück zu sich, ehe er den Mund fest und fordernd auf meinen presst. Drayce weiß genau, wie er den Kopf neigen muss, um sich besseren Zugang zu verschaffen. Ich gebe ein durch den Kuss gedämpftes Stöhnen von mir, als er meine Unterlippe zwischen die Zähne nimmt und sanft daran knabbert.

Nach dem Kuss im Labyrinth hat er mich entweder nur flüchtig oder auf die Stirn geküsst. Ich habe schon fast vergessen, wie wundervoll sich der genau richtige Druck seines Mundes auf meinem anfühlt.

Unvermittelt löst er sich von mir. Meine Lippen pulsieren und lechzen nach weiteren Zuwendungen – genau wie ich.

»Dann würde ich dir sagen«, wispert er, »dass du den Mund für mich öffnen sollst.«

Ich denke keine Sekunde darüber nach, sondern tue, wie mir geheißen. Ein Grinsen zupft an seinen Mundwinkeln, während er mit dem Daumen meine geschwollene Unterlippe entlangfährt.

»So ein braves Mädchen«, raunt Drayce, ehe seine Zunge den Platz seines Daumens einnimmt.

In dem Moment, als er mit der Zungenspitze gegen meine stupst, rauscht ein heißes Kribbeln durch mich hindurch. Wieder stöhne ich, lauter diesmal. Während er mich weiterhin so leidenschaftlich küsst, dass ich nichts anderes als ihn wahrnehmen kann, öffne ich mit einer Hand das Haarband, das sein Haar im Nacken zusammenhält, und lasse anschließend die Finger hindurchgleiten.

Ich atme schwer, als er sich schließlich von mir löst und mit leuchtenden Augen zu mir aufsieht. Noch immer meine ich, den Druck seiner Lippen auf meinen zu spüren.

»Als Nächstes …«, murmelt er, greift um mich herum und zieht mir sanft, aber bestimmt am Haar, bis ich den Kopf in den Nacken lege und den Rücken weit durchdrücke.

Die ganze Zeit über hält er Blickkontakt, als suche er in meinem Gesicht nach Anzeichen dafür, dass er zu weit geht. Doch nichts läge der Wahrheit ferner. Ich genieße es, mich in seine Hände zu begeben, mich von ihm lenken und leiten zu lassen und selbst nicht nachdenken zu müssen. Ich muss mir keine Gedanken darüber machen, irgendwelche Erwartungen zu erfüllen. Alles, was ich tun muss, ist fühlen – und das tue ich mit Herz und Seele. Mein gesamter Körper kribbelt vor purem Verlangen, während mein Blut zu kochen scheint. Es kümmert mich nicht, dass Drayce es ebenfalls spüren muss – ich will sogar, dass er genau weiß, was er mit mir anstellt. Dabei hat er bisher nichts anderes getan, als mich zu küssen. Doch allein das genügt, um meine Knie zittern zu lassen.

»Als Nächstes würde ich mir langsam einen Weg weiter nach unten bahnen.«

Er steht auf, küsst mich auf die Wange, knabbert mir am Kinn und schließlich am Hals. Mein Herz legt ein paar Extraschläge ein, als Drayce über die Stelle leckt, unter der mein Puls viel zu schnell hämmert. Jede noch so kleine Berührung seiner Lippen und Zunge löst einen wahren Funkenregen an Empfindungen in mir aus, von denen ich nicht einmal zu träumen gewagt hätte.

Ich will, dass er mich berührt – überall! – und verfluche die verdammte Tinte, die meine Arme, Beine und den Bauch verziert.

Nachdem er sich weiter einen Weg über mein Schlüsselbein nach unten gebahnt hat, hält er schließlich inne und starrt wie gebannt auf meine Brustwarzen, die sich mittlerweile schmerzhaft gegen den weißen Stoff drücken und selbst im schummrigen Kerzenlicht deutlich abzeichnen. Kurz fährt sich Drayce mit der Zunge über die Lippen, ehe er wieder zu mir aufsieht. In seinem Blick erkenne ich das gleiche unbändige Verlangen, was auch in meinem zu sehen sein muss.

»Sag mir, was du dann tun würdest«, bitte ich mit zitternder Stimme.

Er schenkt mir ein Lächeln und zieht provokant eine Augenbraue nach oben, als wolle er fragen, ob ich das nicht genau wüsste. Natürlich weiß ich das – und er weiß genauso gut, dass er mich nicht um Erlaubnis bitten muss. Dennoch genieße ich unser kleines Spiel in vollen Zügen und kann es gar nicht erwarten, aus seinem Mund zu hören, was er nun mit mir vorhat.

»Dann«, raunt er, ohne dabei meinen Blick freizugeben, »würde ich das tun, wovon ich bereits die ganzen letzten Nächte träume.«

Mein Atem geht stoßweise. »Und … was wäre das?«

Drayce löst die Hand aus meinem Haar, doch ich verbleibe in der Position. Mehrmals öffnet und schließt er den Mund, ohne dass ein Ton herauskommt. Ich höre mein Blut in den Ohren rauschen, so gebannt warte ich darauf, dass er endlich etwas sagt. Jeder Muskel in meinem Körper scheint sich anzuspannen, während sich ein sehnsüchtiges Ziehen ausgehend von meinem Schoß bis zu den Fingerspitzen ausbreitet.

»Ich …«, murmelt er schließlich so leise, dass ich ihn fast nicht verstehen kann, »… würde mich äußerst ausgiebig mit diesen wundervollen Brüsten beschäftigen. Ich würde sie berühren – mal fester, mal sanfter – und an ihnen lecken und saugen, bis du so laut stöhnst und schreist, dass dich jeder in diesem verdammten Turm hören kann und weiß, was ich gerade mit dir anstelle. Bis jeder Einzelne von ihnen meinen Namen kennt. Ich würde erst aufhören, wenn du vor Verlangen fast den Verstand verloren hast – so wie du mir auch meinen raubst – und mich anflehst, dich zu erlösen.«

Ein heiseres Wimmern ist die einzige Antwort, zu der ich gerade fähig bin. Mein Mund ist staubtrocken und das Herz trommelt so fest gegen meinen Brustkorb, dass es beinahe unerträglich ist.

»Aber …«, raunt Drayce, während er sanft mit den Fingerknöcheln die Rundung meiner rechten Brust entlangfährt. Wie von selbst recke ich mich seiner Hand entgegen und hoffe, dass er wie zufällig die bereits schmerzhaft kribbelnde Brustwarze berühren möge. »… dank der vermaledeiten Tinte würde mich das den Kopf kosten. Zugegeben, es sind schon Männer wegen weit weniger verheißungsvollen Vergehen hingerichtet worden, doch ich werde mich zurückhalten.«

»Was?«, keuche ich.

Zurückhalten? Jetzt? Ist das sein verdammter Ernst!? Mein gesamter Körper ziept und pulsiert und brennt – und er redet von Zurückhaltung?!

Ein Schmunzeln erscheint auf seinen Lippen. »Nun mach nicht ein solch entsetztes Gesicht, Schätzchen. Ich sagte, dass *ich* mich zurückhalten werde. Einerseits weil du gerade erst als Opfer ausgewählt wurdest und zumindest bis morgen noch unberührt sein musst, wenn dich der Schutzpatron nicht sofort töten soll. Andererseits weil ich bezweifele, dass die Wachen es gut aufnehmen, wenn sie hören, was gerade hier drin vor sich geht. Also, Schätzchen, weißt du, was das für uns heißt?«

Ich schüttele den Kopf.

»Im Grunde haben wir sogar zwei Möglichkeiten«, murmelt er, während er mit den Fingerspitzen über meine Brust streichelt. Sofort beschleunigt sich meine Atmung. »Erstens: Wir beenden dieses kleine ›Was wäre, wenn‹-Spielchen. Du legst dich hin, ich verschwinde aus dem Zimmer und wir hoffen für morgen das Beste.«

Auch ohne dass ich die zweite Möglichkeit gehört habe, weiß ich, dass ich sie wählen werde.

»Die zweite Möglichkeit …«

Seine Hand hält plötzlich inne, doch bevor ich einen protestierenden Laut von mir geben kann, streicht er mir mit dem Daumen über die Brustwarze. Wie ein Blitzschlag rauscht eine alles versengende Hitze durch mich hindurch. Ich ziehe scharf die Luft ein, doch Drayce legt mir schnell zwei Finger auf die Lippen, ehe mir ein weiterer Laut entschlüpfen kann.

Als er von mir ablässt und ich ihn wieder anschaue, sind seine Pupillen derart geweitet, dass ich kaum noch das glimmende Gold seiner Iriden ausmachen kann.

»Bei der zweiten Möglichkeit«, setzt er erneut an, »zeige ich dir das, worum du mich eingangs gebeten hast. Doch du musst währenddessen sehr leise sein. Niemand weiß, dass ich hier bin. Wenn mich die Wachen hier erwischen …«

Ich lege ihm eine leicht zitternde Hand an die Wange. »Ich verspreche dir, leise zu sein.«

Er schenkt mir ein Lächeln, bei dem sich mein Herzschlag noch mehr beschleunigt. »Dabei ist es das genaue Gegenteil von dem, was ich will. Aber ich sollte nicht wählerisch sein.« Er dreht den Kopf und küsst mich auf die Handfläche. »Außerdem geht es hierbei nicht um mich. Setz dich auf den Tisch.«

Mein Blick huscht nach links zu dem runden Möbelstück, das direkt an der Wand steht und dessen Platte nicht länger als mein Arm ist.

»Und jetzt?«, frage ich unsicher, nachdem ich auf den Tisch geklettert bin.

»Jetzt«, raunt Drayce und steht auf, »machen wir da weiter, wo wir eben aufgehört haben.«

Ich gebe ein Stöhnen von mir, unfähig, ein klares Wort von mir zu geben.

Ein verruchtes Grinsen erscheint auf seinen Lippen. »Du kannst dir nicht vorstellen, was ich in Gedanken schon mit dir angestellt habe ...«

»Warum ... hast du es nicht getan?«

Er legt den Kopf schief. »Glaub mir, ich habe darüber nachgedacht. Wo wäre es dir denn lieber gewesen? Auf dem harten Stein der Schatzinsel? In einer viel zu kleinen Hängematte auf dem Schiff, während sich die gesamte Crew die Ohren an der Tür plattdrückt? Oder doch eher auf einer mit Wanzen verseuchten Pritsche in einer billigen Absteige?«

Ich schürze die Lippen. »Ich sehe, du hast tatsächlich darüber nachgedacht.«

»Jetzt würde ich jedoch gern aufhören zu denken und dich außerhalb meiner Tagträume berühren.«

Sehr darauf bedacht, mich nicht dort zu streifen, wo die Tinte meine Haut verziert, stellt er sich zwischen meine gespreizten Beine und lehnt sich nach vorn. Das Herz klopft mir bis zum Hals, als er mich zunächst auf den Mund küsst und sich anschließend erneut nach unten vorarbeitet. Diesmal hält er nicht inne, als er bei meinen Brüsten ankommt, sondern umfasst eine mit der Hand, während er die Brustwarze der anderen durch den Stoff hindurch zwischen die Lippen nimmt.

Ich beiße mir, so fest ich es wage, auf die Unterlippe und lasse den Kopf nach hinten gegen die Wand sinken. Ziellos fahre ich mit den Händen über die raue Tischplatte auf der Suche nach etwas, woran ich mich festhalten kann – finde jedoch nichts.

Wie er es zuvor angekündigt hat, widmet sich Drayce mit Hingabe diesem Teil von mir. Manchmal meine ich, durch den Stoff des Oberteils seine Zähne spüren zu können und mit jeder Berührung, jedem Knabbern und Drücken facht er mein Verlangen nur noch weiter an, bis ich mich unter ihm winde. Die ganze Zeit über schaut Drayce zu mir auf, studiert mein Gesicht, damit ihm nicht die kleinste Regung entgeht.

Ich verfluche den verdammten Stoff, der meine kribbelnde Haut von seinem heißen Mund trennt. Als ich es nicht mehr aushalte, lege ich ihm eine Hand an die Schulter und schiebe ihn ein Stück von mir weg.

Verwirrt und auch ein wenig erschrocken sieht er mich an, sucht nach Anzeichen dafür, dass er zu weit gegangen ist. Doch solche Anzeichen wird er nicht finden.

Stattdessen greife ich nach dem Bund des Oberteils, der unter der Brust entlangläuft, und ziehe ihn nach oben. Ich halte den Atem an, während ich in seine weit aufgerissenen Augen schaue. Diesmal erscheinen sie mir so dunkel und verschleiert, als wäre das Gold gänzlich daraus verschwunden.

Er stöhnt – ein herzzerreißender, doch gleichzeitig auch ergebener Laut –, ehe er sich wieder nach vorn beugt und über die Brustwarze leckt. Ich stöhne ebenfalls, presse jedoch schnell die Lippen zusammen und recke mich ihm weiter entgegen. Eine Hand an seinen Hinterkopf gelegt halte ich ihn genau da, wo ich ihn haben will.

»*Dy zey bo naar'iv*«, raunt er, als er sich kurz aufrichtet, um mich zu küssen.

»Das hast du vorhin schon gesagt«, wispere ich. »Verrätst du mir jetzt, was es heißt?«

Der Anflug eines Lächelns zeichnet sich auf seinen Lippen ab. »Du machst mich verrückt«, flüstert er, ehe er mich erneut küsst. »Das bedeutet es.«

Ein warmes Gefühl, das sich gänzlich anders anfühlt, als die verzehrende Hitze, die bereits durch meinen Körper tost, breitet sich in meiner Brust aus.

»Aber«, raunt er, »das ist nicht das, was ich eigentlich sagen will. Ich kenne so viele Worte in dieser und der Sprache, mit der ich aufgewachsen bin, doch kein einziges davon reicht aus, um zu beschreiben, was du gerade mit mir anstellst.«

»Und … das andere, was du zu mir gesagt hast?«

Drayces Lächeln nimmt einen sündhaften Ausdruck an, als er mir mit dem Daumen über die Brustwarze streicht. Ich schnappe nach Luft.

»Wie es aussieht, muss ich dich weiter ablenken, um vor deinen neugierigen und nicht enden wollenden Fragen sicher zu sein«, murmelt er, ehe sein Blick wieder zu meinen Brüsten gleitet. »Dunkelrosa. Ich wusste es.«

Nun geht mir endlich auf, was er vorhin gemeint hat. »Neuer Stoff für deine Fantasien?«, frage ich mit hochgezogener Augenbraue.

»Nun, ich glaube nicht, dass man es noch als Fantasie bezeichnen kann, wenn man weiß, wie die Wirklichkeit …«

»Drayce«, unterbreche ich ihn. »Könntest du bitte weitermachen?«

»Natürlich«, wispert er eilig. »Ganz wie Mylady wünscht.«

Wie von selbst wiege ich die Hüften vor und zurück, als er sich wieder meinen Brüsten widmet, doch keine Bewegung, die ich ausführen kann, bringt mir auch nur im Entferntesten Linderung. Das brennende und ziehende Pulsieren, das zwischen meinen Beinen herrscht und mir jedes Fünkchen Verstand zu rauben scheint, wird von Drayces Berührungen nur noch verstärkt.

»Bitte …«, presse ich hervor, ohne dass ich eine Ahnung habe, worum ich bitte. Ich weiß nur, dass ich das alles überlagernde Brennen nicht mehr länger aushalte.

Ohne innezuhalten, greift Drayce nach meiner Hand und führt sie zwischen uns, dirigiert sie tiefer zu meinen gespreizten Beinen. Verwirrt blinzelnd schaue ich ihn an. Er quittiert meinen Blick durch das Hochziehen einer Augenbraue, ehe er weiter an meiner Brust saugt.

Meine Fingerspitzen kribbeln und meine Handfläche ist schweißnass, als ich den Stoff des Rockes beiseiteschiebe.

»Ich …«, setze ich zittrig an, »… weiß nicht, was …«

Drayce hebt den Kopf und küsst mich auf die Nasenspitze. »Es gibt nichts, was du falsch machen kannst. Tu einfach das, was sich für dich am besten anfühlt. Ich würde es gern selbst machen, aber ich würde dabei garantiert irgendwo die Tinte verwischen. Und dann wären all die Vorsicht und Zurückhaltung, die wir bisher ertragen haben, umsonst.«

Ich schlucke angestrengt, als ich die Hand langsam unter den Rock schiebe, und stoße anschließend die angehaltene Luft aus.

»Beschreibe mir, wie es sich anfühlt«, raunt er, während sein Blick auf meinem Gesicht ruht.

Krampfhaft suche ich nach den richtigen Worten. Sprechen – und noch dazu in klaren, verständlichen Sätzen – stellt mich plötzlich vor eine ungeahnte Herausforderung.

»Feucht«, sage ich schließlich. »Und heiß.«

Drayce stößt ein halb geknurrtes Stöhnen aus, ehe er sich mit dem Schritt gegen meine weit gespreizten Beine drängt. Ich spreize sie so breit ich nur kann, damit er ja nicht die Tinte an meinen Oberschenkelinnenseiten berührt. Kurz spüre ich seine Härte, die sich gegen meinen Handrücken drückt, doch er zieht sich sofort wieder zurück. Mein Verlangen nach ihm wird dadurch nur noch größer. Mit den Fingern erkunde ich meinen Schoß, bis ich auf einen schmerzhaft pulsierenden Punkt treffe. Als ich darüberstreiche, stöhne ich auf.

»Genau so«, raunt Drayce heiser.

Wieder und wieder umkreise ich den empfindlichen Punkt, während Drayce abwechselnd meine Brüste verwöhnt und den Mund auf meinen presst, wenn ich zu laut werde.

»Was … was ist mit dir?«, frage ich, als mir seine zuckenden Hüften auffallen. Ich drücke sein Kinn nach oben, sodass er mich ansehen muss. Bei allen Göttern, von diesem dunklen Blick werde ich niemals genug bekommen! Ich schaue zwischen uns und auf die beachtliche Beule in seiner Hose. »Sieht ziemlich schmerzhaft aus.«

Kurz verzieht er das Gesicht. »Ist es auch.«

»Im Hafen von Makio hast du mir von deiner rechten Hand erzählt und dass du sie in letzter Zeit zu oft benutzen musstest. Und von Dingen, an die du gedacht hast, während ich eine Kajüte weiter war. Geht das auch, wenn ich im selben Zimmer bin?«

Ich habe keine Ahnung, wie ich es schaffe, solche Dinge zu sagen. Normalerweise würde ich nichts dergleichen über die Lippen bringen, doch mein Verstand hatte sich schon verabschiedet, als wir das »Was wäre, wenn«-Spielchen begonnen haben. Sobald wir hier fertig sind, wird es mir peinlich sein – das weiß ich ganz genau. Aber jetzt ist mir das gerade herzlich egal.

Drayce starrt mich noch einen Augenblick an, als könne er ebenfalls nicht glauben, was ich da gerade gesagt habe. Dann schluckt er sichtlich angestrengt, ehe er den Gürtel öffnet. Ihm entweicht ein erlösendes Seufzen, als er seine Härte aus der zu engen Hose befreit hat. Er umfasst sie mit einer Hand, während die Spitze feucht und lockend im Kerzenschein glänzt. Beim Anblick seines prallen Glieds ziehen sich sofort meine inneren Muskeln zusammen, als könnten sie es nicht erwarten, es endlich spüren zu dürfen. Einladend wiege ich die Hüften, stelle mir vor, wie es wäre, ihn in mir zu haben und reibe mit zwei Fingern über den geschwollenen Punkt in meinem Schoß. Kurz sehe ich noch, wie Drayce die Hand an seiner Härte auf und ab bewegt, ehe er sich vorbeugt, um mich zu küssen.

Wieder und wieder spüre ich die Bewegung seiner Hand an meiner, was mich nur noch mehr erregt. Wann immer er sich zurücklehnt, schaue ich wie gebannt auf seine Härte, die Hand und die Sehnen, die an seinem Unterarm hervortreten. Dann huscht mein Blick zu seinem Gesicht, das vor Lust und Verlangen verzerrt ist. Ich habe noch nie etwas Schöneres gesehen. Ich strecke die Hand aus, lege sie an seine Wange und ziehe ihn wieder zu mir herunter.

Mein Atem geht rasselnd, während sich eine Feuersbrunst mein Rückgrat hinunterzufressen scheint. Meine Bewegungen werden hektischer, fordernder, ebenso wie unsere Küsse, die mein Stöhnen nicht mehr vollständig unterdrücken können. Aus den Augenwinkeln sehe ich, dass auch Drayces Armbewegungen schneller werden.

»Komm für mich, *fy rwy'nary*«, wispert er mir gegen die Lippen, als mein ganzer Körper zu zucken beginnt.

Das Feuer, das sich die ganze Zeit über in meinem Schoß gesammelt und konzentriert hat, explodiert nur Augenblicke später mit einem unbeschreiblichen Knall. Ich verkrampfe mich, drücke den Rücken so weit wie möglich durch und versuche, mich der Hitze, die nun jeden Zentimeter von mir erfüllt, zu entziehen. Zu viel ... All das ist mir zu viel – und gleichzeitig nicht genug. Ich scheine mich aufzulösen, zu schweben und erst nach und nach und Stück für Stück wieder zusammenzusetzen.

Meine Lider flattern, als ich erschöpft nach Atem ringe. Das schmerzende Pulsieren ist einem sanften Pochen gewichen. Ich spüre ein Lächeln an meinen Mundwinkeln zupfen, als ein warmes Gefühl von Zufriedenheit die alles versengende Hitze überlagert.

Mein Herzschlag hat sich noch nicht wieder normalisiert, als ich mich auf Drayce konzentriere. Er beißt die Zähne so fest zusammen, dass die Sehnen am Hals hervortreten. Sein glasiger und verlangender Blick huscht über mich, ehe er nach der Hand greift, mit der ich mich gerade selbst berührt habe. Ich halte die Luft an, als er sie zum Mund führt und über die noch glänzend feuchten Finger leckt.

Ein Ruck geht durch ihn hindurch. Er lehnt sich nach vorn, presst das Gesicht an meinen Hals, während er die Hand immer schneller und schneller an seinem Glied auf und ab bewegt. Ich umfasse seinen Kopf und lasse die Finger durch sein Haar gleiten, um ihm wenigstens auf diese Art etwas Halt zu geben, als er sich anspannt und tief und kehlig gegen meine Haut stöhnt.

Nur Sekunden später scheint jedwede Spannung aus ihm zu weichen. Seine Arme und Schultern zittern, als er sich rechts und links von mir an der Wand abstützt und den Kopf hebt. Ich streiche ihm einige wirre Haarsträhnen aus dem verschwitzten Gesicht, ehe ich es mit beiden Händen umschließe. Die Stirn an seine gelehnt schaue ich ihm einfach nur tief in die Augen, bis wir beide wieder normal atmen.

»Zu'u rwy'n dy«, flüstert er.

Bevor ich fragen kann, was das nun wieder bedeutet, küsst er mich kurz und macht einen Schritt zurück. In meiner Hüfte knackt es, weil ich die ganze Zeit über die Beine so weit gespreizt habe. Schmunzelnd hält mir Drayce eine Hand hin und hilft mir auf. Ich zupfe das Oberteil und den Rock wieder an Ort und Stelle.

»Das war unglaublich!«, murmelt er mir ins Ohr, während er mit der Nasenspitze über meine Schläfe streicht. »Zwischendurch hatte ich Angst, dass mir jeden Moment die Haut vom Leib schmilzt, so sehr hat mein Blut gekocht – und deines in mir.«

Ich muss bei der Vorstellung lächeln und lehne mich dabei gegen seine Brust. Unter den Fingern spüre ich seinen Herzschlag, der – wie auch meiner – noch nicht in den gewohnten Trott zurückgefunden hat.

Drayce streicht mir eine Haarsträhne hinters Ohr und wartet, bis ich ihn wieder ansehe. »Du solltest jetzt schlafen.«

Sofort macht sich ein mulmiges Gefühl in meiner Magengegend breit. Bis eben war es mir gelungen, sämtliche Gedanken an morgen komplett zu verdrängen. Ich wünsche mir diesen Zustand zurück – das Brennen und Sehnen und die vollständige Konzentration auf den Augenblick.

»Bleibst du nicht hier?«, frage ich und schäme mich nicht dafür, dass meine Stimme zittert.

Natürlich bleibt er nicht hier. Er dürfte gar nicht hier sein. Wenn die Wachen ihn erwischen …

Drayce küsst mich auf die Stirn. »Leg dich hin. Ich bin gleich bei dir.«

Ein riesiger Stein fällt mir vom Herzen und ich bin mir sicher, dass er das laute »Plumps« ebenfalls gehört haben muss. Aber das ist mir egal. Dinge, für die ich mich früher geschämt hätte, kommen mir nun unbedeutend vor.

Ich gehe hinüber zu dem schmalen Bett, auf dem ich schon allein kaum Platz finde, während ich hinter mir das leise Plätschern von Wasser höre. Als ich kurz einen Blick über die Schulter werfe, sehe ich Drayce über die Waschschüssel gebeugt stehen.

Trotz der mahnenden Angst vor dem morgigen Tag fühlt sich mein Körper schwer und müde an. Ich bin mir sicher, dass das Bett mindestens genauso unbequem ist wie das in der Herberge, aber es scheint mich dennoch stumm zu sich zu locken. Ich rolle mich auf der Seite zusammen, doch egal wie fest ich mich gegen die Wand hinter mir drücke – Drayce wird nicht neben mich passen. Außerdem ist es unmöglich, dass er neben mir schläft. Eine falsche Bewegung und er könnte die Tinte verschmieren.

Aber statt zu mir ins Bett zu kommen, setzt er sich davor und lehnt sich mit der Seite gegen das Gestell. Er streichelt mir über die Wange, ehe er nach meiner Hand greift, unsere Finger fest miteinander verschränkt und den Kopf neben meinem bettet.

Ich betrachte ihn einen Moment, bewundere das Lichtspiel des Kerzenscheins auf seinen markanten Konturen und wünschte, er würde die Augen öffnen, damit ich das goldene Funkeln darin tanzen sehen kann.

Mein Leben lang wurde mir gesagt, dass die wulstige Narbe auf meinem Brustbein da herrührt, dass mir eine Hexe das Herz geraubt und durch einen Stein ersetzt habe, als ich noch klein war. Ich weiß bis heute nicht, was ich getan habe, um den Zorn einer Hexe auf mich zu ziehen, doch ich habe die Gerüchte geglaubt. Meine eingeschränkten Gefühle und das mangelnde Interesse am anderen Geschlecht, während Gleichaltrige über nichts anderes redeten, waren mir Beweis genug. Doch seit ich Drayce kenne, zweifele ich daran, ein Herz aus Stein zu haben. Dass ich normal bin, glaube ich dennoch nicht.

»Drayce«, wispere ich, während ich den Oberkörper ein Stück aufrichte und mich auf die Unterarme stütze.

»Hmm?« Er dreht den Kopf und sieht mich an, wobei seine goldenen Augen im verglimmenden Kerzenlicht zu strahlen scheinen.

Als er mich anschaut, bekomme ich Panik. Keine Ahnung wieso. Am liebsten würde ich jetzt so etwas wie »Ist nicht so wichtig« sagen, aber das wäre gelogen. Es *ist* wichtig, zumindest für mich. Und morgen … habe ich vielleicht nicht mehr die Möglichkeit, es ihn wissen zu lassen.

Also nehme ich all meinen Mut zusammen, dränge, so gut es geht, das angespannte Kribbeln in meinem Bauch in den Hintergrund und öffne den Mund. »Im Labyrinth … Du hast mich etwas gefragt. Nein, vielmehr wolltest du etwas wissen. Ich konnte … dir damals keine Antwort geben.«

Er richtet sich ein Stück auf; sein eindringlicher Blick durchbohrt mich förmlich. Alles in mir schreit danach, einen Rückzieher zu machen und es nicht auszusprechen, doch ich umschließe seine Hand fester und atme tief durch. Sanft erwidert er den Druck.

»Du … wolltest wissen, ob ich damals etwas empfand, wenn ich dich ansah.«

»Ich erinnere mich«, kommt es heiser von ihm.

»Ich … weiß, dass etwas mit mir nicht stimmt«, presse ich hervor. »Dass ich anders bin. Und ich weiß nicht, ob ich je … so sein kann, wie du es dir wünschst. Ich bin …« Ich lege die freie Hand auf die wulstige Narbe auf meinem Brustbein. »… beschädigt, ohne zu wissen, warum und durch was. Mein Herz mag vielleicht nicht mehr aus Stein sein, seit ich dich kenne, aber das bedeutet nicht, dass ich …«

Ich verstumme, als er mein Gesicht mit beiden Händen umschließt, sich vorbeugt und mich so sanft küsst, dass mir dabei Tränen in die Augen steigen. Mit den Daumen wischt er die Tränen weg, sobald sie sich aus meinen Augenwinkeln stehlen.

»Es stimmt nicht, dass du beschädigt bist«, murmelt er nur einen Hauch von meinen Lippen entfernt. »Und selbst wenn …« Er dreht den Kopf nach links und schaut über seine Schulter, als könne er dort den gebrochenen Flügel sehen. »… dann passen wir umso besser zusammen. Ich will nur, dass du – egal was morgen geschieht – daran denkst, dass …«

Er bricht ab, greift nach meiner Hand und führt sie zu seiner Brust. Gleichmäßig, aber eine Spur zu schnell schlägt sein Herz gegen meine Fingerspitzen. Es ist ein wundervolles Gefühl und ich brenne es mir fest ins Gedächtnis.

»Wenn du der Meinung bist, dass dein eigenes Herz beschädigt ist, gebe ich dir mit Freuden meines. Du kannst darüber verfügen, wie es dir beliebt.«

Zittrig stoße ich den Atem aus, während ein herrlich warmes Gefühl in meiner Brust explodiert. Ich lehne die Stirn gegen seine, genieße die Nähe zu ihm und die Stärke, die auf mich überzuspringen scheint und mir die Angst vor dem morgigen Tag nimmt. Mit Drayce an meiner Seite glaube ich, alles meistern zu können. Ganz gleich, welche Schrecken morgen auf mich lauern – ich werde es schaffen, damit ich danach wieder zu ihm zurückkehren kann.

Schon mehrmals dachte ich, dass ich mich in seiner Gegenwart so vollständig fühle wie noch nie zuvor in meinem Leben. Nun bin ich mir sicher, dass er derjenige ist, der mich komplett macht – nicht nur seine Nähe oder Hilfe oder der Schutz, den er mir bietet.

Sondern *er.*

Ich küsse ihn erneut, fester diesmal, und lege mich mit dem prickelnden Gefühl seiner Lippen auf meinen zurück aufs Bett.

»Schlaf gut, *fy rwy'nary*«, ist das Letzte, was ich undeutlich höre, bevor ich in einen tiefen Schlaf abdrifte.

Kapitel 25

Ezlain

Als ich am nächsten Morgen aufwache, bin ich allein. Ich stemme mich hoch und schaue mich im winzigen Zimmer um, doch ich finde keine Spur von Drayce. Nur schwach hängt sein Duft noch in der Luft.

Ich lege den Kopf in den Nacken und fahre mit beiden Händen durch mein Haar. Was habe ich da gestern Abend gemacht? Und vor allem *gesagt?* Bin ich vielleicht zu weit gegangen? Nein, das glaube ich nicht. Trotzdem frage ich mich, was da gestern in mich gefahren ist. Ich stand vollkommen neben mir und habe mich benommen wie …

Erschrocken zucke ich zusammen, als ohne Vorwarnung die Tür aufgestoßen wird und eine der alten Frauen ins Zimmer kommt. Ihr folgt eine weitere, im Vergleich jüngere und unscheinbare Frau, die ein Tablett trägt. Sofort erfüllt der Duft von Eiern und Speck den Raum und mir läuft das Wasser im Mund zusammen. Wann habe ich zuletzt etwas gegessen? Mir fällt es beim besten Willen nicht ein.

»Steh auf«, weist die Alte mich barsch an.

Ihr faltiges Gesicht zeigt keinerlei Regung. Ein unheilvolles Gefühl breitet sich in mir aus, während ich schnell in Gedanken durchgehe, wo Drayce mich überall berührt hat. Wenn ich Pech habe, könnte etwas von der Tinte an meinen

Beinen verschmiert sein, obgleich ich fieberhaft darauf geachtet habe, sie gestern Nacht nicht um ihn zu schlingen – obwohl ich es nur zu gern getan hätte.

Ich komme auf die Füße und sehe nun auf die Alte herab. Dennoch wirkt ihr stechender Blick einschüchternd auf mich. In aller Seelenruhe betrachtet sie mich von oben bis unten, kontrolliert jede einzelne Verzierung auf meiner Haut und den Sitz der Kleidung.

»Arme nach vorn«, brummt sie.

Ich gehorche, wenn auch zögerlich, während ich stumm bete, dass sie nirgends Beweise für das findet, was gestern Nacht geschehen ist. Allein die Erinnerung daran heizt mein Blut auf, doch ich unterdrücke das aufkommende Prickeln schnell wieder, weil ich weiß, dass Draycc es ebenfalls spüren kann. Ich will nicht, dass er sich Sorgen macht und von seiner Tarnung abweichen könnte.

Die eisernen Manschetten, die die Alte mir nun um die Handgelenke legt, sind eiskalt und so schwer, dass ich Mühe habe, die Arme weiterhin gerade ausgestreckt zu lassen. Zwischen den Manschetten verläuft eine dicke Kette, die ebenfalls aus Eisen ist, und deren anderes Ende zum Gürtel der alten Frau führt. Doch die Kette ist mehrere Meter lang, sodass sie zwischen uns über den Holzboden schleift. Das eiskalte Metall brennt sich förmlich durch meine Haut bis auf die Knochen.

»Geh hinüber zum Tisch und iss dein Frühstück«, lautet die nächste Anweisung.

Ich schlucke hörbar. Die knappen Befehle und die Fesseln um meine Handgelenke geben mir das Gefühl, als sei ich eine niedere Sklavin. Mein Stolz begehrt dagegen auf und verlangt von mir, dass ich der Alten sofort Kontra biete. Dass ich mich sofort von den Manschetten befreie und ihren Anweisungen nicht stumm Folge leiste. Doch mein Selbsterhaltungstrieb hält mich zurück. Ich darf nicht vergessen, dass ich eine von vielen bin. Wenn ich mich querstelle, wird eine andere meinen Platz als Opfer einnehmen – und die einzige Chance, Cressa zu finden, wäre vertan. Ich habe gestern bereits mitgespielt – und dafür einiges geopfert –, also werde ich das heute fort- und zu Ende führen.

Die Ketten rasseln beinahe ohrenbetäubend laut, als ich zu dem kleinen Tisch gehe, an dem ich gestern Abend etwas ganz anderes gemacht habe, als zu essen. Die bloße Erinnerung daran beschwört wieder ein Kribbeln in mir herauf. Schnell setze ich mich hin und konzentriere mich auf das Tablett mit dampfend warmem Essen vor mir. Es ist besser, als alles stehen und liegen zu lassen, um Drayce zu suchen und das, was wir gestern begonnen haben, zu beenden.

Reglos bleibt die Alte neben mir stehen, während ich mir eine Gabel nach der anderen in den Mund schaufele, damit das Grummeln in meinem Bauch endlich leiser wird, während die zweite Frau mit gesenktem Kopf in der Ecke steht und den Eindruck erweckt, als gehöre sie zur Zimmerausstattung.

»Ich hoffe, deine letzte Mahlzeit ist nach deinem Geschmack«, lässt die Alte fallen, als ich fast fertig bin.

Ich senke die Gabel. »Das ist sie. Danke der Nachfrage.«

Sie gibt ein Schnauben von sich. »Denk ja nicht, dass du die Erste wärst, die die Starke spielt. Aber früher oder später beginnen sie alle, zu schreien und zu flehen.«

Ich übergehe ihre Anspielung. Bisher habe ich meine Angst ganz gut im Griff. »Wann treffe ich die anderen Opfer?«

»Sobald ihr dem Schutzpatron gegenübersteht. Das sagte ich dir bereits gestern.«

»Ja, aber ich dachte ...«

Schnell beiße ich mir auf die Zunge. Es geht die Alte nichts an, dass gerade mein Fluchtplan – oder das, was ich als ihn bezeichne – gefährlich ins Wanken gerät. Drayce würde sich die Haare raufen, wenn er wüsste, was ich als meinen Plan betitele ... Ich hatte gehofft, dass ich mit den anderen beiden Opfern, von denen eine hoffentlich Cressa ist, vor der Zeremonie noch eine kurze Weile allein sein würde. Oder dass ich zusammen mit ihnen zumindest an den Ort gebracht werden würde, wo der Schutzpatron uns erwartet. Aber dass ich sie tatsächlich erst dann zu Gesicht bekomme, wenn es fast zu spät ist, bringt mein gesamtes, ohnehin schon wackeliges Konstrukt zum Einsturz.

Ich wünschte, Drayce wäre hier, um mit ihm zu besprechen, wie ich weiter vorgehen soll. Ich will von ihm hören, dass alles gut werden wird und wir das schon irgendwie schaffen werden. Nichts davon würde er wahrscheinlich sagen, sondern mir eher Vorhaltungen machen, wie leichtsinnig ich sei und dass er von Anfang an dagegen gewesen sei. Trotzdem wäre auch das besser, als ohne ihn hier in diesem Schlamassel zu sitzen und das Beste zu hoffen. Am Ende würde er seufzend den Atem ausstoßen und mir versprechen, mir zu helfen, ganz gleich, was er denken würde.

Ungeduldig winkt die Alte die andere Frau herbei. »Mach ihr die Haare! Wir sind spät dran.«

Die Frau huscht hinter mich und beginnt, einzelne Strähnen meines Haares nach hinten zu flechten. Ihre Finger sind kalt und zittern; bei jeder Berührung am Ohr oder im Nacken jagen sie mir einen Schauer über den Rücken. Dennoch ist sie schnell und das Ergebnis kann sich durchaus sehen lassen, wie mir ein flüchtiger Blick in den Spiegel beweist. Als sie fertig ist, eilt die Frau zur Ecke in der Nähe der Tür zurück.

Ohne Vorwarnung zerrt die Alte an der Kette, sodass mir keine andere Wahl bleibt und ich aufstehen muss. Ich gerate ins Stolpern, kann mich aber gerade noch an der Tischkante festhalten. Wütend blecke ich die Zähne, doch sie zieht nur eine Augenbraue nach oben.

»Die Gebete zu den Göttern sprichst du am besten unterwegs«, brummt die Alte, während sie äußerst behände aus dem Zimmer rauscht. Mir bleibt nichts anderes übrig, als ihr zu folgen. Dabei fühle ich mich wie ein Haustier, das gegen seinen Willen von seinem Herrn nach draußen befördert wird. »Verspätungen sieht unser Schutzpatron nicht gern.«

Schnell passe ich mich ihrem Schritt an. »Was ist Eure Rolle bei all dem hier?«, frage ich, während sie mich durch verwinkelte Gänge führt.

»Einst war ich wie du«, brummt sie, den Blick starr geradeaus gerichtet. »Stolz und schön und davon überzeugt, dass mir die gesamte Welt offen stünde. Aber das war ein Irrtum. Für uns Frauen gibt es keine Möglichkeit, ohne den Schutz eines Mannes zu überleben.«

Einen Moment lang mustere ich ihre zwar durch das Alter leicht gebeugte, jedoch noch immer stolz anmutende Haltung und erkenne die Selbstsicherheit, mit der sie sich bewegt. »Für mich sieht es aus, als hättet Ihr ganz gut überlebt«, gebe ich zurück.

Sie wirbelt zu mir herum und starrt mich nieder. Tatsächlich ist ihr Blick derart stechend, dass ich beinahe darunter zusammensinke. »Ich lebe noch, weil ich die richtigen Entscheidungen getroffen habe und das tue, was von mir verlangt wird. Schönheit und Stolz sind ebenso vergänglich wie Liebe und all der Quatsch. Am Ende bist du dir selbst die Nächste.« Sie legt den Kopf schief. »Aber deine Entscheidung war falsch. Du hättest bei deinem hübschen Herrn bleiben und ihm für eine Weile das Bett wärmen sollen. Wenn du deine Sache gut gemacht hättest, hätte er vielleicht eine passende Ehe für dich arrangiert, wenn er deiner überdrüssig geworden wäre.«

Ich verenge die Augen zu Schlitzen und schlucke eine passende Erwiderung hinunter. Meine Zukunft soll darüber entschieden werden, wie gut ich darin bin, die Beine breitzumachen? Nicht mit mir!

»Aber du warst so dumm und hast dich ihm verweigert.« Die Alte zuckt mit den Schultern, wendet sich um und setzt unbeirrt ihren Weg fort. »Wie du es geschafft hast, bis jetzt eine Jungfrau zu bleiben, ist mir ein Rätsel. Normalerweise sind die Opfer weitaus jünger als du oder das andere Mädchen, das dieses Jahr dabei ist. Junge Dinger, bei denen gerade die erste Blutung eingesetzt hat. Aber reifere Schönheiten wie dich sieht man hierzulande selten.«

Schweigend setzen wir unseren Weg fort und erreichen bald den Teil des Turms, in dem der Boden wieder aus Marmor ist und die goldenen Kerzenlüster an den Wänden hängen. Etwas, was die Alte vorhin gesagt hat, geht mir nicht aus dem Kopf: dass sie einst so war wie ich, aber – offenbar im Gegensatz zu mir – die richtigen Entscheidungen getroffen hat.

»Ihr wart auch ein Opfer, nicht wahr?«, frage ich nach einer Weile.

»Ich hätte eines sein sollen«, bekomme ich zur Antwort. »Auch wenn man mir das heute nicht mehr ansieht, war ich doch von ähnlicher Schönheit wie du. Und ich war mindestens genauso stolz.«

Ich versuche, mir vorzustellen, wie lange das her sein muss. Dreißig Jahre? Vierzig? Ich kann nur schwer einschätzen, wie alt sie tatsächlich ist.

»Aber wenn Ihr ein Opfer wart, wie könnt Ihr dann …?«

»Wie ich noch leben kann, meinst du?«, brummt sie. »Ich dachte auch, dass es nichts Schlimmeres gäbe, als mein Dasein an der Seite eines mir fremden Mannes zu fristen, für den ich keinerlei Gefühle hege. Doch ich habe mich geirrt. Als ich dem Schutzpatron gegenüberstand, wusste ich plötzlich, dass es noch viel Schrecklicheres gibt als ein eintöniges Schicksal. Du wirst bald sehen, was ich meine. Oder du bist so klug wie ich und wählst den anderen Weg.«

»Wie habt Ihr es geschafft?«

»In dem Jahr, als ich geopfert werden sollte«, murmelt die Alte weiter, »gab es schon einmal genug Opfer zur Auswahl, deshalb verschonte mich der Schutzpatron. Als Gegenleistung für seine Gnade schwor ich, von nun an dafür zu sorgen, dass er nur noch ausgewählte Jungfrauen als Opfer erhalten sollte. Seitdem habe ich die Aufsicht über die Auswahl der neuen Opfer und den Rest des Jahres Aufgaben im Turm inne, die sonst nur einer Frau aus vornehmem Hause zustehen würden. Wenn du so willst, bin ich die unangefochtene Herrin Makios.« Über die Schulter hinweg wirft sie mir einen kurzen Blick zu. »Ich weiß nicht, wie mächtig dein Herr ist, aber halte mich nicht für dumm. Ich mag alt aussehen, aber noch funktionieren meine Augen ausgezeichnet. Ich habe die Blicke gesehen, die ihr euch zugeworfen habt. Wenn du es richtig angestellt hättest, hättest du ebenfalls eine Herrin sein können. Zumindest eine Zeit lang. Es wäre der leichtere Weg gewesen.«

***

Die Worte der Alten klingen in mir nach, während ich ihr weiter durch den Turm folge. *Wenn ich es richtig angestellt hätte …* Was sie zu mir gesagt hat, erinnert mich an die Unterhaltung mit Kommandant Marik. Auch er sagte mir, dass ich an seiner Seite eine Königin hätte sein können. Ich hätte sämtliche Freiheiten und mehr Gold gehabt, als ich je hätte ausgeben können. Schöne Kleider und ein Leben in Luxus. Ohne Sorgen. Ich hätte nur so sein müssen, wie er mich haben wollte. Ob es mir früher oder später gelungen wäre, mich anzupassen?

Am Fuß einer steinernen Wendeltreppe bleibt die Alte stehen. Ich hebe den Blick und begegne Drayces. Nur ganz kurz bohrt sich das Gold seiner Augen in mich hinein. Ich musste nicht nach ihm suchen, sondern spürte genau, wo er sich innerhalb der kleinen Menge, die sich an der Treppe versammelt hat, befindet.

Fast so, als würde ich durch unsichtbare Fäden zu ihm gezogen werden.

Fast so, als reagierte jede Zelle meines Körpers ausschließlich auf ihn.

Ich habe befürchtet, dass es sich nach gestern Nacht seltsam anfühlen würde, ihm wiederzubegegnen. Dass ich mich für das, was ich gesagt und getan habe, schämen würde. So gesehen war ich zum Teil froh darüber, dass ich heute Morgen allein aufgewacht bin. Doch das Gegenteil ist der Fall. In dem kurzen Moment, in dem sich unsere Blicke treffen, sehe ich in seinem das gleiche Feuer, das auch in mir lodert. Ich brauche ihn nur anzusehen, um ein warmes Gefühl in meiner Brust auszulösen, das mich selbst jetzt beruhigt und nach vorn schauen lässt. Ich wünschte, ich könnte einfach die Hand nach ihm ausstrecken und mich an seine Brust schmiegen. Nur für einen kurzen Augenblick. Das wäre genug, um mich einen weiteren Schritt in die richtige Richtung machen zu lassen.

Unter Aufbietung meiner gesamten Willenskraft löse ich den Blick von Drayce, schaue wieder geradeaus auf den gekrümmten Rücken der Alten und gebe vor, die anzüglichen Bemerkungen der Männer, die den Weg zur Treppe säumen, nicht zu hören.

Es ist ein anderes Geräusch, das meine Aufmerksamkeit fesselt: das Schluchzen einer jungen Frau, das sich inmitten dieser Szenerie fremd und falsch anhört. Ich runzele die Stirn und suche die Menge, die auf den ersten Blick nur aus halbstarken und älteren Männern besteht, nach der Person ab, von der der Laut kommt, der nicht hierherzugehören scheint.

Schließlich entdecke ich ein Mädchen rechts von mir, halb verborgen hinter den Männern. Ich schätze sie auf höchstens 14. Sie trägt die gleiche Kleidung wie ich und um ihre Handgelenke liegen die eisernen Manschetten. Doch die Kette dazwischen ist verschwunden und nahezu alle dunklen Verzierungen auf ihrer Haut sind verschmiert. Die feuchten Flecken, die sowohl ihre Haut als auch die Kleidung besudeln, will ich lieber nicht näher betrachten. Den Blick hält sie gesenkt, doch ich sehe trotzdem, dass ihr Gesicht tränenüberströmt und die rechte Wange gerötet ist, als hätte man sie geohrfeigt. Ein dumpfer Zorn wallt ihr mir auf, während ich mir vorstelle, was sie dem armen Ding angetan haben ...

Warum sind wir hier stehen geblieben? Und wieso stehen all diese fremden Männer Spalier, als warteten sie auf etwas? Das schmierige Grinsen, mit dem die meisten von ihnen mich bedenken und von oben bis unten begutachten, lässt mir die Nackenhaare zu Berge stehen. Wie von selbst ballen sich meine Hände zu Fäusten. Eine drückende Anspannung liegt in der Luft und ich möchte am liebsten weitergehen; selbst die Aussicht, bald auf diesen Schutzpatron zu treffen, macht mich weniger nervös, als all diesen Männern gegenüberzustehen. Dennoch werde ich das Gefühl nicht los, dass dies ebenfalls ein Teil der Prüfung ist.

Und das weinende Mädchen scheint nicht bestanden zu haben. Oder sie hat, wie die Alte, den einfacheren Weg gewählt, wie immer der auch aussehen mag.

Mein Blick huscht zurück zu Drayce, der sich abseits der Menge im Hintergrund hält. Trotzdem finde ich ihn sofort. Sorge und eine Spur Angst blitzen in seiner Miene auf und lassen mich zusätzlich auf der Hut sein.

»Na, Kleine«, gurrt einer der Männer zu meiner Linken mit seltsam nasaler Stimme. »Wie sieht's aus? Willst du mich nicht noch schnell glücklich machen, bevor du abtrittst?«

Kurz schaue ich zur Alten, an deren Gürtel die armdicke Eisenkette befestigt ist, die zu den Manschetten an meinen Handgelenken führt, doch sie mustert mich nur mit verschränkten Armen. Wieso hat sie keinen Blick für das noch immer schluchzende Mädchen übrig? Warum mischt sie sich nicht ein?

Nicht, dass ich ihre Hilfe brauche. Ich musste in den letzten Wochen mit mehr Widerlingen fertig werden, als mir lieb ist. Da kommt es auf den Kerl mit der näselnden Stimme auch nicht mehr an.

Kurz mustere ich ihn. Klein und feist, wie er ist, wird er sich nicht schneller bewegen können als ich. Jedoch ist meine Wendigkeit durch die Manschetten und die Kette beschränkt. Außerdem habe ich meinen Dolch nicht bei mir und es ist nichts in der Nähe, was ich als Waffe benutzen könnte.

Ich straffe den Rücken und setze einen spöttischen Blick auf. »Es ist *mein* Tod. Warum sollte ich dann *dich* glücklich machen wollen? Darin sehe ich keinen Sinn.«

Der Kerl grinst. Unvermittelt packt er mich am Kinn und streicht mit dem Daumen über meine Unterlippe. Sein Finger ist feucht und schmierig vor Schweiß – oder anderen Dingen, an die ich lieber keinen zweiten Gedanken verschwende – und ich zucke von der unfreiwilligen Berührung zurück. Dennoch hält er mein Kinn weiterhin unerbittlich umklammert.

»Fürs Erste könntest du diesen hübschen Mund für etwas anderes benutzen, als große Reden zu schwingen.« Er lehnt sich ein Stück zu mir vor. »Mal sehen, wie gut du noch reden kannst, wenn du erst meinen Schwanz zwischen den Lippen hast.«

Um uns herum wird Gelächter laut, doch von weiter hinten höre ich deutlich ein tiefes und durchaus bekanntes Grollen. So gut es in der Umklammerung geht, deute ich ein Kopfschütteln an. Hoffentlich hat er es gesehen und richtig gedeutet! Wenn Drayce sich jetzt einmischt, war alles umsonst. Die Männer werden sofort durchschauen, dass er nur vorgegeben hat, mein Herr zu sein. Ich werde nicht die Chance bekommen, Cressa zu finden. Und wenn alles schiefgeht, werden sie uns hier überwältigen.

Doch das sind nicht die einzigen Gründe, warum ich Drayce zurückhalte will. Mehr als alles andere will ich beweisen, dass ich auch allein etwas erreichen kann. Im Kampf gegen Kyle und Feodor habe ich versagt. Ich war starr vor Angst, konnte nicht selbst für mich einstehen, sondern musste mich auf Drayce verlassen. Aber diesmal wird es anders sein. Ich bin Drayce dankbar dafür, dass er bereit ist, mich zu retten, doch wenn ich jedes Mal zulasse, dass er sich vor mich stellt, werde ich nie allein zurechtkommen. Ich werde weiterhin auf der Stelle treten, ganz gleich, wie lang der Weg ist, der bereits hinter mir liegt.

»Na, sind dir die großspurigen Sprüche ausgegangen?«, höhnt der Kerl.

»Oder bist du genauso rückgratlos wie die Kleine da drüben? Sie hat quasi darum gebettelt, mich und die anderen glücklich machen zu dürfen, solange ich sie als Gegenleistung davor bewahre, als Opfer zu enden. Wie steht es mit dir, meine Hübsche?«

Ich würde ihm gern die Stirn gegen die Nase knallen, doch er gräbt mir weiterhin die Finger in die Wangen. Also hole ich mit der Rechten aus.

Nicht den Daumen zwischen die Finger nehmen!, wiederhole ich Drayces Hinweis in Gedanken.

Meine Bewegungen sind langsamer als normalerweise – behindert durch das Gewicht der Manschetten und der Kette. Dennoch lande ich einen sauberen Treffer gegen seine Schläfe, kann aber nicht ganz durchziehen, da das Ende der Kette an meinem Arm zerrt. Zum Glück habe ich das Überraschungsmoment auf meiner Seite. Mit Gegenwehr hat er anscheinend nicht gerechnet. Mit Flehen um Gnade vielleicht, aber nicht damit, dass ich handgreiflich werde. Der Kerl lässt mich endlich los und taumelt ein Stück zur Seite. Doch so leicht lasse ich ihn nicht davonkommen, sondern hole erneut aus, verschränke die Hände, um mehr Schwung zu haben und ziele mit der harten Manschette direkt auf seinen Kopf.

Er verdreht die Augen nach hinten und bricht vor meinen Füßen zusammen, ohne einen Laut von sich zu geben. Blut breitet sich auf dem Boden unter seinem Kopf aus. Einen Moment bin ich überrascht darüber, wie wenig mich das kümmert. Ich reibe mir über die Wangen und bewege den Kiefer. Verdammt, ich kann noch immer genau spüren, wo seine Finger sich in meine Haut gebohrt haben!

Ich lasse die Arme sinken. Bei jeder noch so kleinen Bewegung rasselt die Kette. Dennoch ist das Gefühl, eine niedere Sklavin zu sein, verflogen; ich fühle nichts als Macht und Stärke – Gefühle, die mir beinahe fremd geworden sind und mich jetzt geradezu beflügeln.

Nacheinander schaue ich den Männern, die mir am nächsten stehen, fest ins Gesicht, ehe ich frage: »Möchte sonst noch jemand glücklich gemacht werden? Oder kann ich diese blödsinnige Zeremonie endlich hinter mich bringen?«

Einige der Männer fletschen die Zähne und sehen aus, als wollten sie gleich auf mich losgehen. Vorsorglich stelle ich die Beine ein Stück weit auseinander, während ich versuche, herauszufinden, welcher von ihnen den ersten Angriff ausführen wird.

»Das reicht!«, bellt die Alte. Sofort ruckt mein Kopf zu ihr herum. »Sie hat ihre Wahl eindrucksvoll kundgetan.«

Ich gebe ein Schnauben von mir, steige dann über den am Boden liegenden Mann hinweg und schaue kurz zu dem anderen Mädchen, das mich aus riesigen, glasigen Augen anstarrt. So schmal und fragil, wie sie ist – kaum mehr als ein Kind –, hätte sie keinem der Männer etwas entgegenzusetzen gehabt. Dennoch muss ich mich davon abhalten, den Mund zu verziehen, als ich sie mustere. Auch ohne das jahrelange, aber heimliche Training mit dem Sklaven Tiro und die Erfahrungen, die ich in den letzten Wochen gesammelt habe, wäre ich nie so tief gesunken.

Vielleicht hätte ich versucht, um mein Leben zu feilschen – mit Gold und den Beziehungen meiner Tante, die ich für meine Unversehrtheit in Aussicht gestellt hätte –, aber ich wäre niemals einem dieser Männer zu Willen gewesen.

Ich reiße den Blick von dem bemitleidenswerten Mädchen los und durchschreite die sich vor mir teilende Menge erhobenen Hauptes, trotz der rasselnden Ketten und gefesselten Hände. Ich bin keine Sklavin, auch wenn es auf den ersten Blick so scheinen mag.

Ich habe alles verloren, was wir je etwas bedeutet hat: meine einzige Freundin, Rang und Titel und die Sicherheit, die damit einherging, mein Zuhause. Ich habe gekämpft und geblutet, um meine Fehler wiedergutzumachen und zu überleben.

Ich stehe hoffentlich kurz davor, Cressa zu finden. Bis vor Kurzem war dies mein einziger Lebensinhalt. Nun frage ich mich, was danach kommen soll – denn Cressa ist nicht mehr die einzige wichtige Person in meinem Leben.

Ohne dass ich es verhindern kann, schaue ich zu Drayce, der sich ein gutes Stück nach vorn gekämpft hat. Er überragt die übrigen Männer fast um eine

Kopfeslänge. In seinem Blick liegt ein solch unbändiger Stolz, dass sich meine Mundwinkel wie von selbst zu einem kleinen Lächeln heben. Ich wünschte, ich könnte ewig hier verweilen und auf diese Weise von ihm angesehen werden. Neben dem Stolz erkenne ich eine Vielzahl weiterer Emotionen in seiner Miene. Sorge und Verlangen sind die deutlichsten – neben einer weiteren, die ich nicht in Worte zu fassen wage. Allein beim Gedanken, was diese Emotion sein könnte, macht mein Herz einen Satz.

»Du hast dich also entschieden«, brummt die Alte und ich reiße mich notgedrungen von Drayce los.

Ich schnaube. »Ich bin nicht so feige, wie Ihr es wart.«

Sie gibt einen abschätzigen Laut von sich. »Wenn du wüsstest, wie viele Mädchen jedes Jahr den einfacheren Weg wählen ... Manchmal ist es klüger, nicht direkt mit dem Kopf durch die Wand zu wollen. Eine Lektion, die du niemals lernen wirst.«

Ich verdrehe die Augen. »Bis vor ein paar Wochen habe ich stets den einfachen Weg gewählt. Aber das will ich nicht mehr.« Kurz schaue ich über die Schulter zu dem Mädchen. »Was passiert mit ihr?«

Die Alte zuckt mit den Schultern. »Im besten Fall nimmt sie einer der Männer zur Frau und bringt sie weg aus Makio. Andernfalls landet sie in einem der Bordelle. Sie wird jedoch leben – vorerst.«

Ich mustere die Männer um mich herum und verziehe den Mund. »Wenn das die Aussichten für mein Leben sind, wähle ich tausend Mal lieber den Tod.«

»Tatsächlich?«, gurrt die Alte und lehnt sich ein Stück zu mir vor. »Eben sah es so aus, als gäbe es durchaus einen Mann, der sogar dein Herz erweichen kann. Wie ich schon sagte, ich bin nicht blind.«

Ich schlucke angestrengt und halte mich im letzten Moment davon ab, wieder zu Drayce zu sehen. Es genügt, dass ich seinen Blick auf mir spüre. »Ich dachte, wir müssten uns beeilen.« Mit einer Kinnbewegung deute ich auf die Treppe vor uns.

Ungläubig schüttelt die Alte den Kopf. »Noch nie ist mir eine untergekommen, die so versessen darauf ist, zu sterben«, brummt sie, ehe sie vor mir die

Treppe hinaufsteigt. Bei jeder Stufe zieht sie den anderen Fuß nach, sodass es mir wie eine Ewigkeit erscheint, bis wir endlich oben ankommen. »Halte mich nicht für dumm. Ich weiß, dass du keine Sklavin bist.«

»Warum sollte ich sonst hier sein?«, entgegne ich. »Welche Frau mit einem Fünkchen Verstand kommt freiwillig hierher?«

»Das … weiß ich nicht«, murrt die Alte zögerlich. »Noch nicht. Aber mit dir stimmt etwas nicht. Keine Sklavin, die angeblich seit frühster Kindheit in einem Haushalt als Zofe arbeitet, kann sich so bewegen wie du. Nicht nur als du eben dem Kerl die Lichter ausgepustet hast, sondern auch danach. Nach außen hin zeigst du keinerlei Schwäche. Und du bewegst dich anmutiger und sicherer als alle Mädchen, die ich zuvor in der Prüfung gesehen habe. Aber da ist noch mehr.«

»So?«, murre ich. Ihre überaus präzisen Beobachtungen machen mich nervös. Gestern wäre ich darüber noch in Panik verfallen. Heute, nur wenige Augenblicke vor der Opferung, sind sie nicht mehr als ein Ärgernis für mich. »Was denn?«

»Die Narbe auf deiner Brust, woher hast du sie?«, will die Alte wissen.

Ich seufze. »Ist das jetzt wichtig?«

Sie gibt ein gackerndes Lachen von sich. »Für mich nicht. Und für dich wahrscheinlich auch nicht mehr. Aber dich muss dort etwas Großes erwischt und wahrscheinlich lebensgefährlich verletzt haben. Die Wundränder … Sie sind zu glatt, um von einer normalen Heilung zu stammen. Jemand hat diese Wunde mit Magie geheilt. Was mich wieder zu der Frage bringt, wer du bist. Schließlich musst du wichtig genug sein, um die Aufmerksamkeit eines Zauberers auf dich gelenkt zu haben.«

»Ich kenne keine Zauberer«, sage ich. Und das ist die Wahrheit. Und lange Zeit habe ich auch geglaubt, dass sie gar nicht existieren. Bevor ich Drayce begegnet bin, glaubte ich zwar auch schon daran, dass es irgendwo auf der Welt magische Wesen geben müsse – aber ich bezweifelte, dass ich je eines zu Gesicht bekommen würde.

Doch wenn Wesen wie Drayce existieren, warum sollte es nicht auch Zauberer und Hexen geben? Immerhin wurde auch Drayce von einer Hexe auf die Insel verbannt.

Wir stehen vor einer doppelflügeligen Tür. Die Alte stößt sie mit beiden Händen auf.

»Wer auch immer du bist«, sagt sie, »du wirst unserem Schutzpatron gefallen, da bin ich mir sicher. Vielleicht bietet er dir – wie mir vor zehn Jahren – einen Handel an.«

Ich blinzele gegen die plötzliche Helligkeit an. Seitdem wir uns auch nur in der Nähe von Makio aufhalten, habe ich die Sonne nicht mehr gesehen. Doch hier oben, auf der Spitze des Turms der Wellen, scheint die Sonne unbarmherzig auf mich hinab und brennt mir schier die Augen aus den Höhlen.

»Handel?«, wiederhole ich, während ich mir die Augen vor der brennenden Helligkeit abschirme. Doch bevor die Alte mir antworten kann, sickert ein weiterer Teil des eben Gesagten in mein Bewusstsein.

Zehn Jahre. Bedeutet das, dass sie vor zehn Jahren ein Opfer war? Aber sie sieht aus, als sei sie mindestens sechzig, wenn nicht gar siebzig! Sie kann doch unmöglich als alte Frau als Opfer auserkoren gewesen sein ...

Ich bin so damit beschäftigt, meinen Gedanken nachzuhängen, dass ich zu spät bemerke, wie die alte Frau mir ein blickdichtes Stück Stoff über die Augen legt.

»Was zum ...?«, grolle ich.

»Keine Sorge«, sagt sie. Ihre Stimme klingt mir eine Spur zu gut gelaunt. »Es ist nur zu deinem Besten und die Standardprozedur.«

Ich versuche, das geknotete Ende der Augenbinde an meinem Hinterkopf zu erreichen, doch wann immer ich die Arme hebe, ruckt die Alte an der Kette, sodass ich einen Schritt nach vorn stolpere.

»Was soll das?«, will ich wissen.

Völlige Dunkelheit zählt nicht zu meinen Ängsten, dennoch nistet sich ein beklemmendes Gefühl in meiner Brust ein und mein Herz legt ein paar Extraschläge zu.

»Vorsichtsmaßnahme«, brummt sie und zerrt mich weiter. »Zumindest bei dir. Wir wollen dir doch nicht die Überraschung verderben, oder?«

Vorsichtig schiebe ich einen Fuß nach vorn und rechne jede Sekunde damit, irgendwo gegenzulaufen. Der Wind pfeift mir um die Ohren und das

Tosen der Wellen kommt mir hier oben noch lauter vor als unten in der Stadt. Wie hoch oben wir wohl sind? Auf jeden Fall sind wir oberhalb des Nebels, das konnte ich in den paar Sekunden ohne Augenbinde deutlich erkennen. In dieser Höhe wird es schwierig zu fliehen ... Wenn ich Pech habe, ist der einzige sichere Weg nach unten die Treppe, über die wir eben gekommen sind.

Noch während ich darüber nachdenke, wie ich am besten den groben Fluchtplan an die neuen Gegebenheiten anpassen kann, höre ich das Klacken eines Schlosses. Ich strecke die Hände aus und umfasse eine kühle, glatte Stange, die in etwa so dick wie mein Handgelenk ist. Als ich die Arme bewegen will, kann ich es nicht. Ein eisiger Schauer rinnt mir über den Rücken. Hektisch versuche ich erneut, die Arme zu bewegen und einen Schritt zurückzumachen, scheitere jedoch abermals. Es scheint, als wäre ich an diese Stange direkt vor mir gekettet worden. Dadurch hat sich mein ohnehin kleiner Bewegungsradius noch weiter eingeschränkt. Festgekettet kann ich nicht einmal einen Fausthieb landen.

Ich gebe mir die größte Mühe, die aufsteigende Panik zu besänftigen, während ich wieder und wieder an den Fesseln rucke. Die Manschetten schneiden sich schmerzhaft in meine Handgelenke, doch ich versuche es erneut.

»Großer Ronnyd«, höre ich die Alte schräg hinter mir sagen. Automatisch drehe ich den Kopf halb in die Richtung, aus der ihre Stimme kommt. Sie ist momentan meine einzige Orientierungshilfe. »Dies sind Eure diesjährigen Opfer. Ich hoffe, sie treffen Euren ... Geschmack.«

Die Pause, die sie vor dem letzten Wort lässt, gefällt mir ganz und gar nicht. Das Herz klopft mir bis zum Hals, als ich versuche, über das Tosen der Wellen und das Peitschen des Windes hinweg die Antwort dieses Ronnyds zu hören. Zunächst vernehme ich nichts, was jedoch nicht dazu beiträgt, mich zu beruhigen. Ganz im Gegenteil ...

Dann höre ich ... ein Rauschen – nicht wie von Wellen, sondern von Wind. Er zerrt an meiner Kleidung und den Haaren und ich klammere mich mit beiden Händen an die Stange, weil ich das Gefühl habe, jede Sekunde von den Füßen gehoben zu werden. In meiner nahen Umgebung kreischen zwei

Frauenstimmen auf. Das müssen die anderen beiden Opfermädchen sein! Ihre Stimmen sind nicht weit entfernt.

»Jetzt werden wir sehen, wie weit dich dein Stolz bringen wird«, raunt die Alte mir zu, ehe sich ihre Schritte eilig entfernen.

Dann höre ich hinter mir eine Tür zugeschlagen. Dieses Geräusch vibriert tief in meinem Magen und lässt mein Herz für einen Schlag aussetzen. Es klang ... so endgültig. Als ich mich aus der kurzfristigen Starre erholt habe, unterdrücke ich einen Fluch. Die Alte hat sich garantiert aus dem Staub gemacht!

***

Während ich noch versuche, mich zu beruhigen und auf das Wesentliche zu konzentrieren, grollt jemand ein Stück links von mir plötzlich: »Wurde auch langsam Zeit! Ich dachte schon, du willst uns ewig warten lassen.«

Ich zucke zusammen. Ich kenne diese Stimme! Ich habe aber befürchtet, sie nie wieder zu hören.

»Cress...?«, krächze ich über das Wellentosen und Windrauschen hinweg. Meine Stimme bricht, ehe ich ihren Namen komplett ausgesprochen habe. Ich setze erneut an, kann aber nur flüstern: »Cressa, bist du das?«

Der eigene Herzschlag wummert mir in den Ohren und ich kann nur hoffen, ihre Antwort trotzdem noch verstehen zu können. Das war Cressas Stimme, eindeutig! Oder ... klammere ich mich so sehr an die Wunschvorstellung, dass sie noch lebt, dass ich schon Gespenster höre?

Hektisch bewege ich den Kopf und reibe ihn über die Schulter, um diese blöde Augenbinde loszuwerden. Ich muss sie sehen! Ich muss mit eigenen Augen sehen, dass es sich bei der jungen Frau, die eben gesprochen hat, um Cressa handelt.

»Was willst du hier?«, fragt eine fremde, dunkle Stimme mit deutlichem Akzent. Die Worte sind hart, ebenso die Endungen. Beinahe klingen die Worte mehr geknurrt als gesprochen. Der animalische Unterton verursacht mir eine Gänsehaut, dennoch kommt er mir seltsam bekannt vor.

»Das fragst du noch?«, entgegnet die Stimme, die ich eindeutig Cressa zuordne. »Du weißt ganz genau, weshalb ich hier bin. Ich will sie auf der Stelle zurück!«

»Dummes Weib«, knurrt die andere Stimme. »Glaubst du denn, dass das so einfach ist? Wir hatten eine Abmachung.«

»Aber sie ist …«

In dem Moment, als es mir endlich gelingt, die dämliche Augenbinde abzustreifen, stockt mir der Atem. Aber es ist nicht das Mädchen, das ich für Cressa halte, dem meine ungeteilte Aufmerksamkeit gilt. Was ich sehe – nur wenige Meter von mir entfernt, am anderen Ende der runden Turmplattform – halte ich zunächst für eine Einbildung. Ein echsenartiges Wesen, mindestens fünfmal so groß wie ein Pferd, steht auf allen vieren vor uns und nimmt beinahe die halbe Plattform ein. Der geschuppte Körper glänzt schwarz, nur vereinzelt blitzen ein paar silberne Schuppen im Sonnenschein auf. Doch am beeindruckendsten sind die majestätischen und halb lichtdurchlässigen Schwingen, die das Wesen hinter sich ausgebreitet hat.

Während ich noch damit beschäftigt bin, das Geschöpf ehrfürchtig zu bewundern, streckt es den länglichen und auf der Oberseite mit Stacheln besetzten Kopf nach links vor, wo das andere Mädchen steht, öffnet das mit nadelspitzen Zähnen bestückte Maul und …

Sengende Hitze kriecht mir unter die Haut bis auf die Knochen, sodass ich Angst habe, jede Sekunde als ein Häufchen Asche zu enden. Das hohe Kreischen des anderen Mädchens erstirbt nach einem winzigen Augenblick, doch dieser schrille und von Leid verzerrte Ton hat sich auf ewig in mein Gedächtnis gebrannt.

Zögerlich drehe ich den Kopf in die Richtung, in der sie eben noch angekettet gewesen sein muss und wo das Feuer des Wesens niedergegangen ist. Mein Herz scheint stillzustehen, ist genauso erstarrt wie der Rest von mir, während ich reglos dabei zusehe, wie der Wind die kümmerlichen Überreste des namenlosen Mädchens über den Turm und anschließend hinunter in die Stadt verweht. Nichts bleibt von ihr zurück, kein Beweis dafür, dass sie tatsächlich hier gewesen ist. Selbst die Eisenstange und die Fesseln sind verschwunden.

Ich weiß nicht, ob ich noch atme, während mein Gehirn versucht, das, was eben geschehen ist, zu verarbeiten. Dieses Wesen … Es spie Feuer. Und ich kenne nur ein anderes Wesen, das ebenfalls Feuer speien kann. Das bedeutet … Ich habe zwar noch nie einen echten, vollwertigen Drachen gesehen, aber ich bin mir sicher, dass dieser ominöse Schutzpatron einer ist. Und die bloße Aussicht, gleich wieder in seine Richtung zu schauen, jagt mir eine solche Angst ein, dass mich meine Beine kaum noch tragen. Er sieht ganz anders aus als Drayce; der Drache vor mir steht auf vier stämmigen Beinen, die in spitzen Krallen enden, sieht wahrlich aus wie eine viel zu groß geratene Echse mit einem riesigen Schwanz und ist über und über mit Schuppen bedeckt, während Drayce sich in der anderen Erscheinung sein menschliches Aussehen zum größten Teil bewahrt.

»War das nötig?«, grollt Cressa.

Cressa! Ich hätte sie beinahe vergessen. Ich klappere mit den Zähnen und warte noch immer darauf, dass die nackte Panik endlich verschwindet und ich wieder klar denken kann, als ich schließlich doch den Kopf hebe und zu dem anderen gefesselten Opfer in der Mitte der Plattform schaue.

Ich sehe das Mädchen nur von schräg hinten. Sie trägt die gleiche Kleidung wie ich und ihr rabenschwarzes Haar weht offen im Wind. Im Gegensatz zu mir steht sie kerzengerade da und schaut dem Drachen direkt ins geschuppte Gesicht. An ihrer Haltung erkenne ich kein Fünkchen Angst, während ich mich am liebsten verkriechen würde. Früher hielt ich mich für stark genug, um vor keinem Kampf davonzulaufen – nun verfluche ich mich selbst für die Idee, mich in den Turm der Wellen geschleust zu haben.

Früher, denke ich mit einem freudlosen Lachen, *stand ich auch höchstens Tiro während eines lächerlichen Trainingskampfes gegenüber.* Weder das sporadische Training mit ihm noch die Plänkeleien auf der *Windsbraut* hätten mich auf das vorbereiten können, was mir bevorsteht. Ich kann mir nicht vorstellen, dass es irgendeine Waffe gibt, die diesem geschuppten Wesen gefährlich werden könnte, und schon gar keine, die ich auch zu führen wüsste.

Also bleibt mir nur die Flucht, wenn ich nicht enden will wie das andere Mädchen. Doch da stehe ich vor dem nächsten Problem.

Ganz gleich, wie ausgefuchst mein Fluchtplan auch wäre – vor einem ausgewachsenen Drachen zu fliehen, würde er mit Sicherheit nicht beinhalten.

»Das Gör war nicht würdig, ein Opfer zu sein«, knurrt der Drache und senkt den Kopf weiter zu Cressa. »Ich muss anscheinend ein ernstes Wörtchen mit den weisen Frauen des Turmes reden. Mir solch verbrauchte Ware vorzusetzen …«

Eiskalte Panik rauscht durch mich hindurch. Wird er Cressa ebenfalls rösten? Das darf ich nicht zulassen! Erneut rucke ich an meinen Fesseln – und ziehe so die Aufmerksamkeit des Drachen auf mich. *Keine gute Idee!* Mitten in der Bewegung verharre ich, als sich der eisige Blick aus seinen dunklen Raubtieraugen auf mich legt.

Jede Sekunde rechne ich damit, dass er wieder sein Maul öffnen und sein Feuer auf mich niedergehen lassen wird. Werde ich es überhaupt spüren oder innerhalb eines Wimpernschlags verbrennen wie das andere Mädchen? Ich schnappe nach Luft – viel zu schnell und abgehackt – und betrachte jeden Atemzug als meinen letzten.

»Wen haben wir denn da?«, raunt das Wesen. »Du gefällst mir schon besser.« Er holt so tief Luft, dass meine Haare nach vorn gesogen werden. »Und gut riechen tust du auch.«

»Du weißt, warum ich hier bin«, sagt Cressa und sichert sich so wieder die Aufmerksamkeit des Drachen.

Erleichtert stoße ich den Atem aus und versuche krampfhaft, das Zittern unter Kontrolle zu bringen. Dummerweise ohne Erfolg. Ich balle die zuckenden Hände zu Fäusten und zwinge mich dazu, einen klaren Gedanken zu fassen. Die Tür, die hinein in den Turm führt, ist mehrere Meter hinter uns. Wie viele Schritte habe ich gemacht, bevor die Alte mich an den Pfahl band? Zehn, vielleicht fünfzehn. Wenn wir rennen …

Ich knirsche mit den Zähnen. Als ob wir vor einem riesigen Drachen davonlaufen könnten!

»Wenn ich ehrlich bin, weiß ich es *nicht*«, gibt der Drache schneidend zurück.

»Ich brauche meine Kraft zurück«, fährt Cressa unbeirrt fort. Ich komme nicht umhin, sie für ihre Furchtlosigkeit zu bewundern. »Deshalb will ich einen neuen Handel mit dir eingehen.«

Der Drache bleckt die Zähne. Die spitzen Eckzähne sind in etwa so lang wie meine Handfläche. »Dir ist klar, dass ich einem neuen Handel zustimmen muss, nicht wahr?« Er senkt den Kopf so weit zu ihr hinab, dass er ihr dunklen Rauch aus den Nasenlöchern ins Gesicht pusten kann. »Gibt es etwas, was du mir anbieten kannst? Deine kümmerliche Macht hast du mir bereits gegeben.«

Noch immer wirkt Cressas Haltung stoisch und absolut angstfrei. »Was denkst du wohl, warum ich als Opfer hier bin?«, entgegnet sie, schärfer diesmal.

Der Drache gibt ein tiefes Grollen von sich. »Glaubst du, das beeindruckt mich?« Der Blick aus seinen abgrundtief schwarzen Augen huscht über Cressa. »Nun, vielleicht tut es das tatsächlich. Doch was willst du mit deiner Macht anfangen, wenn ich sie dir zurückgeben sollte?«

»Ich habe sie ins Meer stürzen sehen«, murmelt Cressa so leise, dass ich sie fast nicht verstehe. Sie sinkt in sich zusammen. »Ich habe zugesehen, wie sie von den Wellen verschluckt wurde und nicht wieder auftauchte. Und ... es war meine Schuld.«

»Und ist das etwa mein Problem? Unsere Abmachung beschränkte sich auf die Vorfälle von vor knapp fünfzehn Jahren.« Wieder lehnt sich der Drache vor und atmet tief ein, ehe er ein Schnauben ausstößt. »Du riechst nicht wie sonst. Hast du etwa das letzte bisschen Magie verbraucht, das ich dir gelassen habe?«

»Was hätte ich denn tun sollen?«, zischt Cressa. »Ich musste sie schließlich retten! Vielleicht gelang es mir mit dem kümmerlichen Rest, den du mir gelassen hast, aber ...«

Ich schlucke angestrengt. Sie ... redet von mir! Aber was meint sie damit, dass sie mich gerettet hat?

»Ich klammere mich an den Gedanken, dass sie noch lebt«, fährt Cressa unbeirrt fort. »Ich muss sie finden und dazu brauche ich meine Kraft. Wenn du also endlich ...«

Erneut rufe ich ihren Namen – diesmal schreie ich ihn aus Leibeskräften hinaus, ungeachtet des Wesens, das mir gegenübersteht. Und endlich dreht sie sich zu mir um. Trotz der Entfernung von einigen Metern, erkenne ich deutlich die Emotionen, die sich von anfänglicher Überraschung zu Freude bis hin zu Schock wandeln – innerhalb des Bruchteils einer Sekunde.

»Was bei allen Göttern …?«, haucht sie. »Ezlain? Wie kannst du …?«

Tränen brennen mir in den Augen, als sie meinen Namen ausspricht. *Ich habe sie gefunden!* Nach allem, was ich durchmachen musste, habe ich Cressa endlich gefunden. Ich habe es geschafft. Und sie lebt!

Und bis auf die Tatsache, dass sie einem verdammten Drachen gegenübersteht und wie ich ein Opfer und damit so gut wie tot ist, scheint es ihr gut zu gehen. In den dunkelsten Stunden der Nacht wurde ich von Albträumen darüber heimgesucht, was ihr die Crew der *Meereswind* angetan haben könnte. Ich war sicher, dass sie sich … Wenn ich sie überhaupt lebend gefunden hätte, war ich sicher, dass sie sich verändert hätte.

Und das hat sie. Sehr sogar. Ich bekomme die Cressa, die ich vor mir sehe und die dem Drachen offenbar furchtlos die Stirn bietet, nicht mit der zierlichen Sklavin in Einklang, die tagein, tagaus an meiner Seite war. Sie hat sich zwar nie leicht einschüchtern lassen, sondern schaffte es oft mit *einem* Blick, einen anderen Sklaven oder einen Gast im Haus meiner Tante bei Fehlverhalten zur Räson zu bringen, aber … das war etwas völlig anderes!

»Ezlain, bist du das wirklich?« In Cressas Augen schwimmen Tränen; in meinen brennen sie ebenfalls, doch ich blinzele tapfer dagegen an. Um nichts in der Welt will ich sie verschwommen vor mir sehen, nachdem ich sie endlich gefunden habe. »Aber wie … kannst du hier sein? Und warum?«

Ich schüttele den Kopf und suche krampfhaft nach meiner Stimme. »Als ob ich dich hätte allein lassen können … Wir wollen doch ein neues Leben beginnen.«

Sie schluchzt auf, ehe sich ein seliges Lächeln auf ihre Lippen stiehlt. Ich habe gehofft, sie noch einmal lächeln zu sehen, aber ich habe nicht mehr damit gerechnet.

»Wie rührend«, höhnt der Drache, den ich für einen Augenblick vergessen hatte. Die Kälte in seiner Stimme verscheucht die große Freude über das

Wiedersehen, die ich bis eben verspürt habe. »Lass mich raten: Das *ist* das Mädchen, das du versuchst, zu retten.« Er legt den langen Echsenkopf schief. »Für mich sieht sie ziemlich lebendig aus.« Als er den Hals ausstreckt und mir noch näher kommt, halte ich vor Schreck die Luft an. »Und im Gegensatz zu dir riecht sie verdammt gut! Irgendwie ... wie eine von uns.«

»Lass sie in Ruhe!«, zischt Cressa und ruckt erneut an ihren Fesseln.

Ich wünschte, ich könnte es ihr gleichtun und dem Drachen die Stirn bieten oder zumindest versuchen, mich zu befreien. Doch ich stehe stocksteif da, froh darüber, überhaupt noch stehen zu können. So sehr, wie mir die Knie schlottern, wird das nicht mehr lange der Fall sein.

Obwohl er am anderen Rand des kreisrunden Turmplateaus – und damit mindestens fünf Meter von mir entfernt – steht, meine ich, den Asche- und Schwefelgeruch zu riechen, der von seinem Atem ausgeht. Wird das das Letzte sein, was ich in meinem Leben wahrnehme – abgesehen von der Hitze, die selbst meine Knochen zum Schmelzen bringen wird? Der Drache riecht ganz anders als Drayce. Nach zerstörerischer Hitze und Tod, nicht nach der heimeligen Wärme und dem belebenden Feuer, an das ich immer denken muss, wenn ich Drayces Duft einatme.

»Zu schade«, murmelt der Drache, während er mich weiterhin mit einem kalten Blick aus seinen Raubtieraugen fixiert. »Es ist wirklich eine Verschwendung, ein reines Geschöpf wie dich zu verschmähen, ich hätte ganz andere Pläne mit dir gehabt. Aber ich muss Prioritäten setzen. Ihr beide habt mich gesehen, was nicht vorgesehen war. Du, Cressa, bist bereit, einen zweiten Handel mit mir einzugehen – und da du mir nichts Besseres anzubieten hast, wird der Preis dafür ihr Leben sein.« Er wendet sich nun mir zu. »Mir muss wohl in diesem Jahr eine Jungfrau genügen.«

»Nein!« Cressas hohes Kreischen klingelt mir in den Ohren, während ich fieberhaft rätsele, worauf der Drache hinauswill.

Doch als er den Kopf ein Stück zurückzieht und tief einatmet, weiß ich, worauf es hinauslaufen wird. Gelähmt vor Angst kann ich nichts weiter tun, als zuzuschauen, wie er das Maul öffnet und das alles versengendes Feuer in meine Richtung speit.

Kapitel 26

Drayce

Ich hasse es, zu warten. Vor allem, wenn ich währenddessen vorgeben muss, dass alles in bester Ordnung ist.

Den Humpen mit Bier, der vor mir auf dem klebrigen, abgenutzten Tisch steht, habe ich nicht angerührt; der Schaum ist bereits verschwunden. Auch den Unterhaltungen folge ich schon seit einer Weile nicht mehr und an der Wette, welches der Opfer überlebt, wollte ich mich erst recht nicht beteiligen.

Von Minute zu Minute fällt es mir schwerer, gute Miene zum bösen Spiel zu machen. Aber wenn ich mich geweigert hätte, mit den Wachen mitzugehen, um etwas zu trinken und ein weiteres Jahr im schützenden Nebel zu feiern, wäre ich verdächtig geworden.

In den paar gestrigen Stunden, als ich Ezlain in die Obhut der weisen Frauen geben musste, habe ich mich schnell mit den hiesigen Wachleuten angefreundet. Einerseits um Informationen zu ergattern. Andererseits um nicht völlig durchzudrehen. Dummerweise konnte mir niemand sagen, wer oder was dieser ominöse Schutzpatron tatsächlich ist. Ein Wesen, das eine ganze Insel in dichten Nebel hüllen kann ... Mit einem Menschen haben wir es garantiert nicht zu tun.

Wenn ich ehrlich bin, fallen mir nicht viele mächtige Wesen ein, die es aus unterschiedlichen Gründen nach Jungfrauen giert …

Wie ich es schaffe, hier sitzen zu bleiben, weiß ich selbst nicht. Doch wenn ich jetzt losstürme, würde ich alles, was wir in den letzten Tagen geschafft haben, zunichtemachen. Cressa ist hier, das spüre ich jetzt überdeutlich. Die ehemalige Sklavenmarke hat mich nicht nur nach Makio, sondern direkt in den Turm der Wellen geführt.

Ich knirsche mit den Zähnen. Unablässig spüre ich Ezlains Anspannung in ihren Blutstropfen, die in meinen Adern zirkulieren. Aber wer wäre in dieser Situation nicht angespannt?

Andere Frauen hätten schon längst aufgegeben. Ich weiß nicht, wie Ezlain es schafft, weiterzumachen.

Vorhin habe ich drei potenzielle Opfer in Panik ausbrechen sehen. Sie alle flehten um ihr Leben und … Ich kneife die Augen zusammen. Die letzte Wahl der Opfer ist für die Wachen jedes Jahr der Höhepunkt – im wahrsten Sinne des Wortes. Drei Mädchen wählten das Leben – und ließen sich auf jede erdenkliche Weise inmitten der Männer erniedrigen. Ihr Flehen um Gnade nutzte ihnen wenig. Ich musste an mich halten, um mich nicht jedes Mal zu übergeben.

Als Ezlain schließlich an der Reihe war, stand ich kurz davor, die Beherrschung zu verlieren und auf unsere Tarnung zu pfeifen. Mit etwas Kraft von Ezlain hätte ich den gesamten Flur einäschern können. Mir war klar, dass ich jedem, der es gewagt hätte, sie anzurühren, jeden Knochen einzeln mit Genuss gebrochen hätte. Allein der Gedanke, dass sie Ähnliches hätte durchmachen müssen wie die Mädchen vor ihr, ließ mich beinahe rasend vor Wut werden.

Ich gestattete mir nur einen Blick auf sie, als sie an Ketten den Gang entlangschritt – furchtlos und anmutig wie eine Königin. Mir kribbelte es in den Fingern, ihr die Manschetten abzunehmen, die an ihrer wunderbar weichen Haut scheuerten. Aber noch mehr als das wollte ich sie an mich ziehen und küssen, um jedem hier zu zeigen, mit wem er sich anlegte, wenn er auch nur ein falsches Wort an sie richten würde. Mehr als alles andere aber wollte ich sie beschützen und bewahren vor dem, was ihr bevorstand.

Doch ich musste mich zurückhalten – wieder einmal. Ich habe es so satt, mich ständig in jedweder Angelegenheit zurückhalten zu müssen, wenn es um Ezlain geht …

Als dann jedoch der erste Kerl auf sie einredete und ihr ungeschönt sein »Angebot« unterbreitete, sah ich augenblicklich rot. Viel heißer als gewöhnlich prickelte mir das Blut in den Adern. Ich stand kurz davor, die Beherrschung zu verlieren und mich zu wandeln. Und es war mir vollkommen egal. Bis auf Ezlain und mich hätte ohnehin keiner den Flur lebend verlassen.

Ich war gerade dabei, mir einen Weg nach vorn zu bahnen, um dem widerlichen Kerl mit Genugtuung den Kopf abzureißen, als Ezlain ihn niederschlug und schließlich über ihm aufragte, um den anderen Männern furchtlos entgegenzublicken.

Eine Königin. Eine Kriegerin. Meine Partnerin. Und ich wollte sie noch nie so sehr wie in diesem Moment.

Ich sah das Feuer in ihren Augen, das mein eigenes herauszufordern schien, es neckte und darum bat, mit ihm zu spielen. Ein Feuer, das sie ihr Leben lang verstecken und unterdrücken musste, während ich mich niemals daran würde sattsehen können. Ich will es ebenso mit allen Mitteln bewahren und beschützen wie die Frau, die es in sich trägt.

»Trinkst du das noch?«, lallt einer der Wachmänner neben mir und deutet auf den Humpen vor mir.

Ich schüttele wortlos den Kopf und er greift sofort danach, um das Bier innerhalb weniger Sekunden hinunterzustürzen.

»Wie geht diese Opferzeremonie nun genau vonstatten?«, frage ich.

Der Wachmann rechts von mir rülpst, ehe er sagt: »Meistens nimmt er nur eine mit. Von den beiden anderen … bleibt nichts übrig, womit du noch was anfangen könntest.«

»Ja«, stimmt ihm lallend einer der anderen Männer zu. »In manchen Jahren fanden wir keinerlei Überreste. Nicht einmal die Fesseln. Manchmal, an windstillen Tagen, blieb nichts als immerhin ein Häufchen Asche zurück.«

Ich versteife mich. *Asche? Und die Eisenfesseln sollen auch verschwunden sein?* Es wäre natürlich möglich, dass der Schutzpatron die Opfer samt Fesseln mitnimmt. Aber wenn er nur ein Opfer auswählt ...? Was geschieht mit den anderen? Im Schoß balle ich die Hände fest zu Fäusten. Ich kenne eine Art Feuer, das heiß genug ist, um einen Menschen vollständig und sogar Eisen zu Asche verbrennen und spurlos verschwinden zu lassen ...

Wie auch immer Ezlains Fluchtplan aussehen mag: einem reinblütigen Drachen hat sie nichts entgegenzusetzen.

Aber welcher Drache wäre darauf angewiesen ...?

Ein markerschütternder Schrei reißt mich aus meinen Gedanken und lässt sämtliche Gespräche im Raum augenblicklich ersterben. Selbst die Männer, die sich fast ins Delirium getrunken haben, verstummen. Doch nur für einen Augenblick, ehe sie weitertrinken und feiern, als sei nichts gewesen. Als hätte nicht gerade eine junge Frau für ihrer aller Sicherheit den Tod gefunden.

Das war nicht Ezlain, versuche ich die in mir aufkommende Angst zu beruhigen. *Das war nicht ihre Stimme.*

Zusätzlich zu meiner eigenen Sorge um ihre Sicherheit vibriert nun auch ihr Blut in mir. Etwas stimmt nicht ... Etwas stimmt ganz und gar nicht!

Ich springe vom Stuhl auf und haste zur Tür.

»Wo willst du hin, Kumpel?«, ruft mir der Wachmann, dem ich eben mein Bier abgetreten habe, hinterher.

»Pissen«, presse ich zwischen gefletschten Zähnen hervor, ehe ich die Tür hinter mir zuschlage.

***

Dieser verdammte Turm ist ein einziges Labyrinth! Ich kann mich nicht mehr erinnern, aus welcher Richtung ich zusammen mit den Männern gekommen bin, um den Weg der jungen Frauen zur Spitze des Turmes zu begleiten. Wie viele Stockwerke sind wir anschließend wieder nach unten gegangen? Ich war derart in Gedanken versunken, dass ich nicht darauf geachtet habe.

Verdammt! Hektisch schaue ich von links nach rechts, beäuge die Gänge, die für mich alle gleich aussehen, und habe keine Ahnung, was ich tun soll. Wenn ich weiter zögere ... Wenn ich zu spät komme ...

Ich schlage mit dem Hinterkopf gegen die Wand und mahne mein wild klopfendes Herz zur Ruhe. Ich helfe niemandem damit, wenn ich in Panik verfalle. Dass sich Ezlains Angst mit meiner eigenen vermischt, macht es nur noch schwerer, aber irgendwie schaffe ich es, mich wieder auf das Wesentliche zu konzentrieren. Im Grunde müsste ich doch immer nur nach oben laufen, aber die Treppen könnten in Korridore führen, in denen sich die Wachen nicht mit langen Fragen aufhalten, wenn sie mich in die Finger kriegen. Und selbst wenn ich den richtigen Gang zur Spitze durch Zufall problemlos finden sollte, stehe ich vor einem weiteren Dilemma. Ich habe gesehen, wie die Alte, die Ezlain zur Spitze des Turms geführt hat, die massiv anmutenden Türen fest hinter sich verriegelt hat. Es würde zu lange dauern, sie niederzureißen ... Aber wie komme ich stattdessen schnell an mein Ziel?

Ich kneife die Augen zusammen und balle die rechte Hand zur Faust. *Plan oder nicht, ich lasse nicht zu, dass dir etwas geschieht. Halte noch ein wenig durch, Ez!*

Ein vertrauter Duft kitzelt mich in der Nase und ich zucke zusammen. Frisch und belebend erinnerte mich Ezlains Duft stets an Minze und hier nehme ich ihn auf einmal wahr. Ich folge ihm durch die Gänge und gelange schließlich zu dem Zimmer, in dem wir die gestrige Nacht verbracht haben. Anders als die meisten anderen Zimmer ist die Tür nicht verschlossen. Und es gibt ein Fenster, weil das Zimmer aufs Meer hinauszeigt. Ezlains Duft hängt noch schwer in der Luft und erfüllt mit jedem Atemzug meine Lungen. Da kommt mir eine Idee ...

Ich haste hinüber zum Fenster, das gerade groß genug ist, dass ich mich hindurchzwängen kann. Nachdem ich hinausgeklettert bin und auf dem vorstehenden Sims hocke, atme ich noch ein letztes Mal tief ein, während ich nach oben in den Nebel starre. Ich habe keine Ahnung, wie weit es bis zur Spitze des Turmes ist, aber ich muss es schaffen!

Ich hasse es, mich zu wandeln. Solange es möglich ist, versuche ich stets, in meiner menschlichen Gestalt zu bleiben. Jeder vollwertige Drache würde mich dafür verspotten, doch das ist mir egal.

Es ist nicht die Wandlung an sich, die ich verabscheue, sondern die gebrochene Gestalt, in die ich mich dafür zwängen muss. Der kaputte Flügel, der nutzlos an meinem Rücken herunterhängt und mich jedes Mal auf Neue an die Nacht erinnert, in der ich alles verloren habe. Sowieso bin ich nur ein halber Drache – und dadurch längst nicht so eindrucksvoll wie ein reinblütiger –, aber der gebrochene Flügel lässt mich zu einer Witzfigur verkommen.

Doch nun bin ich einfach auf diese bemitleidenswerte Gestalt angewiesen. Ich schlucke die aufkommenden Selbstzweifel hinunter, dann befehle ich dem Blut in meinen Adern, noch heißer als sonst zu brennen. Es gelingt mir viel schneller als gewöhnlich. Normalerweise wehrt sich mein menschlicher Körper gegen das zu heiße Blut eines Drachen, doch diesmal scheint er es willkommen zu heißen. Als würde kochende Lava durch mich hindurchfließen, beginnt mein Körper, auf die Hitze zu reagieren und sich zu verändern.

Die Wandlung in meine Halbdrachengestalt ist schmerzhaft, doch viel schlimmer ist die Rückverwandlung. Daran will ich jetzt jedoch nicht denken. Ich beiße die Zähne zusammen, als mich das Brechen meiner Knochen erzittern lässt. Muskeln verschieben sich, werden größer und spannen derart stark unter der noch menschlichen Haut, dass ich befürchte, sie könnte jeden Moment aufplatzen wie eine überreife Frucht. Mit aller Kraft halte ich mich am Fensterrahmen fest, während mein Körper breiter und größer wird. Nicht viel – nicht wie bei einem echten Drachen – und ich unterdrücke das Wachstum ein Stück weit. Dennoch wird das Hemd in Fetzen gerissen. Rötlich schimmernde Schuppen schießen aus der Haut; ich spüre jede einzelne davon wie einen tiefen Schnitt ins Fleisch. Ich keuche, als sich schließlich die Schwingen einen Weg aus meinem Rücken bahnen und zumindest eine von ihnen schwer und nutzlos an mir hängt. Zuletzt verändern sich meine Hände; sie werden größer und die Fingerspitzen wandeln sich zu messerscharfen Klauen, mit deren Hilfe ich an der äußeren Fassade des Turms nach oben klettern kann.

Der direkte Weg ist immer der beste.

Selten habe ich mir so sehr gewünscht, fliegen zu können, wie in diesem Moment. Aber selbst wenn ich es könnte, wäre es bei dem extrem starken Wind auch für einen vollwertigen Drachen gefährlich.

In dieser Gestalt spüre ich die Verbindung zu Ezlain noch intensiver. Beinahe kann ich jede noch so kleine Emotion von ihr wahrnehmen, jedes Flackern ihres Pulses, das ihr Blut schneller rauschen lässt. Mehr als alles andere aber spüre ich ihre Angst. Derart panisch war sie nicht einmal, als sie diesem Kyle gegenüberstand.

Ohne länger zu zögern, haue ich die Krallen in die Außenwand des Turms und klettere nach oben.

Kapitel 27

Ezlain

Die Zeit scheint stillzustehen, während ich auf die gelb glühende Flamme starre, die den Schlund des Drachen hinaufkriecht und direkt auf mich zuschießt. Wahrscheinlich vergeht nicht einmal eine Sekunde, doch mir kommt es wie eine Ewigkeit vor.

Eine Ewigkeit, die ich zum Zusehen verdammt bin.

Entfernt höre ich Cressas gellenden Schrei und das verzweifelte Rasseln ihrer Fesseln, an denen sie zerrt, doch ich habe nur Augen für das Feuer, das sich schon in mehreren Metern Entfernung durch meine Haut zu fressen scheint. Die Hitze ist schon jetzt beinahe unerträglich und ich weiß mit Sicherheit, dass ich sie nicht überleben werde, wenn sie erst bei mir angekommen ist. Innerhalb eines Wimpernschlages werde ich – wie das andere, namenlose Opfer – zu Staub zerfallen.

Als das Drachenfeuer nur noch einen Hauch von mir entfernt ist, kneife ich die Augen zu und presse die Lippen so fest ich kann zusammen. Keine Ahnung, ob es mir gelingt, nicht zu schreien, aber ich will auf keinen Fall schon vorher damit anfangen.

Es ist so heiß, dass ich nicht mehr atmen kann. Versuche ich es doch, scheint mir jeder Atemzug den Hals und die Lungen zu versengen. Abgesehen von meinem eigenen Herzschlag, der mir wummernd in den Ohren dröhnt, ist es gespenstisch still.

Ich warte auf die Schmerzen – die Art von Qual, die man verspüren muss, wenn einem das Fleisch von den Knochen geschmolzen wird und man zu Staub zerfällt.

Doch bis auf die Hitze, die mir das Atmen erschwert, spüre ich … nichts.

Dann sacken plötzlich meine Arme herab. Vorsichtig spitze ich durch ein halb geöffnetes Lid hindurch.

Um mich herum lodert das Drachenfeuer in unzähligen Schattierungen von Gelb, Orange und Rot. Die Stange, an die ich bis eben gefesselt war, ist ebenso vernichtet worden wie die Fesseln, die um meine Handgelenke lagen. Doch ich … stehe noch hier.

Was bei allen Göttern …?

Ungläubig hebe ich meine befreiten Arme und schaue auf meine Hände. Das Feuer berührt mich überall und hüllt mich ein, aber es schadet mir nicht.

Ohne Vorwarnung verschwinden die Flammen wieder.

»Beeindruckend!«, knurrt der Drache, hebt eine Pranke und macht einen Schritt auf mich zu.

Während er sich zu mir bewegt, verändert sich seine Gestalt. Anders als bei Drayce, dessen gesamter Körper unter der Rückverwandlung erschauerte, geschieht es bei dem schwarzen Drachen fließend. Kaum, dass ich blinzele, ist die Wandlung bereits vollzogen. Seine Bewegungen sind jetzt leichtfüßig, beinahe galant, und haben nichts mit der riesigen Echse gemein, die er vor wenigen Augenblicken noch war. Ein langes schwarzes Gewand umspielt den groß gewachsenen Körper, während das glatte dunkle Haar vom Wind zerzaust wird. Sein menschliches Gesicht ist schön – vielleicht etwas zu weich geschnitten für einen Mann, aber dennoch beeindruckend. Zusammen mit den eiskalten silbernen Augen, die auch jetzt nichts von ihrer Raubtierhaftigkeit verloren haben.

Ich schlucke angestrengt, als er nur eine Armlänge von mir entfernt stehen bleibt. All meine Sinne schreien mir zu, dass ich verschwinden solle, doch es gibt keinen Ort, an dem ich mich vor ihm verbergen könnte, das weiß ich.

Sein stechender Blick jagt mir einen Schauer nach dem anderen über den Rücken, während ich krampfhaft versuche, auf den Füßen zu bleiben. Ich will nicht, dass er mich derart mustert. Am liebsten würde ich mich verkriechen – irgendwo, wo er mich niemals finden kann. Obwohl sein Äußeres um Längen nicht so einschüchternd ist wie zuvor, hat er nichts von der Stärke, die ihn umgibt, verloren. Jeder, der ihn ansieht, muss ahnen, über welche Macht er verfügt. Und ich kann mir nicht vorstellen, dass irgendwer so dumm ist, ihn zu verärgern.

Scheinbar in aller Ruhe gleitet sein Raubtierblick an mir herab und bleibt schließlich knapp unter meinem Hals hängen. Er streckt die Hand nach mir aus, zieht sie jedoch sogleich mit einem Zischen zurück.

»Eine Herzschuppe!«, grollt er, während er den Anhänger an der Kette betrachtet, als wolle er ihn allein mit der Macht seines Blickes in Flammen aufgehen lassen.

Schließlich kehrt sein Blick zu meinem Gesicht zurück, obwohl ich wünschte, dass er weiterhin woanders hinschauen würde – nur nicht auf mich. Jeder Muskel in meinem Körper verkrampft sich, als er den Kopf schief legt.

»Wer bist du, Mädchen? Was ist so besonders an dir, dass ein Drache dir eine Herzschuppe schenkt?«

»Herz…schuppe?«, presse ich hervor, dankbar dafür, in seiner Gegenwart überhaupt ein halbwegs klares Wort herauszubekommen.

Ich habe keinen blassen Schimmer, wovon er spricht. Und wenn ich ehrlich bin, will ich es auch nicht wissen. Alles, was ich will, ist, Cressa zu schnappen und von hier zu verschwinden.

Mein Blick huscht zu ihr. Sie ist noch immer gefesselt, doch ihre Augen sind vor Unglauben weit aufgerissen, während ihr Mund ein stummes O formt. Auch sie scheint nicht zu wissen, was hier vor sich geht.

Unvermittelt packt der Drache den Stoff der Augenbinde, die mir noch um den Hals hängt, und zerrt mich daran zu sich, sodass sich unsere Nasenspitzen beinahe berühren. Ich halte vor Schreck die Luft an.

»Ich frage dich noch einmal«, knurrt er. »Wer bist du?«

Ehe ich den Mund öffnen kann, nehme ich in den Augenwinkeln eine Bewegung wahr. Zu schnell, als dass ich reagieren könnte, wird der Drache einige Meter weggeschleudert. Durch die Wucht verliere ich das Gleichgewicht und lande unsanft auf dem Hintern.

Als ich schließlich wieder aufschaue, starre ich auf einen breiten Rücken, aus dem zwei Schwingen ragen, deren eine in einem seltsamen Winkel absteht. Dennoch sind sie so weit wie möglich ausgebreitet, um mich vor dem schwarzen Drachen zu verbergen. Mein Herz macht einen Satz, doch nicht vor Schreck. Auch ohne dass ich ihn von vorn sehen kann, weiß ich, wer gerade schützend vor mir steht.

»Drayce!«, hauche ich tonlos.

Das rötliche Schillern seiner Schuppen hat etwas ungemein Beruhigendes. Wieder brennen mir Tränen in den Augen – diesmal jedoch aus purer Erleichterung.

»Bist du in Ordnung?«, fragt er, während er den Kopf ein Stück nach hinten dreht, um mich aus den Augenwinkeln sehen zu können. »Hat er dir etwas getan?«

Bei allen Göttern, wie ich das animalische Grollen, das in dieser Gestalt in seinen Worten mitschwingt, liebe! Bis vor wenigen Minuten hätte ich nicht gedacht, es noch einmal in meinem Leben hören zu dürfen.

Ich zwinge mich dazu, den Mund zu öffnen. »Es geht ... mir gut«, krächze ich.

Ja, jetzt geht es mir wieder gut. Ich habe zwar immer noch keine Ahnung, wie wir alle lebend von hier verschwinden wollen, aber das kümmert mich im Moment nicht. Drayce ist hier – und endlich fühle ich mich wieder vollständig. Spüre seine Stärke, die auch meine unter all der Angst wieder hervorzerrt und mich ruhiger atmen lässt.

Der schwarze Drache in Menschengestalt rappelt sich wieder auf und klopft sich den Staub vom Gewand, ehe er sich Drayce zuwendet. Ich spitze unter Drayces Schwingen hindurch und erkenne deutlich den Schock, der für einen kurzen Moment über das Gesicht des menschlichen Ronnyd huscht.

Ich zucke zusammen, als er plötzlich anfängt, schallend zu lachen.

»Was ist so witzig?«, grollt Drayce und macht einen bedrohlichen Schritt auf ihn zu. Am liebsten würde ich seine große Hand packen und ihn zurückhalten.

Als sich Ronnyd wieder gefasst hat, wischt er sich mit einer Hand die Lachtränen aus den Augen. »*Du* bist so witzig«, sagt er schließlich mit einem Glucksen. »Oder besser gesagt, der Umstand, dass du noch lebst. Ich hätte nicht gedacht, dass ich in meinem schier endlosen Leben noch einmal rote Drachenschuppen zu Gesicht bekomme.« Abrupt wendet er sich zu Cressa um. »Hattest du mir nicht versichert, er sei tot?«

Meine Hände sind eiskalt, als ich meinen Kopf langsam zu Cressa wende, deren Gesicht aschfahl geworden ist. Mit weit aufgerissenen Augen starrt sie Drayce an, als sähe sie einen Geist.

Auch Drayces Körper versteift sich.

»Was … Was ist los?«, presse ich hervor.

Es dauert lange, bis mir Drayce antwortet. »Sie ist …« Seine Worte gehen in einem wütenden Grollen unter, das mich zusammenzucken lässt. »Sie ist die Hexe, die mich in die Höhle verbannt hat.«

ENDE von Band 1

Impress
Die Macht der Gefühle

Impress
Ein Imprint der CARLSEN Verlag GmbH
Juni 2020

Lektorat: Nina Schnackenberg
Umschlagbild: shutterstock.com / © Selenit / © Irina Alexandrovna / © Chansom Pantip / © Ortis / © Kanea / © pixelparticle / © Jade ThaiCatwalk / © Olga Nikonova
Umschlaggestaltung: formlabor, Fuchsias Weltenecho – Anna Hein
Satz und Umsetzung: readbox publishing, Dortmund
Druck und Bindung: CPI Books GmbH, Birkach
ISBN 978-3-551-30269-4
Printed in Germany
www.carlsen.de/impress

Alle Bücher im Internet: www.carlsen.de